14, Adolf-Hitler-Strasse

Max Pierre Schaeffer

14 Adolf-Hitler-Strasse

roman

Traduit de l'allemand
par François Ponthier

Albin Michel

Édition originale allemande .

« ADOLF-HITLER-STRASSE 14 »

Traduction française :

22, rue Huyghens, 75014 Paris.

ISBN 2-226-02346-1

Avant-propos

Ceci est l'histoire de ma rue. J'y suis né. Elle m'a pris dans ses bras et m'a montré le paradis de mon enfance, ce paradis qui est dant tout homme et n'appartient qu'à lui seul. Dans ma rue, j'ai appris à courir, à rire et à souffrir. C'est à partir d'elle que j'ai tenté de prolonger dans l'avenir les instants de mon existence — jusqu'à l'avènement d'Hitler. D'abord, il donna son nom à ma rue — ensuite, il me la prit. Il la détruisit. Je survécus. Beaucoup de gens qui y habitaient moururent. Comme les réverbères, comme les maisons.

Aujourd'hui, cette rue n'existe plus. C'est comme si j'avais perdu une partie de moi-même. Je vais essayer de la retrouver en racontant son histoire, car elle continue de vivre en moi, comme une morte que nous n'oublions pas, même si, depuis longtemps, elle nous est étrangère.

Des millions d'êtres ont vécu des faits analogues et pas seulement dans des rues qui portaient le nom d'Hitler. Pour eux, cette histoire est une part de leurs souvenirs. D'autres ne connaissent les rues Adolf-Hitler qu'il y a eu dans toutes les grandes villes du IIIe Reich que par les manuels d'histoire. Quand ils auront lu ce livre, ils sauront d'autant mieux ce que cela signifie de pouvoir vivre en paix dans une rue tout à fait normale.

Max Pierre Schaeffer.

Principaux personnages

Docteur Philipp Wendehals, professeur de lycée
Else Wendehals, sa femme
Daniel von Dorfen, surnommé « Dodo », coiffeur
Karl Kompowski, surnommé « Kalla », contremaître
Irmgard Kompowski, sa fille
Jakob Katz, commerçant en épicerie fine
Sara Katz, sa femme
Selma Katz, sa fille
Nathan Katz, surnommé « Jiddchen[1] », son fils
Docteur Moses Winschermann, journaliste
Karin Winschermann, sa femme
Adolf Hähnlein, ortsgruppenleiter[2]
Eva Hähnlein, sa femme
Wolfgang Hähnlein, étudiant en médecine
Karl Hähnlein, chef d'escouade des Jeunesses hitlériennes
Martin Baum, pasteur de la jeunesse
Oswald Gottwald, boulanger industriel
Erika Gottwald, sa fille
Arnold Schmitz, fonctionnaire de la Gestapo
Anton Bockmeier, boucher
Hans Holler, directeur d'école
Vera Ahrens, barmaid
parmi d'autres

Le roman se déroule dans une rue de la Ruhr au cours des années 1933 à 1945. Toutes les personnes qui y sont mentionnées ont vécu ou vivent encore. Seuls les noms ont été changés.

1. « Jiddchen » : petit juif.
2. Chef de groupe local nazi

Première partie

LA NUIT DE WALPURGIS COMMENCE

1

Anton Bockmeier fut le premier à voir l'arc-en-ciel au-dessus de la Welser-strasse.

— Pas possible, dit-il avec stupéfaction, un arc-en-ciel en plein hiver !

Il était un peu moins de cinq heures de l'après-midi et le boucher Bockmeier, un gros homme roux de quarante ans, était debout, avec son tablier taché de sang, devant sa boutique au numéro 12. Il avait envie de prendre l'air.

Le ciel, gris et pluvieux, n'était que faiblement éclairé par le soleil couchant. Le crépuscule assombrissait les maisons. Comme sorti du néant, l'arc-en-ciel s'arrondissait au-dessus des toits. Cheminées, mansardes, tuyaux de tôle des étages les plus élevés reflétaient sa bizarre lumière.

Lundi 30 janvier 1933. La Ruhr grelottait depuis des semaines, cependant des températures plus douces avaient apporté la pluie et une épidémie de grippe. La semaine précédente, elle avait fait deux cent cinquante morts dans la ville proche de Wuppertal. Le temps humide et froid semblait paralyser la vie qui, habituellement, animait la rue. On n'y voyait âme qui vive. Aucun bruit de pas. Les caisses de fruits et légumes semblaient perdues devant les petits magasins, seuls quelques choux étaient pris dans l'arc de lumière.

Bockmeier regardait le ciel lorsqu'une silhouette, franchissant les flaques, passa près de lui sur le trottoir.

— Dodo, regarde un peu là-haut, dit-il. As-tu déjà vu quelque chose de pareil ?

La haute silhouette qui portait un manteau descendant aux chevilles s'arrêta brusquement. On ne pouvait distinguer s'il s'agissait d'un homme ou d'une femme. Ses cheveux étaient cachés par un chapeau mou profondément enfoncé sur le front, les hanches étaient d'une largeur féminine, mais le visage au contraire, avec ses arêtes vives, semblait masculin. Si l'on y regardait de plus près, on pouvait voir le poil sombre de la barbe sous une mince couche de poudre. C'était Dodo, le travesti. Il travaillait comme coiffeur pour dames au salon Adler, au numéro 6.

Dodo regarda le ciel. Il montra un étonnement enfantin en découvrant l'étrange image qui tremblotait au-dessus de la rue.

— Non ! Ce que c'est beau, dit-il de sa voix de fausset.

Puis il se tourna vers le boucher qui s'était avancé près de lui.

— Savez-vous de quoi je rêve, monsieur Bockmeier ?

Anton Bockmeier, curieux, frotta ses doigts épais sur son tablier.

— Non, Dodo.

— Je voudrais m'asseoir sur un arc-en-ciel.

— Sur un arc-en-ciel ? dit le gros homme en riant.

— Oui, et ensuite je glisserais jusqu'en bas sur un des côtés. On dit qu'au bout, il y a un seau rempli d'or. Je tomberais alors dedans, au milieu de l'or.

Le boucher secoua la tête.

— Tu es vraiment cinglé, Dodo, de faire des rêves pareils. Comment est-ce que tu sortiras du seau d'or ? En garçon en or ou en fille en or ?

Dodo prit un air vexé et Bockmeier se tapa sur le ventre. Il aimait bien rire, surtout aux dépens des autres.

La porte de l'immeuble mitoyen, au 14 Welser-strasse, s'ouvrit. Un garçon d'une dizaine d'années en sortit en courant. C'était le petit Nathan Katz, surnommé « Jiddchen ». Il avait des cheveux noirs crêpelés, un visage pâle avec des taches de rousseur et un rien de malice.

— Il faut que j'aille voir mon père au magasin pour lui dire quelque chose d'important, cria-t-il en se hâtant.

— Qu'est-ce qu'il y a de si important ? demanda Bockmeier.

Jiddchen s'arrêta et se retourna.

— Mon oncle Moses a appelé du journal. Il faut que je dise à mon père qu'il est devenu chancelier du Reich.

— Qui ?

— Hitler.

— Adolf Hitler ?

— Oui, lui, fit Jiddchen.

Le gros boucher le regarda avec étonnement. Son visage

exprimait une véritable surprise. Les sourcils roux se levèrent au-dessus de ses grands yeux injectés de sang.

— Tu es sûr d'avoir bien entendu, Jiddchen ?

— Oui, monsieur Bockmeier.

— Vraiment sûr ?

— Hitler. L'oncle Moses l'a dit. Il faut que j'y aille !

Le petit disparut dans le magasin du numéro 8 qui portait comme enseigne : KATZ & CIE — Epicerie fine.

Bockmeier ne faisait pas partie des gens qui peuvent cacher leurs émotions. Sa joie était visible. Il ne cessait de secouer la tête.

— Ça ne peut pas être vrai. Adolf !... Il a réussi.

— Est-ce celui qui ressemble à Charlie Chaplin en plus bourgeois et en plus grand ? demanda Dodo.

Bockmeier crut avoir mal entendu. De ses robustes mains aux poils roux avec lesquelles il pouvait sans effort soulever un veau abattu, il saisit Dodo et l'attira contre lui. Une lueur méchante était apparue soudain dans ses yeux un peu exorbités.

— Si tu parles comme ça de lui, Dodo, ça ne va pas te réussir, dit-il, menaçant. Il est notre Führer et pas un sujet de plaisanterie. Le clown, c'est toi ! Compris !

— Mais je vous en prie, monsieur Bockmeier, ce n'était qu'une blague. Ce n'est vraiment pas bien de me tenir comme ça !

La voix affectée de Dodo dérailla dans l'aigu. Son chapeau avait glissé et laissait voir une longue mèche blond cendré pommadée.

— As-tu compris ? demanda le boucher avec une nuance de menace.

— Oui, monsieur Bockmeier, mais oui, bien sûr.

— Je ne veux plus entendre des choses pareilles. Et maintenant, disparais.

Le boucher donna une si forte poussée à Dodo que celui-ci, empêtré dans son long manteau, eut du mal à rester sur ses jambes. Il trébucha quelques mètres sur le trottoir avant de retrouver son équilibre. Le travesti se redressa enfin. Il était maintenant devant l'immeuble numéro 14 d'où Jiddchen était sorti. Il habitait là, une chambre meublée au troisième étage.

Deux marches conduisaient au portail. La haute porte de l'immeuble, ornée de fer forgé, était flanquée de deux colonnes à chapiteaux ioniens. L'immeuble avait été construit au siècle dernier et au cours des années, il avait perdu beaucoup de son ancienne splendeur. Les ornements de stuc s'étaient effrités et étaient tombés en partie, le crépi était fendillé en de nombreux endroits. L'immeuble du 14 Welser-strasse aurait dû être ravalé depuis longtemps. Mais la société à laquelle il appartenait remettait constamment les travaux. La crise économique qui sévissait depuis les années vingt rendait d'autres problèmes plus urgents. L'extérieur du bâtiment avait certes souffert comme le visage d'une femme vieillissante qui ne peut plus cacher plis et rides, mais l'intérieur du bâtiment était sain. Et, d'une certaine manière, il donnait à ses habitants un sentiment de profonde sécurité.

Avant de pénétrer dans la maison, Dodo regarda encore une fois en l'air. Dans le ciel, au-dessus de cette petite rue d'une grande ville de la Ruhr, les lambeaux de nuées s'étaient rassemblés en un seul banc de nuages sombres. Il en émanait quelque chose d'inquiétant, de menaçant.

L'arc-en-ciel avait disparu.

2

Rien n'avait donné à penser que ce lundi serait un jour particulier.

Dans les premières éditions des journaux, l'homme de la rue avait trouvé des nouvelles ordinaires. Le samedi, le cabinet Schleicher avait démissionné. La police avait arrêté Hans Meeser, un employé de banque qui avait détourné 17 000 Reichsmarks dans un établissement de crédit de la ville. Quelques écoles du canton avaient été fermées à la fin de la semaine en raison de la grippe. Et, dans un des théâtres municipaux, « Joyeuse Soirée », une émission de la radio régionale animée par Jupp Hussels avait recueilli les applaudissements nourris du public.

Dans l'immeuble du 14 Welser-strasse, la plupart des habitants n'apprirent que le soir la nouvelle que Nathan Katz, le Jiddchen, avait déjà transmise l'après-midi à son père. Ce fut le principal événement annoncé par l'émetteur de Langenberg de la radio ouest-allemande, à la suite d'une émission sur le développement économique de l'Afrique centrale.

« Ce matin, dit le speaker, le président du Reich a nommé chancelier du Reich Adolf Hitler puis il a formé le gouvernement sur les propositions de celui-ci. Peu après, Hitler a prêté serment à la Constitution. Ensuite, le président du Reich, von Hindenburg, a présenté à la presse le vingt-quatrième cabinet de la République de Weimar avec ces mots : Et maintenant, messieurs, en avant, avec l'aide de Dieu ! »

Les noms des nouveaux ministres furent lus en commençant par celui de l'ex-chancelier von Papen qui fut nommé adjoint d'Hitler pour finir avec celui du président du Reichstag, Hermann Goering, ministre sans portefeuille et commissaire du Reich pour le trafic aérien. Suivit un reportage sur l'ambiance dans la capitale, Berlin.

« Une flamme illumine l'Allemagne : Adolf Hitler est chancelier ! » criait le reporter dans le microphone. Sa voix s'étrangla : « Des millions de cœurs sont embrasés. La joie et la reconnaissance éclatent ! »

Au premier étage du numéro 14, l'étage noble — celui qui avait le plus de stuc et le loyer le plus élevé —, le professeur Philipp Wendehals, assis dans le bow-window du salon, posa à côté de lui un livre de Thomas Mann. C'était un homme grand et mince avec un visage étroit aux traits intelligents. La lumière du lustre se reflétait sur les verres de son lorgnon à monture d'argent et dansait tandis qu'il secouait la tête.

— Voilà un ton complètement nouveau, à la radio, dit-il avec contrariété. Il n'y a qu'un fanatique qui peut parler comme ça.

Il éleva la voix :

— Ecoute donc, Else !

Les bruits de vaisselle se turent dans la cuisine voisine. Else Wendehals, une petite femme à la cinquantaine un peu replète, entra dans le salon bourgeoisement meublé : immense bibliothèque sculptée, piano à bougeoirs, tableaux aux cadres de plâtre doré, lourds fauteuils recouverts de velours jaune d'or et sofa de même tissu garni de coussins de satin. Else Wendehals s'essuya les mains au tablier qu'elle portait par-dessus sa robe à grosses fleurs. Dans la lumière, on voyait les petits coussinets de graisse de son menton et les plis de son cou.

« Un cortège de cent mille porteurs de torches remonte la Wilhelm-strasse, disait ou plutôt criait le radio-reporter. Partout des torches, des torches et des gens qui crient leur joie ! Cent mille gorges hurlent : Sieg Heil et Heil Hitler dans la nuit... »

Else Wendehals ferma les yeux. Comme dans un rêve, elle écouta le pas cadencé des colonnes, les hurlements de joie, la marche de Fridericus Rex interminablement reprise et l'homme au microphone qui criait de plus en plus fort.

« Et, là-bas, au-dessus de la foule qui l'acclame et de la mer de flambeaux, se dresse à sa fenêtre, ému jusqu'au plus profond de lui-même, le président von Hindenburg, le vénéré feld-maréchal vainqueur de Tannenberg. A côté, à la Chancellerie, à la fenêtre ouverte de son cabinet de travail, le Führer — oui, c'est le Führer ! Il est là, debout, avec ses ministres. Adolf Hitler ! Le soldat inconnu de la Guerre mondiale. Le combattant inflexible. Le porte-drapeau de la Liberté ! »

Philipp Wendehals se leva d'un bond. Il baissa le son de la radio.

— Je ne peux vraiment pas supporter ça, dit-il. Ces hurlements. Ce tapage. Comme au carnaval ! Hitler ne mérite pas tant de louanges. Je parierais volontiers, Else, que, dans six mois, tout ce remue-ménage sera fini.

— Tu crois ?

Le professeur hocha la tête. Il reprit *Les Buddenbrook.* Un peu embarrassé, il chercha avec son doigt mouillé la dernière page qu'il avait lue.

— L'année dernière, nous avons eu trois chanceliers : Brüning, Papen, Schleicher, dit-il. Hitler non plus ne tiendra pas longtemps. Je ne lui donne pas plus de six mois. Il a tous les partis contre lui. C'est une tête brûlée de la politique. Un peintre sorti on ne sait d'où. Non, non. Un type comme ça ne peut pas tenir longtemps.

Sa femme regarda un moment silencieusement dans le vide. Puis elle se leva, lissa sa robe sur ses hanches rondes.

— Je ne suis pas sûre que tu aies raison, Philipp. Je ne peux pas le juger, politiquement parlant, mais, humainement, il a un rayonnement énorme. Récemment, à Mülheim, j'ai vu M. Hitler de très près. Tu aurais dû voir ses yeux ! Ces yeux ! Lorsqu'il te regarde, tu oses à peine respirer... Et il a l'air de tellement aimer les enfants !...

Philipp Wendehals eut un geste agacé.

— Mais, Else, qu'il ait Dieu sait quels yeux et qu'il aime les enfants, ce ne sont pas des arguments !

De nouveau, une expression légèrement rêveuse apparut sur les traits d'Else.

— Pour nous autres femmes, si, dit-elle.

3

Au même instant, les familles de l'épicier Jakob Katz et de son beau-frère, le journaliste Moses Winschermann, étaient en train de dîner au deuxième étage. La radio était en marche. Les nouvelles de Berlin. On voulait savoir ce qui s'y passait.

Sara Katz, la femme de l'épicier, servait le dessert : de la compote de pommes. Une blouse blanche fraîchement amidonnée se tendait sur sa poitrine. Ses yeux et ses cheveux noirs étincelaient sous la lumière, comme du charbon fraîchement extrait. Elle avait un nez mince, des lèvres charnues fardées d'un rouge orangé, un menton rond.

Elle se servit la dernière dans une petite coupe de verre, tandis que le reporter de la radio ouest-allemande élevait d'un ton sa voix, depuis longtemps enrouée : « Et maintenant, la foule entonne le chant de guerre du Mouvement national-socialiste, le *Horst Wessel Lied!* Un courant traverse la foule. Cent mille bras se lèvent, confiants et reconnaissants, pour le salut allemand. Ils saluent le Führer ! »

Jakob Katz posa brutalement sa cuillère sur la table. C'était un homme solide et trapu au visage ouvert, avec un grand nez crochu, des oreilles grandes et pointues, des favoris extraordinairement longs et des cheveux presque crépus bien brillantinés. Il approchait de la quarantaine.

— Hitler chancelier ! Ce n'est pas bon, pour nous autres juifs, dit-il d'un air sombre. Je l'ai déjà dit quand tu as téléphoné, Moses. N'a-t-il pas déclaré qu'il veut nous chasser du Temple ! Et qu'est-ce que c'est que son Temple ? L'Allemagne ! Donc, on sait ce qui va se passer.

Les six personnes assises à la grande table de la salle de séjour de la famille Katz restèrent un moment muettes. Leur fille de dix-sept ans, Selma, une peau laiteuse avec de grands yeux sombres et des cheveux tressés d'un noir de jais, était bien jolie. A ses côtés Nathan, le Jiddchen, au visage éveillé plein de taches de rousseur. A l'autre extrémité de la table, les Winschermann : Karin, la jeune femme, était mince avec des cheveux blonds coupés court selon la mode et des yeux d'un bleu profond qui semblaient presque noirs dans la lumière de la lampe. A cette table, c'était la seule à ne pas être juive. Son mari, Moses Winschermann, quarante-deux ans, des cheveux bruns en désordre, arborait le même nez recourbé que son beau-frère et les mêmes grandes oreilles. Derrière ses lunettes de corne, brillait un regard brun intelligent.

Moses Winschermann s'essuya les lèvres avec sa serviette. Il la plia lentement et la posa sur la table.

— Tu vois les choses trop en noir, Jakob, commença-t-il, ce que dit cet homme n'est que rêverie politique qu'il ne faut pas prendre au sérieux.

— Il ne se contente pas de le dire, il l'écrit, répliqua Jakob. Le rabbin a lu le livre d'Hitler : *Mein Kampf*. Il y a dedans tout ce qui nous attend. Parce que nous serions le malheur de l'Allemagne, et qu'on ne pourrait pas pactiser avec nous. Cet homme prêche la haine. Il veut nous anéantir.

— Sais-tu, Jakob, la peur d'Hitler me rappelle une histoire. Trois juifs se promènent. Ils passent devant une forge et voient le forgeron attiser un feu violent. Le premier juif dit : « Regarde ce feu de forge qu'il y a là. » Le deuxième, sans même y jeter un coup d'œil, crie : « La ville... Toute la ville est en flammes. » Quant au troisième, il s'enfuit en hurlant : « Ouille, ouille, ouille, je brûle ! » Toi, Jakob, tu me rappelles le deuxième et le troisième juif. Tu as trop peur. Hitler devra mettre de l'eau dans son vin. Il a besoin de l'argent des juifs.

Nathan, sans cesser de manger son dessert, demanda soudain :

— Oncle Moses, est-ce que je vais entrer dans les Jeunesses hitlériennes ? Est-ce que j'aurai un uniforme ?

Sa sœur Selma éclata de rire.

— Quelle question, Nathan. Pas nous autres juifs !

Sara Katz morigéna Jiddchen.

— On ne parle pas la bouche pleine. Combien de fois faudra-t-il que je te le dise ?

Nathan cessa de mâcher.

— Mais, fit-il avec obstination, oncle Moses a bien un uniforme pendu dans l'armoire, lui.

— C'était pendant la guerre, dit son père en soupirant. Capitaine..., officier allemand..., c'est loin tout ça...

Après quoi, il récita la prière d'action de grâces. Lorsque Sara Katz débarrassa la table et y laissa, selon la vieille coutume juive, un peu de pain et de sel.

4

Au troisième étage, sous les combles de l'immeuble du 14 Welser-strasse, on écoutait aussi la radio. Karl Kompowski, surnommé « Kalla », se cala dans le vieux sofa de peluche brune de la cuisine-salle à manger, tandis que ses deux filles desservaient la table. Il portait un cache-nez autour du cou, souffrant comme beaucoup d'habitants de la rue, d'une forte grippe.

— Encore une bière, père ? demanda Irmgard, sa fille aînée.

Kompowski acquiesça de la tête. Elle prit une canette et lui remplit son verre.

Irmgard, âgée de vingt-deux ans, avait des yeux d'un brun chaud qui paraissaient presque trop grands pour son étroit visage ovale. Ses cheveux blond cendré tombaient en douces ondulations sur ses épaules. Hilde, sa sœur cadette, à quatorze ans, était un peu plus petite et boulotte. Elle avait le nez retroussé, des yeux bleus et la même chevelure que sa sœur. Après avoir pris son tricot dans le buffet de cuisine, elle revint à la table.

Irmgard remplit le fourneau de boulets. Sur la plaque de la cuisinière, une bouilloire chantait.

La cuisine-salle à manger était simplement, presque pauvrement, meublée. Buffet, table, sofa, trois chaises, cuisinière, évier, linoléum sur le sol. Au-dessus du sofa, étaient accrochées des photographies jaunies, représentant Kalla Kompowski avec sa famille ainsi que sa femme, morte depuis cinq ans. Après sa mort, Irmgard avait assumé le rôle de maîtresse de maison. Elle travaillait comme vendeuse dans un grand magasin et saisissait en outre toutes les occasions de gagner quelques marks supplémentaires : garder des enfants, aider des voisines, faire des heures supplémentaires. Kalla Kompowski, autrefois outilleur dans une usine métallurgique, était au chômage depuis trois ans. Avec son allocation de trente-deux marks par mois, pour lui-même et Hilde qui devait encore aller à l'école, il ne pouvait pas aller bien loin. Sans la participation d'Irmgard, la famille aurait crevé de faim.

Kompowski but une gorgée de bière et essuya la mousse de ses lèvres. C'était un homme solide et massif avec des yeux gris-bleu et une chevelure grisonnante aux tempes. Depuis quelques mois, il se laissait aller, ce qui inquiétait Irmgard. Avec sa barbe mal rasée il avait l'air peu soigné et grognon. Il ne riait plus que rarement. Dès qu'il avait un mark, il essayait de le changer en cigarettes ou en alcool. Il se plaignait constamment de son destin, d'autant plus que le parti social-démocrate, dont il était chef de cellule, ne pouvait pas le changer. Il feuilletait distraitement un vieil exemplaire du journal du parti, le *Volkswacht,* tout en écoutant le radio-reportage de Berlin. Irmgard prit la bouilloire sur la cuisinière, se fit une tasse de thé et s'assit à la table avec les autres. Dans le vieil appareil de radio, une lampe mal fixée ne cessait de grésiller.

« Nombreux sont ceux qui, dans la foule, essuient furtivement leurs larmes, criait le speaker. Larmes de joie et de reconnaissance. Heil à toi, notre Führer ! Heil à la patrie allemande ! chantent les cœurs, et la petite grand-mère au bord du trottoir exprime ce qu'ils éprouvent tous, tous les hommes et les femmes qui sont là-bas et aussi les vaillants hommes des SA et des SS qui défilent en longues colonnes derrière les drapeaux à croix gammée. Merci à toi, Dieu tout-puissant, qui nous a permis de vivre une telle journée ! »

Kompowski hocha la tête.

— Quelle imbécillité ! Cette journée, nous la maudirons tous !

Puis à nouveau musique militaire, cris de joie et roulement monotone des colonnes en marche.

A cet instant, la porte du couloir s'ouvrit et Dodo entra. Dodo, de son vrai nom Daniel von Dorfen, habitait comme sous-locataire une petite chambre meublée chez les Kompowski. Il avait un aspect étrange : son joli visage à la bouche trop charnue, presque lascive pour un homme, était très fardé. Par-dessus ses cheveux lisses, il arborait maintenant une perruque blonde. Au lieu d'un costume, il portait une blouse rouge, une jaquette de laine, une longue jupe, des bas de soie et des chaussures à hauts talons. La famille était depuis longtemps habituée à la manie de Dodo de se travestir en femme et d'aller dans la rue sous ce déguisement. Ni le père ni les filles Kompowski ne prêtèrent donc attention à son accoutrement.

Dodo, balançant un petit sac à main, écouta un moment avec irritation le bruit de bottes de la radio.

— Terribles, ces gens des SA avec leurs bottes, dit-il en soupirant. Ils devraient plutôt mettre des chaussons de danse. Ça serait moitié moins bruyant et moitié moins dangereux !

Hilde pouffa.

— Oui, c'est ça : les SA en chaussons de danse ! Ils ne marchent plus au pas. Ils dansent devant le Führer... Juste ciel !

Même la sérieuse Irmgard fut obligée de rire en se représentant la scène. Puis elle dit pensivement :

— Dodo a raison. On devrait interdire les bottes, elles piétinent tout. Sans elles, les choses seraient sûrement différentes en Allemagne.

C'est alors seulement que Hilde remarqua ce qu'elle n'avait pas vu auparavant. Elle laissa tomber son tricot, bondit de sa chaise et se jeta sur Dodo, furieuse.

— Tu as mis ma blouse ! Ma blouse rouge ! Enlève-la tout de suite !

Le travesti repoussa la jeune fille d'un geste affecté.

— Mon Dieu, ne te fâche pas comme ça, Hilde ! J'ai lavé et

repassé cette blouse spécialement pour toi. Et aussi, tes autres blouses. Laisse-moi pour une fois sortir avec. J'aimerais...

Kalla Kompowski lui coupa brutalement la parole.

— Enlève tes pattes des vêtements de mes filles, Dodo ! Elles peuvent laver leurs affaires elles-mêmes. La façon dont tu cavales m'est bien égale, mais, s'il te plaît, achète toi-même des robes si tu es cinglé !

Il frappa du poing sur la table.

— Il y a bien d'autres choses qui me préoccupent. C'est ce que Hindenburg, ce vieux crétin, vient de faire de nous. Cette affaire avec Hitler.

— Ça sent mauvais, père, n'est-ce pas ? demanda Irmgard.

— Ça sent sacrément mauvais. Hitler au pouvoir et, avec lui, ce réactionnaire d'Hugenberg, ça conduit à la guerre. Ils vont commencer par détruire les partis, et ensuite, tout le peuple allemand. Après ça, vous pourrez avaler du poison.

Il toussa si violemment qu'il en devint tout rouge.

— Tout n'est pas encore perdu, père. Maintenant, il faut que la Schufo s'en mêle ! Le signal viendra sûrement bientôt. Nous devrions nous tenir prêts, dit Irmgard.

Kompowski regardait fixement devant lui. Tout comme sa fille, il était membre de la Schufo, la Schutzformation (la formation de protection) du « Front de fer » à laquelle le parti social-démocrate et d'autres organisations ouvrières s'étaient joints. Leurs adhérents, dont un certain nombre portaient des chemises vertes, des casquettes bleues et des culottes de cheval noires, étaient entraînés au combat de rue. Ils devaient agir aussitôt que les nationalistes s'empareraient du pouvoir. Irmgard Kompowski avait reçu une formation d'infirmière, son père de mitrailleur. En cas d'incidents graves, un courrier devait donner le signal. Le lieu de rassemblement prévu se trouvait derrière la gare principale, à cinq minutes seulement de la Welser-strasse. Dans le placard de la cuisine, il y avait deux pistolets et, dans le pigeonnier, sur le sol, une mitrailleuse démontée.

— Le courrier ne viendra pas, dit Kompowski en toussant à nouveau violemment. Je le parierais...

— C'est pourtant prévu comme ça, père.

— Pas comme ça. Nous avions compté sur un putsch. Mais non, Hitler est arrivé légalement au pouvoir.

Kompowski serra plus étroitement son cache-nez et reprit :

— Ça fout par terre tout le plan d'alerte. Sacrédié !

La conversation mettait Dodo mal à l'aise. Avec son sac à main brillant comme de l'argent, il se dirigea vers la porte.

— Tu sors sans manteau ? demanda Irmgard. En plein mois de janvier ?

— Ça s'est réchauffé après la pluie. Je veux voir ce qui se passe en ville. On entend les gens faire du bruit depuis des heures, comme s'ils voulaient chasser les démons et les sorcières... Comme dans la nuit de Walpurgis.

Il se retourna et dit pensivement :

— Mais ils ne chassent pas les démons, ils les fêtent plutôt.

La porte se referma sur Dodo. Le staccato de ses chaussures à hauts talons ne tarda pas à s'éteindre dans la cage d'escalier.

5

Ce soir-là, dans l'immeuble, il n'y avait qu'une seule famille qui célébrait joyeusement les événements de ce 30 janvier 1933 : les Hähnlein, dans l'appartement du rez-de-chaussée.

Adolf Hähnlein était dans son élément. Avec sa moustache brune et ses épais sourcils, on pouvait le prendre pour une copie comique du « grand Adolf », il faisait pétiller le mousseux dans son verre et ceux de ses parents et invités. Dans le garde-manger, il y avait toute une batterie de bouteilles pour célébrer la journée.

Il avait depuis longtemps accroché au dossier d'une chaise sa vareuse brune d'uniforme avec deux étoiles sur la patte du col, qui prouvaient son grade, subalterne, de chef de détachement SA.

Agité et transpirant, il allait et venait en bras de chemise. De larges bretelles soutenaient sa culotte de cheval qui s'enfonçait dans des bottes noires brillantes.

— Youpi et levez les godets ! criait-il en s'efforçant d'être drôle.

Dans le salon des Hähnlein, où s'entassaient différents styles de meubles, huit personnes étaient assemblées : à côté de Hähnlein, sa femme Eva, large de hanches avec un visage frais et des cheveux blonds coiffés à la Gretchen, ses fils Karl et Wolfgang, le boucher Anton Bockmeier et sa femme Emmy venus de l'immeuble voisin, ainsi qu'un homme trapu et grisonnant avec une balafre au-dessus de la lèvre supérieure. Il avait amené une jeune femme à la petite tête effrontée, coiffée de boucles blondes. L'homme aux cheveux gris était l'oberführer Lehmann, un « gros bonnet » et un vieux camarade de combat de Hähnlein. Son amie, Hilde Benz, la jolie petite tête bouclée, habitait dans le voisinage.

Le sol était jonché de bouteilles vides de mousseux. Chaque verre qu'Eva Hähnlein remplissait en chantonnant joyeusement faisait monter l'ambiance.

— Maintenant, l'Allemagne va se relever ! dit Adolf Hähnlein tandis que les derniers accents des marches militaires résonnaient dans le poste de radio.

Il se mit au garde-à-vous, leva son verre à hauteur du menton et, après un petit rot, invita l'assistance à se lever. Lorsque tout le monde fut debout, Bockmeier, un peu vacillant, dit avec un air inspiré :

— Oberführer, chers invités. Je prends la liberté de crier un triple hourra pour notre Führer. Vive Adolf Hitler ! Hourra ! Hourra ! Hourra !

Avant que les autres aient pu se joindre aux hourras, le fils Hähnlein, Karl, intervint :

— On dit maintenant Heil ! Heil ! Heil !

L'aîné des deux garçons était un type sec et sportif dont on remarquait avant tout les yeux saillants d'un bleu profond, les cheveux blond pâle avec la raie à gauche. La bouche mince avait une expression arrogante.

Lui aussi eut quelque peine à garder l'équilibre lorsqu'il annonça :

— Et maintenant, mesdames et messieurs, un triple Heil ! pour le Führer.

— Heil ! Heil ! Heil ! répondit promptement la compagnie.

Karl qui portait une chemise à carreaux à col ouvert et, comme son père, une culotte de cheval brune et des bottes noires, s'aperçut alors que son frère Wolfgang était le seul à rester assis. Il n'avait pas non plus pris part aux acclamations.

— Hé, petit frère, comme tout le monde, cria-t-il, hop, hop, debout !

Il s'avança en titubant vers Wolfgang et essaya de le faire lever en le tirant par son veston gris. Ce faisant, il glissa et, dans sa chute, il arracha un petit ruban bariolé du revers de son frère.

Wolfgang, d'un an plus jeune que Karl qui en avait vingt, releva son frère. S'il avait une demi-tête de moins que son aîné, il était tout aussi mince, tout aussi blond, avec un visage ouvert.

— Laisse tomber, dit-il calmement, rends-moi ce ruban.

Karl examina avec curiosité le ruban bariolé dans le creux de sa main, puis il jeta vers son frère un regard interrogateur.

— Qu'est-ce que cet insigne ?... Ça n'a rien à voir avec le Parti. Vert-blanc-rouge, ce ne sont pas nos couleurs.

Wolfgang Hänhlein secoua la tête.

— Non, ce ne sont pas vos couleurs. Mais les miennes. C'est l'insigne de mon association d'étudiants. Allons, rends-le-moi !

L'expression arrogante se fit plus marquée sur le visage de Karl.

— Ah, ah, le frère étudiant. Monsieur l'universitaire ! Il se tient à l'écart lorsque ses compatriotes fêtent le Führer.

Il se tourna vers Adolf Hähnlein.

— Que dis-tu de ça, père ? Explique au dernier de la couvée ce que signifie l'heure qui vient de sonner.

Eva Hähnlein s'interposa. Elle prit le ruban des mains de Karl et le rendit à Wolfgang. Sa bonne humeur avait disparu.

— Assez de disputes ! cria-t-elle.

Furieuse, elle se tourna vers son aîné.

— Wolfgang est différent de père et de toi. Il a besoin de temps pour changer d'avis. Comme beaucoup d'autres. Nous n'avons sûrement pas encore tous compris quelle merveilleuse époque vient de commencer pour l'Allemagne.

Elle s'approcha de Wolfgang et, d'un geste maternel, lui caressa la tête.

— N'est-ce pas, mon garçon, dit-elle d'un ton pressant, tu le comprendras, toi aussi, et tu changeras d'avis.

Wolfgang ne répondit pas. Il fixa calmement son insigne à son revers, enjamba les bouteilles et se dirigea vers la porte.

— Tu ne viens pas avec nous ? lui demanda sa mère. Nous allons accrocher des lampions aux fenêtres et nous irons tous ensemble en ville. Il y a un grand cortège.

Wolfgang secoua la tête.

— Non, mère, je monte chez Selma.

Tout en enfilant la manche gauche de sa vareuse d'uniforme, Hähnlein se dressa tout près de son jeune fils qu'il dominait presque d'une tête. Il avait l'air dessoûlé, ses yeux lançaient une lueur mauvaise. Sa voix résonna comme un bref commandement.

— Pour que tu le saches une fois pour toutes, dit-il, maintenant c'est fini avec cette youpine.

Le silence emplit soudain la pièce. Personne ne bougeait. Tous regardaient intensément le père et le fils.

Wolfgang resta là un moment, sans bouger. Son visage devint un peu plus pâle. Au mouvement nerveux de ses maxillaires on voyait qu'il luttait pour se dominer.

— Père, tu aimes maman ?

La question était inattendue. Adolf Hähnlein acquiesça de la tête, interloqué.

— Oui, naturellement, j'aime ta mère !

— Eh bien, tu vois, moi, j'aime Selma. C'est pourquoi, entre elle et moi, ça ne finira pas. Jamais ! fit-il avec insistance.

Passant devant son père qui resta planté, raide comme un poteau, Wolfgang franchit la porte. L'instant d'après on l'entendit monter l'escalier en courant.

6

Dodo mit quelque temps à trouver le bon équilibre et la longueur de pas convenant à ses hauts talons. Lentement, comme sur des échasses, il descendit la Steingasse, traversa les voies de chemin de fer et atteignit finalement la Haupt-strasse, derrière la gare principale. Là, malgré l'heure tardive, se pressaient encore des milliers d'hommes, de femmes, d'enfants, de gens en uniforme et de badauds. Jamais encore Dodo n'avait vu autant de gens pressés les uns contre les autres.

Il dut marcher longtemps avant de pouvoir se glisser dans la foule. Avec un sourire aguichant, il s'y fraya un chemin.

— Mademoiselle, vous n'êtes pas transparente ! grogna un mauvais coucheur derrière lui.

Il se baissa un peu et le grognon se tut. Dodo put alors voir tranquillement ce qui se passait devant lui.

Des hommes en uniforme de SA et de SS allèrent chercher dans deux charrettes chargées à ras bord, des drapeaux et des flambeaux : des drapeaux rouges avec un cercle blanc orné d'une croix gammée noire. Quelques hommes les déroulèrent et les portèrent sur leurs épaules, les flambeaux furent allumés. Puis les hommes en uniforme se rassemblèrent en colonne par rangs de six. Dodo vit aussi des personnes en civil et des adolescents avec des brassards à croix gammée prendre place dans le cortège. Tous tenaient des flambeaux allumés.

La colonne s'ébranla. Un des hommes entonna un chant : « Le drapeau haut, les rangs solidement serrés [1]. »

Dodo constata que les gens qui passaient devant lui à la lueur des torches avaient une expression bizarre. Leurs yeux semblaient éclairés de l'intérieur. Quelque chose de nouveau, de démoniaque, que Dodo ne put s'expliquer, semblait transfigu-

1. Premier vers du *Horst Wessel Lied,* hymne des nazis.

rer et transporter ces hommes, les pousser en avant. Peut-être n'étaient-ils que des kobolds, des esprits et des diables en route pour la nuit de Walpurgis.

Mais le claquement régulier des bottes et des chaussures était irritant. Daniel von Dorfen, alias Dodo, n'aimait pas du tout les bottes. Il frissonna sous la blouse rouge empruntée à Hilde Kompowski. Après la pluie de l'après-midi qui avait apporté un léger adoucissement, le froid était revenu. La jaquette de laine par-dessus la blouse ne suffisait pas à le réchauffer.

Il allait reprendre le chemin de la maison lorsque, dans la colonne interminable, il découvrit des visages familiers.

Fritzchen Stippel, par exemple. Un garçon blond et grossier au visage grêlé. Stippel avait, peu de temps auparavant, travaillé à la boulangerie industrielle Gottwald qui se trouvait aux numéros 3 à 7 de la Welser-strasse, en face de l'immeuble du 14. Ivrogne et hâbleur, il avait eu plusieurs heurts avec M. Gottwald. Finalement, on l'avait mis à la porte. Malgré son uniforme noir, Stippel avait l'air peu soigné. Il semblait ne pas s'être rasé depuis quelques jours.

Ensuite, Dodo reconnut Rolf Fehrenbach, le fils unique de la veuve du conseiller Fehrenbach, du 1 Welser-strasse. Juge suppléant auprès du tribunal du Land, il suivait les traces de son père qui s'était acquis une grande réputation comme juge. C'était un jeune ambitieux. Dodo l'avait vu plusieurs fois avec Irmgard Kompowski, planté sous le porche de l'immeuble. Fehrenbach, cheveux blonds rasés loin au-dessus des oreilles, portait une élégante culotte de golf et arborait un insigne à croix gammée sur son veston.

Dodo voulut lui faire signe, car le jeune homme était client du salon de coiffure, mais il pensa que ce serait maladroit à cause de ses vêtements féminins. De plus, il n'était pas possible d'échanger un regard avec le jeune juge car ses yeux étaient braqués sur la nuque de l'homme qui le précédait.

Tous, sans exception, marchaient ainsi dans le défilé, le regard obstinément fixé sur la nuque de l'homme devant eux. Inutile de songer à ce qui se passerait si le premier les guidait vers un abîme...

« Frères, vers le soleil, vers la liberté... », chantait maintenant le cortège. Daniel von Dorfen releva sa jupe d'un geste digne d'une dame et prit le chemin du retour. Le bruit lui faisait mal aux oreilles.

Un quart d'heure plus tard, il tournait dans la Welser-strasse. Là, il entendit une musique qui lui plaisait davantage : les accents langoureux d'un tango. Ils provenaient d'une des fenêtres ouvertes de « La Carafe », le bistrot au coin de la rue du Chemin-de-Fer. Les lumières rouges de la façade donnaient à l'endroit un air romantique mais un peu louche.

Dodo entra et alla au bar.

— Une Pilsen, s'il vous plaît !

Achim, le barman, le salua de la tête tout en tournant le robinet de la pression. C'était un artiste qui savait tirer la bière de telle façon qu'une petite pièce de monnaie posée sur la mousse ne tombait pas au fond du verre.

— Tu es allé défiler ? demanda-t-il.

Dodo secoua la tête en montrant ses souliers à hauts talons.

— D'ailleurs, dit-il en souriant, je ne connais pas les chants.

Quelques clients le saluèrent. C'étaient principalement des gens de théâtre. Les manières efféminées de certains et leur façon peu virile de se vêtir attiraient l'attention. Dans la rue, « La Carafe » était considérée comme une « boîte de pédés ». Mais Achim, le tenancier, teint en blond platine, aux mains soigneusement manucurées, acceptait volontiers les clients « normaux ».

Dodo saisit quelques bribes de conversation. Personne ici ne parlait des événements de Berlin. On discutait du projet de coupler le théâtre municipal avec la scène d'une ville voisine. On débattait chaudement de ce que ce plan de fusion pouvait avoir comme conséquences pour les acteurs de la troupe.

Un des clients, un joli danseur très mince, disait :

— Le gouvernement veut économiser de l'argent. Bon. La qualité artistique sera améliorée. Bon. Mais, dorénavant, il nous faudra constamment faire l'aller et retour entre les deux villes. Ça nous coûtera de l'argent et du temps ! Sans parler du froid ! Tout cela ne va-t-il pas diminuer la qualité artistique ?

Un petit homme maniéré, des bracelets d'or à ses poignets velus et un pantalon collant, dit en soupirant :

— Oui... oui... Quand les rats quittent le navire, le bateau coule.

A cet instant, un courant d'air glacé traversa le bistrot. Sans que la plupart des clients l'eussent remarqué, la porte de la rue s'était ouverte. Une douzaine d'hommes en uniforme entrèrent dans un grand bruit de bottes. Ils paraissaient ivres.

Un solide gaillard de la SA au visage rougeaud, probablement le chef, s'adossa au comptoir. Il repoussa sur la nuque sa casquette d'uniforme marquée d'un aigle. Le cuir du couvre-chef laissa un trait rouge sur son front.

— Vous, les pédés, cria-t-il aux clients dont les conversations cessèrent peu à peu, savez-vous quel jour on est aujourd'hui ?

Pas de réponse.

Le rougeaud quitta sa place et se dirigea vers la table la plus proche. Il saisit le mignon aux bracelets d'or par les revers, le souleva et l'attira contre lui.

— Quel jour sommes-nous ? répéta-t-il.

— Lundi.

— Et à part ça ?

— Le 30 janvier.

— Et ensuite ?

— Le 30 janvier 1933.

— Et ?

Le mignon se débattait sous la poigne brutale de l'homme en uniforme. Avec une voix de fausset, chevrotante d'angoisse, il dit :

— A part ça, je ne sais rien.

— C'est pas beaucoup pour un petit malin avec un pantalon aussi étroit.

Avec un rire écœuré, le SA ivre jeta à terre sa proie gigotante.

— Aujourd'hui est un jour de joie pour nous tous, cria-t-il d'une voix furieuse. Depuis cet après-midi, nous sommes au pouvoir. A partir d'aujourd'hui, c'en est fini avec votre bande d'enculés. Dehors ! Et vite ! Je compte jusqu'à trois et je ne veux plus voir un seul d'entre vous, tas de lapins en rut... Compris ? Un...

Soudain, Dodo reconnut le visage grêlé de Fritzchen Stippel. Il venait de s'avancer derrière les autres hommes. Stippel saisit une chaise et la jeta avec fureur sur la glace murale, derrière le bar, qui s'effondra, en miettes. Dans les deux morceaux qui restaient au mur, Stippel découvrit la présence de Dodo, debout derrière lui.

Une vilaine grimace déforma son visage mal rasé plein de pustules lorsqu'il se retourna vers Dodo.

— Deux !... compta le rougeaud.

Les clients consternés quittèrent les lieux.

Dodo voulut sortir, mais Stippel lui barra le chemin.

— Dodo, cria-t-il d'une voix méchante, comme tu es bien habillé ! Une vraie dame !

Il fouinait avec ses doigts épais dans la blouse rouge que Dodo portait sous sa jaquette de laine.

— Montre voir ce que tu as là-dessous, mon trésor. Un soutien-gorge peut-être ? Des faux nichons ?

— Trois !... dit le chef au même instant.

Comme un taureau furieux, il se jeta sur Achim, le tenancier, qui tremblait de peur dans un coin. Il le saisit, le fit tournoyer en l'air et le lança contre Dodo autour duquel la meute en uniforme s'était rassemblée.

Dodo perdit l'équilibre et, titubant, il tomba sur la poitrine de Fritzchen Stippel. Ce dernier le saisit solidement. D'un seul mouvement de ses mains vigoureuses, il déchira la blouse en deux. A travers les lambeaux d'étoffe, il prit un petit soutien-gorge à fleurs bleues et le brandit triomphalement.

— Rembourré ! cria-t-il en riant. Des faux nichons !

Le soutien-gorge passa de main en main et le rougeaud cria :

— Hé, le patron, continue à déshabiller la dame ! Nous voulons en voir plus. De la chair nue ! Les jambes ! Le cul ! D'abord le porte-jarretelles. Ensuite la petite culotte !

En tombant sur Dodo, Achim s'était blessé à la lèvre. Il essuya le sang avec son mouchoir. Puis il resta debout, indécis, sans savoir ce qu'il devait faire.

Dodo vit une des bottes boueuses de Stippel se lever pour frapper. La pointe atteint Achim au ventre. Le tenancier s'effondra en hurlant de douleur.

En voyant cette botte, Dodo éprouva un sentiment qu'il ne connaissait pas encore : un mélange de désespoir, de haine et de rage impuissante.

Sa colère explosa de façon tout à fait inattendue.

Il ne fut plus cette femme dont il portait le costume, plus cette créature ambiguë qui, par une pulsion inexplicable, réprimait en elle tout aspect masculin. Il redevint un homme, tel qu'à sa naissance. Furieux, il jeta au loin son sac à main et se rua sur Fritzchen Stippel avec un cri sauvage.

— Espèce de sadique ! cria-t-il. Sale voyou !

Il frappa des deux mains, atteignit Stippel entre le nez et le front, le jeta à terre et cogna en laissant libre cours à sa colère et à son besoin de vengeance, jusqu'à ce que Stippel gémisse. Jusqu'à ce que son visage soit rouge de sang.

Alors les autres se jetèrent sur lui. Il sentit leurs poings, leurs bottes. Une effroyable douleur le parcourut lorsqu'une bouteille s'écrasa sur sa tête. Puis il ne sentit plus rien.

Lorsqu'il reprit connaissance, il gisait dans l'obscurité, la face contre terre. Il se retourna péniblement. Comme dans un brouillard, il reconnut les lumières rouges de « La Carafe ». Puis, tout proches, dans la lueur tremblotante d'une allumette, les grands yeux sombres d'Irmgard Kompowski qui se penchait sur lui. La jeune fille l'aida à se relever et étancha son sang.

— Viens, Dodo, appuie-toi sur moi.

Il passa un bras par-dessus son épaule. Lentement, ils allèrent jusqu'au 14 de la Welser-strasse. Dodo traînait un peu la jambe. Il pleurait. Les larmes traçaient de petits sillons irréguliers dans le fard de son visage.

Ce ne fut pas un jour ordinaire pour la rue. Quelque chose s'était brisé. Désormais, rien ne devait plus être comme autrefois.

7

Jusqu'à ce dernier lundi de janvier 1933, la Welser-strasse avait été silencieuse et calme, typique d'une grande ville de la Ruhr, avec une légère touche de riche bourgeoisie en plus.

Quelques immeubles avaient d'imposantes façades, richement décorées de stuc. D'autres étaient revêtues de briques rouges. Des encorbellements, des balcons et des balustrades donnaient même, aux maisons moins soignées que les autres, une note particulière. La plupart appartenaient à des propriétaires privés, le reste aux grandes sociétés immobilières.

Des employés, des fonctionnaires, des commerçants, des artisans, des ouvriers avec leur famille y cohabitaient paisiblement. La rue n'était bruyante que pendant les premières heures de la matinée, lorsque, de la cour de la boulangerie Gottwald, les chariots attelés de puissants chevaux pommelés aux harnais brillants faisaient résonner les pavés de la chaussée. C'était l'heure de livrer les commandes aux clients de la boulangerie et aussi l'heure à laquelle la boucherie Bockmeier, l'épicerie fine Katz & Cie et la laiterie de la veuve Kohlfink recevaient leurs approvisionnements. Le vacarme des brocs à lait faisait même partie de l'habituelle mélodie matinale, comme la cloche du paysan qui criait ses « Pommes de terre ! Pommes de terre ! » d'une voix puissante.

On voyait souvent des femmes en bigoudis s'arrêter pour bavarder. Ou bien des colombophiles, pour la plupart âgés, qui se montraient leurs pigeons. Ils se tenaient « au coin », comme on disait. Par temps clair, le soir, le ciel s'éclairait faiblement de la lueur rouge des hauts fourneaux lointains. Mais on pouvait aussi, dans la Welser-strasse, goûter à la suie que les cheminées d'usine répandaient dans le nord de la ville. Les cols des chemises et des blouses ne restaient pas blancs plus de deux jours. Mais on ne parlait pas de ça. C'était normal. Finalement, on pouvait toujours rincer la suie avec une petite bière à « La Carafe » ou dans un autre bistrot du voisinage.

Après ce lundi, l'aspect extérieur et le caractère de la rue commencèrent à se modifier de façon spectaculaire.

Le premier changement fut d'abord observé, le mardi matin, dans la vitrine de la boucherie Bockmeier. Au milieu des saucisses, des jambons, des pâtés et des pièces de viande artistement disposés, trôna soudain un portrait d'Hitler encadré d'argent et couronné d'une branche de laurier. Le Führer, grave, debout dans une auto, le bras droit levé.

— Eh ben! C'est-y lui qu'on va débiter en tranches? demanda en blaguant Otto Kimmeskamp, un petit homme sec et pâle qui logeait au numéro 8. Il achetait un morceau de boudin avec son allocation de chômage.

Emmy Bockmeier secoua la tête avec colère. L'épouse du boucher, aussi grasse que son mari, portait un tablier d'un blanc éclatant et une petite coiffe de même couleur sur ses cheveux.

— Eh quoi! Nous voulons honorer le Führer, monsieur Kimmeskamp, dit-elle d'un ton désagréable tout en débitant au couperet sur le billot un morceau de viande. Nous avons foi en lui. Mais ça, vous ne pouvez pas le comprendre. Vous continuez à arborer votre drapeau communiste.

Kimmeskamp retira le boudin du papier d'emballage. Il en mordit un bout et dit, la bouche pleine :

— Nous autres, communistes, nous sommes, après le Centre, toujours le deuxième grand parti de la ville. Après nous, c'est le vide..., ensuite, il n'y a plus grand-chose, et de loin... Et puis, vous arrivez...

— Et après?

Emmy Bockmeier abattit violemment son couperet puis, regardant en face son client, elle reprit :

— Votre parti vous a-t-il donné du travail? Non! Faire de beaux discours, parader, exciter les ouvriers, c'est tout ce qu'il sait faire. Six millions de chômeurs... Vous auriez pu faire quelque chose contre ça, vous les rouges!

Peu après, il y eut l'incident du drapeau. Cela aussi devait changer le visage de la rue.

Jusqu'alors, on avait rarement vu des drapeaux dans la rue. Otto Kimmeskamp mettait, à l'occasion, son drapeau du Front rouge avec son étoile soviétique à sa fenêtre. Souvent, une bannière portant les trois flèches du Front de fer social-démocrate flottait à la lucarne de Kalla Kompowski. Philipp Wendehals, professeur d'allemand et d'histoire au lycée municipal, pavoisait aussi à l'occasion des fêtes et de l'anniversaire d'Hindenburg. Ces jours-là, il arborait à la fenêtre de son bow-window le drapeau noir, rouge et or de la République de Weimar.

Au début de mars 1933, un nouveau drapeau flotta soudain dans le vent : le drapeau à croix gammée. Il était accroché à une hampe fixée à l'une des lucarnes de la maison du 8. Cette lucarne appartenait à l'appartement du mécanicien de locomotive Fritz Nickel qui habitait là avec sa femme handicapée, ses deux filles et ses trois fils. Nickel avait été l'une des premières « chemises brunes » de la rue. Il avait sorti le drapeau parce qu'un cortège de propagande des nationaux-socialistes devait passer dans la rue.

Le professeur Wendehals revenait de son cours lorsqu'il découvrit l'étendard à croix gammée. Il s'arrêta, secoua la tête avec agacement. Puis, après une courte hésitation, il se mit en route vers le commissariat de police, au numéro 9 de la Steingasse. Il entra dans la salle de garde où ronflait un poêle.

— Ça va trop loin, dit-il au fonctionnaire de service, le sergent Gustav Bogensiepen. Le drapeau du Reich est toujours noir, rouge et or, autant que je sache. Ce n'est pas le drapeau à croix gammée. Faites en sorte que ce drapeau soit enlevé.

Wendehals et Bogensiepen se connaissaient depuis la guerre. Ils avaient servi dans la même division, le professeur comme officier de réserve, le policier comme caporal-chef. Engagé volontaire, Bogensiepen avait été pris dans la police après la guerre. C'était un petit homme large d'épaules, avec une moustache à la Guillaume II. Gêné, il se gratta la tête.

— Comment faire ? demanda-t-il.

— Sacrénom, Bogensiepen, envoyez un agent. Vous connaissez la loi. Seul le drapeau du Reich a le droit d'être arboré.

Le sergent ne se sentait pas bien dans sa peau.

— Vous avez raison, monsieur le professeur, mais les nationaux-socialistes ont hissé le drapeau à croix gammée sur l'hôtel de ville.

— Pendant une heure, dit Wendehals. Ensuite, sur l'ordre du maire, il a fallu qu'ils l'enlèvent. Le droit reste le droit. Je m'en tiens là.

Bogensiepen alla en soupirant dans la pièce voisine. Il téléphona pendant un moment. Lorsqu'il revint, il haussa, non sans gêne, ses larges épaules.

— Je ne peux rien faire, monsieur le professeur. Le drapeau

à croix gammée vient tout juste d'être hissé sur la Préfecture de police et sur le Tribunal.

— C'est illégal, dit Wendehals, c'est une atteinte à la loi. On devrait intervenir contre ça !

Bogensiepen dit qu'il ne le pouvait pas. Il venait tout juste d'apprendre, en outre, par la Préfecture de police, que le ministre du Reich, Goering, avait invité tous les présidents de Länder à autoriser tous les drapeaux qui correspondraient au « sentiment national » des citoyens — et aussi le drapeau à croix gammée.

Le professeur quitta le commissariat en hochant la tête. Lorsqu'il tourna au coin de la Steingasse dans la Welser-strasse, il vit Adolf Hähnlein, debout sur une échelle, en face de l'immeuble du numéro 14. Hähnlein vissait un tableau noir sur le haut mur de la boulangerie Gottwald.

Adolf Hähnlein vit la mine interrogatrice du professeur Wendehals :

— C'est un tableau d'informations de la NSDAP, monsieur le professeur, pour toutes les dates importantes et le communiqué du Parti.

— Vous salissez tout le mur avec ça, monsieur Hähnlein, dit Wendehals. Si chaque parti accroche un panneau ici, de quoi cela aura-t-il l'air ?

Hähnlein ricana et montra les slogans électoraux qui barbouillaient le mur de peinture rouge et blanche : Votez communiste — Votez pour la liste Polen — Ta voix pour le Parti du peuple allemand.

— Les autres se sont déjà inscrits pour l'éternité, dit Hähnlein, mais attendez un peu. Nous allons bientôt leur régler leur compte. Bientôt, il n'y aura plus d'autres partis.

Impavide, il fixa la dernière vis.

Adolf Hähnlein s'était montré bon prophète.

Quelques jours plus tard, Philipp Wendehals put lire dans son journal :

« Aux élections du 5 mars, au Reichstag : la NSDAP a obtenu plus de 45 % des voix. »

Le 24 mars, avec la loi sur les pleins pouvoirs votée par le Reichstag, Adolf Hitler prit tous les pouvoirs pour lui seul et Goebbels déclara :

« Aujourd'hui, nous sommes les maîtres de l'Allemagne et rien ne pourra changer quoi que ce soit à ce fait. »

La dernière heure des partis démocratiques venait de sonner.

Dans la Welser-strasse, Otto Kimmeskamp fut le premier à s'en apercevoir. Pour protester contre les pleins pouvoirs, il avait sorti le drapeau du Front rouge. A peine dix minutes s'étaient-elles écoulées qu'il reçut la visite de son voisin Hähnlein. Ce dernier n'était pas seul. Dans l'escalier, près de lui, se tenaient son fils Karl et deux hommes de la SA. Dans le plus jeune des deux, Kimmeskamp reconnut le fils du mécanicien Nickel qui habitait les combles du même immeuble.

— Votre drapeau rouge, dit Hähnlein d'une voix tonnante, il doit disparaître. Immédiatement !

— Pourquoi ça ?

— Les drapeaux marxistes sont interdits.

— Depuis quand ?

— A partir de maintenant. En raison de la nouvelle ordonnance pour la protection du peuple et de l'Etat.

— Connais pas. Je me fous comme d'une merde de ce qu'Hitler a ordonné. Le drapeau restera accroché.

Kimmeskamp serra les poings, il en mit un tout près du visage d'Hähnlein qui tournait à l'écarlate.

— Vive le Front rouge ! Espèce de danseur mondain !

Karl Hähnlein et le jeune Nickel se glissèrent derrière Hähnlein et Kimmeskamp. Ils se précipitèrent dans l'appartement. Peu de temps après, ils revinrent avec le drapeau. Sous les yeux de Kimmeskamp, ils découpèrent l'étamine rouge en petits morceaux avec un coutelas.

— Sais-tu ce que tu peux faire avec ça, maintenant ? dit Karl Hähnlein, te torcher le cul ! Heil Hitler ! espèce de bolchevik.

L'incident fut commenté à la ronde. Comme des lynx, Hähnlein, les chefs d'immeuble et d'autres cadres des nationaux-socialistes veillèrent à ce qu'aucun des drapeaux interdits ne fût plus exhibé dans la rue. Bientôt, seuls les drapeaux à croix gammée eurent droit de cité. Et ce, chaque fois qu'Adolf Hähnlein, d'une écriture nerveuse, inscrivait sur le tableau noir fixé au mur de la boulangerie : « Sortez les drapeaux. » Ce qui se produisait de plus en plus souvent.

Le professeur Wendehals se résolut à suivre le « bon conseil » de son voisin Hähnlein et s'acheta un étendard à croix gammée. La nouvelle direction prise par les événements ne lui plaisait pas — mais il n'osa plus être le seul à pavoiser avec les couleurs noir, rouge et or de la République de Weimar.

Un jour, avant même que cet emblème ne fût, lui aussi, interdit, il le fit envelopper par sa femme dans un papier d'emballage avec des boules d'antimite. Il le porta dans le réduit du comble qui lui servait de débarras et posa en soupirant le paquet dans un coin, auprès d'une vieille machine à coudre hors service.

— Dans six mois, Else, nous le redescendrons, dit-il à sa femme.

Certes, Hitler, dans son premier discours de chancelier au Palais des sports de Berlin, avait demandé au peuple : « Donnez-moi quatre ans ! » Mais Wendehals était toujours aussi certain que le cauchemar brun allait bientôt disparaître. Professeur d'histoire, connaissant les hauts et les bas de l'histoire du monde, il tenait pour impossible qu'un caporal qui n'avait ni intelligence ni savoir-vivre, à plus forte raison pas de génie, pût commander durablement un peuple aussi cultivé que le peuple allemand.

Il ferma le débarras avec un cadenas. Le roucoulement des pigeons que Kalla Kompowski et le petit Nathan Katz élevaient dans deux débarras du grenier lui parvint. Les oiseaux étaient étrangement excités. Il semblait qu'il y eût un changement de temps dans l'air.

8

Au bruit des sabots des chevaux, des bidons de lait, de la cloche du marchand de pommes de terre et aux cris du marchand de légumes qui vantait ses produits, s'ajoutèrent bientôt d'autres rumeurs : des troupes de SA, de Jeunesses hitlériennes et de la Ligue des jeunes filles allemandes défilaient au pas cadencé en chantant sur les pavés de grès.

Grand-père Breil, un mineur pensionné à cause de sa silicose pulmonaire, s'appuyait du matin au soir à la fenêtre ouverte de son logement, au deuxième étage du numéro 10, et « zieutait la rue ». Il connaissait les textes par cœur. Celui qui lui plaisait le plus était « Les os pourris tremblent... » Lorsqu'il l'entendait, il aurait, pour un peu, voulu défiler lui-même. Encore que ses os fussent déjà passablement pourris.

Un mercredi après-midi, une section des Jeunesses hitlériennes entra dans la cour de la boulangerie Gottwald. Le chef commanda : « Section ! En ligne, face à gauche ! Halte ! Repos ! » Tandis que les gamins se mettaient au repos, il demanda à un homme en blouse blanche qui passait où se trouvait le bureau d'Oswald Gottwald, le propriétaire des lieux.

— Là, derrière la rampe, en haut de l'escalier, dit l'homme, dans le couloir, deuxième porte à gauche.

Le grand jeune homme brun — pâle visage d'ambitieux, chemise brune, culotte noire et casquette à jugulaire — se trouva peu après dans le cabinet du boulanger.

— Heil Hitler ! dit-il. Je suis le chef de section Herbert Nickel et j'habite en face, au numéro 8.

— 'Jour, dit Oswald Gottwald.

Il était assis derrière son vieux bureau devant une haute pile de papiers. Il leva ses lunettes pour regarder son visiteur.

— Et alors ?

— Je voudrais vous demander si vous permettez que je fasse manœuvrer ma section le mercredi et le samedi dans votre cour.

Oswald Gottwald, un homme ventru aux larges épaules et aux petits yeux rusés dans un visage violacé d'hypertendu, le regarda avec étonnement.

— Des Jeunesses hitlériennes dans ma cour ? Pas question.

— Le commandant de compagnie Hähnlein, mon supérieur, pensait...

— Je ne le connais pas, coupa Gottwald.

Une jolie fille mince au teint mat, aux cheveux bruns coiffés à la mode, leva les yeux de son bureau placé en face de celui de Gottwald. C'était Erika, sa fille, âgée de dix-neuf ans.

— Karl, le fils d'Adolf Hähnlein, au 14, papa, dit-elle.

Le fabricant resta sur son refus et le jeune homme blafard en chemise brune prit congé avec un salut hitlérien raide en avertissant qu'il allait amener son chef. Peu après, des commandements retentirent dans la cour. Les gamins battaient en retraite.

Environ une demi-heure plus tard, une motocyclette passa en pétaradant sous le porche ouvert de la boulangerie. Erika Gottwald, qui, de sa place pouvait observer la cour, vit un jeune homme blond descendre de la machine. Il avait une fourragère blanche sur sa chemise d'uniforme. Son cœur battit plus vite et son visage rougit légèrement.

— C'est Karl, dit-elle.

Son père ne partagea pas sa joyeuse excitation.

— Tu le connais ? demanda-t-il en plissant le front.

— Oui. Nous étions ensemble au cours de danse et nous nous sommes déjà rencontrés quelquefois. Il est très gentil.

On frappa et Gottwald répondit par un « Entrez » grognon. Karl Hähnlein entra dans la pièce. Claquement de talons, bras levé.

— Heil Hitler, je suis le commandant de compagnie Hähnlein.

— Bonjour, dit laconiquement le boulanger. J'ai déjà dit que ma cour n'est pas disponible. Ici on travaille le mercredi, et le samedi, c'est fermé. C'est pourquoi je ne veux pas d'étrangers sur mon terrain.

Il vit que le blondin était toujours debout au garde-à-vous, près de la porte.

— Laissez donc ça. Ici vous n'avez pas besoin de vous mettre au garde-à-vous.

Karl Hähnlein se mit au repos.

— Je vous prie de reconsidérer votre décision, dit-il. Je vous le demande pour la Jeunesse hitlérienne de notre ville qui s'est distinguée malgré la terreur et l'oppression. Les jeunes viennent à nous de plus en plus nombreux. Il nous faut de la place pour eux afin d'assurer notre service dans les différents quartiers de la ville. Partout, on met à notre disposition des places et des cours d'école. Ici, dans le quartier Welser, votre cour serait idéale. Les jeunes du voisinage et aussi mon père vous en seraient reconnaissants, monsieur Gottwald.

Le boulanger n'écoutait que d'une oreille. Le visage de son interlocuteur lui semblait connu. Il devait l'avoir déjà vu. Soudain, il se souvint.

— Dites-moi, est-ce que vous ne vouliez pas devenir boulanger ?

Karl Hähnlein le regarda avec surprise.

— Oui. Comment le savez-vous ?

— Je fais partie de la commission des examens de la corporation. Oui, naturellement. Vous n'avez pas accompli votre temps d'apprentissage. Vous avez échoué à l'examen.

— S'il te plaît, père, laisse ça..., dit Erika Gottwald gênée.

L'attitude de Hähnlein changea. Il leva un peu le menton, gonfla sa poitrine d'une profonde aspiration.

— J'ai contribué à créer le « Nibelungenring » dans la ville, monsieur Gottwald.

— Nibelungenring... Qu'est-ce que Wagner vient faire ici ?

— C'était le nom de code d'un petit groupe de jeunes combattants. La Jeunesse hitlérienne en émane. J'avais peu de temps pour m'occuper de la profession.

— Ce ne serait pas plutôt les épreuves théoriques qui vous auraient fait échouer ? demanda Gottwald nullement impressionné. Lors de l'examen, vous n'avez répondu correctement à presque aucune question. C'est pourquoi je vous ai remarqué. Quel métier avez-vous donc appris ? En avez-vous un ? Ou bien vous contentez-vous de promener votre uniforme ?

— Je ne suis pas ici pour subir un interrogatoire, monsieur

Gottwald, répondit le commandant de compagnie piqué au vif. Son ton se fit arrogant et le pli désagréable autour de sa bouche s'accentua :

— Je ne vous demande pas pourquoi vous êtes inscrit au Centre et pas à la NSDAP. Ni pourquoi vous faites du si mauvais pain !

Oswald se leva en haletant bruyamment derrière son bureau.

— Si vous ne connaissiez pas si bien ma fille, je vous foutrais dehors instantanément, dit-il hors de lui. Mais, pour votre information, espèce de petit malin, l'année dernière j'ai baissé le prix du pain de quinze pour cent pour que les chômeurs puissent au moins manger à leur faim. Sûr que la qualité en a souffert. Je ne peux malheureusement pas faire de miracles. Et si je suis inscrit au Centre, c'est parce que je voudrais voir se réaliser une politique chrétienne. Une politique humaine.

Le boulanger s'essuya le front avec un grand mouchoir blanc. Il respirait avec nervosité.

— Nous devrions arrêter là cette conversation, monsieur Hähnlein, reprit-il. Cherchez un autre endroit pour vos jeunes. Et si je peux vous donner un conseil, faites-les prier, ces petits gars. Ça ne suffit pas de chanter et de jouer du tambour ! Au revoir.

— Heil Hitler !

Claquement de talons, bras levé, Hähnlein fit demi-tour et sortit.

Tandis qu'il quittait la cour sur sa moto, Erika dit doucement à Gottwald :

— Est-ce que tu n'as pas été trop dur, papa ? Il t'a pourtant demandé poliment...

— Tu appelles ça poliment ? Il a l'arrogance écrite sur sa figure. Un goujat et un raté !

Gottwald se rassit en gémissant derrière son bureau, prit ses lunettes et les essuya.

— En outre, ça n'aurait pas pu marcher, Erika. Dans notre cour les Jeunesses hitlériennes et, à côté, dans le jardin de la maison Welser, la Ligue de la jeunesse évangéliste du pasteur Baum. Non, non, j'ai bien fait.

— Toute la jeunesse chrétienne sera bientôt absorbée par les Jeunesses hitlériennes, dit Erika.

— D'où sais-tu cela ?

— Par Karl.

— Je ne vois pas d'un très bon œil que tu fréquentes ce garçon, Erika.

Le boulanger remit ses lunettes et jeta un regard aigu sur sa fille par-dessus les verres.

— Est-ce que c'est sérieux ?

Erika Gottwald qui tenait la comptabilité de la boulangerie se pencha de nouveau sur le livre de caisse.

— Il me plaît, dit-elle pour éluder la question.

9

Sara Katz s'examinait dans la psyché de sa chambre à coucher. Elle avait, en ce premier jour d'avril, sorti ses robes claires et, vêtue seulement d'une chemise et d'une petite culotte, elle les présentait l'une après l'autre devant son corps.

Elle se trouvait à son avantage. Droite et élancée avec ses cheveux d'un noir profond et chatoyant, qui tombaient jusqu'à ses épaules. Les grands yeux sombres sous les sourcils arqués regardaient, critiques, sa silhouette qui, malgré ses trente-sept ans et ses deux grossesses, était encore impeccable. Avec un geste satisfait, elle caressa de ses mains sa taille fine. Elle se plaisait et se sourit à elle-même.

Finalement, elle se décida pour une robe à rayures bleues avec un décolleté en V et des manches mi-longues.

Elle venait de l'enfiler et de la lisser sur son buste et à la taille, lorsque la sonnette de l'appartement retentit. Tout en fermant le dernier bouton dans le dos, elle se hâta vers l'antichambre et ouvrit.

Dehors, se tenaient deux voisines de l'immeuble : Else Wendehals et Irmgard Kompowski. La femme du professeur portait une élégante robe de soie beige sous son manteau ouvert. Irmgard Kompowski avait une jupe, une blouse blanche stricte et, par-dessus, une veste tricotée bleue.

— Etes-vous prête, madame Katz ? demanda Mme Wendehals.

— Oui, je n'ai plus qu'à prendre mon manteau.

Lorsque toutes les trois descendirent l'escalier, elles croisèrent un homme maigre, de taille moyenne, vêtu d'un manteau de cuir sombre et coiffé d'un feutre clair. Son visage n'avait rien de remarquable, sinon ses yeux gris au regard glacé et son menton carré. Il salua d'un geste vague en regardant attentivement les trois femmes. Il s'attarda un peu plus longuement et intensément sur Sara Katz.

— Drôle de type, dit Else Wendehals, avez-vous vu comment il vous a fixée, madame Katz ?

— Oui. Vraiment inquiétant.

Aucune des trois femmes ne connaissait le nom de cet homme. Elles savaient seulement qu'il habitait depuis peu de temps la mansarde qui faisait partie de l'appartement des Hähnlein. Sara Katz haussa les épaules et précéda ses voisines dans la rue.

Son mari, en blouse blanche derrière le comptoir de son épicerie, lui fit un signe tandis qu'elle passait devant la vitrine du magasin. Il était plein. Jakob Katz et deux vendeuses avaient beaucoup à faire pour servir les clients.

— C'est le premier du mois, dit Sara Katz, les gens ont de l'argent, alors ils s'offrent quelque chose de spécial.

— Avec un tel chiffre d'affaires, dit Else Wendehals en souriant, il y a sûrement une nouvelle robe pour vous. Elle glissa rapidement entre ses deux voisines et leur prit le bras.

Quelque dix minutes plus tard, elles arrivèrent au music-hall « Boccacio » où, cet après-midi-là, avait lieu le défilé de mode de la maison Samuel Rosenbaum. L'entrée était libre et le café gratuit. Les clients devaient seulement payer les pâtisseries. Georges Boulanger, le violoniste en vogue, jouait avec son orchestre de onze musiciens. Des mannequins minces comme des lianes et deux messieurs sportifs présentaient sur la passerelle ce que la femme et l'homme de 1933 porteraient au printemps et en été.

— Dis-moi, Irmgard, demanda soudain Mme Wendehals. (Elle connaissait la fille de Kalla Kompowski depuis son enfance et la tutoyait.) Le blond ne ressemblerait pas à Rolf Fehrenbach par hasard ?

Elle désignait un jeune homme élancé qui présentait un costume de sport avec des poches appliquées et des culottes de golf longues et larges.

— Le fils de la veuve Fehrenbach ? demanda Sara Katz.

— Oui, dit Else Wendehals, le futur juriste. Un garçon capable. Il fait son chemin.

Elle se tourna vers la jeune fille.

— Etes-vous toujours amis ?

Irmgard Kompowski hésita à répondre.

— En fait, non, dit-elle enfin. Nous sommes dans des camps différents.

— Que veux-tu dire ? Je ne comprends pas.

— Il est national-socialiste. Je suis dans le parti de mon père. Social-démocrate.

— Le fossé entre vous est donc trop large — entre deux

enfants voisins ? Vous avez pourtant joué ensemble, vous avez grandi ensemble. Est-ce que vous ne vouliez pas vous marier ?

— Oui, mais Rolf a changé d'avis après réflexion. Il ne veut pas avoir de « rouges » dans sa famille, à ce qu'il dit. A plus forte raison, pas de beau-père « rouge ».

— Juste ciel ! En voilà un drôle d'amoureux ! dit Else Wendehals. Laisse-le tomber. Tu en trouveras un autre, jolie comme tu es.

Les trois femmes se tournèrent de nouveau vers la passerelle sur laquelle on présentait maintenant des costumes de plage pour femmes modernes.

Pendant le défilé, Sara Katz avait coché, sur le bulletin de commande posé sur chaque table, le numéro trente-neuf. Un ensemble beige perle avec une blouse de soie noire brillante. Les bulletins furent ramassés et, peu après, Samuel Rosenbaum apparut à la table des dames de la Welser-strasse.

Le propriétaire du magasin était un petit monsieur affecté, à la peau jaune avec des poches sous les yeux. Il portait des chaussures noires à bout pointu et, au petit doigt, une lourde bague en or représentant une tête de lion. Il avait commencé très modestement et, d'une petite affaire de tissus en étage, il avait fait une des plus grandes maisons de textiles de l'ouest de l'Allemagne, occupant plus de trois cents employés. Il n'en continuait pas moins à s'occuper de tout et particulièrement de la vente. Il salua courtoisement Sara, qu'il connaissait par la communauté juive, et ses compagnes. Puis il voulut savoir pourquoi la belle-sœur de Sara, Karin Winschermann, ne les avait pas accompagnées.

— Karin attend son premier enfant, dit Sara Katz. Elle passe un examen à l'hôpital. Aucune robe ne lui ira plus, bientôt.

— Mais si : les robes de grossesse, répliqua Rosenbaum toujours commerçant. Nous en faisons aussi. A partir de douze marks.

Il essaya en vain de sourire. On voyait qu'il avait des soucis. Lorsque Sara lui demanda lesquels, il éclata :

— Vous ne savez donc pas ce qui se passe, madame Katz ? Depuis dix heures ce matin, toutes les affaires juives de la ville sont boycottées. La SA a encerclé mon magasin. Elle insulte les clients qui veulent acheter chez moi. Et pourtant, je donne chaque jour gratuitement cent repas chauds pour les nécessiteux. Ils crient que les Allemands ne doivent pas acheter chez les juifs. Et ça, justement le premier du mois où je fais toujours mes meilleures affaires.

Il interrompit ses lamentations et jeta à Sara Katz un regard interrogateur.

— Oui... Votre magasin n'est donc pas boycotté ?

Elle secoua la tête.

— Non, lorsque je suis partie, tout était normal.

— Seigneur, quelle chance ! dit Samuel Rosenbaum, quel bonheur, vous avez été oubliés. Puis il ajouta : Voulez-vous l'ensemble avec la blouse de soie, je vous fais vingt pour cent de rabais ?

Sara accepta. Elle paya et fit emballer l'ensemble. Elle avait soudain hâte de rentrer à la maison.

— Et ces dames ? demanda Rosenbaum. Voulez-vous acheter une nouvelle robe ? ou peut-être une blouse ?

Else Wendehals et Irmgard secouèrent la tête en remerciant. Elles étaient venues par pure curiosité. Else Wendehals avait encore suffisamment de robes dans ses armoires, faites par une couturière à la journée. Irmgard Kompowski manquait d'argent. Elle faisait presque tous ses vêtements elle-même. Toutes deux se joignirent à leur voisine qui, aussitôt sortie, se mit à marcher tellement vite qu'elles eurent du mal à suivre. Un peu essoufflées, elles arrivèrent enfin dans la Welser-strasse.

Deux changements s'y étaient produits : les lampes rouges de « La Carafe » avaient été démontées. Un panneau était accroché à la porte : « Salle de réunion SA Sturm 58/I/23 ». Le deuxième changement concernait l'épicerie fine « KATZ & CIE ». Le boycott avait certes été retardé, mais comme les trois femmes purent le voir de loin, il n'avait pas été oublié.

Deux hommes de la SA avaient pris position auprès des deux marches qui menaient au magasin. Ils portaient, accrochées à leur cou par des cordelières, de grandes pancartes avec l'inscription : « Allemands ! Défendez-vous ! N'achetez pas chez les juifs ! » Un petit attroupement s'était formé autour d'eux.

En approchant, Sara reconnut son fils Nathan. Il était à genoux sur une marche, un pot de peinture à la main. Sous les rires de quelques jeunes hitlériens, il peignait avec du blanc le mot « JUIF » sur la porte du magasin.

L'un d'eux cria :

— Allons, Jiddchen, encore l'étoile de David sur la vitre !

Sara Katz se fraya un chemin à travers les badauds. Elle arracha le pot de peinture de la main du petit Nathan qui tremblait de peur et de honte. Elle lança le pot de peinture en un grand arc de cercle sur la chaussée où, en roulant, il laissa derrière lui une traînée blanche. Puis elle aida le garçonnet à se relever.

— Qu'est-ce qui se passe ici ? demanda-t-elle hors d'elle. Qui t'a ordonné de faire ça, Nathan ? Qui est capable d'une pareille impudence ?

— Les jeunes, cria Jiddchen en pleurant, autrement, ils ont dit qu'ils casseraient la vitre !

Sa mère, les yeux étincelants, s'adressa aux adultes qui suivaient la scène avec curiosité.

— Et pourquoi permettez-vous ça ? leur cria-t-elle. Pourquoi personne ne retient ces voyous ? Pourquoi personne ne va chercher la police ? Pourquoi restez-vous plantés là, à regarder ? Quelle honte ! Quelle infamie !

Un vieil homme avec un chapeau gris cabossé dit :

— C'est bien fait pour vous, cochons de juifs ! Il était temps, bandes de buveurs de sang !

Les autres, hommes et femmes, n'eurent absolument aucune réaction. Quelques-uns haussèrent les épaules en silence.

Sara, titubant de fureur, prit son fils par la main et disparut avec lui dans le magasin, lequel était maintenant vide de clients. Le sac qui contenait son costume lui avait échappé sur le perron, mais, dans sa colère, elle ne s'en était pas aperçue.

Else Wendehals et Irmgard Kompowski restèrent un moment, décontenancées, parmi les curieux.

— Ça va vraiment trop loin, dit finalement Else Wendehals en secouant la tête. Si le Führer savait cela !

Irmgard Kompowski la regarda, comme pétrifiée.

— Le Führer ? C'est lui, le plus grand persécuteur des juifs ! Derrière ce boycott, il y a un système. Là... regardez...

Des voitures de déménagement et des camions arrivaient du remblai de chemin de fer. Les véhicules portaient des calicots où était écrit en grosses lettres : « Pour vaincre l'abomination juive, boycottez tous les commerces juifs ! » « N'achetez pas dans les magasins juifs ! » Sur le dernier des camions, on pouvait lire : « Les juifs sont notre malheur. »

Irmgard Kompowski hocha la tête comme si elle ne comprenait pas.

— Nous connaissons les Winschermann et les Katz, dit-elle, ce sont des gens honnêtes, convenables et honorables. Et on est en train de monter les gens contre eux. C'est infâme et irresponsable.

Son joli visage se durcit. Ses yeux étincelèrent, résolus.

— Je ne participerai pas à ça, madame Wendehals ! Je vais

de ce pas chez M. Katz. J'ai besoin de charcuterie et de fruits. Vous manque-t-il aussi quelque chose ?

— Oui, dit Else Wendehals après avoir brièvement réfléchi, des oranges.

— Alors, venez avec moi. Jakob Katz a les meilleures oranges du quartier !

Bras dessus, bras dessous, les deux femmes se dirigèrent vers les deux SA porteurs de pancartes. Sans faire attention à eux, elles gravirent les deux marches du magasin. Else Wendehals se baissa et ramassa le sac contenant le costume que Sara Katz avait perdu.

— Hé ! Qu'est-ce que vous venez faire chez ces juifs merdeux ? cria stupéfait le plus jeune des deux SA.

— Des courses ! répliqua Irmgard Kompowski.

Les deux femmes ne remarquèrent pas Adolf Hähnlein qui s'était glissé parmi les curieux pour prendre des photographies.

10

Un garçon de courses apporta la lettre peu avant le bouclage de la rédaction. Le docteur Winschermann venait tout juste de rédiger les derniers textes et les avait donnés à la composition lorsque le jeune homme entra dans la rédaction de l'*Allgemeine Anzeiger* qui se trouvait au premier étage de la vieille imprimerie de la Kaiser-strasse.

— La direction du cercle, dit-il, il faut que ce soit demain dans le journal.

Le docteur Winschermann, chef de la « locale », ouvrit le pli avec méfiance. Le ton du garçon de courses ne lui avait pas plu. Le ton et le contenu de la lettre que le chef de cercle avait signée le matin, lui plurent encore moins : « Le manuscrit ci-joint est à publier sans le moindre changement et sans coupures dans la prochaine édition de l'*Allgemeine Anzeiger.* »

La lecture du texte fit monter le rouge de la colère au visage du docteur Winschermann. Il contenait les noms des clients qui n'avaient pas observé le boycott des affaires et des magasins juifs. Quelques photos des hommes et des femmes qui avaient acheté chez les juifs malgré le boycott étaient jointes à la liste.

Le titre en était : « Ces concitoyens ont agi de façon veule et déshonorante. »

Le docteur Winschermann découvrit dans la liste les noms de quelques voisins de la Welser-strasse, parmi lesquels Irmgard

Kompowski, Else Wendehals, Oswald Gottwald, Vera Ahrens, Otto Kimmeskamp, Mathilde Baum.

Le chef de la « locale » les connaissait tous : les deux femmes de son immeuble, le boulanger hypertendu, Vera Ahrens, une barmaid qui habitait au 6, le communiste au chômage et Mathilde Baum, la femme du pasteur évangéliste qui habitait la maison jouxtant la boulangerie industrielle. De son salon, Winschermann pouvait voir le cabinet de travail de Baum où, très souvent, la lumière brûlait tard dans la nuit lorsque le pasteur préparait ses sermons.

Il se rappela combien son beau-frère, Jakob Katz, avait été heureux que la femme du pasteur et les autres ne se soient pas laissé arrêter par les sentinelles SA et qu'ils aient continué d'acheter chez lui. Mais, dans les jours qui suivirent le boycott, son chiffre d'affaires avait considérablement baissé.

— Les gens ont peur de venir chez moi.

Il s'en était plaint encore hier soir, au dîner.

— Les nationalistes font de nous autres juifs, des diables. Et qui irait se fournir chez le diable ?

Jakob avait également vu la voiture noire qui se garait en face de son magasin aux heures d'affluence.

— Il y a, dedans, des types qui observent qui entre chez moi et en sort. Les clients les voient aussi, ces types, et ils préfèrent acheter ailleurs. Je ne sais pas de quoi ils ont peur. Mais s'ils continuent à avoir peur, c'est la ruine pour moi !

Moses Winschermann l'avait rassuré. Le boycott était une mesure exceptionnelle. Il avait été moins dirigé contre les juifs allemands que contre la presse étrangère qui avait attaqué Hitler et son parti. L'action était interrompue et, selon des informations de Berlin, elle ne serait pas reprise. Il pouvait donc être tout à fait rassuré.

— Si seulement tu avais raison, Moses, avait répondu Jakob. Si seulement tu avais raison !

Le docteur Winschermann réfléchit un moment. Il était dix-huit heures. Dans dix minutes, le dernier manuscrit pour l'édition du lendemain devrait être à la composition. Devait-il publier dans le journal ce méchant et blessant ouvrage des nationaux-socialistes ? Il connaissait les pressions qui s'exerçaient depuis le 30 janvier sur les rédactions. La mise au pas de la presse était menée de façon toujours plus vigoureuse par le docteur Joseph Goebbels, le ministre de la Propagande et de l'Information. Même l'*Allgemeine Anzeiger,* journal bourgeois, imprimait de plus en plus souvent des articles et des commentaires qui ne coïncidaient pas avec l'attitude conservatrice de l'éditeur et de la plupart des rédacteurs. On ne voulait pas de conflit avec les nouveaux détenteurs du pouvoir. Mais, stigmatiser des voisins sans reproche en les traitant de lâches sans honneur, simplement parce qu'ils avaient fait des achats chez son beau-frère tout aussi inattaquable, pour le chef de la « locale », ça allait trop loin.

Il se fit annoncer par la secrétaire de l'antichambre au rédacteur en chef, le major en retraite Otto Runge, un homme élancé et courtois, dont le maintien rigide et le monocle vissé à l'œil trahissaient l'ancien officier. Il se leva quand Winschermann entra et fit un pas vers lui.

— Il y a le feu quelque part, docteur ?

Moses Winschermann lui tendit la liste de noms et la lettre de la direction du cercle.

— Lisez donc ça, je vous prie, monsieur Runge. Nous devrions le publier dès demain. Je demande que nous ne le fassions pas. Nous ne sommes tout de même pas ici pour recevoir des ordres des nationaux-socialistes.

Le rédacteur en chef lui offrit une chaise avant de se rasseoir derrière son bureau où s'empilaient les manuscrits. Il rectifia la position de son monocle, lut, secoua la tête :

— En fait, une exigence impudente, dit-il en soupirant, et il ajouta : Mais, à l'avenir, il nous faudra vivre avec ces exigences, mon cher collègue !

— Vous n'allez tout de même pas publier ce pamphlet dans notre journal ?

Runge se leva. Il s'approcha lentement de la fenêtre et regarda dehors.

— Notre journal, dit-il, est confronté à un problème beaucoup plus important, monsieur Winschermann, celui de la survie. L'éditeur a reçu hier la visite de gens de la direction régionale de la NSDAP. Ces messieurs lui ont reproché de ne pas avoir compris les signes de notre époque. Quelques nouvelles de Berlin n'auraient pas été publiées dans notre journal, d'autres l'auraient été de façon incomplète. Si cela devait continuer, on trouverait tous les moyens nécessaires pour éliminer du paysage de la presse l'*Allgemeine Anzeiger*. Ça ne laisse présager rien de bon, n'est-ce pas ?

— Et la liberté de la presse ?

— Pratiquement supprimée, mon cher. Vous connaissez l'ordonnance pour la protection du Peuple et de l'Etat. Le droit d'exprimer son opinion, y compris la liberté de la presse, peuvent être restreints à n'importe quel moment.

Le rédacteur en chef se retourna et regarda Moses Winschermann bien en face.

— Les nationaux-socialistes ont là un merveilleux instrument contre nous. Avec la loi sur les pleins pouvoirs, le pouvoir législatif est passé aux mains de l'exécutif. Un principe fondamental de la démocratie a été, de cette façon, réduit à l'impuissance. Pour parler clairement, mon cher collègue : ce n'est plus l'éditeur ou nous qui décidons de l'orientation du journal, mais le parti d'Hitler. N'importe quel homme de la SA a plus d'influence que nous sur le journal.

— C'est donc la force qui règne ?

— Oui, elle règne et elle rédige.

Runge sourit avec impuissance.

— Et pourquoi n'entreprenons-nous rien contre ça ? Pourquoi ne combattons-nous pas — comme auparavant ? Pourquoi nous laissons-nous faire ?

En posant cette question, c'est au major en retraite Runge que s'adressait Winschermann, lui-même capitaine d'infanterie lors de la Première Guerre mondiale, Croix de fer de première et deuxième classe.

— Les autres ont les plus gros canons... Un article polémique dans le journal et, demain, nous sommes tous à la rue !

Runge alla lentement à son bureau, et s'assit en soupirant.

— C'est un peu comme si nous entrions en guerre armés de cailloux contre des chars, reprit-il. Avec les SA et la SS, Hitler a le pouvoir en main. Bientôt, il prendra aussi la Reichswehr. Nous devons nous en accommoder — ou abandonner nos fauteuils.

— Qu'allez-vous faire ? demanda Moses Winschermann.

— Ce que font la plupart des Allemands : attendre en buvant du thé. Espérer qu'Hitler, malgré tous ses grands coups de gueule, ne fait cuire que de l'eau chaude. Tout n'est pas mauvais dans ce qu'il projette. Nous verrons bien s'il sort les millions de chômeurs de la rue. S'il réussit à ce que plus personne ne crève de faim et de froid.

— Et s'il réussit à ce que personne n'achète plus chez les juifs, dit Winschermann avec amertume.

Le rédacteur en chef plissa légèrement le front. Pendant un moment, il eut un regard irrité. Puis il souleva la pile de papiers sur son bureau et, après une brève recherche, en tira un feuillet.

— Le boycott n'était qu'un geste de menace, dit-il. Vous et vos coreligionnaires avez moins à craindre que beaucoup ne le pensent. La preuve : cette information.

Il leva le papier.

— Vous avez ici les dispositions sur la réorganisation de l'administration. Le paragraphe trois ordonne que les fonctionnaires non aryens soient mis à la retraite. Mais les juifs qui ont combattu pendant la guerre, ou dont un proche parent est tombé au front, continueront à être employés. Vous voyez, on fait des différences. Un homme comme vous qui a risqué héroïquement sa peau jouit aussi du respect de ces messieurs à chemises brunes. C'est tout de même quelque chose, non ?

Winschermann acquiesça de la tête. Il ne pouvait que se réjouir des propos de Runge. Ils le confortaient dans son espoir d'un « retournement » d'Hitler devenu chancelier.

Il se leva. La question qu'il voulait poser devenait, en fait, superflue. Il la posa néanmoins :

— Nous imprimons donc la liste des noms des adversaires du boycott ?

Le rédacteur eut un bref signe de tête affirmatif.

11

La limousine noire arriva aux premières lueurs de l'aube. Elle passa lentement devant le numéro 14 de la Welser-strasse. Quatre hommes en descendirent. Ils portaient des feutres profondément enfoncés sur le front et de longs manteaux de cuir. Ils se dirigèrent d'un pas rapide vers la porte de l'immeuble. Le plus grand d'entre eux frappa. Peu après, la porte fut ouverte de l'intérieur.

L'homme qui, depuis peu, sous-louait l'appartement sous le comble des Hähnlein, les accueillit dans l'entrée. Il portait un manteau par-dessus son pyjama.

— Il est là-haut, souffla-t-il.

Les autres le suivirent presque sans bruit dans la cage d'escalier. L'ampoule d'une lampe de poche les précédait. Lorsqu'ils furent au troisième étage, l'homme qui avait ouvert la porte disparut dans sa chambre, à l'extrémité du court palier. Le grand sonna à la porte marquée « K. Kompowski ». Le bruit de la sonnette résonna brutalement dans le silence.

Rien ne bougea. L'homme sonna de nouveau, plusieurs fois. Au bout d'un moment, on entendit grincer une porte. Le bruit de pas fatigués et traînants s'approcha.

— Qui est là ? demanda une voix ensommeillée.

— Ouvrez ! Police !

La porte de l'appartement s'entrouvrit. Le chef des hommes

glissa un pied dans l'ouverture et voulut la pousser. Mais il n'alla pas plus loin que le permettait la chaîne de sûreté fixée à l'intérieur.

— Ouvrez ! dit le grand. Ou bien nous enfonçons la porte.

— Qu'est-ce que vous me voulez ?

— Ne posez pas de questions. Ouvrez, Kompowski, et en vitesse !

La porte se ferma et se rouvrit après que Kalla Kompowski eut enlevé la chaîne. Il était vêtu d'une longue chemise de nuit blanche. Ses cheveux grisonnants tombaient en mèches désordonnées sur son front.

Ils le poussèrent sans un mot dans le couloir. Le dernier ferma la porte derrière lui. Deux des hommes emmenèrent Kompowski dans la cuisine. Ils le saisirent et lui retournèrent les bras dans le dos. Il se défendit désespérément. Un homme qui était resté debout dans le couloir s'approcha et, de façon tout à fait inattendue, sans élan, lui lança un coup de pied sur le coccyx. Kompowski cria.

— Où sont les armes ? demanda le grand. Il était blafard avec un nez mince et proéminent dans un visage maigre. Il plissait les yeux.

— Quelles armes ?

Il reçut un nouveau coup de pied.

— Tu le sais très bien !

L'homme grand et pâle se rapprocha de Kompowski.

— Tu es un social-démocrate, un rat rouge. Tu veux combattre le nouveau gouvernement. Tu es un factieux.

— Oui, je suis à la social-démocratie, dit Kompowski, tout en serrant sur lui sa chemise car il frissonnait. Le parti n'est pas interdit, que je sache.

— Pas encore. Mais vous sentez que ça va bientôt vous tomber dessus. Vos bonzes se livrent à des menées souterraines, à de l'obstruction. Le mot « Schufo », ça ne te dit rien ? Est-ce que tu n'attends pas le signal pour frapper ? Le courrier avec l'ordre de mobilisation ? Il ne viendra pas. Mais nous sommes au parfum. Donc, sors les armes, les pistolets et la mitrailleuse.

Le visage de Kompowski devint gris de cendre et les hommes le virent.

— Je n'ai pas d'armes, dit-il.

— Parfait... Voyons un peu...

Le grand fit signe aux autres. Les deux hommes lâchèrent Kompowski. Ils commencèrent tous les quatre à mettre l'appartement de Kompowski sens dessus dessous. Ils ouvrirent les portes d'armoires, tirèrent les tiroirs et en dispersèrent le contenu sur le sol. Ils brisèrent les vases et les pots et frappèrent sur les murs à la recherche d'endroits creux.

Les filles de Kompowski avaient été réveillées par le bruit. Dans la petite chambre mansardée elles s'étaient assises dans leur lit, les genoux remontés, et chuchotaient, anxieuses.

Soudain, la porte s'ouvrit. Dans la lueur de la lampe du couloir, les deux jeunes filles reconnurent un homme maigre en manteau de cuir qui, dans un grand crissement de peau, tourna le commutateur. Il ne fut surpris qu'un moment à la vue des deux filles.

— Sortez du lit ! dit-il, et comme elles hésitaient, il ajouta : Faudra-t-il que je vous fabrique des jambes ?

Un deuxième homme entra dans la chambre. Alors seulement, Irmgard et Hilde se levèrent. Hilde tremblait de tout son corps. Malgré la peur qu'elle avait d'abord éprouvée, Irmgard resta calme et maîtresse d'elle-même. Elle lança aux intrus un regard méprisant. Puis elle entoura de son bras les épaules de sa sœur et alla avec elle dans la salle de bains pendant que les hommes commençaient à mettre les lits en pièces.

Dodo dormait profondément dans sa chambre, à l'autre extrémité du couloir. Il ne s'éveilla que lorsque quelqu'un le tira brutalement par les cheveux. Il ne put concilier la merveilleuse robe de bal dont il venait tout juste de rêver avec le visage méchant penché sur lui. Deux images qui, dans son demi-sommeil, ne cessaient de se déplacer.

— Debout, rêveur ! cria une voix. Magne-toi le cul ! C'est pour bientôt ?

Il bondit hors du lit. Affolé, il vit les trois hommes ouvrir la table de nuit, le bonheur-du-jour et l'armoire. Ils saisirent les costumes, les robes, les chaussures, les blouses et les perruques et jetèrent tout pêle-mêle sur le sol.

Le maigre demanda :

— A quoi utilises-tu tous ces trucs de gonzesse ?

— Ah ! mon Dieu, oui, répondit Dodo avec gêne, ce sont les affaires de ma sœur.

— Ah ! mon Dieu, non, écoutez-moi celui-là ! dit l'homme maigre en imitant la voix de fausset de Dodo. C'est une pédale ! Et une vraie !

Il déchira la literie de Dodo avec une telle violence que les plumes volèrent à travers la pièce. Il marcha sur Dodo avec l'oreiller déchiré.

— Baisse-toi, ordonna-t-il.

Tandis que Dodo obéissait en hésitant, l'homme lui enfila en un clin d'œil l'oreiller sur la tête. Dodo aspira des plumes et toussa. Il ne voyait plus rien et pouvait à peine respirer. Il tituba.

Sous les rires des autres, le maigre le saisit, le fit tournoyer et le lâcha brusquement. Dodo, aveugle, tourna encore une fois sur lui-même avant de tomber brutalement contre la porte ouverte de l'armoire. Il glissa lentement jusqu'au sol.

— Toi, le goret, nous reviendrons te chercher ! dit une voix.

Puis la porte de la chambre se referma.

Le grand homme pâle trouva les deux pistolets dans la cachette du buffet de cuisine.

— Eh bien, dit-il en soupesant les armes, notre information était bonne.

Il se tourna vers Kalla Kompowski.

— Et maintenant, la mitrailleuse ! Où l'as-tu cachée ? Parle !

— Je n'ai pas de mitrailleuse.

— Tu n'avais pas non plus de pistolets et les voilà qui sont là, tout d'un coup !

— Il y a longtemps qu'ils étaient dans le buffet. Depuis la guerre. Je les avais complètement oubliés.

— Tiens, tiens... Tu les avais oubliés. As-tu aussi oublié la mitrailleuse ?

— Non. Je n'en ai pas. Vraiment pas !

Deux des hommes s'approchèrent, menaçants, leur chef les arrêta d'un geste.

— Enfile un vêtement, dit-il à Kalla Kompowski. Nous t'emmenons à la Peitschenburg[1]. Tu seras surpris de voir comme tu es capable de chanter vite, et plus haut encore que Richard Tauber[2] !

Avec un manteau par-dessus le costume qu'il avait mis en hâte, Kalla Kompowski quitta son appartement en compagnie des hommes en manteau de cuir.

Lorsque la porte se fut refermée derrière eux, Irmgard entrouvrit la porte de la salle de bains.

— Ils ont emmené papa, dit-elle à Hilde. Ils n'ont trouvé que les pistolets, mais, Dieu merci, pas l'autre cachette.

— Quelle cachette ?

— Il vaut mieux que tu n'en saches rien. Je ne veux pas te mêler à ça.

Les jeunes filles entendirent Dodo gémir dans sa chambre. Elles l'aidèrent à se libérer de l'oreiller. Irmgard attendit que Hilde, qui allait à l'école communale, fût partie avec son

1. En français : château de la cravache.
2. Ténor célèbre des années 1930.

cartable vers sept heures et demie et que Dodo se fût rendu à son travail quotidien au salon Adler. Puis elle quitta elle aussi l'appartement et ouvrit la petite porte qui menait au grenier. Par l'étroit escalier de bois, elle monta jusqu'au pigeonnier. et pénétra dans la petite pièce faiblement éclairée par une lucarne.

Les pigeons s'agitèrent et voletèrent en roucoulant lorsqu'elle se mit à enlever quelques lames du plancher. Par l'ouverture qu'elle avait ménagée, elle tira une lourde caisse à l'extérieur. Elle remit soigneusement les lames à leur place avant de quitter le réduit avec la caisse.

Elle dut déployer toute sa force pour la porter en bas de l'étroit escalier. Un peu essoufflée, elle posa sa charge à terre, ferma la porte du grenier et reprit la caisse. Elle ne vit pas, ce faisant, que la porte d'une des mansardes s'était légèrement entrouverte : celle de la chambre où habitait le nouveau sous-locataire des Hähnlein.

Telle une ombre, l'homme la suivit lorsqu'elle descendit la caisse par l'escalier et sortit dans la rue.

12

Le 20 avril, se produisit un événement qui devait transformer le caractère de la Welser-strasse de la façon la plus décisive. Cet événement qui, apparemment, n'avait rien de dramatique devait néanmoins avoir bien des conséquences pour les habitants.

Dans la nuit qui précéda ce jeudi, les cloches sonnèrent soudain dans toute la ville. Cela commença à minuit tout juste. Le son du bronze tira les gens du sommeil. Ils se frottèrent les yeux, ne sachant ce que cela signifiait. Un quart d'heure plus tard, le calme revint.

— C'était comme au Nouvel An ! dit Else Wendehals le matin suivant lorsqu'elle rencontra sa voisine Eva Hähnlein dans l'escalier.

Les deux femmes tenaient des filets à provisions à la main.

— C'est aussi une nouvelle année dans la vie de notre Führer, répondit, rayonnante, Mme Hähnlein. C'est pourquoi les cloches ont sonné. Adolf Hitler fête son anniversaire aujourd'hui.

— Quel âge a-t-il ?

— Quarante-quatre.

— Mais c'est le nom d'un schnaps ! dit en pouffant Dodo qui

descendait au même instant derrière les deux femmes et qui avait entendu leur conversation.

Mme Hähnlein le regarda, scandalisée.

— C'est inouï. Nommer Adolf Hitler et le schnaps dans une même phrase, Dodo ! Le Führer ne boit pas et le Führer ne fume pas.

— Allons donc, il a sûrement un vice, dit Dodo. Tout homme en a un.

Il pouffa derechef et ajouta :

— Ou même deux.

— Pas le Führer.

Piquée au vif, Eva Hähnlein lui tourna le dos et s'adressa à sa voisine du premier étage.

— Il faut que je me dépêche de faire mes courses. Mes hommes ont un programme chargé, aujourd'hui.

Les habitants de la Welser-strasse purent lire sur le tableau noir du mur de la boulangerie Gottwald le programme des réjouissances pour l'anniversaire d'Hitler. Hähnlein qui, entre-temps, avait été nommé chef de bloc de la NSDAP, l'avait écrit d'une craie nerveuse dès le mercredi.

« Six heures. Aubade par les fanfares et les musiques des SA, des SS et de la police. Dix heures : service divin des deux confessions, en plein air, sur la place Bismarck. Quinze heures : fête de l'anniversaire pour tous les enfants des écoles sur la place Bismarck. Vingt heures : manifestation solennelle au Burggraben. » En dessous on lisait : « Sortez les drapeaux ! Décorez vos maisons avec des guirlandes ! »

L'événement particulier de cette journée commença peu avant sept heures et demie du matin. Un camion s'arrêta au coin de la Steingasse. Des hommes en blouse blanche de peintre en descendirent. Ils déchargèrent des échelles qu'ils dressèrent à la hauteur des plaques de rue, y montèrent et commencèrent à peindre les plaques en rouge.

Des passants s'arrêtèrent. Ils virent que, bientôt, par-dessus l'ancien nom de Welser-strasse, apparaissait un nouveau nom : « Adolf-Hitler-Strasse ».

Le pasteur Martin Baum, qui se tenait à une fenêtre ouverte de sa maison, bavardait avec un vieil homme qui ratissait le jardin lorsqu'il aperçut les peintres sur leurs échelles. Il observa leur travail en plissant le front durant un moment, puis il demanda à l'un d'eux :

— Qu'est-ce que ça signifie ?

— Aucune idée. Nous avons seulement ordre de peindre.

— Notre rue a changé de nom, monsieur le pasteur, en l'honneur du Führer ! dit un passant.

Baum ferma sa fenêtre, traversa sa maison qui portait le numéro 9 et sortit dans la rue. C'était un homme solide avec un front dégarni, un visage frais aux yeux gris très vifs, et de larges épaules sous son costume noir ajusté.

Il regarda de près le nouveau nom de rue peint à la laque rouge.

— C'est provisoire, dit un des peintres. Les nouvelles plaques ne tarderont pas.

Le pasteur Baum aperçut Oswald Gottwald, debout dans l'entrée cochère de sa fabrique de pain. Il alla jusqu'à lui. Il ne pouvait cacher ni son étonnement ni son trouble.

— Comprenez-vous ça, monsieur Gottwald ? demanda-t-il. Une rue aussi petite et peu importante que la nôtre change son nom pour celui d'Hitler !

Oswald Gottwald était vêtu de sa blouse grise de bureau. Il tenait à la main un cigare éteint. A cause de son hypertension, il fumait rarement.

— La chose est ainsi, monsieur le pasteur, répondit-il. Dans la plupart des grandes villes, les places et les rues les plus importantes sont rebaptisées Adolf-Hitler. Une action des nationaux-socialistes. Mais chez nous, aucune rue n'était assez grande pour ces messieurs, c'est pourquoi...

— Fallait-il vraiment que ça tombe sur la nôtre ? coupa Baum.

— C'est pourquoi, continua Gottwald, on a mis ensemble six rues, y compris la nôtre, pour en faire une seule grande. La nouvelle Adolf-Hitler-strasse commence chez nous et se termine au numéro 285. Comprenez-vous ?

Gottwald soupira.

— Une plaisanterie qui me coûte cher. Je ne suis plus « Gottwald — Welser-strasse », mais « Gottwald — Adolf-Hitler-strasse ». Toutes mes voitures devront être repeintes et tout le papier à lettres réimprimé.

Lentement, le pasteur comprenait. Il réfléchit un moment.

— Ce n'est pas normal, dit-il ensuite, que l'on mette simplement au rancart et que l'on oublie le pasteur Welser, mon prédécesseur. Il s'est fait un nom dans les Jeunesses ouvrières... Nous lui devons beaucoup.

Gottwald hocha la tête. Il dit avec tristesse :

— Nous autres du Centre, nous aurions préféré empêcher ça au conseil municipal. Mais, contre la demande des nationaux-socialistes d'inclure notre rue et de la débaptiser, il n'y avait rien à opposer. Qu'aurions-nous dû faire ? Les communistes sont interdits, les sociaux-démocrates sont éliminés de toutes les commissions. Et les nationalistes allemands votent de toute façon avec les bruns.

— Vos représentants ont-ils voté contre ?

— Non, monsieur le pasteur. Nous devons nous incliner, sans quoi nous subirons le même sort que les communistes.

Baum ne pouvait l'admettre. Son visage s'assombrit.

— Est-il donc juste que nous nous inclinions tous ? demanda-t-il d'un ton agressif. Ne devrions-nous pas nous opposer plus courageusement à l'injustice qui sévit autour de nous ?

Dans un geste d'impuissance, le boulanger leva la main qui tenait le cigare.

— Il est peut-être déjà trop tard pour ça, monsieur le pasteur. Aujourd'hui, le courage signifie rapidement la prison. Et d'ailleurs, votre Eglise aussi s'adapte aux nouveaux maîtres.

Le pasteur Baum savait à quoi le boulanger faisait allusion : aux « ardents souhaits de bénédiction » avec lesquels la Ligue de l'Eglise évangéliste avait félicité, la veille, Adolf Hitler pour son anniversaire. Le président de la Ligue avait dévotement assuré le chancelier du Reich que son Eglise, depuis la Réforme, avait toujours tenu en grand honneur la fonction et la dignité du pouvoir.

— Peut-être, dit Baum, oublions-nous tous trop facilement les mots de l'histoire des apôtres : « On doit plus obéir à Dieu qu'aux hommes. »

— Vous ferez mieux de ne pas le dire trop haut, monsieur le pasteur, et surtout pas du haut de la chaire. Sans quoi, on viendra vous chercher à l'aube, comme M. Kompowski.

La vigoureuse silhouette du pasteur se redressa un peu. Ses épaules se tendirent et ses yeux gris étincelèrent.

— Je n'ai aucune crainte, dit-il d'une voix ferme. Dieu nous donne la force dans ces temps difficiles. Je ne cesserai pas d'annoncer son message.

— Ça ne vous sera pas facile, monsieur le pasteur.

— Nous autres chrétiens, nous n'avons jamais eu la vie facile.

Lentement, pensif, le pasteur regagna sa maison en passant devant les drapeaux qui pavoisaient de nombreuses fenêtres. Il avait appris par sa femme que depuis quelques jours, Mlle Schöps, la couturière du numéro 2, ne faisait plus que des drapeaux. Souvent, les clients apportaient leur étamine rouge. Mlle Schöps ne cousait alors que le cercle blanc avec la croix gammée. C'est ainsi qu'en un tournemain un drapeau du Front rouge devenait un drapeau hitlérien.

La maison de Baum était située côté impair de la rue, plus « élégant » car les maisons avaient un petit jardin en façade. Mais, avant qu'il n'eût atteint le portail, les peintres avaient terminé de repeindre les plaques de la rue. Ils démontèrent leurs échelles et les chargèrent sur le camion dont le moteur grondait déjà.

Par une fenêtre ouverte on entendait un phonographe qui jouait « Joli gigolo, pauvre gigolo, ne pense plus à l'époque ! »

Revenu chez lui, le pasteur entendit une autre musique. Wilhelm, son fils aîné, s'exerçait à l'orgue. Il jouait le vieux cantique évangéliste : « Dieu est une solide forteresse... »

Martin Baum entra dans son petit cabinet de travail pour préparer le sermon du prochain dimanche. Dieu est maintenant une solide forteresse dans cette rue qui porte le nom d'Adolf Hitler. Il songea à un autre passage du cantique : « Et même si le monde était plein de démons... »

13

Le nouveau nom changea l'ambiance de la rue. Certes, depuis le 30 janvier déjà, elle avait perdu son silence paisible et son charme tranquille. Désormais, les colonnes, avec leurs chants, leurs tambours, leurs fanfares et leurs chapeaux chinois, ne cessaient plus de défiler.

Adolf-Hitler-strasse. Le nom était en lui-même un engagement. Aucune fête nationale — journées maintenant en pleine inflation — sans une parade qui ne conduisît à la rue destinée à une douteuse renommée. Les habitants de l'ancienne Welser-strasse avaient cependant encore de la chance : la plupart des cortèges obliquaient dans la Steingasse ou en débouchaient dans la partie supérieure de la nouvelle Adolf-Hitler-strasse. Ainsi, la partie Welser-strasse de la nouvelle rue Adolf-Hitler se trouvait dans un angle mort. Mais cette partie servait souvent de lieu de rassemblement et de point de départ des unités des défilés.

Le 1er mai, « journée nationale du travail », les groupements professionnels des fonctionnaires, des ouvriers et des commerçants s'y rassemblèrent. Une partie d'entre eux arrivèrent à cheval.

Le boucher Anton Bockmeier voulut lui aussi participer à

cheval au défilé. Un de ses employés amena devant son magasin du numéro 12, où se réunissaient les autres bouchers, son « coursier » noir qui, habituellement, tirait la voiture à viande jusqu'aux abattoirs. Ahanant, solidement soutenu par ses deux garçons bouchers, Bockmeier hissa ses cent vingt kilos sur Maja. Il eut quelque peine à se maintenir sur le dos de l'animal qui piaffait.

— Tombe pas, Anton ! cria grand-père Breil de son « lit de douleur » par la fenêtre du 10, sinon ça va faire une tache de graisse !

Bockmeier qui avait entre-temps maté Maja salua d'un sourire le mineur retraité.

— N'aie pas peur, grand-papa ! Bockmeier est toujours sur les sommets !

Le gros boucher en veste, chemise et cotte de boucher blanches, coiffé d'une casquette brune avec l'aigle impérial, prit à cheval, flanqué de deux de ses collègues également montés, la tête de la colonne des bouchers qui se mit lentement en mouvement. Tous ceux de la profession étaient également vêtus de blanc. L'un d'eux portait une pancarte avec l'inscription : « Dieu bénisse l'honorable corporation ! »

Bockmeier salua fièrement à droite et à gauche les voisins qui regardaient le défilé de leurs fenêtres. Une jolie rousse qui semblait n'avoir pas assez dormi, vêtue d'un peignoir de soie, lui adressa un baiser. C'était Vera Ahrens, la barmaid du 6, une bonne cliente. Le gros homme ne put lui renvoyer son baiser car il se cramponnait aux rênes de Maja.

Anton Bockmeier, en ce temps-là, n'était pas seulement assis sur son cheval. Sa nomination toute récente de maître boucher et commissaire de la profession, acquise par ses mérites de camarade du Parti et son action énergique aux abattoirs municipaux, lui permit de faire le grand ménage. Fidèle à la devise du chef de cercle, Montag, « d'éliminer » les juifs du commerce d'alimentation, il avait, avec l'aide du chef des maquignons nationaux-socialistes, fait régner une atmosphère de pogrom contre les négociants juifs. Il avait appelé à ne plus rembourser l'argent dû aux juifs, il avait arraché à un collègue juif son couteau rituel et renvoyé un rabbin qui devait surveiller l'abattage. Finalement, avec les SA, il avait chassé des halles tous les « non-aryens ». Les juifs avaient alerté la police. Plusieurs agents étaient apparus, mais aucun n'était intervenu. Bockmeier et les gens de la SA purent rosser les commerçants juifs dans la rue sans être inquiétés. Très peu d'entre eux osèrent ensuite se montrer aux abattoirs devenus le fief de Bockmeier.

Dans le cortège des corporations et des groupes, parmi les compositeurs et professeurs de musique, s'avançait un nommé Gundolf Fischer, habitant du numéro 18 et employé comme compositeur à l'orchestre municipal. Son incroyable facilité à retourner sa veste était sa principale caractéristique. Avec le même zèle autrefois déployé pour écrire les textes et la musique de chansons de route pour les scouts catholiques, il écrivait désormais des marches et des chants pour les Jeunesses hitlériennes. Les notes étaient souvent presque les mêmes. L'orientation des textes ne lui donnait aucune difficulté. Beaucoup de mots pouvaient être changés sans peine et sans nuire à la rime.

Dodo et son patron, le coiffeur Alfons Adler, se joignirent également à la colonne lorsqu'elle passa devant leur magasin. Dodo portait un costume gris droit, avait coupé court ses cheveux blonds et fait une raie à gauche. Il s'efforçait d'avoir vraiment « l'air viril » et parvenait, non sans peine, à marcher au pas.

Lorsqu'il passa devant le 12, son regard tomba sur l'étalage de la boucherie Bockmeier. A côté de « l'Adolf en voiture », se dressait maintenant, entre les saucisses et les jambons, un nouveau portrait : c'était « le gros Hermann », le ministre du Reich Goering. Il ne fait pas si mal dans la vitrine, songea Dodo. Un sourire lui vint aux lèvres et il dit à mi-voix à son patron :

— Une tranche de citron dans la gueule et Hermann ferait un joli cochon.

Adler, un homme sec avec des lunettes aux verres épais, auquel trente ans passés autour du fauteuil de coiffeur avaient valu une poitrine creuse et un dos rond, ne releva pas la remarque. La politique ne l'intéressait pas, mais il sentit que son employé avait dit quelque chose de dangereux.

— Qu'est-ce qu'il a dit ? lui demanda son voisin de gauche.

Adler sentit son regard méfiant dirigé sur lui. L'homme avait l'air d'un faucon prêt à fondre sur sa proie.

Il répliqua vivement :

— Il a dit : « Bockmeier a les plus beaux cochons. »

— Il n'a pas dit quelque chose à propos de Hermann ?

Adler secoua la tête.

— Non. Vous avez mal entendu.

14

Irmgard Kompowski avait couru d'un service de police à l'autre. Personne ne pouvait lui dire qui avait arrêté son père ni où il avait été emmené. Cet après-midi-là, elle avait réussi à forcer la porte de l'adjoint du préfet de police, un homme de taille moyenne avec le visage rusé d'un renard et des lunettes sans monture. Il était assis derrière un bureau noir dans une pièce médiocrement meublée.

— Kompowski, Karl, pas connu ici, déclara-t-il en haussant les épaules. J'ai fait vérifier. Ni à la prison de la police ni à la prison préventive du tribunal du Land, il n'y a un détenu de ce nom.

— Les hommes qui l'ont arrêté ont dit expressément : Police.

— Vous avez certainement mal entendu. Ça devait être des SA. Ils font constamment des rafles pour débusquer les ennemis du peuple, en ce moment. Votre père en est-il un ?

— Non, c'est un bon citoyen.

— Communiste ? Socialiste ?

— Socialiste.

— Ha ! Ha !

L'homme derrière le bureau s'appuya un peu en arrière, fit balancer sa chaise et se frappa la paume de la main avec un coupe-papier.

— Il est peut-être membre des Bannières du Reich ou du Front de fer ? Oui ? Alors, j'imagine déjà où il est, naturellement.

Il eut un sourire entendu.

— Où, s'il vous plaît ?

— A la Peitschenburg...

Irmgard se rappela qu'un des hommes qui avaient arrêté son père avait mentionné ce nom.

— Comment puis-je y aller ?

— Par aucun moyen.

Un sourire amusé apparut sur le visage du haut fonctionnaire de police et il reprit : à moins que vous ne tiriez sur le chef de cercle !

Sa plaisanterie lui plut et son sourire s'élargit.

Irmgard Kompowski n'était pas d'humeur à plaisanter. Elle se leva.

— Où se trouve la Peitschenburg? demanda-t-elle calmement.

— Dans une ancienne mine. Ne me demandez pas où, je ne vous répondrai pas.

Irmgard fit demi-tour et se dirigea vers la porte.

— Au revoir.

— Heil Hitler!

Elle prit le tramway jusqu'à la gare principale. De là, elle n'avait que cinq minutes à pied pour être à la maison. Lorsqu'elle entra dans le vestibule de l'immeuble, elle entendit des éclats de voix qui venaient de l'appartement des Hähnlein. Peu après, ce fut le silence. La porte de l'appartement s'ouvrit et Wolfgang Hähnlein se rua dehors. Il faillit renverser Irmgard qui était sur le point de sonner à la porte du rez-de-chaussée. Sa casquette d'étudiant bariolée qu'il tenait à la main tomba sur le sol.

— Oh, excuse-moi! dit-il en reconnaissant la jeune fille. Il se pencha pour ramasser la casquette et courut vers la rue. Eva Hähnlein apparut dans l'embrasure de la porte de l'appartement.

— Wolfgang! cria-t-elle derrière le fuyard.

Elle allait l'appeler à nouveau, mais y renonça en entendant se refermer la porte de l'immeuble. Alors seulement, elle reconnut la jeune fille dans la demi-obscurité du couloir.

— Irmgard? Tu venais chez nous?

— Oui, madame Hähnlein.

— Eh bien, entre!

Elle suivit Mme Hähnlein dans le corridor sombre et entra dans la cuisine-salle à manger qui ressemblait à celle, beaucoup moins spacieuse, des Kompowski : fourneau à gaz astiqué, armoire blanche, évier, vieux sofa de cuir noir, des chaises et une table recouverte d'une toile cirée... Au-dessus du crochet à essuie-mains, près de l'évier, il y avait l'inscription : « Hâte-toi lentement. »

Erika Gottwald était assise sur le sofa. Elle salua Irmgard avec gêne lorsque celle-ci lui tendit la main. Tournant le dos à la cuisine, Karl Hähnlein était debout devant la fenêtre. Lorsqu'il se retourna et la salua d'une inclinaison de tête, Irmgard vit que son visage était marqué de taches rouges.

— Mère, encore une sortie de ce genre, dit-il avec excitation, et je n'ai plus de frère!

Eva Hähnlein essaya de le faire taire.

— Il ne le pense pas, mon garçon!

— Il ne le pense pas? Tu as entendu toi-même ce qu'il a dit :

Hitler n'est qu'un charmeur de rats qui fait danser le peuple au son de sa flûte. Père et moi, nous sommes donc des rats, des imbéciles incapables de penser par eux-mêmes. C'est ainsi que parlent les ennemis du peuple, mère. Je ne le supporterai plus, désormais !

— Wolfgang pense différemment de toi. Laisse-lui du temps, il changera d'opinion.

Erika Gottwald se leva. Sa mine consternée montrait combien la scène lui était pénible.

—Viens, Karl, dit-elle, tu es de service maintenant. Je t'accompagne un bout de chemin.

Lorsque les deux jeunes gens furent sortis, Eva Hähnlein soupira.

— Je ne sais pas ce que tout ça va donner, dit-elle. Depuis que le Führer est chancelier, Karl et Wolfgang ne se supportent plus. Et moi, je suis entre les deux. Je n'ai aucun soutien de la part de mon mari, il est pour Karl.

Elle interrompit son flot de paroles.

— Mais pour toi, Irmgard, ce n'est pas facile non plus. J'ai entendu parler de l'affaire de ton père.

— C'est pourquoi je suis ici, dit doucement Irmgard. Père est probablement à la Peitschenburg. Je voudrais lui apporter du linge propre, mais je ne sais pas comment pénétrer dans la mine. Votre mari pourrait-il m'aider ?

— Autant que je sache, pour la mine Lenia II, c'est la SS qui est compétente et la nouvelle police politique, la Gestapo. Mais mon mari n'a sûrement aucune influence de ce côté-là. Il faudrait que ce soit quelqu'un de beaucoup plus important.

— Et Karl ?

Eva Hähnlein soupira de nouveau.

— Il ne t'aidera pas. Il n'aiderait même pas son frère !

Lorsque, peu après, Irmgard ouvrit la porte de son appartement, elle savait désormais où se trouvait la Peitschenburg : à la mine Lenia II. Elle se trouvait à une quinzaine de kilomètres, au milieu de la ceinture industrielle de la Ruhr. Mais il lui manquait encore la certitude que son père fût effectivement là-bas.

Vers sept heures du soir, Hilde revint d'une excursion organisée par son école.

— Tu connais Lucie, la fille aînée des Nickel ? Celle qui est à la Ligue des jeunes filles allemandes [1] ?

— Oui, elle a été un temps dans ma classe.

1. En abrégé : la BDM.

— As-tu encore de bons contacts avec elle ?

— Nous allons souvent ensemble au ciné.

— Alors, fais-moi plaisir. Emprunte à Lucie son uniforme. Dis-lui que je voudrais en faire un patron pour m'en couper un.

— Quoi ? Tu veux toi aussi entrer à la BDM ?

Hilde ne comprenait pas.

— Sûrement pas, dit Irmgard avec un air mystérieux, mais j'ai une idée précise.

— Tu ne veux pas me la dire ?

— Seulement ceci : ça concerne papa.

Hilde alla chez son amie qui habitait quelques maisons plus loin et elle revint avec l'uniforme des BDM. Irmgard l'essaya. Il lui allait.

Environ une heure plus tard, Irmgard Kompowski quitta la maison à bicyclette. Elle portait une blouse blanche, un foulard noir avec un nœud de cuir, une jupe noire et une veste d'alpinisme de BDM. Sur le porte-bagages, elle avait fixé un paquet avec du linge propre, de la nourriture et des cigarettes Eckstein, la marque préférée de Kalla Kompowski.

Grand-père Breil qui, une fois de plus, observait la rue depuis sa fenêtre, secoua la tête avec étonnement en la voyant.

— Tiens, regarde un peu ça, dit-il à sa femme, la fille de Kalla est déjà en uniforme et les nazis ont enfermé le pauvre Kompowski !

Irmgard mit presque une heure et demie à parvenir à la mine. Au nord de la ville, elle roula à travers des champs et des prés pelés derrière lesquels se dressaient les tours des hauts fourneaux, d'énormes cheminées et les châssis d'acier des ascenseurs avec leurs roues gigantesques. Un téléphérique passait au-dessus des maisons basses en brique d'une cité ouvrière. Les grincements et les sifflements d'une locomotive à voie étroite l'accompagnèrent pendant la dernière partie du trajet. Finalement, après s'être renseignée plusieurs fois, elle arriva à la mine Lenia II. Elle était abandonnée, comme morte.

Un vieil homme accompagné d'un chien traversa la rue en face de la mine. Lorsqu'elle lui demanda où était la Peitschenburg, il répondit qu'il ne connaissait pas, mais un client qui sortait d'un petit café était au courant.

— Oui, oui, c'est là où les SS fouettent les gens. Souvent, on les entend crier jusqu'ici. Ce sont des salopards !

Parlait-il des SS ou de leurs victimes ? Ce n'était pas clair. Il lui indiqua le chemin dans la vieille mine désaffectée.

Après avoir franchi un portail ouvert, elle arriva à un bâtiment de brique recouvert de tuiles rouges, ravagé par les intempéries. Deux hommes en uniforme noir vinrent à sa rencontre. Ils portaient des fusils à la bretelle.

— Halte ! dit l'un d'eux.

Dans la lumière d'une lampe à arc qui luttait contre le crépuscule, Irmgard vit son menton massif et ses mains énormes sur la bretelle de son arme.

— Où vas-tu ?

— Chez le commandant de compagnie, dit-elle à tout hasard.

— Quel commandant de compagnie ?

— Le capitaine Schulz.

— Inconnu ici, dit l'homme au menton massif qui puait l'alcool.

— Ce n'est donc pas ici, la Peitschenburg ?

— C'est ici, dit-il en riant. Joli nom, pas vrai ? Et tellement justifié !

Irmgard montra le paquet sur son porte-bagages.

— Je dois remettre ça chez votre chef.

La sentinelle jeta un regard sur son uniforme de la BDM.

— Eh bien, entre ! Deuxième porte à gauche... Présente-toi à l'obersturmführer.

La jeune fille appuya sa bicyclette contre le mur, prit le paquet et pénétra dans le sombre bâtiment de brique. Elle s'avança dans un long couloir faiblement éclairé sur lequel s'ouvraient des portes à droite et à gauche. Elle s'arrêta devant la deuxième porte à gauche, prit une profonde inspiration et frappa.

— Attendez ! cria une voix sèche.

En face de la porte, il y avait un banc. Elle venait à peine d'y prendre place qu'un peu plus loin, dans le couloir, une porte s'ouvrit. Un homme maigre, vêtu d'un pantalon et d'une chemise fut poussé dehors. Il tituba dans le vestibule, suivi par deux civils dont l'un tenait une cravache. Le groupe s'approcha d'Irmgard qui frissonna à la vue de l'homme, au visage tuméfié, les deux joues couvertes de sang. L'un de ses yeux était complètement fermé, l'arcade sourcilière était fendue. Il retenait désespérément son pantalon qui menaçait de tomber faute de ceinture. Sa chemise était déchirée dans le dos. On y voyait des traces de sang. L'homme gémissait de douleur.

— Ça va reprendre dans un moment, espèce de cochon ! dit sans émotion celui qui tenait la cravache. Maintenant, tu vas avoir la cure d'eau froide pour te rafraîchir les esprits !

L'autre civil jeta un bref regard sur Irmgard lorsqu'il passa devant elle. Lorsqu'elle le reconnut, elle faillit perdre le souffle.

C'était le voisin de la mansarde — le sous-locataire des Hähnlein. Il n'y avait aucun doute, c'étaient bien les mêmes yeux gris au regard glacé, le menton carré taillé à coups de serpe avec la bouche aux lèvres minces comme une entaille.

Il la reconnut au même moment. Ses yeux s'animèrent soudain. Il tourna la tête dans sa direction et, sans s'arrêter, lui souffla :

— Attendez-moi... dehors !

Le groupe disparut dans une autre pièce. On entendit le bruit d'une douche, des cris et le claquement de la cravache. Des cris provenaient également d'une autre pièce, ils devinrent bientôt un gémissement ininterrompu. Irmgard put à peine le supporter. Elle dut se dominer pour ne pas bondir au secours du supplicié. L'homme qui gémissait aurait pu être son père.

— Entrez ! aboya alors la voix sèche qu'elle avait entendue.

Elle se leva, rassembla tout son courage, ouvrit la porte et entra avec son paquet sous le bras.

Un homme en uniforme, avec un visage lisse et froid d'une couleur laiteuse, était assis derrière une caisse en bois qui portait l'inscription « Œufs frais ». En guise de plateau, on y avait posé une porte démontée. Devant lui, quelques dossiers qu'il était en train de feuilleter. Il ne lui jeta qu'un bref regard de ses yeux bleus et ronds, sans profondeur.

— Qu'est-ce que tu veux ?

— Remettre ce paquet. Du linge propre et des cigarettes pour Karl Kompowski.

L'homme pâle prit un dossier et le feuilleta. Il cherchait le nom, le trouva, inclina la tête et montra un coin de la porte transformée en table.

— Pose ça là !

Irmgard Kompowski posa le paquet à l'endroit indiqué. Elle aurait bien posé des questions, mais elle sentit qu'il valait mieux partir avant que l'homme en uniforme ne lui en posât lui-même. De toute façon, elle avait déjà obtenu plus qu'elle n'avait osé espérer. Elle savait maintenant où était son père et elle avait pu remettre son colis. Pour le moment, elle ne pouvait rien de plus pour lui.

— Heil Hitler ! dit-il, comme s'il l'avait jetée dehors.

— Heil Hitler ! répondit-elle.

Elle sortit, reprit sa bicyclette. La sentinelle au menton carré lui offrit une cigarette. Il avait envie d'engager la conversation. Elle refusa poliment la cigarette.

— Merci, je ne fume pas. Il faut que je rentre à la maison.

— Pour flirter ? demanda-t-il en grimaçant.

Sans répondre, elle poussa sa bicyclette devant lui. Elle franchit le portail, traversa la route et atteignit une petite hauteur où poussaient des arbres et des buissons. Elle appuya son vélo à un arbre et s'adossa à un autre. De là, elle pouvait reconnaître quiconque entrait à la Peitschenburg ou en sortait.

La nuit tombait. Il ne faisait jamais tout à fait clair dans cette région. Le soleil avait du mal à lutter contre l'amalgame de suie, de vapeurs et de brumes qui planaient au-dessus des champs et de la Ruhr. Le soir, comme c'était le cas maintenant, il semblait s'y noyer. Bientôt on ne vit plus que de longues silhouettes et des ombres d'un noir de plus en plus profond.

Irmgard Kompowski frissonna. Elle attendait le mystérieux voisin. Qui était-il ? Que lui voulait-il ?

15

Les douleurs commencèrent vers vingt-deux heures. Karin Winschermann s'était mise au lit plus tôt que d'habitude. Elle se sentait souvent brisée et comme vidée depuis son quatrième mois de grossesse. A cela s'ajoutaient, en cette soirée de mai, quelques vertiges et des nausées. Mais elle n'en avait rien dit à son mari. Elle ne voulait pas ajouter à ses gros soucis ses propres petits ennuis.

Le docteur Moses Winschermann, étendu à côté d'elle dans le grand lit, feuilletait un livre lorsque Karin poussa un cri.

— Mon ventre, gémit-elle. Ça me fait terriblement mal !

Il posa son livre et se pencha sur elle. La lumière de la lampe de chevet tombait sur le haut de son visage. Elle était pâle et son front était humide.

— Où as-tu mal ? demanda-t-il.

Elle lui prit la main et la dirigea vers la partie gauche de son ventre. Lorsqu'il appuya prudemment à l'endroit, elle gémit de nouveau. Elle regarda anxieusement son mari. Elle pensait à la petite créature dans son corps et se faisait du souci.

— Crois-tu que ça ait à voir avec l'enfant ? dit-elle.

— Je vais appeler le docteur Löwenstein, répondit-il.

Moses Winschermann se leva pour téléphoner. Le docteur Aron Löwenstein était le médecin de la famille, mais ils n'avaient pas eu besoin de ses services depuis longtemps. Les examens de grossesse de Karin avaient eu lieu à la clinique municipale. Mais une visite à domicile s'imposait.

Une voix fatiguée répondit.

— Il s'agit de ma femme, dit Moses Winschermann. Elle est enceinte. Il y a quelques minutes elle a ressenti de violentes douleurs. Voudriez-vous, s'il vous plaît, venir la voir rapidement, docteur ?

— Etes-vous inscrit à une caisse de maladie ?

— Oui, pourquoi ?

— Désolé, répondit la voix lasse, je ne peux pas soigner votre femme.

— Je ne comprends pas...

— Une nouvelle ordonnance. Les médecins non aryens n'ont plus le droit de travailler pour les caisses de maladie.

Moses Winschermann se souvint d'avoir vu, à la rédaction, un communiqué de Berlin à ce sujet. Cependant, c'était seulement maintenant qu'il comprenait ce que cette restriction signifiait pour ceux qu'elle concernait.

— Avec les caisses, on me prend aussi les clients, reprit le docteur Löwenstein avec amertume. Vous habitez bien Welserstrasse ?

— Elle s'appelle maintenant Adolf-Hitler-strasse, docteur.

— Adressez-vous plutôt au docteur Braun. Il est aryen et il a toutes les caisses. Attendez, je vous donne son numéro de téléphone.

Tandis que Moses Winschermann le notait, il entendit sa femme gémir. Sara Katz sortit en hâte du salon et courut auprès de sa belle-sœur dont l'état semblait s'aggraver. Moses Winschermann se dépêcha d'appeler le médecin indiqué par le docteur Löwenstein. Il forma nerveusement le numéro. Le docteur Braun répondit.

— Ici Winschermann, Moses Winschermann, ma femme...

— Moses Winschermann — êtes-vous juif ?

— Oui.

— Je ne soigne pas les juifs.

— Ma femme a des douleurs ! De fortes douleurs !

— Je ne soigne que mes concitoyens allemands. Il y a pourtant suffisamment de médecins juifs ! Appelez-les !

La conversation fut interrompue sans formule de politesse : un claquement dans l'écouteur, puis le silence. Winschermann resta un moment indécis, le combiné à la main. Il prit enfin une décision et appela de nouveau le docteur Löwenstein. Il lui demanda de venir le plus vite possible, il le paierait directement. Dix minutes plus tard, le médecin apparut avec sa trousse de cuir noir.

C'était un petit homme voûté, mince, avec un bouc gris et de longs favoris. Il paraissait approcher des soixante-dix ans, mais peut-être était-il plus jeune ? Peut-être aussi était-ce son air las qui le vieillissait.

— Où est votre femme ? demanda-t-il.

Moses Winschermann le conduisit à la chambre à coucher. Le vieux médecin entra et tira la porte derrière lui. Moses et sa sœur s'assirent dans le salon. Ils entendirent le médecin parler d'une voix étouffée. Ensuite, tout fut silencieux pendant un moment.

Sara qui était restée debout pour attendre son mari dit avec inquiétude :

— Comment tout cela finira-t-il, Moses ? Les médecins aryens ne nous soignent plus, les juifs n'en ont pas le droit. Veut-on nous faire mourir ?

Son frère plissa le front en méditant.

— Les nationaux-socialistes inventent chaque jour de nouvelles tracasseries, mais ils en suppriment néanmoins beaucoup. Le boycott des commerces est terminé ; celui des avocats juifs aussi. Depuis hier la plupart d'entre eux peuvent de nouveau pénétrer dans le tribunal. Il en sera de même pour les médecins juifs. On leur rendra les caisses de maladie.

— Le crois-tu ?

— J'en suis persuadé. Hindenburg freine Hitler. Il nous défend, nous autres juifs, en particulier les anciens officiers et les soldats.

Winschermann souligna ses propos d'un mouvement de tête, comme s'il avait dû se convaincre lui-même.

— Tu verras, Sara, reprit-il, l'antisémitisme, au moins sous cette forme grossière, se détruira lui-même dans quelque temps. Nous devons surtout conserver notre sang-froid.

La porte de la chambre à coucher s'ouvrit pour laisser le passage au docteur Aron Löwenstein. Il s'assit dans le salon de Sara Katz, sur la chaise que lui offrit Winschermann.

— Votre femme dort maintenant, dit-il au journaliste. Je lui ai fait une piqûre. Rien de grave. Une colique provoquée par l'enfant qui grandit. Je vais lui prescrire des gouttes. Elle devra en prendre vingt à chaque repas.

Le vieux médecin tira de sa poche un bloc d'ordonnances et dévissa un stylographe en or. Il inscrivit en grosses lettres hâtivement tracées le nom du médicament puis revissa lentement le capuchon du stylo.

— Combien vous dois-je ? demanda Winschermann.

— Deux marks.

Winschermann les lui donna et le médecin le remercia.

— Les médecins aryens... ne soignent-ils plus aucun juif ? demanda le journaliste.

Le médecin haussa les épaules avec lassitude.

— Le docteur Braun est national-socialiste. Ce que font mes autres collègues, je n'en sais rien. On doit sûrement exercer des pressions sur eux pour qu'ils refusent la clientèle juive. Ils veulent nous mater.

Le docteur Löwenstein raconta l'histoire de son frère, un notaire connu. Un fonctionnaire de la Justice s'était présenté chez lui, la veille, accompagné d'un serrurier. Le fonctionnaire lui avait signifié sa destitution « au nom du ministère de la Justice » et le serrurier avait démonté le panonceau officiel. Les archives avaient été transportées au tribunal administratif pour y être conservées.

— Comme pour un notaire décédé, dit Löwenstein. Mon frère peut certes travailler encore comme avocat, mais pour combien de temps ? Il va sûrement émigrer.

— Et vous, docteur, vous restez ?

Löwenstein ne réfléchit pas longtemps.

— Je fais partie, comme ma femme, des vieux arbres que l'on ne doit plus transplanter, dit-il. Je suis né allemand et j'ai été élevé comme tel. Je vis dans la culture et l'histoire allemandes, je pense en allemand, je sens en allemand et je rêve en allemand. Que ferais-je de mes rêves dans un autre pays ?

Le docteur Löwenstein caressa d'un air absent son bouc gris. Il secoua doucement la tête et reprit :

— Non, non. Je ne partirai pas. Ma place est ici.

Moses Winschermann et sa sœur le reconduisirent jusqu'à la porte. Lentement, d'un pas lourd et traînant, le vieux médecin descendit l'escalier.

16

L'homme avait remonté le col de son manteau. Il resta un moment debout contre le portail du vieux bâtiment de brique et alluma une cigarette. D'un pas rapide, il traversa ensuite le halo de lumière d'une lampe à arc. Il échangea quelques mots avec la sentinelle avant de disparaître dans l'obscurité.

Irmgard Kompowski se détacha de l'arbre au bord du chemin. Elle prit sa bicyclette et vint à la rencontre de l'homme dont les pas se rapprochaient. Le point rouge de la cigarette dansait comme un ver luisant devant son visage. Il fut enfin devant elle. Sombre et mince, avec on ne sait quoi d'inquiétant.

— Il faut que je vous parle, dit-il, de vous et de votre père. Mais il vaut mieux qu'on ne nous voie pas ensemble.

— Voulez-vous que nous nous rencontrions ailleurs ?

Il réfléchit brièvement.

— Je connais un chemin au bord de la Ruhr. C'est assez désert. Personne ne nous verra à cette heure-ci.

Il examina la bicyclette, éprouva du pouce et de l'index la pression des pneus et parut satisfait.

— Je vais pédaler et vous vous assiérez sur le porte-bagages. D'accord ?

Irmgard ne s'était pas attendue à cela. Elle fut surprise mais accepta sans plus réfléchir.

Ils roulèrent dans l'obscurité. Etrange couple qu'une étrange époque avait réuni : le tortionnaire de la sinistre Peitschenburg et la fille d'une de ses victimes. Elle se cramponnait péniblement au tube de la selle, secouée sans cesse à cause des bosses et des nids-de-poule du chemin. L'homme n'avait pas la tâche facile pour garder l'équilibre du vélo qui tanguait. Le phare au verre trouble projetait un mince rayon de lumière tremblotante.

L'homme mit enfin pied à terre. Il aida Irmgard à descendre du porte-bagages.

— Ici, nous pouvons parler, dit-il.

Ils étaient debout sur une hauteur qui descendait jusqu'à la rivière en pente douce. A la lueur de la lune montante, l'eau calme de la Ruhr s'étendait devant eux comme un plateau d'argent qui ondulait lentement. L'endroit était très silencieux.

L'homme s'assit sur un banc à demi caché par des buissons et alluma une cigarette. Irmgard appuya son vélo contre un arbuste et ce ne fut qu'en hésitant qu'elle s'assit à côté de lui. Elle éprouvait un sentiment de malaise dans l'atmosphère romantique qui ne convenait guère aux circonstances. Elle sentit son cœur battre plus vite.

— Je vous ai observée, mademoiselle Kompowski, dit-il en tirant lentement de longues bouffées de cigarette, je connais la cachette de la mitrailleuse. Et je sais à qui vous l'avez apportée.

— Qui êtes-vous ? dit-elle avec inquiétude.

— En fait, votre ennemi naturel.

— En fait ?

— J'y reviendrai. J'appartiens à l'inspection politique de la police d'Etat. Mon nom est Schmitz, surnommé Gestapo-Schmitz ou encore Arnold-les-bottes.

Il rit doucement.

— Comment êtes-vous venu dans notre immeuble ? Comme mouchard ?

— Laissez tomber !

Il secoua la cendre de sa cigarette et reprit :

— C'était un pur hasard. Je connais depuis longtemps Adolf Hähnlein. Du temps où notre parti était illégal. Il m'a proposé la mansarde quand j'ai été muté de Düsseldorf.

— Ça n'a donc rien à voir avec mon père ?

— Je n'ai pas passé mes jours et mes nuits à écouter aux portes, si c'est ce que vous voulez dire. C'est par les SA, d'abord, que j'ai appris que votre père appartenait au Front de fer. J'ai fait entrer le commando d'arrestation dans l'immeuble et, à partir de ce moment, j'ai ouvert l'œil.

Il rit de nouveau doucement.

— Vous n'êtes pas précisément une Mata-Hari.

— Que voulez-vous dire par là ?

— Je vous ai vue quand vous êtes allée prendre la caisse dans le pigeonnier. Ce n'était pas un exploit de vous filer. Ça n'a pas été plus difficile que pour le petit garçon du film *Emile et les détectives* qui passe en ce moment. Vous avez transporté la caisse par le tramway jusqu'à un dépôt de la Schlageterstrasse. Un jeune homme l'a prise en charge.

Il se tut un instant en attendant de voir l'effet de ses paroles. Elle ne dit rien. Muette, elle fixait la rivière aux reflets d'argent. Elle semblait à peine respirer.

— Connaissez-vous Ulrich Reimer ? demanda Gestapo-Schmitz.

Elle essaya de paraître aussi calme qu'elle souhaitait l'être.

— Devrais-je le connaître ?

— Je pense bien, mademoiselle Kompowski.

Il plongea la main dans une poche de son manteau et en sortit quelque chose.

— J'ai ici trois photos. La première vous montre en train de remettre la caisse. La seconde montre un certain Ulrich Reimer en train de mettre la caisse dans un appentis. Et la troisième montre le contenu de la caisse : une mitrailleuse démontée. Attendez, je vais faire de la lumière.

Il prit une allumette et la frotta.

Dans la lueur vacillante, Irmgard aperçut trois photos dans la main de Schmitz, mais elle ne les regarda pas.

— Ce n'est pas pour ça que nous sommes ici, dit-elle, pas pour regarder des photos. Que voulez-vous de moi ?

Il remit les photos dans sa poche, se racla la gorge. Il semblait avoir soudain perdu de son assurance.

— Je peux peut-être vous aider, dit-il, vous et Reimer, votre complice. Si je transmets ce que je sais, lui et vous, vous êtes faits. Ça signifie arrestation, Peitschenburg, camp de concentration. Le chemin que suit votre père.

— Camp de concentration ? dit-elle affolée. Qu'est-il arrivé à mon père ?

— Un des types de son organisation s'est mis à table mais on l'a aidé à se délier la langue. Votre père devra s'attendre à être accusé de préparation à une révolte armée. En tout cas, il va être mis en prison préventive à Bögermoor.

Le destin de son père émouvait plus Irmgard que le danger qui planait sur elle-même. Elle avait vu dans les journaux des photos des nouveaux camps d'internement destinés aux « radicaux de gauche ». Sur l'une d'elles on voyait des détenus attelés à une charrue. Elle craignait que son père ne pût supporter moralement de telles brimades. Car, en dépit de son aspect robuste, il était d'une nature tendre et sensible. Durant des mois, il avait pleuré toutes les nuits après la mort de sa femme. Finalement, il s'était réfugié dans l'alcool.

— Mon père n'est pas un séditieux, dit-elle, il est un petit chef de cellule dans son parti. Il ne veut ni faire un putsch ni tuer quiconque. Il ne s'intéresse qu'à nous, ses deux filles, et ses pigeons. Au nom du ciel, libérez-le. Il ne ferait de mal à personne. Il n'est un danger pour personne !

— Et la mitrailleuse ?

— Ce n'est pas pour lui qu'il l'avait cachée. Je ne sais même pas si elle fonctionne.

— Vous feriez mieux de raconter ça à d'autres, dit Schmitz. Je ne peux guère aider votre père. Mais vous, je le peux, si vous m'aidez.

Il fit une pause et parut chercher ses mots. A sa façon de porter sa cigarette à la bouche, elle s'aperçut qu'il était devenu nerveux.

— Il s'agit d'une femme, dit-il à voix basse. Une femme qui me plaît beaucoup et avec laquelle je voudrais avoir un contact. Vous pourriez m'y aider. Vous la connaissez. Elle habite votre immeuble. Toutefois... elle est mariée...

Un bruit fit sursauter Irmgard. Tout près de là un oiseau sortit des hautes herbes du rivage et s'éleva. Elle attendit que le battement des ailes se fût dissipé dans le lointain.

— De quelle femme voulez-vous parler ?

— Vous êtes sortie récemment avec elle.

Irmgard se rappela qu'en allant au défilé de mode, elle avait rencontré Schmitz dans l'escalier.

— Mme Wendehals ? demanda-t-elle avec incrédulité.

— Non. Mme Katz.

Irmgard Kompowski ne comprenait pas. Sara Katz était assurément une femme belle et désirable, peut-être la plus belle femme de toute la rue et même du quartier. Rien d'étonnant qu'avec son visage racé et son corps élancé elle pût enflammer le cœur d'un homme. Mais, mis à part le fait qu'elle était mariée, un homme comme Gestapo-Schmitz allait être confronté à un obstacle bien plus important :

— Mais elle est juive ! dit Irmgard.

L'homme assis à côté d'elle acquiesça de la tête.

— Je sais. C'est un grave problème. Mais on ne commande pas à ses sentiments.

Il respira profondément avant de continuer à voix basse :

— Je me suis amouraché de cette femme. Je voudrais la rencontrer. Et je compte sur vous pour arranger ça pour moi.

Irmgard Kompowski resta silencieuse pendant un moment. Ce qu'elle venait d'entendre était pour elle si renversant qu'elle ne put, au premier abord, ni le comprendre ni le croire. L'homme de la Gestapo, froid comme glace, s'était épris de la belle juive ! Et il jouait gros jeu pour l'approcher. Elle repoussa vivement de telles pensées. Elle ne voulait pas imaginer plus longtemps l'inimaginable.

— Je ne vois aucune chance, dit-elle. Mme Katz ne marchera pas. Quel intérêt aurait-elle ? Elle est mère, c'est une bonne épouse, très religieuse.

Pendant un instant Schmitz ne fut plus l'homme glacial qu'elle avait rencontré dans le bâtiment en briques.

— Je sais, dit-il, ce n'est pas facile.

— C'est impossible.

Un léger frémissement parcourut le corps d'Arnold Schmitz. Maintenant qu'il avait vidé son sac, il se sentait soulagé. Il se calma et retrouva un peu de son ancienne assurance.

— Je ne connais pas le mot « impossible ». Dites-lui que, pour une femme comme elle, par les temps qui courent, ce serait une bonne chose d'avoir un ami tel que moi. Je la protégerai de bien des maux, elle et sa famille.

Sa voix se fit plus dure.

— D'un autre côté, comme ennemi, je peux lui faire pas mal de tort, à elle, à ses enfants, à son mari et à leur commerce.

— Il y a une chose que je ne comprends pas, dit Irmgard Kompowski. Vous prétendez que vous l'aimez et voilà que vous voulez la faire chanter ?

Il jeta son mégot dans la direction de la rivière. Une teinte d'un gris sombre se mêlait maintenant au reflet argenté de l'eau. Un nuage passait devant la lune.

— Faire chanter, faire chanter, dit Schmitz d'un ton excédé. Disons plutôt que je voudrais donner plus de poids à mon désir.

Il se leva brusquement.

— Il faut que je retourne là-bas. J'ai encore quatre interrogatoires ce soir, y compris celui de votre père. Alors, puis-je compter sur vous ?

Elle se leva également.

— Je vais essayer.

— C'est dans votre intérêt et dans l'intérêt de Reimer.

Elle allait monter sur sa bicyclette lorsqu'il lui vint une idée.

— Dites-moi, monsieur Schmitz, comment avez-vous pu photographier le contenu de la caisse ?

Il eut un sourire moqueur.

— Très simplement. Je suis entré la nuit dans l'appentis et j'ai fracturé la caisse.

Elle hésita avant de demander.

— La mitrailleuse est-elle toujours dedans ?

— Oui, mais on ne pourrait même plus tirer les moineaux avec. J'ai enlevé quelques pièces importantes.

Sans le saluer, elle lui tourna le dos et sauta en selle. La dynamo de sa roue avant ronflait doucement tandis qu'elle appuyait sur les pédales. La lumière clignotante éclairait faiblement le chemin.

17

Pour le professeur Philipp Wendehals, la situation était extrêmement pénible : pendant le cours d'allemand de sa classe de seconde, il avait prévu de parler du livre d'Erich Maria Remarque, *A l'Ouest rien de nouveau,* lorsqu'un de ses élèves se leva d'un bond.

— Le livre est une trahison littéraire infligée aux soldats de la Guerre mondiale, dit-il d'un air important. Je le sais par notre chef de troupe.

L'élève s'appelait Erich Hellweg. C'était un adolescent pâle, affligé d'un tic nerveux de la bouche. Il portait l'uniforme de la Hitler Jugend avec une fourragère verte. Wendehals ignorait la signification de cette fourragère. Il ne s'était pas habitué non plus à voir des élèves assister au cours en uniforme. Dans la classe de préparation au baccalauréat, on voyait même un élève en uniforme de cavalier SS. C'était un chahuteur qui, par ailleurs, avait été recalé deux fois.

Après l'éclat de Hellweg, le silence tomba brusquement sur la classe. Les autres élèves courbèrent l'échine comme pour se protéger d'un coup de tonnerre. Ils attendirent, guettant la réaction du professeur.

Wendehals resta quelques secondes immobile. Il mit du temps à se dominer et à ravaler la colère qui montait en lui.

— Nous n'allons pas politiser le livre, Hellweg, dit-il lentement en prenant garde d'éviter tout mot imprudent. Erich Maria Remarque est un écrivain important. Dans *A l'Ouest rien de nouveau*, il a mis en œuvre, sous une forme impressionnante, ses expériences de la guerre. On ne saurait douter de la valeur littéraire de cet ouvrage.

Il traita brièvement du livre, puis passa à un sujet plus anodin.

Un peu de son autorité, il s'en aperçut plus tard, avait disparu à cette minute. Une première faille dans le petit monde encore sain où il avait régné jusqu'alors avec sévérité mais justice, respecté de tous.

Au cours de la pause précédant la dernière heure de cours, la sèche Mlle Krutoff, du secrétariat, apparut dans sa classe.

— M. le chef d'école désire vous parler, monsieur le professeur, dit-elle. Il vous attend après la fin des cours.

Cela aussi faisait partie des changements dans le lycée : le nouveau directeur s'appelait « chef d'école ». Il avait pris la relève de l'ancien directeur, Alfons Kreuter.

Kreuter avait été mis prématurément à la retraite au début d'avril. C'était un homme auquel le lycée devait beaucoup. Grâce à lui, à la fin de 1932, on avait pu s'installer dans un bâtiment ultramoderne. Conseiller municipal et homme du Centre, il avait obtenu, malgré toutes les résistances, la construction du nouveau lycée. Lorsque, après la prise de pouvoir par Hitler, un drapeau à croix gammée avait été hissé sur le nouveau bâtiment, il n'avait pas mis les pieds au lycée jusqu'à ce que le drapeau eût été enlevé. C'était un pédagogue courageux et honnête qui gênait naturellement les nouveaux maîtres. Deux collègues de Wendehals, les sociaux-démocrates Kray et Willfahr, avaient aussi perdu leurs postes.

Une bruyante troupe d'élèves croisa le professeur Wendehals tandis qu'il gravissait l'escalier du deuxième étage où se trouvait le secrétariat. Jusqu'à présent, il n'avait vu que deux fois le nouveau chef d'école. Lors de son intronisation et à l'occasion d'une conférence de l'assemblée des professeurs.

Hans Holler était un professeur d'un genre tout nouveau. Son mot d'ordre, qu'il proclamait sans complexe, était : « Ce n'est pas l'esprit, mais le caractère d'un jeune être qui doit être formé en priorité. » C'était inhabituel pour un lycée humaniste et ça n'annonçait rien de bon.

La secrétaire de Holler, Mlle Krutoff, d'une maigreur squelettique dans une fraîche blouse blanche brodée, leva les yeux de son bureau lorsque Wendehals entra. D'un geste, elle lui indiqua la porte capitonnée de cuir brun.

— Je vous en prie ! Vous êtes attendu.

Wendehals s'avança vers un homme remarquablement petit. Visage pointu, nez pointu, des yeux bruns étincelants et des mouvements vifs. Son crâne était rasé au-dessus des oreilles, sur la largeur d'une main. Il avait l'air tiré à quatre épingles et, bien que légèrement boiteux, sûr de lui. L'insigne du Parti brillait à son revers.

— Heil Hitler ! cher collègue, dit-il.

— Heil Hitler, répondit le professeur.

Le salut parut lui écorcher les lèvres.

Holler pria Wendehals de prendre place dans un lourd fauteuil de cuir. Puis il sortit un dossier bleu. Il le feuilleta.

— On m'a rapporté ce malheureux incident dans votre classe, dit-il sans cesser de feuilleter, cette affaire avec Remarque.

Wendehals leva les sourcils.

— Malheureux incident ? Remarque fait partie du programme de seconde.

— Faisait partie, cher collègue..., faisait partie. Du point de vue des nationaux-socialistes, c'est un de ces littérateurs qui représentent le mauvais esprit allemand. C'est fini maintenant. Nous avons besoin d'une attitude idéaliste devant la vie et non pas du matérialisme, du poison judéo-communiste de certains auteurs. Ils seront en conséquence éliminés des livres scolaires. Ainsi que des bibliothèques. Au cours d'une action symbolique organisée par la Confédération des étudiants allemands, leurs livres seront brûlés demain dans les universités de toute l'Allemagne.

Holler regarda le professeur avec fermeté.

— Je désire que notre lycée y participe. Cette affaire est de votre compétence, comme professeur d'allemand. Je vous prie donc d'apporter votre concours à la réussite de cette action.

Le chef d'école prit une feuille de papier dans le dossier et la tendit à Wendehals.

— J'ai établi une liste des auteurs concernés. Prenez quelques élèves de votre classe, recherchez avec eux les livres en question dans la bibliothèque et faites-les porter, à vingt heures, dans la cour d'honneur. L'intendant aidera à les brûler. Toutes les classes assisteront à la cérémonie.

Wendehals resta un moment sans voix. Ce qui allait se passer, avec sa participation, était un monstrueux acte de barbarie. Il secoua la tête avec incrédulité. Son lorgnon faillit glisser de son nez. Le chef d'école ne sembla rien remarquer. Wendehals voulut dire quelque chose, mais il y renonça.

— Je profiterai de cette occasion, mon cher collègue, pour discuter avec vous d'une autre question, reprit Holler. Dans ce lycée, les élèves doivent, à l'avenir, être moins éduqués dans l'esprit d'Horace que dans celui du renouveau national.

— Eduqués ou dressés ? demanda Wendehals sur un ton de faible protestation.

Holler effaça la remarque d'un mouvement de la main.

— Les mots que nous emploierons pour cela, ce n'est pas ça qui est important. Ce qui est important pour le Parti, c'est autre chose : que les professeurs qui seront chargés de cette tâche en soient dignes. Outre leurs capacités scientifiques et pédagogiques, ils doivent posséder le sens de l'Etat correspondant ou s'efforcer de l'avoir.

Holler se pencha légèrement en avant. Sa bouche mince se durcit, son nez pointu frémit.

— Chez vous, c'est là que ça cloche, mon cher collègue !

Le professeur courba inconsciemment le dos. Il fut soudain sur ses gardes. Il sentit que son existence était en jeu. De cet entretien pouvait dépendre son maintien au lycée et, de ce fait, sa vie future. Il y avait suffisamment de professeurs au chômage qui n'attendaient qu'un signe pour sauter sur sa place.

— Je ne sais pas comment vous comprenez ça, monsieur le directeur, dit-il prudemment. Personne ne pourrait me compter parmi les adversaires des nationaux-socialistes. Je n'ai jamais été inscrit au Centre, comme le directeur Kreuter, ni à la social-démocratie comme mes collègues Kray et Willfahr. Je n'ai jamais pris part à des manifestations politiques.

Holler écouta la dernière phrase avec ironie.

— Justement, mon cher collègue, dit-il, ce fut une erreur. Le pédagogue que vous êtes devrait y prendre part à l'avenir — aux bonnes, bien entendu.

Sa voix se fit plus sévère.

— D'après un rapport que j'ai devant moi, vous ne pavoisez pas. Que ce soit pour l'anniversaire du Führer, pour le 1er mai ou pour la visite de Goebbels, on ne voit aucun pavillon à croix gammée à votre fenêtre !

— Je n'ai jamais pavoisé, même sous la République de Weimar, mentit Philipp Wendehals. Est-ce que ce n'est pas un peu trop voyant ?

— Nous devons professer de façon voyante notre foi dans les temps nouveaux, dit Holler d'un ton solennel. Puis il reprit plus froidement : Il convient également pour cela d'éviter les magasins juifs.

Il prit une coupure de journal dans le dossier et la tendit au professeur.

— D'après cet article dans l'*Allgemeine Anzeiger,* votre femme n'a pas observé l'appel au boycott du 1er avril. Elle a fait des achats dans l'épicerie fine juive Katz. Sur la photo on peut même voir votre femme entrant dans le magasin. Ce que nous attendons de nos professeurs, nous l'attendons également de leurs épouses. Elles aussi doivent donner l'exemple.

Philipp Wendehals connaissait l'article. Il avait déjà fait des reproches à sa femme à ce sujet. Mais pas parce qu'il avait quoi que ce soit contre ses concitoyens juifs et encore moins contre des voisins agréables comme les Katz. Non, il voulait tout simplement ne pas attirer l'attention. C'était désormais chose faite, cependant. Il savait que, dorénavant, chacun de ses actes serait observé et jugé. A son avantage ou à son désavantage. Les mérites professionnels, les qualifications n'avaient plus d'importance dans l'époque qui venait de commencer. Seul était utilisable celui qui nageait dans le sens du courant, quiconque tentait de le remonter était entraîné comme du bois flotté. Nager avec les autres signifiait toutefois sacrifier sa liberté personnelle, prier les nouvelles idoles ou, pour le moins, les tolérer. D'autres, qui avaient moins de scrupules à s'adapter, poussaient à la roue.

— Je n'ai appris que par le journal ce regrettable incident, dit le professeur, et j'en ai parlé avec ma femme. Cela ne se reproduira plus.

Holler eut un geste de satisfaction.

— Il semble que nous nous comprenons, dit-il en se levant. Autre chose, quelques collègues du lycée s'efforcent d'être acceptés dans la Ligue des professeurs nationaux-socialistes. A ceux qui veulent progresser dans notre profession, je ne puis que conseiller de ne pas se tenir à l'écart plus longtemps. Cela n'est qu'une incitation...

Philipp Wendehals se leva également.

— Je vais y réfléchir, monsieur le directeur.

— Dites de préférence chef d'école.

— Bien entendu, monsieur le chef d'école.

— Sans monsieur...

Holler accompagna Wendehals jusqu'à la porte et le fit passer devant lui pour entrer dans le secrétariat.

— Du reste, dit-il en conclusion, il serait indiqué, mon cher collègue, qu'à l'avenir votre bibliothèque personnelle ne contienne aucun livre des écrivains indésirables. Ce n'est qu'un conseil personnel. Merci de votre visite. Heil Hitler !

Dans le fond du bureau, était accroché un portrait à l'huile du Führer. Peu de temps auparavant, c'était le portrait d'Ebert qui se trouvait là. Il semblait qu'une éternité se fût écoulée depuis lors.

— Heil Hitler ! dit Wendehals, presque mécaniquement déjà.

La porte capitonnée de cuir se referma derrière lui.

18

Jakob Katz se sentait mal dans sa peau. Depuis le boycott de son magasin, il était angoissé. Chaque jour il s'attendait à de nouvelles actions antijuives des nouveaux dirigeants. Certes, il y avait encore des clients qui lui restaient fidèles. Surtout les gens du voisinage qui achetaient à crédit et payaient le premier du mois quand ils touchaient leur salaire. Mais ils étaient chaque jour moins nombreux. Et ceux qui continuaient de venir étaient de plus en plus inquiets.

Après la fermeture du magasin, il était assis dans l'arrière-boutique, penché sur ses livres de comptes quand la porte s'ouvrit de l'extérieur. La sonnette retentit et il entendit des pas approcher. C'était Sara, sa femme.

Elle portait une robe légère de couleur turquoise qui mettait en valeur son corps élancé. Ses cheveux noirs étaient coiffés en chignon. Les deux bracelets d'argent à son bras cliquetèrent légèrement lorsqu'elle se pencha par-dessus l'épaule de son mari.

— En as-tu pour longtemps, Jakob ? dit-elle. Puis-je t'aider ? Et, voyant son air sombre, elle ajouta : As-tu des soucis ?

Katz abaissa un peu ses lunettes sur son grand nez.

— Les affaires vont de plus en plus mal. La plupart des gens achètent à crédit et, maintenant, ils ne paient plus le premier du mois. Mais les fournisseurs exigent soudain que les juifs paient comptant. Bockmeier et les autres commerçants de la rue ont des pancartes « Magasin aryen » ou « Commerçant allemand ». C'est un boycott d'un autre genre..., dit-il d'une voix résignée.

— La plupart des vieux clients viennent encore, pourtant, Jakob.

— Encore. Combien de temps encore ? Est-ce qu'on ne va pas continuer à les manipuler ? Ecoute seulement à la radio ce que disent Hitler et Goebbels. Et lis ce qu'ils écrivent dans le *Stürmer.* Nous serions des sous-hommes. Des créatures avec des mains et des pieds et une sorte de cerveau, rien d'autre qu'une ébauche d'homme — plus bas que n'importe quel animal, par l'esprit et l'âme. C'est la nouvelle façon de parler. C'est ainsi qu'on sème la haine, Sara. La fin sera terrible, je le crains. Peut-être plus terrible que nous ne l'imaginons en ce moment.

Sara s'assit sur un dossier de chaise. Elle remonta sa robe et croisa ses belles jambes.

— Tu vois les choses trop en noir, Jakob. Prends exemple sur mon frère Moses. Ce n'est pas facile pour lui, au journal, avec toutes les nouvelles réglementations et interdictions. Mais il dit que, nous autres juifs, nous avons surmonté bien des persécutions au cours de notre longue histoire. Nous surmonterons aussi Hitler.

— Et si, entre-temps, la boutique fait faillite ? gémit Jakob. Le mois dernier, mes rentrées ont baissé de trente pour cent. Cette semaine, ça a l'air encore pire. Il faudra que je congédie une des vendeuses. Selma devra aider le soir et pendant le week-end.

Il regarda sa femme par-dessus ses lunettes et demanda :

— Où est Nathan ? Où est Selma ?

— Nathan joue chez Mme Wendehals. Selma est au cinéma.

— Avec qui ?

— Avec Wolfgang Hähnlein.

— Avec Hähnlein, notre ennemi ?

Sara regarda son mari avec stupéfaction.

— Qu'est-ce que tu racontes là ? C'est un gentil garçon.

— Son père est notre ennemi et le fils d'un ennemi est aussi un ennemi.

— Je ne comprends pas.

Jakob Katz se redressa un peu dans son fauteuil.

— Sais-tu qui a photographié les clients qui ont acheté chez nous le jour du boycott ? demanda-t-il. Les pauvres gens qui ont été montrés dans le journal et publiquement insultés ?

— Non. Qui ?

— Adolf Hähnlein ! Mme Ahrens l'a vu dans la foule avec un appareil en train de photographier. Un homme qui habite le même immeuble que nous, un voisin ! Est-ce un ami ? Vois-tu, Sara, dit-il d'un air profondément déprimé, je ne me sens plus chez moi dans notre maison.

La phrase était cruelle, mais Sara comprit ce que son mari voulait dire. Elle éprouvait le même sentiment. Elle non plus ne se sentait plus en sécurité dans l'immeuble du 14 Adolf-Hitler-strasse. Trop de choses y avaient changé, surtout depuis que la rue portait ce nouveau nom, qu'elle trouvait affreux. Depuis que des enfants du voisinage en uniforme avaient forcé son fils à peindre « Juif » sur la porte du magasin, depuis que Kalla Kompowski avait été arrêté à l'aube et depuis que Dodo était revenu chez lui, sauvagement battu par une horde de SA, la peur et la méfiance s'étaient glissées dans sa vie. A qui pouvait-on encore faire confiance ? Que pensaient en réalité les voisins avec lesquels ils échangeaient d'aimables saluts dans l'escalier ? Même Mme Wendehals qui ne pouvait pas avoir d'enfant ? Certes, elle aimait beaucoup Jiddchen, mais en serait-il toujours ainsi ? L'amitié ne pouvait-elle pas se transformer en hostilité si les voisins — plus ou moins volontairement — se ralliaient à « l'ordre nouveau » ? Qui le savait ?

— J'éprouve la même chose que toi, Jakob, dit-elle, mais que pouvons-nous faire ?

Katz haussa ses larges épaules et se prit le menton pour réfléchir.

— Il faudrait avoir quelqu'un qui nous protège, qui tienne sa main étendue au-dessus de nous.

— Quelqu'un de la communauté ? Le rabbin ?

— Pas le rabbin. Pas un autre juif. Il faudrait qu'il soit de l'autre bord. Un ennemi.

Le trouble envahit le visage de Sara.

— Un ennemi devrait nous protéger ?

— Ne dit-on pas qu'il faut hurler avec les loups ? demanda Jakob d'un air rusé. Nous devons attirer un loup dans notre camp. Qui nous protégera des autres loups.

— Et comment penses-tu arranger ca ?

— Je ne le sais pas encore très bien. Je vais y réfléchir. Peut-être vais-je parler à Hähnlein. Il a d'excellentes relations avec le Parti.

Katz avait encore à faire et Sara retourna à la maison. Devant la porte, elle rencontra Irmgard Kompowski. La jeune fille l'apostropha après une courte hésitation :

— J'aimerais vous inviter à boire un verre, madame Katz. Avez-vous un moment ?

La cordialité de sa jeune voisine fit du bien à Sara. Elle accepta avec joie.

— Je vais juste chercher Nathan. Il est chez Mme Wendehals.

Dix minutes plus tard, elle frappait à la porte de l'appartement mansardé. Irmgard ouvrit. Sur la table de la cuisine, elle avait disposé deux verres, une bouteille de vin et des biscuits au fromage.

— C'est plus sympathique ici que dans le salon, dit-elle.

— J'aime bien vivre dans la cuisine, dit Sara.

Irmgard servit le vin et les deux femmes commencèrent à bavarder. Sara s'enquit du sort du père d'Irmgard. Celle-ci lui raconta sa visite à l'ancienne mine et lui fit part de ses inquiétudes : son père risquait d'être envoyé dans un camp de concentration.

— Mon Dieu, dit Sara Katz, c'est effrayant ! N'y a-t-il pas moyen d'empêcher ça ?

Irmgard haussa les épaules.

— Un de ses camarades l'a dénoncé, on l'avait battu à mort.

Il y eut un moment de silence dans la pièce. On n'entendit que le roucoulement des pigeons dans le comble. Ces pigeons, songea Sara Katz, je ne pourrai jamais m'en passer ; ils incarnent en quelque sorte la paix dans la maison.

— Savez-vous qui est l'homme qui habite la mansarde à côté de chez nous ? demanda brusquement Irmgard, le mystérieux sous-locataire des Hähnlein ? L'autre jour, il vous a dévisagée dans l'escalier. Il s'appelle Schmitz. Un homme de la Gestapo. Un de ceux qui mènent les interrogatoires les plus brutaux à la Peitschenburg. Et maintenant, tenez-vous bien, madame Katz : M. Schmitz est fou de vous.

Sara Katz venait d'avaler une gorgée de vin. Elle reposa bruyamment le verre sur la table.

— C'est une blague ? dit-elle.

— Non. Schmitz m'a ouvert son cœur. Je dois lui servir d'entremetteuse. Il voudrait absolument vous rencontrer.

Irmgard Kompowski raconta à sa voisine stupéfaite la conversation nocturne au bord de la Ruhr. Toutefois, elle passa sous silence ce que Gestapo-Schmitz lui avait fait entrevoir pour prix de son intervention. Sa visiteuse ne devait pas se sentir soumise à une pression de sa part.

Sara ne put le cacher : elle ne pouvait concevoir ce qu'elle entendait. Elle essaya de se rappeler les traits de l'homme qu'elle avait croisé à diverses reprises dans l'escalier : le visage aux arêtes dures qu'il cachait toujours dans l'ombre d'un feutre à larges bords. L'impression inquiétante qui émanait de sa personne. Il semblait effectivement être un homme brutal, ainsi que l'avait décrit Irmgard. Et il avait jeté les yeux sur elle, justement sur elle.

Au malaise que cette pensée lui causait, se mêla fugitivement un autre sentiment : la coquetterie féminine. Pour toute femme, surtout quand elle approche de la quarantaine, être désirée est toujours une constatation agréable. Mais ce sentiment disparut aussi vite qu'il était venu. Elle était bien mariée, elle avait des enfants. Juive pieuse, son idéal était la « eschet chajil », la femme forte qui sert les siens avec amour. Les autres hommes ne devaient pas l'intéresser et, d'ailleurs, ils ne l'intéressaient pas.

— Je sais ce que vous pensez, madame Katz, dit Irmgard. J'ai longtemps réfléchi pour savoir si je devais vous en parler.

Elle se tut un instant pour tremper ses lèvres dans son verre et reprit lentement :

— Ensuite, je me suis dit : si je ne lui en parle pas, Schmitz va peut-être réagir avec méchanceté et Dieu sait que vous et votre mari n'avez pas besoin de ça.

Sara Katz hocha la tête.

— Vous avez bien fait de me le dire, Irmgard. Mais qu'est-ce qu'il croit, ce type ? C'est blessant de penser que je pourrais aller avec un étranger, moi, une femme mariée et mère de famille.

— Les hommes sont comme ça. Peut-être qu'il se croit quelqu'un à cause de sa place à la Gestapo. Il a dit, en tout cas, que ça pourrait vous être utile d'avoir un homme comme lui pour ami.

— Je peux me passer de ce genre d'amis, dit Sara Katz.

Elle se rappela soudain sa conversation avec son mari. N'avait-il pas dit qu'ils devraient essayer d'avoir un « loup » de leur côté ? Jakob avait pensé à Adolf Hähnlein, mais il ne mettait pas beaucoup d'espoir en lui : il avait certes été nommé chef de bloc pour la partie inférieure de la Welser-strasse, mais cela ne signifiait pas grand-chose ! Dans cette position, il n'avait aucune influence particulière sur les services importants pour les Katz. Schmitz, au contraire, était d'un autre calibre. Un homme de la Gestapo. Un des piliers grâce auxquels les nationaux-socialistes exerçaient la terreur sur leurs opposants. Un homme placé au centre de la toile d'araignée du nouveau pouvoir. Une grande chance — mais aussi un grand danger. Y avait-il un moyen de profiter de la chance sans succomber au danger ?

Irmgard Kompowski l'arracha à sa méditation.

— Que dois-je lui dire, madame Katz ?

— Provisoirement rien, dit-elle. Il faut que j'y réfléchisse. Dites-lui simplement que vous n'avez pas encore parlé avec moi.

Peu de temps après, elle quitta l'appartement mansardé. Pensive, elle descendit l'escalier aux marches de bois grinçantes. Lorsqu'elle atteignit le premier palier, une porte étroite s'ouvrit. C'était la porte des W.-C. réservés aux habitants des mansardes. Comme tous ceux de l'immeuble, ils étaient à l'extérieur des appartements et n'étaient pas chauffés l'hiver. Elle entendit le bruit de la chasse d'eau.

Son cœur battit plus fort lorsqu'elle reconnut l'homme qui sortait des W.-C. en pantoufles, pantalon noir, bretelles et chemise blanche à col ouvert.

Arnold Schmitz la croisa dans l'escalier.

— Bonsoir, madame Katz, dit-il avec une amabilité qui ne cadrait guère avec sa voix glacée. Ses yeux de poisson lui lancèrent un regard aigu. Il s'arrêta comme s'il avait voulu engager la conversation.

— Bonsoir, dit-elle.

Elle descendit rapidement les dernières marches. Ses mains tremblaient lorsqu'elle ouvrit la porte de son appartement.

19

Il y avait longtemps qu'Else Wendehals n'avait pas vu son mari aussi déprimé et abattu. Il était de nature assez taciturne, presque toujours absorbé, en train de ruminer ses pensées. Mais aujourd'hui il était encore plus silencieux que d'habitude. Il ne s'intéressait même pas à Jiddchen pour lequel il avait construit, dans une des pièces du grand appartement, un train électrique avec lequel il jouait lui-même de temps à autre.

Sans un regard pour l'enfant à son retour du collège, il était allé dans son bureau qui donnait sur la cour, à l'autre extrémité de l'appartement. Il avait déclaré qu'il n'avait pas d'appétit et ne s'était pas montré de tout l'après-midi. Else Wendehals l'entendait seulement déplacer fréquemment l'échelle de la haute bibliothèque.

Vers le soir, elle ouvrit la porte de la pièce. Elle le fit prudemment pour ne pas l'effrayer.

Des livres s'entassaient sur son bureau. Le docteur Philipp Wendehals était debout à côté, l'air désemparé et malheureux. C'étaient, pour la plupart, des ouvrages de ses auteurs préférés : Lion Feuchtwanger, Ödön von Horvath, Heinrich Mann, Josef Roth. Des volumes dont les couvertures de toile ou de cuir élimées disaient qu'on les avait relus très souvent.

— Tu es bien étrange, aujourd'hui, Philipp, que t'arrive-t-il ?

Troublé, il lui montra les livres.

— Je les ai sortis. Il vaut mieux qu'à l'avenir on ne les voie plus chez nous. Ces auteurs sont interdits. Demain, leurs œuvres seront brûlées en public dans les universités et bien sûr aussi dans la cour de notre école, sur l'ordre du directeur.

— Brûlées, pourquoi ?

— Il paraît qu'ils sont contraires à la nouvelle politique. On leur reproche de falsifier l'histoire, d'être décadents, étrangers au peuple et Dieu sait quoi encore !

Else Wendehals prit le premier livre en haut d'une pile et le feuilleta.

— Bon, bon, que Bertolt Brecht ne plaise pas aux nationaux-socialistes, je peux l'imaginer, dit-elle. Il est trop rouge pour moi, beaucoup trop pour la lutte des classes. Mais brûler tout de suite ces livres, est-ce bien nécessaire ?

Il redressa son pince-nez.

— Le Parti veut en faire un symbole, dit-il, même Remarque va au bûcher. Je l'avais inscrit au programme d'aujourd'hui. Mais il a fallu que j'encaisse qu'un élève me dise qu'on n'en veut plus.

Le professeur soupira et reprit :

— Ce qui se passe là devrait toucher tous les gens cultivés. Nous ne devrions vraiment pas l'accepter.

Philipp Wendehals alla pensivement jusqu'à la fenêtre. De là, on pouvait voir les arrière-cours des blocs d'immeubles. Du linge était suspendu à une corde dans l'une de ces cours : des draps, des chemises, des caleçons, des bas. Ils s'agitaient doucement dans le vent. Dans une autre cour jouxtant l'immeuble du 14 Adolf-Hitler-strasse, des petites filles jouaient à la balle. De leurs mains croisées, puis de la tête, du genou ou de la poitrine, elles essayaient de renvoyer la balle aussi souvent que possible contre le mur de l'immeuble. Lorsque l'une d'elles la laissait tomber sur le sol, la suivante prenait sa place. Leur adresse était étonnante.

Le tableau paisible des fillettes en train de jouer et de la lessive balancée doucement par la brise contrastait avec l'image du feu crépitant qui venait de surgir devant les yeux de Philipp Wendehals. Il se vit, par la pensée, sortir des rangs pour alimenter le feu en y jetant un livre. Dans le dernier sursaut du papier qui brûlait et se réduisait en cendres, le titre apparaissait : *A l'Ouest rien de nouveau.*

Sa femme le tira de cette scène cauchemardesque et le ramena à la réalité.

— Comment cela va-t-il se passer dans votre cour d'école ? demanda-t-elle.

Wendehals se retourna et lui raconta son entretien avec le nouveau directeur, ce qui se préparait pour le lendemain et la part qu'il devrait prendre à l'autodafé. Puis il lui parla des réserves faites par Holler parce qu'ils ne pavoisaient pas avec le drapeau à croix gammée et qu'ils n'avaient pas observé le boycott des commerces juifs.

— Nous devons être plus prudents, Else, conclut-il. Ton nom et ta photo dans le journal à cause de tes achats chez Katz ont fait jaser. Ils ont vite fait de descendre en flammes un professeur. Dans toutes les écoles, des professeurs qui ne marchent pas au pas des nazis sont congédiés, mis à la retraite ou mutés à des postes insignifiants. Les soi-disant « vieux combattants » et autres membres du Parti poussent à la roue. Si je veux rester en place, il faut que je m'adapte.

Else Wendehals hocha la tête.

— C'est ce que tu as de mieux à faire, Philipp. Pourquoi aurais-tu fait de si longues études ? Tout le monde sait que tu es un bon enseignant.

Elle plissa le front :

— Mais je ne comprends pas pourquoi nous ne devrions plus acheter chez Katz. Le directeur te l'a-t-il interdit ?

Wendehals revint de la fenêtre à son bureau. Il se laissa lourdement tomber dans son fauteuil.

— Il ne m'a rien interdit, dit-il, mais la menace était claire. Acheter chez les juifs est extrêmement préjudiciable pour la carrière d'un professeur.

— Ce n'est pas toi qui achètes, c'est moi...

— A leurs yeux, c'est la même chose, Else. Ils ne font pas de différence — Holler me l'a expressément fait comprendre. La femme d'un professeur doit elle aussi être un exemple. En d'autres termes, il faut choisir : Katz ou ma carrière.

La situation était plus que désagréable pour Else Wendehals. Elle s'assit sur une chaise en face de son mari. Une ride verticale s'était creusée sur son front au-dessus de la racine du nez.

— Eh bien, nous nous adapterons, Philipp, pour que tu n'aies pas d'ennuis, dit-elle finalement. Nous ne pourrons pas y échapper. Je n'irai donc plus au magasin de M. Katz. Mais, d'un autre côté, je ne peux pas me résoudre à le laisser tomber comme ça. C'est un honnête homme et il ne nous a rien fait. Sa femme aussi est agréable et aimable. Et n'oublie pas toute la joie que nous apporte Nathan.

Le docteur Wendehals regarda sa femme d'un œil interrogateur. Il ne voyait pas où elle voulait en venir.

— Comment veux-tu concilier les deux choses, Else ?

— Très simplement, Philipp. Nous continuerons à nous fournir chez Katz, mais en cachette. Je ferai la liste de ce dont nous aurons besoin, je la donnerai à Nathan et il nous apportera tout le soir.

Fière de son idée, elle le regarda et demanda :

— Qu'est-ce que tu penses de ça ?

Il secoua lentement la tête.

— Pas grand-chose de bon. Car tu as oublié quelque chose : nous avons un voisin qui observe tout dans l'immeuble.

— M. Hähnlein ? dit-elle.

Avant qu'il ait pu lui répondre, le petit Nathan entra en trombe dans la pièce. Il portait un costume marin avec un pantalon long. Son visage était tout rouge.

— Oncle Philipp, le train de marchandises ! cria-t-il. Déraillé ! et les signaux lumineux de la gare sont cassés ! Peux-tu venir, vite !

De la pièce voisine, venait le ronflement des roues d'une locomotive-jouet.

Philipp Wendehals se leva derrière son bureau. Il se sentait gêné à la vue de l'enfant qui se serrait contre lui et cherchait sa main. Il caressa d'un geste timide la chevelure sombre.

— Je vais avec toi, Nathan, dit-il, nous allons remettre la locomotive sur ses rails.

— Et les signaux lumineux ! dit Jiddchen.

— Et les signaux lumineux aussi, dit Wendehals.

Avant de quitter la pièce, il se retourna vers sa femme.

— Ah, s'il te plaît, Else, emballe les livres dans des cartons. Je les emporterai demain matin à l'école.

20

Peu avant minuit, on frappa à la porte de l'appartement des Kompowski. Hilde était encore éveillée dans son lit et feuilletait un magazine. Depuis quelques heures, elle attendait le retour des pigeons. Ils avaient été lâchés à huit cents kilomètres de là. Hilde s'étonnait qu'ils ne fussent pas encore rentrés. Lorsqu'elle avait vérifié le pigeonnier quelques minutes auparavant, il était vide. Nerveuse et inquiète, elle guettait le bruit familier des battements d'ailes annonçant le retour des oiseaux sur le toit.

Un coup sur la porte la fit sursauter.

Le cœur de la jeune fille battit soudain plus vite. Ce bruit violent dans le silence de la maison lui rappelait la nuit où l'on avait arrêté son père. Qui pouvait donc bien venir aussi tard ?

Hilde se leva. Elle alla jusqu'au lit de sa sœur et la secoua pour la réveiller.

— Entends-tu ? dit-elle. Quelqu'un qui frappe à la porte !

Encore ensommeillée, Irmgard se dressa sur le lit et se frotta les yeux. Elle aussi entendait maintenant frapper. Le bruit s'arrêta et une voix de femme cria :

— C'est Gerda Struve ! Ouvrez, s'il vous plaît ! C'est à cause des pigeons...

— Oui, répondit Irmgard. Un moment s'il vous plaît.

Elle se tourna vers Hilde qui était debout à côté du lit.

— Va vite ouvrir !

Elle repoussa les couvertures, s'assit sur le bord du lit, enfila ses pantoufles. Tout en se levant, et en s'enveloppant d'un peignoir, elle entendit une porte claquer dans le vestibule, la voix de sa sœur et celle de la visiteuse nocturne. Gerda Struve habitait quelques maisons plus loin dans la rue. Elle était la secrétaire de l'Union colombophile dont Kalla Kompowski était membre.

Hilde la conduisit dans la chambre à coucher. C'était une petite femme ravagée par le chagrin. Elle avait l'air inquiète.

— Que se passe-t-il avec les pigeons ? demanda Irmgard.

— Les vôtres sont-ils rentrés ? dit Mme Struve.

— Non. J'attends depuis des heures. Ils devraient être là depuis longtemps. Je n'y comprends rien.

— Il s'est passé quelque chose de terrible, dit Mme Struve. Le chef du lâchage vient de me téléphoner. Les pigeons ont été pris dans une grande tempête. On suppose que beaucoup ont été abattus. Sur les deux cents de notre Union, dix-huit seulement sont rentrés. Complètement épuisés et en très mauvais état.

— Et les autres? demanda Hilde avec inquiétude. Les nôtres?

Gerda Struve haussa ses maigres épaules en soupirant.

— Il y a peu d'espoir.

Les deux jeunes filles s'en doutaient : les pigeons épuisés qui tombent du ciel deviennent, pour la plupart, la proie des chats et des prédateurs. Elles avaient envoyé vingt oiseaux. Des vieux pigeons expérimentés, principalement des femelles qui avaient déjà gagné de nombreux prix. Si elles étaient mortes, ce serait une catastrophe. D'autant plus que cela arrivait en l'absence de leur père.

— Peut-être était-ce une erreur de les avoir envoyés, dit Irmgard. Nous n'avons pas l'expérience de notre père en la matière. Qu'allons-nous lui dire quand il reviendra, madame Struve?

— Vous n'avez pas de reproches à vous faire, mademoiselle Kompowski. Qui aurait pu imaginer qu'une telle chose arriverait? Les prévisions météorologiques laissaient prévoir un bon déroulement du vol. En outre, il est important que les oiseaux restent entraînés. Mais nous aurons peut-être de la chance, peut-être, ajouta-t-elle sans trop de conviction.

Hilde l'interrompit d'un geste et mit un doigt sur ses lèvres.

— Psst..., souffla-t-elle, j'entends quelque chose.

Un léger bruit venait de la fenêtre entrouverte. Cela ressemblait à des battements d'ailes, à peine plus perceptibles que le mouvement d'un éventail.

— Les pigeons! dit Hilde joyeusement. Allons voir!

Les trois femmes coururent jusqu'au vestibule. Hilde ouvrit la porte de l'appartement. Elle allait en faire autant de la porte du grenier, mais celle-ci était déjà ouverte.

Elle gravit la première l'étroit escalier du faux grenier. Il n'était éclairé que par une faible ampoule nue. A côté de l'un des pigeonniers se dressait une silhouette mince enveloppée dans un manteau. C'était Selma Katz. Elle avait l'air gelée mais un sourire illuminait son joli visage.

— Cinq de nos pigeons viennent d'arriver, dit-elle, il en manque encore six.

Selma Katz tenait à la main une bague de caoutchouc qu'elle avait retirée d'une patte d'un pigeon. Elle plaça cette bague dans une enveloppe métallique et la jeta, l'ouverture tournée vers le bas, dans la pendule de contrôle. Cette pendule spéciale timbrait à la seconde près l'heure de la remise de l'enveloppe et donc de l'arrivée. Selma la remonta avec une clef. On entendit un claquement.

Hilde et Irmgard, suivies de Mme Struve, passèrent devant Selma pour aller à leur pigeonnier. Il était vide. Les abreuvoirs et les mangeoires garnies de nourriture destinée à réconforter les pigeons après leur retour n'avaient pas été touchés. Déçues, elles allaient repartir lorsqu'un léger bruit leur fit tendre l'oreille. Il venait de l'ouverture dans le toit par laquelle les pigeons entraient ou sortaient. Un instant plus tard, un pigeon gris-vert se glissa dans le pigeonnier.

— Maja ! cria Hilde.

Le plumage de Maja était ébouriffé. La colombe semblait complètement épuisée et n'émit pas un son lorsque Hilde la prit avec précaution pour lui mettre dans le bec un morceau de sucre de la taille d'un petit pois. Le sucre devait rétablir le métabolisme de l'oiseau épuisé par le vol.

Maja tourna légèrement la tête vers Hilde qui sentait combien le cœur de la bestiole battait follement. Elle avait encore le morceau de sucre dans la main. Maja devait d'abord se calmer. Mais, tandis que Hilde lui caressait doucement les plumes, le cœur cessa tout à coup de battre.

Irmgard vit la mine désespérée de sa sœur.

— Qu'y a-t-il ? demanda-t-elle.

— Je crois quc Maja est morte.

Selma Katz s'était approchée. Elle tâta la colombe dont la tête pendait et hocha la tête :

— La mort d'un pigeon, dit-elle lentement, amène le malheur dans la maison.

Quatre seulement des pigeons des Kompowski et neuf de la famille Katz survécurent à la tempête et aux pluies violentes qui avaient sévi sur le trajet des bords de la Baltique, jusqu'à la Ruhr.

Le dernier rescapé n'arriva que deux jours plus tard.

La prédiction de Selma Katz selon laquelle la mort d'un pigeon amène le malheur dans la maison se vérifia dès le lendemain.

21

Vers sept heures du matin, une voiture découverte s'arrêta devant « La Carafe ». Cinq hommes de la SA sortirent du café qui servait maintenant aux réunions de la compagnie SA 58/I/23. A la place du gérant Achim, l'homosexuel, c'était depuis quelque temps Emil, un vieux camarade du Parti, qui se tenait derrière les robinets de bière. Il ne tirait pas la Pils aussi artistement qu'Achim, mais en revanche il pouvait chanter avec les clients tous les chants d'assaut et de combat de la SA. Les cinq hommes montèrent dans la voiture qui démarra pour s'arrêter cent mètres plus loin devant le 14 de la Adolf-Hitler-strasse. Les occupants sautèrent à terre, franchirent la porte ouverte de l'immeuble et s'engagèrent dans l'escalier.

Un chef d'escouade blond cendré sonna au deuxième étage chez Katz et Winschermann. Comme personne ne bougeait, au bout d'un moment, il donna des coups de pied dans la porte.

Karin Winschermann ouvrit. Elle sursauta à la vue des uniformes.

— C'est bien ici qu'habite le journaliste juif Winschermann ? demanda le chef d'escouade.

— Oui.

— Amenez-le !

— Qui dois-je annoncer ? dit, troublée, la jeune femme dont la grossesse commençait à être visible.

Les hommes éclatèrent de rire.

— Annoncer, c'est la meilleure, dit l'un d'eux en ricanant. Annoncez-lui que les cochons sont là, en route pour l'abattoir avec le croc du boucher. Il est au courant.

Moses Winschermann était à ce moment-là dans le salon, en face du « misrach », la marque indiquant la direction de l'est pour la prière à la maison. Un parchemin avec l'image du mur des Lamentations à Jérusalem portant ce verset d'un psaume : « Du lever au coucher du soleil que soit loué le nom du Seigneur. »

Debout, dans une concentration silencieuse, il dialoguait comme chaque matin avec son Dieu. Sur la tête et au bras, il portait les tefillin, les phylactères au bout desquels sont suspendues de petites capsules cubiques. Par-dessus son costume sombre, il avait revêtu le tallit, le châle de prière, un morceau de tissu de laine blanche avec des rayures bleues ; enfin il avait posé la petite calotte ronde sur ses cheveux bruns ébouriffés.

— Je confesse devant toi, roi éternel du monde, disait-il, que dans ton grand et fidèle amour, tu m'as rendu mon âme. Il commençait chaque journée par ce salut au Créateur.

Winschermann venait de terminer sa prière lorsque sa

femme entra silencieusement dans le salon. Elle attendit qu'il eût terminé la prosternation finale.

— Moses, dit-elle avec inquiétude, il y a dehors des gens de la SA qui veulent te parler.

Avant qu'il n'ait eu le temps de réagir et d'enlever son châle de prière, les hommes en uniforme firent irruption dans la pièce. L'un d'eux se planta, les jambes écartées, devant les portes vitrées de l'armoire, qui laissaient voir les chandeliers d'argent du sabbat, les coupes à kiddusch et à hawdala, les objets du culte réservés aux jours de fête, ainsi que des psautiers, des livres de prière et un rouleau de la Thora.

— Hé, les gars, fit-il en ricanant, c'est une vraie petite synagogue, ici !

— Vous me dérangez pendant la prière, dit Winschermann sans perdre son sang-froid. Que voulez-vous ?

— C'est toi, Winschermann, le rédacteur de la page locale de l'*Allgemeine Anzeiger*? demanda le chef d'escouade blond.

— C'est moi, dit Winschermann dont les yeux étincelaient de colère derrière ses lunettes. Je n'ai pas l'habitude d'être tutoyé par des étrangers.

— Ah, vraiment, tu n'en as pas l'habitude ?

Le chef d'escouade s'approcha tout près de Winschermann et continua :

— Et nous, nous n'avons pas l'habitude d'être traités de cochons ! dit-il brutalement.

Il prit Winschermann par le tissu blanc, le lui croisa sur la poitrine, puis il secoua le journaliste.

— A moins que nous ayons l'air de cochons, hein ?

Winschermann essaya en vain de se libérer des poings durement serrés.

— Je ne vous comprends pas, monsieur, qu'est-ce que ça signifie ?

Le plus petit des hommes, visage pâle encore imberbe, se poussa au premier rang. Il avait un rouleau de papier à la main, un exemplaire fraîchement imprimé de l'*Allgemeine Anzeiger.* D'un mouvement violent il en frappa Winschermann au visage.

— Comment cela, tu es au courant !

Winschermann frémit sous le coup. Lorsque le chef d'escouade le lâcha, il porta la main à sa joue et dit en secouant la tête :

— Je ne sais toujours pas de quoi vous parlez. Vraiment pas. Alors, s'il vous plaît, que me voulez-vous ?

— Embarquez-le ! dit le chef d'escouade.

— Avez-vous un mandat ?
— Oui.
Le chef d'escouade prit le journal roulé et lui en donna un coup sur la tête.
— Ça !... et maintenant en avant !
Deux des SA saisirent Winschermann. Sans se soucier de ses protestations, ils le poussèrent dans l'escalier jusqu'à la rue. Karin Winschermann qui tentait de suivre son mari fut brutalement repoussée à l'intérieur de la maison.
Avec son châle de prière qu'on lui avait jeté sur les épaules, ses phylactères et sa petite calotte, Winschermann dut monter dans la voiture découverte et s'asseoir entre deux SA. Comme ils démarraient, il aperçut sa femme, Sara Katz et ses enfants, Selma et Nathan, debout aux fenêtres du deuxième étage. Else Wendehals, réveillée par le bruit dans l'escalier, avait ouvert une fenêtre de son appartement. Elle observait la scène derrière les rideaux.
Chez le boucher Bockmeier, la porte de la boutique s'ouvrit. Anton Bockmeier et ses ouvriers qui venaient d'arriver des abattoirs regardèrent avec curiosité la voiture qui démarrait. Bien que le gros boucher eût si brutalement chassé des abattoirs les maquignons juifs il se sentit ému en voyant Winschermann. Le journaliste était quand même un voisin, un client, un juif certes, mais il le connaissait bien.
Les gens qui se rendaient à leur travail à cette heure matinale se retournèrent pour regarder les uniformes et l'homme qui continuait à protester dans la voiture.
Elle passa devant la gare centrale et gagna la Préfecture de police par la Stadtallee. La voiture s'arrêta devant le portail et le chef d'escouade fit signe à Winschermann de descendre. Deux jeunes secrétaires entraient au même instant à la Préfecture. Elles pouffèrent à la vue de Winschermann.
— Celui-là, dit l'une d'elles, ils ont dû aller le chercher à la synagogue.
De longs corridors. Des parquets brillants. Une odeur pénétrante d'encaustique. Le bruit de bottes cessa devant une haute porte.
La colonne s'arrêta et le chef d'escouade frappa.
— Entrez, dit une voix à l'intérieur.
Il ouvrit la porte, entra, se mit au garde-à-vous.
— Nous amenons le juif Winschermann.
— Faites-le entrer, répondit une voix.
Moses Winschermann tituba jusqu'à l'intérieur de la pièce. Un flot de lumière aveuglante l'accueillit.

Il fallut un moment pour que ses yeux particulièrement sensibles s'accoutument à cette lumière. Il clignait derrière les épais verres de ses lunettes puis il aperçut une rangée de hautes fenêtres qui descendaient jusqu'au sol. La pièce avait les dimensions d'une petite salle de bal. Aux murs, des étendards du Parti, un gigantesque portrait du Führer, et ceux de Goering, Goebbels, Hess et Röhm. Sous les portraits, il reconnut des visages familiers.

Il vit, assis sur une chaise, replié sur lui-même avec lassitude, l'éditeur Wilhelm Guddlat. A côté de lui, debout, mince, le rédacteur en chef von Runge qui tapotait nerveusement du doigt son monocle. A ses côtés, maigre comme un fil de fer et constamment agité sur son siège, Martin Voss, le secrétaire de rédaction de l'*Allgemeine Anzeiger.* Par contre, Winschermann ne reconnut pas du premier coup les deux hommes assis à la droite de Voss. Il dut les regarder à deux fois. Sans leur blouse grise, ils lui étaient étonnamment étrangers. C'étaient le metteur en pages, Herbert Holthusen, et le chef de la composition, Bruno Mahlmann.

Surpris, Moses Winschermann regardait autour de lui. Il ne pouvait s'expliquer la réunion des hommes de la fabrication et ceux de la rédaction.

La voix qui s'adressa à lui venait du fond de la salle. Elle était douce, presque caressante.

— Monsieur le docteur Winschermann, vous êtes bien le rédacteur de la page locale de l'*Allgemeine Anzeiger*?

— Oui.

— Vous êtes donc responsable de la page locale ?

Moses Winschermann se tourna à demi pour voir son interrogateur de face. Le commissaire de la Gestapo, Deckstein, était assis derrière un gigantesque bureau pourvu d'une lampe, d'un cendrier et d'un plumier. Le visage était lisse, les cheveux strictement coiffés en arrière et abondamment enduits de gomina, au-dessus d'un haut front intelligent.

— Oui, répondit derechef Winschermann.

— En d'autres termes, vous êtes responsable de cette saloperie dans votre journal ?

Toute douceur avait disparu de la voix du commissaire. Il montra le papier étalé sur son bureau. Winschermann reconnut la page locale de l'*Allgemeine Anzeiger.*

— Je ne comprends rien à tout cela, dit-il. Pourquoi cette assemblée de ces messieurs du journal ? Pourquoi parlez-vous d'une... hum !... saloperie ? Qu'ai-je à voir là-dedans ?

Deckstein se pencha en avant. Une artère sombre apparut en saillie sur son front.

— Ne jouez pas la comédie ! aboya-t-il. Vous savez parfaitement de quoi je parle, Winschermann ! Une infâme offense à notre SA ! Toute la ville doit se gausser de nos camarades. Mais, je vous le jure, cette plaisanterie vous restera en travers de la gorge ! Vous et votre sacré journal, vous en serez étouffés !

Winschermann ne comprenait toujours pas. Son regard interrogateur allait de l'un à l'autre. Son éditeur fixait le plancher, son rédacteur en chef regardait par la fenêtre, le secrétaire de rédaction se rongeait nerveusement les ongles. Le commissaire Deckstein fit signe d'approcher à un jeune homme blond assis à quelque distance de lui devant un bureau plus petit.

— Rafraîchissez la mémoire de M. le rédacteur de la locale, dit-il d'une voix furieuse. Mettez son nez de juif dans sa crotte !

Le jeune homme blond prit le journal que lui tendait Deckstein. Son uniforme SS était ajusté comme une deuxième peau.

Lorsqu'il fut tout près du journaliste et qu'il leva le journal jusqu'à la hauteur de ses yeux, Winschermann le reconnut : c'était Rolf Fehrenbach, le fils de la veuve Fehrenbach qui habitait Adolf-Hitler-strasse. Winschermann l'avait aperçu à diverses reprises se rendant chez les Kompowski. Il savait qu'il était procureur auprès du tribunal. Il travaillait donc également pour la Gestapo.

Winschermann jeta un regard sur le journal et, d'un seul coup, il comprit tout : les hommes de la SA le matin, son arrestation à l'heure de la prière, le trajet jusqu'à la Préfecture de police, la présence des gens du journal et les hurlements du commissaire. Pendant un instant il eut l'impresssion que le sol allait s'ouvrir sous lui dans un énorme fracas et l'engloutir tout cru.

Ce qu'il voyait en haut de la première page locale était une photographie carrée qui montrait une douzaine de cochons grognant d'angoisse, que l'on poussait hors d'un camion. Le titre au-dessus du cliché disait : « Nos SA en marche pour la cérémonie des couleurs ! »

Au milieu de la même page, en dessous, une photo de même format représentait une colonne de SA marchant au pas cadencé. Le commentaire annonçait : « Ces cochons pendront bientôt au croc du boucher. »

Moses Winschermann voulut parler, mais sa poitrine fut

soudain comme prise dans un étau. Il ne pouvait reprendre son souffle.

Il se frotta les yeux comme pour effacer une méchante illusion. Mais ce n'en était pas une. Le cauchemar qui hante tout rédacteur en chef était devenu réalité. On avait interverti les photos. Les cochons étaient devenus des SA et les SA des cochons...

— Comment cela a-t-il bien pu arriver, monsieur Winschermann ? gémit l'éditeur Guddlat.

Il s'épongeait le front avec un mouchoir blanc.

— C'est une catastrophe ! C'est..., je ne trouve pas de mot. Comment une chose pareille a-t-elle pu se produire dans *notre* journal ?

Guddlat se tourna pour implorer son aide vers le rédacteur en chef assis à côté de lui. Ce dernier haussa les épaules avec gêne.

Winschermann retrouva enfin la parole.

— Je ne comprends pas, dit-il avec consternation. Lors de la mise en pages, j'ai indiqué très exactement où chaque cliché devait être placé.

Le commissaire Deckstein, aux aguets, demanda :

— Tiens ! Vous avez indiqué ça très exactement ? Alors, ils sont donc à la place qui leur revient ?

Désespéré, Winschermann secoua la tête.

— Bien sûr que non ! Les clichés ont été intervertis.

— Qui les a intervertis ? demanda Deckstein avec cruauté.

Moses Winschermann haussa les épaules avec découragement.

— Ça a dû se passer à la technique.

Il se tourna vers le metteur en pages, Holthusen, un homme un peu bossu avec des lunettes nickelées.

— Pouvez-vous expliquer ça ?

— Fermez votre gueule, dit le commissaire. C'est moi qui mène les interrogatoires. Bien sûr que les photos ont été interverties... intentionnellement !

Deckstein se leva, fit le tour de son bureau et marcha lentement vers Winschermann. Il portait un costume de flanelle grise avec des culottes de golf, des souliers bas, brillants comme des miroirs, et des guêtres blanches. Il se planta devant Moses Winschermann.

— Ça pue l'impudence juive, dit-il, méprisant, typiquement youpin ! Après ça, on joue les innocents !

Il se dressa soudain sur la pointe des pieds et cria :

— Me prenez-vous pour un idiot ? espèce de sous-homme !

Winschermann dominait Deckstein d'une demi-tête. Il voyait ses lèvres cyniquement serrées, tout près de lui. Il luttait péniblement pour conserver son sang-froid. Il serrait le poing dans sa poche droite.

— Je ne vous prends pas pour un idiot et je suis un homme comme vous, dit-il. Je suis juif, mais je suis aussi allemand. L'Allemagne est ma patrie. J'ai combattu pour elle et j'ai versé mon sang. Regardez plutôt...

Il ouvrit sa chemise sous son gilet et montra une laide et profonde cicatrice qui partait du côté gauche de sa poitrine et montait jusqu'à l'avant-bras.

— A bout portant, dit-il. Tout près du cœur, un souvenir de Verdun. Nous avions enlevé une position d'artillerie française qui nous avait causé de lourdes pertes. Cette attaque nous a coûté quatre-vingt-dix morts. Parmi eux, trois juifs. J'ai eu de la chance, j'ai survécu.

Il y eut un moment de silence. La sortie de Winschermann avait surpris tout le monde. Deckstein avait un peu reculé. Le journaliste dominait la situation, mais il n'en avait pas terminé.

— Je respecte les changements qui ont lieu en Allemagne, reprit-il. Beaucoup sont des améliorations. Beaucoup de ceux qui me tourmentent personnellement changeront certainement. Je le parie. Pourquoi irais-je risquer ma situation et mettre mon journal en difficulté ? Ma parole d'honneur d'officier allemand : je n'ai à aucun moment touché ces clichés. J'ai indiqué comme toujours avec précision au metteur en pages à quels textes les images appartenaient. Je ne puis m'expliquer cette interversion.

— Par conséquent, c'est la faute à personne ! dit ironiquement Deckstein. Ce n'est pas celle du rédacteur en chef, ni du secrétaire de rédaction, ni du chef metteur en pages. Ni la vôtre. Mais c'est vous et le metteur en pages qui avez mis la dernière main au journal.

Il se tourna vers Holthusen.

— C'est bien ça ?

Le typographe bossu se leva un peu lourdement de sa chaise.

— Les clichés peuvent également avoir été intervertis à l'impression.

— Comment peut-on vraiment se tromper ? demanda Deckstein.

— Ils avaient le même format, ça peut arriver, intervint le rédacteur en chef Runge. La dernière fois, deux photos de sport ont été interverties. Quelqu'un n'avait pas fait attention.

— Ici, quelqu'un a fait attention ! cria, furieux, le commissaire. Ici, c'est l'intention qui est en jeu ! On ne m'enlèvera pas ça de la tête. C'est une intrigue perfide contre la SA !

Le téléphone sonna. Il tourna les talons, retourna à son bureau et prit le combiné. Il écouta un moment en disant deux ou trois fois « oui », puis il raccrocha.

— C'était le chef de cercle, dit-il ensuite. Il va demander au préfet de police d'interdire le journal. Pour une semaine au moins. Il exige pour demain une explication dans une édition spéciale. Elle sera limitée à une seule page et contiendra des excuses complètes. Il veut voir le texte avant la publication. Est-ce clair ?

L'éditeur Guddlat, toujours suant, inclina la tête l'air abattu.

— Bien entendu, monsieur le commissaire.

Il était assis sur sa chaise, l'air malheureux. Puis il demanda :

— Ne pourrait-on pas s'en tenir aux excuses, dans les termes adéquats, bien entendu ? Une interdiction nous touche durement...

— Il faut qu'elle vous touche durement. C'est précisément ce que désire le chef de cercle afin que de telles saloperies ne se reproduisent pas, dit Deckstein.

La gomina de ses cheveux étincela dans le soleil tandis qu'il s'appuyait légèrement en arrière dans son fauteuil.

— Mais ça ne me suffit pas. Je veux savoir qui a fait ça. Le gauleiter gueule, le ministère de la Propagande gueule. Nous n'allons pas permettre qu'on se foute des SA !

Il s'adressa à son assistant aux cheveux blonds.

— Fehrenbach, coffrez-moi Winschermann et Holthusen à la prison de la police. Et veillez à ce que l'homme de l'impression soit enfermé lui aussi. Ces messieurs ont jusqu'à demain midi pour se rafraîchir la mémoire. S'ils continuent à la boucler, nous les aiderons à parler.

Deckstein leur jeta un regard glacé et ajouta :

— Nous avons les moyens pour ça.

Rolf Fehrenbach bondit de sa chaise.

— Oui, monsieur le commissaire !

Il s'avança vers Winschermann. Aucun trait de son visage ne laissait supposer qu'il connaissait le journaliste, son voisin de l'Adolf-Hitler-strasse. Il le regarda avec indifférence comme il eût fait d'un étranger. Il lui fit signe ainsi qu'au metteur en pages Holthusen :

— Suivez-moi.

22

Le besoin d'aller dans la rue habillé en femme envahissait Dodo à intervalles presque réguliers toutes les deux semaines. C'était le cas ce soir-là, un mercredi de mai. Dans la petite chambre qu'il occupait comme sous-locataire des Kompowski, il se regardait complaisamment dans le miroir.

Il se ceignit lentement d'un porte-jarretelles puis, avec des gestes mesurés, il enfila sur ses jambes velues de fins bas de soie et les fixa aux jarretelles. Pour finir, il mit une robe descendant aux chevilles et, d'un mouvement vif, jeta par-dessus une étole de fourrure. Grâce à des massages et à des traitements, sa poitrine avait acquis une certaine féminité. Il portait cependant, sous ses vêtements féminins, un soutien-gorge rembourré pour se donner encore davantage l'impression d'être une femme.

Un sentiment de bonheur euphorique l'envahissait toujours une fois qu'il s'était dépouillé de ses vêtements d'homme et qu'il avait revêtu des dessous féminins, une robe ou une jupe et un corsage. C'est dans cet accoutrement que, de toute façon, il croyait être le plus « lui-même ».

Cela avait commencé quand il n'avait encore que cinq ans. Il restait des heures planté devant un miroir à essayer différentes coiffures. Il éprouvait un impérieux besoin de peigner les cheveux de sa sœur aînée. Secrètement, la nuit, il lui dérobait sa chemise de nuit et ses souliers à hauts talons et se promenait de long en large devant la glace. Lorsque son père le découvrit habillé ainsi, il reçut une raclée.

Le miroir, Dodo se l'avouait une fois de plus, était la moitié de sa vie. Il n'aurait pu compter les heures qu'il passait devant. C'est là qu'il était ce qu'il voulait être, non pas un homme, mais une femme.

Il sursauta de frayeur lorsqu'un autre visage apparut soudain derrière le sien dans le miroir, au moment où il étalait sur sa peau une épaisse couche de fond de teint. Le visage était celui d'Irmgard Kompowski.

— Excuse-moi, Dodo, dit-elle ; j'ai frappé mais tu n'as pas dû entendre.

Il porta sa main gauche à sa poitrine et sentit son cœur battre un peu plus vite.

— Ah, mon Dieu ! Mon Dieu ! dit-il avec sa voix de fausset, tu m'as fait une de ces peurs !

Il se tourna vers Irmgard et posa son pot de fond de teint.

Irmgard regrettait de ne pas être parvenue, malgré tous ses efforts, à déshabituer Dodo de sa manie de s'exhiber habillé en femme. Dommage, Daniel von Dorfen aurait pu être un garçon de belle prestance. Mais elle sentait qu'il agissait sous l'empire d'une contrainte qui restait mystérieuse à ses yeux. C'est pourquoi, élevée par son père dans un esprit de tolérance, elle ne lui parlait plus depuis longtemps de ses penchants. Toutefois, il lui arrivait de se mettre en rage lorsque, comme cela s'était déjà produit plusieurs fois, il s'emparait de ses dessous et de ses robes ou de ceux de sa sœur. La blouse de sa sœur qui avait été déchirée lors de la bagarre avec les SA à « La Carafe » n'avait toujours pas été remplacée.

Dodo parut deviner ses pensées.

— Tu viens pour la blouse de Hilde, n'est-ce pas ?

Il retira son étole, tapota sa robe et soupira :

— Je te demande mille pardons, Irmgard, mais en ce moment je suis fauché. Mon patron ne me verse aucun salaire depuis des semaines. Le salon va tellement mal. Les femmes font elles-mêmes leurs mises en plis à la maison. Mais Hilde aura une nouvelle blouse aussitôt que...

— Laissons là la blouse, Dodo, tu peux me rendre service autrement.

Dodo offrit à sa visiteuse de s'asseoir. L'unique chaise de l'étroite mansarde était dans un coin près du lit. Dodo l'approcha puis, avec un geste large d'une élégance exagérée, il se pencha comme un galant cavalier :

— Je vous en prie.

Elle s'assit.

— Que puis-je faire pour toi, Irmgard ? demanda-t-il avec curiosité.

— Enlève le miroir du mur, s'il te plaît.

— Le miroir ?

Il la regarda d'un air ahuri.

— Oui.

— Personne ne touchera à ce miroir, dit-il sur la défensive. Personne !

— Personne ne lui en veut. Tu vas l'enlever toi-même.

— Pourquoi, au nom de Dieu, pourquoi ?

— Je voudrais vérifier quelque chose.

Dodo hésita.

— Quoi donc ?

— Je te le dirai plus tard.

Dodo s'approcha du mur où la haute glace était accrochée

entre la porte et l'armoire. Il l'avait achetée à bon prix dans un ancien magasin de vêtements.

— Mon Dieu et si elle allait tomber ? dit-il anxieux.

Irmgard se leva et s'approcha de lui.

— Ne t'en fais pas. Je vais te donner un coup de main.

A deux, ils décrochèrent le lourd miroir et le posèrent sur le sol. Irmgard inspecta l'emplacement vide. De l'index replié, elle frappa prudemment la cloison. Elle sonnait creux. Irmgard hocha la tête en signe de satisfaction.

— Sous le papier, c'est du bois, dit-elle. C'est ce que j'espérais. Pas de problème pour percer un trou.

Dodo s'assit prudemment, sur le lit fraîchement fait, pour ne pas froisser sa robe et croisa ses longues jambes d'un mouvement très féminin.

— Ce serait gentil de ta part de me dire enfin ce que tu mijotes.

— Mais il faudra que tu sois muet comme une tombe, dit Irmgard. C'est une affaire difficile et non sans danger. Tu me le promets ?

— Bien sûr, Irmgard, c'est juré !

A voix si basse qu'une oreille indiscrète collée à la cloison n'aurait pu comprendre un mot, Irmgard Kompowski expliqua à son locataire le plan très sophistiqué qu'elle avait imaginé. Gestapo-Schmitz, l'habitant de la mansarde contiguë, y jouait un rôle ainsi que Sara Katz, la belle épouse de l'épicier du deuxième étage. Irmgard elle-même réglerait la mise en scène de toute l'entreprise.

Dodo fut immédiatement séduit par ce plan.

— Si ça marche, ce Schmitz va être drôlement épaté. Mais si ça ne marche pas, Seigneur ! qu'est-ce qu'on va prendre ! Mme Katz n'a pas peur ?

— Bien sûr que si. J'en ai parlé longuement avec elle. D'abord, elle ne voulait pas y participer. Mais, pour une tout autre raison. Elle m'a dit que pour les juifs, la pureté intérieure de la famille a beaucoup d'importance. Je lui ai fait comprendre que sa pureté ne risquait rien. J'y ferai attention.

— Et pourquoi accepte-t-elle de participer ?

— Elle y est plus ou moins forcée, dit Irmgard. Car elle est devant le dilemme d'avoir Schmitz pour ami ou pour ennemi. Le prix de son amitié lui paraît trop élevé. Si notre plan réussit, il ne pourra pas se permettre de lui être hostile. Nous l'aurons à notre merci. Et, ensuite, il devra s'occuper de mon père.

Tandis qu'elle parlait, Dodo s'était allumé une cigarette avec des gestes mignards. Son air méditatif montrait qu'il réfléchissait. De profondes rides apparaissaient sous la couche de fard de son front.

— Dans ton plan, tu as oublié quelque chose, dit-il en secouant sa cendre dans une grande assiette en verre, c'est que ça va me tomber sur le dos quand on s'apercevra que j'étais au courant. Et ça se saura, parce que tu te seras servie de ma chambre...

— Ça ne se saura pas, dit Irmgard. Avant que l'action commence, tu partiras d'ici et tu t'installeras dans la chambre de mon père. Nous y mettrons tes affaires et celles de mon père viendront ici.

— Et s'il revient à l'improviste ?

— Là, tu peux être tranquille, dit Irmgard. Mon père ne va pas revenir pour le moment, bien que je le souhaite ardemment. J'espère que ça ira plus vite avec l'aide de Schmitz.

Elle se tut un instant puis reprit :

— Si nous faisons comme ça, tu es complètement hors du coup. Et je peux faire mes préparatifs en toute tranquillité. D'accord ?

Dodo hocha la tête. Il avait l'air soulagé.

— C'est une idée formidable, Irmgard, dit-il avec enthousiasme. Prendre le diable à son propre piège. Mon Dieu ! Pourvu que ça marche !

23

Moses Winschermann n'avait pas pu dormir de toute la nuit. Dans la prison régnait un trafic incessant, de continuelles allées et venues de détenus. Les cellules, pendant le jour, se vidaient des prisonniers que l'on transférait dans d'autres maisons d'arrêt ou dans les nouveaux camps de concentration. Elles se remplissaient pendant la nuit de gens que les hommes de la SA y amenaient.

Winschermann était dans la cellule numéro 35. Trois autres « politiques » l'occupaient : Levy Herzfeld, un avocat juif ; Otto Pulvermüller, un conseiller municipal social-démocrate ; Hans Morlock, un jeune communiste. Ce dernier était obligé de dormir sur le sol car, dans l'étroite cellule, il n'y avait que trois couchettes abattables. On l'avait emmené à l'interrogatoire au cours de la nuit et il n'était pas encore revenu.

La cellule puait les excréments. Une seule tinette servait aux trois prisonniers. La petite fenêtre grillagée placée haut sous le plafond, ne permettait pas une véritable aération. Il était impossible de voir à l'extérieur. De son lit, Moses Winschermann put tout juste constater que le ciel s'éclaircissait lentement. Un nouveau jour se levait. Un jour qu'il redoutait.

Il songea aux camionnettes du journal, immobilisées dans la cour de l'imprimerie. Les rotatives n'avaient tourné au cours de la nuit qu'au dixième de leur capacité. Au lieu de l'édition habituelle, ne paraîtrait ce matin qu'une feuille spéciale avec la rectification et les excuses ordonnées par le chef de cercle. La fatale interversion des photos des SA et des cochons coûterait à l'*Allgemeine Anzeiger* beaucoup d'argent et un peu de sa bonne renommée. Sans compter que le journal allait maintenant être inscrit sur la liste noire des nouveaux maîtres. Il ne pouvait toujours pas s'expliquer l'interversion.

Erreur ou intention ? Les deux étaient possibles.

Il ne se sentait lui-même coupable d'aucune faute directe. Avec sa méticulosité habituelle, il avait, tard dans la soirée, travaillé au marbre après avoir auparavant relu et remis à la composition les manuscrits de ses rédacteurs et collaborateurs. Il avait surveillé l'assemblage des plombs en colonnes et en articles, la mise en place des titres et des légendes et contrôlé encore une fois le tout sur les épreuves. Il avait corrigé les fautes qu'il avait découvertes. Enfin, il avait soigneusement vérifié si les clichés des photos étaient bien à leur place.

Habituellement, après le marbre, il attendait le tirage des premiers exemplaires. Lorsque la catastrophe s'était produite, exceptionnellement, il ne l'avait pas fait. Ce soir-là, il avait emmené sa femme au théâtre voir *La Traviata,* un opéra qu'elle aimait particulièrement. Il s'étonnait que le rédacteur en chef et le secrétaire de rédaction n'eussent pas, eux non plus, remarqué l'interversion des photos dans la page locale. Mais, peut-être le major von Runge n'était-il plus à la rédaction lorsque la rotative avait commencé à tourner. En tout cas, le secrétaire de rédaction n'avait pas vu l'erreur en contrôlant les pages.

Moses Winschermann ne se sentait cependant pas totalement innocent. S'il était retourné à la rédaction après le théâtre, il aurait sûrement découvert la faute, stoppé la rotative et fait mettre au pilon les exemplaires déjà imprimés. Certes, cela aurait coûté cher, mais pas autant, et de loin, que l'interdiction du journal pendant une semaine.

Une sonnerie perçante. Elle venait du corridor. Winschermann et les autres occupants de la cellule se levèrent de leur couchette.

— Debout ! hurla une voix. Café !

Peu après, le guichet de fer de la porte de la cellule s'abattit bruyamment et quatre quarts de café et quatre tranches de pain furent passés à travers l'ouverture. La tête d'un gardien apparut dans la trappe.

— Il n'y en a que trois, là-dedans. Où est le quatrième ?

— A l'interrogatoire, répondit Winschermann.

— Bon. Après, ça m'étonnerait qu'il puisse apprécier quoi que ce soit.

Ricanant, le gardien reprit un des quarts et une tranche de pain.

Les uns après les autres, Winschermann et ses codétenus furent emmenés dans une salle d'eau. L'eau qui coulait des robinets était glacée. Puis un gardien les ramena à la cellule.

Une demi-heure plus tard, la clef grinça de nouveau dans la serrure. Un gros gardien-chef à grosse moustache entra. Entre le deuxième et le quatrième bouton de son uniforme, il avait glissé un carnet crasseux. Ses yeux étincelèrent sous ses sourcils broussailleux.

— Pulvermüller, cria-t-il.

Le conseiller municipal social-démocrate, un petit homme assez insignifiant, se leva de sa couchette et fit un pas en avant.

— C'est moi, dit-il.

— Sortez votre main de votre poche, grogna le gardien-chef.

Pulvermüller ne bougea pas. Il ne fit aucunement mine de retirer sa main de sa poche.

— Vous n'avez pas entendu ?

— Si.

— Vous refusez d'obéir à un ordre ?

— Je n'accepte d'ordre que des militaires, dit calmement Pulvermüller. Ici, nous ne sommes pas à l'armée.

— Mais à la police.

— La police n'a pas d'ordres à me donner. Surtout pas en ce qui concerne ce que je fais de mes mains !

Le rouge monta aux joues du gardien-chef. Sa moustache sembla se hérisser et ses sourcils en broussaille se levèrent.

— Bon. Si vous cherchez des ennuis, gronda-t-il furieux, vous allez en avoir. Venez !

La main dans la poche, le détenu précéda le gardien hors de la cellule. Le gros homme lui lança un coup de pied botté. La porte fut refermée dans un grincement. Les pas s'éloignèrent dans le corridor et résonnèrent quelques secondes.

— Courageux, cet homme, dit Levy Herzfeld, mais pas malin. Ce genre de choses ne sert à rien.

— Les bottes et la fierté ne s'entendent pas, dit Winschermann. En général, les bottes sont les plus fortes.

Vers neuf heures, Morlock revint. Le jeune communiste fut projeté dans la cellule par le gardien. Il tituba en avant, à demi évanoui, sans chaussures, les pieds fortement enflés.

Levy Herzfeld le rattrapa. Il le prit sous les épaules et le tira sur le sol. Du sang coulait des coins de la bouche de Morlock. Il cria lorsque Herzfeld et Winschermann le soulevèrent pour l'allonger sur la couchette inférieure.

— Mon dos ! gémit-il, ils m'ont battu sans arrêt.

Winschermann le retourna prudemment. La chemise était trempée et déchirée. Le dos à vif était strié de raies sombres et sanglantes.

Moses Winschermann prit son quart de café encore à demi plein. Prudemment, il l'approcha des lèvres du jeune homme.

— Allons, buvez, dit-il paternellement.

Morlock qui devait avoir au plus dix-huit ans paraissait, sur la couchette, aussi petit et mince qu'un enfant. Il rappela à Winschermann les jeunes soldats au visage à peine mûr qu'il avait connus pendant la guerre. Tout juste sortis des bancs de l'école, après une instruction sommaire, on les avait affectés à son unité. Nombre d'entre eux avaient été mis en pièces ou réduits à l'état d'infirmes par les obus, dès les premiers jours. Commandant de compagnie, il était allé les voir à l'hôpital et il avait essayé de les consoler tandis que, dans leur désespoir, avec l'angoisse et l'horreur sur leur visage enfantin, ils appelaient leur mère.

Moses Winschermann essuya avec son mouchoir les filets de sang qui avaient coulé de la bouche de Morlock, et s'aperçut que le jeune homme pleurait. Ses lèvres bougeaient, mais on ne pouvait pas comprendre ce qu'il disait. Puis il tomba dans un profond sommeil.

Winschermann et Herzfeld furent conduits dans la cour pour une promenade d'une demi-heure. Ils tournèrent silencieusement en rond sur le pavement. Tout entretien avec les voisins était interdit. Moses Winschermann se sentait comme un animal qui fait le tour d'une arène. Il était cependant heureux de pouvoir respirer de l'air frais.

Au cours du cinquième tour, il vit qu'un détenu lui faisait signe discrètement. C'était un petit homme maigre qui marchait du côté opposé du cercle. Winschermann le regarda à la dérobée. Il lui fallut un bon moment avant de le reconnaître : c'était l'ouvrier qui, à l'*Allgemeine Anzeiger,* manœuvrait la rotative.

Il avait donc, lui aussi, été arrêté par la Gestapo. Si le metteur en pages avait correctement fait son travail et suivi avec exactitude les instructions de Winschermann, c'était l'homme de la rotative le responsable de l'erreur. Il était en tout cas le dernier qui aurait pu changer quelque chose aux pages prêtes avant qu'elles ne fussent imprimées. Mais pourquoi l'aurait-il fait ?

Au tour suivant, il fit un léger signe de tête à l'homme qui s'appelait Dellmann.

Lorsque Moses Winschermann et Levy Herzfeld regagnèrent leur cellule, Hans Morlock était réveillé. Il souffrait encore de vives douleurs. En courtes phrases hachées, il raconta comment la Gestapo l'avait torturé au cours de l'interrogatoire.

— Ils m'ont fait enlever mes chaussures et mes chaussettes. Ils ont versé un seau d'eau par terre et m'ont obligé à me mettre debout dans l'eau et à lever une jambe. Là ils m'ont frappé la plante du pied avec une matraque pendant que l'un d'eux comptait. Jusqu'à trente. Puis ils m'ont retiré ma veste, m'ont arrosé le dos avec de l'eau, m'ont couché sur une table et m'ont frappé avec un nerf de bœuf. Les coups sur la peau humide étaient terribles. Et comme je ne dénonçais pas mes camarades, ça n'arrêtait pas. Ensuite, ils m'ont mis les menottes aux poignets, ils m'ont obligé à me baisser pour passer les mains entre les jambes et ont tout bloqué avec une canne. L'un d'eux m'a donné un coup de pied au derrière et je suis tombé. Alors ils ont cassé une chaise et, ensemble, ils m'ont roué de coups avec les morceaux...

— Mon Dieu ! Où en sommes-nous donc arrivés ? demanda l'avocat Herzfeld lorsque le jeune homme eut terminé. Ces hommes prennent leur force pour le droit. Leur loi est la cruauté, leur code l'arbitraire. La justice doit se taire. Je vous le dis, monsieur Winschermann, ce pays ne sera plus bientôt qu'une prison !

Durant un long moment ils n'échangèrent plus une parole. Morlock gémissait. Il pressait une serviette humide sur les blessures de son dos. Moses Winschermann songeait à sa femme et à l'enfant qu'elle attendait. Le monde où il grandirait ne serait pas beau. Un monde où régneraient la haine et la brutalité. Pourtant, il ne voulait pas abandonner l'espoir qu'un changement se produirait.

Vers le soir, la porte de la cellule s'ouvrit et le gros gardien-chef y pénétra.

— Winschermann !

Moses Winschermann se leva de sa couchette.

— Oui, monsieur le gardien-chef?

Le gros homme eut un regard étonné. Il était habitué à l'humilité ou, occasionnellement, à l'hostilité comme dans le cas de Pulvermüller, le socialo. Mais la politesse était pour lui une nouveauté.

— Venez, dit-il avec irritation.

Moses Winschermann suivit le gardien dans un long corridor bordé à droite et à gauche de portes de cellules. Par un escalier de fer en colimaçon, ils arrivèrent dans les caves. Le gros homme ouvrit une porte et, d'un geste de la tête, il invita son prisonnier à la franchir.

L'instant d'après, Winschermann se trouva en présence d'un homme aux cheveux gominés : le commissaire Deckstein.

Il était assis dans une pièce carrée aux murs nus. Trois hommes en uniforme de SS étaient debout, adossés au mur. A portée de la main, un seau d'eau, des nerfs de bœuf et des menottes, les instruments de torture que Winschermann connaissait grâce à la description de son compagnon de cellule. Il vit également la canne et les quatre pieds de chaise avec lesquels ils avaient martyrisé Morlock. L'air sentait la sueur et le sang.

— Je suppose que votre séjour en cellule vous a rafraîchi la mémoire, dit Deckstein. Avez-vous quelque chose à nous dire?

Winschermann resta un moment comme pétrifié. La vue des hommes et de leurs instruments de torture lui inspirait de la terreur plutôt que de l'angoisse. Il était venu à bout de l'angoisse grâce à la guerre. Mais il était effrayé de ce qui pouvait arriver dans sa ville au cours de ces jours de mai 1933 — de ce que des hommes pouvaient infliger à d'autres hommes. De ce qu'ils avaient le droit de faire.

— Alors, demanda Deckstein, avez-vous perdu la parole?

24

Arnold Schmitz se regarda une fois de plus dans le miroir qui était suspendu dans sa mansarde au-dessus de la cuvette remplie d'eau fraîche. Il voulait avoir bonne apparence, être beau pour la femme qu'il attendait dans un état de grande tension nerveuse.

Sa raie était correctement tracée, à une largeur de main au-dessus de l'oreille, sa cravate assortie à la couleur de sa chemise, son visage rasé de près. Il essaya d'adoucir un peu par un sourire la dureté de ses traits. Puis il jeta un coup d'œil à sa montre.

Sept heures moins cinq. Irmgard Kompowski lui avait dit que Sara Katz viendrait à sept heures. Encore cinq minutes d'attente.

Schmitz avait débouché une bouteille de vin et disposé deux verres sur la table avec des cigarettes et des allumettes. Il avait fait ces choses avec une certaine maladresse. Il manquait d'expérience.

Il n'avait encore jamais reçu d'invités dans sa chambre sommairement meublée d'un lit, d'une armoire, d'une table et de deux fauteuils. A la Gestapo il avait certes des collègues, mais aucun ami avec qui il entretînt des relations personnelles. Dans son service, il était à l'échelon le plus bas de la hiérarchie. Beaucoup de ceux qui y étaient entrés après lui l'avaient dépassé depuis longtemps. Des jeunes avec un baccalauréat ou des études supérieures ou de vieux membres du Parti. Ils le regardaient de haut et lui faisaient sentir son infériorité. Il essayait de compenser par sa dureté son manque d'instruction et de culture générale. A la Peitschenburg, il passait pour le plus redoutable cogneur. Souvent, il frappait encore alors que ses collègues avaient depuis longtemps déclaré forfait. Il donnait souvent des coups de pied au visage de ses victimes, d'où son surnom « Arnold-les-bottes ».

Aujourd'hui, comme d'habitude, il avait chaussé ses bottes bien astiquées. En bottes, il se sentait plus fort, plus sûr de lui, plus puissant même. Il trouvait qu'elles le rendaient plus viril. Des muscles en cuir.

Nouveau coup d'œil à la montre. Sept heures moins deux.

Par l'étroite fenêtre, il jeta un coup d'œil dans la rue. De sa mansarde, il pouvait voir le long bâtiment de la boulangerie Gottwald avec la rampe de chargement et l'ancien fournil. A droite, le jardin et la maison du pasteur Baum. La cour de la fabrique, à cette heure, semblait morte. La haute porte de fer de la rue était fermée. Un orgue jouait dans la maison du pasteur. C'était une soirée paisible dont il attendait beaucoup.

Une fois de plus, il regarda sa montre. Il était sept heures juste.

On frappa. Son cœur battit plus vite. Il se retourna, alla à la porte et l'ouvrit.

Elle était debout, là, cette femme qui depuis des semaines occupait ses pensées et hantait ses rêves. La belle juive qui habitait un étage au-dessous de lui. Sara Katz.

— Bonsoir, monsieur Schmitz, dit-elle.

— Bonsoir, madame Katz.

Elle entra et sa présence donna à la petite pièce une vie inattendue. Elle portait une robe de lainage vert serrée à la taille par une large ceinture vernie. Le tissu flottait mollement sur ses hanches. Ses longs cheveux noirs tombaient librement sur ses épaules, un frais parfum s'exhalait de toute sa personne.

Sa vue éveilla chez Schmitz une sensation de chaleur qu'il n'avait encore jamais ressentie. Excitation sexuelle, mais aussi chaleur. Il ne pouvait se l'expliquer exactement. Un peu gêné, il lui offrit l'un des fauteuils. Il prit place en face d'elle et la dévora littéralement du regard.

Elle perçut le désir, les sentiments brûlants de passion qu'elle éveillait en lui. Cela lui fut désagréable, même répugnant. Elle devait essayer néanmoins de lui plaire. C'était un dilemme effrayant, mais le refus se révéla le plus fort.

— Vous vouliez me parler, dit-elle, pourquoi ?

— Je vous admire, madame Katz. Mlle Kompowski vous l'a certainement déjà dit.

Elle ne répondit pas. Elle le regardait de ses yeux noirs étincelants et attendait.

— Vous êtes belle, très belle, dit-il. Vous êtes exactement mon type de femme, madame Katz. Vraiment !

Sur la défensive, elle se redressa sur son fauteuil.

— Vous savez que je suis mariée, monsieur Schmitz, dit-elle. De plus, je suis juive. Qu'imaginez-vous donc ?

Il se leva, lui offrit du vin et des cigarettes, mais elle les refusa.

Tandis qu'il regagnait sa place, elle examina attentivement du regard toute la pièce. A un endroit du mur qui jouxtait l'appartement des Kompowski, elle découvrit un petit trou à peine perceptible dans le dessin du papier de tenture. Elle en nota l'emplacement.

Schmitz se rassit et croisa les jambes en un mouvement qui fit étinceler les bottes.

— Je m'imagine que nous pourrions être bons amis, dit-il, que je pourrais peut-être vous aider, vous et votre famille. Vous n'avez probablement aucune idée de ce qui se prépare contre vous autres juifs. Je ne suis pas un grand chef à la Gestapo, bien sûr, mais je pourrais adoucir pas mal de choses. Vous passer des informations confidentielles de mon service, vous prévenir en cas de besoin, vous donner des tuyaux. En échange, vous me rendrez visite de temps à autre et vous serez gentille avec moi. Vous voyez ce que je veux dire... Même si vous êtes mariée. Qu'est-ce que ça change ?

Les yeux de Sara se plissèrent. Elle sentit une envie irrésistible de bondir et de se ruer dehors, mais elle se domina.

— Minable ! dit-elle avec mépris. De l'aide contre une coucherie... C'est bien ce que vous offrez ?

Gêné, il haussa les épaules.

— C'est quelque chose comme ça...

— Seul peut avoir pareille idée, dit-elle d'une voix tremblante de colère, quelqu'un qui ne sait rien de nous autres juifs et qui ne comprend rien à ce que nous sommes. Dans un foyer juif, l'amour unit profondément et intimement l'homme et la femme, les parents et les enfants. Il n'y a pas de place pour des amourettes. Je ne veux ni ne puis payer votre prix. C'est trop cher pour moi, monsieur Schmitz.

Embarrassé, il s'agita dans son fauteuil.

— Je sais, dit-il sans relever sa réponse, je me suis exprimé maladroitement. D'autres sont plus habiles, ils savent prendre des gants...

— Il ne s'agit pas de ça, dit-elle froidement. Il s'agit de vos intentions, elles m'offensent.

Gêné, il se gratta la tête. L'entretien prenait une tout autre tournure que celle qu'il avait espérée. Mais il n'abandonna pas encore.

— Alors, pourquoi êtes-vous venue chez moi ? dit-il avec un pli rusé au coin de la bouche.

— Je voulais savoir ce que vous aviez à me dire. Je ne voudrais pas me faire un ennemi de vous.

— Parce que je vous suis sympathique ?

— Pour parler franc, parce que vous avez des relations. Mon frère a été arrêté hier. Par la SA. Ils l'ont emmené à la prison de la police. Je ne peux même pas lui rendre visite. C'est la Gestapo qui est compétente pour lui..., vos collègues, monsieur Schmitz !

Il sentit qu'elle avait peur. Etait-ce une perche qu'elle lui tendait malgré son attitude de refus ? Elle semblait avoir besoin de son aide. Il reprit espoir.

— Comment s'appelle votre frère ?

— Moses Winschermann, rédacteur à l'*Allgemeine Anzeiger.*

Il fut tout de suite au fait et dit en ricanant :

— Ah oui... l'affaire des photos échangées ! Une sale histoire. Traiter les SA de cochons. Ils ont déjà craché leur bile et leur venin, et ils vont passer leur fureur sur les gens du journal. Votre frère ne va pas rigoler. Pour ces cas-là, nous ne connaissons pas de pardon.

— Pouvez-vous aider mon frère ? demanda-t-elle prudemment. Je veux dire, faire en sorte qu'il soit libéré.

Il inclina la tête.

— Si c'est ce que vous voulez..., ce que vous voulez vraiment, madame Katz...

Elle ferma les yeux et acquiesça sans mot dire.

D'un seul coup, il fut près d'elle, l'arracha du fauteuil, la pressa contre lui.

— Je... Je vous aime, dit-il.

Pendant un instant, elle le laissa faire. Elle s'était assurée en un clin d'œil qu'ils étaient juste en face du petit trou dans le mur.

Elle compta : cinq, quatre, trois, deux, un.

Il y eut un clic derrière le mur. L'avait-elle vraiment entendu ou n'était-ce qu'une illusion ?

Elle se raidit, se défendit. Mais la pression des mains de Schmitz était impitoyable. En employant toute sa force, elle parvint à se libérer. Il la saisit de nouveau et lui déchira sa robe d'un seul coup.

— Espèce de tigresse ! siffla-t-il. Sorcière juive !

Les clics se succédaient derrière la cloison. Mais il ne les entendait pas. Il courba le corps de Sara en arrière, cherchant sa bouchc. Puis il la jeta sur le lit. L'instant d'après, il était sur elle.

Un grincement. La porte de la chambre s'ouvrit. Irmgard Kompowski était debout, dans le chambranle.

— J'ai entendu des cris, dit-elle, qu'est-ce qu'il se passe ici ?

Haletant, Arnold Schmitz se leva. Il l'aurait tuée !

25

Moses Winschermann était dans le faisceau de lumière éblouissante que le commissaire Deckstein braquait sur lui. Ses yeux fragiles pleuraient derrière ses lunettes d'écaille. Il devait sans cesse fermer les paupières. Il avait la tête douloureuse et de la peine à rester debout. L'interrogatoire durait depuis plus d'une heure. On ne lui avait pas donné de chaise.

Deckstein revenait constamment, avec obstination, sur les mêmes points. Il voulait faire perdre son sang-froid à Winschermann pour l'amener à se contredire.

— Cette histoire de théâtre, disait-il, c'est plus que douteux.

— Qu'a-t-elle de douteux ? demanda Winschermann.

— C'est justement ce soir-là que vous quittez l'imprimerie plus tôt que d'habitude. C'est justement ce soir-là que vous allez au théâtre.

— Et alors ? Qu'est-ce que vous en concluez ?

— Le théâtre ne vous servait que d'alibi. Vous avez échangé les clichés à la mise en pages avant de partir. Ensuite, vous ne pouviez plus être soupçonné puisque vous étiez parti.

Winschermann secoua la tête.

— Quelqu'un aurait pu s'apercevoir de l'erreur.

— Aurait pu, mais ne l'a pas fait.

Ça n'en finissait plus. Un des trois SS qui suivaient l'interrogatoire perdit finalement patience.

— Pourquoi écouter ces bobards ? demanda-t-il au commissaire. Il ne veut rien dire. Voulez-vous que je lui délie la langue ?

Deckstein hésita, hocha la tête.

— Bon, allez-y.

Il haussa les épaules et regarda Winschermann.

— Je voulais vous épargner ça parce que vous êtes un ancien officier du front. Mais qui sait si vous étiez vraiment au front ?

— J'ai la Croix de fer.

— Un juif comme vous l'a vraisemblablement obtenue en fraude. Des juifs courageux, ça n'existe pas. Les juifs sont lâches.

Moses Winschermann serra les dents. Pour un peu, il se serait jeté sur Deckstein et ses tortionnaires.

Le SS qui avait parlé au commissaire se détacha du mur. Un nerf de bœuf à la main, il s'avança lentement vers Winschermann.

— Vous feriez mieux d'avouer tout de suite, Winschermann, dit Deckstein.

— « Monsieur » Winschermann, s'il vous plaît. Je n'ai rien à avouer.

— Ça fait un moment que nous attendions ça, Winschermann.

Le SS leva sa matraque et s'apprêta à frapper. C'est juste à ce moment-là qu'il reçut un coup de poing de sa victime — un coup de poing dont Moses Winschermann ne se serait jamais cru capable. Il avait frappé le SS en pleine figure.

— Espèce de cochon, hurla l'homme en uniforme, foutu cochon !

Aveuglé par la fureur, il se jeta sur le journaliste. Ce dernier s'écarta du faisceau de la lampe, laissa passer le SS devant lui et le frappa durement à la nuque du tranchant de la main.

L'homme trébucha, tomba à genoux. Dans sa chute, le genou droit de Winschermann l'atteignit à la pointe du menton. Sa tête heurta bruyamment le sol de ciment.

Complètement déconcerté, le commissaire Deckstein avait suivi le déroulement de l'attaque. C'était une nouveauté, une monstruosité : dans la cave des interrogatoires de la Gestapo, une victime se défendait et mettait K.-O. son tortionnaire.

— Ça suffit avec la lâcheté des juifs, dit Winschermann.

Il était blême, mais il avait l'air calme. Une telle force, une telle dignité émanaient de sa personne que les deux autres SS qui avaient assisté à l'événement sans mot dire hésitèrent à l'attaquer.

Le téléphone sur la table de Deckstein sonna. Le commissaire décrocha et écouta, le front plissé. Lorsqu'il eut reposé le combiné, il dit :

— Vous avez eu de la veine, Winschermann. Nous avons des aveux. C'est l'homme de la rotative qui a interverti les clichés. Franz Dellmann. Un communiste.

Moses Winschermann se rappela le détenu qui lui avait fait signe pendant la promenade. Avait-il été victime d'un interrogatoire poussé ou était-il vraiment responsable de l'interversion des photos qui avait causé tant de dommages ? On ne le saurait jamais.

Un obcrsturmführer de SS aux larges épaules entra dans la cave. Deckstein se leva et rendit compte de l'incident. L'obersturmführer hocha la tête et donna l'ordre de libérer Winschermann.

Deckstein montra le SS qui se relevait en sacrant.

— Mais il a fait de la résistance, obersturmführer, dit-il.

— Un SS qui se laisse rosser par un juif est une lavette, répondit froidement l'homme aux larges épaules. Libérez le juif et envoyez-moi cet homme.

Peu de temps après, Winschermann se retrouva à l'air libre. Il respira profondément, avide de remplir ses poumons d'air frais. Il ne savait plus ni la date ni l'heure. Sa montre était restée dans la cellule. Il se mit en route vers l'immeuble de l'imprimerie qui était tout proche.

26

A l'aube du dernier jeudi de juin, une colonne de camions venant de la Steingasse pénétra dans Adolf-Hitler-strasse. Les véhicules, tous feux éteints, passèrent devant les façades silencieuses. Seules quelques fenêtres étaient éclairées, là où habitaient des ouvriers d'usine qui se préparaient à reprendre le travail en première équipe.

La colonne s'arrêta devant le numéro 29. Des commandements à voix basse retentirent. Des Jeunesses hitlériennes sautèrent à bas des camions et suivirent le chef de troupe qui dirigeait l'opération, dans le passage du 29. Il menait à un escalier tortueux par lequel on atteignait le grand jardin planté de buissons et de grands arbres, situé sur la façade arrière de la maison Welser.

Le foyer évangéliste de la jeunesse portait le nom du pasteur de la jeunesse, décédé, qui avait donné son nom à la partie inférieure de l'Adolf-Hitler-strasse. Son successeur, le pasteur Baum, assurait le service divin et l'enseignement de la Bible dans la maison construite en 1911 pour la jeunesse évangéliste de sa paroisse. Il organisait également des jeux dans le jardin et dans la salle de gymnastique. Il leur lisait des romans d'aventures passionnants. Il leur passait des films et leur racontait ses voyages. Il exercait une véritable fascination sur les jeunes. C'était un homme qui vivait dans une profonde confiance en Dieu et dans une étroite amitié avec ses jeunes gens qui l'aimaient et se seraient jetés au feu pour lui.

Les Jeunesses hitlériennes encerclèrent silencieusement le bâtiment qui, avec ses hautes murailles et ses deux tours du côté de la rue, rappelait un château fort, puis se placèrent devant l'entrée. Le chef de troupe sonna. Comme rien ne bougeait, il frappa à la porte.

— Ouvrez ! cria-t-il, sinon nous donnons l'assaut !

Au même instant, le pasteur Baum, dont le jardin jouxtait celui de la maison Welser, fut tiré de son sommeil par une sonnerie d'alarme. Sa femme se réveilla aussitôt. Encore endormie, elle se frotta les yeux.

— Martin, ça barde ! dit-elle à voix basse.

D'un seul coup, Baum sauta hors du lit, enfila une robe de chambre. Il savait ce que signifiait la sonnerie.

Au cours d'opérations nocturnes, les Jeunesses hitlériennes avaient occupé deux foyers de jeunesse catholique dans la vieille ville. De ce fait, le pasteur s'attendait toutes les nuits à une attaque surprise contre la maison Welser. D'autant plus qu'il avait laissé sans réponse toutes les demandes des autorités locales d'embrigader ses jeunes dans l'Organisation du Reichsführer de la jeunesse nouvellement nommé, Baldur von Schirach. Pour pouvoir réagir rapidement à un coup de main, il avait fait poser la sonnerie d'alarme de la maison Welser dans son pavillon privé.

Il courut au téléphone et appela le commissariat de police. Le sergent Bogensiepen vint à l'appareil. Baum lui dit qu'une bande, probablement des Jeunesses hitlériennes, voulait prendre d'assaut la maison Welser et il réclama l'aide de la police.

— Désolé, monsieur le pasteur, lui dit Bogensiepen avec une gêne visible. Nous n'avons pas le droit d'intervenir.

— Comment ça, je vous prie ?

— Nous avons des instructions.

— Quel genre d'instructions ?

— Je vous le dis en confidence, monsieur le pasteur, parce que nous nous connaissons depuis longtemps. Lorsque la Jeunesse hitlérienne attaque, nous devons faire comme si nous n'avions rien vu.

— Vous devez donc couvrir des illégalités ? Qui a donné ces ordres ?

— Le nouveau préfet de police.

Baum fit la grimace. Il répondit sèchement :

— Bon, alors nous nous débrouillerons tout seuls ! J'espère que, pour nous aussi vous ferez comme si vous n'aviez rien vu, sergent !

Il s'habilla rapidement et, dans le petit jour, courut jusqu'à la maison Welser. Il l'atteignit à l'instant même où le commando motorisé commençait l'assaut. Des pierres volèrent dans les vitres et quelques jeunes hitlériens s'efforcèrent d'ouvrir la porte d'entrée à l'aide d'une barre à mine.

— Hors de mon chemin, ratichon ! cria le chef de troupe en apercevant la silhouette en costume noir. Foutez-moi le camp d'ici !

Sous une grêle de cailloux, Baum fit encore quelques pas vers le bâtiment. Puis il s'arrêta, tira de sa poche un sifflet à roulette et le porta à sa bouche.

Trois coups brefs. Trois longs.

A peine le dernier son s'était-il tu que les portes de la maison Welser s'ouvrirent brutalement. Une troupe de jeunes gens en chemise et pantalon verts de la jeunesse évangéliste se rua dehors. C'était la garde qui, sur les instructions de Baum, passait les nuits dans le bâtiment menacé, toujours prête à répondre à une attaque. C'était le cas ce matin-là.

Les « chemises vertes » se jetèrent en hurlant sur les « chemises brunes ». Les Jeunesses hitlériennes ne s'attendaient pas à cela. Ça ne leur était jamais arrivé. Les attaquants qui se précipitaient sur eux, armés de matraques, de coups-depoing américains et de chaînes de vélo, leur apparurent comme des fantômes sortis tout droit de l'Hadès. Lorsque les premiers coups s'abattirent sur eux, les « bruns » firent demi-tour et, paniqués, prirent la fuite.

Leur chef tenta vainement de s'y opposer. Il tira son couteau de chasse pour se faire respecter.

— Halte ! cria-t-il. Restez sur place ! Défendez-vous donc !

Finalement, il fut entraîné par le flot des fuyards. Ils coururent à travers le jardin puis par l'escalier, jusqu'à l'Adolf-Hitler-strasse, poursuivis par les jeunes de Baum et les coups de sifflet qui leur perçaient les oreilles.

Trois coups brefs, trois longs.

Le chef de troupe atteignit l'immeuble du 14 avec quelques-uns des jeunes hitlériens. Il reconnut Karl Hähnlein, le fils du chef de bloc qui, alerté par le bruit, était descendu dans la rue. Il était vêtu d'une sortie de bain.

— Bon sang ! cria le chef de troupe hors d'haleine. Ils nous flanquent une de ces raclées !

— Qui ça ?

— Baum et ses gars.

— Pas possible ! Cette bande de bigots !

Une troupe de « chemises vertes » encercla le chef de troupe et Hähnlein. Ce dernier se jeta, le poing levé, sur un des jeunes. Une chaîne de vélo siffla dans l'air et Hähnlein sentit qu'elle lui entaillait la joue. Puis il fut maîtrisé, ainsi que le chef de troupe, et amené dans le jardin du pasteur Baum. Deux policiers à cheval surgirent. Ils sautèrent à bas de leur selle devant le jardin de Baum et s'approchèrent.

— Qu'est-ce qu'il s'est passé ici ? demanda l'un d'eux.

Sur ces entrefaites, le pasteur Baum était arrivé à l'entrée de sa maison. Il désigna le chef du commando motorisé que ses « chemises vertes » tenaient fermement.

— Ce type et sa bande ont attaqué la maison Welser. J'ai déjà averti le sergent Bogensiepen.

Karl Hähnlein intervint.

— Le type est le chef de troupe Herbert Altmann. La bande est la 13e compagnie de la Jeunesse hitlérienne. Elle a été attaquée par les jeunes évangélistes excités par leur pasteur. Vous devriez l'arrêter !

Martin Baum s'approcha de son jeune voisin. Il le dévisagea de ses yeux gris.

— Monsieur Hähnlein, vous étiez un si gentil garçon, si raisonnable, dit-il tristement. Pourquoi avez-vous changé depuis que vous avez un grade dans la Jeunesse hitlérienne ? Et pourquoi mentez-vous ? Nous ne sommes jamais les premiers à user de la force. Nous nous sommes seulement défendus.

Baum regarda pensivement ses jeunes gens et reprit :

— Mais peut-être avons-nous eu tort. Jésus ne s'est pas défendu quand il est allé au Golgotha. Nous avons encore beaucoup à apprendre.

Il fit signe aux « chemises vertes » de relâcher Altmann et Hähnlein. Avant de rentrer chez lui, il salua de la tête les policiers déconcertés.

Il avait gagné, mais sa victoire ne le réjouissait pas.

27

Peu après seize heures, Irmgard Kompowski entra dans une petite droguerie de la Steingasse. La mélodie d'un carillon retentit lorsque la porte s'ouvrit. Irmgard s'approcha du comptoir où des placards multicolores de réclame de dentifrice voisinaient avec un petit présentoir de flacons de parfum.

Quelques instants plus tard, des pas traînants se rapprochèrent, venus de l'arrière-boutique. Le rideau sombre qui la séparait du magasin glissa de côté. On ne vit apparaître, d'abord, qu'une tête d'une grosseur remarquable avec des oreilles rouges de chauve-souris et des lunettes aux verres si épais que les yeux, au travers, ne paraissaient guère plus grands que des têtes d'épingle. Ensuite, une silhouette chétive qui ne s'accordait guère avec l'énorme tête se glissa derrière le comptoir. Otto Lampert, propriétaire de la droguerie, avait une soixantaine d'années.

Il leva légèrement ses lunettes et examina la jeune femme en clignant des paupières.

— Ah ! Mademoiselle Kompowski. Vous venez chercher vos photos, dit-il d'une voix croassante.

Irmgard Kompowski sentit son cœur battre plus vite.

— Sont-elles prêtes ?

— Oui, mais les photos ne sont pas particulièrement bonnes.

— Ah zut !

— Une personne n'est pas très nette, en tout cas, sur la plupart des photos. L'homme est cependant tout à fait reconnaissable. Un instant, j'apporte le film.

Le vieux traîna des pieds jusqu'à un placard, ouvrit un tiroir, fouilla dedans et en tira enfin une enveloppe jaune. Revenu au comptoir, il allait ouvrir l'enveloppe, mais Irmgard lui fit signe de s'en abstenir.

— Merci, monsieur Lampert. Vous n'avez pas besoin de me montrer les photos, je les regarderai chez moi à tête reposée.

— Comme vous voudrez. Pour les photos d'intérieur, vous devez régler l'éclairage différemment. Le mieux, ce serait de m'apporter votre appareil.

Elle opina du chef, prit l'enveloppe et paya. Lampert ouvrit sa caisse enregistreuse et lui rendit la monnaie.

— La femme sur les photos — c'est bien Mme Katz de votre immeuble, la juive ? demanda-t-il.

Il y avait dans la voix grinçante du vieil homme une curieuse tonalité rusée qui ne plut pas à Irmgard et la mit soudain mal à l'aise.

— Vous vous trompez, monsieur Lampert, dit-elle avec un vague sentiment d'angoisse. La jeune femme ressemble à Mme Katz, mais ce n'est pas elle.

Les grandes oreilles de Lampert bougèrent légèrement. Les petits yeux derrière les verres épais prirent un regard moqueur. Sa mimique montrait qu'il ne la croyait pas.

— Ça ne me regarde pas, mademoiselle Kompowski, dit-il. Pas plus que ce que l'homme fait avec la femme. Il ne m'est pas inconnu, lui non plus. Pour l'instant, je ne sais pas cependant où je l'ai vu. Mais, comme je vous le disais, ce n'est pas mon affaire.

Un mince sourire apparut sur son visage et il reprit :

— Je n'ai qu'à développer — et à me taire.

— Là, vous avez bien raison, monsieur Lampert. Au revoir.

Elle avait hâte de quitter le sombre magasin. Elle sursauta au son du carillon qui la poursuivit jusque dans la rue.

Devant chez elle, elle rencontra Karl Hähnlein et Erika Gottwald. Ils allaient bras dessus, bras dessous. Karl avait un grand sparadrap en travers de la joue gauche.

— Alors, on s'est disputés ? demanda-t-elle à Erika en souriant.

La jolie brune secoua la tête.

— Un accident, dit-elle avec hésitation.

Karl lâcha son bras.

— Ce n'était pas un accident, dit-il vivement. C'était ce sacré pasteur.

— Le pasteur Baum ?

— Ses spadassins chrétiens ! Ils ne veulent pas entrer chez nous, à la Hitlerjugend. A aucun prix. Ni volontairement ni de force. Mais nous les aurons quand même !

Il brandit un poing menaçant vers la maison du pasteur où la bonne nettoyait les fenêtres.

— Nous les aurons tous ! conclut-il.

— Vous tombez à bras raccourcis sur les communistes, sur les sociaux-démocrates, sur les juifs et maintenant sur les chrétiens. Qu'est-ce qu'il restera après ?

— Nous ! dit Karl Hähnlein énergiquement avant d'entraîner Erika.

Irmgard entra dans le vestibule de l'immeuble et gravit l'escalier de bois.

— Attention, Irmgard, je viens de passer la cire ! lui cria Else Wendehals, penchée sur la rampe.

C'était vendredi et, ce jour-là, dans tous les immeubles de la rue, on encaustiquait les vieilles marches de bois usées. Avec la même émulation, le samedi, les maîtresses de maison astiquaient la plaque d'acier de leur fourneau de cuisine pour la rendre semblable à un miroir. La pénétrante odeur de la cire fraîche se répandait dans la cage d'escalier et venait vous taquiner les narines.

— Je fais attention, dit Irmgard en passant près d'Else Wendehals.

La femme du professeur était agenouillée, vêtue d'une vieille blouse, un chiffon à la main. Elle interrompit son travail, se redressa et repoussa de la main une mèche rebelle sur son visage rougi par l'effort. Elle était un peu essoufflée.

— On m'a raconté votre malchance avec les pigeons, dit-elle. C'est terrible, Irmgard. Combien en avez-vous perdu ?

— Seize.

— Etiez-vous assurés contre ça ?

— Non.

Else Wendehals soupira.

— C'est un coup dur. Surtout pour votre père. Les pigeons, c'est tout pour lui. Il ne vit que pour ça.

Elle baissa la voix.

— Comment va-t-il ? Avez-vous de ses nouvelles ?

— Hier, nous avons reçu une carte de lui. De Sonnenburg.

— Sonnenburg ? Le nom est joli, on croirait une station thermale. Où cela se trouve-t-il ?

— Près de Francfort-sur-l'Oder. C'est un camp de concentration.

— Mon Dieu ! Il fallait que ça arrive !

Else Wendehals secoua la tête. La mèche rebelle retomba sur son visage, elle la fixa avec une pince.

— On devrait se tenir à l'écart de la politique, dit-elle. C'est ce que je ne cesse de répéter à mon mari : Philipp, fais ton service et basta... Ne touche pas à la politique. Ne sois ni pour ni contre. Alors, il ne t'arrivera rien.

— Il y en a beaucoup qui pensent comme ça, dit Irmgard, trop, malheureusement. Comment pourra-t-on arrêter Hitler si personne ne s'engage ? Sans courage civique ? Ça ne va pas, madame Wendehals. Vous avez vu comme le boycott des magasins juifs a été vite dégonflé — parce que des femmes comme vous et moi ne s'en sont pas souciées.

— Chut, Irmgard, pas si fort !

Else Wendehals posa un doigt sur ses lèvres.

— Si quelqu'un vous entendait !

— De qui avez-vous peur dans notre immeuble ?

La femme du professeur montra l'appartement du rez-de-chaussée.

— De Hähnlein, il nous espionne tous, souffla-t-elle.

Au rez-de-chaussée, la porte s'ouvrit. Else Wendehals passa à un autre sujet de conversation. Puis elle se pencha de nouveau et continua de cirer en haletant, tandis qu'Irmgard gravissait les marches brillantes.

Arrivée au deuxième étage, elle sonna. Selma Katz ouvrit. Elle appela sa mère qui discutait dans le salon avec son frère, Moses Winschermann, et un homme barbu dans lequel Irmgard reconnut le rabbin de la communauté juive. Sara Katz vint aussitôt dans le vestibule. Elle envoya sa fille auprès de Nathan qui l'appelait de la cuisine.

Irmgard Kompowski lui montra l'enveloppe jaune.

— Les photos !

— Comment sont-elles ? demanda Sara Katz inquiète.

— Je n'en sais rien. Le vieux Lampert a dit que certaines n'étaient pas bien exposées. Voulez-vous que nous les regardions ensemble ?

— Oui, mais pas ici. Montons plutôt chez vous. C'est-à-dire, si vous êtes seule.

— Oui, Hilde n'est pas encore rentrée.

Sara Katz s'excusa auprès des hommes du salon puis elle suivit sa jeune voisine dans l'appartement mansardé. Irmgard étala les photos comme les cartes d'une patience sur la table de la cuisine.

Elles étaient d'une médiocre qualité. Cependant, malgré quelques endroits flous et sous-exposés, Arnold Schmitz et Sara Katz étaient facilement reconnaissables, et on voyait clairement ce qui se passait entre eux. Considérant qu'Irmgard Kompowski avait pris ces scènes à travers le trou percé dans la cloison entre la chambre de Dodo et celle de Schmitz, le résultat ne semblait pas mauvais.

Sara Katz prit une des photos et la laissa aussitôt retomber comme si elle avait mis la main sur un fer rouge.

— Juste ciel ! dit-elle. C'est encore plus moche que ça ne l'a été en réalité. On dirait un viol.

— C'est d'autant mieux pour nous, répliqua Irmgard. Schmitz va faire l'impossible pour que nous ne transmettions ces photos à personne et surtout pas à ses supérieurs. Un homme de la Gestapo qui se compromet avec une juive, ce n'est pas admissible. Il va être servi !

Les photos étaient réellement choquantes. Schmitz pressant Sara Katz contre lui... Schmitz essayant de l'embrasser... Schmitz déchirant la robe... Schmitz la jetant sur le lit...

— Je n'ose même pas imaginer ce qui se passerait si mon mari voyait ces photos, dit Sara Katz. Que penserait-il ? Il ne me pardonnerait pas de m'être laissé approcher par ce type. J'en ai encore la nausée...

Irmgard la rassura. Son mari ne verrait jamais ces photos. Elle y veillerait comme à la prunelle de ses yeux. Elle avait trouvé une cachette sûre à laquelle personne ne songerait. Même pas Schmitz, au cas où il aurait l'intention de s'emparer par la force des photos et des négatifs. Avec un type de ce genre, il fallait s'attendre à tout.

— Quelle cachette ? demanda Sara. Le pigeonnier ?

— Non, Schmitz la connaît déjà. Il m'a vue en sortir une caisse. Non, j'ai quelque chose de bien mieux.

Elle sortit de la cuisine et y revint un instant plus tard avec un tableau enveloppé dans du papier.

— Je ne peux pas souffrir ce type, dit-elle en enlevant le papier, mais il nous servira au moins à quelque chose : il peut surveiller nos photos. Personne ne pensera à lui.

Le tableau représentait Adolf Hitler.

Elle glissa photos et négatifs dans l'enveloppe jaune. Puis elle retourna le portrait d'Hitler. Avec un pinceau, de la colle et quelques bandes de papier, elle fixa l'enveloppe au revers du tableau.

Finalement, elle décrocha du mur une photo de famille et mit à la place devenue libre celle d'Hitler avec les photos au dos. Puis elle regarda son ouvrage avec satisfaction.

— Vraiment une bonne idée, dit Sara Katz.

Tout à coup, elle eut des doutes. N'avaient-elles pas agi de façon par trop irréfléchie dans toute cette affaire ? demanda-t-elle à Irmgard. N'allaient-elles pas s'attirer plus de dommages que d'avantages si elles faisaient chanter Schmitz avec ces photos ? Qui sait comment réagirait un tel homme si on le poussait à bout ? Et s'il acceptait effectivement le marché, aurait-il, à la place qu'il occupait à la Gestapo, suffisamment d'influence pour faire libérer le père d'Irmgard du camp de concentration et pour lui assurer à elle-même, Sara Katz et à sa famille, une certaine protection ? Il n'était après tout qu'un petit rouage.

L'appareil avec lequel les nouveaux seigneurs exerçaient leur pouvoir, rétorqua Irmgard, était constitué de beaucoup de petits bonshommes. Un petit bonhomme de la Gestapo pouvait justement rendre aux juifs de grands services. Ennemi, il pouvait être dangereux, ami, il pouvait être extrêmement utile. Avec les photos sous la main, elles pouvaient le forcer à être leur ami, c'était sa principale réflexion. Elle croyait maladroit de ne pas jouer les atouts qu'elles avaient en main.

Bien qu'elle ne fût pas entièrement convaincue, Sara Katz finit par se déclarer d'accord.

Sur le palier de l'étage mansardé, des pas retentirent, puis le bruit d'une clef que l'on tournait dans la serrure de la chambre voisine. Arnold Schmitz rentrait chez lui. Pendant un instant les deux femmes retinrent leur souffle. La porte s'ouvrit en grinçant puis se referma.

— Quand lui montrerez-vous les photos ? demanda Sara Katz à voix basse.

— A la première occasion favorable.

28

— Heil Hitler ! monsieur le professeur.

Le docteur Philipp Wendehals sursauta. L'intendant du lycée était devant lui : Georg Rasch, un homme de petite taille avec des yeux de souris.

— Bonjour, monsieur Rasch, dit-il gaiement, comment allez-vous ?

— Bien, monsieur le professeur. Mais maintenant on dit : Heil Hitler !

— Bien sûr, monsieur Rasch, je sais, je sais. Depuis le mois de mai c'est obligatoire. Je l'oublie toujours, dit Wendehals avec un sourire gêné, mais j'apprendrai à le dire.

Sa serviette sous le bras, il monta au premier étage à la salle des professeurs.

Il ne parvenait pas à s'habituer à dire Heil Hitler. Le nouveau salut ne lui allait guère. C'était plutôt fait pour des jeunes gens. Ou pour ceux qui étaient membres du Parti. Un humaniste comme lui avait du mal à lever le bras pour souhaiter la santé à un personnage qu'il ne pouvait accepter ni comme guide spirituel ni comme exemple. Hier encore peintre en bâtiment et aujourd'hui déjà demi-dieu. Il ne pouvait si vite s'accoutumer au culte d'Hitler.

D'autres professeurs avaient la conscience plus élastique que la sienne. La moitié environ d'entre eux avaient adopté le salut hitlérien avant même qu'il n'ait été rendu obligatoire dans les écoles comme dans tous les services publics. Le professeur de mathématiques Mauritius, par exemple, dont le bras se dressait comme mû par un ressort lorsqu'il claironnait son Heil Hitler. Ça lui allait bien. Mauritius avait été le premier professeur à venir au lycée avec des bottes d'équitation et une chemise brune.

Ou bien le professeur de gymnastique, Gürzgen. Chaque fois qu'il levait le bras, c'était chez lui plus qu'un salut, cela devenait une démonstration de ses nouvelles opinions politiques. Cet homme était un opportuniste. Une de ces « violettes » qui, après la grande victoire électorale du 5 mars, s'étaient précipitées dans le Parti pour avoir leur part du gâteau.

Ou bien encore le directeur d'école Holler. Il saluait par conviction intime et avec ferveur. Souvent, il avait du mal à garder son équilibre à cause de sa jambe gauche trop courte, tant son bras brandi en l'air l'entraînait en avant.

Il en allait autrement du vieux professeur de chimie, le docteur Vogelsang. Il s'était certes habitué plus vite que Wendehals au salut obligatoire. Mais il devait chaque fois vaincre une résistance intérieure et cela se voyait. Son bras ne se levait que péniblement, avec un craquement dans l'articulation de l'épaule et seulement jusqu'à la moitié de la hauteur prescrite. Il n'ouvrait qu'à demi la main. On sentait qu'il gardait ses distances.

Un élève des classes supérieures, chef dans la Hitler Jungvolk, s'en était plaint auprès du directeur. Avec sa façon de saluer, le professeur de chimie ridiculisait le Führer. Ce fut aussi pour cette raison que le directeur Holler convoqua les professeurs après la fin des cours, dans la salle des fêtes. Sujet : le salut hitlérien.

Lorsqu'ils furent tous assis sur les chaises des premiers rangs, Holler gagna en boitant le pupitre des orateurs qui était orné d'un drapeau à croix gammée.

— Comme vous le savez, dit-il, depuis quelque temps le salut hiltérien est obligatoire dans les écoles ainsi que dans les organismes chargés d'exprimer la volonté nationale. Mais quelques collègues ont encore visiblement des problèmes. Nous sommes donc réunis ici pour nous exercer au salut. Pour nous mettre dans l'ambiance, le directeur de la Propagande, M. Schmittke de la Gauleitung, va nous expliquer les arrière-plans historiques du salut.

Le directeur de la Propagande escalada le podium. Philipp Wendehals remarqua l'étrange forme de la tête de Schmittke. Elle rappelait une ellipse, un œuf couché : un œuf couronné d'une chevelure blonde.

— Le salut « Heil » est, expliqua le chef de la Propagande, un retour à la plus ancienne forme germanique du salut. L'ancien haut allemand connaissait les mots « heilison » et « heilazen » dans le sens de « souhaiter la santé ». La forme « heilo » était employée comme salut. La plupart du temps, « heil » s'emploie avec l'auxiliaire « sein ». Le salut voulait dire, à l'origine, « puisses-tu être en bonne santé ».

Philipp Wendehals laissa son regard errer de droite et de gauche. Les confrères et les consœurs écoutaient attentivement l'orateur. La plupart d'entre eux, en tout cas. La tête du docteur Vogelsang tombait avec lassitude sur sa poitrine. Le professeur de gymnastique Gürzgen, au contraire, relevait le menton presque à la verticale comme pour manifester le vif intérêt qu'il portait à la conférence. Mlle Sedelmann, professeur de dessin, bâillait discrètement, la main devant la bouche. Le professeur von Merten, avec son nez rouge et son triple menton, croisait ses mains sur son ventre et fermait à demi les yeux. C'est ainsi que l'on s'assied lorsque l'on est fortement concentré. Ou bien lorsque l'on commence à somnoler.

Wendehals, lui non plus, n'était guère attentif. Ses pensées tournaient autour de la mémorable soirée de l'autodafé des livres dans la cour du lycée. Tous les élèves et leurs professeurs étaient rassemblés — à l'exception du docteur Vogelsang qui s'était fait porter malade. Cela lui avait valu une remarque haineuse de Holler. Mais Wendehals avait, lui aussi, encaissé une rebuffade publique car les livres des auteurs proscrits qu'il avait entassés avec ses élèves dans un coin abrité du vent refusaient de brûler. Parmi les flammes jaillissantes, on avait vu les noms de Vicki Baum, Walter Benjamin et Bergengruen s'éclairer brièvement. Puis les flammes s'étaient éteintes.

— Les livres brûlent toujours mal, répondit-il en haussant

les épaules aux reproches de Holler qui lui demandait pourquoi ça ne marchait pas mieux.

Le professeur de gymnastique, Gürzgen apporta un fût d'essence. Le feu démarra ! Tout le lycée aurait pu flamber. Wendehals regarda tristement se consumer les livres d'auteurs de renommée mondiale. En mourant, ils se dressaient une dernière fois comme des morts dans un four crématoire. Il eut l'impression que toute une part de son passé s'effondrait.

Il regarda de nouveau l'homme sur le podium.

— La résurrection du salut allemand, disait-il, pourrait bien venir des gymnastes. « Gut Heil » est déjà employé par les gymnastes depuis environ un siècle. D'autres disciplines ont adopté cette formule avec de légères modifications. Ainsi, les cyclistes avec le salut des cyclistes : « All Heil », et les alpinistes avec leur « Bergheil ». Le salut était particulièrement apprécié par la jeunesse, les scouts, avant que le Parti se l'appropriât pour illustrer l'accord de ses membres dans leurs convictions politiques. Aujourd'hui, c'est le salut au peuple entier, et spécialement de la jeune génération à la nation et à son chancelier.

Et bien sûr, il conclut son discours par un tranchant « Heil Hitler ».

Après lui, le directeur Holler reprit la parole. Il avait reçu des plaintes : certaines dames et messieurs du collège des professeurs n'exécutaient pas correctement le nouveau salut. Certains l'oubliaient totalement, d'autres saluaient trop mollement. C'est pourquoi il allait les faire s'exercer avec lui.

Le regard de Holler se dirigea vers le vieux docteur Vogelsang qui sortait de sa torpeur. Il voulait faire de lui un exemple et livrer à l'hilarité des autres la caricature d'un salut hitlérien.

— S'il vous plaît, montrez-nous donc comment vous saluez.

Holler s'attendait à un spectacle péniblement comique. Mais une chose étonnante se produisit. Le vieil homme avec son col empesé et sa jaquette démodée, qui marchait habituellement courbé en avant, s'avança vers le podium et se redressa. Il posa sa main gauche au centre de son vêtement noir, leva le bras droit réglementairement, la main ouverte à plat. Ses doigts se dressèrent littéralement en l'air.

— Heil Hitler ! cria-t-il avec force.

Sa voix, jusqu'alors plutôt faible, semblait avoir un nouveau volume.

Dans son attitude raide, le vieux professeur avait plutôt l'air triste que comique. L'assistance qui, comme les élèves, prenait souvent Vogelsang pour cible de ses plaisanteries, éprouva en cet instant une profonde compassion pour lui. Tous avalèrent leur salive. Mais Holler, stupéfait, hocha la tête comme pour le remercier.

— C'est très bien ainsi, docteur, dit-il. S'il vous plaît, levez-vous tous et faites-en autant : levez le bras droit ! Tendez la main jusqu'à hauteur du front !

Bruit de chaises. Tous se levèrent, le bras en l'air. Holler passa dans les rangs pour contrôler. Il ne lui échappait pas que Mlle Sedelmann posait la main sur l'épaule de celui qui était devant elle.

— Mademoiselle Sedelmann, dit-il brutalement, prenez les choses au sérieux !

— Je les prends au sérieux, monsieur le directeur, dit-elle, je ne peux pas rester le bras levé aussi longtemps, j'ai des rhumatismes.

— Ce n'est pas une excuse. Il faut serrer les dents devant la douleur.

Il attendit que le professeur de dessin ait levé le bras. Puis il reprit sa marche claudicante devant les présents qui avaient tous du mal à garder le bras levé à la hauteur du front.

— Heil Hitler ! cria-t-il.

— Heil Hitler ! crièrent professeurs et surveillants.

Ils respirèrent enfin en baissant le bras.

Holler fit recommencer l'exercice deux fois de suite. Il eut enfin un hochement de tête de satisfaction.

Accompagné du chef de la Propagande, il quitta la salle des fêtes. Les professeurs et les surveillants se pressèrent vers la sortie.

— Dites-moi, mon cher collègue, dit Philipp Wendehals en souriant au docteur Vogelsang, comment avez-vous fait pour exécuter soudain si parfaitement le salut allemand ?

— L'entraînement, mon cher collègue, l'entraînement... Holler m'a menacé de licenciement si je ne me reprenais pas. Imaginez un peu ça, après vingt-sept ans de service !

— Je comprends, dit Wendehals en cessant de sourire.

La pression politique était de plus en plus lourde et incessante. Une carrière pouvait être brisée pour un salut hitlérien laxiste. Est-ce que ça en valait la peine ? se demandait Wendehals en allant lentement du lycée à son domicile. Non, se dit-il, finalement ça n'en valait pas la peine.

Bon, il y avait beaucoup de choses qui lui déplaisaient : l'autodafé des livres, par exemple, l'avait profondément blessé. Mais n'était-ce pas là un de ces excès comme en comportent toutes les révolutions ? Bien des choses allaient se régulariser dès qu'Hitler aurait en poche la victoire définitive. Sûrement aussi, les mesures discriminatoires contre les juifs. Il les acceptait d'autant plus mal que ses voisins juifs de l'immeuble étaient sympathiques. Une plaisanterie de Mlle Sedelmann lui revint en mémoire : « Combien de bons juifs y a-t-il en Allemagne ? — Soixante millions car chaque Allemand en connaît un. » En contrepartie de quelques bavures, çà et là, il y avait les premiers succès des nationaux-socialistes. Par exemple, l'opération « Autoroutes » était lancée. Le premier tronçon Francfort-Darmstadt devait être construit. Cela fournissait du travail à des dizaines de milliers d'hommes qui, autrement, traînaient dans les rues. Pas d'erreur, l'Allemagne se relevait.

— Heil Hitler ! monsieur le professeur !

C'était le boucher Anton Bockmeier qui prenait le soleil de midi debout devant son magasin.

— Heil Hitler ! monsieur Bockmeier ! dit Wendehals.

Le nouveau salut lui sortait déjà plus facilement des lèvres. Son bras se leva presque automatiquement.

Dans l'escalier du numéro 14, il rencontra Dodo, le travesti. Dodo, légèrement poudré, tenait un long fume-cigarette d'ambre. Wendehals le salua.

— Heil Hitler, Dodo !

— Comment ça, moi ? dit Dodo de sa voix de soprano, salue-le donc toi-même !

Il sortit en pouffant, laissant là le professeur interloqué. Il fallut quelques secondes à Wendehals pour comprendre la pique.

Deuxième partie

LES OMBRES S'ALLONGENT

1

Le chef de cercle Montag l'avait annoncé depuis plusieurs jours : cet après-midi, ce serait officiel, Adolf Hähnlein avait été convoqué à quinze heures au bureau de la Préfecture. Il s'agissait d'une nouvelle promotion. Il avait été nommé en un temps record chef de bloc puis chef de cellule. Désormais, il allait devenir chef de groupe local et, en même temps, monter d'un échelon dans la hiérarchie des SA, de truppenführer (caporal), il devenait obertruppenführer (caporal-chef).

Eva Hähnlein avait déjà acheté les nouveaux écussons de son uniforme, deux étoiles avec liséré d'argent.

Elle en tenait un sur la chemise brune qu'elle avait repassée très soigneusement.

— Ce que ça fait bien, Adolf, dit-elle les yeux brillants. Je suis vraiment fière de toi ! Lorsque tu seras nommé sturmführer (adjudant), tu auras une nouvelle casquette et d'autres épaulettes.

— Chaque chose en son temps, murmura Adolf Hähnlein avec satisfaction.

Il était debout en maillot de corps, penché sur l'évier de la cuisine et se savonnait le menton avec du savon à barbe. La lame passa, râpeuse et grinçante sur ses poils. Il se regardait dans un petit miroir accroché au mur.

Un visage rond et rose le regardait. Quelques années auparavant, ce visage avait été blafard et émacié. Chauffeur, il avait, de longues années, appartenu à l'armée des millions de chômeurs. Sa famille avait vécu tant bien que mal de l'allocation. Pour ne pas crever de faim, sa femme avait dû faire le ménage chez Katz et chez Winschermann. Karl, son fils aîné, après avoir échoué à son examen de boulanger, avait trouvé de temps en temps des petits travaux pour gagner quelques marks. Les choses s'étaient améliorées lorsque, l'un des premiers de la rue, il s'était inscrit au Parti hitlérien. Il avait conduit le camion de sa section et remplacé plusieurs fois le chauffeur du gauleiter lorsque le titulaire était malade. Une fois, il avait même pris un invité de marque : Hermann Goering. Depuis lors, il était chauffeur auxiliaire de la direction locale du Parti et il était payé pour chaque vacation.

Mais sa carrière au sein du Parti était beaucoup plus importante à ses yeux. Il avait commencé comme chef d'immeuble, puis chef de bloc. Il s'était si bien fait apprécier de ses supérieurs comme observateur de ses voisins, qu'il avait été rapidement nommé chef de cellule avec six blocs d'immeubles sous ses ordres. Rien n'échappait à ses yeux ni à ses oreilles. Adolf Hähnlein entendait dire qu'un médecin, après quelques verres de trop, imitait à « La Carafe » la façon de discourir d'Hitler. Les clients riaient. Hähnlein signalait l'homme au Parti. Il voyait des femmes de son immeuble acheter chez KATZ ET CIE, en dépit de l'appel au boycott. Hähnlein les photographiait et les signalait à la Préfecture. Il observait que le docteur Wendehals ne pavoisait pas avec le drapeau à croix gammée les jours de fête nationale : il le dénonçait. De même, il avait examiné à la loupe les parties de cartes qui avaient lieu une fois par mois chez Kalla Kompowski. Les joueurs étaient des fonctionnaires socialistes, comme on le découvrit plus tard. Ses dénonciations entraînèrent l'arrestation du locataire de l'étage mansardé.

Si on voit les choses ainsi, pensait-il en se rasant, je ne suis pas un bon voisin. Mais, par contre, je suis un bon Allemand. Un bon camarade du Parti. Et il n'y avait que cela qui comptait.

Que lui importaient des bourgeois comme les Wendehals, les youpins richards, le socialo irrécupérable avec ses pigeons ! Il devait d'abord penser à lui-même, à sa famille, à sa mission et à son avenir. Sa prochaine promotion, il la devrait à son zèle. Quand il serait chef de groupe local, il pourrait avoir un bureau et organiser son propre réseau de délateurs. Jusqu'ici, il était, ne fût-ce que silencieusement, l'homme le plus puissant de la rue. Bientôt il serait le roi secret de tout le quartier.

Qui n'avait pas déjà tout essayé pour se mettre bien avec lui et utiliser son influence ? Wendehals, par exemple, était descendu un beau jour chez lui. Il lui avait promis de se conformer désormais strictement aux instructions que lui, Hähnlein, inscrivait sur le tableau noir de la boulangerie industrielle. Depuis lors, le professeur pavoisait tout à fait convenablement. Son drapeau était souvent le premier à apparaître à la fenêtre. Au cours de l'entretien, Hähnlein avait lancé à son voisin qu'il avait vu plusieurs fois Jiddchen apporter à l'appartement des Wendehals des denrées venant du magasin de son père. Il avait fermé les yeux jusqu'à présent, mais à la longue, il ne pourrait plus couvrir ces erreurs. Les juifs étaient des ennemis du peuple, de même que les marginaux et les geignards. Quiconque les soutenait affichait une mentalité antiallemande.

— Je demanderai à ma femme de ne plus rien se faire apporter de chez Katz, avait dit le professeur, l'air contrit.

Et il l'avait presque regardé avec dévotion. Autrefois, la plupart du temps, il ne saluait que distraitement et de haut. L'universitaire plissait le nez devant le chauffeur sans travail. Maintenant, la roue avait tourné. Maintenant, ce n'étaient plus les titres qui comptaient, mais le numéro d'inscription dans le livret du Parti. Et maintenant, lui, Adolf Hähnlein, le prolétaire d'hier, était en haut de l'échelle.

Un autre habitant de l'immeuble s'était adressé à lui, et ça l'avait beaucoup étonné : Jakob Katz, du deuxième étage. Le commerçant, qui autrefois marchandait chaque pfennig des heures de ménage d'Eva Hähnlein, gémissait sur ses mauvaises affaires. Il avait dû congédier une de ses vendeuses, il ne savait pas comment payer ses fournisseurs depuis qu'on ne pouvait plus vendre qu'aux juifs. Hähnlein avait encore dans l'oreille la voix plaintive de Katz.

— Je suis pourtant un bon citoyen et je paie ponctuellement mes impôts. Pourquoi votre parti me rend-il la vie si difficile ?

Katz avait même proposé d'envoyer son fils Nathan, le Jiddchen, et sa fille Selma à la Hitlerjugend.

— C'est une blague ? avait répondu Hähnlein.

— Non, je suis tout à fait sérieux, avait répliqué Katz. Je peux prouver que nous ne sommes pas contre Hitler.

Hähnlein avait considéré cela comme une impertinence typiquement juive et il avait lu à son voisin un passage de *Mein Kampf* où il était dit : « Y a-t-il une ordure, une infamie sous quelque forme que ce soit à laquelle un juif ne serait pas mêlé ? De même que l'on ouvre prudemment un abcès de ce genre, on trouve comme le ver dans un corps pourrissant souvent aveuglé par une soudaine lumière, un petit youpin. »

Il en était ainsi dans la vie culturelle, avait déclaré Hähnlein, ainsi que dans l'économie et la politique. Le juif détruisait tout ordre social. Il y avait du vrai dans le dicton : « Si la question juive t'est étrangère, tu te retrouveras dans la misère. »

Katz l'avait regardé, troublé, en secouant la tête avec désespoir. Et un certain sentiment de compassion avait envahi le chef de bloc : après tout, cet homme l'avait aidé dans les temps difficiles en prenant sa femme pour faire le ménage.

— Le mieux, ce serait que vous émigriez avec votre famille, monsieur Katz, avait-il conseillé au malheureux.

Mais où ? En Palestine ou en Amérique ? Il y en avait beaucoup qui y allaient. L'argent lui manquait pour cela, avait répliqué Katz. Il ne pouvait pas abandonner son moyen d'existence ni quitter sa patrie.

Pour conclure, Hähnlein lui avait fait comprendre qu'il ne pouvait certes pas protéger son voisin juif. Il était national-socialiste pourtant. Il essaierait d'écarter telle ou telle tracasserie des familles Katz et Winschermann. A une condition : Jakob Katz devait interdire une fois pour toutes à sa fille Selma de fréquenter Wolfgang Hähnlein, son fils cadet.

— Mon Dieu, répondit Katz, là je suis aussi impuissant que vous, monsieur Hähnlein. J'ai déjà souvent essayé de raisonner Selma. Mais c'est un cautère sur une jambe de bois. Elle ne veut rien savoir des aryens ou non-aryens. Elle ne connaît que l'homme et la femme, Dieu et l'amour.

Il était grandement temps, avait dit Hähnlein d'un ton rogue, que les rapports entre juifs et Allemands soient interdits. A quoi Katz avait rétorqué que ce n'était pas encore le cas, mais qu'il parlerait néanmoins à sa fille. Il n'avait pas grand espoir.

— N'attendez pas trop ! avait dit Hähnlein.

Adolf Hähnlein passa la main gauche sur ses joues rasées de près. On ne sentait plus aucun poil de barbe. Il se mit la tête sous le robinet et rinça soigneusement la mousse de savon. Sa femme l'aida à mettre sa vareuse d'uniforme et lui passa sa cravate, son ceinturon et son baudrier. Le cuir était brillant comme un miroir, de même que les bottes. Une fois habillé, il s'examina dans la grande glace de l'armoire de la chambre à coucher. Il se sourit à lui-même. Adolf Hähnlein se plaisait.

— C'est d'abord l'uniforme qui fait l'homme, dit-il à sa femme.

— Ça te va très bien et à Karl aussi. On ne le reconnaît plus, répondit-elle.

— Sans le Parti, on n'aurait rien fait de bon de lui, dit Hähnlein. Raté son examen de boulanger et, après ça, rien que des fariboles et des bêtises en tête. Et maintenant, le voilà stammführer ! Un des meilleurs de la ville. Le chef de région ne jure que par lui.

Il se coiffa de la casquette avec l'aigle en prenant garde de bien placer l'insigne dans la prolongation de la ligne du nez.

— Wolfgang viendra-t-il ce soir à « La Carafe » pour la réception ?

Eva Hähnlein secoua la tête.

— Je ne crois pas. Il a rendez-vous avec Selma Katz.

La juive ! Le mot qui faisait bondir Hähnlein. Jakob Katz n'avait donc rien pu obtenir de sa fille. Ça continuait entre elle et son fils. Jusqu'à présent, cette liaison n'avait pas nui à sa carrière. Mais ça pouvait changer dès que quelqu'un « d'en haut » aurait vent de la chose. Il fallait l'empêcher. Il résolut de faire des remontrances à Wolfgang avec une sévérité paternelle. On rirait de lui s'il ne venait pas à bout de son garçon.

Il embrassa distraitement sa femme sur le front, puis il gagna la rue. D'un léger signe de tête, il répondit au salut de grand-père Breil qui s'appuyait à sa fenêtre comme s'il avait fait partie intégrante de la rue. Le grand-père et d'autres gens du quartier allaient être étonnés, se dit-il, quand il reviendrait de la Préfecture chef de groupe local.

Adolf Hähnlein était en route vers les sommets. Il n'atteindrait sûrement pas celui du « grand Adolf », mais même comme « petit Adolf », il était quelqu'un. Un de ceux qui pouvaient dominer, dicter, qui tenaient entre leurs mains le destin de milliers d'hommes.

Il avança un peu plus vite. Le chef de cercle, Montag, l'attendait à quinze heures. Hähnlein tenait à être exact.

2

La soirée était douce. Une légère brise caressait les arbres du parc municipal. Comme un peigne, elle dessinait sans cesse de nouvelles vaguelettes sur l'eau de l'étang. Trois cygnes y traçaient leurs derniers cercles.

Selma Katz s'était attachée à Wolfgang Hähnlein. Elle se sentait bien près de lui. Elle aimait tout dans le jeune homme. Sa silhouette élancée, sa tête au profil grec. Sa façon de parler et de rire. Son sérieux. Ses idées. Et, surtout, son acharnement et son courage, malgré l'hostilité des siens, à défendre son amour pour elle.

— Ton père a parlé avec le mien, dit-elle, tandis qu'ils

flânaient sur un sentier de gravier. Il nous a proposé son aide si je rompais avec toi.

— Tu ne le crois pas sérieusement ?

— Quoi ?

— Que mon père bougerait un doigt pour vous s'il le fallait.

— Pourquoi pas ?

— Il n'est pas national-socialiste à cent pour cent, il l'est à deux cents pour cent. Au lit, il dort avec le bras levé. Avant Hitler, ça allait mal pour lui, maintenant, ça va drôlement bien. Depuis deux heures, avec maman, Karl et tous ses camarades, il fête à « La Carafe » sa promotion de chef de groupe local et sa nomination d'obertruppenführer. Il ne risquerait pas ça pour aider une famille juive.

Selma se tut pendant un instant. Elle écoutait le bruit de leurs pas.

— Et toi ? demanda-t-elle enfin, est-ce que tu as changé de façon de penser à notre sujet ?

— Pourquoi me demandes-tu ça ?

Il s'arrêta, la prit par les épaules et l'attira contre lui.

— J'ai peur...

— De quoi ?

— Que nous ne résistions pas à la pression, Wolfgang. Souvent je n'ai plus de courage. Je ne sais pas si j'aurai la force de supporter tout ça.

Son visage était tout près du sien. Un visage d'adolescente au charme exotique. Des yeux noirs en amande, un petit nez racé, des lèvres charnues, une chevelure sombre tombant en lourdes boucles. Il sentit le frais parfum de son jeune corps.

— Est-ce que tu doutes de moi ? demanda-t-il.

— Je pourrais comprendre que tu abandonnes, dit-elle doucement. Les choses deviendraient alors certainement plus faciles pour toi. Ton père gagne de nouveau sa vie. Il t'aiderait sûrement si tu te séparais de moi.

Il la serra plus fort et dit en souriant :

— Je ne désire pas que ce soit plus facile. Je veux que ce soit plus beau. Avec toi, Selma.

Elle ferma les yeux tandis qu'il l'embrassait.

En cet instant, tout allait bien. Elle sentit monter en elle une chaude vague de tendresse. Ils n'étaient plus un aryen et une juive : ils étaient un homme et une femme. Ils étaient seuls au monde. Sans croix gammée, ni slogans. Sans haine et sans fanfare. Mais le merveilleux silence fut rompu par les horloges des clochers de la ville qui sonnaient l'heure.

Lorsque leurs lèvres se séparèrent, elle dit :

— Je t'aime, Wolfgang. Tellement que je ne peux pas le décrire.

— Je t'aime tout autant, Selma.

— Toujours ?

— Toujours.

— Es-tu bien sûr de toi ? demanda-t-elle avec un sourire en plissant le front.

— Assez sûr, dit Wolfgang en souriant.

— Ça ne suffit pas.

Elle se sépara de lui, avança de quelques pas et se retourna.

— A quel point es-tu sûr ?

Il s'avança lentement et se planta devant elle. Il lui prit le menton et le leva vers lui.

— Je suis absolument certain que personne ne pourra nous séparer, dit-il calmement. Ma vie est ta vie. Tes soucis sont les miens. N'aie pas peur, tout ira bien. Ensemble, nous y parviendrons.

Derrière lui, une lune pâle montait dans le ciel. Sa lumière dessinait les contours des arbres sombres. A quelque distance, des reflets métalliques brillaient. C'étaient les abat-jour de fer des réverbères qui parsemaient le parc.

Wolfgang Hähnlein vit que la lumière de la lune éclairait les yeux de Selma. Elle se colla à lui tandis qu'ils continuaient de marcher.

— Tu me donnes de la force, dit-elle. Quand tu es près de moi, tout est si beau, si évident. Pourquoi les autres ne peuvent-ils pas nous laisser en paix ?

— Peut-être parce qu'ils ne peuvent pas aimer. Peut-être ne peuvent-ils que haïr. S'ils n'étaient pas si dangereux, ils ne pourraient que faire pitié.

— Ton père hait-il, lui aussi ?

— Il fait ce qu'on lui prescrit, dit-il avec amertume. Il ne pense pas, il obéit. Il a appris ça au régiment : claquer les talons et gueuler « A vos ordres ! »

— Mais on ne peut tout de même pas ordonner de haïr !

Wolfgang se dirigea vers un banc.

— Si, on le peut, dit-il quand ils se furent assis.

La lune baignait maintenant la prairie et l'étang d'une lumière un peu féerique. Les arbres alentour jetaient de longues taches d'ombre. Le vent chuchotait dans les feuillages au-dessus de leurs têtes.

— Dans le Talmud, dit-elle au bout d'un moment, il y a une

métaphore : la vigne doit s'enlacer avec la vigne. Cela veut dire que deux êtres qui s'aiment doivent se marier.

— C'est ce que nous ferons, aussitôt que je pourrai gagner ma vie.

— Si tu te convertissais au judaïsme, mes parents subviendraient à nos besoins dans les débuts.

Elle vit qu'il était sur la défensive.

— Cela n'a rien de déshonorant, Wolfgang. C'est une vieille coutume juive pour permettre le mariage précoce de très jeunes gens. Le mariage précoce est une tradition chez nous...

Elle rit doucement.

— A cause des enfants particulièrement vigoureux que font les jeunes parents.

Elle reprit son sérieux et continua :

— Si tu étais d'accord, tu pourrais terminer tes études sans souci.

— C'est gentil de ta part, Selma, mais je préférerais conserver ma foi protestante et rester indépendant de tes parents, qui ont d'ailleurs leurs soucis..., et également des miens.

— Nous ne devrions pas attendre si longtemps pour nous marier, dit-elle.

— Tu n'as que dix-sept ans.

Elle sourit.

— Un dicton des Sages dit : « A dix-huit ans à l'autel. »

Il sourit lui aussi.

— Alors, tu n'as plus qu'un an à attendre.

Elle s'approcha tout près de lui et lui prit la main.

— Sais-tu au moins que, selon les Sages, quiconque n'est pas marié n'est pas digne du nom d'homme ?

— Je ne sais pas si, de ce point de vue, ces messieurs les Sages sont vraiment si sages en disant ça. Il y a de bons mariages. Il y en a aussi de mauvais. Beaucoup de gens en ont peur.

— Pas toi ? demanda-t-elle à voix basse.

Il la prit fermement dans ses bras. Le chuchotement des arbres s'était tu. Les lumières de la ville scintillaient au loin.

— Non, dit-il en souriant à nouveau. Les Sages savent certainement pourquoi.

3

S'il ne s'était agi que d'elle, Irmgard Kompowski ne serait sûrement pas allée voir le film *Le Jeune Hitlérien*. Son chef, le directeur de la coopérative de consommateurs où elle était vendeuse, l'avait invitée ainsi que toutes ses collègues. Aussi, n'avait-elle ni voulu ni pu s'y soustraire. Elle trouvait plus intelligent de cacher ses véritables opinions politiques plutôt que de les brandir comme un drapeau. C'est ainsi qu'elle était installée dans un fauteuil du Ciné Palace du Vieux-Marché.

C'était la première projection solennelle du film dans la ville. Une fanfare de la Jeunesse hitlérienne jouait sur la scène décorée de fleurs et de drapeaux à croix gammée. Un des jeunes déclama des vers héroïques. Un orateur salua les nombreux bonzes du Parti présents. Adolf Hähnlein et sa femme en faisaient partie. Ils étaient assis dans la rangée réservée aux chefs de groupes locaux.

Deux rangs en avant d'Irmgard, un homme au profil aigu se retourna pendant les festivités. Elle le reconnut immédiatement et lui aussi. C'était Arnold Schmitz. Elle lui adressa un salut aimable. Il avait l'air de mauvaise humeur et se détourna brusquement. Elle savait pourquoi. Il ne pouvait pas oublier qu'elle l'avait dérangé au moment décisif de sa rencontre avec Sara Katz. Il ferait une encore plus sale tête, songea-t-elle, lorsqu'il apprendrait qu'elle l'avait photographié en secret pendant qu'il attaquait la belle voisine juive.

Les lumières s'éteignirent et le film commença. C'était l'histoire mélodramatique du fils de prolétaire Heini Völker, de la banlieue la plus rouge de Berlin. Son père, sous les traits du célèbre acteur Heinrich George voulait le faire entrer dans les Jeunesses communistes. Mais Heini préférait s'inscrire à la Hitlerjugend. Il y devenait le jeune hitlérien « Quex ». Ayant éventé une attaque communiste, il était pourchassé et poignardé par les rouges. On le voyait en gros plan gisant sur le pavé. Le sang inondait sa chemise brune. Pendant qu'il mourait, il entendait ses camarades chanter alors qu'il perdait conscience : « Notre drapeau flotte devant nous. Nous marchons pour Hitler dans la nuit et l'adversité, avec le drapeau de la jeunesse pour le pain et la liberté. »

Le film se terminait en musique sur le dernier vers de l'hymne : « Oui, le drapeau est plus que la mort. » Typique saloperie de propagande, songea Irmgard quand les lumières se rallumèrent. « Le drapeau est plus que la mort. » Quelle philosophie débile, même dangereuse ! Cela servait à enlever aux jeunes tout respect de la vie, à commencer par la leur. Elle se leva, redressa le béret de velours qu'elle avait acheté le matin même pour deux marks cinquante chez Althoff et se mêla au flot des spectateurs qui se dirigeaient lentement vers la sortie.

Dans le hall du cinéma, elle aperçut, dans la foule qui se dispersait lentement, Arnold Schmitz. Seul, debout dans un coin, il allumait une cigarette. Elle rassembla tout son courage et alla vers lui.

— Bonjour, monsieur Schmitz, je suppose que le film vous a plu ?

Il lui lança un regard sombre et ne répondit pas.

— Chez moi, j'ai un film encore plus beau, reprit-elle d'une voix plus basse, sans Heinrich George, bien sûr. Mais, par contre, vous y jouez le rôle principal.

Un pli vertical se forma au-dessus du nez de Schmitz.

— Qu'est-ce que c'est que cette histoire de film ?

— Disons plutôt que ce sont des photos. Avec des scènes intéressantes, des scènes qui vont certainement vous intéresser... Et pas seulement vous, j'en suis certaine... Je rentre à la maison. Je vous attends dans une demi-heure. Ce ne serait pas malin de ne pas venir...

Il resta sur place, l'air méditatif. Elle quitta le Ciné Palace. Dans la rue, elle prit congé de son chef et de ses collègues avant de s'engager sur le chemin du retour.

Elle venait de nourrir les pigeons et se préparait une tasse de thé lorsque la sonnette retentit. Arnold Schmitz était là. Elle le conduisit dans la cuisine et lui offrit de prendre place sur le sofa.

— Asseyez-vous, je vous en prie.

Il atterrit sur le ressort cassé qui avait percé le tissu et glissa sur le côté. Il essayait de paraître calme et détendu, mais ne pouvait complètement cacher sa nervosité.

— Alors, dit-il, qu'avez-vous à me montrer ?

Irmgard Kompowski ouvrit le buffet de cuisine et y prit l'enveloppe jaune. Elle l'ouvrit et étala sur la table de cuisine, les photographies devant son visiteur.

Dès le premier regard sur les photos, le rouge monta au visage de Schmitz. Il se reconnut avec Sara Katz — en train de l'embrasser passionnément — en train de lui arracher sa robe.

Arnold-les-bottes réagit différemment de ce qu'Irmgard avait imaginé. Il ne sauta pas en l'air. Il ne cria pas. Il resta assis, les épaules remontées et se tut pendant un long moment.

— C'est une infamie, dit-il enfin d'une voix contenue, une saloperie !... m'avoir photographié en secret...

— Une infamie ? Une saloperie ? Vous m'avez pourtant photographiée avec Ulrich Reimer et la caisse de la mitrailleuse !

— Ce n'est pas la même chose, dit-il. Vous avez monté un piège et vous m'y avez attiré, comme un foutu débutant !

Il se leva, quitta la cuisine, traversa le couloir et entra dans la chambre qui jouxtait sa mansarde. Il n'eut pas à chercher longtemps. Une photo de famille était accrochée au mur où l'on voyait encore la trace du trou par lequel Irmgard avait pris les photos. Le trou était provisoirement bouché avec du mastic à bois.

Irmgard l'avait suivi, elle vit le visage osseux grimacer de fureur.

— Qui loge ici ? demanda-t-il sèchement. Est-ce la chambre de cette pédale de Dodo ?

— Dodo n'est pas un pédéraste, dit-elle, c'est un travesti. Un être pitoyable qui rêve d'être une femme. Sa chambre est à côté. Vous la reconnaîtrez au grand miroir dont il a besoin pour être heureux. Ici, c'est la chambre de mon père. Il y habitait. Jusqu'à ce que vos gens l'emmènent.

Il sentit la haine dans sa voix. Son joli visage était maintenant rigide comme un masque.

Le sien se durcit également.

— Mme Katz est-elle au courant ? demanda-t-il d'un ton rogue.

— Non, dit-elle, j'ai agi de ma propre initiative. Je savais, bien sûr, à quel moment elle allait venir chez vous. Alors, j'ai pu faire mes préparatifs en toute tranquillité.

Elle fit une pause et reprit :

— Mais je pense que je vais le lui dire.

Il était toujours debout devant le mur qu'Irmgard avait préparé pour devenir le témoin de l'événement qui pouvait avoir pour lui des conséquences extrêmement fâcheuses. Il se tourna lentement vers la jeune femme.

— Qu'est-ce que vous espérez de ces photos ? dit-il. Me faire chanter ? Vous vous trompez d'adresse. On ne fait pas chanter un Schmitz !

Irmgard vint à côté de lui et raccrocha la photo de famille qu'il avait enlevée et qui la montrait avec sa sœur Hilde encore enfant en train de nourrir les cygnes du parc municipal.

— Ce ne sont que des mots, dit-elle tranquillement. Assurément, vous êtes un homme fort. Vous torturez les autres et vous pouvez vous-même supporter beaucoup de choses. Mais vous savez parfaitement ce qui vous arrivera si ces photos tombent entre les mains de vos supérieurs, monsieur Schmitz.

Il se sentait prisonnier et cela se voyait. Il n'était pas difficile de deviner ce qui se passait dans son esprit. Les photos pouvaient devenir la pierre d'achoppement de sa petite carrière, péniblement construite, si elles surgissaient dans son service ou dans un autre. Que pouvait-on faire d'un homme de la Gestapo si peu capable de se contrôler sexuellement qu'il ne reculait pas devant la « souillure de race » avec une juive ?

— Il me faut les négatifs, dit-il d'une voix sourde. Votre prix ?

— L'affaire ne se présente pas comme ça, monsieur Schmitz, répliqua-t-elle. Elle se déroule autrement. Je ne lâche pas les négatifs. Vous le comprendrez si vous réfléchissez un peu. D'autre part, ils sont très bien cachés et ils seraient mis en circulation s'il m'arrivait quelque chose. Le prix devrait être calculé de façon que ces photos ne surgissent pas là où elles pourraient vous causer du tort.

— Dites votre prix !

Elle revint avec lui dans la cuisine. Il s'assit au bord du sofa tandis qu'elle s'appuyait au buffet de cuisine.

— Ce que j'exige de vous, c'est de l'aide, de l'aide pour mon père et moi et pour les familles Katz et Winschermann.

Il avala sa salive et sa pomme d'Adam remonta dans son cou.

— De l'aide pour vous, oui, dit-il, mais pour cette bande de youtres, il n'en est absolument pas question.

— Je ne vous comprends pas, répliqua-t-elle, vous voulez coucher avec Mme Katz, mais vous refusez de l'aider !

— Elle, oui. Mais pas toute la famille !

— Curieux, ce changement d'opinion, dit-elle. Lors de notre premier entretien au bord de la Ruhr, lorsque vous m'avez ouvert votre cœur, ce n'était pas la même chanson. Ne m'avez-vous pas dit que vous vouliez être un bon ami pour toute la famille Katz — donc pour M. Katz et les enfants ?

Il eut un geste de rejet.

— Tout ce qu'il faut raconter pour arriver au but ! Je voulais mettre la femme dans mon lit. C'est de ça qu'il s'agissait pour moi. Mais vous m'en avez empêché.

— Je vous ai empêché de violer Mme Katz, dit-elle d'une voix glaciale. Vous faites comme si vous aviez le choix. Mais vous ne l'avez plus.

Froidement et objectivement, elle lui exposa en détail ce qu'elle avait mis au point. Le plus important d'abord. Il devrait, dans la mesure du possible, à partir de sa situation subalterne, tout mettre en œuvre pour libérer son père du camp de concentration. Il devrait en outre s'abstenir de la poursuivre ainsi que son camarade Ulrich Reimer pour l'affaire de la mitrailleuse. Enfin elle lui rappela une fois de plus les habitants juifs de l'immeuble.

— Agissez simplement comme devrait le faire un de nos

bons amis, dit-elle, des gens qui vivent ensemble dans une même maison devraient se tenir les coudes, n'est-ce pas ?

Arnold Schmitz ne répondit pas. Il déchira les photos avant de s'en aller. Mais il savait parfaitement qu'il n'obtiendrait rien ainsi. Avec les négatifs, Irmgard Kompowski pouvait en inonder toute la ville. Une idée qui le poursuivit comme un sombre cauchemar dans ses nuits agitées.

4

La rue ne s'était pas encore très bien habituée à son nouveau nom. Certes, les plaques émaillées aux façades des coins de rue portaient le nom d'Adolf-Hitler-strasse. Mais, comme quelquefois il n'y avait ni fête ni défilé pour l'animer, la rue retombait étonnamment vite dans son passé bourgeois. Elle redevenait l'ancienne Welser-strasse avec ses balcons, ses ornements de stuc, sa nonchalance et sa tranquillité. Les gens qui habitaient là savaient que c'était seulement passager et que les temps idylliques ne reviendraient pas.

A la fin de septembre 1933, un nouveau bruit résonna soudain : le cliquetis de tirelires de quêteurs.

Des jeunes filles et des jeunes gens en uniforme allaient de maison en maison avec de longues listes à la main. Ils sonnaient à toutes les portes, visitaient chaque famille. Le stammführer Karl Hähnlein agitait lui aussi sa tirelire. Il s'était chargé des immeubles du côté pair de la rue.

Au numéro 6, il sonna au deuxième étage. Vera Ahrens vint ouvrir. En la voyant, il se sentit bouleversé. Ses cheveux roux étaient répandus librement en longues mèches flamboyantes sur ses épaules. Elle portait un peignoir blanc transparent qui laissait voir plus de choses qu'il n'en cachait. Elle n'avait pas de bas et, à travers les courroies de ses sandales, Karl vit que les ongles de ses orteils étaient passés au vernis rouge.

— Eh bien, monsieur Hähnlein, quel bon vent vous amène ? demanda-t-elle avec intérêt.

Sa voix était légèrement enrouée. Elle avait tout de suite reconnu le fils des voisins du 14.

— Je quête, dit-il, un peu raide et gêné.

Il ne savait pas s'il pouvait regarder cette femme aussi légèrement vêtue. Un parfum de lilas lui montait aux narines.

— Je quête aussi, dit-elle moqueuse.

Ses lèvres rouges s'ourlèrent d'un sourire.

— Je collectionne les hommes ! Entrez donc, je vous prie.

Elle le précéda en balançant les hanches dans un petit salon confortablement meublé. Il y régnait un certain désordre. Des vêtements gisaient çà et là. Le cendrier sur le guéridon au centre de la pièce débordait. Près d'un fauteuil, une bouteille de cognac à demi vide était posée sur le plancher.

Elle s'assit sur une large chaise longue et le laissa debout avec sa tirelire.

— Pour quoi quêtez-vous donc, monsieur Hähnlein ? demanda-t-elle.

— Pour le Secours d'hiver.

— Qu'est-ce que c'est que ça ?

— Une organisation du Führer. Tous les citoyens riches ou pauvres mangent, le dimanche, un repas d'un seul plat. Il ne doit pas coûter plus de cinquante pfennigs. La différence avec la somme que coûte habituellement un repas du dimanche est donnée au Secours d'hiver.

— Et qu'est-ce que le Secours d'hiver en fait ?

— Il donne l'argent aux nécessiteux.

— Hein ?

Vera Ahrens alluma une cigarette, s'appuya en arrière.

— Et qu'est-ce que cette liste que vous avez à la main ? Puis-je la voir ?

Il s'approcha de la chaise longue.

— On inscrit les donateurs, dit-il.

— Asseyez-vous gentiment près de moi, monsieur Hähnlein. Je ne mords pas.

Elle eut un petit rire de gorge et ajouta :

— En tout cas, pas fort !

Karl Hähnlein hésita.

— Je n'ai pas beaucoup de temps, mademoiselle Ahrens. Il faut que je quête. Dans deux heures, les tirelires doivent être rendues. Je suis stammführer et je ne veux pas déchoir devant mes garçons. Il faut que la boîte soit pleine.

Elle examinait le jeune homme, raide dans son uniforme. Il lui plaisait comme lui plaisaient les jeunes gens. Beaucoup plus que les types saouls et empoisonnants de l'« Harmonie Bar » où elle travaillait la nuit derrière le comptoir. Des types qui lui racontaient leur histoire, généralement mensongère, de mariage malheureux et qui voulaient, au petit matin, l'accompagner chez elle. Elle était plus faite pour les jeunes gens pas encore usés auxquels elle pouvait, au lit, apprendre quelque chose.

Hähnlein, cela ne pouvait lui échapper, était fasciné par ses seins. Deux demi-sphères rebondies dont elle était fière. Ils ondulèrent sous l'étoffe transparente lorsqu'elle se leva. Comme par hasard, elle fit glisser une des épaulettes de son déshabillé.

— Combien peut-on mettre dans la boîte ? demanda-t-elle.

— Je n'en sais rien, pourquoi ? dit-il en haussant les épaules.

— Je vais te la remplir et tu resteras encore un peu près de moi. D'accord ?

Elle lui caressa la joue lorsqu'il voulut protester, alla jusqu'à une armoire et y prit une cassette.

— Viens, dit-elle, donne-moi ta tirelire.

Il lui passa la boîte qu'elle remplit de monnaie et de billets.

— C'est pour le Secours d'hiver, dit-elle.

Puis elle posa la tirelire sur la table, le saisit par sa cravate d'uniforme et l'attira tout près d'elle. Elle se pressa fermement contre son corps mince et nerveux et lui fit toucher ses seins et ses hanches.

— Et ça, c'est pour toi, souffla-t-elle en l'embrassant.

Karl Hähnlein se laissa faire. Il n'avait guère d'expérience avec les femmes. Erika Gottwald, son amie, deux monitrices de la Ligue des jeunes filles allemandes et une jolie vendeuse d'une papeterie de la Steingasse avaient été ses seules conquêtes. Chaque fois, c'était lui qui avait pris l'initiative. Qu'une femme se chargeât de la part la plus active était une nouveauté pour lui. C'était agréable de sentir ses lèvres douces.

Elle le lâcha, pêcha la bouteille de cognac sur le plancher, remplit deux verres et lui en tendit un.

— Bois un coup avec moi, dit-elle.

Un peu raide, il porta le verre à sa bouche. D'une seule gorgée, il en avala le contenu. Le cognac lui brûla la gorge et la poitrine. Lorsqu'elle remplit le verre à nouveau, il lui dit doucement :

— Il faut que je m'en aille, maintenant, mademoiselle Ahrens.

Elle se glissa tout près de lui. Le parfum de lilas l'affola ainsi que la peau nue sous le peignoir, les seins dressés avec les aréoles sombres des tétins. Il vit tout cela et son pouls battit plus vite.

Il essaya de faire demi-tour, n'y parvint pas. La peur le poussait à fuir, mais le désir le retenait.

Vera Ahrens vit ses sentiments contradictoires. Elle délaça les épaulettes de son déshabillé et le fit glisser. Elle se dégagea du tissu qui tomba à terre. Elle était debout devant lui, nue, excitante dans sa maturité.

— Viens ! dit-elle.

Elle le prit par la main, l'attira sur la chaise longue. Il suivit le mouvement. Incapable de résister, il la laissa le déshabiller. Il était content de ne pas avoir mis ses bottes, mais un pantalon avec des chaussures basses. Nu, il se colla contre elle.

Il sentait les mains de la femme, sa bouche partout sur son corps. Elle l'entraîna dans un tumulte de chaleur et de passion comme il n'en avait jamais connu. Vera Ahrens était un professeur doué et il apprenait vite. S'il l'avait pu, il serait resté toute la nuit près d'elle. Mais il fallait rendre la tirelire. Elle vit son inquiétude et le laissa se lever.

— Reviens quand tu en auras envie, dit-elle. Moi j'ai toujours envie, ajouta-t-elle, et son rire roucoulant résonna de nouveau.

Il avait les jambes un peu molles lorsqu'il arriva dans la rue. Vera Ahrens, nue derrière la fenêtre de son appartement du deuxième étage, lui adressa un signe d'au revoir. Gêné, il en fit autant.

Au même instant, Oswald Gottwald sortait de la cour de sa boulangerie dont le portail se dressait en face du numéro 6. Il vit ce qui se passait.

La femme nue à la fenêtre qui adressait à Karl Hähnlein un geste familier alors qu'il quittait l'immeuble, et lui qui répondait. Il en savait assez. Cela apportait de l'eau à son moulin. Il résolut d'interdire une fois pour toutes à sa fille de fréquenter ce raté en uniforme, ce voyou qui jouait les coqs de village et qui s'acoquinait avec une fille de bar.

5

L'article de la « une » de la locale de l'*Allgemeine Anzeiger* n'était pas facile à rédiger. C'était le compte rendu d'un procès criminel concernant une bagarre où un étudiant avait été poignardé par un ouvrier communiste.

Le docteur Moses Winschermann plissait le front en parcourant le manuscrit. Le chroniqueur judiciaire avait, dans son compte rendu, nommé en trois endroits l'accusé : « l'assassin communiste ». Cela correspondait certes aux règles du langage national-socialiste, mais n'avait rien à voir avec du journalisme correct. Pour Winschermann, un accusé n'était pas coupable aussi longtemps qu'un tribunal ne l'avait pas déclaré pour tel et condamné. Il raya donc le mot « assassin » et le remplaça par

« coupable présumé ». Il raya aussi en deux endroits des allusions au passé politique de l'homme. Comme il était déjà très tard et que le coursier se faisait attendre, il porta lui-même le manuscrit, le dernier de la page locale, à la composition. Elle se trouvait un étage plus bas, dans une autre partie du bâtiment de l'imprimerie.

Les linotypes cliquetaient. Elles crachaient des lignes de plomb chaud qui avaient l'air de monnaies fraîchement frappées, claires et brillantes. Les typographes les emportaient aux tables de composition pour les assembler en colonnes et les mettre au marbre pour la mise en pages.

Moses Winschermann connaissait depuis douze ans les derniers préparatifs de la naissance d'un journal. Tout ce temps, il avait travaillé comme rédacteur à l'*Allgemeine Anzeiger*. Il pouvait se faire une idée de l'édition du matin d'après les pages d'actualités déjà terminées et il était certain que ce serait une bonne édition. Malgré toutes les interférences politiques qui compliquaient de plus en plus le travail des journalistes, il avait, cette fois encore, insufflé un peu de lui-même au journal.

Il posa le manuscrit dans la corbeille, à l'entrée de la composition. Bruno Mahlmann, le chef du service, arriva en traînant les pieds. Depuis l'interdiction du journal pendant une semaine, il surveillait encore plus strictement que d'habitude chaque phase de l'impression. Une catastrophe comme celle de l'interversion des photos ne devait surtout pas se renouveler. Après l'interdiction, Mahlmann était entré à la NSDAP pour être, à l'avenir, « du bon côté de la barricade » afin de se protéger, lui et sa famille. Franz Dellmann, l'ouvrier de la rotative auquel on avait arraché à force de coups l'aveu d'avoir intentionnellement échangé les clichés pour ridiculiser les SA, avait sûrement été envoyé dans un des nouveaux camps de concentration. Bruno Mahlmann ne voulait pas courir le même danger.

Il regarda le rédacteur de la locale avec stupéfaction.

— Vous êtes encore là, monsieur Winschermann ?

— J'y suis tous les soirs à cette heure-ci, dit Winschermann. Qu'est-ce qui vous surprend ?

— Eh bien, vous ne savez donc pas...

Le chef de la composition s'interrompit, hésita :

— Quoi donc ?

— Vous êtes congédié.

Winschermann crut avoir mal entendu.

— Moi ? Congédié ?

— Oui, c'est écrit au tableau noir !

Winschermann resta pétrifié sur place. Une chape de glace s'abattit sur lui.

— Qu'est-ce qu'il y a sur le tableau? dit-il d'une voix blanche.

— Eh bien, dit Mahlmann avec une sensation désagréable au creux de l'estomac, que vous quittez la rédaction. A cause de la nouvelle loi sur les journalistes. Parce que vous êtes juif.

Le rédacteur de la locale ne comprenait toujours pas. Au cours de toutes ces années passées à l'*Allgemeine Anzeiger,* il n'avait que deux ou trois fois jeté un coup d'œil sur le tableau noir accroché dans l'antichambre de la rédaction. Ce que l'on y inscrivait ne l'avait jamais intéressé ni concerné. Il avait toujours été informé des questions importantes directement par l'éditeur ou par le directeur du journal. Si ce que Mahlmann disait était exact, il s'agissait bien d'un affront : apprendre son éviction par le tableau noir.

— Bon, dit-il laconiquement, c'est écrit sur le tableau noir. Il se força à sourire.

— Un journaliste devrait découvrir les nouvelles, mais pas en être une lui-même. Comme vous le voyez, Mahlmann, on ne sait pas toujours tout faire. Je suis désormais une nouvelle. Au revoir !

Il fit lentement demi-tour. Avec le cliquetis monotone des linotypes dans les oreilles, il quitta la composition. Les derniers gestes pour l'édition du lendemain s'accompliraient aujourd'hui sans lui. A l'avenir, le journal se ferait sans lui. Un fait qu'il essayait de nier parce qu'il mettait en question toute sa vie et tout son avenir.

Dans l'escalier, il rencontra le second rédacteur local, Weber. Celui-ci inclina la tête avec gêne en passant devant lui pour se rendre à la composition. C'était un jeune homme ambitieux, pas un juif. Probablement, son successeur comme chef de la locale.

Dans l'antichambre de la rédaction, Mlle Haaringer, la secrétaire, courut à lui.

— Monsieur, le major veut vous parler, dit-elle, mal à l'aise.

Tout le monde avait soudain l'air gêné dans la maison. Il y régnait une atmosphère lourde, comme après un décès.

Le major Runge fit le tour de son bureau pour venir à lui lorsque, après avoir brièvement frappé à la porte, Winschermann entra dans le bureau du rédacteur en chef.

— J'arrive tout juste d'un entretien avec le gauleiter, docteur, dit-il avec sa façon toute militaire de hacher ses phrases.

Il offrit à Moses un des confortables fauteuils du coin réservé aux visiteurs.

— Mauvaise nouvelle pour vous, malheureusement, soupira-t-il.

— Je sais, dit Winschermann. C'est déjà sur le tableau noir. Je l'ai appris à la composition.

— Suis désolé, docteur. S'est passé à mon insu. Pénible. Devrait pas arriver. Le Parti l'a voulu. Mais il fallait s'y attendre après que Berlin eut promulgué la nouvelle loi, le 4 octobre.

Runge prit une feuille de papier sur une étagère, coinça son monocle devant son œil.

— Vous connaissez le texte. Deuxième partie, paragraphe 5. Ne peuvent être rédacteurs en chef que les personnes d'origine aryenne et qui ne sont pas mariées avec des personnes d'origine non aryenne. Ça vous concerne, malheureuement, docteur. Vous n'êtes pas aryen.

— D'après le paragraphe 9, des exceptions sont autorisées. J'avais fermement compté là-dessus, monsieur Runge.

— Moi aussi, mon cher collègue. Moi aussi. Avec vos mérites !

Runge fit le tour de son bureau et s'assit. Il enleva son monocle et regarda tristement le rédacteur de la locale.

— J'ai parlé au gauleiter à votre sujet. Sans résultat. Ils ne tolèrent plus aucun collègue juif dans les rédactions. Ancien combattant ou non. L'Union de la presse allemande ne vous inscrira pas sur la liste professionnelle. Ordre du ministère de la Propagande.

Runge leva les mains dans un geste d'impuissance. Il se tut un instant et reprit lentement.

— Dans ces circonstances, M. Guddlat n'avait pas d'autre choix que de vous licencier. Je dois vous le dire sur ses instructions. Vos appointements vous seront versés pendant six mois encore.

Runge se tut une nouvelle fois avant de continuer :

— Inutile de vous dire que je regrette, mon cher collègue, je regrette profondément.

Moses Winschermann se leva.

— On anéantit donc mon existence, uniquement parce que je ne suis pas aryen, dit-il avec amertume. Mais, par contre, un aryen peut être rédacteur en chef, même s'il est un médiocre journaliste.

— C'est ainsi, docteur. La haine est mauvaise conseillère. Hitler hait les juifs.

— Et de quoi vivrai-je dans six mois? Je n'ai rien appris d'autre que cette profession, que j'aime. Et, de plus, ma femme attend un enfant.

— Il y a encore un petit espoir, dit Runge. Les motifs du refus de votre inscription sur la liste professionnelle vous seront donnés par écrit. Pendant quatre semaines à dater de la réception des motifs, vous pouvez faire appel devant le tribunal administratif.

— C'est sans espoir, répondit Winschermann, les juges administratifs sont tous membres du Parti. Comme juif, je n'ai aucune chance...

— Vous pourriez bien avoir raison sur ce point. Tenez bon, comme nous l'avons fait pendant la guerre : planquez-vous quand les canons tonnent.

— Au front, nous avions des tranchées.

— Nous les avions creusées, docteur. Vous devez vous en creuser une et rentrer la tête dans les épaules jusqu'à ce que la fumée de la poudre ait disparu. Peut-être pourrai-je vous aider à le faire.

Moses Winschermann regarda le rédacteur en chef d'un œil interrogateur.

— Comment?

— Vous ne pouvez plus être rédacteur, mais la nouvelle loi ne concerne pas les collaborateurs extérieurs. Je vais essayer de vous employer en free-lance, vous serez payé pour chaque article.

Runge se pencha en avant et ajouta :

— Naturellement, il serait indiqué de ne pas écrire sous votre nom mais de prendre un pseudonyme. Comprenez-vous?

— Peut-être Moses Goebbels ou Adolf Winschermann, dit le journaliste avec une ironie chargée de bile.

— Comprends votre état d'esprit, dit Runge. Vous devez savoir que votre destin ne m'est pas indifférent. Peux pas laisser tomber un vieux camarade. Réfléchissez à ma proposition.

Winschermann acquiesça de la tête.

— Pourquoi l'éditeur ne m'a-t-il pas annoncé lui-même mon licenciement?

— Appelé à Berlin. Pour un cours d'instruction politique. S'est fait inscrire au Parti.

— Pas possible! Lui, un archi-conservateur?

Runge haussa les épaules.

— C'est ce qu'on lui a fait comprendre. Que pouvait-il faire d'autre? Il faut bien qu'il hurle avec les loups s'il veut sauver le journal.

Moses Winschermann se leva. Pendant un moment, il eut l'air agacé. Sous ses pieds, il sentit un léger frémissement. Les rotatives commençaient à tourner dans la cave. Elles sortaient la nouvelle édition de l'*Allgemeine Anzeiger.* L'édition générale était en cours d'impression avec la chronique du jour. Un jour avec lequel, pour Winschermann, bien des choses allaient prendre fin.

Runge vit que Winschermann avait envie de partir. Il se leva, s'approcha de lui et posa une main sur l'épaule du journaliste.

— Vais pas vous faire de discours, dit-il. Merci pour tout ce que vous avez fait pour le journal, docteur. Vous allez me manquer ainsi qu'aux collègues. Venez me voir quand vous aurez digéré le premier choc. Bonne chance ! Au revoir, cher collègue.

— Au revoir, monsieur Runge.

Le ronflement au sous-sol avait grandi tandis que Moses traversait le vestibule pour se rendre à la rédaction de la locale. Il entra dans son bureau. La guerre venait de prendre fin lorsqu'il avait pris en main la rédaction de la locale. C'était une époque difficile. L'économie était au plus bas. L'armée des chômeurs grandissait de jour en jour et l'espoir de voir les choses s'améliorer se mourait chaque jour un peu plus. Il ne lui avait pas toujours été facile de trouver dans les nouvelles locales celles qui pouvaient éclairer tant soit peu cette sombre époque. Pâles lumières qui moururent lorsque l'éclat violent des retraites aux flambeaux aveugla tous les autres. La rédaction locale prise dans l'étau de la censure. Et maintenant, c'est à lui que s'attaquait la main brune.

Winschermann vida son bureau. Il mit ses objets personnels dans sa serviette : une vieille montre de gousset, un stylo et une photo de sa femme Karin dans un cadre d'argent.

Il caressa une dernière fois le plateau de cuir usé du bureau et le noir métal froid de la vieille machine à écrire sur laquelle il avait écrit tant d'articles et de commentaires passionnés. Une vieille et patiente maîtresse à laquelle il avait confié beaucoup de ses pensées, de ses expériences et de ses espoirs. Puis il prit son manteau et son chapeau. Comme d'habitude, il éteignit la lumière, avant de refermer derrière lui la porte de la rédaction, pour la dernière fois.

Le concierge le salua aimablement lorsqu'il quitta l'imprimerie. Il traversa la cour où les voitures de livraison du journal étaient garées près de la rampe de chargement et gagna la rue.

Il se dirigea lentement vers sa maison, sans se retourner.

6

A la fin d'octobre, un petit homme décharné qui tenait un carton à la main s'engagea, venant du remblai du chemin de fer, dans l'Adolf-Hitler-strasse.

Il faisait nuit noire. Les façades des maisons paraissaient reculer dans cette obscurité impénétrable. On ne pouvait que les deviner. L'homme, qui avait une mauvaise vue, avançait à tâtons le long des murs.

A peu près à la hauteur du numéro 12, une lampe de poche s'alluma soudain. Le faisceau de lumière se posa sur le carton, puis sur l'homme.

— Qui est-ce qui traîne par ici ? grogna une voix masculine.

L'homme à la lampe s'avança vers lui, l'éclaira en plein visage et dit, étonné :

— Ah, c'est M. Kompowski... Vous voilà de retour ?

La voix était celle du boucher Anton Bockmeier.

— Comme vous le voyez, dit Kalla Kompowski. Pourquoi n'y a-t-il pas de lumière dans la rue. Panne de secteur ?

— Non, exercice de défense passive, dit Bockmeier avec importance. Je dois vérifier les immeubles. Depuis vingt-trois heures, aucune lumière ne doit filtrer des fenêtres.

— Tiens ! Et pourquoi donc ?

— Pour que des escadrilles d'avions ennemis ne puissent pas se repérer.

— Des avions ennemis ? Comment ça ? Il y a la guerre ?

— Bien sûr que non, monsieur Kompowski. C'est seulement une répétition en cas d'alerte aérienne. Nous autres Allemands, nous n'avons pas le droit d'avoir des avions militaires. Ni de canons de DCA. Alors, nous devons nous protéger passivement. En une heure, des avions ennemis pourraient être au-dessus de la ville. Nous devons nous préparer.

Bockmeier éclaira la route jusqu'au 14 et Kalla suivit le faisceau blanc qui dansait devant lui.

— Vous allez rester ici, maintenant ? demanda le boucher, curieux.

— Je l'espère...

Dans l'escalier obscur, Kalla Kompowski rencontra une silhouette avec une bougie allumée. C'était Sara Katz qui remontait de la cave avec un panier de pommes de terre.

Lorsqu'elle le reconnut, elle posa son panier et lui serra joyeusement la main.

— Dieu merci, vous voilà de retour, monsieur Kompowski, dit-elle.

Elle se sentit soulagée, débarrassée d'un fardeau. C'était peut-être grâce aux photos qu'il était de retour.

— Ce sont vos filles qui vont être heureuses !

Kompowski hocha la tête. Il ne parlait guère. Sara Katz ne l'avait jamais connu aussi taciturne. Elle l'éclaira avec sa bougie jusqu'à son appartement et s'en alla.

Il sonna. Hilde vint lui ouvrir. Sanglotante, elle se jeta au cou de son père, le serra dans ses bras, l'embrassa. Lorsqu'elle l'eut lâché et qu'elle le regarda de plus près, elle fut effrayée. Il était d'une maigreur squelettique. Son visage était gris et tiré. Ses yeux profondément enfoncés dans leurs orbites paraissaient anormalement grands. Il posa son carton sur le sol de la cuisine avant de s'asseoir avec lassitude sur le vieux canapé grinçant. Il resta silencieux un moment. Hilde lui fit des œufs à la poêle et mit de l'eau à chauffer pour le thé.

— Où est Irmgard ? demanda-t-il enfin.

— Rolf Fehrenbach est venu la chercher. Elle doit aller voir avec lui comment c'est à la Ligue des jeunes filles allemandes.

— Elle veut y entrer ?

— Non. Rolf a réussi à la convaincre d'y aller avec lui. Elle veut voir ce qui s'y passe. Deux de mes compagnes de classe sont déjà à la BDM.

Kalla Kompowski secoua la tête avec surprise.

— Qu'est-ce que ce Fehrenbach lui veut encore ? Je pensais qu'il ne voulait pas d'un beau-père « rouge » ni d'une fiancée « socialo ».

Hilde haussa les épaules.

— Il aime Irmgard et il essaie de l'attirer de son côté.

Pendant longtemps, il ne dit plus rien. Il regardait autour de lui dans la petite cuisine, s'étonnant de voir le portrait d'Hitler à la place de la photo de ses filles en train de nourrir les cygnes. A sa question, Hilde répondit qu'Irmgard l'avait suspendu là, non pas à cause de Fehrenbach, mais seulement comme camouflage. Il y avait aussi autre chose qui avait changé. Il lui fallut un peu de temps pour s'en apercevoir. Puis il le sut, tout à coup.

— Les pigeons, dit-il, ils sont bien silencieux.

Hilde lui raconta le vol malheureux. Kompowski se contenta de hocher la tête d'un air triste. Curieux, songea sa fille, autrefois, en entendant une pareille nouvelle, il aurait couru au pigeonnier pour voir ses chéris. A part le hochement de tête, il n'avait eu aucune réaction. Il était tellement silencieux qu'elle en éprouva un malaise.

Kalla Kompowski mangea et but fort peu. Il venait de terminer son repas lorsque la porte de l'appartement s'ouvrit. La voix d'Irmgard et celle d'un homme résonnèrent dans le couloir.

— Les chansons qu'elles chantent ne me plaisent pas, disait Irmgard. Les textes sont d'une telle médiocrité et d'une telle banalité ! Et toutes ces filles qui se crêpent le chignon pour un fanion, tout ça est débile. Non, je ne peux pas prendre ces BDM au sérieux.

— Mais tu le devrais, Irmgard, disait la voix d'homme. Je ne voudrais pas qu'il t'arrive la même chose qu'à ton père.

— Ça, c'est mon affaire, Rolf.

Sur ces derniers mots, elle ouvrit la porte de la cuisine, aperçut son père, poussa un cri de joie et se précipita vers lui. D'un seul mouvement, elle se pencha sur lui et l'embrassa. Ils restèrent enlacés un long moment.

Il n'y eut pas un mot. La pendule continuait son tic-tac. Rolf Fehrenbach qui avait suivi Irmgard était debout, dans l'embrasure de la porte. Il portait son uniforme. Gêné, il faisait tourner sa casquette dans ses mains.

— Oh, papa, dit Irmgard, comme tu nous as manqué ! Que c'est bon de te voir là !

— Bonjour, monsieur Kompowski, dit Rolf Fehrenbach. Il ne dit pas « Heil Hitler » mais « bonjour » pour la première fois depuis longtemps. Cela se produisit tout à fait contre sa volonté. Peut-être, parce qu'en présence de cet homme qui avait si visiblement souffert sous Hitler, il ne pouvait lever le bras pour le salut allemand.

— 'jour Rolf, répondit Kompowski avec lassitude.

Le jeune homme sentit qu'il était de trop et prit congé. Après qu'il fut parti, Irmgard ne put retenir sa curiosité. Elle voulut connaître les circonstances de la libération de son père et se demanda si le jeu dangereux des photos avait été payant. Mais les déclarations de son père ne purent rien lui révéler de tel. Il avait été mis en liberté sans en connaître la raison. Il avait été le premier surpris d'avoir été soudain remis dans ses vêtements civils et renvoyé chez lui.

— Etait-ce très dur ? demanda Irmgard.

Il hocha la tête sans répondre.

— As-tu été battu ?

Il se leva, se tourna et releva sa chemise. Son dos était zébré de longues cicatrices et de marbrures bleues.

— Traitement spécial sur le chevalet de torture, dit-il. La plupart des « salauds » et des « cochons sauvages », c'est comme ça qu'on appelle les détenus, en ont autant.

Il ne donna pas d'autres détails sur sa captivité malgré l'insistance de ses deux filles. Il s'était engagé par écrit à ne rien révéler sur ce qu'il avait vécu au camp. Il devrait s'y conformer, sans quoi il serait arrêté à nouveau.

— D'ailleurs, dit-il, l'affaire est réglée. J'ai fait un trait dessus.

Au cours des jours suivants, il ne changea pas d'attitude. On ne pouvait lui tirer un mot. La plupart du temps, il s'installait, le visage inexpressif, sur le canapé, feuilletait de vieux journaux et le magazine des colombophiles. Il avait l'air brisé, vidé. Il ne sortait de sa torpeur que pour s'occuper de ses pigeons. Il ne voulait pas non plus revoir ses anciens camarades sociaux-démocrates comme Irmgard le lui proposait. Irmgard et Hilde étaient stupéfaites qu'en six mois un homme ait pu changer à un tel point. Mais elles n'avaient qu'une faible idée de ce qui lui était arrivé pendant ce laps de temps.

— Tu sais, papa, lui dit Irmgard un matin au petit déjeuner, notre voisin, le sous locataire des Hähnlein, est un homme de la Gestapo. Je l'ai appris par hasard. Nous devons donc nous méfier.

Toutefois, elle lui tut ce qu'elle avait fait avec l'aide de Sara Katz pour obtenir sa libération. Elle était contente d'avoir, avant le retour de son père, remis les meubles de sa chambre à leur place et que Dodo eût réintégré la sienne. Ainsi, son père ne lui poserait pas de questions et elle n'aurait pas à lui répondre.

— As-tu entendu, papa ? dit-elle comme il ne réagissait pas. Notre voisin fait partie de la police secrète d'Etat.

— Nous n'avons aucune chance contre eux, dit-il résigné. Ça n'a plus aucun sens de combattre, Irmgard. Nous devons nous rallier. Pour ma part, je ne souhaite plus qu'une chose : la tranquillité.

— La tranquillité d'un cimetière ?

Kompowski ne répondit pas. Il se leva.

— Je vais voir les pigeons, dit-il.

7

Les douleurs commencèrent le matin, vers quatre heures. Moses Winschermann fut tiré de son sommeil par un cri de sa femme. Karin se tordait de douleur à côté de lui dans le lit. Son corps se tendit.

— Ça commence, cria-t-elle. Je crois que c'est ça, Moses. Eveille Sara et appelle la sage-femme !

Moses bondit hors du lit. Avant même qu'il n'eût mis une robe de chambre, Sara se précipitait déjà dans la chambre à coucher. Elle avait entendu les cris de sa belle-sœur.

— L'enfant arrive, dit-elle après s'être penchée sur Karin et l'avoir palpée. Beaucoup trop tôt, mais il arrive !

Elle était d'autant plus au courant qu'elle avait mis deux enfants au monde.

Jamais Winschermann ne s'était habillé aussi vite. Il ne comprenait pas pourquoi la sage-femme n'avait pas le téléphone. Mais c'était le cas. Dieu merci, elle n'habitait que quelques maisons plus loin, dans l'Adolf-Hitler-strasse. Un vent glacial balayait la rue lorsqu'il sortit dans l'obscurité. Il courut jusqu'au 21, sur l'autre trottoir. Il sonna impatiemment au bouton marqué « M. Korthöfer ».

— La porte est ouverte, lui cria quelqu'un d'une fenêtre.

Il abaissa la clenche, gravit l'escalier quatre à quatre et arriva enfin au troisième étage. La porte de l'appartement était ouverte. Il entendit une voix de femme crier :

— Entrez, monsieur Winschermann. Je vous ai vu. Je suis prête dans un moment.

Deux minutes plus tard, une grande et robuste femme aux cheveux gris, âgée d'une soixantaine d'années, entra dans le vestibule. Ses cheveux en désordre montraient qu'elle avait été dérangée en plein sommeil et qu'elle ne les avait guère peignés.

— Je sais ce que c'est, dit-elle avant qu'il ait parlé. Quand un homme sonne chez moi en pleine nuit, c'est toujours pour sa femme. Mais la vôtre n'en est qu'à son septième mois.

— Les douleurs ont commencé, dit Winschermann en haussant les épaules.

Maria Korthöfer enfila un manteau sombre, mit un chapeau démodé et saisit une trousse posée sur un guéridon dans l'entrée. Elle fit passer Winschermann devant elle, ferma la porte et le suivit.

— Un accouchement prématuré est-il dangereux ? demanda Moses en se retournant à demi.

— Il ne devrait pas être plus dangereux qu'un accouchement normal, répondit la femme aux cheveux gris qui descendait l'escalier avec une surprenante agilité. Cela dépend des circonstances.

Dans la rue, elle voulut savoir si Karin avait eu des émotions fortes ces derniers temps. Il n'était pas rare qu'un choc provoque un accouchement prématuré. Oui, répondit Winschermann, son licenciement de l'*Allgemeine Anzeiger* avait été un choc pour sa femme. Après douze ans de service, on l'avait mis à la porte du jour au lendemain, sans égards pour ses mérites et pour le destin de sa famille. Simplement parce qu'il était juif. Sa femme en avait été très éprouvée. Elle avait pleuré des nuits entières. Elle était à bout de forces.

Ils arrivèrent au pas de course devant le 14 Adolf-Hitlerstrasse et, bientôt, Maria Korthöfer entrait dans la chambre où Karin gémissait de douleur.

La sage-femme ouvrit sa trousse, en sortit un stéthoscope et l'appliqua prudemment sur le corps de la jeune femme.

— Voyons un peu comment l'enfant se présente, dit-elle en se penchant pour écouter.

Entre-temps, Sara Katz avait apporté un broc d'eau chaude, des serviettes et du désinfectant. Elle pria son frère de quitter la chambre.

Jakob Katz et sa fille Selma s'étaient levés. Ils s'étaient habillés et buvaient du café, installés dans le salon. Moses Winschermann s'assit auprès d'eux. Il était très nerveux et inquiet. Une angoisse indéfinie s'était emparée de lui. Angoisse pour sa femme, pour son enfant. Il n'en éprouvait aucune pour lui-même. Il souffrait certes d'avoir été évincé du journal, mais il commençait à s'y faire. Il avait survécu à la guerre. Il s'accommoderait aussi de ne plus pouvoir travailler comme rédacteur. Il arriverait bien à tenir le coup d'une façon ou d'une autre. Il pourrait écrire des livres et, sous un pseudonyme, des articles pour le journal comme le lui avait proposé Runge. Une seule chose lui importait pour l'instant : que l'accouchement, même prématuré, se déroulât sans complications. Le juif vit pour les enfants. Ils sont le monde dans lequel son idéal doit s'accomplir. En dépit de sa situation difficile, un enfant l'enrichirait.

— Tu désires un fils, Moses ? dit son beau-frère, un petit Cohen ou un petit Lévi. Et si c'est une fille ?

— Je me réjouirai aussi si c'est une fille, Jakob, l'essentiel, c'est que l'enfant soit bien portant. Nous commanderons un garçon plus tard, dit Winschermann en essayant de sourire.

— C'est bien de ne pas perdre ton humour, dit Jakob Katz. Je ne sais pas si j'aurais surmonté un coup pareil. Karin a été durement touchée.

— Oui, elle ne comprend pas ce qui s'est passé. Nous ne le comprenons pas non plus.

Jakob Katz hocha la tête.

— Cet Hitler ne veut pas admettre que nous nous sentons d'abord allemands et, accessoirement, juifs. Que l'Allemagne est notre patrie, pas la Palestine. Il faudrait que quelqu'un le lui fasse comprendre. Mais laissons ça, conclut-il, en voyant Selma qui faisait une triste figure.

Cela dura plus d'une heure. Tendus, ils attendaient tous trois dans le salon le premier cri du nouveau citoyen du monde. Murmurant une prière, Winschermann fixait l'endroit du mur du salon qui n'était pas peint, ce symbole de la destruction du temple de Jérusalem. Selon une vieille tradition juive que Winschermann avait héritée de son grand-père originaire d'Europe de l'Est, la famille gardait ainsi en mémoire l'imperfection de l'existence humaine.

Lorsque la porte de la chambre à coucher s'ouvrit enfin, Sara apparut, très pâle. Elle se dirigea en vacillant vers Moses Winschermann.

— L'enfant, dit-elle d'une voix blanche, l'enfant est mort.

— Dieu du Ciel ! murmura Jakob Katz, effondré.

Moses se leva lentement et s'accrocha au dossier de sa chaise.

— Et Karin ? demanda-t-il.

— Elle va assez bien, dit Sara. Attends encore un moment et tu pourras aller auprès d'elle.

Lorsque Winschermann entra dans la chambre, Karin était en larmes. Elle serrait encore l'enfant mort sur sa poitrine.

— Tu as été courageuse, Karin, dit Moses.

Il s'assit au bord du lit et caressa ses cheveux courts, trempés de sueur. Il posa également sa main sur l'enfant mort.

— Il se présentait mal, dit la sage-femme en haussant les épaules. Il s'est étouffé dans le ventre de sa mère.

Moses Winschermann entendit sa voix comme si elle venait de très loin. Il ferma les yeux et se sentit infiniment proche de sa femme. Sa main glissa de ses cheveux à son visage et suivit le tracé des larmes.

8

Depuis son retour du camp de concentration, Kalla Kompowski était taciturne et renfermé. C'était un homme complètement changé. Moses Winschermann avait perdu son emploi au journal et sa femme avait accouché d'un enfant mort-né. Le magasin d'épicerie fine de Jakob Katz marchait de plus en plus mal et il lui fallait déjà puiser dans ses économies. Wolfgang Hähnlein et Selma Katz devaient se rencontrer en secret pour échapper à la colère du père et du frère de Wolfgang, et aux remarques désobligeantes des gens. Dodo, le travesti, était de plus en plus souvent rossé par les SA ou les Jeunesses hitlériennes quand il se faisait prendre dans ses vêtements de femme.

Ces événements agissaient comme une inquiétante ombre noire qui s'étendait sur l'immeuble du 14 Adolf-Hitler-strasse et le paralysait. Du 30 janvier à la fin de l'automne 1933, l'existence des habitants avait été changée du tout au tout. Ils avaient perdu beaucoup de leur insouciance et de leur joie de vivre — à part l'ortsgruppenleiter et son fils aîné qui montraient de plus en plus d'enthousiasme. Bien entendu, il y avait pour les autres habitants des jours et des semaines où ils ne pensaient pas aux changements que le « nouvel ordre » avait apportés. Par exemple, le ménage Wendehals était allé, comme chaque année, au bord de la mer du Nord. Hilde Kompowski avait fait une excursion dans la forêt de Teutoburg avec son école. Le dimanche, on allait au Ciné Palace sur la place du Vieux-Marché, on y voyait les vedettes favorites, Willy Forst et Hans Albers ou Brigitte Horney. En famille, on jouait, comme toujours, aux échecs ou aux cartes. Les enfants collaient avec enthousiasme des vignettes de paquets de cigarettes dans de gros albums, lisaient Karl May et Bas-de-Cuir. Mais à la vie normale se mêlaient de plus en plus des événements qui dégageaient une impression oppressante.

Les ombres s'allongeaient, de plus en plus sombres, sur la rue qui portait le nom d'Hitler. Elle perdait son caractère original et devenait une voie imposante, bruyante de cortèges.

Celui qui lui avait donné son nom avait une influence décisive sur les gens qui vivaient là. Ce qu'il décidait à Berlin se répercutait dans « sa » rue de la grande ville de la Ruhr.

Personne n'était épargné par les nouvelles lois, ordonnances, interdits, décrets et ordres de la « révolution brune ». Les uns, comme Adolf Hähnlein, étaient poussés vers le haut par ce développement politique. D'autres, tels Moses Winschermann et Otto Kimmeskamp, le communiste du numéro 8, qui avait été lui aussi « alpagué », pratiquement envoyés par le fond. Ceux qui avaient réglé leur girouette sur le vent du Parti étaient désormais pris au piège. Ils étaient tenus en laisse et contrôlés, devaient interminablement défiler, chanter, se mettre au garde-à-vous et ne sortaient pratiquement plus de leurs uniformes. Beaucoup adhéraient parce que les amis, les voisins, les parents adhéraient. Ou parce qu'ils espéraient, en participant, amener le parti hitlérien à plus de modération.

Le boulanger Oswald Gottwald faisait partie du dernier groupe. Sa fille qui le pressait de devenir membre du Parti s'était fait vertement rabrouer. Mais, après de longues hésitations, il avait changé d'attitude en raison du mot d'ordre répandu secrètement par l'Eglise : il fallait s'inscrire dans l'organisation nazie « pour la christianiser de l'intérieur ». C'est ainsi qu'en dépit de la violente antipathie que lui inspiraient les chemises brunes, le vieux centriste avait fini par s'inscrire. Il espérait intervenir comme un frein et nourrissait même l'idée de se faire élire comme membre du Parti au conseil municipal pour y promouvoir la christianisation dans le sens de l'Eglise. Le fait que la plupart de ses trente compagnons boulangers et deux de ses contremaîtres étaient dans la SA ou la SS, avait influencé sa décision. Sans le Parti, il n'aurait pratiquement plus eu d'autorité sur eux.

Toutefois, même membre de fraîche date de la NSDAP, il n'en était pas devenu plus aimable vis-à-vis du fils aîné de l'ortsgruppenleiter Hähnlein. Il faisait tout ce qu'il pouvait pour dissuader sa fille de « gâcher sa vie », mais Erika était têtue comme une mule.

— Karl et moi, nous nous sommes mis d'accord, dit-elle un matin à son père dans le bureau de la boulangerie.

Oswald Gottwald, surpris, releva la tête de son grand livre et plissa le front.

— Qu'est-ce que ça veut dire ?

— Nous nous fiancerons à Noël et nous nous marierons l'année prochaine.

— Tu ne parles pas sérieusement ?

— Tout à fait sérieusement.

— Cet homme est un rien du tout. Il n'a rien. Il ne sait rien faire. De quoi allez-vous vivre ?

— Karl aura une place par la Hitlerjugend et je continuerai à travailler.

— Et cette fille de bar, Vera Ahrens, avec laquelle il couche, elle sera votre témoin au mariage ? demanda ironiquement Gottwald.

— Il n'y a rien entre elle et lui.

— Je l'ai vu sortir de chez elle. Elle lui faisait signe à la fenêtre, nue comme un ver !

— Ce jour-là, il quêtait pour le Secours d'hiver chez elle.

— Qu'est-ce qu'elle lui aura donné ? Sans un morceau de tissu sur le corps ?

— Allons, père. C'est vraiment au-dessous de la ceinture !

— C'est un fait.

Il continua d'un ton furieux :

— Pour lui, tu es le veau d'or. Il espère devenir un jour le patron de la fabrique. Ce mitron raté ! Mais tant que je vivrai, il ne mettra pas les pieds ici. Ça, je te le promets.

— Tu n'aimes pas Karl, soupira Erika, parce qu'il n'a pas réussi son examen de boulanger, mais il a changé. Il est un chef brillant. Il a ses garçons bien en main. Tu devrais voir comment ils obéissent !

— Je l'ai vu. Récemment, sur la place du rassemblement. Là, il les dresse : Couché ! Debout ! Couché ! Debout ! Comme dans une cour de caserne.

— C'est nécessaire, père. Nous devons tous apprendre à obéir. Un qui ordonne, les autres qui suivent. Ce n'est qu'ainsi que notre peuple pourra réussir de grandes choses.

— C'est ce qu'on t'apprend aux BDM.

— Oui, père, et j'en suis fière.

Des livreurs de farine et de pain entrèrent dans le bureau. Gottwald dut mettre fin à cette peu réjouissante conversation avec sa fille.

Les livreurs de pain reçurent les nouvelles listes de clients. Gottwald retint l'un d'eux tandis que les autres se hâtaient dans la cour, de remplir leurs voitures. C'était un garçon solide avec un visage grêlé, peu avenant, Fritzchen Stippel. Au début de l'année, le boulanger l'avait congédié en raison de son ivrognerie et de sa mauvaise volonté, mais avait dû le réengager sous l'influence du Parti. C'était pour ainsi dire le prix à payer pour son inscription à la NSDAP. Gottwald s'y était résigné de mauvais gré. Maintenant, il avait de nouveaux motifs de se plaindre de lui.

— Monsieur Stippel, dit-il sèchement, je vous interdis une fois de plus de fouetter Max. C'est torturer un animal. Tout le voisinage s'en plaint. Ce n'est pas ainsi qu'on mène les chevaux.

Fritzchen Stippel haussa les épaules.

— Max est un feignant, répliqua-t-il, sans le fouet, il ne tire pas. Sans le fouet, je n'arrive pas à lui faire monter la côte.

— Dans la côte, vous n'avez qu'à descendre de la voiture et il tirera.

Gottwald fixa le garçon aux traits grossiers.

— Il y a autre chose. Hier, vous n'avez pas livré le café Rosenbaum, ni la maison Katz. Pourquoi ?

— Ce sont des juifs. Je ne vais pas chez les youpins !

— Ce sont des clients, monsieur Stippel ! Les clients nous rapportent de l'argent. Vous en vivez, vous aussi. Si mes livreurs décident qui sera livré et qui ne le sera pas, je pourrai bientôt fermer boutique.

— Eh bien, fermez-la. Je ne livrerai pas les juifs. Pour rien au monde, mettez-vous bien ça dans la tête.

— C'est votre dernier mot ?

— Oui, monsieur Gottwald. Heil Hitler !

Sans attendre un mot de plus de son patron, Fritzchen Stippel tourna les talons et quitta le bureau. Gottwald et sa fille le virent, quelques instants plus tard, charger une charrette en sifflant joyeusement, comme si rien ne s'était passé.

— Que vas-tu faire, père ? demanda Erika après un moment de silence.

— Le foutre dehors. Définitivement !

— Tu as raison pour le cheval, père. Mais pas pour les juifs. Aux BDM, on nous apprend qu'il est de notre devoir moral et national de rompre toute relation humaine avec les juifs. Stippel ne fait que se conformer à cela, tout à fait dans le sens du Parti. Tu ne peux pas le lui reprocher.

— Stupidité ! C'est un déni de justice. Pour moi, les juifs sont des hommes comme les autres. Ils ont le même droit de manger et de boire que nous. Aussi longtemps qu'ils paieront, je les livrerai. Si je ne m'abuse, nous avons nous-mêmes un ancêtre juif. Est-ce une raison pour que nous crevions de faim ?

A ces paroles, sa fille pâlit.

— Qu'est-ce que tu dis là ? Nous aurions du sang juif dans la famille ? Ce serait épouvantable, père. Tout serait fini : mon mariage avec Karl, ma carrière aux BDM, ton appartenance au Parti. Tout !

— Pour ton mariage, ce ne serait pas un malheur, dit Gottwald. Mais, en ce qui concerne notre ancêtre, je n'en suis pas certain. Il faut d'abord que je vérifie. Peut-être que je me trompe. Une grand-tante que tu n'as pas connue, m'a raconté ça un jour. Mais serions-nous de plus méchantes gens, si nous avions un aïeul juif ?

— Non, dit Erika pensive. Mais j'espère que tu te trompes.

Durant toute la journée, Oswald Gottwald eut le temps de réfléchir à l'incident avec Stippel. L'après-midi, il prit une résolution. Lorsque Stippel revint de sa tournée vers quatre heures, il traversa la cour et alla à lui.

— A partir de demain, vous prendrez la tournée numéro 5, dit-il, les communes rurales de l'Ouest.

— Alors, il faudra que j'aille beaucoup plus loin, dit le jeune homme au visage grêlé, avec insolence.

— C'est vrai, mais, par contre, vous n'aurez aucun juif parmi vos clients.

Le front bas de Stippel se plissa. De ses petits yeux bordés de rouge, il regarda méchamment le gros boulanger.

— Vous voulez me sacquer à cause des juifs !

Gottwald soutint calmement son regard, puis il dit assez haut pour être entendu des autres livreurs :

— Je vous sacquerai si vous frappez encore une fois Max. Alors, ce sera définitif. J'en ai assez de vous. Avez-vous compris ?

Sans attendre de réponse, Gottwald fit demi-tour et regagna son bureau.

9

Irmgard Kompowski était debout devant sa porte et fouillait dans son sac à la recherche de sa clé. Soudain, la minuterie de l'escalier s'éteignit. Il fallut un moment pour que ses yeux s'habituent à l'obscurité.

Voyant s'élargir un rai de lumière, elle se rendit compte que la porte au bout du couloir à sa gauche, s'ouvrait.

— Mademoiselle Kompowski, dit la voix d'Arnold Schmitz.

— Oui ?

Irmgard s'approcha de l'interrupteur et ralluma la minuterie. Elle vit Schmitz dans l'encadrement de la porte de sa mansarde. Il s'avança dans le couloir.

— Il faut que je vous parle d'urgence, dit-il. Vous avez un moment ?

Elle acquiesça de la tête. A peine eut-elle pénétré dans la chambre, qu'il referma la porte et s'y appuya du dos. Sans même lui offrir un siège, il demanda brutalement :

— Qui, en dehors de vous, est au courant de ces sacrées photos ?

Schmitz paraissait inquiet. Ses yeux froids dans son visage osseux se tournaient nerveusement à droite et à gauche. Ses lèvres tremblaient.

— Personne, dit-elle.

— Où les avez-vous fait développer ?

— A la droguerie de la Steingasse.

— Alors, tout est clair.

Schmitz s'écarta en jurant de la porte et se mit à marcher de long en large dans la petite chambre.

— Ce type m'a parlé de façon tellement bizarre, aujourd'hui. Maintenant, je vois ce qui se cache derrière ça, dit-il.

— Qu'est-ce qu'il a donc dit ?

— Il voulait savoir si je connaissais bien Sara Katz.

La fureur étincelait dans ses yeux lorsqu'il reprit :

— Je lui ai demandé pourquoi et il a répondu qu'on ragotait sur mon compte. Que ce n'était pas bon quand on parlait de la sorte sur un aryen et une juive. Surtout pas sur un homme dans ma position.

— Qu'est-ce qu'on raconte donc ?

— Ce salopard ne me l'a pas dit. Je l'ai pris au collet. Je l'ai menacé d'une raclée, mais il n'a rien craché. Il prépare je ne sais quoi contre moi, une quelconque saloperie. Il a dû se faire des tirages de vos photos.

Irmgard se rappela le bizarre comportement du vieux lorsqu'elle était allée chercher les négatifs et les tirages. Elle se sentit, elle aussi, mal dans sa peau.

— Des tirages, pour quoi faire ? demanda-t-elle.

— Pour me tenir à sa merci, ou Sara Katz, ou vous-même.

— Qu'est-ce qu'il espère obtenir ?

— Je n'en sais rien. Il va nous le sortir un de ces jours.

Schmitz cessa ses allées et venues et se planta devant Irmgard. Il la regarda avec colère.

— Bon Dieu ! Pourquoi avez-vous fait cette connerie ? Je vous ai ouvert mon cœur et vous me crucifiez. Maintenant, nous sommes tous les trois dans la merde !

— Vous connaissez mes raisons, dit-elle, et on dirait bien que mon père a profité de l'opération. Avez-vous aidé à le faire revenir à la maison ?

— Pas tellement, dit Schmitz. On avait fait chez nous une demande de condamnation pour lui. J'ai rajouté quelques remarques en sa faveur. Cela a peut-être aidé. Pur service amical. Vous le savez : on ne me fait pas chanter !

— Je vous remercie, monsieur Schmitz, dit Irmgard. Je suis désolée pour cette affaire avec Lampert. Peut-être voyez-vous les choses trop en noir. Il veut peut-être simplement se mettre en valeur. Je lui parlerai.

— Bon. Essayez de savoir s'il a des tirages de ces photos. S'il en a, que Dieu ait pitié de lui !

10

Le sapin de ce Noël 1933 était un peu maigre au goût d'Eva Hähnlein. Il n'y avait pas de guirlandes, seulement des boules et une douzaine de bougies. Elle l'avait acheté à la dernière minute car son mari n'était pas sûr que l'on fêtât Noël dans le IIIe Reich et, si oui, comme autrefois sous un sapin. Cependant, à la demande de Hähnlein, la Préfecture avait répondu :

— On continue avec les arbres de Noël, mais modestement décorés.

Les nouveaux maîtres n'osaient pas rompre avec la vieille tradition chrétienne. Pas encore. Car, avec le temps, l'ortsgruppenleiter l'avait appris dans les cours du soir du Parti, ils voulaient remplacer la croyance religieuse par la croyance politique. Le national-socialisme comme religion de rechange. Un thème qu'Adolf Hähnlein aborda lors du speech qu'il prononça à l'occasion des fiançailles de son fils Karl avec Erika, la fille du boulanger Oswald Gottwald. La fête avait lieu sous le sapin chichement décoré dans le salon de la famille Hähnlein.

— Il nous faut une SA du Christ, dit-il, une SA de l'Eglise qui nous débarrasse de l'Ancien et du Nouveau Testament. Les deux sont une même escroquerie juive !

— Bravo ! applaudit le boucher Bockmeier.

Il s'était inscrit récemment à l'Union des chrétiens allemands du Reich qui voulait imposer une Eglise inféodée à Hitler.

Wolfgang Hähnlein était assis à la table décorée pour la fête avec les deux fiancés, ses parents, le ménage Bockmeier et Arnold Schmitz. Il secoua la tête.

— Une SA du Christ. C'est sacrilège, père, dit-il. L'Ancien et le Nouveau Testament ne sont pas une escroquerie juive. Ils sont la Sainte Ecriture, la seule valable. Votre nouvelle religion pèche contre le premier commandement : Je suis le Seigneur, ton Dieu. Tu ne dois pas avoir d'autres dieux que moi.

— Dieu bâtit pour le ciel, dit Bockmeier, Hitler pour la terre allemande, alors, je préfère Hitler.

— Vous n'allez tout de même pas comparer Hitler avec Notre-Seigneur, dit Wolfgang Hähnlein, abasourdi.

Son frère Karl le retint.

— On peut trouver quantité de points de comparaison entre Hitler et Jésus, petit frère de mon cœur, dit-il ironiquement. Jésus a libéré les hommes du péché et de l'enfer. Hitler a sauvé le peuple allemand de la pourriture. Jésus a été trahi et abandonné par ses disciples. Seize camarades ont donné leur vie pour Hitler. Jésus...

— Assez sur ce sujet ! dit sa mère que la discussion rendait de plus en plus mal à l'aise. Parle donc de quelque chose d'autre, Adolf, ajouta-t-elle en se tournant vers son mari.

Il était debout, le verre à la main, prêt à poursuivre son discours.

— Parle-nous donc de la raison de notre petite fête, de nos jeunes fiancés.

— Oui, bien sûr, dit le père Hähnlein.

Il portait de façon tout à fait inhabituelle un costume civil bleu un peu trop étroit. Il leva son verre.

— Au bonheur des futurs jeunes époux. Je bois à ma nouvelle fille Erika et à mon fils aîné Karl. Puissent-ils avoir une longue vie et beaucoup de bonheur. Prosit !

Il but à la santé du couple, les autres en firent autant. Puis les invités se consacrèrent au repas qu'Eva Hähnlein avait préparé, aidée d'Erika Gottwald : potage au vermicelle, roulade de veau avec chou-fleur et pommes de terre au beurre. Comme dessert, un pudding aux amandes, le tout arrosé de vin de Moselle.

— Pourquoi votre père n'est-il pas venu ? demanda Anton Bockmeier à la fiancée assise auprès de lui. C'est curieux, sa fille unique se fiance et M. Gottwald se tient à l'écart. Il aurait souhaité un autre gendre que Karl, pas vrai ?

Erika rougit légèrement. Elle secoua la tête avec gêne.

— Mon père est malade, dit-elle, ça s'est porté sur l'estomac.

— Tiens ! l'estomac ! dit Bockmeier.

Il fit descendre une bouchée de rôti avec une gorgée de vin puis reprit, la bouche pleine :

— Qu'est-ce qui lui est tombé sur l'estomac ? Les fiançailles, non ? Ou plutôt, la dispute avec Fritzchen Stippel ?

Erika joua l'ignorance.

— Quelle dispute ?

— Les bruits courent vite de nos jours. Ils se sont engueulés parce que Stippel ne veut pas livrer les juifs.

— L'affaire est réglée depuis longtemps, dit-elle.

Bockmeier secoua sa grosse tête aux cheveux en brosse.

— Elle ne l'est pas. Elle est entre les mains du chef de cercle, Montag. Stippel ne le lâche plus depuis qu'ils l'ont nommé rottenführer dans la SS. Il veut faire traduire votre père devant le tribunal du Parti.

— Stippel, rottenführer? demanda avec incrédulité Wolfgang Hähnlein. Cet analphabète, cette brute sadique?

Arnold Schmitz que les Hähnlein avaient invité pour qu'il ne passe pas la Noël seul dans sa mansarde, n'avait que peu parlé jusqu'alors.

— Vous ne pouvez pas parler ainsi d'un homme de la SS! dit-il avec brusquerie. Stippel est un bon national-socialiste. Il s'est bien battu, la tête haute, dans des bagarres de réunions publiques. Il a fait plus pour le mouvement que bien d'autres, monsieur Hähnlein — et certainement plus que vous!

— C'est possible, dit calmement Wolfgang Hähnlein. Il y a trop de mouvement dans le mouvement pour mon goût. C'est pourquoi je me tiens sur la réserve. Mais, malgré tous les mérites de Stippel, un type comme lui ne peut pas « conduire » d'autres hommes!

— Ça, dit froidement Schmitz, d'autres en décident. La mission grandit l'homme. Pourquoi ne serait-ce pas le cas pour Stippel?

Eva Hähnlein frappa dans ses mains.

— Allons, messieurs, assez de politique, nous fêtons des fiançailles. Musique!

Adolf Hähnlein se leva et mit un disque sur le phono ouvert. C'étaient les *Légendes de la forêt viennoise.* Le repas s'acheva sur un air de valse. Erika fredonna le tango que Hähnlein avait mis sur la platine après le pudding aux amandes.

— Viens, Karl, dansons.

Elle prit son fiancé par la main, le tira de sa chaise. Il la suivit à contrecœur.

Il y avait peu de place entre le buffet, la table et les chaises. Karl et sa fiancée esquissèrent quelques pas de tango en avant. Il fit demi-tour vers la place libre devant le sapin. Puis Karl s'arrêta soudain de danser. Ils allaient tout renverser, dit-il. Il était un piètre danseur, elle le savait bien et son uniforme n'allait pas avec le tango. Même sous le sapin, pour ses fiançailles, il n'avait pu se séparer de ses bottes et de sa chemise brune.

L'idée ne vint pas à Erika qu'il ne portait constamment son uniforme que pour compenser un complexe d'infériorité. Il y avait là, quelque part, une faiblesse dont il n'avait pas conscience, qu'il refoulait, mais qui s'incrustait en lui. Peut-être était-il jaloux de l'intelligence de son cadet qui avait obtenu son baccalauréat et qui se dirigeait vers une carrière universitaire. Lui-même n'avait qu'un certificat d'études primaires et il avait raté l'apprentissage de la boulangerie. Mais il avait des bottes qui, pour ainsi dire, lui permettaient de passer partout. Non, de telles idées ne tracassaient pas Erika. Ses yeux brillaient. Elle le regardait avec amour tandis qu'ils se rasseyaient. Il était fort et joli garçon.

— M'aimes-tu ? dit-elle à voix basse.

— Bien sûr, Erika.

Il la regardait avec moins d'amour que d'orgueil. Il ne pouvait dissimuler une légère expression de triomphe lorsque les invités burent à nouveau à son avenir et à celui d'Erika. Lui, le « raté », venait de faire un pas considérable en avant. Chef de troupe de la Hitlerjugend et fiancé à la fille d'un industriel qui hériterait un jour de la fabrique et de la villa de son père. Son petit malin d'universitaire de frère pouvait essayer d'en faire autant...

Comme cadeau de fiançailles, il glissa au doigt de sa fiancée une bague ornée d'une petite pierre bleue à bon marché. La bague de fiançailles à l'autre main d'Erika était, elle aussi, en plaqué. Elle le remercia d'un baiser. Puis elle lui montra un gros paquet qu'elle avait disposé sous l'arbre de Noël.

— C'est un cadeau de fiançailles pour toi, Karl.

— Ouvrez ! cria le gros Bockmeier.

Karl Hähnlein posa le paquet sur la table qu'Eva Hähnlein et Emmy Bockmeier avaient débarrassée. Lorsqu'il l'eut ouvert, il sortit du carton un poste de Bakélite noire avec un haut-parleur garni de tissu et trois boutons de réglage.

— Bon sang, dit-il surpris, un récepteur populaire !

— Oui, dit Erika en souriant, le VE 301 pour courant alternatif. Tu en avais envie depuis le salon de la radio à Berlin.

— Formidable sélectivité, musicalité parfaite, dit Anton Bockmeier.

— Maintenant, nous pourrons écouter encore mieux les discours de notre Führer, dit Eva Hähnlein.

Elle prit sa future bru dans ses bras et la serra contre elle.

— Il n'y a pas qu'à Karl que tu fais plaisir, conclut-elle.

11

Un après-midi du printemps 1934, Nathan Katz, Jiddchen, sonna chez les Freimut.

Olaf Freimut descendait d'une vieille famille de banquiers. Les Freimut habitaient une maison particulière avec un jardin à côté de celle du pasteur Baum. Ils passaient pour des bourgeois respectables et fortunés. Kurti Freimut, le fils unique, était le meilleur compagnon de jeu de Jiddchen qui avait maintenant douze ans. Jiddchen venait de terminer ses devoirs et il était venu chercher Kurti pour jouer au ballon.

La femme de chambre des Freimut — robe noire, petit tablier blanc — vint ouvrir. Elle vit le gamin.

— Oui ? dit-elle avec une certaine hauteur.

— Je viens chercher Kurti.

— Il ne viendra pas.

— Il est malade ?

— Madame ne veut plus que tu joues avec lui. D'ailleurs, il n'est pas là. Il est au rassemblement.

Jiddchen ne comprenait pas.

— Mais nous jouons toujours ensemble. C'est mon ami.

— Plus maintenant.

— Et pourquoi ?

La femme de chambre, une brune mince avec des jambes maigres, éclata de rire.

— Regarde-toi dans une glace et tu le sauras.

Elle lui ferma la porte au nez.

Jiddchen resta un instant sur place, muet. Il ne bougeait pas. La femme de chambre a voulu me faire une farce, se dit-il. Kurti ne savait certainement rien de tout ça. « Son » Kurti. Ils avaient fait ensemble les plus folles blagues. La semaine précédente, par exemple. Ils avaient téléphoné au marchand de charbon Schmiering. Ils n'aimaient pas Paul Schmiering, un géant constamment ivre. Ils n'aimaient pas non plus grand-père Breil qui, de sa fenêtre, épiait la rue toute la journée comme un loup-cervier. Ils voulaient les « mettre en boîte » tous les deux.

— Ici, Breil, dit Kurti en contrefaisant sa voix. Avez-vous des boulets ? Oui. Alors, livrez-moi deux sacs de cinquante kilos, monsieur Schmiering.

— Deux sacs de boulets, d'accord, monsieur Breil, dit Schmiering. Je serai là dans une demi-heure.

Cachés dans un coin de la Steingasse, ils avaient attendu l'arrivée de Schmiering avec sa voiture à cheval.

— Ho ! dit le géant en lâchant les rênes du cheval.

Il sauta à bas de la charrette et coltina l'un après l'autre les deux sacs sur ses larges épaules. Il ouvrit le soupirail de la cave de Breil sur la façade de l'immeuble et déversa les boulets. Grand-père Breil, appuyé sur un coussin à sa fenêtre, avait regardé un instant dans une autre direction. Puis il vit le gros Schmiering en train de vider le deuxième sac sous sa fenêtre.

— C'est ma cave, monsieur Schmiering ! cria-t-il vers le bas.

Le géant regarda en haut.

— Je le sais, monsieur Breil, cria-t-il. Ce sont vos boulets !

— Quels boulets ?

— Les deux sacs que vous m'avez commandés.

— Je ne vous ai pas commandé de boulets !

Paul Schmiering, comme toujours légèrement ivre, se mit en colère à la grande joie de Kurti et de Jiddchen. Il hurla, furieux :

— Mais vous venez de me téléphoner !

— Moi ?

— Oui !

— Non, pas moi.

— J'ai reconnu votre voix !

Kurti et Jiddchen n'avaient pu se retenir de rire. Ils avaient fait demi-tour et s'étaient enfuis.

— Sacrés gamins ! leur criait Schmiering.

Il venait soudain de comprendre qu'il avait été victime d'une plaisanterie.

Et tout cela serait donc fini ? Jiddchen traversa le jardin des Freimut et regagna la rue. Il aperçut les deux grands miroirs qui flanquaient l'entrée du salon de coiffure Adler. Il y courut et s'y regarda. Il ne se trouva rien de particulier. Qu'avait-il donc à découvrir sur sa personne ?

Dodo, le garçon coiffeur, qui n'avait pas de cliente, le vit planté dehors. Il sortit du salon.

— Eh bien, Jiddchen, tu te trouves beau ? demanda-t-il gentiment.

— Ça peut aller, dit Nathan, mais je ne plais pas à la bonne des Freimut. Elle m'a envoyé me regarder dans la glace pour voir. Mais je ne remarque rien.

— Moi si, dit Dodo en souriant. Tu as un petit nez juif.

— Ah, c'est donc ça, dit Jiddchen, c'est pour ça que je n'ai plus le droit de jouer avec Kurti. Parce que je suis juif ?

— Ça se pourrait, dit Dodo. Kurti est maintenant un

minime dans la Jungvolk. Les minimes n'ont pas le droit d'aimer les juifs. Du reste, regarde là-bas, le voilà qui défile.

Dodo montra une colonne des Jeunesses hitlériennes qui passait dans la rue avec fanion en tête et fanfare. Kurti Freimut marchait dans la deuxième rangée. Il portait une culotte noire, une chemise brune, un foulard noir avec un anneau de cuir et il avait un tambour à la ceinture. Avec ses deux baguettes, il battait comme les autres le tambour au rythme qui réglait le pas cadencé de la colonne.

— Kurti ! cria Jiddchen en courant à côté des minimes, il faut que je te parle !

Kurti Freimut lui jeta un bref coup d'œil puis il regarda son tambour et fit tournoyer ses baguettes.

— C'est important ! cria Jiddchen en essayant de se mettre au pas.

Il aurait volontiers défilé avec eux.

— Viendras-tu chez moi dans la cour, Kurti ? C'est à cause de ta mère. Je ne dois plus jouer avec toi.

Le chef de troupe qui accompagnait la colonne cria :

— Fous le camp, espèce de juif !

Jiddchen eut peur et s'arrêta. Après les tambours, venait la fanfare. Au commandement, ils levèrent leurs instruments et jouèrent de toutes leurs forces une marche rythmée par les « rataplan » des tambours qui fit trembler les fenêtres de la rue. Derrière la fanfare suivait une longue colonne de minimes, en rang par trois. Ils s'efforçaient de marcher au pas et lançaient leurs mains avec un geste saccadé jusqu'à la boucle de leur ceinturon.

Dodo s'approcha, venant de l'intérieur du salon, les mains dans les poches de sa blouse de coiffeur. Voyant la tristesse sur le visage de Nathan, il sortit une main et caressa les cheveux du garçon.

— Cherche-toi un autre ami, Jiddchen, dit-il.

— Mais Kurti est pourtant mon ami !

— Kurti n'a plus de temps à te consacrer, dit Dodo. Il faut qu'il marche au pas. Sais-tu combien de temps ?

Dodo releva la tête. Il venait de se décolorer les cheveux et de les coiffer à plat. Il écouta les paroles que chantait la colonne.

— Ecoute ça, Jiddchen : « ... Jusqu'à ce que tout tombe en ruine... »

12

A la mi-avril, des ouvriers commencèrent à défoncer les trottoirs de l'Adolf-Hitler-strasse. Ils arrachaient les pierres du pavement avec des crocs et les entassaient sur la chaussée.

Le pasteur Baum qui voulait sortir de chez lui dut attendre que les hommes aient déplacé un tas de pavés devant la porte de fer de son terrain.

— Que se passe-t-il ici ? demanda-t-il au chef d'équipe.

— On va rehausser les trottoirs.

— Pourquoi donc ?

— Ils se sont affaissés à cause des galeries de mines, dit le chef d'équipe. Nous devons les remettre à bonne hauteur. L'Adolf-Hitler-strasse est une voie principale. On ne tolère plus de négligences. Songez aux nombreux défilés. Si les trottoirs sont en contrebas, on ne peut rien voir.

— Il ne faut pas que ce soit le cas, dit le pasteur au grand étonnement de l'homme.

Au moment où il s'éloignait, Martin Baum entendit grand-père Breil qui criait de sa fenêtre :

— Si vous rehaussez les trottoirs, les caves seront plus sombres. Vous allez leur prendre de la lumière !

Comme toujours, le pasteur prit le chemin le plus court pour gagner la maison Welser dont l'entrée principale était accessible de la rue du Chemin-de-Fer. Il remonta l'Adolf-Hitler-strasse jusqu'au numéro 29, franchit la porte cochère et s'engagea dans le couloir en forme du tunnel qui menait à un escalier débouchant sur le jardin, derrière le foyer des jeunes. Arrivé en haut des marches, il aperçut, alors qu'il était encore caché par des arbres et des buissons, deux hommes en manteau de cuir et chapeau de feutre, qui allaient et venaient sur le côté des bâtiments. Leur costume les trahissait : Gestapo. Les hommes surveillaient dans leurs allées et venues de patrouille, aussi bien la façade de l'entrée que l'arrière de la maison.

Baum s'arrêta. Il pressa un peu plus fermement contre lui la serviette de cuir qu'il avait sous le bras. De l'endroit où il se trouvait, il put voir un de ses chefs de jeunes, debout à une fenêtre du premier étage. Il lui fit signe. Le jeune homme, plongé dans ses pensées, regardait fixement le jardin et ne le vit pas. Il ne réagit que lorsque le pasteur lui fit signe une nouvelle fois avec plus d'énergie.

Avec des gestes prudents, Baum lui fit comprendre qu'il

devait aller ouvrir la porte de la cave du chauffage qui se trouvait sur la façade arrière. Le jeune homme fit signe qu'il avait compris et quitta la fenêtre. Un peu plus tard, la porte de la cave s'entrouvrit. Baum attendit que les deux hommes lui tournent le dos, puis il se glissa subrepticement dans la maison.

Dans la grande salle où, le dimanche, avait lieu le service divin de la jeunesse et, le mardi soir, l'étude de la Bible pour tout le monde, il trouva une vingtaine de moniteurs et de jeunes. Depuis l'attaque de la Hitlerjugend, ils se relayaient constamment à la surveillance de la maison Welser. La situation était devenue critique. A la grande colère du Parti, la jeunesse évangéliste refusait d'entrer, fût-ce sous la menace, dans la Jeunesse hitlérienne. C'est pourquoi on essayait d'y parvenir par la contrainte. Déjà, les organisations de la Jeunesse chrétienne étaient interdites. Le combatif pasteur voulait entreprendre quelque chose contre cette interdiction.

Il fit verrouiller la porte d'entrée de la maison avant que ses jeunes amis se rassemblent autour de lui. Il sortit un papier de sa serviette et le leur lut :

« L'incorporation se déroulera comme suit : la Hitlerjugend et les ligues confessionnelles défileront. Les représentants du Parti et de l'Eglise prononceront des discours en cette occasion solennelle. Puis les drapeaux chrétiens s'inclineront devant les drapeaux à croix gammée. L'incorporation sera accomplie. »

Baum abaissa son papier.

— C'est ainsi que le chef territorial de la Hitlerjugend se représente notre entrée dans ses troupes.

Une rumeur de protestation s'éleva. Un jeune déclara :

— Nous ne ferons pas ça. Nous ne nous mélangerons pas à ces voyous !

— Nous ne nous laisserons pas faire, dit un autre.

Le pasteur Baum réclama le calme.

— Nous devons absolument garder la tête froide, dit-il. C'est un fait que toutes les organisations chrétiennes de jeunesse sont interdites. Mais nous ne pouvons contourner la loi que par une astuce : nous fermons la maison Welser pendant quatre semaines. Après quoi, nous reprenons notre travail — sous un autre nom.

— Et notre drapeau, monsieur le pasteur ? demanda l'un des chefs de la Jeunesse.

— Nous le cachons.

— Où ?

— Prends deux garçons avec toi, dit Baum. Enveloppez le drapeau dans une toile de tente et emmenez-le en passant par le jardin. Enterrez-le quelque part. Mais faites attention que les hommes, dehors, ne vous voient pas.

— Maintenant ?

— Oui. Immédiatement.

Le pasteur Baum s'adressa à un autre chef de la Jeunesse.

— Portez, s'il vous plaît, la liste des membres et le fichier à la cave. Brûlez-les. Mais soigneusement, qu'il n'en reste plus trace ! Et le plus vite possible !

Vingt minutes plus tard, les ordres de Baum étaient exécutés. Il était temps car on frappait à la porte. L'activité fébrile, à l'intérieur de la maison, n'avait pas échappé aux hommes de la Gestapo. Un des jeunes poussa les verrous et les deux hommes entrèrent. Ils avaient des visages impassibles et hostiles.

Le pasteur s'approcha d'eux avec un air innocent. Il jeta un bref coup d'œil sur leurs cartes de service.

— Qu'est-ce qui vous amène chez nous ? demanda-t-il.

— Vous le savez parfaitement, dit le plus petit des deux. Très soigné, il avait les cheveux gominés et de petits yeux vifs.

— Votre résistance. Vos réticences à incorporer votre club dans la Hitlerjugend. Vous avez été sommé deux fois d'accomplir la cérémonie officielle. Deux fois, vous n'êtes pas venu. A la limite, c'est de la lâcheté.

— Notre pasteur n'est pas un lâche, cria un des jeunes.

— Cela ne m'atteint pas, dit Baum. J'ai été trois ans au front. J'ai la Croix de fer. On ne la donne pas à un lâche. Le deuxième homme de la Gestapo fit un pas en avant. Il était mince, froid, avec un air presque ennuyé.

— Remettez-nous votre drapeau, dit-il, et la liste de vos adhérents.

— Le drapeau nous a été volé et nous ne tenons pas de liste de nos membres.

— C'est ce que nous allons voir !

Les deux hommes perquisitionnèrent pendant trois heures. Ils n'oublièrent pas un coin de la grande maison. A la cave, ils notèrent l'odeur de fumée. Dans la chaudière, il y avait des restes de papiers réduits en cendres. Mais autrement, ils ne trouvèrent rien. A la fin de l'opération, le petit aux cheveux gominés s'approcha du pasteur Baum :

— Vous vous croyez malin, pasteur, mais nous le sommes plus que vous. Vous allez vous en apercevoir tout de suite. Suivez-nous !

Les chefs de la Jeunesse et les garçons réunis dans la pièce se firent menaçants, mais Baum les calma d'un geste.

— Je n'ai pas peur. Bientôt, je serai de nouveau parmi vous.

Les hommes l'emmenèrent dans une limousine noire. Les glaces des portières étaient voilées par des rideaux, de sorte qu'il ne put reconnaître l'itinéraire. Il estima qu'ils avaient roulé pendant une bonne demi-heure lorsque la voiture s'arrêta.

— Descendez ! dirent ses compagnons en manteau de cuir.

La maison dans laquelle ils pénétrèrent avait une plaque marquée de l'aigle et une inscription assez longue. En passant devant elle, Baum ne put en lire que quelques mots : « Police secrète d'Etat » et « Direction de la Police nationale. Inspection politique ».

Les deux hommes le conduisirent dans une pièce tout en longueur, au bout de laquelle se dressait, solitaire, un bureau, et derrière le bureau, un fauteuil. Il n'y avait pas de chaises. Les deux hommes en manteau de cuir sortirent et Baum attendit, debout, pendant deux heures interminables avant que la porte s'ouvrît.

Un homme d'une surprenante petite taille entra : costume gris au pli impeccable et insigne du Parti. Son visage était maigre et flanqué d'oreilles blêmes. Assis, il paraissait plus grand qu'il n'était.

— Vous faites de l'obstruction, monsieur le pasteur, dit-il lentement. Nous n'aimons pas ça. Cela trouble l'édification de l'Etat.

— L'Etat a ses missions propres, dit le pasteur Baum, nous avons les nôtres. Jésus-Christ est notre Seigneur.

Le petit homme aux oreilles blêmes écoutait attentivement.

— L'Eglise est en pleine évolution, comme la société, répliqua-t-il calmement. De nombreux pasteurs se sont déjà ralliés ouvertement à Adolf Hitler. Il y a le nouveau mouvement des Chrétiens allemands. Il veut un renouveau religieux que nous souhaitons aussi. L'Eglise et l'Etat populaire doivent être réunis. Le seul véritable service divin, disent les dirigeants de ce mouvement chrétien, c'est le service de nos compatriotes.

Il haussa le ton et se fit plus incisif en continuant :

— Les pasteurs qui s'opposeront à cette évolution n'auront plus leur place en chaire.

Il se pencha légèrement en avant en ajoutant :

— C'est de vous que je veux parler ! Si vous persistez à vous mettre en travers, vous en subirez les conséquences. Et votre bon Dieu ne vous sera d'aucune aide !

— Votre pouvoir est temporel, dit Baum sans se laisser

impressionner. Il est dit, dans la Bible : « Craignez Dieu, respectez le roi. » Je crains Dieu et personne d'autre.

Son interlocuteur se redressa derrière son bureau.

— Les chrétiens que Néron jetait aux lions n'avaient pas peur non plus, mais au bout du compte ils ont été dévorés, dit-il avec un sourire cruel.

— Que voulez-vous de moi ?

— Vous avertir. Une dernière fois. Vous savez que les unions confessionnelles de jeunes gens sont interdites. Mais vous ne vous souciez pas de l'interdiction.

— Comment pouvez-vous dire ça ?

— Nous avons observé vos gens, vos chefs au travail et nous avons tourné un film.

Le petit homme se leva. Une pression sur un bouton et, à l'autre extrémité de la pièce, un écran se déroula... Une deuxième pression et la pièce fut obscurcie. Une troisième pression et un projecteur dissimulé dans le mur commença de ronronner. Les images d'un film dansèrent sur l'écran.

Baum tira nerveusement sur son col blanc empesé en découvrant ce qui se passait devant lui. Le film avait été tourné en secret dans le jardin de la maison Welser. Il montrait sa jeunesse évangéliste en uniforme. Ils étaient en rang pour se présenter à la garde du matin. Le drapeau marqué de la croix fut hissé. Les jeunes entonnèrent un chant et, ensuite, ils entrèrent dans la maison Welser. D'autres images montraient une revue de sacs avant une excursion. Un chef passait en revue la troupe et vérifiait que les sacs étaient correctement chargés. Ensuite, le groupe se forma en colonne et défila.

Le fonctionnaire de la Gestapo appuya sur un bouton et les stores roulants remontèrent.

— Que dites-vous de ça, monsieur le pasteur ? Nous avons tourné ce film il y a quinze jours... après l'interdiction.

Baum était debout, gêné. Il était pris au piège. Les preuves contre lui étaient évidentes.

— J'ai donné l'ordre, aujourd'hui, de mettre fin au travail des jeunes ayant un caractère corporatif, dit-il.

— Vous auriez dû le faire il y a un mois, monsieur le pasteur. Comme je vous le disais : vous faites de l'obstruction.

Son ton se fit plus doux lorsqu'il continua :

— Faites donc entrer vos jeunes dans la Hitlerjugend, comme l'ont fait depuis longtemps d'autres ministres de l'Eglise évangélique et nous pourrons clore ce chapitre.

— Je ne crois pas que ce soit nécessaire, répliqua Baum. Nous n'avons plus d'organisation. Au fond, nous n'en avons jamais été une. Je veux dire, avec une liste de membres et un fichier. Libre aux jeunes gens de notre communauté d'entrer dans la Jeunesse hitlérienne. La maison Welser leur restera naturellement toujours ouverte — comme pour le Service divin.

Le petit homme fit le tour de son bureau. Il s'approcha tout près du pasteur qui le dominait.

— Vous êtes un vieux renard, plus rusé encore que les jésuites. Vous essayez d'échapper à l'incorporation de vos gens par une astuce. Vous avez caché votre drapeau et détruit la liste de vos membres. Mais, prenez garde ! Si nous rencontrons encore un de vos jeunes en uniforme, vous êtes fait ! Notez bien ça : pas d'uniforme. Pas de drapeau. Pas de revues. Pas d'excursions. Pas de sport. Pas de jeux. Pas de chants profanes. Rien qui ressemble au service de la Hitlerjugend. Vous n'avez le droit qu'à une seule chose, vous et vos garçons : prier. Heil Hitler !

— Bonsoir, dit le pasteur Baum.

Il fut tout étonné de pouvoir quitter la salle.

13

Sara Katz remua en silence pendant un moment sa cuillère dans sa tasse de café pour laisser son énervement s'apaiser un peu. Son beau visage était rouge, sa respiration entrecoupée.

— Alors, qu'est-ce qui vous tourmente, madame Katz ? demanda Irmgard Kompowski.

Elle explosa.

— On me fait chanter ! On me fait chanter !

— Chanter ?... Qui donc ?

Sara Katz hésita.

— Le vieux Lampert.

Irmgard Kompowski fut effrayée. Elle imagina ce qui allait venir maintenant, mais elle dissimula son angoisse sous la plus banale des questions.

— A cause de quoi ?

Sara Katz avait fait irruption dans le magasin, peu avant la pause de midi. Il fallait qu'elle lui parle d'urgence. Maintenant, elles étaient dans un petit café, non loin du magasin. Il n'y avait que très peu de clients, de sorte qu'elles pouvaient parler sans être dérangées.

— Il me fait chanter à cause des photos, répondit Sara Katz.

Le matin même, elle était allée à la droguerie Lampert,

acheter des articles de toilette. Au moment de payer, Lampert avait admiré son bracelet de diamants qu'elle portait par hasard. Il avait voulu savoir s'il avait de la valeur.

— Je lui ai dit que oui et que c'était un bijou de famille ancien, dit Sara Katz en racontant la scène. Il dit qu'il valait au moins mille marks, sinon plus. C'est bien possible, ai-je répondu, mais ce bracelet n'est pas à vendre. Je ne m'en séparerai jamais, même dans la plus grande détresse.

Elle fit une pause. La cuillère oscillait dans sa main quand elle reprit :

— Alors, il m'a dit : Vous êtes dans la plus grande détresse, madame Katz ! Il va falloir vous séparer de votre bracelet si vous voulez que je vous aide.

Lampert l'avait alors menacée de raconter à son mari sa « liaison » avec l'homme de la Gestapo. Les photos en étaient les preuves.

— Il est allé dans son arrière-boutique et il est revenu avec les photos. Il les a étalées sur le comptoir en me regardant avec ironie. J'étais comme assommée.

Irmgard secoua la tête, désarçonnée.

— Ce fumier ! Nous avions si bien ficelé tout ça. Ça a déjà aidé mon père, vous auriez sûrement pu en profiter aussi. Et maintenant ça ! Je le tuerais !

La serveuse se présenta. Les deux femmes avaient bu leur café, elles en commandèrent un autre. Perdues dans leurs réflexions, elles se regardèrent ensuite.

— Je ne sais pas ce que je dois faire, dit Sara Katz. Si Lampert montre ces photos à mon mari, pour lui ce sera comme si le monde s'écroulait.

— Nous dirons à votre mari pourquoi j'ai fait ces clichés, proposa Irmgard. Il devrait comprendre. N'était-ce pas son idée de transformer un ennemi en ami, d'attirer un « loup » dans son camp ?

— Jakob est un juif très fier. Qu'un homme comme Schmitz m'embrasse, m'arrache mon corsage, ça l'anéantirait. Ça détruirait la paix de ma famille. Non, non, il ne doit jamais voir ces photos. J'aime encore mieux donner le bracelet à Lampert, dit Sara Katz désespérée.

— Pas question, madame Katz, dit Irmgard avec décision.
Elle avait retrouvé toute son ancienne énergie.

— Nous ne laisserons pas faire ce vieux. Je vais vous aider. C'est moi qui vous ai mise dans le pétrin, je vais vous en tirer.

Sara Katz répondit que c'était un grand soulagement pour elle. Elle avait déjà pensé à se séparer de son bracelet de diamants, mais pour une tout autre raison. Son mari et son frère avaient décidé de constituer un compte spécial pour fuir. Depuis que, récemment, l'entrée des bains municipaux était interdite « aux chiens et aux juifs », ils avaient, comme beaucoup d'autres membres de la communauté, envisagé sérieusement d'émigrer. Ils pensaient à la Palestine. Mais, là-bas, on était surtout intéressé par des gens jeunes et actifs, de préférence des agriculteurs ou des artisans. Quiconque n'appartenait pas à une profession où la main-d'œuvre manquait, devait payer cash quinze mille marks pour entrer dans le pays, et ceci par tête... Pour sa seule famille, cela représentait soixante mille marks. Ils ne les avaient pas, bien qu'ils eussent toujours été très économes. Naturellement, ils pouvaient aussi aller en France ou en Angleterre. Mais là-bas, des commerçants et des journalistes comme son mari et son frère n'avaient pratiquement aucune chance de trouver du travail. De quoi vivraient-ils ? Malgré tous les problèmes et les difficultés déjà existantes, il fallait s'attendre à ce qu'un jour la vie en Allemagne devienne insupportable pour les juifs. Le compte réservé pour la fuite permettrait de parer à cette éventualité. Chaque pfennig qu'ils pouvaient gagner ou économiser y était versé. Peut-être, tôt ou tard, se séparerait-elle de son bracelet dans cette intention. Cette réflexion la ramena aussitôt à l'objet de ses soucis.

— Que pouvons-nous faire contre Lampert ? demanda-t-elle.

— Seules, nous ne pouvons rien faire contre lui, dit Irmgard, mais nous avons un allié qui saura facilement s'y prendre avec lui : Arnold-les-bottes.

— Vous voulez dire que M. Schmitz va nous aider ?

— Il lui faut le faire. Il est dans le bain comme nous si le bossu met les photos en circulation. S'il y a donc encore plus de gens au courant.

— C'est juste, dit Sara Katz. Drôle de situation. Nous faisons chanter, on nous fait chanter et celui que nous faisons chanter doit nous protéger.

— Oui, dit Irmgard, c'est dingue. Il s'agit maintenant que votre mari n'apprenne rien et que vous puissiez conserver votre bracelet.

— Vous croyez vraiment que nous y arriverons ?

— J'en suis tout à fait sûre. Où en êtes-vous avec Lampert, madame Katz ?

— Je lui ai dit que j'allais réfléchir. Il m'a donné un délai d'une semaine.

— Une semaine ? Ce n'est pas beaucoup, il faut nous presser.

14

— Comme d'habitude ? demanda Dodo avec empressement tandis que Vera Ahrens s'asseyait dans un des fauteuils du salon Adler.

D'un geste élégant il lui posa un peignoir blanc sur les épaules. La rousse, qui avait les cheveux libres, secoua légèrement la tête.

— Non. Cette fois, j'aimerais changer, Dodo. En blond.

— Alors, une teinture ?

— Oui, et pas d'ondulations. Une coiffure à la Gretchen. Hein, tu sais bien, avec une tresse autour de la tête.

— Vos cheveux ne sont pas assez longs pour ça.

— Alors, allonge-les, Dodo, dit-elle avec son rire roucoulant.

Son air étonné l'amusait.

— Prends des mèches de cheveux ou une perruque.

Elle rit plus fort.

— Tu es un expert en perruque. Ravissante, ta petite tête bouclée avec laquelle tu es venu hier soir au bar. La vraie classe ! Si tu étais une femme, tu affolerais tous les hommes. Dommage que tu n'en sois que la moitié d'une !

Dans le miroir, Dodo vit Alfons Adler, le propriétaire du salon, qui approchait.

— Qu'est-ce que vous choisissez, mademoiselle Ahrens, dit-il avec gêne : décoloration ou perruque ?

— Commençons par la teinture, décida Vera Ahrens, nous pourrons toujours choisir une perruque plus tard. Je vais peut-être me faire coiffer plus plat et plus court. Le principal, c'est le blond aryen.

Elle se tourna vers le propriétaire du salon qui était à côté d'elle.

— Le blond est la nouvelle marque de fabrique allemande, n'est-ce pas, monsieur Adler ? Des hommes blonds, éblouissants. Des femmes blondes, rayonnantes. Je ne voudrais pas me tenir à l'écart. Croyez-vous que le blond m'ira bien ?

Alfons Adler resta un moment indécis, sans répondre. Il s'était fait inscrire au Parti depuis quelques semaines. Moins par conviction que par crainte de voir ses sources de revenus disparaître. Le métier de la coiffure, dans la ville, avait beaucoup souffert de la crise économique et du chômage. La plupart des femmes faisaient leurs mises en plis elles-mêmes ou s'entraidaient pour le faire. Une autre chose l'inquiétait : c'était le travail au noir. De nombreux garçons coiffeurs qui n'étaient pas satisfaits de leur salaire hebdomadaire de huit marks, faisaient concurrence à leur patron après les heures de travail. Ces garçons travaillaient au domicile des clientes à des prix bien inférieurs à ceux de leurs patrons qui devaient inclure les frais de personnel, le loyer et les impôts. Adler avait été très impressionné par le fait que les nationaux-socialistes faisaient une guerre acharnée au travail noir. Le syndic de la corporation des coiffeurs, un membre du Parti de la première heure, lui rendait service en lui envoyant en rangs serrés les membres de la compagnie de SA qui fréquentaient « La Carafe », non loin du salon. Pour servir la clientèle des SA, Alfons Adler avait engagé deux garçons coiffeurs. Lui-même et Dodo travaillaient dans le salon pour dames. Membre frais émoulu du Parti, il se sentait mal à l'aise vis-à-vis de la barmaid rousse. Mais il ne pouvait pas se permettre d'attaquer de front une aussi bonne cliente. Elle se faisait coiffer trois fois par semaine. Il répondit donc prudemment à sa question.

— Bien sûr que le blond vous ira bien, mademoiselle Ahrens, dit-il, et les tresses à la Gretchen vous iront aussi. Mais je trouve que le roux est ce qui s'accorde le mieux à votre type de femme, si je peux me permettre un conseil.

— Vous voulez dire que le blond est ennuyeux ?

— Non, en aucun cas, dit Adler en tripotant, gêné, ses lunettes aux verres épais. Vous m'avez mal compris. Je voulais dire que le roux est la couleur du feu. Et vous êtes, pardonnez-moi, une femme pleine de tempérament.

— Grand Dieu, monsieur Adler, voilà que vous devenez poète ! Bien sûr, je n'en suis pas dénuée, mais je ne peux tout de même pas l'afficher comme un panneau publicitaire.

Elle rit de son rire de gorge et reprit :

— Nous allons voir comment mes clients réagiront en me voyant blonde et chaste derrière le comptoir de l' « Harmonie Bar ».

Elle avait pris sa décision et fit un signe à Dodo :

— Allons-y pour le blond !

Dodo se montra un véritable artiste. Il lava rapidement les cheveux et les teignit. Après quoi, il plaça le séchoir sur la tête humide de Vera Ahrens. Elle feuilleta pendant un moment un journal de modes. Lorsqu'elle releva les yeux, elle vit que le fauteuil voisin était occupé par Erika Gottwald. La jeune femme lui décocha un regard hostile.

Vera Ahrens savait parfaitement pourquoi. Ce n'était pas difficile à deviner. Une fois par semaine, elle recevait la visite de Karl Hähnlein, le fiancé d'Erika. Depuis l'après-midi où elle l'avait séduit alors qu'il quêtait pour le Secours d'hiver, il n'y avait plus moyen de le retenir. Il racontait à Erika qu'il se rendait à des soirées de camarades du Parti. Mais en réalité, il était au lit avec Vera, en train de boire et de fumer avant de « passer à l'action » et il s'y montrait brillant ! Vera appréciait sa virilité et son endurance. Il y avait longtemps qu'elle n'avait eu un amant aussi doué. Lui aussi appréciait son tempérament ardent.

— Ma fiancée, lui avait-il raconté, au lit, c'est une planche. Elle ne fait l'amour que dans le noir, totalement passive et sans en avoir envie.

— Et tu l'épouses quand même ? avait-elle demandé.

— J'espère qu'elle finira par y prendre goût... Elle est encore très jeune et inexpérimentée. Et n'oublie pas qu'il y a la boulangerie industrielle dans la corbeille.

Karl Hähnlein était persuadé qu'Erika ignorait tout de ses visites à Vera Ahrens. Il était toujours très prudent quand il allait chez elle. Il fallait qu'elle tire les rideaux avant qu'ils ne se déshabillent. Elle ne devait conserver que ses bas et son porte-jarretelles, ce qui l'excitait particulièrement.

Mais Erika Gottwald semblait pourtant avoir appris les visites secrètes de son fiancé chez la barmaid. Son air absent le lui laissait supposer. Peut-être n'avait-elle que des soupçons.

Les séchoirs furent enlevés presque simultanément de la tête de Vera et de celle d'Erika. Tandis que Dodo peignait avec des mouvements souples les cheveux blonds de Vera, Adler posait des pinces dans les boucles brunes d'Erika.

Vera se tourna vers Erika.

— J'ai entendu dire que vous allez vous marier prochainement, mademoiselle Gottwald, dit-elle avec une amabilité hypocrite. Peut-on savoir quand ?

— Karl ne vous l'a pas dit ? répondit fielleusement la brune sans accorder un regard à sa voisine.

— Karl ?

— Mon fiancé. Mon père l'a vu sortir de votre appartement.

— De mon appartement ? Votre père fréquente donc notre immeuble ?

— Non, mais il vous a vue faire signe à Karl de votre fenêtre quand il sortait de chez vous. Vous étiez, paraît-il, mademoiselle Ahrens, nue comme un ver.

Gêné, Dodo se détourna. Le dialogue qui s'envenimait entre les deux femmes, à ce moment de la journée — elles étaient les seules clientes du salon des dames —, lui était pénible. Son patron aussi s'éloigna en hâte lorsqu'un garçon du salon des messieurs l'appela à la caisse.

Vera Ahrens ne perdit pas contenance.

— C'est bien possible, dit-elle avec une légère ironie, je suis souvent nue devant ma fenêtre. J'y fais de la gymnastique suédoise, le seul sport que je pratique.

Elle poussa un bruyant soupir et reprit :

— Malheureusement... Votre père a dû confondre un mouvement de gymnastique avec un signe d'adieu.

— Karl vous a répondu, à ce que dit mon père.

— Le pauvre ! Lui aussi a été victime de la même erreur. Qu'il a dû se sentir gêné, oh la la !

La réplique avait été si prompte que la fille du boulanger fut moins sûre d'elle et se demanda si elle n'avait pas été injuste envers la barmaid. Cependant, la méfiance subsistait. Son aversion contre cette femme mûre et expérimentée, beaucoup plus féminine qu'elle, était trop profonde.

Dodo avait terminé de coiffer Vera Ahrens. Elle se leva et s'examina d'un œil critique dans le grand miroir au-dessus du lavabo tandis que Dodo tenait une glace à main derrière sa tête.

— Satisfaite ?

Elle inclina la tête en souriant.

— Il faudrait que le Führer me voie ainsi... On ne fait pas plus blonde. Couleur de cheveux racialement, héréditairement et biologiquement précieuse. C'est comme ça qu'on dit ?

Erika Gottwald ne put retenir une remarque moqueuse.

— Il n'y a pas que la couleur des cheveux, il faut aussi des idées blondes, mademoiselle Ahrens !

La nouvelle blonde ne se tint pas pour battue.

— Chez une femme, une vraie femme, il s'agit moins des idées que des sens, mademoiselle Gottwald. C'est ce qui cloche chez beaucoup. Au revoir, mon bon souvenir à votre fiancé.

Le menton dressé, sa superbe poitrine projetée en avant, Vera Ahrens sortit en vacillant sur les hauts talons de ses bottes lacées.

Dodo la regarda s'éloigner avec des sentiments mitigés. D'une part, il était heureux qu'elle fût dehors. D'autre part, il se sentait bien en sa compagnie. Il l'enviait car cette femme possédait tout ce qu'il souhaitait avec une telle nostalgie et qu'il n'atteindrait jamais. Il soupira. C'était difficile de ne pas pouvoir s'habituer au rôle que la nature lui avait attribué.

Personne ne le comprenait. Tous riaient de lui. Mais lui, il avait souvent, comme en ce moment, envie de pleurer.

15

Le professeur Wendehals se trouva mêlé, indirectement, au deuxième incident qui montra de façon douloureuse à Jiddchen qu'il était soudain devenu un étranger parmi les garçons de son âge. La scène se joua dans la cour du lycée municipal où Nathan Katz était élève de cinquième.

Pendant la récréation, Jiddchen venait d'aller se chercher un verre de lait. Deux élèves de quatrième lui barrèrent la route. Il les connaissait à peine. Ils étaient plus grands et plus forts que lui, blonds, les cheveux coupés en brosse.

— Pourquoi n'es-tu pas à la Hitlerjugend ? demanda l'un d'eux, celui qui était gras avec un visage boutonneux.

Plutôt gêné qu'insolent, Jiddchen répondit.

— Pourquoi devrais-je y être ?

— Tous les garçons convenables y sont.

— Mais pas moi.

Le gros au visage boutonneux saisit Jiddchen par ses revers.

— Tu n'y es pas, parce que nous ne prenons pas les juifs, dit-il en ricanant.

Jiddchen essaya de se libérer, mais n'y parvint pas.

— Et que je sois juif, ça n'est pas quelque chose de mal, dit-il.

— Les juifs, dit l'autre garçon à la bouche charnue, sont des abcès sur le corps du peuple. Et les abcès, il faut les crever !

Il leva le poing et frappa en plein visage le petit de cinquième, sans défense.

Les autres élèves qui étaient en train de manger leur goûter s'approchèrent, curieux, pour mieux voir ce qui se passait. Jiddchen était désespérément plus faible que les deux élèves plus âgés. Le gros se mit à le frapper. Jiddchen tenta de parer les coups, leva les bras pour se protéger. Cherchant du secours, il regarda autour de lui tandis qu'une grêle de coups s'abattait sur lui. Dans le cercle que les autres élèves avaient formé autour de lui et de ses deux agresseurs, il reconnut deux camarades de sa classe : Rudi Holste, le porte-parole de la classe, qui était assis à côté de lui sur le même banc, et Karlchen Wirsing qui occupait le banc derrière lui. Jiddchen leur avait souvent passé en douce des petits papiers avec des renseignements.

— Rudi ! cria-t-il avec désespoir, Karlchen ! Venez m'aider ! Je n'ai rien fait !

Rudi se contenta de hausser les épaules et se détourna. Karlchen, fils d'un négociant en pommes de terre, sembla se réjouir de voir rosser Jiddchen qui était beaucoup plus intelligent que lui. Son gros visage rouge était déformé par un ricanement sadique.

Les deux blonds continuaient de frapper le petit crépu. Il saignait de la bouche. Jiddchen aperçut le professeur chargé de surveiller la récréation.

— Monsieur Wendehals, cria-t-il dans sa détresse, s'il vous plaît, venez à mon secours !

Philipp Wendehals rangea le petit pain dont il venait de manger la moitié et courut vers le garçon. Avant qu'il ne fût arrivé, l'élève boutonneux prit, dans la poche de son pantalon, une plaquette représentant la tête d'Adolf Hitler. Il la jeta sur le sol, saisit Jiddchen par sa veste et le tira de-ci de-là pour le forcer à marcher sur la plaquette.

Le cercle des élèves s'ouvrit devant Wendehals. Il vit le visage contusionné de Jiddchen et les deux grands élèves qui baissaient enfin les bras.

— Que se passe-t-il ici ? demanda-t-il avec sévérité.

— Nathan Katz a insulté notre Führer, dit le boutonneux.

Il montra la plaquette dans la poussière de la cour.

— Il l'a piétinée !

— C'est pas vrai, hurla Jiddchen. Ils m'ont battu et maintenant ils ont jeté l'objet par terre !

— Ce n'est pas nous qui mentons, c'est lui ! dit cyniquement l'élève aux lèvres charnues.

La situation était désagréable pour le professeur. Il connaissait Jiddchen depuis sa naissance. Le petit Nathan Katz était devenu, avec les années, pour sa femme et pour lui, une sorte de fils de remplacement. Lors des innombrables visites de Nathan au premier étage et en jouant avec lui au chemin de fer électrique, il avait pu étudier le caractère de l'enfant. Il avait remarqué diverses particularités de sa nature, telles que l'obstination ou la capacité d'enthousiasme. Mais jamais la déloyauté. Il était donc certain que Jiddchen disait la vérité, mais il ne pouvait pas prouver le truquage de la plaquette. Il vit les visages des élèves qui l'entouraient tournés vers lui avec une expression d'attente. Que devait-il faire ?

Après une brève réflexion, il dit aux deux spadassins :

— Vous prétendez ça... Nathan prétend autre chose. Je ne sais pas où est la vérité, mais il y a une chose que je sais : aucun élève n'a le droit d'en frapper un autre. C'est contraire au règlement du lycée. Je pourrais vous signaler au directeur, mais je ne le ferai pas. Serrez la main de Nathan, excusez-vous et je fermerai les yeux.

Les deux grands élèves ne savaient sur quel pied danser. D'une part, ils avaient peur d'être punis, d'autre part, ils ne voulaient pas perdre la face devant leurs condisciples.

Jiddchen sauva la situation. Il essuya le sang de ses lèvres, puis il s'avança vers les deux autres. Silencieusement, il leur tendit la main.

Surpris, ils lui serrèrent la main. Quelques-uns des élèves pouffèrent.

Ce soir-là, le petit Nathan Katz dut, pour la première fois, rentrer seul à la maison. Ses camarades de classe qui l'accompagnaient habituellement sur une partie plus ou moins longue du trajet s'étaient joints à d'autres élèves. Sur le chemin, le professeur Wendehals le rattrapa à grands pas.

— Tu as très bien fait, Nathan, dit-il. C'était très conciliant de ta part.

— Il fallait bien qu'il y en ait un qui cède, déclara Jiddchen.

— A la longue, ta bonne volonté n'y suffira pas. Peut-être serait-il mieux pour toi d'aller à l'école juive. Là, tu seras parmi tes semblables. Je vais en parler à tes parents.

— Oui, monsieur Wendehals, dit Jiddchen.

Il était malheureux. Après Kurti Freimut, son compagnon de jeu de la rue, ses camarades de classe l'avaient laissé en plan.

Pour un garçon de douze ans, il était difficile de comprendre qu'il n'avait plus d'amis.

16

La boucherie Bockmeier constituait la bourse aux nouvelles de la rue. Là, en faisant leurs achats, les femmes se racontaient les derniers potins. Où il y avait eu une dispute dans la nuit, dans quel ménage le torchon brûlait, pourquoi la bonne des Freimut avait soudain perdu sa place, qui pouvait bien être le père naturel de l'enfant d'une des filles Nickel. On discutait de tout cela, souvent avec méchanceté ou mépris, chez Bockmeier.

Ce matin-là de la fin du mois de mai, le cambriolage nocturne de la droguerie Lampert dans la Steingasse, était le grand sujet de conversation à la boucherie. Un agent du commissariat de police avait donné les premiers détails en achetant de la saucisse. Une cliente qui habitait l'immeuble de la droguerie fournit d'autres informations.

Les actes criminels étaient très rares dans la nouvelle Adolf-Hitler-strasse. Dans la partie supérieure de la rue qui se raccordait à l'ancienne Welser-strasse, le seul événement grave que les plus vieux habitants pouvaient se rappeler, était un meurtre. Un marchand de légumes avait tué d'un coup de hache l'amant de sa femme qu'il avait surpris dans le lit conjugal. La femme avait pu s'échapper, complètement nue, dans la rue. Il y avait presque vingt ans de cela. Depuis lors, les agents du commissariat de police n'avaient eu à faire qu'avec la petite criminalité : escroqueries, vols de vélos, bagarres. Avant la prise du pouvoir par Hitler, il y avait eu plusieurs fois des batailles sanglantes entre SA et communistes, mais cela avait cessé après la victoire des bruns et le retrait des rouges dans la clandestinité, du moins ceux qui n'avaient pas été arrêtés. Le cambriolage du vieux Lampert était donc le « crime » le plus spectaculaire survenu depuis longtemps dans la rue.

Peu avant neuf heures, une jeune fille maigre avec des tresses et des lunettes, entra dans la boutique de Bockmeier. C'était Erna, la nièce du droguiste, qui lui tenait son ménage.

— Dis donc, Erna, qu'est-ce qu'on a volé chez vous ? demanda le gros boucher toujours curieux.

— La police enquête encore, dit-elle. Les cambrioleurs n'ont pas touché à la caisse. Mais le magasin est dans un état effroyable. Tous les placards bouleversés, tous les tiroirs arrachés, même dans l'arrière-boutique.

Bockmeier aplatissait deux escalopes de porc sur son tranchoir.

— Il n'y a pourtant rien à voler chez ton oncle, dit-il, qui est-ce qui faucherait de l'ouate, de la pâte dentifrice ou des tétines ?

Le gros boucher éclata de rire.

Irmgard Kompowski qui faisait la queue au comptoir des saucisses écoutait attentivement.

Elle n'avait pas eu de mal à deviner qui avait cambriolé la droguerie. Il n'y avait qu'une seule personne possible : Arnold Schmitz, car elle lui avait raconté la tentative de chantage du vieux Lampert contre Sara Katz. Arnold-les-bottes l'avait écoutée, comme pétrifié, tandis qu'elle lui donnait tous les détails : comment le bossu avait exigé le bracelet de Sara Katz, le délai d'une semaine qu'il avait fixé, sans quoi... Schmitz avait bondi, comme électrisé, il avait hurlé qu'il fallait empêcher ce voyou d'agir, sans quoi il serait lui-même la prochaine victime du chantage. Il avait été très intéressé de savoir que Lampert était allé chercher les tirages dans l'arrière-boutique et que c'était là qu'il faudrait les chercher si l'on pouvait pénétrer sans être vu dans le magasin. Le vieux Lampert, en tout cas, n'avait pas les négatifs. C'était elle, Irmgard Kompowski, qui les détenait.

— Si les cambrioleurs ont mis le magasin sens dessus dessous, dit Bockmeier d'un air rusé, sans toucher à la caisse, c'est qu'ils devaient être à la recherche de quelque chose de précis. Pas vrai ?

— Les policiers le pensent aussi, dit la fille maigre aux tresses, mais mon oncle n'arrive pas à imaginer ce qu'ils ont cherché.

— Drôle d'histoire, dit le boucher.

Il enleva les escalopes de la balance et les enveloppa. Il griffonna le prix sur le papier avec le crayon qu'il alla chercher sur son oreille.

— Vraiment bizarre, reprit-il.

Irmgard se sentait mi-soulagée, mi-inquiète en quittant le magasin. Espérons, se dit-elle, que Schmitz a réussi et trouvé les photos. Sur le chemin du retour, elle entra dans une boulangerie pour acheter des petits pains pour la pause de midi. Durant toute la journée, elle ne cessa de penser à Lampert, aux photos, à Schmitz et à Mme Katz. Elle put à peine attendre l'heure de la fermeture du magasin. A sept heures sonnantes, elle enfila son manteau et partit en hâte à la maison.

L'Arnold Schmitz qu'elle rencontra était nerveux. Son visage grisâtre l'inquiéta. Il reflétait la crainte et l'incertitude. Cela ne lui ressemblait guère.

Oui, dit-il, c'était lui le cambrioleur. Il avait découvert les photos dans une armoire de l'arrière-boutique. L'affaire n'en était pas réglée pour autant — pour lui, elle ne faisait que commencer car les tirages qu'il avait trouvés n'étaient pas les seuls que le droguiste avait exécutés. Il y en avait encore une série. Lampert lui avait montré ces photos il y avait à peine une heure.

— Lampert a encore d'autres tirages ? demanda Irmgard affolée. Et il est venu chez vous ?

— Oui. Il est soudain apparu devant la porte. Il avait tout de suite pensé que c'était moi qui l'avais cambriolé. Désormais, il me tient... Il veut le bracelet de Mme Katz et mille marks de moi...

Irmgard en perdit la parole. Il lui fallut un bon moment avant de pouvoir soupirer :

— C'est vraiment effrayant !

Schmitz marchait de long en large comme un taureau excité. Naturellement, il n'avait pas les mille marks, hurla-t-il en guise de réponse lorsqu'elle lui posa la question. Et même s'il les avait, il ne penserait pas, même en rêve, à donner un pfennig au droguiste bossu. Personne ne le ferait chanter, plutôt...

— Plutôt quoi ? lui demanda-t-elle.

— Je le tuerais plutôt, répliqua-t-il.

Son énervement augmenta encore lorsqu'elle lui dit qu'elle donnerait l'argent à Lampert si elle le possédait. Après tout, c'était sa faute si le vieux les tenait, lui et Sara Katz. Mais elle n'avait pu prévoir tout ça, elle avait agi trop impulsivement lorsqu'elle avait eu l'idée de ces photos. Elle n'hésiterait pas à payer si seulement elle pouvait réunir une telle somme.

Il lui répliqua que c'était stupide. Si l'on payait une fois, on payait toujours. Les maîtres chanteurs n'en ont jamais assez. Il n'était pas question, non plus, de faire un nouveau cambriolage.

— Ce salaud ne ferme sa gueule que pour ne pas foutre son sale travail par terre, dit-il. Si j'essaie encore une fois, il va me balancer !

— N'y a-t-il aucune possibilité de le coincer ? demanda-t-elle.

Il haussa les épaules. Pour le moment, il ne savait que répondre. Le vieil homme l'avait surpassé, lui, l'homme de la Gestapo, le dur à cuire.

Mais un Schmitz, quand il est pris à la gorge, sait défendre sa peau. Non, grogna-t-il, il ne se laisserait pas intimider si facilement par le vieux aux oreilles de chauve-souris. Il trouverait bien une solution.

Lorsque Irmgard fut partie et que Schmitz se retrouva seul, il lui vint une idée. Le vieux maître chanteur allait avoir une surprise !

17

Ce jeudi-là, les habitants de la Adolf-Hitler-strasse n'étaient pas près de l'oublier, c'était le 28 juin 1934, il se produisit quelque chose d'inattendu. Quelque chose dont ils n'auraient même pas osé rêver.

Ce jour-là, « IL » passa en voiture sur les pavés de la rue. En chair et en os. « LUI » qui lui avait donné son nom.

Grand-père Breil avait regardé au hasard la pendule de sa cuisine lorsque, après son petit déjeuner, il avait pris son coussin et s'était installé, les coudes sur l'appui de fenêtre. Il était dix heures moins dix. Il le raconta partout par la suite. Chaque détail de cet instant lourd de signification prit, dans les récits des spectateurs de cet événement, une importance particulière.

A dix heures moins dix, donc, un cortège de limousines Mercedes noires apparut en haut de la rue, là où se trouvent les numéros les plus élevés et descendit dans la partie inférieure de l'ancienne Welser-strasse. Grand-père Breil observa avec curiosité les voitures conduites par des hommes en uniforme noir. Elles glissaient presque sans bruit. Le regard de grand-père Breil se porta sur les occupants.

Et soudain, il « LE » vit.

Il était assis, légèrement appuyé en arrière, sur la banquette de la troisième voiture.

— Le Führer ! cria Breil de sa petite voix qui s'étrangla. Oui, il est bien là ! Le Führer passe dans notre rue !

Anton Bockmeier venait juste de sortir de sa boutique pour rentrer les stores car une forte averse tombait du ciel. Il entendit les cris presque déments du grand-père Breil. Son corps massif pivota sur lui-même. Il resta planté, comme frappé par la foudre, lorsqu'il reconnut dans l'une des voitures noires les deux hommes dont les portraits ornaient son étalage de viande : Adolf Hitler et Hermann Goering.

Il crut rêver. Mais le rêve était réalité.

Dans son tablier sanglant de boucher, Anton Bockmeier fit le beau.

Il leva le bras et cria :

— Heil Hitler ! Heil Goering !

Puis il tourna la tête vers le magasin.

— Emmy ! Fritz ! Frantz ! Venez vite !... Le Führer !

Mais on ne voyait déjà plus que les pare-chocs arrière des voitures.

On apprit plus tard que le chancelier et le ministre-président de Prusse, arrivés à l'aérodrome d'Essen-Mülheim, se rendaient au mariage du gauleiter de Rhénanie, dont ils allaient être les témoins. D'autres personnes de la rue durent à Dodo de profiter, dans une certaine mesure, du passage du Führer.

Le garçon coiffeur venait justement de rattraper le caniche d'une cliente qui s'était échappé du salon Adler et avait traversé la rue, lorsqu'il entendit les cris de grand-père Breil. Dodo était debout avec le chien sous la pluie, au bord du trottoir, pour laisser passer le cortège. Soudain, l'animal lui échappa et Dodo bondit après lui, exactement devant la troisième voiture. La Mercedes freina brutalement et s'arrêta. Le grand travesti en blouse blanche de coiffeur regarda droit dans les yeux le chauffeur en uniforme noir qui grimaçait de fureur et jurait.

Dodo fit un pas de côté et comme la voiture repartait lentement, il reconnut, à travers les glaces ruisselantes de pluie, les deux hommes assis sur la banquette arrière. Celui dont il avait souvent persiflé la moustache à la Charlot et la mèche sur le front. Et le gros, dans un uniforme chamarré où les décorations ne trouvaient plus de place. Il le connaissait d'après le portrait exposé à l'étalage de Bockmeier.

Dodo leva le bras droit pour écarter de son front ses cheveux trempés. Hitler et Goering prirent ce geste pour un salut. Ils se penchèrent légèrement en avant et, avec un sourire débonnaire, levèrent également le bras droit.

Puis l'apparition disparut. Lorsque Adolf Hähnlein et sa femme se précipitèrent dans la rue, la dernière voiture venait de tourner dans la rue « Am Bahndamm ».

Anton Bockmeier, planté devant son magasin, semblait incapable de bouger.

— J'ai vu le Führer! J'ai vu le Führer! répétait-il avec ravissement.

Une grappe humaine s'était rapidement agglutinée autour de Dodo. Il retenait difficilement le caniche qui sautait au bout de sa laisse.

— Vous étiez tout près de lui, Dodo, dit Else Wendehals.

Elle revenait de la crèmerie et elle avait observé la scène de loin. Elle continua :

— Comment était le Führer?

— Ah, mon Dieu, comment aurait-il pu être autrement? dit Dodo de sa voix artificielle. Il était beau. Bien coiffé. La mèche superbe. Et Hermann, de première!

— Hermann Goering? demandèrent les badauds.

— Tout à fait comme à l'étalage de Bockmeier, dit Dodo. Peut-être un peu plus gros. Peut-être quelques décorations en plus. Et le plus beau...

— Le plus beau? demanda Else Wendehals, curieuse.

— Ils m'ont salué comme une vieille connaissance, dit Dodo en frétillant des hanches.

— Exact ! cria grand-père Breil de sa fenêtre, je l'ai vu de mes yeux !

Pendant toute la journée, Dodo fut la star de la rue.

18

Deux jours plus tard. Onze heures trente.

Les culottes de cheval de l'officier supérieur SS grincèrent lorsqu'il s'assit au bord du bureau du commissaire Tümmler, chef de service de la Gestapo locale. Tout grinçait chez ce SS, sa voix comme ses bottes. Il venait de la direction de la Gestapo de Düsseldorf.

Dès qu'Arnold Schmitz était entré dans le bureau, il avait senti qu'il y avait quelque chose dans l'air. Tous ses collègues avaient été réunis, même ceux qui n'étaient pas de service ce samedi-là. Ils étaient là, debout, serrés les uns contre les autres et ils écoutaient, stupéfaits, ce que leur disait la voix grinçante.

Elle parlait d'un complot du commandement supérieur de la SA, de la révocation et de l'arrestation du chef d'Etat-major Röhm et de ses plus proches confidents. De trahisons et de mutineries qu'il fallait étouffer dans l'œuf. De l'exigence d'Hitler de « cautériser jusqu'à la chair ».

L'officier SS conclut :

— A dix heures, Berlin a donné le mot de code « Colibri ». Vous savez, messieurs, ce que ça signifie !

Des plis cachetés se trouvaient depuis plusieurs jours dans le service. On les ouvrit. Ils contenaient les noms de grands chefs de la SA, avec des notes spécifiant si ces hommes devaient être appréhendés pour être conduits dans des camps de concentration ou « liquidés » sans procès. Ce qui, pour parler clairement, signifiait : à fusiller sur place.

Même les plus endurcis des hommes de la Gestapo mirent quelque temps à s'habituer à la chose. Cette fois, ils n'avaient pas affaire à des communistes, des juifs et autres « dangers publics », ce pour quoi ils étaient entraînés, mais à des huiles du Parti, les faisans dorés comme on les appelait. Ils partirent ce matin-là, par groupes de trois. Un tout jeune aspirant SS et l'assistant inspecteur Saeger accompagnaient Schmitz. Une mission tout à fait à son goût. Avec la liste que le commissaire lui avait remise, il partit comme un chien de meute qu'on vient de découpler.

Pendant le trajet, il étudia le premier nom : standartenführer

Arthur Bergen. Remarque : homosexuel. Schmitz avait encore dans les oreilles ce que le chef SS avait dit de la « race des pédés de Röhm ». C'était donc une de ces tantouzes qui voulaient attaquer Hitler par-derrière. Il habitait au deuxième étage d'une maison pour plusieurs familles dans la vieille ville.

Une femme aux cheveux grisonnants ouvrit la porte.

— Gestapo, dit Schmitz, nous voulons parler au standartenführer Bergen.

Etonnée, la femme regarda les deux hommes qui, dans leurs longs manteaux gris, avaient l'air de représentants.

— Mon frère est en train de prendre son petit déjeuner, dit-elle.

— Amenez-le !

Elle se retourna.

— Arthur, viens un peu voir... Ce sont deux messieurs de la Gestapo !

Un homme de grande taille au crâne chauve, brillant, s'approcha. Il portait des bottes, une culotte de cheval, une chemise brune et une cravate claire. Sa serviette était encore coincée dans son col. Il plissa le front et demanda, la bouche pleine :

— La Gestapo ? Oui, qu'est-ce que c'est ?

— Etes-vous le standartenführer Arthur Bergen ?

— Oui.

— On vous embarque !

Le chauve bondit.

— Qu'est-ce que c'est que ce ton ? Je vais...

Schmitz tira son pistolet. Il l'interrompit :

— En avant ! Cochon de pédé !

Ils l'empoignèrent sur place. Sans lui laisser le temps d'enlever sa serviette et de mettre sa vareuse d'uniforme, ils le traînèrent dans l'escalier jusqu'à la voiture. Il protesta, menaça, furieux, de faire intervenir son ami Goering.

— C'est un ordre, dirent-ils sans l'écouter.

Au commissariat, Tümmler lui notifia qu'il était en état d'arrestation. On avait l'ordre de l'expédier à Berlin. On lui passa les menottes.

Le cas suivant ne posa aucun problème à Schmitz. Il s'agissait d'un brigadenführer qu'il connaissait personnellement, car il était comme lui originaire de Stolp en Poméranie. Il lui avait un jour rendu visite avec une bande de SA à la Peitschenburg, à la mine Lenia II. C'était un type jovial et sympathique, insigne de cavalier, Croix de fer de première et de deuxième classe et toujours un relent de schnaps dans l'haleine.

Mais aujourd'hui, la sympathie ne comptait pas. Ils allèrent le chercher dans son bureau.

Les yeux faillirent lui sortir de la tête.

— Je ne suis pas un traître ! dit-il effondré. Je suis fidèle et dévoué au Führer. C'est une erreur. Hitler tirera les choses au clair !

Mais, ni le gauleiter ni quiconque à Berlin ne voulut lui répondre au téléphone. Le brigadenführer eut la « chance » d'être envoyé en camp de concentration.

Le troisième homme de la liste donna des difficultés à Schmitz. C'était l'oberführer Rudolf Lehmann. Selon les instructions, il devait être « liquidé » sur place. Schmitz se souvint d'avoir vu ce gros homme avec sa balafre au-dessus de la lèvre à plusieurs reprises chez Hähnlein.

L'oberführer n'était ni à son appartement ni à son bureau. Ni ses parents ni ses hommes de la SA ne savaient où il se trouvait.

— Le type s'est planqué, dit Schmitz en revenant au commissariat avec Saeger, peut-être a-t-il été prévenu.

Le commissaire Tümmler était de bon conseil.

— Vous habitez dans le même immeuble que l'ortsgruppenleiter Hähnlein ? demanda-t-il à Schmitz. Il connaît bien Lehmann. Ce sont de vieux camarades. Demandez-lui où Lehmann pourrait bien se cacher. Faites-lui bien comprendre qu'il risque sa tête s'il couvre le traître.

La limousine noire s'arrêta devant le 14 Adolf-Hitler-strasse. Schmitz et Saeger sautèrent à terre. Adolf Hähnlein ouvrit la porte de son appartement.

Ses traits reflétèrent sa crainte lorsque son sous-locataire et son compagnon, un homme trapu avec un menton carré et un nez de boxeur, surgirent de l'obscurité du couloir.

Schmitz comprenait sa réaction. Personne, en ces heures que l'on devait plus tard appeler « la Nuit des longs couteaux », ne savait qui serait la prochaine victime. Si la révolution brune qui commençait à dévorer ses propres enfants, n'allait pas s'attaquer à lui.

— Ne vous en faites pas, monsieur Hähnlein, dit Schmitz, nous ne venons pas pour vous, nous cherchons l'oberführer Lehmann.

Adolf Hähnlein hésita. Il savait que la maîtresse de Lehmann, Hilde Benz, habitait dans le voisinage. S'il se cachait, c'était probablement chez elle, qui était son ancienne secrétaire. Mais devait-il donner cette indication ? Valait-il mieux se taire ? Et s'il parlait, qu'arriverait-il à Lehmann ? Schmitz sentit ses scrupules.

— La clique de Röhm a souillé l'honneur et la réputation des SA, dit-il. Si vous savez quelque chose sur Lehmann et si vous le taisez, vous vous rendez complice, monsieur Hähnlein. Vous êtes un gradé, ne l'oubliez pas !

L'honneur et la réputation des SA trouvèrent un écho dans les pensées de Hähnlein. Il avait combattu pour cela durant des années. Côte à côte avec Rudolf Lehmann. Mais le vieux camarade semblait s'être tourné contre le Führer. Quiconque était contre Hitler ne pouvait plus être son ami. Il se secoua.

— L'amie de Lehmann n'habite pas loin d'ici, dit-il.

A peine avait-il parlé qu'il aurait volontiers repris ses mots, mais il était trop tard.

— Vous pensez qu'il est chez elle ?

Hähnlein haussa les épaules.

— Où habite-t-elle ?

Nouvelle hésitation, puis :

— Au coin de la Steingasse,... je ne sais pas le numéro.

— Son nom ?

— Hilde Benz.

— Merci, monsieur Hähnlein. Heil Hitler !

Schmitz laissa la voiture et son chauffeur devant le 14 de l'Adolf-Hitler-strasse. Accompagné de Saeger, il parcourut à pied le court trajet jusqu'à la Steingasse. Lorsqu'il tourna au coin de la rue, son regard tomba sur la devanture de la droguerie Lampert. Il pensa aux photos et à la tentative de chantage de Lampert, aux mille marks qu'il devait payer et à la fin possible de sa carrière s'il ne se pliait pas aux exigences du vieil homme.

— Attendez-moi là, dit-il à Saeger, je vais me renseigner à la droguerie sur l'adresse de cette Benz.

Schmitz disparut dans le petit magasin et Saeger fit les cent pas dehors. Deux minutes s'étaient écoulées lorsqu'un coup de feu résonna soudain. Pour Saeger, il n'y avait aucun doute : le bruit venait de la droguerie. Il ouvrit la porte, se précipita dans le magasin et vit Schmitz, le pistolet à la main, debout devant une silhouette recroquevillée sur le plancher. C'était un vieil homme avec une très grosse tête et d'énormes oreilles. L'écouteur d'un téléphone posé sur une table se balançait au-dessus de sa tête.

— Il voulait avertir Lehmann, dit Schmitz laconiquement en rempochant son pistolet. Je l'ai entendu faire un numéro et dire : « Allô, monsieur Lehmann, je voulais vous... » Alors, j'ai tiré. C'est le propriétaire de la droguerie.

— Mort ?

— Oui.

Cela ne semblait guère émouvoir Schmitz.

— Il faut nous presser, Saeger. Vous allez prendre les maisons du côté pair et moi, les numéros impairs. Cherchez le nom « Benz ».

Personne n'avait entendu le coup de feu. Ils purent quitter la droguerie sans encombre.

Saeger découvrit le nom au cinquième immeuble. Il fit signe à Schmitz et traversa rapidement la chaussée.

Saeger allait appuyer sur le bouton de sonnette marqué « Benz », mais Schmitz lui retint la main.

— Faut pas sonner chez elle, mais un étage au-dessous, autrement le type va se tailler.

La porte de l'immeuble s'ouvrit sur leur coup de sonnette. Les deux hommes se précipitèrent dans l'escalier. Un homme à cheveux blancs les attendait sur le palier du premier étage.

— Excusez, lui cria Schmitz. Nous nous sommes trompés de bouton.

Sans ajouter un mot, ils passèrent devant le vieillard et montèrent au second étage. Il y avait deux portes et « Benz » était écrit sur celle de droite. Saeger sonna. Une jeune femme aux boucles blondes ouvrit.

— Nous cherchons l'oberführer Lehmann. Il est en danger ! Nous voulons le sauver !

Affolée, la blonde laissa entrer les deux hommes et les conduisit dans une chambre où un gros homme, pâle comme la mort, une cicatrice rouge au-dessus de la lèvre supérieure, était assis, les cheveux trempés. Devant lui, sur une table, il y avait une cuvette et un flacon de teinture capillaire.

Schmitz le reconnut aussitôt. Il portait un costume civil et il était en train de changer son apparence. Les chasseurs avaient débusqué le gibier.

— Obergruppenführer Rudolf Lehmann ? demanda Schmitz pour la forme.

— Oui ? répondit l'homme aux cheveux trempés.

Presque ensemble, Schmitz et Saeger ouvrirent le feu. En tombant, Lehmann renversa la table et, bien mort, resta couché sur le ventre. Pétrifiée, Hilde Benz était debout dans l'encadrement de la porte.

Schmitz avait encore le pistolet à la main lorsqu'il se tourna vers elle.

— N'ayez pas peur, mademoiselle, à vous, il n'arrivera rien.

Ils la laissèrent avec le mort.

19

Les habitants du 14 Adolf-Hitler-strasse apprirent, le lendemain, ce qui s'était passé la veille et au cours de la nuit, dans le IIIe Reich.

Le docteur Goebbels rendit compte des événements à la radio avec une extrême excitation, apparemment du moins. Adolf Hitler, dit-il, avait, « avec un courage exemplaire », écrasé à Bad Wiessee une conspiration de hauts dignitaires de la SA. On les avait surpris en plein sommeil, et arrêtés immédiatement. Le chef d'état-major Ernst Röhm était à la tête de ces « criminels ». On avait découvert chez eux « de honteuses et écœurantes perversions sexuelles ». Sur l'ordre d'Hitler, six grands chefs SA avaient été exécutés à la prison de Munich-Stadelheim. La rigueur du Führer avait également frappé les traîtres dans d'autres villes du Reich. Le soir, aux nouvelles, on annonça également la mort de Röhm.

Adolf Hähnlein écouta les discours et les informations de cette journée avec une profonde confusion.

Il était certes content que le putsch ait été écrasé. Mais l'habituel enthousiasme que les succès du Parti avaient jusqu'à présent provoqué chez lui, ne se manifestait pas cette fois-ci. Il avait trop vécu dans l'angoisse. De plus, le souvenir de la faute dont il avait chargé sa conscience en dévoilant l'adresse de Hilde Benz le torturait. La nouvelle de la mort de l'oberführer avait été pour lui un choc qui ne lui laissait plus de repos. Bien sûr, ç'avait été son devoir d'aider le Parti à écraser le putsch. Schmitz n'avait pas fait appel en vain à sa position de gradé. Mais n'avait-il pas ignominieusement trahi son vieux camarade, son ami ? Etait-il nécessaire de livrer la cachette de Lehmann ? La seule excuse qui lui restait et à laquelle il s'accrochait désespérément, c'était qu'il ne pouvait pas savoir que Lehmann allait être abattu.

Le professeur Philipp Wendehals ressentait, au contraire, une sorte de soulagement. Bien qu'il commençât à s'accommoder lentement des temps nouveaux, l'attitude bruyante et vulgaire de la SA avait toujours choqué sa délicatesse de sentiments. Leur tapage lui répugnait. Il se félicita que l'on eût châtié les arrivistes en chemise brune et qu'ils eussent été rappelés à l'ordre. Même si la brutalité de l'opération avait un caractère assez terrifiant, Hitler n'avait pas eu d'autre choix. L'homme fonçait. Il ne faisait rien à moitié.

Moses Winschermann conçut de nouveaux espoirs. La SA avait été ramenée à la raison. Les bagarres et les abus de pouvoir, c'était désormais terminé. Et en même temps, espérait-il, les humiliantes attaques contre lui et ses coreligionnaires qui étaient venues, pour la plupart, des séides de Röhm. Il pariait sur le « processus d'autonettoyage » qui était maintenant à la portée immédiate d'Hitler. Une évolution qui pouvait conduire à l'effritement et, peut-être même, à la perte de son pouvoir. Ce qui remontait le moral de Winschermann, c'était aussi de pouvoir continuer à écrire des articles pour l'*Allgemeine Anzeiger* — bien que ce fût sous un pseudonyme. Il les envoyait par la poste à la rédaction, le major Runge les publiait et lui virait ses honoraires sur son compte en banque. Il semblait donc que les juifs de la ville eussent surmonté le pire.

Toutefois, Jakob Katz persistait à voir les choses en noir. Pour lui, les événements du week-end n'étaient rien d'autre qu'un règlement de comptes entre bandes rivales, dans lequel le chef de gang le plus violent, donc Hitler, avait conservé l'avantage. Après sa victoire sur ses ennemis dans ses propres rangs, il craignait qu'il ne se concentrât d'autant plus sur les ennemis extérieurs, donc sur les Katz et leurs semblables. Les juifs.

Kalla Kompowski s'abstint de tout commentaire. Il avait fait sa paix avec les nationaux-socialistes. Il les avait combattus et, pour cela, il avait été emprisonné. Ils l'avaient libéré et lui avaient procuré du travail. Maintenant, il était contremaître et gagnait assez d'argent pour lui-même et ses deux filles. Il pouvait de nouveau manger à sa faim, s'habiller correctement et son aînée n'était plus obligée de gagner de l'argent en plus de son travail à la coopérative. Sa canette de bière arrivait chaque jour sur la table et son pigeonnier était de nouveau au complet. Röhm et sa clique ne l'intéressaient pas.

Les commentaires de la radio et des journaux inquiétaient Dodo. On y parlait de la « bande de pédérastes » des chefs de la SA. Des vocables comme « cautériser », « nettoyer » et « chasser les pédérastes » étaient constamment utilisés à propos des homosexuels et autres marginaux de la nouvelle société, dont le travesti faisait partie. Il craignait le pire.

L'homme le plus satisfait de l'immeuble était Arnold Schmitz. Il avait travaillé jusqu'à quatre heures du matin et exécuté tous ses ordres avec promptitude pour satisfaire ses supérieurs. L'assassinat du vieux Lampert était couvert par l'opération « Colibri ». Le commissaire Tümmler le lui avait assuré après le récit de l'incident. L'oberführer de la SA Lehmann ne devait être averti en aucun cas.

Qu'il n'y eût pas le téléphone dans l'appartement de la maîtresse de Lehmann resterait toujours caché. La Gestapo avait pris la responsabilité de tous les assassinats relatifs au putsch Röhm. On ne donnerait aucun renseignement à la justice. On avait agi sur ordre supérieur et l'affaire Lampert n'était qu'une bavure. C'étaient là des faits inévitables quand le destin du peuple allemand était en jeu.

Schmitz pouvait donc s'abandonner au sentiment apaisant d'avoir fait du bon travail dans sa chasse à l'homme administrative tout en réglant de façon sanglante, mais dans l'impunité, un compte personnel.

Lorsque Irmgard Kompowski frappa à sa porte vers la fin de l'après-midi, il était d'excellente humeur. Elle avait vu sortir de la droguerie le cadavre de Lampert. « Suicidé », lui avait soufflé un badaud. C'était la version officielle de la police. Mais elle avait eu l'impression que c'était inexact et elle demanda à Schmitz s'il en savait plus.

Schmitz prétendit que non.

— Ce qui est important, c'est que nous n'ayons plus ce vampire sur le dos, dit-il.

Puis ses traits se durcirent et il ajouta froidement :

— N'oubliez pas, mademoiselle Kompowski, qu'on ne me fait pas chanter.

Irmgard le quitta, soulagée de savoir que Sara Katz était hors de danger et pourrait désormais garder son bijou. Mais elle craignait encore plus d'Arnold-les-bottes. C'était elle qui possédait les négatifs qui pouvaient devenir dangereux pour lui.

S'il avait tué le droguiste pour les tirages (sa réaction le lui faisait supposer), pouvait-elle être en sécurité devant lui ?

Elle rentra chez elle avec une sensation d'étouffement.

20

Au début d'août, « l'étude des races » fut introduite dans le programme de biologie au lycée municipal. Ce fut un calvaire pour le petit Nathan Katz qui, durant les cours dans lesquels il était surtout question de la race nordique, fut soumis à des tortures infernales.

Wendehals avait certes parlé à ses parents, mais ils n'avaient pas suivi son conseil d'envoyer Jiddchen dans une école juive.

Leur fils devait bénéficier de l'éducation allemande dont ils avaient eux-mêmes profité. Ils voulaient montrer par là qu'ils pensaient et sentaient en Allemands. Ils ne voulaient pas être enfermés, eux et leurs enfants, dans un ghetto spirituel. Lorsque Jiddchen en larmes se plaignit des brimades de ses condisciples et des professeurs, Jakob Katz lui répondit :

— Ne fais pas d'histoires ! Nous autres juifs, nous n'avons jamais eu la vie facile. Serre les poings dans tes poches !

Il n'avait aucune idée de la vulnérabilité d'une âme d'enfant.

En ce matin de la mi-septembre, le professeur Felix Bubendey, professeur de biologie de la quatrième, était dans son élément. Bubendey était mince, portait des lunettes d'écaille et coiffait en brosse ses cheveux gris. Il marchait lentement entre les bancs, les mains derrière le dos.

— Holste ! cria-t-il au chef de classe, qu'entend-on par une race ?

Rudi Holste se leva de son banc à côté de Jiddchen.

— Une race, récita-t-il, est un groupe d'hommes déterminé avec des caractères corporels et spirituels déterminés qui se différencie ainsi de tout autre groupe d'hommes et se reproduit, toujours semblable à lui-même.

— Bien, bien. Cite-moi des caractères corporels typiques de la race nordique.

— Elle est de grande taille, les jambes sont longues, elle est élancée.

— Bon, bon. Forme de la tête ?

— L'arrière de la tête, qui saille largement au-dessus de la nuque est typique de la race nordique.

— Le crâne d'œuf ! cria quelqu'un sur les derniers bancs alors que Bubendey venait de se retourner.

Quelques élèves pouffèrent. Holste eut du mal à garder son sérieux.

Le professeur interrompit ses allées et venues. Il se tourna, enleva ses mains de son dos et passa l'une d'elles dans l'entrejambe de son pantalon qui, à cet endroit, paraissait être trop étroit.

— Celui qui fait des plaisanteries de ce genre, dit-il furieux, montre seulement son immaturité. Le premier que je prends aura droit à cinq coups de canne ! Holste, assis ! Wirsing, debout ! Forme du visage...

Karlchen Wirsing occupait un banc derrière Jiddchen. Il se leva mollement. Son front se plissa de rides profondes.

— Alors ! Ça vient ?

— Chez l'homme nordique elle est particulièrement hardie.

— Bon, bon. Pourquoi a-t-elle l'air hardi ?

— Je ne sais pas, dit Wirsing en haussant les épaules.

— Par une triple saillie de la ligne de la coupe du visage, déclara Bubendey. La première dans le front plat incliné en arrière, puis dans le nez droit sortant d'une haute racine du nez, finalement dans le menton bien marqué. Rappelle-toi ça !

— Oui, monsieur le professeur !

Bubendey se plaça un peu de biais devant les premières rangées de bancs, au milieu de la salle de classe.

— Chez qui, dans la classe, peut-on reconnaître une coupe de visage typiquement nordique ? demanda-t-il lentement. Alors, Wirsing ?

Le regard de l'élève aux joues rouges tomba par hasard sur Jiddchen.

— Sûrement pas chez Katz, dit-il en ricanant. Chez lui, il n'y a qu'une saillie dans le visage : le nez !

— Ne dites pas de sottises, Wirsing, dit sèchement Bubendey. Nous nous occuperons plus tard de la race juive.

Un élève des premiers rangs se leva d'un bond.

— A la Hitlerjugend, on nous a appris que les juifs ne sont pas une race. Ils ne sont qu'un méli-mélo, monsieur le professeur.

Bubendey hocha la tête.

— Tu veux dire un mélange de races, Weber. C'est exact. On dit la race juive dans le vocabulaire profane. Nous devons l'éviter.

Bubendey se tourna de nouveau vers Wirsing.

— Bon, as-tu découvert un profil nordique chez un de tes condisciples ?

— Oui. Chez Holste.

— Bon. Bon.

Bubendey s'approcha du chef de classe. Ses yeux saillants brillaient derrière ses lunettes. Il saisit Holste par le menton et le releva légèrement.

— Chez Holste, tout est parfait, dit-il. Le front, le nez, le menton. Ainsi que les cheveux : blonds, parfaitement lisses avec un léger reflet roux. La peau aussi est typique : claire et rosée. On voit le sang luire à travers.

— Comme du lait et du miel.

Ça venait de nouveau des derniers rangs. Mais, cette fois-ci, Bubendey était sur ses gardes. Il se retourna avec la vitesse de l'éclair et son regard perçant découvrit le chahuteur.

— Ullmann, arrive ici ! dit-il.

A peine le coupable fut-il à sa portée qu'il le saisit par ses cheveux courts, juste au-dessus de l'oreille, et les tira si violemment qu'Ullmann poussa un cri.

— Je le tiens ! cria-t-il triomphant. La tête d'œuf, c'était toi aussi ? Attends un peu !

Le professeur appela Rudi Holste et lui remit un trousseau de clefs. Tous les élèves savaient ce qui allait se passer : le chef de classe devait aller chercher, dans la salle des cartes, les trois cannes que Bubendey y enfermait dans un placard. Une courte et épaisse, une longue et mince, enfin une moyennement longue et forte. Lorsque Holste revint avec les trois cannes, Ullmann fut autorisé à en choisir une. Il montra la moyenne, puis il lui fallut se baisser.

Bubendey recula légèrement, leva le bras et frappa. Avec une jouissance sadique. Elle augmenta lorsque l'élève poussa des cris après chaque coup. Le souffle oppressé, et visiblement apaisé, le professeur reposa la canne après le cinquième coup. Il s'essuya le front avec son mouchoir tandis qu'Ullmann regagnait sa place en frottant le fond de son pantalon.

— Prenez note, dit Bubendey, que l'éducation et l'ordre sont des caractères essentiels de la race nordique.

Puis il reprit le cours de la leçon.

A la fin de l'heure, il donna le texte des devoirs à faire à la maison :

— Premièrement : rassemblez pour votre dossier sur les races des images de publicité et des caricatures. Rangez-les du point de vue racial. Quel idéal de beauté ressort particulièrement des images publicitaires ? Deuxièmement : observez les gens chez lesquels vous remarquez des caractères raciaux particuliers, aussi bien dans leur attitude que dans leur façon de marcher ou de parler. Troisièmement : que remarquez-vous dans la façon de parler et de chanter des juifs ?

La sonnerie de la récréation retentit et Bubendey sortit de la classe. Il marchait comme sur des échasses et, de nouveau, attrapa l'entrejambe de son pantalon qui semblait l'écorcher. A peine avait-il quitté la salle qu'une grappe d'élèves se rassembla autour du banc de Nathan Katz.

— Vas-y, chante, Jiddchen, cria Karlchen Wirsing, qu'on voie ce qu'il y a de curieux. C'est un devoir à faire à la maison.

— Oui ! chante, Jiddchen ! chante ! exigea un autre élève.

Comme il refusait, Holste et Wirsing voulurent le tirer jusqu'à la chaire du professeur. Ils le saisirent et le traînèrent sur le plancher. Ils furent soudain projetés de côté. Le gros Kehlmann, fils d'un sculpteur connu, les prit tous les deux au collet et les attira à lui.

— Deux contre un, c'est lâche, dit-il.

Les deux autres le regardèrent avec fureur. Mais ils n'osèrent pas répliquer. Kehlmann était le garçon le plus fort de toute la classe.

21

Karl Hähnlein et Erika Gottwald ne purent, pendant longtemps, se mettre d'accord sur le genre de mariage qui leur convenait. Ils devaient se marier le 12 mai 1935 dans quatre semaines et la cérémonie aurait lieu à l'église. Mais Karl voulait faire partie d'un « mariage de masse » comme il allait y en avoir partout dans le Reich, à cette époque, tandis que sa fiancée exigeait d'être mariée par le pasteur Baum qui l'avait baptisée.

Karl n'était pas du tout d'accord.

— Ce type est un agitateur, répétait-il ce matin-là, lors d'une de leurs nombreuses discussions à ce sujet. Sa Jeunesse évangéliste n'est toujours pas incorporée dans la Hitlerjugend. C'est un scandale ! Il bave sur nous du haut de la chaire. Et ce serait ce type qui nous donnerait la bénédiction ? Nous ferions mieux de nous contenter de la mairie !

— Le gauleiter, lui aussi, s'est marié à l'église. Et Hitler et Goering étaient là comme témoins, dit Erika.

— Mais pas chez Baum. Pourquoi n'irions-nous pas au grand mariage de Müller, l'évêque du Reich ? Là, c'est quelque chose. Il y a toutes les grosses têtes du Parti.

— Mon père veut le pasteur Baum. Et moi aussi.

Eva Hähnlein était assise dans la cuisine avec les deux fiancés en conflit et brodait la robe de mariée, elle intervint :

— Le pasteur Baum a baptisé ton père et moi aussi. Ne sois donc pas si têtu, Karl. C'est l'affaire d'une heure et, après, tu n'auras plus à revoir le pasteur.

— Pas du tout, tonna Karl. Et quand nous aurons des enfants ? Chez qui les baptisera-t-on ?

Erika Gottwald qui pliait le voile de mariée regarda son travail, gênée. Elle voulait donner de nombreux enfants au Führer. La femme et l'enfant, lui avait-on expliqué à la BDM, étaient le fondement de l'immortalité d'un peuple. Ce n'était que lorsque le nombre des berceaux dépassait celui des cercueils que l'on pouvait envisager un avenir meilleur avec une joyeuse confiance. Une vie sans enfants, c'était comme une désertion en temps de guerre. Elle ne voulait pas commettre une désertion. En outre, pour chaque enfant, il y avait une remise de vingt-cinq pour cent sur le prêt au mariage de mille marks que Karl et elle recevraient après la cérémonie. C'était de l'argent dont ils auraient l'usage car, pour l'essentiel, ils devraient vivre du salaire d'Erika, comptable chez son père. Karl était entièrement pris par son travail aux Jeunesses hitlériennes. Il devrait prochainement entrer à l'école des Reichsführer de Flachsdorf. Il devait aussi être incessamment promu unterbannführer, mission honorifique, mais non rétribuée.

— En ce qui concerne les enfants, dit Eva Hähnlein, vous avez bien le temps de vous casser la tête. Mariez-vous d'abord. Le reste s'arrangera.

Karl Hähnlein n'avait aucune envie de se trouver face à face avec Baum à l'église. Il n'avait pas oublié le coup de chaîne de bicyclette des « ratichons » de Baum lors de l'attaque de la maison Welser par sa bande. Non plus que les mots insultants du pasteur qui l'avait traité de menteur et lui avait dit qu'il était un si gentil garçon avant de devenir chef aux Jeunesses hitlériennes. D'un autre côté, il ne voulait pas gâter les relations avec son futur beau-père qui le considérait toujours avec scepticisme.

— C'est bon, dit-il finalement, allons chez le pasteur. Mais je mettrai mon uniforme.

— A l'église ?

— Le gauleiter, lui aussi, était en uniforme.

Quatorze jours plus tard, le pasteur Baum fut arrêté par la Gestapo pour propos séditieux. Lors d'un sermon, il avait dit que les chrétiens devaient obéir à Dieu plutôt qu'aux hommes et bien d'autres choses du même style. Grand-père Breil avait vu les hommes de la Gestapo le pousser brutalement dans l'auto « comme un paquet de linge sale ».

Ainsi, il ne fut plus question du pasteur Baum pour le mariage. Karl Hähnlein, grâce à cette péripétie, put donc réaliser ses désirs. Il se présenta avec sa fiancée au mariage de masse qui avait été organisé par le Parti.

Il eut lieu le dimanche 12 mai. Soixante couples se retrouvèrent par une matinée ensoleillée sur la place Adolf-Hitler. Les hommes portaient les uniformes des différentes formations national-socialistes. Les femmes avaient pour la plupart revêtu des robes grises strictes avec des cols blancs. Rares étaient celles qui, comme Erika Gottwald, étaient en robe de mariée avec voile et couronne de fleurs d'oranger. Des filles de la BDM leur offrirent des bouquets de mariée.

Entre deux haies de spectateurs, ils entrèrent dans l'église où l'évêque procéda au mariage. L'évêque Müller, du mouvement des Chrétiens allemands était un homme corpulent aux cheveux blancs clairsemés. Il parla moins de Dieu que des devoirs envers l'Etat et l'Eglise, moins du Seigneur que du combat pour l'honneur et la liberté.

— Comme pour tout peuple, dit-il, le Dieu éternel a créé pour notre peuple une loi unique en son genre. Elle s'est incarnée dans le Führer Adolf Hitler et dans l'Etat national-socialiste qu'il a conçu. La fidélité à sa personne que l'on attend des nouveaux couples, les porteurs de la nouvelle famille allemande, est également une profession de foi en l'Eglise. Car, désormais, il faudrait dire : « Un peuple ! Un Dieu ! Un Reich ! Une Eglise ! »

Dodo, qui assistait dans un coin de l'église avec quelques voisins à la cérémonie, dit un peu plus tard à Irmgard Kompowski :

— Ah ! Dieu, le pauvre Dieu, il va lui falloir se mettre au garde-à-vous devant Hitler...

Karl et Erika Hähnlein, née Gottwald, furent les premiers à sortir de l'église au son des orgues et des cloches. Une nièce d'Erika en petite robe blanche tenait son voile.

Conduit par un gros führer de la SA, le cortège des jeunes mariés parcourut une partie de l'Adolf-Hitler-strasse jusqu'à un local du Parti. La foule massée sur le passage et difficilement contenue par un détachement de la SA salua, le bras levé, en criant Heil !

Au bras de Karl, Erika souriait, heureuse, en regardant à droite et à gauche. Dans la foule, elle reconnut Dodo, Anton Bockmeier, Else Wendehals, Karin Winschermann et Vera Ahrens. La vue de la barmaid qui s'était de nouveau fait teindre en roux, la bouleversa. Ses traits perdirent toute expression.

Karl Hähnlein s'aperçut qu'elle se raidissait soudain.

— Qu'y a-t-il ? demanda-t-il.

Il s'efforça d'augmenter la distance qui le séparait du gros SA qui marchait devant lui.

— Ne l'as-tu pas vue ? demanda-t-elle sèchement.

— Qui ?

— La femme chez laquelle tu vas si volontiers quêter ! La Ahrens !

Il se contenta de hausser les épaules, n'ayant aucune envie de lui laisser gâter sa journée. Le banquet de mariage était servi dans la grande salle du local. Le gauleiter parla, ainsi que le chef de cercle, Montag. Tous deux célébrèrent les maris nationaux-socialistes et leurs épouses. Le gauleiter insista sur le fait que le Parti combattait le système des deux enfants.

— Il condamne inexorablement le peuple allemand à l'anéantissement, dit-il. Chaque famille doit avoir au moins quatre enfants. Alors seulement, nous pourrons assurer l'immortalité de notre peuple.

— Nous commencerons ce soir, dit en ricanant le jeune homme assis en face des Hähnlein. Il donna un coup de coude dans les côtes de sa blonde épouse.

— Quoi ? demanda-t-elle.

— A assurer l'immortalité de notre peuple...

Le soir, il y eut une petite fête réservée à la famille. Oswald Gottwald, le beau-père, avait invité les Hähnlein. N'ayant pas pu empêcher le mariage de sa fille, il s'efforçait de s'en accommoder. Il les reçut dans la salle à manger de sa villa qui se dressait dans un petit jardin derrière la boulangerie industrielle. Depuis la mort de sa femme, c'est là qu'il habitait avec sa fille et sa gouvernante.

La table était couverte de fine porcelaine et de soucoupes d'argent. Les bougies allumées répandaient une douce lumière dans la pièce aux lourds meubles de chêne sombre.

Adolf Hähnlein, père du marié, se comportait gauchement. Son ascension aux fonctions d'ortsgruppenleiter ne pouvait cacher ses modestes origines. Chauffeur de camion, il n'avait pas appris comment manger le caviar ou les autres nourritures raffinées. Il eut de gros problèmes avec le homard que Mme Engelhardt, la gouvernante de Gottwald, avait servi comme plat principal. Il ne savait comment en extraire la chair et il essayait en vain de casser la carapace avec ses dents.

Rouge de confusion, sa femme était assise à côté de lui. Elle non plus ne connaissait pas les usages d'une table raffinée, mais elle fut assez habile pour attendre de voir comment Gottwald s'y prenait avec le crustacé. Puis elle utilisa, quoique moins adroitement que le maître de maison, la pince à homard. Sous la table, elle donna un coup de pied à son mari qui se servit également de l'outil.

— Les homards sont comme les blindés, plaisanta-t-il en essayant de sauver la situation. Ils sont diablement difficiles à croquer !

Il rit, ce qui dérida l'atmosphère et les autres rirent aussi.

Karl Hähnlein n'évita la même gaffe que parce que sa femme

décortiqua le homard et le mit, prêt à être mangé, dans l'assiette de son mari. Ce dernier prit le plat de homard qui avait causé tant de problèmes à ses parents pour une méchanceté calculée par son beau-père afin d'humilier et de ridiculiser sa nouvelle parenté. Mais il eut beau observer attentivement Gottwald, il ne remarqua rien.

Son frère Wolfgang n'eut aucune difficulté avec le crustacé. La façon dont il le traita révéla que lui, l'étudiant, contrairement à sa famille, connaissait les usages de la meilleure société.

Après le repas, on se rendit dans le « vide-bouteille », une pièce accueillante, lambrissée de vieux bois. Oswald Gottwald porta un toast spirituel à la santé des jeunes époux. Le père Hähnlein, le visage rouge à cause du vin, se leva après le fabricant. Il vacillait légèrement.

— Mes chers enfants, dit-il, le verre à la main, mes chers enfants,... je... je...

— ... je me réjouis, lui souffla sa femme.

— Je me réjouis aussi ! dit Adolf Hähnlein. Mon plus grand souhait est que vous soyez heureux et que... que... vous nous donniez comme petits-enfants un tas de solides petits hitlériens. A votre santé !

Après lui, Wolfgang se leva. Il était mince et très pâle. Il se tourna vers ses parents :

— Puisque vous souhaitez si ardemment des petits-enfants, dit-il, je ne veux pas être en reste avec Karl. Je vous informc, cn espérant que cela vous fera plaisir, que je vais prochainement entrer dans l'état conjugal.

— Bravo ! cria Oswald Gottwald en battant des mains. Peut-on savoir avec qui ?

— Avcc ma fiancée, Selma Katz !

— Quoi, tu es déjà fiancé ! cria sa mèrc déconcertée.

— Oui, depuis quatre semaines.

— Donc, en secret.

— Vous ne vouliez pas qu'il en soit autrement.

Cette révélation frappa la famille comme un coup de poing en pleine figure. On l'avait vu venir, mais on avait cru pouvoir le faire changer d'avis. Maintenant, tous avaient le souffle coupé. Le père Hähnlein, après s'être effondré, secouait silencieusement la tête. Karl Hähnlein, le jeune marié, après un instant de réaction muette, bondit de sa chaise. Ses yeux bleus étincelaient.

— Je ne veux pas d'une belle-sœur juive, dit-il. Je ne te laisserai pas foutre en l'air ma carrière, Wolfgang !

— Selma est une fille épatante, dit Wolfgang, tout comme Erika. Elle ne ferait de mal à personne.

— Tu ne peux pas la comparer à Erika — c'est une juive !

— Je n'y peux rien. Mais laissons tomber cette discussion. Il faudra bien que tu t'accommodes de mon mariage.

— Il n'en sera rien, répliqua Karl. Avant qu'elle ne te prenne, elle aura atterri au camp de concentration. J'y veillerai.

Wolfgang resta muet. On voyait qu'il luttait pour conserver son calme. Les muscles de ses joues se crispaient et une artère gonflait sur son cou. Calme, d'un calme peu naturel il dit, pas très fort :

— Tu n'y survivrais pas !

— Voyons, les enfants, calmez-vous, cria Eva Hähnlein d'une voix suppliante. C'est un mariage que nous fêtons !

— Bientôt, dit lentement Wolfgang, nous pourrons aussi fêter un baptême. Selma attend un enfant.

Son frère l'entendit, mais il ne comprit pas immédiatement. C'était le deuxième coup. Il était arrivé, sans prévenir, et il le trouva hors de sa garde. Il eut l'impression de tomber. Il saisit brusquement sa femme par la main et se rua hors de la pièce.

Il haïssait son frère. Il haïssait Selma Katz. Et il haïssait encore plus cet enfant qui n'était même pas né. Cet enfant qui allait faire de lui, le fanatique nazi, l'oncle d'un demi-juif ou d'une demi-juive. Durant toute sa nuit de noces, il ne parla pas d'autre chose.

Erika avait imaginé cette nuit de façon toute différente.

22

Les jardins ouvriers « Hermenia » s'étendaient au nord de la ville entre des landes maigres et les constructions en briques rouges d'une cité minière. De la baraque de Kalla Kompowski, on apercevait les cabinets rudimentaires dans les cours des maisons et les appentis à cochons. Selon la direction du vent, on entendait les grognements des animaux.

Par un chaud après-midi de juillet, deux hommes entrèrent dans le petit jardin. Ils refermèrent la porte derrière eux. Irmgard Kompowski qui se tenait à l'intérieur de la baraque leur fit signe. Par un étroit sentier, les deux hommes arrivèrent à la cabane recouverte de carton bitumé et y pénétrèrent. L'un d'eux était très grand, chauve ; l'autre plus petit et plus jeune. Il avait d'épais cheveux noirs.

— Nous serons mieux à l'intérieur, dit Irmgard. Il ne faut absolument pas qu'on nous voie ensemble.

L'intérieur de la baraque se réduisait à une pièce d'environ quinze mètres carrés. Elle était proprement tapissée et meublée d'une table, de chaises et d'un matelas posé sur quatre pieds de bois. Devant la petite fenêtre, à côté de la porte, il y avait un rideau de tulle un peu moisi.

Les hommes s'assirent sur les chaises branlantes qu'Irmgard leur offrit. Elle apporta deux bouteilles de bière qui rafraîchissaient dans un tonneau d'eau derrière la cabane. Le plus grand des deux hommes but et essuya la mousse de sa bouche.

— Où est Kalla ? demanda-t-il.

— Mon père n'a pas voulu venir, Alfons, dit Irmgard. Il a peur de vous rencontrer. Au camp, ils lui ont cassé les reins.

— Dommage, dit-il, c'était un si bon copain.

— Il ne faut plus compter sur lui. S'il a peur, il ne sera qu'un danger pour vous. Vous devez donner sa cellule à quelqu'un d'autre.

— Pourrais-tu t'en charger, Irmgard ? demanda le brun. Tu connais tous les camarades et tu es renseignée sur son travail.

— Je le ferais volontiers, mais si je me fais prendre, mon père sera arrêté de nouveau. Il ne le supportera pas. Je ne peux pas prendre cette responsabilité, Kurt. Vous devez le comprendre.

— Autrefois, tu étais en contact avec Ulrich Reimer qui a caché votre mitrailleuse ?

— Oui.

— Reimer n'a pas été pincé. Il pourrait nous aider. Il faut bien que quelqu'un encaisse les cotisations des camarades. Un type comme lui, qui n'est pas connu de la Gestapo. Nous avons terriblement besoin d'argent. Pour les avocats des camarades arrêtés. Pour les camarades auxquels nous faisons passer la frontière. Pour leurs familles. Demande à Reimer s'il veut le faire.

Elle acquiesça.

Alfons avala une gorgée de bière. A travers le rideau, noir de moisissure, il regardait à quelque distance les maisons de brique rouge de la cité minière et le paysage de landes vides.

Il lui vint soudain une idée. Il demanda à Irmgard si elle pourrait leur procurer un endroit comme celui-là. Pour le groupe de résistance qu'ils voulaient organiser, un jardin ouvrier était un lieu de rendez-vous idéal. En ville, ils étaient trop surveillés. Jusqu'à présent, eux-mêmes et les autres camarades s'étaient rencontrés dans des jardins publics où ils passaient pour des promeneurs. A la longue, cela devenait trop dangereux. Savait-elle comment ils pourraient entrer en possession d'une cabane de ce genre ?

Elle connaissait un cultivateur qui était prêt à louer un terrain en jardins ouvriers. Elle leur donna son adresse. Elle leur indiqua en outre un marchand de bois, un communiste, qui pourrait les aider à se procurer à bon marché une maisonnette à construire soi-même. Elle considérait comme une bonne idée de cacher un groupe illégal dans un endroit de ce genre.

— Croyez-vous que, dans la clandestinité, vous pourrez changer les conditions politiques ? demanda-t-elle.

Alfons ne se montra guère optimiste.

— Pour l'instant, c'est peu probable, dit-il. Avant 1933, si les communistes s'étaient mis d'accord avec nous autres sociaux-démocrates, Hitler ne serait jamais venu au pouvoir. Sa chance a été cette sacrée scission des ouvriers allemands.

— N'est-il pas trop tard ?

— Il n'est jamais trop tard. Hitler et sa bande doivent partir. Leur appareil est tout-puissant et nos possibilités réduites, mais nous ne devons pas cesser de résister. Nous ne pouvons pas nous rendre de nous-mêmes.

Les deux hommes partirent et Irmgard rentra chez elle à bicyclette. Une surprise l'y attendait. Sa sœur se présenta devant elle en uniforme de BDM. Hilde se redressait fièrement dans sa veste d'escalade.

— Eh bien, Hilde, tu fais une répétition pour le carnaval ? demanda Irmgard étonnée.

— Non, je me suis inscrite à l'Union des jeunes filles allemandes.

— Tu ne parles pas sérieusement ?

— Si.

— As-tu demandé l'autorisation à papa ?

— Oui. Il a été d'accord. Il m'a même payé l'uniforme.

Irmgard songea aux deux hommes de la cabane, à leur courage pour maintenir la communauté des camarades malgré l'interdiction des partis et les poursuites. N'étaient-ils pas des sentinelles perdues si des vieux sociaux-démocrates payaient des uniformes bruns à leurs filles ?

— Comment me va l'uniforme ? demanda Hilde.

— Les filles devraient, de préférence, porter des robes civiles, répliqua Irmgard.

23

Comme chaque vendredi soir, veille du sabbat, Sara Katz agrafa un col de dentelle blanc fraîchement repassé sur sa robe. Puis elle entra dans la salle de séjour et s'approcha de la table où son mari et ses enfants étaient déjà assis.

La table était recouverte d'une éblouissante nappe blanche damassée, sur laquelle se dressait un chandelier de cuivre portant les bougies du sabbat. C'était le privilège de Sara, maîtresse de maison, de les allumer. Les deux flammes dansantes éclairèrent son menton, son nez et son front. Trois fois de suite, ses mains se formèrent en cercle autour de chaque flamme. Puis elle se couvrit le visage de ses mains et bénit les lumières.

Dans sa prière, elle nomma son mari, ses deux enfants, son père et sa mère. Elle conclut en demandant à l'Eternel de les bénir tous.

— Bon sabbat, dit-elle ensuite.

— Bon sabbat, répondirent Jakob, Selma et Nathan.

Le père et le fils se levèrent pour se rendre à la synagogue. Jiddchen avait depuis quelques jours fêté sa bar-mitsva. A treize ans, il avait été, après une cérémonie solennelle, admis comme membre à part entière de la communauté et appelé pour la première fois à lire publiquement la Thora. Moses Winschermann se joignit à eux. Il était rentré en retard chez lui, car il avait fêté le commencement du sabbat chez des amis.

Sa femme Karin qui, chrétienne, ne participait pas aux cérémonies juives, se préparait à partir le soir même chez sa mère, à Cologne. Winschermann ne pouvait pas l'accompagner car les voyages figuraient au nombre des activités interdites pendant le sabbat. Tout comme porter des colis, écrire, dépenser de l'argent, ouvrir des lettres, cuisiner ou allumer du feu. Tout ce qui touchait à l'électricité faisait partie de l'allumage du feu. Même la sonnerie de la porte d'entrée. Il y avait, pour en tenir lieu, le « battoir du sabbat » accroché à la porte pour permettre aux visiteurs de signaler leur arrivée.

Lorsque Selma entra dans la cuisine et constata que l'ampoule de la lampe ne fonctionnait pas, elle dut demander à la femme de ménage, Maria, de la changer. Les interdits juifs n'étaient pas valables pour les non-juifs. De même, pendant le sabbat, Maria devait éteindre les lumières.

Ce vendredi soir, la cuisine était d'une propreté impeccable.

La plaque de la cuisinière brillait. Toutes les casseroles, les poêles et la tôle sur laquelle Selma avait fait cuire les petits pains du sabbat, avaient été rangées et l'évier étincelait de blancheur.

Sara Katz suivit sa fille. Les préparatifs du dîner de sabbat l'avaient empêchée de parler à Selma. Elle voulait savoir si elle s'était rendue à la mairie avec Wolfgang Hähnlein pour la publication des bans.

— Oui, dit Selma, mais ça n'a pas marché.

— Comment cela ?

— On nous a dit que le Parti était opposé aux mariages entre aryens et non-aryens. Que ces mariages allaient incessamment être interdits.

— Le rabbin nous a déjà dit, l'année dernière, que ça allait arriver, mais il n'y a pas encore de loi.

— Pas encore, maman, mais on nous a tout simplement refusé de publier les bans. Wolfgang pense que son frère est derrière tout ça. Il veut nous faire des difficultés jusqu'à ce que la loi soit promulguée.

Selma avait l'air malheureux.

— Et maintenant ? Qu'allez-vous devenir ?

— Wolfgang va porter plainte auprès du tribunal administratif.

— Et comment, de quoi va-t-il se plaindre ?

— Pour qu'on nous autorise à publier les bans.

— Oh Dieu ! Combien de temps cela va-t-il durer ? Jusqu'à ce que l'enfant soit là ?

Selma haussa les épaules, l'air désolé. Elle regarda son ventre qui s'arrondissait légèrement.

— Espérons que ça ira plus vite, maman.

Karin Winschermann qui s'était changée pour le voyage était entrée dans la cuisine. Elle avait entendu les derniers mots. Elle aussi pensait que Karl Hähnlein était responsable. Son père, ortsgruppenleiter, faisait probablement jouer toute son influence pour empêcher le mariage de son fils. On ne pouvait pas accepter un « métis » dans la maison, avait-il récemment déclaré à des amis. C'était déjà bien assez d'y avoir des juifs.

Selma dit que Wolfgang et l'enfant n'auraient pas la vie facile. Karin, épouse chrétienne d'un juif, ne l'avait pas non plus et donna raison à Selma.

— C'est pour cela qu'aujourd'hui je ne suis plus si malheureuse de ne pas avoir eu d'enfant.

Elle vit le visage douloureux de sa jeune nièce et comprit, au même instant, à quel point ses paroles avaient dû blesser la jeune fille.

— Avec beaucoup d'amour l'un pour l'autre, vous vous en sortirez, dit-elle pour l'apaiser. L'amour triomphe de tout, même de ce qui, au début, paraît insurmontable.

Les hommes revinrent de la synagogue avec Nathan et un invité. C'était l'avocat Levy Herzfeld que Moses Winschermann avait connu en 1933 dans sa cellule à la prison. Moses dit au revoir à sa femme avant de chanter avec les autres, selon une vieille coutume, le chant de paix du sabbat, le chant des anges. Puis tous allèrent se laver les mains et prirent place à la table de la salle de séjour.

Jakob Katz leva une coupe pleine de vin et dit le « kiddusch », la prière qui ouvre le sabbat. Puis il but à la coupe. Ensuite, il leva la serviette qui couvrait les « barches », les pains du sabbat, passa dessus le couteau et les bénit. Chaque convive reçut un morceau de pain saupoudré de sel et répéta la formule de bénédiction.

La maîtresse de maison apporta un plat de carpe farcie. Deux autres plats suivirent. La conversation, après le repas, tourna comme au cours des derniers mois et semaines autour de la même question : émigrer ou tenir ?

— Même si je le voulais, je ne pourrais pas partir, dit Levy Herzfeld, tout ce que je possède est en terrains et en immeubles. Pour les maisons, aujourd'hui, on ne peut obtenir au mieux que la moitié de leur valeur et, si elles appartiennent à un juif, rien du tout.

Il raconta les tentatives de certains de ses clients désireux d'émigrer, pour vendre leurs propriétés à des aryens. Ces derniers avaient tenté de leur faire baisser leurs prix jusqu'au dixième de la valeur avec l'argument que c'était toujours mieux que rien. Car la confiscation menaçait désormais les juifs. S'ils avaient accepté le marché, après avoir payé les frais et les taxes, ils n'auraient même pas pu régler les intérêts des hypothèques avec le solde.

— Vous n'avez pas de famille, dit Jacob Katz, à votre place, je filerais dès demain en Palestine.

— Et mes immeubles ? demanda Levy Herzfeld.

Cela mis à part, il ne pouvait pas, du jour au lendemain, s'en aller dans le néant et se débarrasser comme d'une vieille peau de sa patrie et des travaux qui constituaient toute sa vie. De plus, il n'avait rien d'un sioniste. La Palestine était pour lui un pays étranger, pas une raison de vivre. Sa profession, ses devoirs étaient ici et non ailleurs. Il se sentait allemand, comme il l'avait toujours été, et même un bon Allemand.

— C'est un sentiment que je connais, dit Jakob Katz, on ne peut pas le chasser si facilement.

Moses Winschermann était resté silencieux.

— Ne serait-ce pas un manque de courage, demanda-t-il, de quitter notre pays, comme tant d'autres ? Ne sommes-nous pas trop dénués de foi, trop faibles dans nos convictions ?

— Ça ne va pas trop mal pour toi, Moses, dit Sara. Contrairement à Jakob qui doit durement batailler dans ses affaires. Tu as de la chance de pouvoir écrire pour ton journal. Que le rédacteur en chef ait le courage de t'imprimer. Et si c'est fini demain ? Que se passera-t-il ? Ne penseras-tu pas différemment ?

— C'est possible, répondit son frère, mais je prends mes dispositions. Dès demain, je vais à un cours de menuiserie de la communauté. Si l'on ne veut plus de moi comme écrivain, peut-être m'acceptera-t-on comme menuisier. Et je pourrai attendre ainsi que la situation se calme, qu'Hitler change de politique.

— Tu y crois toujours, Moses ? demanda Jakob Katz qui en doutait fort.

— Oui. On dit qu'Hitler ne sait pas tout ce qui se fait en son nom. L'année dernière, il a nettoyé sa SA. Peut-être nettoiera-t-il bientôt la SS !

Le journaliste regarda à la ronde par-dessus ses lunettes et posa la question :

— Comment pourrons-nous continuer d'exister si nous n'espérons pas ?

— L'espoir aussi peut être mortel, dit Levy Herzfeld, lorsqu'il empêche les gens de faire le nécessaire.

Quand leur invité les eut quittés, Moses Winschermann et les Katz restèrent encore un moment ensemble, en silence. Et la profonde paix du jour du sabbat avec son magnétisme particulier se répandit dans tout l'immeuble du 14 Adolf-Hitler-strasse, dans les heures qui suivirent.

24

Alfons Adler sursauta lorsqu'un matin du début d'août, une limousine noire s'arrêta devant son salon de coiffure, 6 Adolf-Hitler-strasse.

Deux hommes revêtus de longs manteaux en descendirent.

La limousine noire et les hommes aux longs manteaux — on savait maintenant ce que ça signifiait. C'était une sorte de corbillard et un nouveau genre de croque-morts du nouveau régime.

Les deux hommes gravirent les marches qui menaient au magasin, poussèrent la porte.

— C'est vous le patron ici ? demandèrent-ils.

A travers les verres épais de ses lunettes, Adler les regarda avec anxiété.

— Oui, messieurs, répondit-il en inclinant dévotement la tête.

— Un certain Daniel von Dorfen travaille bien chez vous ?

— Oui, messieurs.

— Amenez-le !

— Oui, messieurs.

Le coiffeur se hâta vers le salon des dames qui se trouvait derrière un rideau jaune d'or.

— Dodo, dit-il à son employé, deux messieurs pour vous !

Dodo était en train de rouler les cheveux mouillés d'une cliente sur des bigoudis. Il ne se dérangea pas et continua de tortiller habilement les mèches brunes de sa cliente. Il demanda sans se retourner :

— Est-ce que Hugo n'est pas là ? Il peut les servir, monsieur Adler.

— Ces messieurs ne viennent pas pour se faire couper les cheveux, chuchota le patron, ils veulent vous parler.

— Ah, ça ne m'arrange pas. De quoi s'agit-il ?

Un des hommes poussa le rideau du salon des dames. Il avait un visage maigre et des yeux gris.

— Il s'agit de ceci, dit-il presque aimablement : que tu enlèves ta jolie petite blouse blanche et que tu nous suives. Immédiatement !

Dodo sentit le danger. Le deuxième homme s'était également introduit dans le salon des dames. Lui aussi avait un sourire à la fois aimable et méchant.

— Tu as exactement une minute, dit-il, pas une seconde de plus.

— Qui êtes-vous donc ? Je ne comprends pas...

La voix de fausset de Dodo était étrangement enrouée.

— Tu n'as plus qu'une demi-minute, dit l'homme.

Dodo retira en hâte sa blouse de coiffeur. Il s'excusa auprès de sa cliente qui suivait la scène, stupéfaite.

— Désolé de devoir m'absenter pendant les heures de travail, M. Adler va vous servir.

Dans la voiture, il questionna ses compagnons.

— Qu'est-ce qu'on me reproche ?

— Rien, sauf d'être un salaud de pédé, dit l'homme aux yeux gris.

— Je ne suis pas pédéraste.

— C'est ce qu'ils disent tous.

La voiture s'arrêta devant un bâtiment gris occupé par des bureaux avec une entrée à colonnes. On amena Dodo dans une pièce où une vingtaine d'hommes étaient déjà rassemblés. A intervalles courts et réguliers, la porte s'ouvrait et d'autres hommes étaient amenés à l'intérieur. Des SS en uniforme étaient assis devant six bureaux. Ils appelaient les hommes les uns après les autres et les interrogeaient. Ils demandaient d'abord le nom, la profession et l'adresse. Puis venaient des questions plus brutales :

— Depuis quand es-tu pédé ?

— Pourquoi es-tu pédé ?

— Quel est le type qui t'encule et lequel encules-tu ?

Dans la rangée de Dodo, un homme refusa de répondre aux questions. Il était gracile, portait un manteau en poil de chameau et des bagues en or. Il exigea de parler à son avocat. Les questions lui furent posées à nouveau et il continua de refuser de donner des renseignements. Il n'était pas pédéraste, dit-il, et n'avait commis aucun délit. Deux SS en uniforme le poussèrent dans une pièce voisine. On entendit des coups et des cris.

Lorsqu'on le ramena quelques minutes plus tard, il était à peine reconnaissable. On l'avait traité effroyablement. Son front et un œil étaient tuméfiés, du sang coulait de sa bouche. Il répondit en gémissant à toutes les questions.

Le suivant, qui fut interrogé avant Dodo, essaya d'abord de ne pas se défendre. Comme profession, il indiqua professeur. Un oberscharführer de SS marcha vers lui, pointa une règle sur sa poitrine. Dodo reconnut, dans l'homme en uniforme, Rolf Fehrenbach, de l'Adolf-Hitler-strasse.

— Ha ! Ha ! dit Fehrenbach, un de ces pions pédés. Un pourrisseur d'enfants.

— Je ne suis jamais compromis avec des enfants, dit l'homme.

Il avait une chaînette d'or autour de son poignet gauche couvert de poils. Rolf Fehrenbach se fit apporter une chemise violette et la feuilleta rapidement.

— Ah non ? dit-il finalement en montrant une feuille. Il

ment encore. Je vois ici : atteinte au paragraphe 175. Plainte : pratiques homosexuelles sur des écoliers.

Le professeur à la chaînette d'or déclara :

— La procédure a été interrompue. Les élèves ont retiré leurs accusations contre moi.

— Tu les auras achetés, répliqua Fehrenbach. On connaît ça. Avec de l'argent, vous croyez pouvoir cacher vos cochonneries. Mais, chez nous, ça ne marche pas ! Chez nous, vous n'êtes pas des malades, chez nous, vous êtes des criminels. Des ennemis de l'Etat. Et les ennemis de l'Etat, on les écrase.

Il donna l'ordre au SS assis au bureau d'inscrire le nom du professeur sur la « liste pour Berlin ».

Fehrenbach qui s'était approché du bureau suivant se retourna lorsque Dodo donna son adresse : 14 Adolf-Hitler-strasse. Il revint sur ses pas, reconnut aussitôt le travesti.

— Dodo la tantouze, dit-il, l'ordure de ma rue. Pourquoi n'as-tu pas mis une de tes jolies robes ? Pas de perruque ? Pas de soutien-gorge ?

Malgré sa peur, Dodo ne put résister à l'envie de faire un mot.

— Ah, savez-vous, monsieur Fehrenbach, il fait encore trop clair pour moi. Même les uniformes noirs ne font pas la nuit...

Clatsch ! La règle de Fehrenbach avait jailli et l'avait frappé en plein visage.

— Petit rigolo ! Tu perdras vite l'envie de plaisanter.

Le visage lisse et inexpressif de Fehrenbach s'emplit d'un mépris comme en montrent souvent les jeunes gens qui détiennent un pouvoir.

— Depuis quand es-tu pédé ?

— Je ne suis pas pédéraste.

— Ah non ? Qu'es-tu alors ? Un hermaphrodite ?

Dodo ne répondit pas. Quoi qu'il dît, on s'en servirait contre lui.

— Couches-tu avec des hommes ou avec des femmes ? Réponds !

— Avec des femmes.

Fehrenbach montra le dossier de Dodo.

— Et pourquoi traînes-tu dans les boîtes pour homosexuels ?

— Parce que, là, on ne rit pas de moi.

— Le mieux, ce serait qu'on te châtre, Dodo, ou bien ? Dodo secoua la tête.

— Ce n'est pas nécessaire. Je prends des hormones sexuelles féminines.

Fehrenbach repoussa le dossier. Il se planta, les jambes écartées, devant le travesti.

— Tu veux donc devenir une femme, dit-il en ricanant. Mais les femmes couchent avec les hommes. En bon allemand : tu te fais enculer par des hommes. Tu es donc une pédale. Un cochon de pédé.

Il fit un signe au SS assis au bureau et conclut :

— Sur la liste pour Berlin !

— Mon médecin..., dit Dodo.

— Ton médecin, coupa Fehrenbach, ne nous intéresse pas. Nous connaissons vos médecins. Ils considèrent les pédérastes comme de pauvres malades. Mais vous êtes des criminels-nés. Nous avons beaucoup trop de gens de votre espèce en Allemagne. Devrions-nous leur construire des maisons de santé ? Nous avons une autre médecine : les travaux forcés. Là, on vous fait perdre en un tournemain le goût d'onduler du cul.

Il fit demi-tour et quitta la pièce à grands pas élastiques. Les interrogatoires continuaient. Dodo, qui était resté sur place, reçut l'ordre de débarrasser les lieux.

— Va-t'en chez toi, dit un des SS.

— Je peux partir ?

— Fous le camp ! Tu entendras encore parler de nous.

25

A la mi-août 1935, Jiddchen rentra du lycée, le visage livide, les lèvres serrées. Expression que sa mère connaissait bien. L'adolescent avait cette attitude lorsqu'il essayait de cacher ses conflits et ses chagrins à ses parents. Son père lui avait dit qu'il ne devait pas faire un drame quand il était attaqué. Il devait serrer les dents. Courageusement, il tentait de le faire, mais c'était souvent au-dessus de ses forces.

— Qu'est-ce qui te préoccupe, Nathan ? demanda-t-elle.

— Rien, maman.

— Tu as quelque chose ?

— Non, maman.

Jakob Katz vint déjeuner. D'abord, il ne prononça pas un mot à table. Katz mangeait avec un air renfermé. Lorsqu'il leva enfin les yeux, il vit le visage blafard et les yeux tristes de son fils. Sara s'était intentionnellement abstenue de poser d'autres questions. Elle voulait épargner de nouveaux problèmes à son mari qui avait déjà suffisamment de soucis avec ses affaires. Mais ce dernier s'inquiéta de l'aspect de l'adolescent.

— Qu'est-ce qui ne va pas, Nathan ? demanda-t-il.

— Rien, papa.

— Tu es bien pâle.

— J'ai mal à la tête.

— Donne-lui un cachet, Sara, dit Katz à sa femme, et toi, Nathan, va t'allonger et dormir un peu.

Lorsqu'il eut regagné son magasin, Sara Katz voulut savoir ce qu'avait Nathan. Elle se faisait du souci pour lui. Il devait se confier à elle, sans quoi elle ne pourrait pas l'aider.

Alors, il éclata.

— Je suis maintenant sur le dernier banc de la classe, et tout seul, dit-il en pleurant. Bubendey m'a mis là aujourd'hui !

— Et pourquoi ?

— Parce que le père de Holste s'est plaint. Son fils ne devait pas rester une minute de plus à côté d'un juif. Il a dit que c'était insultant.

Sara Katz ferma les yeux. Ses joues et ses lèvres perdirent toute couleur. Ce qu'elle venait d'entendre était effrayant.

— Ça ne peut pas continuer ainsi, Nathan, dit-elle. Je vais parler au docteur Wendehals.

Elle se leva avec résolution, enfila une jaquette de laine, sortit de l'appartement et descendit au premier étage. Else Wendehals ouvrit sa porte.

— Bonjour, madame Katz, dit-elle aimablement.

— Bonjour, madame Wendehals. Pourrais-je parler à votre mari ?

— Non, malheureusement pas.

Else Wendehals montra la porte entrouverte du salon à travers laquelle on entendait un murmure de voix et le cliquetis de tasses.

— J'ai « mon jour ». Est-ce quelque chose d'important ?

Sara Katz se rappela fugitivement et sans amertume qu'autrefois sa voisine l'invitait à « son jour » toutes les deux semaines. Depuis six mois, Else Wendehals ne l'avait plus priée de s'y rendre. La porte du salon s'ouvrit et Eva Hähnlein traversa l'antichambre pour se rendre à la cuisine. Elle salua vaguement Sara Katz. Cette rencontre parut gêner Else Wendehals. Les nouvelles invitées de « son jour » montraient que, tout comme son mari, elle tournait casaque et changeait d'orientation. Désormais, elle n'invitait plus la juive, mais la femme de l'ortsgruppenleiter.

— Oui, dit Sara Katz d'une voix ferme, c'est très important.

Ce que l'on fait à Nathan en classe est à la limite du sadisme. On le traite comme un lépreux. Je ne peux plus le voir souffrir ainsi. Votre mari peut peut-être nous aider.

Eva revenait de la cuisine avec un plateau de pâtisseries. Elle entra dans le salon où les autres femmes riaient à gorge déployée. Cette fois-ci, elle n'avait pas honoré Sara Katz d'un regard.

— Je lui parlerai dès qu'il sera rentré, dit Else Wendehals.

On voyait clairement qu'elle voulait mettre fin à l'entretien.

— Il est à une réunion de professeurs. Il y est question de ce qui vous intéresse, madame Katz. La séparation des races dans les écoles.

26

— Dites-moi, mon cher collègue, combien d'enfants doit avoir une famille pour que le développement de la population allemande soit assuré ?

Le professeur de physique et chimie Vogelsang regardait d'un œil interrogateur Philipp Wendehals qui était assis à côté de lui à la grande table ronde de la salle des professeurs.

— Est-ce un devoir de mathématiques ? demanda Wendehals.

— Oui, c'est un échantillon du nouveau *Manuel des professeurs* que m'a prêté notre collègue Mauritius.

Vogelsang feuilleta en secouant la tête le livre posé devant lui sur la table.

— Ou bien, ici : Exercice 95, reprit-il. « Sachant que la construction d'un asile d'aliénés coûte six millions de marks, combien de maisons ouvrières à cinq mille marks chacune pourrait-on construire pour cette somme ? »

Mlle Sedelmann, professeur de dessin, était entrée au même instant. Penchée par-dessus l'épaule du vieux professeur, elle dit :

— L'exercice 97 est encore plus beau.

Elle lut à voix haute :

— « Un malade mental coûte chaque jour environ quatre marks, un infirme cinq marks cinquante, un criminel trois marks cinquante. Dans de nombreux cas, un fonctionnaire ne gagne que quatre marks par jour, un employé à peine trois marks cinquante, un ouvrier non spécialisé n'a même pas deux marks pour toute une famille. »

Elle fit une pause et reprit :

— Et maintenant, voici l'exercice proprement dit : « A) Représentez graphiquement ces chiffres... D'après des estimations modérées, il y a en Allemagne trois cent mille malades mentaux, épileptiques, etc., en traitement. B) Combien coûtent-ils chaque année à raison de quatre marks par tête et par jour ? C) Combien de prêts au mariage de mille marks pourrait-on consentir chaque année en renonçant au remboursement ? »

Mlle Sedelmann, parlait d'une voix de plus en plus basse.

— Ma tante est dans un établissement de neurologie, dit-elle ; dans ce livre, sa vie est décomptée en prêts au mariage... et ça, ce sont des exercices pour nos enfants !

Les professeurs hommes et femmes du collège, presque au complet, s'étaient rassemblés autour de la table et avaient écouté en silence.

— C'est la nouvelle idéologie, dit Mlle Sedelmann, quand on lit ça, on sait où ça mène.

— Où donc ? demanda d'un ton provocant le professeur de gymnastique qui était, comme toujours, en uniforme. Il regardait sa collègue d'un œil attentif. Il avait un vieux compte à régler avec elle depuis qu'elle l'avait traité de « singe brun ».

— Dans la direction que montrent les pointes de vos bottes, monsieur Gürzgen, répondit-elle.

— Cette direction n'a pas l'air de vous plaire.

Avant qu'elle ait pu répliquer, retentit le Heil Hitler du directeur Holler qui venait d'entrer. Les professeurs se levèrent et rendirent le salut. Holler gagna la chaise libre en traînant un peu la jambe. Il s'assit et étala devant lui une pile de papiers. Il avait à discuter de questions importantes avec les collègues, commença-t-il. En premier lieu, il avait reçu des plaintes concernant les mauvaises notes de quelques élèves. Il regarda particulièrement Wendehals.

— Surtout parmi les vôtres, mon cher collègue, dit-il.

— Il y a là quelque chose à quoi je ne peux souscrire, monsieur Holler. Il y a de plus en plus d'élèves qui ne font pas leurs devoirs à la maison. Ils donnent comme excuse leur service dans le Jungvolk ou dans la Hitlerjugend. Ce sont, pour la plupart, des élèves qui y exercent des fonctions de chef. Mais cela ne leur donne pas de statut particulier. En outre, le mercredi et le samedi, il n'y a pas de devoirs. Ça devrait leur suffire.

— Bien entendu, les jeunes hitlériens sont des élèves comme les autres, dit Holler. Toutefois, les chefs, parmi eux, ont des obligations qui empiètent sur les jours sans devoirs. Songez aux nombreuses quêtes pour les nécessiteux, monsieur Wendehals. De plus, ces élèves jouissent auprès de leurs camarades d'une certaine autorité. Nous devons donc montrer du tact et trouver à leur égard le ton qui convient.

Mlle Sedelmann intervint :

— Et s'ils nous racontent des mensonges ? S'ils prétextent leur service dans la Hitlerjugend pour se dispenser des devoirs à la maison ?

Le professeur de mathématiques, Mauritius, coupa la parole au directeur.

— Les Hitlerjungen ne mentent jamais, ma chère collègue !

— Tiens, tiens ! répliqua-t-elle, M. Holler vient pourtant de nous dire que ce sont des élèves comme les autres.

Mauritius voulut répondre, mais il resta court.

Holler reprit la parole. Il déclara que l'on devait recruter au lycée pour la Hitlerjugend. Le chef de cercle l'en avait prié de façon pressante. C'était un devoir auquel tous les professeurs devaient se soumettre et, de plus, une bonne occasion de montrer l'accord profond du corps enseignant avec la communauté. Au mieux, ce recrutement devrait se faire par des visites aux parents d'élèves qui refusaient encore d'y faire entrer leurs enfants. Les listes de ces élèves étaient disponibles au secrétariat. Des fonctionnaires du Parti étaient prêts à aider l'opération. Holler conclut en disant qu'il attendait le compte rendu final dans trois semaines.

— Y a-t-il des questions ? dit-il.

Le docteur Vogelsang regardait devant lui avec résignation. Il lui était déjà assez pénible de tolérer les élèves en uniforme avec leur attitude de supériorité souvent insolente. Il devrait désormais, ainsi que ses collègues, faire en sorte que des élèves de plus en plus nombreux se considèrent comme des privilégiés.

Mlle Sedelmann pensait de même lorsqu'elle demanda la parole.

— Pour le Parti, dit-elle, cette action est extrêmement profitable. Pour l'école, elle est déplorable. Nous allons la dépeupler de plus en plus. De plus en plus d'élèves vont se faire mettre en congé pour participer à des séances d'éducation politique, des journées nationales du Parti, des quêtes, des excursions et Dieu sait quoi. Comment voulez-vous les amener au baccalauréat ?

Holler se racla la gorge avant de répondre qu'il ferait le nécessaire avec la direction de la Hitlerjugend pour que les jeunes ne soient appelés à des activités du Parti que dans des cas d'urgence pendant les heures de cours. En outre, il s'assurerait qu'il leur resterait assez de temps pour les devoirs à la maison. Puis il passa au principal sujet de la réunion : la question juive à l'école.

— Je reçois des visites de plus en plus fréquentes de parents qui se plaignent de la présence d'élèves juifs. Cela choque leurs sentiments patriotiques et je les comprends.

Tandis que Holler parlait, Philipp Wendehals voyait le cadre doré du portrait du Führer, pendu au mur, en face du directeur, se refléter dans les pupilles de ce dernier. Absorbé par cet étrange spectacle, Wendehals écoutait d'une oreille distraite les déclarations de son supérieur.

On ne pouvait pas si facilement chasser les élèves juifs du collège, disait-il. C'était illégal. Leur nombre ne dépassait pas les cinq pour cent autorisés pour leur établissement.

— Et s'ils s'en prennent à l'enseignement lui-même ? demanda le professeur Bubendey en haussant les sourcils.

— Que voulez-vous dire ?

— Dans la classe de première, il y a neuf juifs. La nouvelle théorie raciale ne doit pas leur être enseignée. Ils tentent, avec de petites niaiseries intellectuelles, de la faire passer pour absurde et incroyable.

— Donnez-nous un exemple, cher collègue.

— Récemment, j'ai fait mesurer les crânes des élèves, dit Bubendey. Le résultat était parfaitement clair. Pendant la récréation, les juifs que je n'avais pas inclus dans l'affaire ont mesuré leurs propres crânes. D'après quoi, deux d'entre eux ont des crânes et des mentons nordiques. Un hasard. Mais ils en profitent pour provoquer toute la classe. Ils pensent ainsi remettre en question tout l'enseignement.

— Scandaleux ! dit Gürzgen. Quelle insolence ! On ne peut pas accepter ça !

— Malheureusement, nos possibilités sont limitées, dit Holler. Il y a un moyen éprouvé : isoler complètement les élèves juifs. Il leur faudra bien admettre qu'ils appartiennent à une espèce méprisable. Notre collègue Bubendey a donné un excellent exemple dans sa classe en devançant la séparation des races qui, espérons-le, sera bientôt décrétée. Il a assigné à l'élève Nathan Katz un banc pour lui tout seul au fond de la classe.

— Un ghetto ! s'écria Mlle Sedelmann.

— Oui. Tôt ou tard, de tels ghettos amèneront les parents juifs les plus coriaces à enlever leurs enfants de nos écoles.

Mauritius et Gürzgen approuvèrent. Vogelsang et Mlle Sedelmann firent une mine gênée. Wendehals éprouva de la compassion pour Jiddchen. C'était trop lourd pour les frêles épaules d'un si jeune enfant. Mais il avait averti les parents de Nathan. Ils auraient dû l'écouter et enlever leur fils du lycée depuis longtemps déjà. Dans les écoles supérieures juives, il y avait aussi d'excellents professeurs. Education allemande par-ci, éducation allemande par-là, il fallait marcher avec son temps. Et le temps était contre les juifs.

— Encore un point, mesdames et messieurs, dit Holler. On ne voit pas d'un bon œil que des Allemands entretiennent des relations privées avec des familles juives.

Tout en parlant, il regardait intensément Wendehals, lequel, irrité, se concentra sur son pince-nez.

— Ceci concerne plus particulièrement le corps enseignant, on attend de nous un comportement exemplaire. Nous autres professeurs, nous sommes des chefs. Les chefs doivent être durs — autant avec les autres que vis-à-vis d'eux-mêmes. Ne l'oubliez pas !

Lorsque Philipp Wendehals rentra chez lui, les invitées de sa femme venaient de repartir. Else Wendehals rangeait la vaisselle.

— Alors, demanda-t-il, vous vous êtes bien amusées ?

— Oui. Tout le monde était de bonne humeur.

— Et Mme Hähnlein ?

— Je l'ai invitée pour la prochaine fois. C'est une femme simple, bien sûr, mais elle a une grande influence sur son mari. Que je garde le contact avec elle ne peut que nous être utile. Tu sais bien que Hähnlein peut nous créer de gros ennuis.

— Crois-tu qu'il nous espionne toujours ?

— Je n'en sais rien, dit-elle. Mme Hähnlein avait l'air de s'intéresser au train électrique. Elle a demandé sans insister si Jiddchen jouait toujours avec.

— Qu'as-tu répondu ? dit-il en fronçant les sourcils.

— Qu'il ne venait que très rarement, ce qui est d'ailleurs vrai.

Elle emporta le plateau de vaisselle dans la cuisine. Wendehals alla jusqu'à l'armoire ancienne, l'ouvrit et prit un cigare dans une caissette. Debout, il l'alluma, tira voluptueusement une bouffée et rejeta la fumée.

— Je vais démonter le train électrique, Else, dit-il. Ainsi, Nathan n'aura plus de raisons de venir chez nous. Je sais qu'il t'est pénible de ne plus voir le petit. Mais ça vaudra mieux. Si tu avais entendu parler Holler ! Si dur que ce soit, nous devrons nous tenir à l'écart des Katz et des Winschermann.

Elle hocha la tête en soupirant. Puis elle lui raconta la visite de la mère de Jiddchen et ses soucis au sujet des problèmes de Nathan au lycée.

On avait traité la question à fond lors de la conférence, dit Wendehals. Non, il ne pouvait pas venir en aide à Mme Katz. Il savait que l'antisémitisme croissant chez ses collègues conduisait à des excès et à des brimades contre les élèves. Mais il ne pouvait rien y changer.

— Le mieux, conclut-il, serait que tu ailles la voir et que tu lui répètes ce que je lui ai déjà proposé. Il faut qu'elle envoie le petit dans une école juive.

— Elle dit qu'il n'en existe qu'une seule dans la ville qui soit comparable au lycée et qu'elle est surpeuplée.

— Mieux vaut une école surpeuplée où il sera parmi les siens qu'une école où on le méprise.

— Tu as raison, Philipp. Je le lui ferai comprendre.

Pendant qu'elle portait le reste de la vaisselle dans la cuisine, il alluma la radio et s'assit dans le fauteuil près de la fenêtre pour écouter les nouvelles. Dans d'autres pays aussi, on avait des soucis, pensa-t-il lorsqu'il apprit les inondations catastrophiques en Chine : le Yang-Tsê kiang et le Hoang-ho étaient sortis de leur lit et avaient submergé des provinces entières, « Plus de deux cent mille personnes, disait le speaker, ont perdu la vie dans les eaux furieuses. »

Wendehals tira une grande bouffée de son cigare. Il était heureux d'être assis dans son confortable fauteuil, très loin des petites et des grandes catastrophes.

27

Wolfgang Hähnlein allait rentrer chez lui lorsqu'il vit, dans la cour de la boulangerie Gottwald, l'écurie ouverte.

Il aimait les chevaux. Enfant déjà, il avait saisi toutes les occasions d'approcher ces grands animaux aux larges croupes luisantes. Il se sentit attiré par l'écurie.

— Max ! cria-t-il de loin.

C'était un puissant cheval gris pommelé qui tirait la plus lourde voiture de livraison. Max répondit par un hennissement à son appel. Wolfgang Hähnlein entra dans l'écurie. Les corps fumants de trois limoniers se dressaient dans les boxes. Ils piaffaient, secouaient leur crinière et chassaient les mouches à grands coups de queue, tout en plongeant leur cou dans les mangeoires.

Le gris pommelé leva la tête quand le jeune homme s'approcha de lui. Il lui jeta un regard confiant. Wolfgang passa la main sur le pelage brillant.

— Max, mon bon Max, dit-il.

Un homme grisonnant, courbé, avec un visage ridé, entra dans l'écurie. Il portait des bottes, une blouse et un pantalon bleus. C'était le père Urban, le plus vieux des livreurs de pain de la boulangerie. Hähnlein lui donnait soixante-dix ans.

— Salut, père Urban, dit-il. Comment allez-vous aujourd'hui ?

— Salut, Wolfgang !

Le vieux se passa un mouchoir sur le front.

— Moi, ça va bien, mais pas le patron. On vient de l'emmener à l'hôpital. Toujours sa tension !

— Espérons que ça ne sera pas grave, dit Wolfgang.

Il aimait bien le corpulent beau-père de son frère.

— Ça ne prend pas bonne tournure, dit le père Urban. Pourvu qu'il n'arrive rien au patron. Autrement, comment ça continuerait-il ici ? Sa fille aurait dû épouser un homme du métier au lieu de ton frère.

Il eut un geste de la main comme pour écarter ses soucis.

— Dans le fond, ça devrait m'être égal, conclut-il, de toute façon, je serai bientôt à la retraite.

Il vit que la mangeoire était vide. Il prit une musette accrochée au mur et la passa au cou de Max. Le cheval se mit aussitôt à mastiquer.

— Tu l'as bien gagnée, mon vieux, dit-il en lui donnant une claque sur le flanc. Toi non plus, tu n'en as plus pour longtemps ici.

Wolfgang voulut savoir ce qu'il entendait par là. Le père Urban montra les deux camions de livraison peints en jaune qui entraient dans la cour. Quatre autres de ces véhicules étaient en commande, dit-il. Ils pourraient accomplir les tournées beaucoup plus rapidement que les voitures à cheval et l'on aurait sans doute plus de clients. Les chevaux avaient fini de servir. Les écuries deviendraient des garages.

— Et que deviendra Max ?

Le père Urban montra du pouce le mur derrière lequel se trouvait la boucherie.

— Il atterrira chez Bockmeier, pour sûr, dit-il.

Wolfgang déclara que, sans les chevaux, la rue allait perdre son dernier reste de bonhomie.

Le père Urban hocha la tête. Tout devenait plus rapide, plus moderne, plus fou. Un vieil homme comme lui pouvait difficilement suivre le mouvement. Et ces éternels défilés avec les tambours !...

— Ils n'arrêtent pas de cavaler partout avec leurs uniformes, dit-il. Quand est-ce qu'ils travaillent ? Et à quoi rime tout ce cirque ?

Wolfgang songea à un slogan de son père.

— La nation est en marche, dit-il.

— Pour aller où ?

Le jeune Hähnlein songea au service militaire que l'on avait rétabli au printemps. Et aux violentes paroles qu'Hitler adressait à ses « ennemis ». Des soldats et des ennemis. Il n'était pas difficile de voir où cela menait.

— Je crois qu'on va vers les tranchées, père Urban, dit-il.

— Je le crois aussi, mon garçon.

Comme si c'était un dernier adieu, Wolfgang flatta doucement le cou de Max avant de quitter l'écurie. Les chevaux et les voitures de livraison appartenaient au décor de son enfance. Les enfants d'aujourd'hui, songea-t-il, se souviendraient d'autres images. Il se retourna une dernière fois. Max le regarda de ses yeux sombres par-dessus la musette d'avoine ; le jeune homme en éprouva de la gêne et de la tristesse.

Dans la cour, il croisa Fritzchen Stippel. Ce dernier tenait à la main son fouet de roulier. Le col de son uniforme de SS s'ornait d'une tête de mort. Wolfgang n'avait jamais rien vu de semblable et il voulut connaître la signification de ce symbole.

— Te voilà devenu croque-mort ? demanda-t-il.

— Quelque chose dans ce genre-là, répondit le jeune livreur en ricanant. J'appartiens maintenant aux unités de surveillance de la SS. A partir de la semaine prochaine, je vais garder les ennemis de l'Etat à Dachau. Je les mettrai au pas s'ils ne marchent pas droit.

— Les mettre au pas, ça, tu sauras le faire !

— Et comment ! C'est mon dernier jour ici. J'en ai plein le cul ! Je suis bien content de tout envoyer faire foutre.

— Pourquoi ?

— Le patron. Gottwald me sort par les yeux. Il continue à livrer les juifs.

— Il a été envoyé à l'hôpital, ça a l'air d'être grave.

Stippel ne montra aucune émotion.

— En ce qui me concerne, il peut crever.

Wolfgang s'éloigna en secouant la tête. Il quitta la cour de la boulangerie pour aller en face, au numéro 14. Devant la boucherie Bockmeier, il y avait maintenant une voiture de livraison à la place de l'ancien attelage, avec l'inscription

« Boucherie-charcuterie Bockmeier » et, devant le magasin Katz et Cie, une voiture Tempo jaune à trois roues était garée portant sur la carrosserie : « Katz a tout ce qu'il faut ! » L'épicier s'en servait pour transporter ses marchandises du marché de gros à sa boutique. Des autos au lieu de chevaux. Le ronflement des moteurs au lieu du bruit des sabots. La puanteur de l'essence au lieu du crottin fumant sur le pavé. Le visage de la rue changeait, comme s'il perdait la naïveté et l'innocence de l'enfance. Souvent, nous perdons ce que nous aimons, songea Wolfgang.

A la maison, la conversation revint sur le sujet qui l'occupait exclusivement : son mariage avec Selma.

— Il faut que tu le saches, dit-il à sa mère, l'affaire est maintenant réglée. Les bans sont publiés et nous nous marions dans trois semaines.

Eva Hähnlein était en train de faire cuire du boudin noir avec des pommes. Elle s'essuya les mains à son tablier.

— Je ne comprends pas, dit-elle, l'air malheureux, l'employé de l'état civil ne voulait pourtant pas donner l'autorisation ?

— Ici, chez nous. Parce que père et Karl avaient intrigué. Je me marie là où je fais mes études. A Bonn, il n'y a pas de problème.

Elle s'assit à la table de la cuisine et soupira :

— J'envie ton bonheur, mon garçon. Mais, tu sais que ton père va te jeter dehors si ce mariage se fait.

— Ça ne m'effraie pas. J'aime Selma. Elle attend un enfant. Père et toi, vous vous êtes bien mariés alors que Karl était déjà en route.

— Oui, bien sûr, mais nous sommes tous les deux des aryens.

— A cette époque-là, toute cette connerie d'aryens n'existait pas et on ne peut tout de même pas prendre ça au sérieux, de nos jours. Regarde seulement les gens qui sont derrière tout ça. Aucun d'entre eux ne correspond à l'image du héros germanique dont ils font la propagande, au contraire : Hitler — un affreux petit-bourgeois ! Goebbels — un estropié ! Goering — un tas de graisse ! Ley — un poivrot !

Effrayée, elle leva les mains.

— Mon garçon ! ne dis pas des choses pareilles, si ton père t'entendait, ou Karl !

— Ils ont pourtant des yeux, tous les deux, maman ! Ils ne voient donc pas ça ! Tu ne le vois pas ?

— Je ne veux pas y penser.

— La moitié du peuple n'y réfléchit pas, maman. C'est ça

qui est grave. Qu'un aryen épouse une juive, qu'est-ce que ça a à voir avec l'Allemagne ?

Il se leva pour monter chez sa fiancée. Sa mère le retint. Où allait-il vivre avec sa femme ? demanda-t-elle. Et de quoi vivraient-ils ? Et l'enfant ? Qui s'occuperait de l'enfant si Selma devait travailler ? Même si l'enfant n'était qu'un métis, il n'en serait pas moins son petit-fils ou sa petite-fille.

Wolfgang dit qu'il avait trouvé un petit appartement. Pas dans la rue, mais dans le voisinage, près de la synagogue. Ses beaux-parents aideraient, dans les débuts, à payer le loyer. Selma chercherait un travail à mi-temps. Pendant ce temps-là, sa mère s'occuperait du bébé. Quant à lui, il songeait à abandonner ses études et à prendre un emploi.

— Au nom du ciel ! s'écria Eva Hähnlein, tu ne vas tout de même pas mettre en jeu tout ton avenir à cause de ce mariage ? Ce serait affreux !

— Ce n'est pas à cause de mon mariage, dit-il, mais parce qu'on ne nous laisse plus étudier en paix, maman. Ils ont chassé les meilleurs professeurs parce qu'ils étaient trop libéraux ou bien juifs. On est en train de créer et de porter aux nues un nouveau type d'étudiant — à bas l'homme de pensée —, vive l'homme communautaire. Je devrais entrer dans la cavalerie SA, mais je ne le veux pas. Finalement, je veux être médecin et non palefrenier...

— Mais que vas-tu trouver comme travail ?

Il n'en savait rien encore, mais il trouverait bien le moyen de s'en sortir. Pour l'instant, il resterait à l'université.

Elle lui promit d'aller à Bonn assister au mariage. C'était son devoir de mère et personne ne l'en empêcherait. Même pas son père. La politique était une affaire d'hommes, les enfants une affaire de femmes. Malgré tout : son mariage était une grave erreur, il compromettait son avenir.

Wolfgang prit sa mère dans ses bras et la serra contre lui. Au même instant, la sonnerie de l'entrée retentit en tempête. Quelqu'un ne lâchait plus le bouton de la sonnette.

Il ouvrit et se trouva en face de sa belle-sœur, Erika.

— Où est-ce qu'il y a le feu ? demanda-t-il.

Erika sanglotait. Elle avait les yeux rouges et tremblait de tout son corps.

— Karl est-il là ? demanda-t-elle. Où est Karl ?

— Je n'en sais rien. Que se passe-t-il ?

— Papa ! bégaya Erika... L'hôpital vient de téléphoner... Papa est mort !

28

Karl Hähnlein était chez Vera Ahrens. Il était étendu, nu, sur le lit et fumait une cigarette. Par l'entrebâillement de la porte, il regardait Vera qui, dans la cuisine, posait sur un plateau des petits pains et de la confiture. Puis elle prit le plateau et l'apporta dans la chambre en balançant des hanches. Son peignoir de soie ouvert dévoilait à chaque pas de belles jambes longues. Ses gros seins fermes suivaient doucement tous ses mouvements.

— Du lait et du sucre ? demanda-t-elle en versant le café d'une cafetière à fleurs.

— Seulement du lait, pas de sucre.

Il but et posa sa tasse.

— Ça fait longtemps depuis la dernière fois, Vera, dit-il, j'en ai envie tout de suite.

Il l'attira à lui, tira le peignoir de côté et embrassa les seins ronds. Elle resta un instant sans bouger, puis elle se dégagea habilement, glissa un peu plus loin de lui, sur la couverture. Puis elle s'assit, droite, et serra son peignoir autour de sa taille.

— D'abord ton petit déjeuner ! dit-elle en souriant. Pour que tu n'ailles pas te ramollir en chemin.

Karl Hähnlein qui sentait fortement l'alcool frappa fièrement sa poitrine musclée et velue.

— Pour ça, tu n'as encore jamais eu à te plaindre de moi, dit-il.

— Autrefois non. Mais tu t'es marié entre-temps.

Il eut un geste de rejet.

— Erika ? Ce ne sont que des exercices obligatoires : deux fois dix minutes par semaine.

Tel qu'elle le connaissait, dit-elle, c'était trop peu pour lui. Où allait-il chercher le reste ? Il n'était pas revenu chez elle depuis son mariage. Brûlait-il son trop-plein d'énergie dans les marches et les exercices sur le terrain avec ses jeunes hitlériens ?

Karl Hähnlein ricana et ne prit pas de gants. Devant elle, il n'avait rien à cacher, dit-il. Il couchait avec des filles de la BDM. C'était son service qui voulait cela car il était constamment en route. Pour aller dans des camps, des représentations, des rassemblements, des exercices. Sa femme était une « veuve politique ». Il raconta en riant à Vera Ahrens la blague de la famille nazie : le père à la SA, la mère à l'Union des femmes national-socialistes, le fils à la Jeunesse hitlérienne, la fille aux

BDM, qui ne se voient qu'une fois par an : pour la journée nationale du Parti à Nuremberg !

— Tes filles de la BDM, comment sont-elles au lit ? Aussi bonnes filles qu'elles en ont l'air ?

Il ricana de nouveau.

— Elles n'ont pas grand-chose dans leur crâne à tresses blondes.

— Et pourquoi es-tu venu chez moi ?

— Aucune ne le fait comme toi.

— Qu'est-ce que je fais le mieux ?

Il fit glisser un doigt sur le doux creux qui entourait son nombril. Aucune femme ne possédait son expérience, dit-il. Son tempérament. Sa faculté de se donner jusqu'à l'oubli de soi-même. Sa fougue presque inconsciente.

D'une main, il repoussa la tasse et, de l'autre, il attira Vera contre lui. Cette fois-ci, elle se défendit à peine lorsqu'il lui arracha son vêtement. Son excitation grandit lorsqu'il caressa son corps.

Elle respira plus fort au contact de ses doigts, ferma les yeux et se pressa contre lui. Ses lèvres entrouvertes se plaquèrent sur sa bouche tandis qu'elle écartait les cuisses. Les deux corps sombrèrent l'un dans l'autre et s'agitèrent à grands coups. La femme, avec toute son habileté, l'entraînait dans un sauvage tumulte de passion. Le plaisir parcourait son corps en vagues brûlantes, augmentait jusqu'au point culminant qui semblait le soulever de terre et le rendre infiniment léger. C'était toujours trop vite fini. Cela avait-il duré des secondes ou des minutes ? Il y avait longtemps que midi avait sonné lorsque Karl dit qu'il voulait partir. Vera essaya de le retenir. Elle devait aller travailler au bar, ils pouvaient donc quitter ensemble l'appartement. Mais il se rappela soudain qu'il était en retard. Il n'avait pas donné de ses nouvelles à sa femme depuis que, la veille, il était parti pour une rencontre entre camarades. Il devait rentrer chez lui immédiatement.

Pendant qu'il mettait son uniforme, Vera se coiffa de la casquette avec l'emblème à croix gammée qui avait la forme d'une pastille de sel d'ammoniaque. Elle s'avança, nue, jusqu'à l'armoire à glace et fit le salut militaire. Comme cheftaine de BDM, dit-elle, elle aurait sûrement belle allure.

— Tes formes, mon trésor, dit-il en riant, feraient péter n'importe quel blouson !

Elle l'embrassa et le laissa partir.

— Reviens bientôt, dit-elle.

Avant de sortir dans la rue, il entrouvrit prudemment la

porte de l'immeuble. Sans cette petite mesure de précaution, il serait tombé directement dans les bras de sa femme. Il la vit traverser la rue, le visage ruisselant de larmes. Pourquoi était-elle dans cet état ? A cause de lui ?

Par prudence, il alla d'abord chez sa mère où il apprit que son beau-père était mort. La nouvelle ne l'émut pas particulièrement. Ses relations avec Gottwald n'avaient jamais été bonnes, même après son mariage. Le boulanger lui avait toujours fait clairement sentir qu'il ne pensait rien de bien de lui.

Il trouva Erika dans le jardin de la boulangerie. Depuis son mariage, il habitait avec elle trois pièces d'une des ailes du bâtiment. Elle courut à lui et se jeta à son cou en sanglotant. Il comprit sa douleur lorsqu'elle se serra étroitement contre lui comme pour rechercher sa protection. Mais il n'eut aucune manifestation de tristesse.

— Je suis désolé pour toi, Erika, dit-il, et il ajouta : maintenant, il faut que tu sois courageuse !

C'étaient les lieux communs habituels. Il ne lui vint rien d'autre à l'esprit.

Elle alla, avec la mère de Karl, à l'hôpital pour voir une dernière fois son père mort. Karl refusa de les accompagner. Par principe, dit-il, il évitait les morts qui l'auraient fait penser à sa propre fin.

Lorsque Erika revint un peu plus tard, il la questionna.

— Et maintenant, que va devenir la fabrique ?

— Je n'en sais rien, Karl. Je n'ai pas encore pu y penser.

— Le mieux, c'est que j'en prenne la direction.

— Toi ? dit-elle avec étonnement.

— Qui d'autre, sinon ? Tu es son seul enfant. Tu hérites de tout. Mais comment, toi, une femme, espères-tu t'en sortir ? Ce n'est pas pour rien que le Parti n'autorise plus les femmes à être juges ou avocates. Les femmes ne savent pas raisonner logiquement. Elles ne sont pas objectives, trop sentimentales. Leur place est au fourneau. A la fabrique, il faut un homme !

Erika ne voulut pas approfondir la question. Il était trop tôt pour se casser la tête à ce sujet. Son père n'était mort que depuis quelques heures à peine.

Karl Hähnlein ne voulut rien entendre. On devait prendre une décision rapidement. Il ne devait y avoir aucune incertitude, tant chez les employés que chez les clients. Il faudrait faire savoir le plus vite possible comment l'affaire allait continuer à fonctionner.

— Mais comment veux-tu la diriger, alors que tu n'as même

pas réussi ton examen professionnel, Karl ? demanda-t-elle. N'importe quel contremaître est plus fort que toi sur le plan technique.

Elle l'avait touché au point sensible. Gottwald, lui aussi, lui avait reproché l'insuffisance de sa formation. Enervé, il dit qu'il n'avait pas l'intention de cuire le pain lui-même. Il voulait diriger l'affaire et, pour ce qui était de diriger, il l'avait appris à la Hitlerjugend. Les contremaîtres devraient marcher au pas. Il ne voyait là aucun problème.

Elle ne le contredit pas plus longtemps. Elle était trop bouleversée par la mort soudaine de son père et par les lourdes responsabilités dont elle allait être chargée.

— Laisse-moi du temps, nous verrons tout cela après l'enterrement, dit-elle à Karl.

29

Le boulanger Gottwald fut porté en terre en grande pompe. Peu avant sa mort, il avait été élu conseiller municipal, de sorte qu'à côté des fournisseurs, des clients, des employés et des voisins, les représentants de la ville et du Parti lui rendirent les derniers honneurs. Un orateur parla de ses « inoubliables mérites » envers le nouvel Etat. Le procès que Fritzchen Stippel avait engagé contre lui à cause de son amitié pour les juifs ne fut pas évoqué. La mort de Gottwald avait entraîné le classement du dossier.

Une semaine plus tard, sa fille et légataire universelle fit connaître que son mari allait prendre la direction de la fabrique. Les employés grognèrent. Les habitants de la rue s'étonnèrent. On prophétisa qu'avec le nouveau directeur, aussi peu doué pour la fabrication du pain que pour la gestion, l'affaire ne pourrait plus marcher.

Wolfgang Hähnlein et Selma Katz se marièrent dans la plus grande discrétion à Bonn, peu de jours avant la promulgation de la loi interdisant la conclusion de mariages entre aryens et non-aryens. Parmi les Hähnlein, seule sa mère assista à la cérémonie. Elle ne s'en était pas laissé détourner par son mari et son fils aîné qui brillèrent par leur absence.

Peu après la naissance de l'enfant, une fille qui reçut le prénom d'Ingrid, Wolfgang fut incorporé dans le Service du travail. Auparavant, il avait arrêté ses études. Les brimades des membres de l'Union des étudiants nationaux-socialistes étaient devenues insupportables. Selma, sa femme, prit un travail à mi-temps dans l'administration de la communauté juive.

Le docteur Philipp Wendehals fut chaudement félicité par le directeur Holler. Lors de l'action de recrutement, il avait réussi à faire engager cinq élèves de sa classe dans la Hitlerjugend. A la fin de l'action, quatre-vingt-dix pour cent des élèves du lycée y étaient entrés. Le lycée reçut un fanion d'honneur. Quelques élèves juifs, parmi lesquels Jiddchen, furent transférés à l'école supérieure juive, déjà surpeuplée.

Kalla Kompowski fit partie des ouvriers allemands qui, pour la première fois de leur vie, purent prendre des vacances à l'étranger. Il alla à Madère sur un paquebot de la « Force par la Joie » qui emmenait à bord le Reichsleiter Robert Ley. Kalla revint reposé et bronzé. Il ne permettait plus qu'on dise du mal d'Hitler.

Irmgard Kompowski avait renoncé à lui rappeler son ancien idéal socialiste. Tout comme lui, des camarades de plus en plus nombreux se ralliaient aux nationaux-socialistes parce qu'ils avaient trouvé du travail et mangeaient à leur faim. Même Ulrich Reimer, le jeune camarade de combat de jadis, fit partie des transfuges. Irmgard avait essayé vainement de le recruter pour le groupe illégal d'Oskar et de Kurt. Elle put seulement leur trouver une cachette sûre dans les jardins ouvriers nouvellement créés.

Arnold Schmitz eut de l'avancement à la Gestapo. Il quitta la mansarde du 14 Adolf-Hitler-strasse et s'installa dans une chambre plus spacieuse et confortable dans la partie supérieure de la rue, chez une jeune veuve dont le mari avait perdu la vie dans un accident de mine. C'était une femme pleine de tempérament qui le dorlota abondamment, surtout la nuit.

Le docteur Moses Winschermann eut la surprise d'être convoqué au commissariat de police. Il craignait quelque nouvelle tracasserie, mais au lieu de cela, c'étaient des honneurs qui l'attendaient. La croix d'honneur des combattants créée par Hindenburg lui fut remise comme à beaucoup de juifs « au nom du Führer », comme le lui déclara le commissaire Bogensiepen. Les agents de police lui serrèrent la main, gênés, il rendit les poignées de main, croyant rêver.

Winschermann, après ce geste, conçut de nouveaux espoirs, d'autant plus qu'il concordait avec un discours du chef des juristes nazis, Hans Frank, qui déclarait vouloir calmer dans une certaine mesure le conflit avec les juifs. Même la promulgation des lois de Nuremberg du 15 septembre 1935, qui les stigmatisaient comme des citoyens de deuxième ordre, ne changea pas son appréciation trop optimiste de la situation. Il essaya de faire comprendre à son beau-frère Jakob Katz, toujours pessimiste et rempli de doutes, que ces lois clarifiaient de façon importante la position des juifs en mettant fin à l'insécurité et à l'arbitraire. Même si ces lois étaient dures.

Il ne fut pas facile à Sara Katz de se séparer de sa femme de ménage, Maria, qui travaillait chez elle depuis de longues années. Maria avait trente ans. Selon les lois de Nuremberg, les juifs ne pouvaient employer que du personnel féminin âgé de plus de quarante-cinq ans.

— Afin qu'on en finisse de voir enfin ces youtres lubriques mettre leurs bonnes dans leur lit.

Tel fut le commentaire de Karl Hähnlein. Les nouvelles lois interdisaient et punissaient les mariages et les rapports sexuels hors mariage entre aryens et juifs. Adolf Hähnlein aurait souhaité qu'elles aient été édictées avant le mariage de son fils Wolfgang.

Pour ses fidèles services, Sara Katz offrit à Maria comme cadeau de départ une broche de valeur héritée de sa mère. Maria pleura. Sara l'embrassa.

— Un jour, dit-elle avec un sourire qui lui coûta des efforts, tout redeviendra comme avant. Alors, vous reviendrez chez nous, n'cst-cc pas, Maria ?

— Tout de suite, madame Katz.

Rien ne redevint comme avant. Sara Katz ne revit jamais Maria.

Troisième partie

LUEUR D'INCENDIE DANS LE CIEL

1

Lorsque deux personnes étaient en train de bavarder dans la rue devant un des petits magasins, elles regardaient de temps à autre autour d'elles pour s'assurer qu'un tiers indésirable ne les écoutait pas. On appelait ça le « regard allemand ». Personne ne se sentait plus protégé dans le giron maternel de la rue. La pensée, toujours et partout présente, qu'un mouchard pouvait vous épier derrière chaque coin de rue, montrait à quel point l'Adolf-Hitler-strasse avait changé. Savait-on si la voisine, en apparence inoffensive, n'allait pas rapporter, aussitôt entendue, une parole imprudente ? La peur s'étendait partout.

A l'angoisse du présent, s'ajouta la peur de l'avenir. Derrière les pignons des maisons, on sentait je ne sais quoi d'inquiétant. Des ombres sombres, imperceptibles mais dont on commençait à deviner les contours. Comme par exemple, lorsque le 23 octobre 1935, ainsi que dans toutes les autres villes de la Ruhr, on procéda au premier grand exercice de défense passive.

— Je ne sais pas, Else, mais ça sent la guerre, dit le professeur Wendehals alors qu'il lisait l'*Allgemeine Anzeiger*. Ecoute ça : « Le succès de l'opération montrera si chacun est prêt, individuellement, à participer activement à la défense contre les attaques aériennes à venir. »

— Des attaques aériennes à venir ? demanda sa femme.

— Oui, c'est dit comme si on s'y attendait à bref délai. Ça ne me plaît pas du tout.

— Ça ne plaira pas non plus au Führer, dit Else, mais nous sommes entourés d'ennemis. Il faut nous défendre.

Les jours suivants, une activité fébrile régna au 14 de l'Adolf-Hitler-strasse. On se mit à couper du carton, du papier noir ou d'épais tissus pour occulter les fenêtres des pièces dans lesquelles on se tiendrait pendant l'exercice de défense passive. Selon les instructions : « Aucune lumière ne devait filtrer des appartements ou des escaliers, vers l'extérieur. »

De sa fenêtre, au numéro 10, grand-père Breil vit une équipe d'ouvriers qui défonçaient la chaussée, juste au-dessous de lui. Ils portaient des cottes bleues et des bottes de caoutchouc.

— Qu'est-ce que c'est que ça ? s'écria-t-il.

— Ça doit représenter un entonnoir de bombe, cria un des ouvriers.

— Un trou de bombe ?

— Oui, pour l'exercice de défense passive. Nous délimitons une explosion de bombe qui a détruit la conduite de gaz.

— Ha ! Ha ! dit grand-père Breil.

Devant l'immeuble du 14, une autre équipe était au travail. Elle entassait des pierres en couches successives devant le portail d'entrée.

Hilde Kompowski, en uniforme de la BDM, se rendait à l'appel. Elle apprit que ce tas de pierres était la représentation d'une destruction partielle de l'immeuble. Les tas étaient des ruines.

— Juste ciel ! espérons que ça n'arrivera jamais, dit la jeune fille.

— Pas de danger, mam'zelle, dit un des ouvriers, on joue seulement à la guerre.

Peu après, l'ortsgruppenleiter Adolf Hähnlein, qui organisait l'exercice, conduisit dix jeunes gens et jeunes femmes dans la cave de l'immeuble. Là, des « carnavaliers » les équipèrent : barbouillés de peinture rouge, leurs visages semblaient couverts de sang. Leurs bras et leurs jambes offrirent le spectacle de blessures saignantes. Après quoi, ils furent répartis dans les caves particulières où ils jouèrent le rôle de blessés.

A dix-neuf heures trente, la première phase de l'exercice commença par la réduction de l'éclairage. Celui des rues fut diminué, mais l'obscurcissement des maisons fut strictement observé.

Adolf Hähnlein se mit en route pour contrôler le voisinage. Sortant du hall d'entrée obscur, il trébucha sur les « ruines » devant la maison et se heurta à une silhouette qu'il n'avait pas distinguée dans l'obscurité. C'était Moses Winschermann qui rentrait chez lui après son cours de menuiserie de la Maison commune juive.

— Excusez-moi, dit Winschermann.

Hähnlein allait s'excuser, mais lorsque, dans le faisceau de sa lampe torche, il reconnut le locataire juif de l'immeuble, il s'abstint. Depuis le mariage de son fils Wolfgang avec Selma Katz, il ne parlait plus avec les juifs.

Il n'avait jamais vu la rue aussi sinistre. Seuls les réverbères répandaient leur lueur laiteuse.

Hähnlein constata avec satisfaction que les fenêtres des maisons étaient convenablement obscurcies. A l'exception du deuxième étage du numéro 6 qui répandait une claire lumière dans la nuit. C'était l'appartement de Vera Ahrens. L'ortsgruppenleiter y sonna furieusement.

— Vous n'avez pas éteint, madame Ahrens, cria-t-il dans la cage d'escalier.

On entendait de la musique et la voix de gorge de la barmaid.

— Seigneur ! c'était donc ce soir ?

— C'est dans tous les journaux depuis des jours !

— Oh ! excusez-moi, monsieur Hähnlein.

— En temps de guerre, cria sèchement Hähnlein, il n'y a pas d'excuse. Avec un tel comportement vous ne mettez pas que vous en danger, mais toute la rue... Prenez-en bonne note !

La lumière s'éteignit dans l'appartement de Vera Ahrens. Une bougie fut allumée, puis un rideau tiré devant la fenêtre.

Toutes les bicyclettes, les motos et les autos qui passaient dans la rue avaient camouflé leurs lumières. Dans les trains qui attendaient en gare, les rideaux des compartiments étaient baissés. Dans la faible lumière des réverbères on ne distinguait que la silhouette des objets et des hommes. Un spectacle auquel il faudrait s'habituer.

Vers vingt heures trente, une colonne de voitures entra dans la partie inférieure de l'Adolf-Hitler-strasse. Dix conduites intérieures, tous feux éteints. Elles s'arrêtèrent devant le numéro 8. Des hommes en descendirent : des officiers de police et des fonctionnaires de haut grade du Parti, des représentants des autorités et de la presse. Un corpulent officier de la Défense passive les conduisit au trou creusé dans la chaussée. Il était enrhumé et ne cessait de tousser.

— Voici un incendie de gaz consécutif à l'effet d'une bombe explosive, dit-il, et nous allons vous montrer comment ce type de feu peut être combattu efficacement.

Il fit un signe. Une haute flamme jaillit du trou. Deux hommes en combinaison d'amiante y descendirent. Ils essayèrent d'éteindre les flammes qui sortaient de la conduite endommagée au moyen de bouchons d'argile. Applaudissements des spectateurs lorsqu'ils y parvinrent, non sans quelque peine.

— S'il tombe des bombes, toute la ville brûlera ! cria une voix dans l'obscurité. On ne pourra pas éteindre partout !

— Simple question d'organisation, dit en toussant le gros officier de la Défense passive. Il faut concentrer toutes les forces. Après, ça marche.

Il toussa de nouveau.

— C'est pour ça que nous nous entraînons.

Ces messieurs se rendirent dans les caves du numéro 14, où les victimes avaient pris position, étendues en long et en large sur le sol de béton.

— Ce sont des blessés graves, dit le gros homme. Nous supposons que cet immeuble a été partiellement détruit. Les forces de secours ont dégagé l'entrée et vont maintenant s'occuper des blessés.

Des camions passèrent à l'extérieur. Des infirmiers arrivèrent en hâte dans les caves. Ils dispensèrent les premiers soins aux faux blessés. Ce n'était pas difficile car, sur chacun des jeunes hommes et femmes, on avait épinglé de petites pancartes qui donnaient des indications précises sur la nature et la gravité des blessures. Finalement, on les transporta à l'extérieur sur des brancards.

— Hé, mademoiselle, poussez-vous ! cria un infirmier à quelqu'un qui pénétrait dans le hall juste au moment où l'on évacuait une victime.

C'était Dodo. Il rentrait d'une de ses promenades nocturnes en vêtements de femme. Il balançait avec bonne humeur un petit sac en argent. Il se rangea sur le côté.

— Fracture du bras. Fracture du bassin, lut-il sur la pancarte épinglée à la robe de la jeune fille étendue sur le brancard. « Oh la la, oh la la ! Il n'y a pas encore la guerre et on voit déjà des choses aussi horribles ! »

Il s'adressa à l'un des infirmiers.

— Dites-moi, s'il tombe une vraie bombe sur nous, dans cette maison, qui nous écrira nos petites pancartes ?

— Il ne tombe pas de bombe ici, dit l'homme, nous faisons seulement semblant.

Le sourire s'effaça sur le visage exagérément maquillé de Dodo.

— Hé, hé, je n'en sais rien, dit-il.

La cave se vida. Ces messieurs remontèrent dans leurs limousines. La colonne s'éloigna. Il était maintenant vingt et une heures. Presque aussitôt, ce fut l'obscurité complète, phase 2 de l'exercice de défense passive.

Anton Bockmeier qui, avec sa femme, avait suivi l'exercice debout devant son magasin, fut soudain incapable de voir sa propre main devant ses yeux. Il n'avait encore jamais connu une obscurité aussi complète.

— La nuit s'étend sur l'Allemagne, dit près de lui la voix de fausset du travesti.

— Qu'est-ce que ça veut dire ? demanda le boucher.

— D'abord on joue avec des bombes, dit Dodo, et après on les utilise. J'ai peur, monsieur Bockmeier.

2

Au printemps 1936, comme si l'ordre en avait été donné, les pancartes « Négociant aryen » et « Pas de vente aux juifs » disparurent des boutiques de la rue. Plus étonnant encore fut le démontage du panneau d'affichage du *Stürmer,* journal du Parti, sur la façade de « La Carafe ». On en apprit la raison par les autres quotidiens : la feuille polémique des nationaux-socialistes dans laquelle l'ancien professeur Julius Streicher vitupérait « toute la juiverie » avait été interdite pour « comptes rendus licencieux ».

Joie et soulagement chez Moses Winschermann. Jakob Katz respira lui aussi. La nouvelle évolution semblait infirmer ses sombres pressentiments et ses noirs pronostics. Dans la communauté juive, le rabbin déclara :

— Hitler n'a-t-il pas dit, à propos des lois de Nuremberg : « Ces lois devront être ennoblies par l'incroyable discipline du peuple allemand » ? Je crois que nous sommes à un tournant. Le gouvernement change de direction.

Le rabbin ne fut pas le seul à parier là-dessus. Selma Hähnlein raconta chez elle que les premiers membres de la communauté qui avaient émigré en 1933 commençaient à revenir. Huit familles étaient rentrées en huit jours

Seul l'avocat Levy Herzfeld continuait à douter :

— Tout cela n'est que poudre aux yeux, dit-il au cours d'une visite aux Winschermann. Hitler recule à cause des Jeux olympiques. Il veut empêcher que les Jeux soient troublés ou que les étrangers boycottent Berlin. Ils ne doivent pas voir comment on traite les juifs en Allemagne.

— Donc, pure tactique ? demanda Karin Winschermann.

— Je parierais mon chapeau là-dessus, dit Herzfeld. Pensez à ce que je vous dis : après les Jeux, la vieille haine recommencera de plus belle.

— Je souhaite que vous perdiez votre chapeau, conclut Moses Winschermann.

Pour l'ouverture des Jeux, le 1er août 1936, toute la rue pavoisa. Adolf Hähnlein invita ses amis et relations qui ne possédaient pas encore de poste de radio. On appela ces réunions des « écoutes communautaires ». Assis en demi-cercle autour du « poste populaire », l'hôte et ses invités écoutaient les émissions de Berlin.

Vers seize heures, on annonça l'arrivée du Führer sur le stade olympique. Le haut-parleur vibra lorsque Hitler monta à la tribune et dit : « Je déclare ouverts les Jeux de Berlin pour la onzième olympiade ! » On entendit les salves d'honneur, le bruit des ailes du lâcher de pigeons, l'hymne olympique.

— Hitler montre au monde qu'il veut la paix, dit un des invités d'Hähnlein, ancien combattant amputé d'une jambe.

— Qui en douterait ? demanda Hähnlein.

— Il y a des gens qui font des recoupements, monsieur l'ortsgruppenleiter. Le rétablissement du service militaire. L'occupation de la Rhénanie. Les grands exercices de défense passive.

Hähnlein eut un air désapprobateur.

— Le Führer connaît la guerre par expérience personnelle, dit-il. Il va l'éviter aussi longtemps qu'il le pourra. Mais n'oubliez pas, la jalousie augmente avec nos succès. Nous devons être armés quand l'ennemi nous tombera dessus.

Dans le haut-parleur, l'*Alleluia* de Haendel retentissait.

Au cours des jours suivants, la rue fut placée sous le signe des anneaux olympiques. Toute la journée, on retransmettait les épreuves. Les voisins se criaient joyeusement les dernières victoires de l'Allemagne. En escrime, la juive allemande Hélène Mayer remporta une médaille d'argent. Le Noir américain Jess Owens fit dresser l'oreille avec quatre médailles d'or. Cela ne cadrait pas avec l'image des races inférieures et incapables d'exploits, dit Irmgard Kompowski chez Bockmeier, mais celui-ci fit semblant de ne pas avoir entendu. Les victoires de l'Allemagne étaient *ses* victoires.

— Tous combattent pour le Führer, disait-il tout en débitant ses cochons et ses veaux.

Les enfants jouaient à Jess Owens. Ils faisaient des courses et sautaient sur la chaussée. Les gagnants se baptisaient fièrement Jess Owens. Un des coureurs renversa grand-mère Breil. La vieille femme se fractura la cheville et dut être admise à l'hôpital. Ce fut une bonne raison pour Adolf Hähnlein d'interdire le « cirque nègre » dans la rue.

A peine les Jeux furent-ils terminés, que le *Stürmer* fut de nouveau accroché à « La Carafe ». On put y lire : « La famille Meier rend visite presque tous les jours au juif Heinrich Wilner » ou « Dans ma classe, il y a encore des filles qui sont liées d'amitié à des juives » et encore « Le *Stürmer* m'a beaucoup appris sur l'insolence des juifs. Désormais, je vois le monde avec des yeux différents. »

Les panneaux d'interdiction tels que « Interdit aux juifs » resurgirent. Et le boucher Anton Bockmeier peignit de sa main à la peinture rouge sur sa vitrine : « Ici on ne vend qu'aux citoyens aryens. »

Levy Herzfeld l'avait prédit : la haine continuait, pire qu'auparavant.

3

Une compagnie de Hitler Jungvolk défilait lorsque le pasteur Baum sortit dans la rue. Les gamins sortaient de la cour de la boulangerie industrielle. Depuis que Karl Hähnlein dirigeait la fabrique, ils avaient le droit de s'y rassembler en certaines occasions. C'était un triomphe tardif sur son défunt beau-père qui le lui avait interdit de son vivant. Après un rapide appel, ce samedi après-midi du printemps 1937, Karl Hähnlein s'était mis à la tête de la colonne pour la conduire à un rendez-vous de toute la troupe.

Derrière Karl, marchait un rang de trois avec, au centre, le porte-drapeau. Quatre sections s'avançaient ensuite : « Gauche, deux, trois, quatre ! Gauche, deux, trois, quatre ! » aboyait l'un des chefs. Tandis que les plus grands des garçons dans les premiers rangs n'avaient aucune difficulté à marcher au pas cadencé, les plus petits, dans les derniers rangs, avaient toutes les peines du monde à suivre.

Le pasteur qui voulait traverser la rue s'arrêta pour laisser passer la colonne. Lorsque le porte-drapeau passa devant lui, le pasteur ne fit aucun geste pour esquisser un salut.

— Saluez ! cria Karl en indiquant le drapeau d'un mouvement de tête.

Il répéta, sur un ton de commandement :

— Saluez !

Martin Baum ne réagit pas. Il avait, certes, entendu dire qu'il était obligatoire de saluer le drapeau à croix gammée. Cela ne signifiait pas qu'il fallait aussi gratifier d'un salut le drapeau noir orné de signes runiques qui flottait à la tête de ces garçons. Cela choquait ses sentiments. Pour lui, ces drapeaux étaient un symbole de la foi pseudo-religieuse que les nationaux-socialistes exigeaient de leurs adhérents. Il ne se sentait d'obligation que pour le « royaume éternel » du Seigneur et non pour l' « éternelle Allemagne ».

Un jeune garçon à fourragère verte sortit de la colonne, courut vers Baum, se planta devant lui et lui cracha à la figure.

Baum se mordit les lèvres. Son naturel combatif eut du mal à accepter de ne pas se défendre. Cependant il réprima l'impulsion grandissante de prendre son agresseur au collet.

Les passants, curieux, s'étaient arrêtés pour voir la réaction de l'homme en costume noir. Ils le virent tourner lentement les talons puis traverser la chaussée et disparaître à l'intérieur du magasin Katz & Cie. C'était une sorte de manifestation en soi : le pasteur se solidarisait avec le juif.

De telles pensées n'avaient pas animé Baum. Il acheta des comestibles, habituellement c'étaient sa femme ou sa gouvernante qui s'en chargeaient. Jakob Katz avait observé l'incident à travers sa vitrine.

— J'admire votre sagesse, monsieur le pasteur, dit-il lorsque Baum paya.

— Les ministres du Christ, répondit le pasteur, peuvent être des agneaux que l'on abat, mais ils n'ont pas le droit de porter l'épée. Quand on pense à cela, ça aide, monsieur Katz.

D'autres clients, qui ne fréquentaient plus le magasin depuis longtemps, suivirent le pasteur. Leur curiosité était plus forte que leur peur des représailles. Ils voulaient savoir ce que Baum avait dit. Qu'allait-il entreprendre contre ce morveux de la Hitlerjugend ? Beaucoup désapprouvaient cette humiliation, du coup, les voisins se rapprochèrent un peu. Le juif fut à nouveau inclus dans la communauté. Non seulement ce jour-là, mais les suivants, ses clients furent presque aussi nombreux qu'auparavant.

Baum fut surveillé de façon encore plus intense que d'habitude. Des espions observaient particulièrement son travail auprès des jeunes. Un jour, il entreprit un tour dans la vallée de la Ruhr à bicyclette avec un groupe de jeunes. Il voulait organiser une heure d'étude biblique en plein air. A quelque distance, un homme à bicyclette les suivit. Baum prit garde que ses jeunes gens roulent en ordre dispersé et à des intervalles différents les uns des autres, car les voyages en formation serrée leur étaient interdits, tout comme toutes les autres activités de l'Eglise qui pouvaient, sous une forme quelconque, faire concurrence aux Jeunesses hitlériennes. Baum ne donna aucune raison de le dénoncer à la Gestapo au mouchard qui le surveillait.

Et pourtant, on trouva bientôt une raison de l'arrêter pour interrogatoire. Lors d'un sermon, il avait pris parti pour la libération de plusieurs de ses confrères qui avaient été incarcérés dans des camps de concentration.

— Vous aussi, vous méritez le camp, lui dit le commissaire Tümmler dans le bureau de la Gestapo. Vous ne saluez pas nos drapeaux. Vous faites du travail confessionnel pour la jeunesse, interdit. Vous prenez parti pour des ratichons qui s'opposent au Führer — et tout ça, après avoir déjà commis des abus en chaire.

— Je ne fais rien d'illégal, dit tranquillement Baum. Prendre le parti des autres est un commandement de l'amour du prochain. Je m'emploierais aussi bien en votre faveur, monsieur le commissaire, si vous étiez en détresse.

Tümmler s'approcha de Martin Baum. Il dut lever la tête pour regarder le pasteur.

— Vous vous croyez malin, dit-il. Vous croyez que vous pouvez sortir de n'importe quelle situation avec des formules habiles. Mais ne vous y trompez pas, je vous aurai !

Tümmler s'éloigna de Baum, fit quelques pas dans la pièce, s'arrêta, fit demi-tour et le regarda en face comme pour le jauger avant de reprendre d'un ton pensif :

— Seul le diable sait pourquoi vous exercez une telle fascination sur notre jeunesse. Mais nous finirons bien par découvrir pourquoi elle court derrière vous comme un troupeau de moutons, avec quelles astuces vous travaillez. A la première erreur, vous atterrirez dans un camp — ça, je vous le promets !

— Pourquoi me menacez-vous de cela ? Qu'y a-t-il de si effrayant dans ces camps ? Serait-il exact, comme on le raconte, que là-bas on torture et on assassine ?

Devant la franchise de la question, le commissaire Tümmler recula. Il répondit par une autre question.

— Qui vous a raconté ça ?

— Des gens que je ne connais pas. Jusqu'à présent, je croyais qu'il s'agissait de rumeurs. Mais il doit y avoir quelque chose de vrai là-dedans si j'ai bien compris vos paroles.

— Pensez ce que vous voulez, dit le commissaire, mais

gardez-vous d'affirmer des choses que vous ne pouvez pas prouver.

Tümmler fit demi-tour et sortit de la pièce. Baum fut enfermé dans une cellule. Après trois jours au pain et à l'eau, on le libéra. Il lui fut interdit de prêcher pendant deux mois.

4

Les habitués de « La Carafe » ne reconnurent pas le jeune sergent SS du premier coup. Au cours des années, son visage pâle et grêlé était devenu plus maigre et plus dur. La brutalité de ses traits y apparaissait plus nettement qu'auparavant.

— Fritzchen Stippel ! dit joyeusement Karl Hähnlein en reconnaissant son jeune voisin. Comment vas-tu, mon vieux !

Stippel, en permission dans sa ville natale, offrit généreusement une tournée générale. Karl Hähnlein paya la suivante et l'un des habitués en offrit encore une. La serveuse, une jeune blonde en blouse blanche collante, ne cessait de passer entre les étroites rangées de tables avec des plateaux chargés de chopes de bière et de verres de schnaps.

L'alcool libérait l'ambiance et déliait les langues. Déjà à moitié ivre, ses jambes bottées allongées négligemment sur une table, Fritzchen Stippel racontait les meilleures de ses expériences de gardien de camp de concentration. Il connaissait Dachau, Oranienburg et Sachsenhausen.

— Nous avions un juif, dit-il en riant, l'un de nous lui maintenait la bouche ouverte et dix hommes lui ont pissé dedans. Il n'arrivait pas à vomir assez vite tant il avait mal au cœur. Ha ! Ha !

Un des buveurs qui étaient au bar demanda d'un ton désapprobateur :

— Et qu'est-ce que vos supérieurs disent de ça ?

— Eux ? Ils sont les premiers à le faire.

Stippel raconta l'histoire d'une « huile du syndicalisme » auquel ils avaient fait croire qu'il allait être fusillé. Il dut creuser sa propre tombe dans la cour. Puis on le mit au mur. Le peloton le coucha en joue. Un officier lui ordonna de chanter le *Horst Wessel Lied.* Le visage grêlé de Stippel rougit de rage lorsqu'il dit :

— Mais imaginez-vous ça ? Le cochon a chanté *L'Internationale !* Nous l'avons mis sur le chevalet et il a dégusté cinquante coups de fouet. Là, il a entendu chanter les anges. Ha! Ha! Après, nous l'avons ficelé à un arbre.

Le jeune SS rit à nouveau en ajoutant :

— Finalement, pour rentrer à sa baraque, il a été obligé de ramper.

— Comment a-t-il résisté à tout ça? demanda l'homme du bar.

— Il n'a pas résisté, dit Stippel en ricanant. Un jour plus tard, il se balançait au bout d'une corde dans les chiottes, mort.

— Il s'était pendu?

— Il était trop lâche pour ça. Le commandant lui en avait donné l'ordre, mais il ne l'a pas exécuté. Nous nous en sommes chargés nous-mêmes.

D'après ses dires, Stippel était toujours désigné pour les « traitements spéciaux ». Il raconta avec délices des histoires de bras et de jambes tordus, de station debout dans des trous d'eau, de dents brisées, de « parties de traîneau avec de vieux cochons de juifs », de détenus « descendus » après qu'on les eut incités à fuir. Le jeune Stippel qui, naguère, maltraitait les chevaux, maltraitait maintenant les hommes. Il parlait d'eux comme il l'eût fait d'ordures.

— Quand on t'entend parler comme ça, Fritzchen, on a peur de toi! dit la jeune serveuse en frissonnant.

Il enleva ses jambes de la table, saisit la jeune fille et la tira vers lui. La peur, dit-il, était le meilleur moyen d'éducation. Par peur, d'anciens professeurs lui baisaient les pieds. La peur vous donnait le pouvoir et vous faisait respecter. Mais les femmes aussi jolies et plantureuses qu'elle, ne devaient pas avoir peur de lui. Il séparait strictement son service de sa vie privée. Après le travail il était un homme tout à fait normal.

— Essaie donc pour voir! dit-il.

— Sûrement pas! cria-t-elle effrayée en se dégageant de son étreinte.

Fritzchen dit qu'il ne la comprenait pas. Il y avait quantité de filles et de femmes qui étaient folles de lui et de ses camarades des unités à tête de mort. Elles voulaient toutes savoir ce qui se passait dans les camps. Leur effroi les rendait « vraiment chaudes ».

— Drôlement pervers, dit l'homme du bar.

— Toute la vie est perverse, répliqua Fritzchen Stippel en ricanant.

5

A la fin de janvier 1938, ils arrêtèrent Dodo.

Comme il le faisait si souvent, il était, ce soir-là, debout devant son miroir. Il essayait une nouvelle perruque, noire avec des bouclettes qui lui tombaient sur les oreilles. Il avait mis une robe de taffetas rose, ornée d'une rose blanche en tissu. Pardessous, il avait son soutien-gorge rembourré. Il pivotait sur ses hauts talons, plongé dans sa propre admiration.

Pour la première fois depuis longtemps, Daniel von Dorfen se trouvait bien dans sa peau. Au cours des mois précédents, il avait souffert d'un cafard pénible et de crises de dépression. Sa transformation en femme prenait trop de temps à son goût. Certes, sous l'influence des hormones sexuelles que le médecin lui avait prescrites, ses épaules et ses hanches s'étaient un peu arrondies et ses boutons de seins, traités aux ventouses, avaient grossi. Sa barbe avait diminué et poussait moins vite. Mais il était encore loin de la belle poitrine épanouie et des cuisses rondes qu'il désirait avoir. Cela le conduisait constamment à la dépression. Il avait même déjà songé au suicide parce qu'il ne voyait aucune chance de vivre sa « vraie » nature féminine.

Cependant, il avait récemment constaté en lui un changement qui l'avait empli d'un nouvel espoir. Alors qu'autrefois, il avait des rapports sexuels avec des femmes, il en ressentait maintenant du dégoût et il était parfois complètement impuissant. Il se sentait désormais soudainement attiré par les hommes. Cette attirance devenait de plus en plus forte. Il en avait conclu avec soulagement que c'était le signe que le changement de sexe tant désiré se réalisait enfin.

A la recherche d'un partenaire, il avait tout récemment été pris dans une rafle de la police dans une boîte d'homosexuels et on l'avait fiché. Il craignait d'être arrêté et emprisonné. Mais sa peur était tempérée par la certitude grandissante d'être en train de devenir lui-même. Il se sourit dans le miroir.

On sonna à la porte de l'appartement et Dodo entendit que l'on ouvrait.

— Qu'est-ce que tu veux ? demanda Irmgard Kompowski.

— Arrêter Dodo, dit une voix.

— Avec trois hommes ? Dodo n'est pas un criminel, laissez-le tranquille.

— Il est homosexuel, dit la voix. C'est un asocial. Il est temps que ce genre de types disparaisse de la rue.

— Il est aussi peu asocial que toi, Rolf, dit Irmgard. Je ne permettrai pas que tu l'emmènes !

— Il y a longtemps que ça aurait dû être fait. J'ai toujours reporté la chose. Maintenant, il est de nouveau dans le collimateur. Il fréquente des boîtes de pédales. Alors, s'il te plaît, pousse-toi, Irmgard !

— Dégueulasse ! Et dire que tu étais mon ami ! J'ai honte pour toi !

Les lames du parquet craquèrent sous les pas qui se rapprochaient. Dans le miroir, Dodo vit la porte s'ouvrir derrière lui. Le blond qui entra le premier était Rolf Fehrenbach. Son visage était plein d'arrogance et de suffisance.

— Dodo la tante, dit-il.

C'étaient les mêmes mots qu'il avait employés lorsqu'on avait arrêté Dodo pour la première fois.

— Rölfchen l'arriviste, répliqua Dodo qui, même dans une situation critique, essayait de plaisanter.

Enfants, ils avaient joué ensemble. Puis Rolf avait été envoyé en pension. Leurs routes s'étaient séparées. Lorsque Rölfchen, comme on l'appelait dans la rue, était revenu, il était passé devant Dodo avec des airs supérieurs. Dodo, pour lui, n'était plus qu'un apprenti coiffeur. Depuis lors, ils n'avaient plus échangé une parole, sauf le jour où ils s'étaient trouvés face à face à la Gestapo. Là, Dodo, autant par crainte que par respect, l'avait appelé « Monsieur Fehrenbach ».

Il avait peur, mais dans son milieu habituel il avait cru pouvoir adopter un ton plus familier. Lorsqu'il vit l'air froid de l'autre, il en souffrit.

— C'est fini avec Rölfchen, dit Fehrenbach. Pour toi, je suis l'oberscharführer Fehrenbach. Compris ?

Sans attendre la réponse, il alla au miroir et donna un coup de pied dedans, de sorte qu'il tomba en morceaux sur le plancher. Les deux anciens camarades devenus si différents se regardaient les yeux dans les yeux : Rolf Fehrenbach dans son uniforme noir de SS et Daniel von Dorfen, le travesti, en robe de taffetas rose avec une fleur blanche.

— Emballe tes affaires, dit Fehrenbach. Rasoir, brosse à dents, linge de corps..., du linge de corps masculin ! ajouta-t-il avec un sourire ironique.

Dodo qui avait poussé un cri lorsque son miroir s'était brisé, ne demanda pas pourquoi on l'arrêtait. Depuis l'interrogatoire à la Gestapo, il en imaginait facilement la raison. On avait traité les marginaux de son espèce de vermine et de criminels-nés. Il ne fallait pas beaucoup d'imagination pour se représenter ce que des gens comme Fehrenbach faisaient de la vermine.

— Dois-je garder la robe ou passer un costume ? demanda-t-il seulement.

— Garde la robe. Comme ça, ils verront tout de suite au camp à qui ils ont affaire.

Un de ses compagnons ricana.

— Il faut bien un peu de rigolade dans les enterrements.

Les autres rirent, mais Dodo perçut le mortel sérieux caché par la plaisanterie. Un sombre pressentiment le fit trembler. Lorsqu'il boucla sa valise, les larmes lui montèrent aux yeux.

Il pleurait encore lorsqu'ils le poussèrent dans le couloir. Le Rimmel descendait en traînées noires sur son visage poudré.

Irmgard Kompowski leur barra le chemin.

— Père, cria-t-elle, père, viens vite !

La porte de la cuisine s'ouvrit et Kalla Kompowski apparut sur le seuil, un journal à la main. Il tira ses lunettes vers le bas de son nez et cligna des yeux dans la lumière du couloir.

— Rolf veut emmener Dodo, cria sa fille avec désespoir. Nous ne pouvons pas permettre ça, père !

— Où doit-il aller ? demanda Kalla Kompowski.

— Au camp, dit Fehrenbach.

Kompowski savait ce que cela signifiait. Autrefois, il y avait cinq ans, ils l'avaient arrêté. Maintenant, c'était le tour de son locataire. Il dit à Dodo qu'il fallait en passer par là et qu'il devait bien se conduire. Alors, il serait bientôt de retour. Il lui garderait sa chambre, même s'il devait renoncer au loyer.

— C'est vraiment gentil de votre part, monsieur Kompowski, mais louez donc la chambre. Vous avez besoin du loyer, dit Dodo en sanglotant.

Il prit la fleur en tissu de sa robe et la tendit à Irmgard. Ses sanglots se calmèrent et il dit :

— Quand cette rose refleurira, je reviendrai.

— Viens, Dodo ! ordonna Fehrenbach.

Il le prit par le bras et l'entraîna avec lui, suivi des deux autres hommes. La porte se referma sur eux.

La jeune femme regarda encore un moment en silence la rose blanche dans sa main.

Les fleurs en tissu ne fleurissent pas, songea-t-elle.

6

Adolf Hähnlein se dressa dans son lit. Par la fenêtre ouverte de la chambre qui donnait sur la rue, il entendit des bruits et des voix. Il était une heure du matin.

Il se leva et tira le rideau. Dans la faible lumière du réverbère, il aperçut des silhouettes qui s'affairaient devant le mur de la boulangerie Gottwald. Il ouvrit brusquement la fenêtre. Un courant d'air froid le saisit et il referma le col de sa chemise de nuit en frissonnant.

— Hé ! Qu'est-ce que vous faites là ? cria-t-il.

Les silhouettes continuèrent leur travail. Personne ne dit mot. Dans l'obscurité, on distinguait des lettres blanches.

— Arrêtez votre barbouillage ! cria Hähnlein en colère. Je suis l'ortsgruppenleiter. Je vais appeler la police !

Une des silhouettes se détacha, de l'autre côté de la rue. Elle traversa la chaussée. C'était un jeune homme en uniforme. Ses camarades et lui exécutaient un ordre du commandant de compagnie, dit-il tranquillement. Après une brève conversation, Adolf Hähnlein referma la fenêtre. Satisfait, il se recoucha et, peu après, ses ronflements révélèrent qu'il s'était rendormi.

Le matin suivant, on put lire sur le mur de la boulangerie les slogans suivants : « Autriche — Retour au Reich » et « Un peuple ! Un Reich ! Un Führer ! » Le lendemain, la radio diffusa une nouvelle triomphante : « L'Autriche est rentrée dans la patrie. » Dans les maisons régnait la même ambiance que lors des victoires allemandes aux Jeux olympiques. Le 15 mars, le poste de radio d'Hähnlein diffusa pour toute la rue, à pleine puissance, la voix pathétique d'Hitler : « En qualité de Führer et de chancelier de la nation allemande, j'annonce devant l'Histoire de l'Allemagne l'entrée de ma patrie dans le Reich grand-allemand ! »

Grand-père Breil se dressa à sa fenêtre et battit des mains. Il cria à un voisin qui pelletait du charbon dans le soupirail de sa cave :

— Un autre pourra toujours essayer de faire comme Hitler, Köbes, vaincre sans tirer un coup de feu !

— Pour sûr, dit Köbes, une bonne affaire !

Six mois plus tard, l'euphorie concernant l'Autriche s'était envolée depuis longtemps. Une atmosphère inquiète et grave régnait dans la rue. Quelques-uns des habitants baissaient la tête.

— Si Beneš ne cède pas au Führer, dit Anton Bockmeier, le matin du 29 septembre 1938, c'est la guerre !

On l'avait entendu à la radio : Hitler était décidé à ramener dans le sein de la mère patrie les Allemands de Tchécoslovaquie. Le président tchèque, Edouard Beneš s'y opposait. Pour éviter la catastrophe, le premier ministre anglais, Chamberlain, s'était entremis. Hitler lui avait envoyé un ultimatum : « Avant le 28 septembre notre revendication de l'incorporation des Sudètes devra être acceptée — autrement, nous attaquerons ! » On parlait de concentrations de troupes allemandes à la frontière.

— Les Tchèques valent-ils une guerre, monsieur Bockmeier ? demanda une cliente.

— Nous ne pouvons pas accepter qu'ils maltraitent des Allemands, répondit-il. Il faut faire quelque chose !

Tout en parlant, il débitait à grands coups de tranchoir une épaule de porc.

Maintenant, tout le monde percevait le danger qui rampait, lentement mais inexorablement, comme un animal monstrueux. Il y avait des gens qui se réveillaient en sursaut la nuit, baignés de sueur, parce qu'ils avaient rêvé de bombes et d'explosions. D'autres luttaient depuis des jours avec un sentiment d'étouffement et de menace au cœur.

Mais, ce 29 septembre, tous purent enfin respirer. Une nouvelle annonce de victoire résonna dans le poste de Hähnlein : « A Munich, MM. Chamberlain, Daladier, Mussolini et Hitler se sont mis d'accord pour le retour des territoires des Sudètes à l'Allemagne. »

— Je l'ai toujours dit, déclara Bockmeier, personne ne peut avoir le Führer !

L'angoisse fit place au bonheur. Qui aurait pu se rendre compte que le danger n'était pas écarté mais qu'il continuait de guetter à l'arrière-plan ? Beaucoup de gens de la rue se berçaient du sentiment de vivre une grande époque, d'être les témoins d'un grand bouleversement historique. On oubliait ou on repoussait l'idée que les « grandes époques » exigent, la plupart du temps, de grands sacrifices.

Le professeur Philipp Wendehals était, lui aussi, impressionné par les événements. Son scepticisme à l'égard d'Hitler auquel il n'accordait, au début, que quelques mois s'était depuis longtemps envolé. Ce que réalisait cet homme méritait le respect.

A la mi-octobre, assis, le soir, dans la véranda de son salon, il lisait l'édition du soir de l'*Allgemeine Anzeiger* en fumant un cigare. En face de lui, dans un fauteuil, sa femme crochetait une couverture.

— Ecoute un peu, Else, dit-il, ce que je lis là. Tout ce qu'Hitler a réalisé jusqu'à présent... C'est presque incroyable.

— Oui, lis-moi ça.

— Le 30 janvier 1933, l'Allemagne avait une superficie de 468 779 kilomètres carrés et 65 218 641 habitants. En mars 1935, après le retour de la Sarre : 470 699 kilomètres carrés et 66 044 000 habitants. Le 12 mars 1938, après le retour de l'Autriche : 554 537 kilomètres carrés et 74 759 000 habitants. Et maintenant, depuis le 1er octobre 1938, après l'incorporation des Sudètes : 585 000 kilomètres carrés et 78 400 000 habitants.

Wendehals s'arrêta et fit un rapide calcul :

— C'est un gain d'environ 120 000 kilomètres carrés et de 13 000 000 d'hommes. Et cela, en six ans à peine !

— Vraiment incroyable, dit Else, on attrape le vertige devant de tels chiffres.

— Et tout ça, sans un seul coup de feu !

— Et pourtant, plusieurs fois, au début, ça a eu l'air de ne pas vouloir bien tourner !

— Il y a naturellement le danger qu'Hitler ne devienne trop présomptueux parce que ces victoires sans verser le sang ont été trop faciles. Qu'il continue à pousser en avant, ce ne serait pas étonnant. Nous sommes un peuple sans espace vital. Je crains que, la prochaine fois, ça ne se passe pas aussi aisément.

— Tu veux dire que nous allons vers une guerre ?

Wendehals ôta son lorgnon, en nettoya les verres avec un mouchoir.

— Oui, Else. Et je suis bien content d'être malade de l'estomac et de ne pas être obligé d'aller au front !

— Ne le dis pas trop haut, Philipp.

— Je m'en garderai bien.

7

Arnold Schmitz était pressé. Ce soir du 9 novembre 1938, il avait rendez-vous avec une jeune femme dont il avait fait la connaissance quelques jours auparavant. Ils devaient se rencontrer dans un petit café. Sa nouvelle conquête était une brune plantureuse qui lui rappelait Sara Katz. La belle juive qu'il n'avait revue qu'une ou deux fois depuis qu'il avait quitté le

14 Adolf-Hitler-strasse, continuait de hanter son esprit. Pas tout le temps, certes, mais il choisissait en général des femmes qui lui ressemblaient plus ou moins.

Il était déjà debout, en manteau et le chapeau sur la tête, lorsqu'une secrétaire entra dans son bureau.

— Il y a un télex urgent de Berlin qui est en train d'arriver, dit-elle, adressé à tous les chefs de service et à leurs adjoints. Voudriez-vous venir le voir ?

Il se rendit de mauvais gré dans la petite pièce au bout du couloir où se dressait le téléscripteur. Les touches cliquetaient et inscrivaient les lettres les unes après les autres sur la bande de papier. Le texte portait le numéro 234 304 9 11 2355. L'expéditeur était la centrale de la Gestapo à Berlin.

Ce qui suivait effaça rapidement la moue maussade de sa bouche. Il lut, comme électrisé, ce qu'ordonnaient les collègues de Berlin.

« Il sera exécuté, dans les plus brefs délais, et dans toute l'Allemagne, des actions contre les juifs et plus particulièrement contre leurs synagogues. Elles ne devront pas être entravées... Il sera préparé l'arrestation de 20 000 à 30 000 juifs dans le Reich. On choisira surtout les juifs riches. Des ordres plus précis seront lancés dans le cours de la nuit... Si, au cours des actions prévues, des juifs étaient pris en possession d'armes, les mesures les plus sévères devront être prises à leur encontre... »

Le télex était signé : « Heinrich Müller », le chef de la Gestapo.

Le texte était à peine imprimé que Schmitz se rua sur le téléphone. Il appela le commissaire Tümmler qui se mit immédiatement en route vers le service. Aussitôt après, Schmitz informa ceux de ses collègues qui n'étaient pas de service ce vendredi soir. La secrétaire de l'équipe de nuit fut chargée d'appeler le petit café où la jolie brune l'attendait pour lui dire que M. Schmitz n'était pas disponible cette nuit et qu'il la rappellerait.

Malgré le rendez-vous manqué, Schmitz était d'excellente humeur. Ce qui se passait là semblait une réédition de la révolte de Röhm. A cette époque-là, il avait chassé les huiles des SA, cette fois-ci, ce seraient des juifs. La raison de l'action était claire pour lui : Berlin voulait se venger de l'attentat perpétré contre le secrétaire de la Légation d'Allemagne à Paris, Ernst vom Rath. Le juif Herschel Grynspan, âgé de dix-sept ans, avait tiré sur lui. Vom Rath était mort et ses coreligionnaires devaient expier. Pour Schmitz, c'était un compte à régler.

Un télégramme urgent du SS gruppenführer Heydrich suivit :

« Seuls seront d'abord à arrêter les juifs mâles, en bonne santé et d'un âge relativement peu élevé. On prendra d'urgence contact avec les camps de concentration concernés, après les arrestations, afin d'y enfermer les juifs le plus rapidement possible. »

Le nom de Jakob Katz vint à l'esprit de Schmitz. D'après ce qu'il savait, il était bien portant, relativement peu âgé et sûrement riche, comme l'exigeait le premier télégramme. Oui, Jakob Katz, se dit-il. Il fallait s'emparer de lui. L'homme, certes, ne lui avait jamais rien fait, il l'avait toujours salué avec une politesse timide lorsqu'ils se croisaient dans l'escalier. Mais il fallait coffrer environ 30 000 juifs et on ne pouvait pas tenir compte des destinées personnelles.

En outre, il avait toujours un compte à régler avec Mme Katz. Il ne doutait plus qu'elle eût été de mèche avec Irmgard Kompowski dans l'affaire des photos clandestines. Désormais, il pouvait rendre les coups. Avec Jakob Katz en otage, on pouvait faire quelque chose. Il pourrait s'arranger, plus tard, moyennant finances, pour faire sortir Jakob Katz du camp. Ou bien le prix pourrait être les négatifs des photos, toujours en possession d'Irmgard. Schmitz était certain qu'elle ne les emploierait jamais contre lui, mais ils pouvaient tomber en d'autres mains.

Le prix pouvait également être Sara Katz. Depuis les lois de Nuremberg, le « crime racial » des rapports entre aryens et non-aryens était puni, certes, mais seulement si on se faisait prendre ! S'il devait en venir là, il s'arrangerait pour qu'il n'y ait ni témoin ni appareil photographique caché !

Le commissaire Tümmler apparut dans le service ainsi qu'un gros bonnet de la direction de la Gestapo, qui fit battre le rappel des chefs de cercle, des ortsgruppenleiter, des chefs de la police locale, en vue d'une discussion générale. L'action de tous les services intéressés devait être coordonnée.

Adolf Hähnlein était au nombre des participants en qualité d'ortsgruppenleiter. Il arriva au bureau de la Gestapo un quart d'heure après minuit. Il avait la grippe et il était couché lorsque l'appel lui était parvenu. Mais, malgré ses trente-neuf degrés de température, il avait bondi hors de son lit et s'était habillé en apprenant de quoi il s'agissait. Il était maintenant dans un groupe d'une quinzaine d'hommes, les uns en uniforme, les autres en civil, réunis dans le bureau du commissaire Tümmler.

Le gros bonnet de la direction donnait les instructions nécessaires :

— La synagogue sera incendiée et ce, par les SA. Les maisons voisines habitées par des aryens ne devront subir aucun dommage. Les pompiers n'entreront en action que si l'incendie menace de s'étendre. La police n'interviendra que pour interdire le pillage. Cela est également valable pour les habitations juives. Elles peuvent être détruites, mais ne doivent en aucun cas être pillées. Est-ce clair ?

L'assistance inclina la tête.

— L'opération doit commencer immédiatement. Informez les standards de la SA et les unités de la Hitlerjugend... d'autres questions ?

— Qui se charge des arrestations ? demanda Hähnlein. La SA, la police ou la Gestapo ?

— C'est nous qui nous en chargerons.

Un autre ortsgruppenleiter demanda :

— Les opérations seront-elles exécutées en uniforme ?

— Non. En civil. J'attends vos comptes rendus d'exécution vers huit heures trente. Merci. Heil Hitler !

A sa grande déception, Arnold Schmitz ne fut pas désigné pour les arrestations. Le commissaire Tümmler lui confia une mission spéciale : il devait, avec deux aides, mettre en sûreté les archives de la synagogue. Ça ne lui plaisait pas du tout. Il aurait préféré avoir affaire à des hommes sur lesquels il aurait pu exercer son pouvoir. La paperasserie ne l'intéressait pas. Mais il se fit une raison, il avait l'habitude d'exécuter des ordres. Il partit avec ses deux collègues à bord d'un camion.

Du service de la Gestapo, Adolf Hähnlein appela son fils Karl qui, avec des camarades, fêtait dans un foyer du Parti le quinzième anniversaire de la marche d'Hitler, le 9 novembre, sur la Feldherrnhalle de Munich. Karl devait se rendre à la maison avec ses chefs de la Hitlerjugend, dit-il. Ils devraient être en civil et armés de haches et de masses.

— Explications suivront, conclut-il. C'est une action spéciale, pressez-vous !

Hähnlein fut reconduit chez lui dans la voiture du Parti qui l'avait amené. Il essuya son front trempé de sueur. Son pouls galopait. La fièvre semblait avoir encore augmenté. Il se sentait mou, à bout de forces. Mais il ne devait montrer aucune faiblesse. Il lui fallait oublier sa grippe car quelque chose d'extraordinaire allait se passer, cette nuit-là. Quelque chose d'effrayant, de monstrueux, d'indescriptible, peut-être même d'inhumain.

Les synagogues allaient brûler... Même lui, athée convaincu, en ressentait une impression de malaise. Mais ce n'était pas son affaire. Heydrich et Müller de la Gestapo étaient responsables. Ils faisaient partie des penseurs, lui, des exécutants.

Peu avant une heure du matin, Hähnlein, son fils Karl et une douzaine de jeunes gens en civil à l'allure de brigands s'étaient réunis dans l'appartement du rez-de-chaussée. Ils portaient des massues de gymnastique, des haches et des pics de pompiers. Leur coupe de cheveux en brosse révélait leur qualité de chefs de la Hitlerjugend. Ils mirent au point avec l'ortsgruppenleiter le plan d'action contre les juifs du voisinage. Sept appartements et trois magasins étaient au programme.

— Nous commençons par la maison, ici, dit Karl Hähnlein en conclusion, chez Katz et Winschermann.

Adolf Hähnlein acquiesça. La satisfaction brillait dans ses yeux fiévreux. Il jouissait à l'avance de ce qui attendait les juifs d'en haut. Ils avaient mis leurs sales pattes sur son fils Wolfgang. Maintenant, son fils aîné allait le leur faire payer. Il aurait voulu faire partie de l'opération.

— Faites bien votre travail, dit-il, saisi de frissons de fièvre.

Tandis que les jeunes gens ramassaient leurs outils, Eva Hähnlein entra dans l'antichambre. Par la porte ouverte de la chambre à coucher, elle avait tout entendu. Des bigoudis dans les cheveux, elle avait jeté un peignoir de laine sur sa chemise de nuit. Elle s'adressa à son fils :

— Faut-il vraiment que tu fasses ça, Karl ? Que tu ailles au deuxième étage ? Justement chez nos voisins ?

— Ce sont des juifs, maman. Un juif a abattu vom Rath. La pitié n'est pas de mise.

— Peut-être que l'enfant est là, dit-elle.

— Quel enfant ?

— Ingrid.

Le visage de Karl se durcit.

— Cette pisseuse juive...

— C'est tout de même la fille de ton frère !

— Je n'ai plus de frère...

— Mais cette gamine n'est pour rien dans tout ça...

Eva Hähnlein tenta de retenir son fils. Il se dégagea brutalement.

— Les juifs ne sont pas des humains. Les petits juifs non plus. Ils grandissent. Il est plus que temps que cette maison soit nettoyée de ses youpins !

Pâle et tremblante, sa mère le vit quitter l'appartement avec ses gens. Karl chargea quelques-uns d'entre eux de commencer l'opération dans la rue et il monta au deuxième étage avec les autres.

8

Ce n'était pas sans une certaine gêne que Wolfgang Hähnlein avait à nouveau franchi le seuil du 14 Adolf-Hitler-strasse, après si longtemps.

En général, il évitait de s'y rendre afin de ne pas y rencontrer son père ou son frère. Il voulait se dérober à toute discussion avec eux. Mais, ce soir-là, il s'était joint à sa femme Selma qui rendait visite à ses parents. Avant de se mettre en route, ils avaient couché leur petite fille âgée maintenant de trois ans et l'avaient laissée dans leur petit appartement de la vieille ville. Ils étaient passés devant la synagogue, puissant édifice surmonté d'une coupole qui ressemblait au Temple de Jérusalem. Protestant, il aurait pourtant aimé visiter l'intérieur du temple juif. Selma lui avait promis d'obtenir du rabbin l'autorisation de l'y conduire. Elle comptait satisfaire son désir dans le courant de la semaine suivante.

A cette heure-là, bien plus tard que minuit, ils étaient assis à la grande table du salon avec Jakob et Sara Katz. Jiddchen et les Winschermann étaient déjà allés se coucher. On avait parlé de l'acte de désespoir du jeune Herschel Grynspan à Paris et de ses éventuelles conséquences. Jakob Katz craignait que l'on en vînt désormais aux vraies représailles. Wolfgang avait parlé de son travail dans un journal ecclésiastique où il avait été engagé comme sténographe par l'entremise du pasteur Baum et Selma était en train de raconter ses activités à la communauté juive.

— Nous n'arriverions pas à faire tout le travail sans nos aides bénévoles. Ce que les nazis nous demandent ne sont que des brimades.

Il fallait constamment dresser de nouveau états, remplir de nouveaux formulaires, fournir de nouvelles statistiques. Les délais d'exécution étaient toujours trop brefs. S'ils n'étaient pas respectés, on était menacé de lourdes condamnations. Par exemple, il fallait dresser la liste de tous les avoirs juifs supérieurs à cinq mille marks et la fournir. Il fallait adresser au Parti et aux services des Finances des listes de tous les juifs fortunés. Une carte d'identité spéciale pour les juifs était en préparation. Ce qui donnait le plus de travail était l'ordonnance sur les changements de noms, selon laquelle tous les juifs devaient ajouter à leur prénom celui d'Israël ou de Sara.

— Tu t'appelles donc Selma Sara, demanda Jakob Katz et Nathan s'appelle Nathan Israël ?

— Oui.

— Et Sara ?

— Sara Sara.

— Si cela n'était pas si grave, dit Wolfgang, on pourrait en rire.

— Tous les fichiers et les registres d'état civil doivent être modifiés, dit Selma, c'est...

Elle se tut car, soudain, une vitre venait de se briser. Une lourde pierre tomba dans la pièce. Elle roula sur le tapis jusqu'aux pieds de Selma Hähnlein. La deuxième fenêtre vola en éclats. Les morceaux de verre tombaient sur le sol.

Jakob fut le premier à réagir.

— Eteins la lumière ! cria-t-il à son gendre qui était assis à proximité de l'interrupteur.

Wolfgang bondit, éteignit la lumière, puis il s'approcha prudemment de la fenêtre. En bas, dans la rue, il vit des silhouettes sombres. Quelques-unes d'entre elles criaient : « Mort aux juifs », d'autres lançaient des pierres. Elles rebondissaient sur le mur de l'immeuble, arrachaient des morceaux aux ornements de stuc ou tombaient sur les planchers des chambres.

— Les cochons ! dit Wolfgang Hähnlein, les enfants de salauds !

Aidé par Jakob Katz et les deux femmes, il fit glisser la lourde bibliothèque devant l'une des fenêtres, ce qui leur demanda de rudes efforts. Ils entendirent Moses Winschermann qui criait de la pièce voisine :

— Qu'est-ce qu'il se passe, Jakob ?

Avant que Jakob Katz n'ait eu le temps de répondre, un autre bruit retentit : on enfonçait la porte de l'appartement à coups de pied. Une troupe de jeunes gens se rua à l'intérieur à travers les débris. L'un d'eux entra dans le salon.

— Les criminels sont là, cria-t-il, ils se cachent dans le noir !

La lumière s'alluma brusquement.

Selma et Wolfgang Hähnlein, Sara et Jakob Katz se virent entourés par quelques-uns des envahisseurs. D'autres tirèrent Karin et Moses Winschermann du lit. Vêtus de leurs vêtements de nuit, ils furent poussés, tremblants de peur, dans le salon. Sara se félicita que Nathan, qui dormait hors de l'appartement dans sa chambre mansardée, fût hors d'atteinte.

Le chef de la bande entra le dernier à grand bruit de bottes. Wolfgang Hähnlein sursauta en reconnaissant son frère Karl. Ce dernier n'eut à son adresse qu'un méprisant haussement d'épaules. Sur un signe de lui, ses acolytes commencèrent leur travail de destruction.

Le premier coup de hache atteignit l'armoire où se trouvaient les objets du culte. Les portes volèrent en éclats et les kiddusch et les hawdalabecher tombèrent à l'extérieur. Un des hommes les piétina. Un autre balaya du revers de la main les chandeliers d'argent placés, sur un bonheur-du-jour. Karl Hähnlein arracha du mur le parchemin imprimé représentant le mur des Lamentations de Jérusalem. A l'aide d'un pic de pompier, un jeune voyou fit tomber du plafond le lourd lustre de bronze. Il s'effondra sur la table qui se renversa à côté de l'armoire dont les coups de hache avaient fait du petit bois.

Tout cela se passa rapidement, avec une précision brutale. Wolfgang Hähnlein avait peine à comprendre ce qui arrivait. Tout se déroulait devant ses yeux comme dans un film ou plutôt comme dans un rêve effrayant dont il allait bientôt s'éveiller, heureux d'être libéré des sombres images qui l'oppressaient. Mais ce n'était pas un film, ni un cauchemar. C'était la réalité et cela arrivait à ses beaux-parents et à ses parents, des êtres innocents dont le seul crime était d'exister.

Il fit un pas vers les envahisseurs.

— Halte ! cria-t-il. Assez de folie !

Les jeunes gens lui rirent au nez. L'un d'eux souleva un miroir pour le jeter à terre. Wolfgang lui saisit le bras et lui arracha le miroir des mains. Il s'empara du pic de pompier que tenait un autre.

Les bruits qui avaient accompagné le travail de destruction se turent. Le silence s'étendit dans la pièce. Les regards des jeunes vandales se dirigèrent vers leur chef.

Karl Hähnlein s'avança vers son frère, une massue de gymnaste se balançait dans sa main.

— Ote-toi de mon chemin ! dit Karl. Ici, c'est moi qui commande !

— Tu n'as rien à commander ici, tu n'es pas chez toi !

— C'est contre les juifs ! C'est un ordre !

— C'est un ordre criminel !

— Tu ne vaux pas mieux que les juifs, dit Karl avec mépris. Tu es encore pire, toi et ta putain juive !

Ils se jetèrent à quatre sur Wolfgang qui sauta de côté et se défendit à l'aide du pic de pompier. Il en toucha un au cou, un autre à l'épaule. Les deux autres s'enfuirent devant la rage déchaînée du jeune homme habituellement plein de sang-froid.

Enfin, il fut face à face avec son frère. Karl se pencha légèrement en arrière et leva la massue pour frapper. Mais Wolfgang fut plus rapide. D'un moulinet du pic, il atteignit son frère à la tête. Karl tomba à terre comme un arbre abattu. Il y resta, face contre le plancher, les jambes animées d'un tremblement convulsif.

L'instant d'après, un objet dur atteignit Wolfgang. Il eut l'impression qu'un ballon gonflé à bloc éclatait dans sa tête. La douleur fut le dernier sentiment qu'il éprouva avant de sombrer dans une profonde obscurité.

Lorsqu'il revint à lui, il ignorait combien de temps son évanouissement avait duré. Il vit d'abord deux yeux bruns au doux regard penchés sur lui, les yeux de Selma. Elle lui rafraîchissait le front avec un linge humide.

— Ça te fait très mal ? demanda-t-elle.

— Ça peut aller, dit-il avec peine.

Il se redressa et vit le chaos qui l'entourait. Aucun meuble n'était resté entier. Le sol était jonché d'éclats de verre, de morceaux de bois et de lambeaux de tissu. On entendit, dans la rue, la sirène d'une ambulance.

— Ton frère, dit Selma. Ils l'emmènent, tu l'as gravement blessé.

— Je l'espère bien, dit-il avec amertume, je l'espère bien.

9

Lorsque Arnold Schmitz arriva à la synagogue, il y trouva le commando d'incendie. Sept SA en civil sous le commandement d'un standartenführer en costume de chasse vert. Ils étaient debout, indécis, devant l'édifice dont la haute et puissante coupole se dressait dans le ciel nocturne.

Il y avait trois portails de fer devant l'entrée principale également protégée d'une grille de fer, à laquelle on accédait par un escalier après avoir traversé une cour. Les portails étaient fermés. Aucun des passe-partout qu'essaya l'un des hommes ne put les ouvrir.

— Enfoncez ! dit l'homme au costume de chasse.

La grille centrale céda sous les coups d'une lourde poutre de bois. Les hommes dont quelques-uns portaient des bidons d'essence se précipitèrent dans la cour et coururent au portail principal. Là, ils s'arrêtèrent devant trois puissantes portes de bronze à deux vantaux. Une lampe de poche s'alluma. Dans sa lueur, on reconnaissait sur la porte centrale les symboles représentés dans des bas-reliefs circulaires : deux couronnes, deux paires de mains ouvertes pour la prière, un aigle et deux coupes de fruits. Les hommes secouèrent les portes en vain. Elles aussi étaient bouclées. Leur bélier se révéla inopérant.

Schmitz avait suivi la troupe avec ses deux aides. Il vit l'homme en costume de chasse contourner le bâtiment avec quelques-uns de ses hommes. Un instant plus tard, il y eut un bruit de verre cassé. L'un des hommes revint en courant.

— Il faut entrer par-derrière, dit-il, par une fenêtre. Les autres sont déjà à l'intérieur.

Arnold Schmitz fut le dernier à se glisser à l'intérieur de la synagogue par la fenêtre brisée. Un étroit couloir menait à la salle de prière au-dessus de laquelle se dressait la coupole. Quelqu'un avait allumé les lumières. Un grand lustre était suspendu au centre de la pièce. Les parois de la coupole scintillaient de mosaïques d'or et de couleur qui représentaient le soleil entouré des planètes. Les hautes fenêtres cintrées brillaient de bleu et d'or. Schmitz ne jeta qu'un bref coup d'œil sur ce décor.

Tandis que ceux de la SA roulaient les fûts d'essence au centre de la pièce, il se mit à la recherche des archives. Il les trouva dans un bâtiment annexe accolé à la synagogue. Aidé de ses hommes, il emballa en toute hâte tous les papiers et les classeurs qui lui semblèrent importants. Comme ils transportaient les derniers casiers à l'extérieur, les premières flammes jaillirent dans la salle de prière. Elles ne tardèrent pas à se propager et, bientôt, tout l'édifice ne fut plus qu'une torche.

Schmitz avait garé le camion à distance prudente de la synagogue. Avant d'y monter, il regarda encore un moment ce spectacle d'une effrayante beauté. L'énorme incendie éclairait le ciel nocturne. Sous l'action des flammes on entendait les vitres éclater. D'épais nuages de fumée s'élevaient des ouvertures. On peut donc aussi assassiner les maisons, songea Schmitz en s'installant au volant et en mettant le moteur en marche.

Une nouvelle mission l'attendait. Il connaissait bien les Hähnlein, lui dit le commissaire Tümmler. Eh bien, il devait arrêter leur fils Wolfgang et l'amener au commissariat. Il avait opposé de la résistance lors de l'action antijuive et grièvement blessé son frère. Il était chez ses beaux-parents. Schmitz connaissait l'immeuble et l'adresse, 14 Adolf-Hitler-strasse.

— Hähnlein devra être traité comme un juif, dit Tümmler. S'il se défend, pas d'hésitation !

Cela signifiait : l'abattre si nécessaire.

Cette fois, Schmitz ne fut accompagné que d'un seul de ses collègues. Il ne se sentait pas bien dans sa peau. Il connaissait le cadet de l'ortsgruppenleiter comme un garçon aimable et sympathique. Il avait dû bien mal tourner, ce garçon... Forcément, avec une femme juive ! Schmitz trouvait la mission également désagréable vis-à-vis de Mme Hähnlein. Elle l'avait toujours bien traité lorsqu'il était son locataire et elle lui avait même souvent lavé ses chemises et ses chaussettes. Et voilà qu'il devait arrêter son fils !

La limousine s'arrêta devant la maison qui lui était si familière. Il en descendit avec son acolyte. Des débris de verre grincèrent sous leurs semelles. Schmitz jeta un coup d'œil furtif sur l'épicerie fine KATZ & CIE devant laquelle un groupe de badauds s'était agglutiné. La devanture était brisée, le magasin dévasté, les étagères, les fûts, les boîtes de conserve et la caisse enregistreuse gisaient dans la rue.

— Petit à petit, ils peuvent faire pitié aux gens, ces juifs, dit une femme.

La porte de l'immeuble avec ses grilles de fer forgé artistement travaillées était ouverte. Schmitz monta avec son collègue l'escalier dont il connaissait chaque marche.

Sur l'une des plaques de cuivre des portes du deuxième étage on pouvait lire « J. Katz ». Une étrange excitation s'empara d'Arnold Schmitz lorsqu'il sonna. Il n'avait pas revu Sara Katz depuis des années et se demanda l'air qu'elle aurait et si sa vue ranimerait les sentiments qu'il avait autrefois éprouvés pour elle.

Karin Winschermann ouvrit la porte. Elle était blême. La terreur des heures précédentes se reflétait sur son visage amer.

— Nous cherchons Wolfgang Hähnlein, dit Schmitz.

Ils le trouvèrent dans la cuisine. La tête bandée, il était assis sur la seule chaise restée intacte. Jakob Katz, debout devant lui, s'appuyait au fourneau de cuisine. Lorsque Wolfgang vit Schmitz, il sut ce qui l'attendait.

— Maintenant, c'est mon tour, pas vrai ? dit-il.

— Oui, vous avez opposé de la résistance.

— J'ai protégé ma femme et sa famille contre des bandits et des vandales. Voyez vous-même ce qu'ils ont fait ici.

— A l'hôpital, votre frère a déposé une plainte contre vous, monsieur Hähnlein. Vous l'avez gravement blessé. Ne faites pas de difficultés et suivez-nous !

Jakob Katz s'approcha de son gendre qui allait se lever et le força à se rasseoir.

Pour tout homme, songea-t-il, vient le moment où sa capacité de souffrir est épuisée. Où son respect de lui-même est plus important que sa chance de survie. Comme juif, il avait été assez longtemps brimé, discriminé et humilié. Dans sa colère impuissante, il avait tout accepté et tout supporté en silence, espérant toujours la fin du cauchemar. Au cours des dernières heures pendant lesquelles d'impitoyables brutes avaient détruit tout ce qu'il avait construit à force de travail et d'intelligence, il avait définitivement compris que les nationaux-socialistes tenaient prêts des enfers toujours renouvelés pour les juifs. Il devait se libérer de tout ce qui s'était accumulé en lui. Il se défendit comme tous les hommes qui sont arrivés au bout de la souffrance.

— Wolfgang a été attaqué par son frère, dit-il, autrement rien ne serait arrivé.

Il se dressa devant son gendre pour le protéger.

— Vous n'avez pas le droit de l'arrêter, monsieur Schmitz ! Je ne le permettrai pas !

Schmitz tira son pistolet.

— Vous aussi, vous faites de la résistance, dit-il froidement. Je pourrais vous abattre sur place, mais je connais quelque chose de mieux : je vous arrête également.

En un clin d'œil, il avait saisi l'occasion de coffrer Jakob Katz. Ce dernier s'était délibérément jeté dans le piège. On appelle ça le vertige, songea Schmitz.

Sara Katz entra dans la cuisine avec ses deux enfants et son frère. Elle avait commencé à nettoyer tant bien que mal les traces du saccage dans le salon. Par-dessus le pistolet, elle vit les yeux d'Arnold Schmitz. Ce qu'elle y lut la terrorisa. C'était la même expression qu'elle avait vue lorsqu'il s'était jeté sur elle dans la mansarde.

— En avant ! dit Schmitz avec impatience.

Il évita de regarder Sara. Son compagnon avait, lui aussi, une arme à la main.

— Il faut que j'y aille, dit Jakob à sa femme.

Elle lui prit la main et la caressa. Jiddchen, Selma, Karin et Moses Winschermann étaient dans l'antichambre. Ils virent, impuissants, les deux policiers armés pousser devant eux Jakob Katz et Wolfgang Hähnlein. Selma se jeta sur son mari, l'enlaça et l'embrassa.

— Embrasse la petite, dit-il, et envoie-moi quelques vêtements dès que tu sauras où ils m'auront emmené.

Elle acquiesça de la tête, avec courage.

10

Else et Philipp Wendehals avaient tout entendu : les vitres qui se brisaient, les pierres qui tombaient sur les planchers, le déplacement de l'armoire au-dessus d'eux, l'enfoncement de la porte, la chute des meubles et le tumulte de la lutte acharnée.

Ils avaient observé les silhouettes qui criaient devant la maison : « Mort aux juifs » et lançaient des pierres. Wendehals avait reconnu un élève de sa classe, chef dans les Jeunesses hitlériennes. Un peu plus tard, il entendit une voix de femme crier : « La synagogue est en feu ! »

Pieds nus, le professeur se rendit dans la cuisine. De là, on pouvait voir, au-delà des cours, la synagogue. Une lueur rougeoyante montait jusqu'au ciel et semblait enflammer tout le front de nuages, les toits et les cheminées au-dessus du quadrilatère des immeubles. Ce spectacle rappela à Wendehals les villes et les villages incendiés pendant la guerre.

— Vois-tu quelque chose ? lui cria sa femme.

Elle était dans la chambre à coucher, assise dans le lit, les couvertures frileusement remontées jusqu'au menton.

— Oui, dit-il. C'est vrai. La synagogue brûle et pas qu'un peu !

— Que se passe-t-il ? demanda-t-elle. Pourquoi la synagogue brûle-t-elle ? Et pourquoi a-t-on tout démoli dans l'appartement des Katz et des Winschermann ?

Wendehals revint dans la chambre, s'assit à côté d'elle dans le lit et haussa les épaules.

— Ça doit avoir un rapport avec l'attentat contre vom Rath.

— Ne devrions-nous pas aller voir si nous pouvons les aider là-haut ?

— Surtout pas, Else ! Le Parti est certainement derrière tout ça. Hähnlein me dénoncera au directeur si je lève seulement le petit doigt pour des juifs. C'est terrible, bien sûr, soupira-t-il, mais il faut prendre les choses comme elles sont. Autrement, c'est *nous* qui serons dans le pétrin !

Cette nuit-là, ils ne purent se rendormir. A un moment, ils entendirent des pas descendre l'escalier venant du deuxième étage. Une voiture démarra dans la rue. Le silence qui suivit était plein de tension, il semblait chargé d'électricité.

Le premier bulletin d'informations de la matinée leur apprit ce qui s'était passé dans la nuit : un « mouvement de révolte populaire spontané ». Partout en Allemagne, disait le speaker, les gens avaient laissé libre cours à leur colère contre « le lâche assassinat juif ».

— C'est bien ce que j'avais pensé, dit Philipp Wendehals en trempant son petit pain dans son café.

Comme il allait sortir de son appartement, il entendit des pas qui descendaient l'escalier. Il rentra rapidement dans l'antichambre. Il ne voulait à aucun prix rencontrer ses voisins juifs. Comment aurait-il dû se comporter vis-à-vis d'eux ! Il ne pouvait tout de même pas faire comme s'il n'avait rien entendu pendant la nuit. D'autre part, il ne pouvait pas parler des événements aussi librement qu'il est d'usage entre des gens qui habitent le même immeuble. Depuis quelque temps, on vivait dans deux mondes différents. Membre de la Ligue des professeurs nationaux-socialistes où il s'était inscrit sur les instances de Holler, il avait appris à considérer le judaïsme comme un « problème politique ». Les juifs étaient bel et bien un corps étranger dans le peuple. Toutefois, il considérait comme une mauvaise méthode de les en chasser en leur jetant des pierres et en incendiant leurs biens. Il songeait à des solutions plus subtiles.

Lorsque le bruit des pas se fut éteint dans l'escalier, il descendit rapidement. Il rencontra Mme Hähnlein dans le hall d'entrée. Elle avait les yeux bouffis de larmes et sanglotait. Comme toujours, il la salua avec une amabilité particulière, mais elle ne manifesta aucune réaction. Elle parut ne pas le voir et, toujours sanglotante, disparut dans son appartement.

Dans la rue, le professeur rencontra Anton Bockmeier. Le boucher balayait, aidé par un de ses employés, les éclats de verre qui étaient tombés devant son magasin.

— On n'a que des ennuis avec les juifs. On devrait foutre toute cette bande dehors. Qu'est-ce qu'ils foutent ici ? dit-il en poussant du balai un tas d'éclats de verre sur la pelle de son employé.

— Cela ne peut se régler qu'aux échelons supérieurs, monsieur Bockmeier, dit Wendehals en plissant le front.

— Les échelons supérieurs ?

Le gros boucher secoua la tête et ajouta :

— Chacun de nous devrait flanquer une raclée à un juif pour le chasser et nous aurions vite de l'air.

Wendehals passa devant l'épicerie fine KATZ & CIE. Deux SA y montaient la garde. Il se dirigea vers la voie de chemin de fer mais, parvenu au coin de la rue, ne prit pas, comme d'habitude le chemin du lycée, et obliqua vers le centre de la ville. Son premier cours n'avait lieu qu'une heure plus tard. Il avait prévu de consacrer cette heure libre à corriger des devoirs, mais il se sentait attiré vers la synagogue.

Partout sur les trottoirs, le verre cassé craquait et grinçait sous les semelles. Il fallait gravir des monceaux de vitres brisées. Aucune vitrine n'était intacte dans les magasins juifs devant lesquels il passait. Les installations et les marchandises étaient détruites. Les étalages du grand magasin Samuel Rosenthal ressemblaient à un cimetière. Les mannequins renversés avaient l'air de cadavres. Là également, des SA montaient la garde. Ils surveillaient ce qu'ils avaient démoli pendant la nuit.

Enfin, la synagogue se dressa devant lui. Elle brûlait encore. De lourds nuages de fumée jaune l'enveloppaient. La coupole, qui avait été un des signes caractéristiques de la ville, se dressait, impuissante, comme un géant de pierre luttant pour survivre. Personne ne l'aidait. Une foule dense assistait en silence à sa mort par les flammes.

Deux voitures de pompiers étaient garées à proximité.

— Pourquoi n'éteignez-vous pas le feu ? demanda avec colère une femme à cheveux blancs à l'un des pompiers qui regardaient l'incendie d'un œil indifférent.

— Nous n'en avons pas le droit.

— Ça flambe... et vous n'avez pas le droit d'éteindre ?

— C'est un ordre !

— Et si l'incendie se propage aux autres maisons ?

— C'est pour ça que nous sommes là. Pour l'empêcher.

La vieille femme secoua la tête, elle n'y comprenait rien. Philipp Wendehals qui se tenait à côté d'elle fut profondément choqué.

Au lycée, pendant la récréation, il se rendit à la salle des professeurs. Ses collègues discutaient avec excitation des événements de la nuit.

C'était de la barbarie pure, dit Mlle Sedelmann, d'incendier les temples juifs et de saccager les maisons de gens sans défense. Elle se sentait remplie de honte. Le docteur Vogelsang déclara, troublé, que l'étranger allait désormais montrer les Allemands du doigt. En outre, les synagogues étaient des monuments culturels irremplaçables. On s'était infligé à soi-même d'immenses dommages en agissant ainsi.

Le professeur de gymnastique Gürzgen avait écouté ses collègues avec un agacement croissant.

— Je me fous de la culture juive, dit-il. C'est une culture de merde. Les temples juifs ne vont pas avec nos paysages. La colère populaire les a balayés. Dieu merci !

— Voilà un mot que vous ne devriez plus jamais avoir à la bouche, dit Mlle Sedelmann.

— Quel mot ?

— Dieu !

11

Les chirurgiens opéraient depuis quatre heures. Une intervention difficile. La pointe recourbée du pic de pompier avait profondément pénétré dans le crâne. Karl Hähnlein avait perdu beaucoup de sang.

Au début de l'intervention, Eva Hähnlein avait été renvoyée chez elle, mais elle n'avait pu supporter de rester à la maison et elle avait repris le chemin de l'hôpital municipal. Pleine d'inquiétude, elle était assise au deuxième étage, devant la grande porte blanche de la salle d'opération. Elle regardait fixement l'inscription lumineuse rouge à côté de la porte : « Opération — Entrée interdite ».

Un homme en blouse blanche passa devant elle.

— Que se passe-t-il pour mon fils ? lui demanda Eva Hähnlein. Va-t-il s'en tirer ?

— Je n'en sais rien, dit l'homme en haussant les épaules. Le docteur Halbach est en train d'opérer. C'est un bon chirurgien. Il fait de son mieux.

— Merci, dit Eva.

Elle ne connaissait pas le docteur Halbach. Elle ne savait pas si son « mieux » suffirait. Elle avait peur, terriblement peur.

Peur pour ses deux fils. Pour celui qui était étendu derrière la porte blanche avec l'inscription rouge, sous l'éblouissante lumière de la salle d'opération, sur une table étroite, recouvert de linges blancs, avec une profonde blessure à la tête. Peur aussi pour son autre fils, qui lui avait infligé cette terrible blessure et que l'on avait arrêté. Son frère l'avait voulu. Les derniers mots qu'il avait prononcés avant d'être endormi : « Wolfgang... arrêtez-le ! Coffrez-le ! »

Son aîné luttait contre la mort. Son cadet avait été livré à la Gestapo. Eva Hähnlein ne savait pas ce qui allait lui arriver et si son aîné allait survivre. Assise sur le banc dans l'interminable corridor de l'hôpital, elle priait pour les deux. Mon Dieu, murmurait-elle, faites que Karl ne meure pas ! Et faites que

Wolfgang revienne sain et sauf ! Il y avait bien longtemps qu'elle n'avait pas prié.

Elle priait tandis qu'une profonde douleur lui étreignait le cœur comme un poing fermé. C'était une douleur qu'elle n'avait encore jamais ressentie et qui lui coupait le souffle.

Elle se rappela le temps où ils formaient une famille normale. Son mari n'était encore qu'un simple chauffeur de camion, ses fils n'étaient pas des ennemis. En ce temps-là, sa rue s'appelait la Welser-strasse et Hitler n'était qu'un personnage inconnu et lointain. Elle songea à ce jour de janvier 1933, lorsque l'arc-en-ciel s'était formé au-dessus de la rue. Elle l'avait vu par la fenêtre de la cuisine. A partir de ce moment-là, leur situation s'était améliorée. Son mari faisait carrière dans le Parti, son aîné qui, jusqu'alors, n'avait été qu'un bon à rien, réussissait dans les Jeunesses, hitlériennes. Mais les conflits politiques étaient apparus dans la famille. Son mari et Karl étaient d'un parti, Wolfgang d'un autre et elle était entre eux, avec son amour maternel.

Elle ne savait pas d'où venait la révolte du cadet. Etait-ce une erreur de l'avoir laissé aller à l'université ?

— Ce qui m'impressionne, c'est la liberté d'esprit qui y règne, avait-il dit un jour.

Le mot « libéral » revenait souvent dans ses paroles mais il lui manquait l'instruction indispensable pour pouvoir en apprécier la valeur. Elle comprenait seulement que, pour une raison qu'elle ignorait, il s'était engagé sur une mauvaise voie. Son mariage avec la jeune juive le prouvait. Elle souffrait de ne pouvoir aimer avec toutes les fibres de son cœur sa petite-fille, cette « métisse ». La plupart du temps, elle ne la voyait qu'en secret, cachée derrière les rideaux, lorsque Selma amenait l'enfant à ses parents. Trois fois, néanmoins, elle s'était glissée de nuit, comme une voleuse, jusqu'à l'appartement de Wolfgang et avait apporté des jouets à la petite. Pourquoi sa famille était-elle ainsi déchirée ? Tous ses efforts pour ramener la paix et la compréhension chez les siens étaient restés vains. Elle n'avait pas pu, non plus, empêcher la tragédie de la nuit précédente.

Une jeune femme arriva du fond du couloir. Lorsqu'elle se fut approchée, Eva Hähnlein reconnut sa belle-fille Erika. Elle avait l'air dévorée de chagrin et ses yeux étaient marqués de cernes noirs.

— Comment va-t-il, mère ? demanda-t-elle.

— Ils opèrent toujours.

— Va-t-il s'en tirer ?

L'inscription lumineuse au-dessus de l'entrée de la salle d'opération s'éteignit. Deux infirmières en tablier de caoutchouc sur leurs blouses blanches, poussèrent un lit roulant à l'extérieur. La tête de l'homme allongé sur le lit était totalement bandée, de sorte que son visage était à peine visible. Seul son nez se dressait au-dessus des pansements. Eva Hähnlein avait reconnu son fils à la seule pointe de ce nez.

Une des deux infirmières tenait une potence chromée, de laquelle pendait un flacon de perfusion. Un tube reliait le goutte-à-goutte au bras de Karl, sous la couverture. Eva et Erika se levèrent et s'approchèrent du lit que l'on dirigeait vers l'ascenseur au bout du couloir.

— Comment va mon fils ? demanda Eva.

— Demandez au docteur Halbach, dit l'infirmière qui portait la perfusion. Il va sortir d'un instant à l'autre.

— Où l'emmenez-vous ?

— Aux soins intensifs.

Le médecin apparut. C'était un homme grand et vigoureux, proche de la cinquantaine. Le docteur Halbach portait un pantalon blanc et une chemise de même couleur dont le col était ouvert. Il avait l'air épuisé.

— Votre fils a eu de la chance, dit-il à Eva. Presque un miracle. Aucune des artères essentielles n'a été touchée. Le cerveau non plus. Notre principal problème est l'énorme perte de sang.

Le regard du docteur Halbach alla d'Eva Hähnlein à sa brune belle-fille.

— Comment est-ce arrivé ? Une rixe ?

— Son frère..., dit Erika Hähnlein.

— Son frère n'a pas pu l'empêcher, interrompit Eva. Une bagarre lors d'une arrestation de juifs.

— Je vois, dit Halbach. Vous feriez mieux de rentrer chez vous. Après une aussi longue anesthésie, le patient va mettre du temps à reprendre connaissance.

— Je voudrais être près de lui quand il se réveillera, dit Erika.

— Moi aussi, dit sa belle-mère.

— Vous ne pouvez malheureusement pas entrer dans le service des soins intensifs, mesdames. Rentrez chez vous, je vous en prie. Nous vous téléphonerons dès qu'il sera conscient.

— Et si son état s'aggravait ? demanda Eva.

— Vous en seriez immédiatement informées. Vous pouvez

vous fier à nous. Vous avez confiance en nous, n'est-ce pas ?

— Naturellement, dit Eva Hähnlein.

12

Irmgard Kompowski dut sonner trois fois avant que la porte du deuxième étage ne s'ouvrît. Karin Winschermann, blême et les traits décomposés, se dressa devant elle.

— Puis-je vous aider ? demanda Irmgard.

— Entrez, je vous prie.

Sara Katz, ses enfants et Moses Winschermann étaient assis, apathiques, sur le sol au milieu des ruines de leur appartement. Après le saccage conduit par Karl Hähnlein, une autre troupe de neuf hommes était apparue vers cinq heures du matin. Ils avaient arraché les placards fixés aux murs et descellé les lavabos dans la salle de bains.

— Ils ont aussi emporté l'argent liquide et nos livrets de caisse d'épargne, dit Moses Winschermann.

— Et ils ont pillé le garde-manger, ajouta sa femme.

— Nous n'avons plus rien à manger, dit Jiddchen encore plus pâle que d'habitude. Dans les magasins, ils ne veulent plus rien nous vendre. J'ai été renvoyé de partout.

— Je vais faire vos achats, dit Irmgard prompte à se décider. Que vous faut-il ?

— Beaucoup de choses, dit Sara Katz..., du pain, du beurre, du lait, de la charcuterie, des légumes, des pommes de terre... Et de la farine et du sel, ajouta-t-elle en songeant au pain de sabbat qui devait être cuit le lendemain, un vendredi.

— Bon... Je me dépêche..., les magasins vont bientôt fermer.

Moses Winschermann tira un billet de sa poche. Il voulut le donner à Irmgard, mais elle secoua la tête.

— Gardez votre argent, nous ferons les comptes plus tard.

La porte de l'appartement claqua derrière elle. Elle descendit rapidement l'escalier. Mme Wendehals qui remontait de la cave avec deux seaux de charbon la croisa.

— Bonsoir, Irmgard, dit-elle. Les pauvres Winschermann ! Les pauvres Katz ! C'est terrible, ce qu'on leur a fait, dit-elle.

Irmgard acquiesça de la tête.

— Oui, mais ça ne sert à rien de gémir. Pouvez-vous faire cuire rapidement quelque chose ?

— Comment dites-vous ?

Mme Wendehals posa ses deux seaux de charbon pour reprendre haleine.

— Des œufs brouillés au jambon ou quelque chose de ce genre.

— Oui..., mais pour qui ?

— Pour les pauvres Winschermann ! Les pauvres Katz ! On leur a pris tout ce qui pouvait se manger et personne ne veut rien leur vendre.

Tout en se hâtant de descendre l'escalier, elle se retourna :

— Faites une grande platée d'œufs brouillés ! Et des pommes sautées ! Je serai de retour dans une dizaine de minutes, cria-t-elle.

Elle courut jusqu'à la boulangerie et au magasin d'alimentation au coin de la Steingasse et se fit servir largement. Elle ne perdit pas de temps à payer et fit, comme d'habitude, inscrire ses achats à son compte. Avec deux cabas bien remplis, elle passa devant le magasin de Bockmeier. Emmy Bockmeier était derrière la porte de la boutique et se préparait à la fermer. Elle laissa néanmoins entrer la jeune fille.

Anton Bockmeier qui avait un faible pour sa jolie voisine aux traits fins coupa quelques morceaux de saucisson supplémentaires et enveloppa le tout dans un papier. Puis il décrocha une épaule de bœuf et, après l'avoir désossée, il en préleva un morceau, le découpa et le jeta sur la balance.

— Il y en a comme pour un régiment, mademoiselle Kompowski, dit-il aimablement.

— Il faut que je nourrisse un tas de gens, dit-elle.

— De la visite ?

— Oui, dit-elle vivement.

C'eût été une erreur de dire la vérité.

Revenue dans l'immeuble, elle sonna au premier étage chez les Wendehals.

Personne ne bougea. Elle sonna une deuxième, puis une troisième fois. Elle venait pourtant de parler un moment auparavant avec Mme Wendehals. Toujours rien. Elle colla son oreille à la porte et entendit clairement qu'il y avait quelqu'un dans l'appartement. C'étaient des pas discrets, le grincement d'une porte. Elle fit une quatrième tentative.

— Madame Wendehals, cria-t-elle. Ouvrez, s'il vous plaît !

Toujours rien.

Les lâches, songea-t-elle avec mépris. Elle reprit ses cabas. La lâcheté semblait soudain la caractéristique des Allemands. La réaction de la femme du professeur en était l'expression. Elle regrettait, désapprouvait peut-être ce que l'on avait fait aux juifs de l'immeuble pendant la nuit, mais elle ne trouvait pas le courage de leur venir en aide. Même pas avec des œufs brouillés et des pommes sautées !

Irmgard Kompowski remit ses achats au deuxième étage. Pour les gens que l'on venait d'humilier et d'anéantir, ce petit geste fut comme une lueur au bout d'un tunnel. Dans l'obscurité où on venait de les jeter si brutalement, une petite flamme d'espoir. Il y avait donc encore un peu d'humanité dans cette ville, dans cette rue, dans cette maison.

Lorsque Irmgard fut partie, Moses Winschermann mit le châle de prière que, par miracle, les vandales n'avaient pas découvert. Il s'approcha de l'endroit du mur où, la veille encore, le « misrach » était accroché, avec l'image du mur des Lamentations à Jérusalem. Il avait été détruit, comme la plupart des objets du culte qui se trouvaient dans l'armoire.

Debout, Winschermann commença sa prière du soir. Comme d'habitude, il dialogua humblement avec son Dieu, mais, pour la première fois de sa vie, cela lui sembla pénible.

13

Kalla Kompowski revint de son travail vers vingt heures. Ces derniers temps, il faisait souvent des heures supplémentaires car, dans l'usine métallurgique où il travaillait, la production d'armement marchait à plein rendement.

Comme d'habitude, il s'occupa d'abord de ses pigeons, versa les ordures dans un seau qu'il ferma soigneusement pour ne pas attirer la vermine. Avant de quitter le grenier, il versa dans la mangeoire un mélange de riz, d'avoine, de blé et d'orge, puis il gagna son appartement.

Irmgard était en train de mettre la table dans la cuisine, pour son père et pour elle. Hilde, qui était devenue cheftaine de BDM, était à une réunion. Irmgard venait de poser sur la table le pain, le beurre et le saindoux ainsi qu'une canette de bière pour son père lorsqu'on sonna.

C'était un visiteur inattendu : le sergent-chef Bogensiepen, du 9e commissariat de police. Le petit homme trapu portait autrefois une moustache en croc à la Guillaume II, il l'avait troquée depuis longtemps pour la moustache à la Charlot. Il était debout, l'air gêné, dans la cuisine, et refusa la chaise que lui offrait Irmgard. Il se raclait nerveusement la gorge.

— Alors..., qu'y a-t-il donc, monsieur Bogensiepen ?

demanda Kalla Kompowski tout en ouvrant la fermeture de la canette de bière.

— Une mauvaise nouvelle, malheureusement.

— Ne faites donc pas tant de manières... Une mauvaise nouvelle, pour nous ?

— Oui, plus ou moins...

Kalla Kompowski, qui allait se verser un verre de bière, s'arrêta brusquement. Il reposa la canette sur la table et regarda sévèrement le visiteur tardif.

— Allons... accouchez, monsieur Bogensiepen.

Le policier hésitait encore.

— Dodo, dit-il enfin.

— Qu'est-ce qu'il y a avec Dodo ?

— Il est mort.

Pour Irmgard, ce fut comme si elle avait reçu une balle en pleine poitrine. Soudain incapable de rester debout, elle s'assit. Elle continuait sans aucune raison de s'essuyer les mains au tablier de cuisine qu'elle portait sur sa robe fleurie.

— Suicide, dit le sergent-chef.

— Non ! cria-t-elle, hors d'elle. Non !

Elle bondit soudain de sa chaise et cria :

— Bande d'assassins ! Dodo ne s'est pas tué ! Il était bien trop lâche pour ça. Non ! C'est vous qui l'avez fait !

Sa voix s'étrangla.

— Assassins ! Assassins !

Le policier recula d'un pas et courba le dos.

— Mais, mademoiselle Kompowski, dit-il, je n'ai rien à voir dans tout ça, je vous transmets seulement la nouvelle.

Irmgard marcha vers lui.

— Oh non ! Vous n'avez rien à voir là-dedans ! Personne n'a rien à y voir ! Pourquoi donc êtes-vous policier ? Hier, avez-vous empêché des crimes comme votre foutu devoir aurait dû vous le commander ? Non ! Vous avez regardé ! Quelle misère, quelle lâcheté ! Tous les policiers d'Allemagne ont regardé ! Etes-vous intervenu lorsqu'on a emmené Dodo ? Non. Vous n'avez rien à voir avec ça ! Enquêtez-vous, maintenant, sur son prétendu suicide ? Non ! Vous serrez les fesses !

— Irmgard ! dit son père avec reproche, mais il ne put la freiner.

Bogensiepen haussa les épaules, gêné.

— J'ai des ordres, mademoiselle Kompowski. Que dois-je faire ?

Elle s'approcha encore plus près de lui. Ses yeux étincelaient.

— Pourquoi aucun de vous n'a-t-il le cran de dire NON ?

— Non ? A qui ?

— Au fou qui nous gouverne !

— Je n'ai rien entendu, dit Bogensiepen affolé, je *n'ai pas le droit* d'avoir entendu ! Au nom du Ciel, ne dites pas des choses pareilles !

Il salua, fit demi-tour ; il avait hâte de partir.

14

Quelques jours après la « Nuit de cristal », comme la voix populaire baptisa la nuit des vitres brisées et des synagogues incendiées, Adolf Hähnlein dressa un bilan orgueilleux de l'action de son groupe local.

Conformément aux ordres de Berlin, sept appartements et trois magasins juifs avaient été détruits et neuf juifs et un aryen arrêtés. En outre, un temple juif avait été incendié. Les gens arrêtés avaient d'abord été remis à la Gestapo. De là, on les avait parqués dans un gymnase et finalement envoyés par le train au camp de concentration de Weimar-Buchenwald. Dans son rapport au chef de cercle, Hähnlein avait également mentionné des abus qui étaient inévitables dans des actions de ce genre : deux des magasins juifs avaient été pillés par des inconnus, de même que trois appartements. Le rabbin avait eu la barbe arrachée et il avait été frappé à la tête à coups de barre de fer et sérieusement blessé. Les coupables, « des citoyens exaspérés », n'avaient naturellement pas pu être identifiés.

Toutefois, il ne parla pas d'un incident qui s'était passé tout près de chez lui : le matin qui suivit la Nuit de cristal, dans la vitrine pillée du magasin d'électricité David Blum, dans la Steingasse, se dressait une jambe artificielle. A cette prothèse, était accrochée une Croix de fer et un carton portant l'inscription : « Décoré pendant la guerre — et maintenant pillé ! » David Blum avait perdu la jambe gauche au front.

Le bilan personnel d'Adolf Hähnlein était moins flatteur. L'aryen arrêté sur sa liste était son fils cadet. Le blessé grave qu'il avait inscrit comme « incident particulier » était son aîné.

Karl avait lutté contre la mort durant des jours à l'hôpital municipal. Il était maintenant hors de danger, mais souffrait de terribles maux de tête. Wolfgang avait été envoyé à Buchenwald avec un transport de juifs.

— Il faut que tu fasses sortir Wolfgang du camp, dans les

camps il paraît que c'est pire que dans les prisons centrales. Il ne mérite pas ça !

Eva Hähnlein ne cessait de presser son mari d'intervenir. Elle ramenait constamment la conversation sur ce sujet qui était des plus désagréables à Adolf Hähnlein. Ses devoirs de père s'opposaient à ses devoirs de national-socialiste — cela, elle ne le comprenait pas. Il avait pourtant souvent mis Wolfgang en garde, mais le garçon était entêté et ne voulait pas céder. Il le payait maintenant.

Dans l'après-midi, Eva Hähnlein apparut dans le petit bureau où son mari s'était installé, au numéro 13 Adolf-Hitler-strasse. C'est là qu'il accomplissait son travail d'ortsgruppenleiter. Sa secrétaire avait tapé la liste pour la direction du Parti et il était en train de signer la lettre d'accompagnement lorsque sa femme entra dans le bureau. Elle s'assit sur une chaise en face de lui. Elle semblait avoir vieilli de dix ans. Son inquiétude pour ses fils l'avait marquée. De profondes rides creusaient son visage.

— Sais-tu quelque chose au sujet de Wolfgang ? demanda-t-elle lorsque la secrétaire eut quitté la pièce.

— Rien de nouveau. Il est à Buchenwald avec les prisonniers politiques. Il travaille à la construction de routes.

— Mon Dieu, c'est terrible, dit-elle. Il ne le supportera pas. As-tu entrepris quelque chose pour lui ? As-tu vu le chef de cercle ?

— J'ai vu Karl, répliqua-t-il en secouant la tête. Il ne veut pas que j'intervienne pour Wolfgang. Et ça, je le respecte, Eva.

Il se raidit derrière son bureau et ajouta :

— Quiconque fait cause commune avec l'ennemi intérieur de notre peuple, ne mérite aucune pitié !

— Mais tu ne parles pas sérieusement, Adolf ? dit-elle hors d'elle. Tu parles de lui comme d'un étranger. C'est tout de même notre fils !

— *C'était* notre fils. Il s'est exclu de notre famille. N'oublie pas, Eva, que Karl pourrait être au cimetière !

— Mon Dieu, Adolf, souffla-t-elle, mon Dieu...

C'était comme à l'hôpital. Le poing dans sa poitrine. Le poing qui lui saisissait le cœur.

Elle essayait de respirer, pressait ses deux mains sur sa poitrine. Une angoisse qu'elle n'avait encore jamais ressentie s'emparait d'elle. Elle se mit à trembler.

Adolf Hähnlein bondit de son bureau. Le visage de sa femme blêmissait. Sa respiration s'accélérait.

— Je... meurs..., murmura-t-elle.

Maintenant, songeait-elle. Maintenant, c'est la mort... Ça devait être la mort.

Son mari la rattrapa comme elle s'effondrait en arrière sur sa chaise. Il passa son bras autour des épaules d'Eva.

— Eva, cria-t-il. Eva chérie...

Ce n'était pas la mort. Le poing qui s'était refermé sur son cœur se desserra. L'essoufflement céda, mais pas l'angoisse.

— Un médecin, dit-elle, vite, un médecin !

Il appela la secrétaire. Elle était déjà partie. Il tourna la chaise de façon que sa femme puisse s'appuyer contre le bureau. Puis il décrocha le téléphone, forma un numéro. Personne ne répondit. Il recommença sans plus de succès. Il fit un nouveau numéro et, cette fois, il obtint une réponse. Il cria l'adresse dans l'appareil, raccrocha et revint en hâte vers sa femme. Lui aussi, maintenant, il avait peur. Peur pour elle.

Il la conduisit doucement jusqu'au sofa devant la fenêtre et l'y allongea, puis il lui caressa le front avec une tendresse oubliée depuis longtemps.

Le médecin arriva enfin. C'était un petit homme au visage chiffonné. Il ausculta Eva Hähnlein à fond : pouls, tension, rythme cardiaque et demanda si elle avait déjà eu des crises de ce genre.

Peu de temps auparavant, à l'hôpital, dit-elle, tandis que l'on opérait son fils. Depuis lors, elle avait souvent des douleurs cardiaques, la plupart du temps lorsqu'elle avait des émotions. La douleur la prenait à la poitrine comme une tenaille. Mais cela n'avait jamais été aussi fort.

— Vous êtes-vous énervée, aujourd'hui ? demanda le médecin.

Elle acquiesça avec gêne.

— Oui, une affaire de famille, dit Adolf Hähnlein.

— Je vais vous faire une piqûre qui va vous détendre et vous calmer, dit le médecin. Venez la semaine prochaine à ma consultation. Je voudrais vous examiner de façon plus complète. Je pense que vous souffrez d'angine de poitrine.

Hähnlein le reconduisit. Au moment de sortir, le médecin se tourna vers lui :

— Votre femme semble avoir souffert d'une grande émotion. Pour elle, c'est du poison. Evitez-lui toute cause d'énervement. Vous voulez la conserver encore longtemps, n'est-ce pas ?

— Naturellement, docteur, dit Hähnlein.

Pensif, il revint dans le bureau et s'assit au bord du sofa. La piqûre semblait agir.

— Ça va mieux ?

— Oui, un peu.

— Je ne voulais pas te faire de mal, dit-il en prenant sa petite main usée dans sa grosse patte, je veux dire à propos de Wolfgang.

Il resta un long moment près d'elle, la tête baissée et réfléchit. Il pouvait imaginer beaucoup de choses sauf une : vivre sans sa femme. L'avoir auprès de lui avait toujours été, pour lui, tout naturel. Lorsqu'ils avaient eu des difficultés d'argent, elle avait fait des ménages pour que la famille mange à sa faim. Plus tard, elle avait travaillé comme serveuse à « La Carafe » pour pouvoir donner un peu d'argent à Wolfgang pendant ses études. Il pouvait imaginer combien le destin de Wolfgang la faisait souffrir. Le médecin avait dit que les émotions étaient un poison pour elle. Il ferait tout ce qu'il pourrait pour protéger sa femme.

— Je vais parler au chef de cercle, Eva, dit-il, peut-être pourra-t-il faire quelque chose pour Wolfgang.

— Je le savais bien !

— Quoi donc ?

— Que sous ta rude écorce se cache un noyau tendre.

15

Il y avait bien longtemps qu'ils avaient reçu un paquet. Hilde Kompowski le prit des mains du facteur et paya le port dû : quatre-vingt-dix pfennigs.

Elle retourna le paquet, mais ne découvrit pas d'expéditeur, aussi n'osa-t-elle pas l'ouvrir. Ce samedi, donc, le paquet resta intact jusqu'au retour de sa sœur, dans l'après-midi. Irmgard regarda le paquet avec curiosité.

— Il est adressé à papa. C'est peut-être du grain pour les pigeons, mais, ce qui est curieux, c'est qu'il n'y a pas d'expéditeur, dit-elle.

Sur le papier gris de l'emballage, elle découvrit enfin un cachet mal imprimé : « Dachau ». Elle comprit soudain.

— Ça concerne Dodo, dit-elle, et elle ouvrit le colis.

Sous le papier, apparut un carton ficelé avec un cordonnet. Elle le dénoua et souleva le couvercle. Au-dessus du contenu, il y avait une fiche blanche dont le texte était tapé à la machine. A gauche, dans le haut de la fiche, quelques chiffres et des lettres. Au milieu, une ligne : « Reste des vêtements du détenu Daniel von Dorfen. » Sous cette ligne, un cachet et une signature illisibles.

Les mains d'Irmgard tremblaient lorsqu'elle déballa les vêtements. C'étaient ceux que portait Dodo quand on l'avait appréhendé. Le soir où, pour la dernière fois, poussé par sa mystérieuse manie, il allait sortir habillé en femme. La robe de taffetas rose, les bas de soie, les souliers à talons hauts, le soutien-gorge rembourré, le petit sac d'argent et un grand mouchoir sale.

C'est étonnant, songea-t-elle, combien les objets ayant appartenu à un mort semblent étrangers et privés de vie. Elle les touchait prudemment, presque pieusement. Pendant un instant, elle se sentit comme un enfant qui, dans une maison obscure, découvre dans le grenier de mystérieux trésors. Elle prit chaque vêtement et le serra contre elle avant de le remettre dans le carton.

On sonnait à la porte, sa sœur alla ouvrir. Un instant plus tard, Sara et Jiddchen entrèrent. Elle les avait invités à prendre le café et elle avait rapporté des gâteaux et une tarte aux fruits. L'ouverture du paquet l'avait empêchée de mettre la table. Elle s'excusa, mais Sara Katz la pria de ne pas se déranger lorsqu'elle apprit qu'il s'agissait des vêtements de Dodo.

Irmgard venait tout juste de prendre le mouchoir souillé. Lorsqu'elle le déplia, elle recula, effrayée : la toile était maculée de sang séché.

— On dirait une lettre ! dit Jiddchen en montrant une tache sanglante.

— Effectivement, dit Hilde qui, à côté de sa sœur, regardait également. C'est comme un M.

Visiblement, la lettre avait été tracée avec du sang sur le mouchoir. A côté, il y avait d'autres traces qui ressemblaient aussi à des lettres. A côté du M, un O puis un R, une quatrième lettre était seulement commencée.

— Ça ressemble à un D, dit Sara Katz.

Irmgard lut les lettres toutes ensemble. Elle en eut le souffle coupé. C'était comme si elle regardait dans une loupe sous laquelle se détachait sur un fond blanc, un mot gigantesque rouge sang... Un mot qui révélait une effrayante réalité.

« MORD » — Assassinat.

Dodo avait dû le tracer avec son propre sang peu avant de mourir. Ils l'avaient tué, mais il avait réussi à faire parvenir au monde son accusation contre ses assassins. Son message était parvenu à destination.

— Dieu du Ciel, dit Irmgard... Cette bande ! Suicide, à ce qu'ils disent, ils l'ont bel et bien tué !

Sara Katz était silencieuse. Elle pensait à son mari, interné au camp de concentration. Le même sort l'attendait-il ?

Irmgard devina ses pensées. Elle s'approcha d'elle et la prit dans ses bras.

— Je sais ce que vous pensez, madame Katz. Vous avez peur pour votre mari, mais je crois qu'il va bientôt revenir. J'ai entendu dire, aujourd'hui, que l'on avait enfermé les juifs de la Nuit de cristal dans les camps pour des raisons très précises.

— Pour quelles raisons ? demanda Sara Katz.

— On veut leur extorquer de l'argent. C'est pour renforcer la pression et les pousser à émigrer. C'est pourquoi on a surtout arrêté des gens riches.

— Nous ne sommes pas fortunés, dit Sara Katz. Jakob a été arrêté parce qu'il a résisté à Schmitz. Je n'ai pas d'argent pour acheter sa libération. Il y a longtemps que nous ne gagnons plus rien dans notre affaire. Maintenant, il faut que nous payions nous-mêmes les dégâts du magasin et de l'appartement et, de plus, nous devons payer une « indemnité d'expiation ». Je ne sais pas où je vais trouver cet argent !

Irmgard avait dressé l'oreille en entendant mentionner Arnold Schmitz.

— Schmitz ? Peut-être pourrait-il vous aider ?

Sara secoua la tête.

— Il n'a pas arrêté mon mari pour intervenir en sa faveur ensuite !

— Il n'est pas impossible qu'il l'ait arrêté pour exiger le prix de sa libération.

Sara Katz comprit ce qu'Irmgard voulait dire. Elle eut un geste de refus.

— C'est fini depuis longtemps. Schmitz ne peut sûrement plus me sentir depuis l'histoire des photos. Et vous savez bien qu'avoir des rapports avec une juive, aujourd'hui, c'est « souiller la race »... Mais vous avez encore ces photos, ne pourrions-nous, grâce à elles, exercer une pression sur lui ?

— J'ai bien peur que non, dit Irmgard. Certes, il a aidé mon père à sortir du camp à cause des photos, mais, entre-temps, il a abattu le vieux Lampert. J'aurais peur maintenant de l'attaquer encore une fois de cette manière. A la première occasion, il nous tuerait toutes les deux.

— C'est vraiment une tragédie, dit pensivement Sara Katz. Parce que Jakob pensait qu'il fallait attirer un loup de notre côté, je me suis lancée dans l'affaire des photos. Et maintenant que j'ai besoin de l'aide du loup pour le tirer d'affaire, je suis plantée là, les mains vides.

Gênée, Irmgard hocha la tête. Elle se sentait une grande dette envers cette femme qui lui avait permis de faire libérer son père, mais pour le mari de laquelle elle ne pouvait rien faire.

— Mis à part la question de savoir si Schmitz s'intéresse encore à moi, reprit Sara Katz, le prix serait trop cher pour moi. Je suis la femme de Jakob ! conclut-elle d'une voix qui montrait son inébranlable et profonde fierté.

Cette dernière phrase qui contenait tant de choses fit honte à Irmgard.

— Bien sûr, dit-elle, je voulais seulement vous dire ce qui se passait dans le crâne d'un type de ce genre.

Elle remit le mouchoir aux lettres de sang dans le carton.

— Qu'allez-vous faire de ça ? demanda Sara, aller à la police ?

— Je n'obtiendrais rien, dit Irmgard. Selon la version officielle, c'est un suicide. Le mouchoir n'est pas une preuve, à leurs yeux — d'ailleurs, ils le feraient disparaître immédiatement. Mais, un jour, il permettra peut-être de demander des comptes aux assassins de Dodo.

— Un jour ? Quand cela ? demanda Sara Katz.

— Je n'en sais rien, mais ce jour viendra.

16

Adolf Hähnlein éprouva un sentiment de gêne en pénétrant dans la grande maison spacieuse de la direction du cercle.

Le précédent propriétaire de cet hôtel particulier était le banquier juif Magnus Blumenfeld. Lorsqu'il avait émigré, le Parti avait pratiquement confisqué ce bâtiment « art moderne ». Le chef de cercle racontait partout fièrement qu'on l'avait eu pour une bouchée de pain. Hähnlein se rappelait encore la table ouverte que Blumenfeld organisait une fois par mois pour des musiciens, des peintres, des écrivains et des savants, dans ses salons. Les conférences, les soirées musicales et les débats qui s'y déroulaient avaient tenu une grande place dans la vie culturelle de la cité. Tout cela avait naturellement disparu avec l'installation de la direction du cercle, trois mois auparavant. Les tableaux de Menzel, Rottmann, Daumier, Van Gogh et Cézanne avaient été décrochés : le banquier avait dû les vendre à un prix dérisoire pour qu'on autorise son émigration avec toute sa famille vers la Hollande. A leur place, c'étaient désormais Hitler, Goering et Goebbels qui regardaient du haut des murs. Les tapis avaient été enlevés et c'était le bruit des bottes qui résonnait sur les parquets.

Le chef de cercle Montag trônait derrière un bureau placé dans un bow-window de la bibliothèque de Blumenfeld qui donnait sur un jardin aux allures de parc. Il était en train de signer des papiers lorsque Hähnlein fut introduit par un jeune homme en uniforme.

Il appuya sur un bouton. Une secrétaire entra et prit les papiers sur le bureau recouvert de cuir. Alors seulement il leva les yeux vers son visiteur et répondit au salut que ce dernier lui avait adressé une bonne minute auparavant.

— Heil Hitler ! Ortsgruppenleiter ! Prenez place !

Il lui montra une chaise de cuir à haut dossier placée devant le bureau.

Les petits yeux bleus de Montag brillaient de satisfaction.

— Je viens de recevoir les plus vives félicitations pour notre intervention dans l'action antijuive, dit-il, je vous le dois en partie, mon cher Hähnlein. Vous avez fait du bon travail. Continuez !

— Merci, monsieur le chef de cercle.

Montag prit un cigare dans une boîte en or qui venait probablement de Blumenfeld, l'alluma et en souffla voluptueusement la fumée.

— Maintenant, nous avons ficelé les juifs, dit-il. Nous allons les chasser du pays !

Montag brandit un télégramme posé devant lui.

— Voilà. C'est le décret d'expiation pour les juifs allemands, signé Goering. Ils vont payer, et pas qu'un peu, ces messieurs !... Il leur a infligé un milliard d'amende collective. Ils devront faire leur affaire, personnellement, de tous les dommages. Toutes leurs assurances seront versées au Reich. Et, de plus, ils devront vendre leurs commerces à des aryens... pour une bouchée de pain !

— Qu'est-ce qu'il arrivera aux juifs quand ils n'auront plus d'argent ?

Montag souffla un nouveau nuage de fumée.

— Au mieux, ils iront dans la forêt, chez les élans. Ils ont le nez aussi tordu qu'eux ! Ha ! Ha !

Montag éclata de rire au point d'en avoir les larmes aux yeux. Il s'essuya avec son mouchoir, pouffa de nouveau.

— Mais, plaisanterie mise à part... soyons sérieux. Pourquoi venez-vous me voir ?

Adolf Hähnlein hésita un moment.

— A cause de Wolfgang, mon fils.

Le sourire du chef de cercle s'effaça comme par enchantement. Il passa sa main sur ses maigres cheveux blonds, coiffés à plat. Son regard glissa par-delà Hähnlein jusqu'aux peupliers du jardin. Il se taisait.

— Ma femme se fait du souci pour lui, dit Hähnlein. Elle a eu une crise cardiaque.

— Et alors ?

— Elle m'a demandé d'intervenir auprès de vous pour faire libérer Wolfgang.

Montag ne dit rien. Il regardait avec indifférence dans le jardin. Il semblait y observer quelque chose qui requérait toute son attention. Apparemment, il avait oublié son visiteur.

Hähnlein insista :

— Voyez-vous une chance de lui venir en aide, monsieur le chef de cercle ?

Le regard de Montag revint lentement vers le bureau. Il secoua la cendre de son cigare.

— Votre fils peut encore vous amener de sérieux ennuis, Hähnlein, dit-il. Le Führer attend de ses dignitaires que leurs familles soient exemplaires. Ce n'est pas le cas de la vôtre. Vous avez élevé un contestataire, un garçon qui se dresse contre la communauté. D'abord à l'université. Ensuite, par son mariage avec une juive et, maintenant, en attaquant son frère, un national-socialiste sans reproche.

Le chef de cercle secoua la tête et reprit en fronçant les sourcils :

— On ne prend pas parti pour un fils de ce genre. On se tient à distance !

— Pour moi, l'affaire est réglée, dit Hähnlein, mais pour ma femme...

Consterné, il regardait devant lui sans rien voir.

— L'affaire est entre les mains de la Gestapo, dit Montag, ils ne sont de toute façon pas faciles à convaincre. Ça, vous le savez. Et pourrai-je seulement donner des garanties sur le comportement de votre fils ?

Une petite lueur d'espoir apparut dans les yeux de Hähnlein.

— Quelles garanties ?

— Que votre fils se range enfin de notre côté. Qu'il ne se fasse plus remarquer, qu'il ne provoque plus de scandale.

— Je vais encore une fois faire appel à sa conscience, monsieur le chef de cercle.

— Jusqu'ici, ça n'a servi à rien. Qui sait ce qu'il promettra pour sortir du camp ?

Montag baissa la tête, le menton sur sa poitrine. Il réfléchissait. Brusquement, il se redressa, une étincelle de ruse dans le regard.

— Je vois une chance, si votre fils nous donne une preuve de sa bonne volonté.

— Quel genre de preuve ?

Montag tira une bouffée de son cigare avant de répondre.

— Il faut qu'il divorce de sa femme juive.

Adolf Hähnlein vit tous ses espoirs s'effondrer d'un seul coup. Il resta silencieux un moment, puis il dit enfin :

— Je crois que c'est impossible.

— Alors, dit froidement Montag, il est également impossible d'intervenir en sa faveur.

Il se leva et Adolf Hähnlein l'imita.

— Je vais parler à ma femme, monsieur le chef de cercle, peut-être pourra-t-elle convaincre Wolfgang de divorcer.

— Ça vaudrait mieux pour lui, Hähnlein, et pour vous aussi. Heil Hitler !

— Heil Hitler ! monsieur le chef de cercle.

Hähnlein se hâta de quitter le bureau et l'ancien hôtel Blumenfeld où, dans les hautes pièces ornées de stuc, les hommes bottés en uniforme donnaient une étrange impression. Rentré chez lui, il rendit compte à sa femme des conditions posées par le chef de cercle. Eva Hähnlein en reçut un choc. Elle savait que son fils préférerait supporter le camp plutôt que d'abandonner femme et enfant.

Soudain, il lui vint une idée :

— Il y a peut-être une solution : s'il ne veut pas divorcer, peut-être pourrait-on décider sa femme à le faire ?

— Pourquoi le ferait-elle ?

— Pour l'aider à sortir du camp. Ça ne peut pas lui être égal qu'il continue à y souffrir plus longtemps. Oui, je vais essayer de lui faire comprendre qu'il dépend d'elle qu'il reste un repris de justice ou qu'il redevienne bientôt un homme libre. Je vais lui parler.

Elle porta la main à sa poitrine. La tenaille serrait de plus en plus.

17

Au càmp de concentration, le cadavre de Dodo fut remis à l'entrepreneur de pompes funèbres sous la dénomination de « paquet ». Il dut le mettre en bière sans que personne ait le droit de le voir. Le cercueil fut même plombé — pour « raison d'hygiène », lui fut-il dit.

Aucun faire-part dans la presse locale ne fut autorisé. La mort surprenante de Dodo devait autant que possible rester ignorée du public. Pour Irmgard qui avait organisé le transport du mort avec l'aide financière de la communauté évangéliste de la vieille ville, c'était là un aveu de culpabilité. Les autorités semblaient craindre une discussion au sujet du prétendu suicide. C'était en fait un témoignage de faiblesse pour une dictature disposant d'un formidable appareil policier.

Peu de gens accompagnèrent Daniel von Dorfen au petit cimetière près de la gare centrale, lieu de son dernier repos : la famille Kompowski, son patron le coiffeur Alfons Adler et sa femme, un collègue de travail, la barmaid Vera Ahrens qui avait appris par hasard au salon de coiffure la date de l'enterrement, et la crémière du numéro 1. Tous avaient eu de l'affection pour le grand garçon mince qui aurait tant voulu être une femme. Personne, dans le voisinage, ne lui avait jamais reproché sa « différence ». Dodo n'avait jamais fait de tort à quiconque. Son esprit de repartie et son humour, même dans les pires situations, leur avaient souvent remonté le moral et donné de l'espoir. Les quelques personnes réunies ce matin-là dans la chapelle du cimetière savaient bien que Dodo manquerait à la rue.

Le pasteur Baum dirigea la cérémonie funèbre. Devant le cercueil de sapin, il cita Luc, 3, 7, 14, et conclut : « Dieu nous attend dans notre malheureux prochain. Ouvre la bouche pour les muets et pour la cause de tous ceux qui sont abandonnés, misérables, sans défense, sans honneur, affamés, chassés et exilés par la peur devant l'arbitraire des puissants. »

Irmgard Kompowski regardait silencieusement devant elle. Ouvrir la bouche pour le malheureux prochain — qui en avait le courage ? Dans toute la rue il n'y avait que le pasteur. Après la Nuit de cristal, il avait courageusement dénoncé les exactions commises contre ses concitoyens juifs. Elle s'étonnait qu'on ne l'eût pas déjà arrêté. Beaucoup de gens désapprouvaient aussi ce qui s'était passé, mais ils restaient silencieux. Si chaque

Allemand qui condamnait ces abus avait élevé la voix — ces millions de protestations n'auraient-elles pas servi à quelque chose ?

Le comportement de Kalla Kompowski reflétait la réaction des habitants de la rue.

— Demande donc à tes nouveaux amis pourquoi le cercueil de Dodo ne doit pas être ouvert, lui avait dit Irmgard. Pourquoi on cache son cadavre !

Comme il refusait de répondre d'un geste las, elle reprit avec fureur.

— Redeviens donc enfin l'homme que tu étais, que ses enfants pouvaient regarder sans honte ! Ne dis pas oui et amen à tout ! Fais quelque chose et ne te cache pas derrière tes pigeons !

Kompowski s'était levé pour monter au grenier voir le pigeonnier.

Pendant le sermon du pasteur, deux étrangers étaient entrés dans la chapelle. Ils notèrent tout ce que disait le pasteur. Ils suivirent à quelque distance le cercueil lorsqu'on le porta jusqu'à l'étroite fosse où on le descendit. Baum prononça quelques paroles très personnelles et émouvantes devant la tombe ouverte. Il conclut par une courte prière. Les uns après les autres, les Kompowski, les époux Adler, son collègue et les deux femmes du voisinage, s'approchèrent de la fosse et jetèrent des fleurs dans le trou pour un dernier adieu.

Ainsi finit Dodo...

Le pasteur Martin Baum fut un des derniers à quitter le cimetière. A la sortie, les deux hommes l'attendaient. Ils montrèrent leur carte de service : « Police secrète d'Etat ! »

Il monta avec eux dans la voiture et fut conduit chez lui ; là, il fut autorisé à échanger sa robe de pasteur contre un costume civil. Avant de partir, il s'adressa à sa femme.

— Au cas où on te dirait que je me suis tué, ne le crois pas. Je considère le suicide comme une injustice à l'égard de Dieu !

— Sois courageux, répondit-elle.

— Que Dieu te protège, toi et les enfants ! dit-il.

Flanqué des deux policiers, il marcha d'un pas ferme jusqu'à la limousine noire qui stationnait, moteur tournant, devant le numéro 9 Adolf-Hitler-strasse. Les portières claquèrent, la voiture démarra et tourna au premier carrefour.

La femme du pasteur était encore dans la rue, que le bruit du moteur s'était tu depuis longtemps. Elle se retourna en silence et rentra dans la maison.

18

Dodo était couché sous la terre. Wolfgang Hähnlein et Jakob Katz étaient depuis la Nuit de cristal dans un camp de concentration. Maintenant, on avait aussi arrêté le pasteur Baum.

Le malheur planait comme une ombre noire au-dessus de la rue. Les maisons étaient toujours les mêmes, mais les hommes avaient changé. Quelques-uns avaient appris à souffrir et ils en gardaient des blessures. Les partisans des bruns n'avaient même pas été épargnés, mais le pire s'était abattu sur les habitants juifs, naturellement.

Sara Katz avait pu, tant bien que mal, remettre en état le magasin d'épicerie fine grâce à l'aide de son frère Moses Winschermann qui avait suivi une formation en menuiserie. Le magasin avait été mis en vente. La plaque d'émail « KATZ & CIE — Epicerie fine » avait été démontée, laissant une tache claire sur le mur. La nouvelle devanture avec, à l'arrière-plan, l'ombre noire du magasin vide, avait l'air d'un œil au triste regard. Souvent, elle semblait pleurer lorsque la pluie ruisselait sur elle.

Eva Hähnlein eut une nouvelle crise cardiaque et dut passer quelques semaines à l'hôpital. Son fils Karl se remettait de sa blessure à la tête dans un foyer du Parti au bord de la Baltique. Irmgard Kompowski fournissait, avec l'aide de Mme Baum, les vivres les plus indispensables aux familles juives de l'immeuble car les magasins aryens continuaient de refuser de vendre aux non-aryens. La femme du pasteur donnait des bocaux de conserve prélevés sur ses propres réserves pour l'hiver et, munie de grands cabas, elle allait quêter de la nourriture chez les membres de la communauté évangéliste.

« Dieu nous attend dans notre malheureux prochain », avait dit son mari lors de l'enterrement de Dodo. Les familles Katz et Winschermann faisaient partie des malheureux, et même des plus pauvres parmi les voisins. Elles n'avaient plus aucune ressource. L'*Allgemeine Anzeiger* ne publiait plus, depuis quelque temps, les articles écrits par Moses sous un pseudonyme. Les dernières économies des Katz avaient été englouties par les travaux de réparation de l'appartement et du magasin, l'achat des meubles les plus indispensables et l'écrasante « amende d'expiation » versée à l'Etat. Même la vente du magasin ne rapporta pas grand-chose. Sara Katz n'en obtint qu'un prix dérisoire et encore elle ne fut pas payée en espèces. Elle eut seulement une reconnaissance de dette du Reich. Il n'était même pas certain que les intérêts fixés dans cet acte fussent payés un jour. Sans le soutien de la communauté juive et sans l'intervention de leurs aides secrètes, ils n'auraient même pas pu vivre.

Mais le pire était l'isolement. De nouvelles mesures discriminatoires pleuvaient sans cesse sur les juifs. Ils n'avaient plus le droit de pénétrer dans les théâtres, les musées, les cinémas, d'assister à des conférences, de voir des expositions ou de fréquenter les terrains de sport et les piscines.

On les traitait en marginaux et, en général, c'est ainsi qu'ils se sentaient eux-mêmes.

Moses Winschermann, qui exécutait de petits travaux de menuiserie pour des membres de la communauté juive, se glissait hors de l'immeuble aussi secrètement qu'un criminel et il y rentrait de même. Jiddchen qui était heureux lorsqu'il ne se faisait pas insulter ou rosser sur le chemin de l'école, évitait, tout comme Sara et Karin Winschermann, de rencontrer les habitants de l'immeuble dans l'escalier. Profondément blessés dans leur fierté et dans leur dignité d'hommes, ils vivaient dans leur appartement comme dans un ghetto.

Au deuxième étage de l'immeuble du 14 Adolf-Hitler-strasse, régnait un silence de cimetière. C'est à peine si un signe de vie filtrait à l'extérieur. On n'entendait même plus le chant des prières du vendredi soir lorsque les hommes, après la célébration du début du sabbat, revenaient de la synagogue. Une partie de l'immeuble était morte.

19

— Monsieur Schmitz ?

— Oui.

— Ici, madame Katz.

— Très ponctuelle, c'est bien. Il faut que je vous parle d'urgence. Des nouvelles de votre mari... Ça vous intéresse ?

— Quelle question !

— Venez ce soir chez moi, à huit heures, 36 Adolf-Hitler-strasse, deuxième étage, chez Elsässer. Sonnez deux fois.

— Oui.

— Je ne voudrais pas qu'on vous reconnaisse. Vous imaginez pourquoi. Avez-vous une perruque blonde... Non ? Alors, procurez-vous-en une, ainsi que des lunettes noires et mettez un foulard sur votre tête.

— Oui, monsieur Schmitz.

— Bon. Alors, à huit heures.

A l'autre bout du fil, Schmitz raccrocha. Sara resta un moment immobile devant le téléphone, le combiné à la main. A côté d'elle, Irmgard, dans l'étroite cabine de la gare, prit l'écouteur et le remit en place. Elle avait tout entendu.

Le matin même, elle avait rencontré l'homme de la Gestapo dans le magasin coopératif. Il lui fallait parler d'urgence à Sara Katz. Cette dernière avait fait couper son téléphone, de sorte qu'il ne pouvait l'atteindre. Mme Katz devait l'appeler chez lui. Il donna à Irmgard le numéro de sa logeuse et lui dit l'heure à laquelle il attendrait l'appel. Maintenant, les deux femmes savaient ce dont il s'agissait.

— Je peux vous fournir la perruque, dit Irmgard. C'est celle de Dodo, je l'ai conservée ainsi que ses autres vêtements.

— Merci, dit Sara.

— Je vous donnerai également des lunettes de soleil et un foulard.

— Merci.

— Voulez-vous absolument le rencontrer ?

— Pourrais-je me permettre de ne pas y aller ? dit Sara. Jusqu'à présent, je n'ai eu qu'une seule carte de mon mari : « Je vais bien », signé Jakob. Rien d'autre. Il faut que je sache comment il va vraiment. Schmitz paraît savoir quelque chose.

Les deux femmes revinrent Adolf-Hitler-strasse. Devant le numéro 8, un homme nettoyait l'enseigne posée au-dessus de l'ancien magasin Jakob Katz. Le cœur de Sara se serra lorsqu'elle lut : Epicerie fine — Fritz Schwertfeger. A travers la vitrine, on apercevait la nouvelle installation du magasin : des étagères richement garnies et deux vendeuses en blouse blanche. Elles servaient les clients que Jakob Katz avait servis autrefois, avant qu'ils ne l'eussent abandonné peu à peu.

L'homme sur l'échelle regarda les deux femmes.

— Heil Hitler ! madame Katz, dit-il en ricanant.

C'était Fritz Schwertfeger, le nouveau propriétaire. Un gros homme avec des lunettes et des cheveux blonds bouclés. Sous sa blouse blanche, il portait des bottes noires.

Schwertfeger qui avait acquis le fonds pour un prix ridicule, avait été le seul client intéressé. Il avait menacé Sara de faire en sorte qu'elle ne trouve pas d'autre acheteur si elle n'acceptait pas son offre. Ancien membre du Parti, il en avait le pouvoir. Il prétendait d'ailleurs que les magasins appartenant à des juifs en camp de concentration allaient être confisqués. Finalement, elle avait accepté, le cœur lourd.

Sara ignora le salut moqueur du commerçant.

— Quand on monte si haut, monsieur Schwertfeger, dit Irmgard, on tombe facilement. Vous allez vous casser le cou.

Du haut de son échelle, il eut un geste de dénégation.

— N'ayez crainte, je ne tomberai pas. D'ailleurs, les bons tiennent bon !

— Oui, les bons..., dit Irmgard.

Revenue dans son appartement, elle donna à sa voisine le nécessaire pour la visite chez Schmitz. Elle prit la perruque de Dodo dans l'armoire de sa chambre. Rien n'avait été changé chez lui. Le cadre du grand miroir que Rolf Fehrenbach avait brisé lors de l'arrestation était encore debout dans son coin. Aucun nouveau locataire n'occupait la chambre. Mais, tôt ou tard, Kompowski la louerait pour améliorer ses finances.

Outre la perruque, les lunettes noires et le foulard, Irmgard remit à Sara un paquet de nourriture que la femme du pasteur lui avait apporté vers midi.

Sara la remercia et regagna lentement son appartement. Il était un peu plus de six heures du soir. Son fils Nathan faisait ses devoirs dans la mansarde. Son frère et sa belle-sœur étaient en visite chez des amis.

Un nouveau « misrach » était accroché au mur du salon où des caisses servaient toujours de tables et de chaises de fortune. Elle regarda le tableau qui représentait le temple de Jérusalem, baissa la tête et se mit à prier.

Schmitz l'attendait à huit heures. Il lui en restait à peine deux.

20

Il faisait déjà sombre lorsque Selma Hähnlein quitta le centre communautaire juif. Elle ne jeta qu'un regard furtif sur la femme qui attendait sur le trottoir d'en face. Cette femme était habillée de noir et elle évitait le cercle de lumière du réverbère. Visiblement, elle ne voulait pas être vue dans ce quartier.

Lorsque Selma prit le chemin de sa maison, la femme la suivit discrètement.

Comme très souvent, elle était sortie tard ce soir-là. Selma travaillait les jours de semaine de huit heures et demie du matin jusqu'à six heures du soir avec le chef de la communauté et ses aides bénévoles. Il n'était pas rare que le travail se prolongeât jusqu'à huit ou neuf heures car il y avait de plus en plus à faire. Les nouveaux décrets concernant les juifs devaient être polycopiés, l'aide aux nécessiteux, dont le nombre augmentait sans cesse, était à organiser. Il fallait s'occuper de la scolarité des soixante enfants qui restaient et trouver des logements pour les juifs jetés à la rue par leurs propriétaires aryens. Mais c'étaient les problèmes de l'émigration qui prenaient le plus de temps à Selma : il fallait signaler les enfants et les adultes aux services d'émigration, remplir d'innombrables questionnaires, dresser des constats et fournir de l'argent.

L'action des nationaux-socialistes faisait que les fonds dont pouvait disposer la communauté se réduisaient de plus en plus. Selma voyait venir le jour où ils manqueraient totalement. Une catastrophe qu'elle n'osait imaginer. Sa mère, son frère Nathan, son oncle Moses et sa tante Karin vivaient des aumônes de la communauté. Comment feraient-ils quand cette aide manquerait ?

— Selma !

Une voix dans l'obscurité. Le bruit de pas sur la chaussée.

Elle se retourna. C'était la femme en manteau noir.

Elle s'approchait lentement de Selma.

— Selma, c'est moi, dit-elle.

Alors seulement, Selma reconnut la femme.

— Tu m'as fait une de ces peurs, Eva ! dit-elle.

C'était sa belle-mère, la femme de l'ortsgruppenleiter. Depuis son mariage avec Wolfgang, elles se tutoyaient, mais Selma ne l'avait jamais appelée « mère ». Ses relations avec elle étaient trop superficielles pour cela. Une femme qui ne reconnaissait pas l'épouse de son fils, qui ne rendait que rarement, et en cachette, visite à sa petite-fille, n'était pas une belle-mère à ses yeux.

Eva Hähnlein s'arrêta devant elle.

— Il faut que je te parle, dit-elle, il s'agit de Wolfgang.

— Ici, dans la rue ?

— Si tu préfères, allons chez toi.

L'appartement de Selma était situé dans la vieille ville, non loin de la synagogue incendiée, dans une des étroites maisons à deux étages de la « Pferdebahn », qui dataient du XVIIIe siècle. Au rez-de-chaussée, il y avait un magasin de jouets, fermé à cette heure-ci. Les deux femmes gravirent une échelle de meunier et entrèrent dans un petit vestibule communiquant avec deux pièces étroites, basses de plafond et percées de petites fenêtres. La salle de séjour où la visiteuse prit place dans un vieux fauteuil était décorée avec beaucoup d'amour et bien peu de moyens. Au mur, il y avait une photo de Wolfgang avec Selma et la petite Ingrid.

— Où est la petite ? demanda Eva.

— Chez une amie. Ingrid y couche deux fois par semaine.

— Cette amie est-elle aussi... juive ?

— Oui. Là, elle a des compagnes de jeu. Deux fillettes à peu près de son âge. Juives aussi.

Elle avait insisté sur le dernier mot et Eva Hähnlein dit avec gêne qu'elle n'avait pas dit ça dans une mauvaise intention, qu'elle n'avait pas voulu la blesser. Ça lui avait échappé, de façon tout à fait irréfléchie.

— Ça n'a pas d'importance, dit froidement Selma. Qu'as-tu à me dire sur Wolfgang ?

Eva Hähnlein ne prit pas de détours. Elle raconta la visite de son mari au chef de cercle, Montag. Ses efforts pour convaincre Montag de libérer Wolfgang. Et des conditions de Montag. Il n'interviendrait que si Wolfgang divorçait.

Selma écouta sa belle-mère un long moment sans mot dire, les yeux fermés. Elle avait l'impression d'être assise dans un cinéma et de n'entendre que la voix de l'actrice principale. Elle sut aussitôt, sans que cela eût été exprimé, ce que sa belle-mère attendait d'elle. Enfin, elle ouvrit les yeux.

— Comme tu connais parfaitement Wolfgang, dit-elle, tu veux que je prenne la chose en main et que je demande le divorce de moi-même.

Eva soupira. Selma sentit ses angoisses, les angoisses d'une mère. Mais elle éprouva simultanément une profonde antipathie à son égard. Cette femme exigeait, ni plus ni moins, qu'elle renonce à son amour.

— Tu t'imagines, dit-elle amèrement, que si je divorce, le monde sera de nouveau normal pour toi et ta famille. Vous seriez débarrassés de la juive et de son bâtard. Ton mari et Karl n'auraient plus rien à craindre du Parti et le fils prodigue reviendrait dans le giron de la famille.

— Dieu sait que nous ne sommes pas si égoïstes, Selma. Il s'agit pour nous uniquement de Wolfgang et de sa mise en liberté, dit Eva.

Selma ne put se contenir, elle se leva, alla jusqu'à la porte et s'appuya au chambranle.

— Pour moi aussi, il s'agit de Wolfgang, dit-elle d'une voix ferme. Il ne ferait rien de sa liberté s'il revenait en perdant sa famille. Il serait bien trop malheureux. Car, près de moi et de notre enfant, il a trouvé le refuge qui lui manque chez vous.

Nous nous aimons, d'autant plus que vous êtes tous contre cet amour. Cela ne fait que nous rapprocher encore plus étroitement.

— Donc, tu refuses ? Tu veux qu'il continue à souffrir au camp ? dit Eva.

Sa belle-fille lui jeta un regard méprisant.

— C'est déloyal de rejeter la responsabilité sur moi. C'est vous, les responsables, en particulier ton fils Karl. Il est responsable de la destinée de son frère. Parle-lui. Il doit retirer sa plainte contre Wolfgang.

Eva secoua la tête d'un air triste.

— Tu le connais..., il ne le fera jamais. Il est trop orgueilleux pour ça. En outre, un retrait de la plainte ne servirait plus à rien, maintenant... Mon Dieu, Selma, que dois-je faire ? Que faire maintenant ?

Tout son désespoir s'exprimait dans ces derniers mots.

— Je n'en sais rien, dit Selma. Je voudrais bien que Wolfgang revienne, aujourd'hui plutôt que demain ! Mais ce n'est pas en mon pouvoir, malheureusement.

Eva se leva.

— Je me doutais bien que tu réagirais ainsi, dit-elle tristement. Veux-tu y réfléchir encore ?

Selma la reconduisit à la porte. Avant de lui dire adieu, elle redit encore :

— Parle encore une fois avec Karl, dit-elle, il ne peut tout de même pas être assez démoniaque pour laisser son propre frère dans le malheur !

— Ce n'est pas un démon. C'est un bon national-socialiste.

— C'est peut-être bien la même chose, dit Selma.

Eva Hähnlein ne releva pas le propos. Elle prit congé et redescendit l'étroite échelle de meunier.

Sur le chemin du retour, elle passa devant les ruines de la synagogue. Dans la clarté lunaire, les fenêtres incendiées semblaient de noires orbites dans un squelette de pierre. Une image inquiétante qui la remplit d'angoisse. Elle hâta le pas.

21

Arnold Schmitz ouvrit lorsque, à huit heures précises, on sonna deux fois à la porte de l'appartement.

Sara Katz.

Elle portait une perruque blonde, un foulard et des lunettes de soleil, exactement comme il le lui avait ordonné au téléphone. Elle avait remonté le col de son manteau. Il eut lui-même de la peine à la reconnaître.

Par un long couloir, il la conduisit dans la chambre meublée qu'il avait louée chez la veuve Elsässer, laquelle, ce soir-là, était en voyage. Il était donc seul dans l'appartement avec sa visiteuse.

La chambre où Sara pénétrait était plus grande et plus confortable que la mansarde qu'il avait habitée au numéro 14. Il y avait des plantes vertes dans les coins, des têtières sur les dossiers du sofa et des fauteuils capitonnés. Le lit se dressait sur une estrade dans une alcôve fermée par deux rideaux. Une lampe à pied et une applique à deux branches diffusaient une douce lumière.

Schmitz lui enleva son manteau.

— Avez-vous été vue par quelqu'un ? demanda-t-il.

— Je ne crois pas, dit-elle, la rue est vide. D'ailleurs, dans cet accoutrement, personne ne pourrait me reconnaître.

Il avait du mal à retrouver, dans la visiteuse qui s'asseyait dans le fauteuil qu'il lui offrait, la femme pour laquelle il s'était enflammé autrefois. Pour laquelle il avait failli faire toutes les bêtises possibles et prendre tous les risques. La perruque blonde l'irritait. De plus, Sara avait l'air misérable. Des cernes sombres entouraient ses yeux. Mais ses prunelles étincelaient dans la lumière et avaient encore, pour lui, conservé tout leur charme.

Elle alla droit au fait.

— Vous savez quelque chose sur mon mari ? Que savez-vous ?

— Ça va mal pour lui. Très mal.

— D'où le savez-vous ?

— D'un de mes amis de l'équipe de garde.

— Parlez-moi de Jakob, s'il vous plaît !

— Il travaille à la carrière. Il est malade, mais il doit travailler autant que les bien-portants. Par moins vingt degrés. Dans un mince costume de coton, seize heures par jour.

— Arrêtez ! dit Sara. Arrêtez, au nom du Ciel !

Elle le regardait avec désespoir. L'horreur se reflétait sur son visage. Au bout d'un moment, elle reprit plus bas :

— Vous savez vraiment qu'il est malade ?

— Il a la dysenterie. La plupart l'ont. Il n'y a ni eau ni papier. Quiconque ne peut plus se retenir la nuit et va aux latrines est fusillé.

Elle ne savait pas où elle trouvait la force d'écouter ce qu'il lui décrivait avec une joie sadique. Toute la misère et la souffrance des juifs que l'on avait arrêtés pendant la Nuit de cristal et que l'on avait envoyés dans un enfer inimaginable. Il lui raconta comment les SS enfonçaient la tête de leurs victimes dans des tinettes pleines jusqu'à ce qu'elles étouffent. Comment on excitait des chiens dressés à déchiqueter vivants des détenus ligotés. Comment des malheureux se jetaient dans les clôtures électrifiées pour ne pas mourir sous la torture. Comment des hommes priaient et pleuraient, et demandaient à d'autres de les entraîner avec eux dans la mort.

Elle avait des nausées et n'osait plus respirer. La scène de la maison de fous de *Peer Gynt* lui vint à l'esprit, mais la cruauté du texte dramatique d'Ibsen n'était rien, comparée à celles que décrivait Schmitz.

Il n'en avait pas encore fini, dit-il, il avait des photos qui l'intéresseraient sûrement. Sa bouche se tordit en un sourire méchant.

— Les photos jouent vraiment un rôle des plus curieux entre nous. Cette fois-ci, c'est un de mes amis qui a fait des photos. Ce sont aussi des photos très extraordinaires, regardez !

Il jeta sur la table trois clichés de format six-neuf. Ils représentaient des hommes au crâne tondu dans des costumes de coton rayé. Sur l'une des photos, ils rampaient comme des vers sur le sol. Derrière eux, des SS en uniforme riaient. L'un d'eux avait posé sa botte sur la nuque de l'un des rampants. L'homme sur le sol semblait pleurer.

— Le reconnaissez-vous ? demanda Schmitz.

Sara prit la photo. Sans ses longs favoris et ses boucles noires, il lui parut bien étrange, mais elle le reconnut presque aussitôt.

— Mon Dieu ! c'est Jakob ! s'écria-t-elle.

— Oui, votre mari. Un ver facile à écraser, mais il mourra probablement de lui-même.

Elle crut que son crâne éclatait. Pendant un moment elle fut prise de vertige. La photo dans sa main, la tête de Schmitz derrière et les plantes vertes au fond de la chambre se fondirent en une seule image tournoyante. A travers ce tournoiement, elle s'entendit lui demander :

— Peut-on le sauver ?

— Je peux le faire, dit Schmitz. Ça vous coûtera une nuit avec moi, ici, chez moi, dans mon lit.

Le tournoiement s'arrêta. Les contours de la pièce réapparurent devant ses yeux dans toute leur netteté. Elle vit Schmitz ramasser les photos sur la table et les mêler négligemment comme on bat un jeu de cartes.

— La vie ou la mort de votre mari, dit-il. Elle est entre vos mains !

Elle aurait dû se lever et partir. Elle aurait dû lui jeter tout son mépris au visage. Crier. Mais elle resta assise. Elle ne partit pas, ne cria pas. La vie ou la mort de son mari...

— Vous n'avez pas changé, monsieur Schmitz, dit-elle.

Il se leva, s'approcha d'elle par-derrière.

— Enlevez cette stupide perruque, dit-il, je veux voir vos cheveux.

Elle s'exécuta. Les cheveux noirs qu'elle avait tassés sous la perruque restèrent collés sur sa tête.

— Peignez-vous ! dit-il.

Il voulait les voir comme il en avait gardé le souvenir, doux et soyeux, tombant sur ses épaules.

— Non, dit-elle, ça va trop loin.

Elle se leva à son tour.

— Vous ne voulez donc pas que j'aide votre mari ?

— Si, répliqua-t-elle d'une voix ferme, mais je suis la femme de Jakob. Je ne serai jamais celle d'un autre homme. Je ne me donnerai jamais à un autre. Si je le faisais, tout serait détruit. Ma vie et la sienne. Peu importerait alors qu'il meure au camp ou chez lui. Je mourrais aussi.

Elle avait parlé avec une fierté et une résolution qui le stupéfièrent. Il ne s'y était pas attendu. Il avait cru la tenir au moyen des photos. Même si elle avait perdu un peu de sa beauté, l'attirance qu'elle avait toujours exercée sur lui n'était pas encore éteinte. Il voulait la posséder. Il ne craignait pas d'être poursuivi pour « souillure de race ». Elle se tairait car la prison la menacerait alors. Mais, une fois de plus, elle se dérobait. Comme lorsqu'il lui avait offert son amitié et son aide. Pendant un moment, il ne sut pas comment réagir.

— Je pourrai vous payer autrement, dit-elle, si vous m'aidez à sortir Jakob du camp. Je vous donnerai quelque chose dont je ne me séparerai qu'à la dernière extrémité.

Elle ouvrit son sac qu'elle avait constamment serré contre elle, presque anxieusement, et en tira un écrin de cuir qu'elle posa sur la table. Elle en pressa le bouton et le couvercle s'ouvrit.

— Tonnerre de Dieu ! s'écria Schmitz.

Sur un coussinet de satin, il y avait une rivière de diamants qui étincela sous la lumière.

— C'est tout ce qu'il me reste de l'héritage de ma mère, dit-elle, ma dernière réserve. Même ma famille ne le sait pas. Cela devait nous garantir de la famine le moment venu. Mais maintenant, il s'agit de Jakob. C'est lui qui est le plus important.

Curieux, Schmitz fit un pas en avant. Il prit l'étincelant bijou et le soupesa respectueusement.

— Quelle valeur ? demanda-t-il.

— Environ deux mille marks.

— Tonnerre de Dieu ! fit-il à nouveau.

C'était une fortune. Pour deux mille marks il pourrait satisfaire quantité de ses désirs. Il pourrait se payer des femmes bien plus belles que la juive à la triste figure. Ce ne serait pas une mauvaise affaire, songea-t-il. Tout cela prenait soudain une tournure inattendue, mais non dénuée d'intérêt.

— Je le prends, dit-il.

— Comment pourrez-vous libérer Jakob du camp, monsieur Schmitz ?

— C'est mon affaire. Je trouverai bien un moyen.

— Quelle garantie me donnez-vous ?

— Aucune. Vous devez me croire.

— Bon, dit-elle, vous aurez le collier dès que Jakob sera libre.

Il secoua la tête.

— Pas question. Je serais roulé. Vous me le donnez d'avance... maintenant.

Elle hésita un moment, remit lentement le bijou dans l'écrin et en rabattit le couvercle.

— Prenez-le, dit-elle enfin. Ramenez-moi mon mari !

22

L'homme mince avec des lunettes et un bec-de-lièvre entra dans le sous-sol du 14 Adolf-Hitler-strasse au début de février 1939. Il se présenta :

— Lehmann..., simplement Lehmann.

Les habitants de l'immeuble s'étaient réunis à l'entrée du couloir des caves. Lehmann, un délégué de l'Union de la défense passive du Reich, s'adressa à Hähnlein :

— Toutes les caves sont-elles ouvertes ?

— Toutes, sauf deux. Elles appartiennent à des juifs.

Ce n'était pas une raison, dit Lehmann qui parlait du nez. Les habitants juifs de l'immeuble devaient assister à l'instruction sur la défense passive. Il fallait aller les chercher. Hähnlein y envoya Hilde Kompowski qui revint bientôt avec Moses et

Karin Winschermann, Sara Katz et Jiddchen. Winschermann ouvrit les portes des caves des deux familles.

— Il manque un abri antiaérien dans cet immeuble, dit Lehmann. Son installation doit être faite d'urgence. Je suis ici pour décider quelle cave s'y prête le mieux. L'actuel utilisateur devra la mettre à la disposition de l'ensemble des habitants.

— Ça ne va pas, dit Kalla Kompowski. Ma cave est pleine de pommes de terre, de charbon et de toutes sortes d'objets. Où est-ce que je mettrais tout ça ?

— Si le choix tombe sur votre cave, dit Lehmann, il faudra faire de la place dans les autres caves pour y stocker ce qui sera déménagé. Chacun doit aider les autres.

Il expliqua les conditions d'un abri antiaérien idéal : une faible portée du plafond qui doit être solide, une sortie de secours, soit par une fenêtre, soit à créer. Le volume d'air nécessaire pour chaque personne de l'immeuble devait s'élever à 3 mètres cubes.

La cave d'Adolf Hähnlein, « trop de fenêtres et de portes », celle de Wendehals, « trop de tuyaux et de conduits » et celle de Kompowski « trop petite », ne convenaient pas. Le choix de Lehmann se porta sur la cave de Moses Winschermann. Le local devrait naturellement être aménagé, le plafond renforcé avec des poutres et des poteaux de bois. Pour une meilleure protection, dans les cas graves, il faudrait prévoir des sacs de sable et une caisse de gravier.

— Tout cela est bel et bon, monsieur..., dit Moses.

— Lehmann, simplement Lehmann.

— Tout cela est bel et bon, monsieur Lehmann. Mais je peux difficilement me priver de cette cave. Nous y entreposons les meubles qui ont été mis en pièces en novembre. Je compte essayer de les réparer. Nous n'avons pas d'argent pour en acheter de nouveaux.

Lehmann déclara qu'il était désolé. Qu'il devait considérer l'ensemble, la communauté de l'immeuble. Sa protection exigeait qu'il libérât la cave. Le plus rapidement possible. Dernier délai, quinze jours. S'il n'évacuait pas d'ici là, des moyens de coercition seraient employés pour l'y obliger. L'intérêt général passait avant l'intérêt particulier. Winschermann devait demander à ses voisins d'entreposer ses meubles chez eux.

— Pas possible chez moi, dit Kalla Kompowski, ma cave est déjà pleine.

— Nous ne pourrions rien prendre non plus, dit Else Wendehals, chez nous c'est également très plein.

Adolf Hähnlein ne dit rien du tout.

Puis tout le monde se rendit au grenier où séchait la lessive des Hähnlein. Il y avait cinq chemises brunes pendues aux fils tendus. Les pigeons, excités par le remue-ménage qui régnait soudain dans le grenier, s'agitaient. Kalla Kompowski et Jiddchen allèrent dans leurs pigeonniers respectifs pour les calmer en leur parlant.

Lehmann se fit ouvrir les portes de bois des réduits qui appartenaient à chacun des appartements et servaient de débarras. Il commença par celui du professeur Wendehals.

— Il faut me vider tout ça, immédiatement ! dit-il après un bref coup d'œil sur les cartons et les paquets de journaux que Wendehals avait entassés dans un coin. Tout ce qui est inflammable doit disparaître. Les bombes incendiaires ne doivent trouver aucun aliment.

Il saisit un paquet de forme allongée, soigneusement ficelé et recouvert d'une épaisse couche de poussière.

— Qu'y a-t-il là-dedans ?

Wendehals se détourna. Sa femme répondit à sa place.

— Le drapeau.

Lehmann eut l'air étonné.

— Le drapeau ? Aussi poussiéreux ? Ne pavoisez-vous pas régulièrement ?

Else Wendehals rougit en répondant.

— Mais si, bien entendu, monsieur Lehmann.

— Avez-vous un autre drapeau ?

— Oui, en bas, dans l'appartement.

— Et celui-ci ?

— C'est l'ancien drapeau.

— L'ancien drapeau ? Puis-je voir ?

Elle acquiesça, consternée. Lehmann enleva le papier et déroula l'étamine. Des boules de naphtaline roulèrent sur le sol. Lehmann et Hähnlein échangèrent un regard étonné en reconnaissant les couleurs noir, rouge et or. C'était le drapeau de la République de Weimar. Adolf Hähnlein prit un air scandalisé.

— Monsieur Wendehals, voilà qui est effarant, dit-il avec indignation. Un drapeau qui est interdit depuis six ans, dans notre immeuble ! Voulez-vous m'expliquer ça ?

Wendehals haussa les épaules avec gêne.

— Nous l'avions porté en haut, tout de suite après l'interdiction. Ensuite, nous l'avons oublié.

— Ou bien, vous comptiez peut-être voir ce drapeau redevenir actuel ? demanda Hähnlein d'un air rusé, que les réactionnaires d'hier reviennent au pouvoir ?

— Naturellement pas, monsieur Hähnlein. Vous savez bien que nous sommes entièrement acquis à l'ordre nouveau.

Lehmann interrompit la discussion.

— Le drapeau doit disparaître, de même que les cartons et les paquets de journaux. En outre, il faut préparer, dans le grenier, un seau d'eau et un seau de sable pour éteindre les incendies.

— Si la maison brûle, dit Jiddchen, on ne peut tout de même pas éteindre avec un seau d'eau et un seau de sable.

— Pas la maison, mais une bombe incendiaire isolée. En cas de besoin, le grenier doit être constamment surveillé pendant l'alerte aérienne. Une intervention rapide peut empêcher beaucoup de dégâts.

Lehmann en revint à la cave de Winschermann.

— Dès qu'elle sera vide, nous commencerons à l'aménager en abri antiaérien. Vous devrez vous y rendre lors de chaque exercice public de défense passive. Plus souvent vous le ferez, plus vite vous vous habituerez.

— Je ne m'y habituerai jamais, dit Irmgard Kompowski. Qui est-ce qui aime aller à la cave ?

— Peut-être devrons-nous le faire plus souvent que nous ne le voudrions, dit Lehmann agacé. Les ennemis de notre peuple ne chôment pas. Nous devons être bien préparés à leur résister. Heil Hitler !

Lehmann serra la main d'Adolf Hähnlein. Puis on l'entendit dégringoler l'escalier du grenier.

23

Lorsque Jiddchen ouvrit la porte, il recula vivement. Dehors, se dressait une silhouette misérable qui ressemblait à un spectre. La tête rasée, les yeux profondément enfoncés dans les orbites, un visage émacié, maigre à laisser voir les os. Il lui fallut un moment pour reconnaître ce fantôme.

— Papa ! s'écria-t-il, effrayé.

— Nathan ! Mon fils !

Jiddchen fit un pas vers Jakob Katz. Il le serra dans ses bras. Une main sèche dont la peau avait la texture d'un papier parcheminé passa en tremblant dans les cheveux de l'adolescent.

Dans la cuisine, Sara Katz avait entendu des voix dans le vestibule.

— Qui est-ce, Nathan ? s'écria-t-elle.

Ne recevant pas de réponse, elle alla voir. Elle reconnut aussitôt l'homme à l'aspect misérable qui flottait dans son costume. Il se dégagea de Nathan et s'avança vers elle. Sans un mot, ils tombèrent dans les bras l'un de l'autre. Ils restèrent ainsi longtemps, sans parler.

— Jakob ! Tu es vivant ! dit-elle enfin. Tu es de nouveau là, Dieu soit loué !

— Oui, je suis vivant, dit-il. Mais il n'y avait plus beaucoup de vie en lui. Il traînait un peu la jambe en traversant le vestibule.

— Rhumatisme ! dit-il.

Pour le reste, il parla peu et elle ne lui posa pas de questions.

Il s'assit près de sa femme, de son beau-frère et de sa belle-sœur dans le salon, dans l'unique fauteuil que Moses Winschermann avait fabriqué dans la menuiserie de la communauté. Il écouta, sans y prendre part, ce que les autres racontaient sur les mois écoulés. Il ne hocha la tête qu'une seule fois, lorsque Winschermann dit :

— Jusqu'à présent, j'ai cru que nous étions sur un pont et qu'au-dessous de nous rugissait un fleuve infect. Maintenant, je sais : le pont s'est rompu, les flots nous entraînent. Rien ne peut plus nous sauver. Tu avais raison, Jakob, avec tes sombres pronostics. Nous sommes à la fin.

Sara prépara un bain pour son mari, lava son pauvre corps souillé, marqué d'innombrables ecchymoses et de plaies infectées, traces des pires mauvais traitements. Puis elle lui prépara un lit sur les matelas étendus sur le sol de la chambre à coucher. Son frère n'avait pas encore pu faire de nouveaux lits. Il vivait uniquement des gains de son travail pour les autres juifs de la communauté dont les SA avaient détruit tous les meubles. Elle prit la main de Jakob.

— Au cas où Selma viendrait pendant que tu dors, dit-elle, sais-tu quelque chose pour Wolfgang ?

— Oui. Il devait être libéré ces jours-ci, mais...

— Oui ?

— Mais il ne viendra pas, provisoirement. Il m'a défendu C'est pourquoi il a été mis au cachot.

— Mon Dieu ! Qu'est-il arrivé, Jakob ?

— Demain, dit-il d'une voix lasse..., demain...

Quelques minutes plus tard il sombra dans un sommeil qui ressemblait à la mort. Elle quitta silencieusement la chambre.

Selma arriva vers neuf heures du soir.

Pleurant de bonheur, sa mère lui raconta que son père avait échappé à l'enfer de Buchenwald.

Les membres de la famille n'apprirent les détails que le matin suivant, lorsque Jakob se fut un peu remis. Il raconta ses aventures d'une étrange voix sourde, comme brisée, et son regard semblait fixé sur un lointain imaginaire.

Il avait été amené à Buchenwald après la Nuit de cristal, avec environ quinze mille autres juifs. On les entassa à deux mille dans une baraque où il n'y avait place que pour quatre cents. Ils étaient étendus sur quatre étages, les uns au-dessus des autres. Sans paillasses, sans couvertures, à même le sol de bois. La moitié des prisonniers fut soudain prise de diarrhée. Aucun n'avait le droit de se lever ni de sortir. Ils durent satisfaire leurs besoins dans leurs pantalons. Tordus de douleur, des hommes pris de crises de nerfs criaient comme des animaux. On les emmenait dehors où on les assommait. Plus de soixante morts en une seule nuit. D'autres tentèrent de se suicider. Furieux, le surveillant annonça au rapport du lendemain matin :

— Les juifs qui veulent se pendre sont priés de mettre une feuille de papier avec leur nom dans leur poche afin que nous sachions de qui il s'agit.

En raison du nombre énorme des nouveaux venus, on n'avait pas encore pu enregistrer les détenus et leur donner des numéros.

A chaque mot qu'il disait, Jakob revivait la peur, la cruauté et les souffrances insupportables.

D'abord, raconta-t-il en hésitant dans son récit, il avait été affecté au magasin du bois. Ils devaient traîner à deux de lourdes billes de bois sur des pierres et des rouleaux, jusqu'à la scierie. A côté de chaque détenu, un chef d'équipe et derrière trois chefs d'équipe, un caporal SS avec son fusil et un fouet.

— Au trot ! commandaient les caporaux.

Quiconque ne courait pas recevait des coups de crosse ou de fouet. Chez de nombreux détenus, le cœur cédait. Le premier jour, il y eut trois morts dans sa section.

Ensuite, il avait travaillé à la carrière : le calvaire des détenus. Ils devaient traîner à quatre un chargement de pierres d'au moins deux cent cinquante kilos et remonter la pente sans s'arrêter ; ils disposaient d'une demi-heure seulement par chargement. Ils tombaient comme des mouches. Dans sa colonne de quarante-huit hommes, vingt-huit étaient morts dès la fin de la première semaine.

— Aron Löwenstein était du nombre, dit Jakob.

Ses parents se souvenaient de leur ancien médecin de famille, du petit homme à la barbiche grise, qui avait soigné Karin Winschermann pendant sa grossesse.

— Je ne veux pas émigrer, avait dit le docteur Löwenstein, je pense en allemand, je sens en allemand, je rêve en allemand. Que ferais-je de mes rêves dans un autre pays !

On l'avait mis à mort avec ses rêves allemands, dans son propre pays.

Il y eut un long silence dans la pièce. Jakob était étendu, épuisé, dans le fauteuil. Ses yeux semblaient éteints. Il transpirait et respirait péniblement. On voyait qu'il était gravement malade. Selma voulait appeler un médecin de la communauté juive, mais il refusa d'un geste las.

— Non, dit-il, pas pour l'instant.

— Et Wolfgang ? demanda Selma un moment plus tard. Que se passe-t-il avec lui ?

— Il m'a sauvé la vie. Et maintenant, il le paye.

Cela s'était passé peu de jours avant sa libération, raconta-t-il. Il avait été reconnu par hasard, en traversant le camp, par Fritzchen Stippel, l'ancien livreur de Gottwald. Stippel avait pris au collet le « juif du 14 » avec une joie sadique. Il avait un vieux compte à régler avec lui, car c'était sa faute si lui, Stippel, avait eu des difficultés avec le vieux Gottwald, parce qu'il refusait de livrer du pain au magasin de Katz. A cause de ce dernier, le fabricant de pain lui avait cherché noise et il avait dû faire les tournées les plus lointaines. Eh bien, le détenu Katz allait maintenant faire une tournée de ce genre avec lui. Il serait le cocher, Katz le « petit cheval ». A coups de fouet, il le força à « galoper » sur la place de rassemblement jusqu'à ce qu'il s'effondre. Puis Stippel lui fit « manger de l'herbe ». Il dut en arracher les brins du sol avec ses lèvres. Les forces lui manquèrent et il tomba, face contre terre. Stippel le remit debout et le traîna jusqu'au réservoir d'eau dans lequel, en guise de punition, on enchaînait les détenus pendant la nuit — souvent jusqu'à ce qu'ils se noient. Il lui enfonça la tête dans l'eau.

— Voilà comment boivent les chevaux ! dit-il. Bois, petit cheval !

— Lorsque Wolfgang, qui revenait justement du commando de la construction, a vu ce qui se passait, dit Jakob, il a bondi hors des rangs et il a frappé comme un fou sur Stippel jusqu'à ce qu'il me lâche.

Il se tut un instant, puis ajouta à voix basse :

— Sans lui, Stippel m'aurait noyé.

A Selma qui ne cessait de le questionner au sujet de son mari, il dit qu'il savait seulement qu'on l'avait mis au cachot et rayé de la liste des libérés. Il ne pouvait dire ce qui lui arriverait ensuite.

La nuit suivante, Jakob ne cessa de s'agiter dans son lit. Lorsqu'il s'endormait, il se redressait bientôt en poussant des cris, ou bien il sanglotait au point que tout son corps tremblait. Sara, à côté de lui, lui prenait la main et le calmait.

— Tu es de nouveau à la maison, Jakob, disait-elle, chez nous. Tu n'as plus de raisons d'avoir peur.

Vers le matin, il lui dit pensivement :

— Je ne sais pas pourquoi ils m'ont libéré. D'abord, les gens au-dessus de soixante ans et au-dessous de dix-huit, ont été relâchés. Puis ceux qui avaient leurs papiers d'émigration prêts. Nous, les autres, nous avions abandonné tout espoir et, hier, de façon tout à fait inattendue, j'étais sur la liste. Pourquoi ?

— Ils t'ont torturé assez longtemps, dit-elle. Presque quatre mois, c'est plus qu'assez.

— Mais les autres sont toujours là-bas !

Il se tut, allongé sur le dos, le regard absent tourné vers le plafond.

— Souvent je me dis qu'il aurait mieux valu que Wolfgang ne passe pas à proximité du réservoir d'eau.

— Jakob ! Tu n'as pas le droit de dire ça !

— Alors, il ne souffrirait plus et moi non plus.

— De quoi souffres-tu donc ?

— De ce que notre Dieu, que nous avons prié tous les jours, nous a abandonnés.

— Dieu t'a renvoyé chez nous, dit-elle, il ne nous a pas abandonnés.

— Peut-être as-tu raison, Sara, dit-il un peu plus tard, mais MOI je L'ai abandonné.

24

La nouvelle du retour de Jakob Katz s'était répandue comme une traînée de poudre dans tout l'immeuble. Else Wendehals l'avait rencontré dans la rue.

— Il avait l'air d'un bagnard, raconta-t-elle dans l'escalier à

Eva Hähnlein. Il a perdu au moins quinze kilos. Et ses yeux... comme morts ! Il est méconnaissable, cet homme. Effrayant !

Pendant deux jours, Eva Hähnlein lutta avec elle-même. Puis elle prit sa décision : elle monterait au deuxième étage et questionnerait Jakob Katz au sujet de Wolfgang. Tous deux avaient été arrêtés ensemble et enfermés dans le même camp. Où son fils était toujours. Pourquoi Katz, le juif, était-il revenu alors que Wolfgang, le fils de l'ortsgruppenleiter, demeurait là-bas ?

Elle hésita un moment à en parler avec son mari. Adolf Hähnlein était dans le salon et discutait avec sa belle-fille et Karl qui étaient venus leur rendre visite. A travers les portes ouvertes, elle pouvait entendre toute la conversation de la cuisine où elle préparait une salade de pommes de terre pour le dîner.

Il s'agissait de la boulangerie dont les affaires n'étaient guère brillantes depuis quelque temps. Erika se plaignait de ce que son mari se souciât trop peu des affaires. Trop de service à la Hitlerjugend. Trop peu de temps pour le travail. Tout lui glissait peu à peu des mains. Le chiffre d'affaires de la concurrence augmentait, le leur s'effondrait.

— Merde pour le chiffre d'affaires. Merde pour les bénéfices. Nous n'en sommes pas à fermer la boîte, disait Karl.

— Pas encore, répliqua Erika, mais ça ne tardera pas si tu continues comme ça !

Adolf Hähnlein essaya de jouer les arbitres.

— Karl a vraiment beaucoup à faire, Erika. Il y a le service. Les jeunes ont besoin de lui.

— La fabrique aussi a besoin de lui, père ! Et d'urgence. D'ailleurs, quand il n'est pas là, ce n'est pas toujours à cause du service...

— Qu'est-ce que tu veux dire par là, Erika ? demanda Hähnlein.

— Il traîne avec des poules de la BDM. Il passe son temps au café et il joue les richards généreux. Il boit !

La porte du salon se referma. Eva Hähnlein n'entendit plus qu'un bruit de voix confus. Elle se demanda d'abord si elle devait aller essayer de calmer le conflit, mais elle avait assez de soucis elle-même et ne voulut pas s'en créer de nouveaux.

Du reste, ce n'était peut-être pas une bonne idée de parler de son projet à son mari. Il l'aurait certainement empêchée de le réaliser et c'est ce qu'elle voulait éviter.

Elle dénoua son tablier, se recoiffa devant son miroir, puis elle gagna la cage d'escalier.

Elle rencontra d'abord Sara Katz qui descendait, vêtue d'un manteau. Elle saisit rapidement l'occasion favorable.

— Bonjour, madame Katz, dit-elle, j'ai entendu dire que votre mari est revenu. Comment va-t-il ?

Sara regarda la femme de l'ortsgruppenleiter avec étonnement. Depuis des mois et même des années, Eva Hähnlein ne lui parlait plus. Elle l'avait toujours évitée, soit en rentrant rapidement chez elle, soit en changeant brusquement de direction dans la rue, uniquement pour ne pas avoir à la saluer. Au début, Sara avait ressenti cette attitude comme de l'ingratitude. Elle avait aidé les Hähnlein quand ils crevaient de faim. En plus du salaire de femme de ménage, elle avait toujours donné à Eva Hähnlein quelque chose à manger ou à se mettre sur le dos. Cependant, Sara avait déjà été tellement déçue par ses amis et relations non juifs, qu'elle avait accepté sans amertume le comportement d'Eva Hähnlein. Malgré tout, cela lui fit du bien que sa voisine lui adressât la parole.

— Ça va mal, pour Jakob, malheureusement. A cause de ça aussi...

Elle souleva un linge sous lequel il y avait des objets brillants.

— Nos dernières coupes d'argent et deux chandeliers de sabbat, dit-elle. Vous savez certainement que les juifs doivent livrer tout leur or et tout leur argent. Je vais livrer mes derniers biens.

Eva Hähnlein hocha la tête. Elle l'avait lu dans le journal. Mais lire une ordonnance est autre chose que d'être confronté au chagrin causé à ceux qu'elle concerne, à la misère humaine qui se cache derrière les mots.

— C'est bien malheureux, pour sûr, dit-elle, je peux comprendre...

Sara avait les larmes aux yeux.

— Nous aurions pu conserver nos alliances. Mon mari ne l'a pas voulu. Nous ne nous accrochons plus à rien.

— Je vous comprends, dit Eva, ça doit être terrible pour vous.

Sara tenta de continuer son chemin, mais Eva Hähnlein la retint. Elle lui demanda si elle pouvait parler à Jakob Katz de son fils Wolfgang. Elle était justement sur le point de monter chez eux.

Elle devait essayer, dit Sara. Certes, il était très déprimé, cependant il pourrait peut-être lui dire quelque chose à propos de son fils. Elle garda pour elle ce qu'elle savait déjà sur Wolfgang.

Sara Katz se remit en route et Eva Hähnlein monta l'escalier.

A peine avait-elle atteint le premier palier que la porte de son appartement s'ouvrit brutalement. Elle vit sortir sa belle-fille et entendit la voix de Karl qui criait :

— Ta fabrique, tu peux te la mettre au cul ! Il y a longtemps que j'en ai par-dessus la tête !

Karl sortit également et, pour ne pas être vue, Eva dut se coller contre le mur de la cage d'escalier qui était dans l'ombre.

— Et moi, j'en ai par-dessus la tête de ta paresse ! cria Erika en s'enfuyant.

Furieux, Karl claqua la porte de l'appartement derrière lui. Puis, la porte de l'immeuble se referma avec fracas. Eva resta un moment immobile avant de continuer à monter. Elle fut encore retenue pendant un certain temps par Else Wendehals qui, sortant des W.-C. à mi-étage, lui raconta en détail la maladie d'une de ses tantes.

Enfin parvenue au deuxième étage, Eva se demanda si elle allait utiliser la sonnette ou le heurtoir de fer de la porte. Elle découvrit alors que celle-ci était légèrement entrebâillée. Sara Katz semblait ne pas l'avoir tirée correctement pour la fermer.

Elle la poussa doucement. La porte s'ouvrit avec un léger grincement. Tout était silencieux. Elle n'entendait d'autre bruit que celui de sa respiration.

— Monsieur Katz, cria-t-elle de nouveau, un peu plus fort cette fois. Où êtes-vous ? C'est moi, Eva Hähnlein.

Toujours pas de réponse. Elle ouvrit la première porte, à droite dans l'antichambre, celle de la cuisine. Elle était vide. Puis elle ouvrit la porte en face, celle du salon.

Une bougie brûlait sur la table. Elle palpitait un peu dans le faible souffle qui venait de la fenêtre ouverte.

A une corde fixée à la croisée pendait une silhouette sans vie. Elle avait l'air d'une poupée.

Eva Hähnlein poussa un cri.

C'était Jakob Katz.

25

— Votre beau-frère avait-il une raison de se suicider ? demanda le policier qui établissait le procès-verbal.

— Personne ne se tue sans motif, dit Moses Winschermann.

— Dépression ?

— Il était revenu de Buchenwald il y a deux jours.

— Buchenwald ?

— Le camp de concentration.

— A-t-il déclaré quoi que ce soit relativement à cette... heu !... démarche...

— Non, il a à peine parlé de lui-même.

— Le croyiez-vous capable de se suicider ?

— Je crois que tout juif est capable de se suicider. Dans notre communauté, il est le troisième en deux mois.

Le policier, un géant de près de deux mètres, plissa le front. Il inscrivait tout. Les réponses ne lui plaisaient pas, aussi ne posa-t-il pas d'autres questions.

Lorsqu'il fut parti, le médecin légiste arriva. « Cause de décès inexpliquée », écrivit-il sur le certificat de décès.

— J'écris toujours ça quand il ne s'agit pas d'une mort naturelle. On aurait aussi bien pu assassiner M. Katz, déclara-t-il presque en s'excusant.

Le soir, deux hommes apportèrent le cercueil que la communauté juive avait payé. Il y avait encore assez d'argent pour les morts. Il y en avait de moins en moins pour les vivants. Le cadavre de Jakob était léger.

— Il ne pèse pas plus lourd qu'un enfant, dit un des employés des pompes funèbres.

Effondrée, Sara était couchée sur le matelas où son mari avait reposé à côté d'elle durant la dernière nuit. Elle était torturée par ses souvenirs et par ses rêves. Karin Winschermann lui avait administré un puissant calmant. Elle flottait étrangement entre la veille et le sommeil et ressentait une douleur qui était loin d'elle, au-delà de sa portée.

Jakob était venu et reparti pour toujours, songeait-elle. Elle aurait préféré le suivre, mais quelqu'un la retenait : son fils Nathan. Elle ne voulait pas le laisser seul.

Elle sombra dans un bref sommeil, comme dans un évanouissement. Lorsqu'elle se réveilla, Nathan était assis près d'elle et lui tenait la main. Le visage de l'adolescent paraissait terriblement vieilli. Il avait pleuré.

— Maman, dit-il.

Il voulait la consoler, mais il avait besoin lui-même de consolation.

Elle le prit dans ses bras et il sanglota comme un petit enfant. Elle était, elle aussi, secouée dans tout son corps par les sanglots.

Son mari était mort. Le magasin vendu. Son gendre était toujours en camp de concentration. Elle avait livré, avec le collier en diamants et les coupes d'argent, le reste de ce qu'elle possédait. De quoi allaient-ils vivre ? Comment cela allait-il tourner ?

Une autre femme de l'immeuble, au cours de longues nuits d'insomnie et de réflexion, se demandait elle aussi, comment cela allait tourner : Eva Hähnlein. Son mari et elle-même avaient été officiellement informés que leur fils Wolfang avait été condamné pour « agression du personnel de garde » à une prolongation de sa détention « d'une durée indéterminée ». Il s'était exclu de la communauté populaire par une « conduite déshonorante ».

Eva Hähnlein eut deux graves crises cardiaques en l'espace de trois jours.

26

Fritz Schwertfeger, le nouveau propriétaire de l'épicerie fine, était aussi le nouveau gardien de bloc de la rue. C'était à lui, désormais, qu'incombait la tâche d'inscrire les informations administratives du Parti sur le tableau noir de la NSDAP accroché au mur de la boulangerie industrielle.

« Pavoisez ! » était le mot qu'il utilisait le plus fréquemment.

Il l'écrivit lorsque les troupes allemandes entrèrent à Prague, lorsque l'armée allemande occupa le territoire de Memel. Lorsque, le 20 avril 1939, Hitler eut cinquante ans. Et les drapeaux flottaient au vent. A toutes les fenêtres. Sauf à celles des familles Katz et Winschermann. Les juifs n'avaient pas le droit de posséder des drapeaux à croix gammée.

Pour l'anniversaire du Führer, de longues colonnes défilèrent dans la rue jusqu'à la place Adolf-Hitler. Entre les uniformes bruns, surgissaient maintenant des tenues feldgrau et gris-bleu. Pour la première fois, des unités de l'armée de terre et de l'aviation, casernées en dehors de la ville, participèrent au défilé. Une unité du Service du travail qui construisait à Aix-la-Chapelle le « mur de l'Ouest », arriva la pelle sur l'épaule.

De sa fenêtre, grand-père Breil adressait de temps en temps un signe aux hommes qui défilaient au pas cadencé. Mais il ne se sentait pas d'humeur folâtre.

— Sais-tu, dit-il à sa femme qui s'installait près de lui avec un coussin sous les coudes, ça me rappelle quand nous partions autrefois pour le front avec rantanplan et taratata, et le fait qu'on remplisse partout des sacs de sable pour les abris aériens..., je ne sais pas..., je ne sais pas...

— Crois-tu qu'il y aura la guerre ?

— On le dirait...

A cette heure, les gens qui s'étaient montrés optimistes jusqu'à présent commençaient à flairer le danger. L'euphorie des « victoires sans verser le sang » était depuis longtemps oubliée. Les « cherzauditeurs » suivaient désormais les nouvelles de la radio avec plus d'inquiétude que d'enthousiasme. Les discours d'Hitler étaient de plus en plus violents, de plus en plus menaçants. Maintenant, il voulait ramener Danzig dans le sein de la patrie. Il voulait également un « corridor » vers la Prusse orientale. Cette fois-ci, faudrait-il verser le sang ?

— Il est grand temps que le Führer passe à l'action, disait Anton Bockmeier dans sa boucherie. C'est une imbécillité d'être obligé de contourner les Polacks en bateau pour aller d'Allemagne en Allemagne. Il nous faut une voie de terre, tout simplement. Et si ces voyous ne veulent pas s'en aller de bon gré, alors...

Il fit une pause avant d'ajouter :

— Nous sommes assez forts, pas vrai ?

— Assez forts contre la moitié du monde ?

La question avait été posée par Philipp Wendehals. Le professeur était entré discrètement dans le magasin. Il déplia un exemplaire de l'*Allgemeine Anzeiger* et montra la première page avec le compte rendu du discours d'Hitler au Reichstag dans lequel il dénonçait le traité naval avec l'Angleterre et le traité d'amitié avec la Pologne.

— Nous n'avons personne à craindre, déclara Bockmeier après un bref coup d'œil au journal. Vous voyez bien : le Führer déchire les traités. Il ne s'humilie pas.

Presque sans transition, il reprit :

— Qu'est-ce que ça sera pour vous, monsieur le professeur ?

— Du pot-au-feu, une livre.

Le boucher trancha un morceau de bœuf.

— Bien maigre, dit-il en le jetant sur la balance. Ça fait un peu plus, 560 grammes, ça va ?

— Oui, naturellement.

Lorsque Wendehals, son paquet de pot-au-feu à la main entra dans son immeuble, il vit, debout devant la porte de la cave, Adolf Hähnlein et M. Lehmann, de l'Union de la défense aérienne du Reich. Lehmann lui fit signe d'approcher et il obéit en hésitant.

Lehmann lui tendit une brochure.

— L'ABC des gaz, monsieur le professeur. Il est distribué dans tous les ménages et dans les écoles.

— ABC des gaz ? Un manuel pour les gaz ? dit Wendehals en secouant la tête.

— Contre les gaz. Pour lutter contre les gaz. Comment rendre étanches les abris antiaériens. Comment on nettoie les régions infectées par les gaz de combat. Pourquoi le masque à gaz est important. Vous avez un masque à gaz, docteur ?

L'homme au bec-de-lièvre fixait Wendehals d'un œil interrogateur.

— Non, pas encore.

— Mauvais, ça, mauvais, monsieur le professeur ! Achetez-en un d'urgence, je vous prie. Autant que possible dès aujourd'hui.

— Ne pourrait-on attendre que ça s'aggrave ?

— Quand est-ce que ça deviendra sérieux ? Peut-être ce soir même ! Vous vous levez et vous sentez le gaz. Et après ?

— Vous avez raison, dit Wendehals. Je n'avais pas pensé que ça puisse aller aussi vite. Je me lève et c'est la guerre !

— La plupart des guerres commencent la nuit, dit Lehmann de sa voix nasale.

L'après-midi même, Else Wendehals acheta les masques à gaz. Elle essaya le sien devant le miroir. Son mari passa le sien après avoir enlevé son pince-nez. Ils se regardèrent à travers les lunettes... et sursautèrent. Ils avaient l'air de créatures sorties d'un monde de spectres.

— Affreux, Philipp ! On ne peut pas se montrer ainsi, dit-elle d'une voix étouffée par le filtre.

— La guerre n'est pas un défilé de mode, répliqua-t-il.

27

Pendant les dernières semaines d'août 1939, il n'y eut dans la rue qu'un seul sujet de conversation : la menace de guerre.

On voyait souvent de jeunes hommes se rendre à la gare principale avec des valises et des boîtes en carton. Grand-père Breil disait à qui voulait l'entendre :

— Que je mange mon chapeau si ce ne sont pas des réservistes qu'on incorpore en douce. Où iraient-ils autrement avec leurs cartons à margarine ?

Le professeur Wendehals dut affronter, au cours de ces

journées, les questions embarrassantes de ses élèves. Le jeune Steggers voulut savoir :

— Pourquoi le Führer a-t-il signé un traité avec Staline ? Les bolcheviks ne sont donc plus nos ennemis héréditaires ?

Il faisait allusion au pacte de non-agression germano-russe qui avait été signé subitement à Moscou. Comme Wendehals n'était pas le seul à ne pas trouver de réponse convaincante à ce genre de question, le gauleiter envoya au lycée le chef de la Propagande qui expliqua :

— Au cours de l'histoire, de grands chefs d'Etat ont souvent dû s'allier avec l'ennemi d'hier. Ce ne sont pas les bolcheviks en Russie qui sont nos ennemis, mais les bolcheviks en Allemagne. Le traité est donc logique et nécessaire. Le Führer sait ce qu'il fait.

Un essai d'alerte le congédia. Les gémissements de la sirène poussèrent les gens dans les caves avec masque à gaz et musette de défense passive en bandoulière. Ils attendirent patiemment le signal de fin d'alerte.

Le dernier mardi d'août, Sara Katz se rendit au cimetière juif. De loin, elle aperçut une grande silhouette plongée dans ses pensées devant la tombe de son mari. Lorsqu'elle approcha, elle reconnut le pasteur Martin Baum. Il était pâle et visiblement amaigri.

Il lui dit combien il prenait part à son chagrin. Au lieu de le mettre dans un camp de concentration comme les autres ministres du culte, on l'avait interné dans une prison. Il n'y avait que quelques jours qu'il était libéré, mais il lui était interdit de prêcher ou de tenir des discours pour une durée indéterminée. La direction de l'Eglise avait l'intention de faire appel.

— Est-ce que ça a été très dur pour vous ? demanda Sara.

— Cette fois-ci, ils ne m'ont pas frappé. Ils m'ont enfermé dans une cellule si étroite que je me cognais les coudes contre les murs quand j'écartais les bras. Rien à lire et peu de nourriture. Deux jours plus tard, je me suis dit : tu vas devenir fou, ici. Et, sans ma foi, madame Katz, je le serais devenu. Cela peut vous paraître étrange, mais dans ma détresse, Jésus est venu à moi dans ma cellule.

— Sans ma foi, moi non plus, je ne vivrais plus, dit-elle.

Elle le remercia pour l'aide que sa femme lui avait si fidèlement apportée. Baum promit d'utiliser le temps de son interdiction de parole pour faire encore plus pour ses amis juifs dans le besoin. Chrétiens et juifs devaient se tendre la main.

Leur sort deviendrait sûrement encore plus pénible qu'il ne l'était déjà.

Moses Winschermann reçut, vers la fin d'août, une offre pour émigrer. Un de ses cousins était prêt à le faire venir en Angleterre contre le versement d'une forte somme de garantie. Mais l'argent ne permettait le départ que d'une seule personne. Winschermann renonça. Il ne voulait pas laisser sa femme, sa sœur et les enfants sans la protection d'un homme. Le cœur lourd, Selma Hähnlein décida d'envoyer Ingrid, âgée de quatre ans, chez les parents anglais. Elle tenterait de la rejoindre avec Wolfgang dès qu'il serait libéré. Sa mère le lui avait conseillé.

— Fais sortir l'enfant. A n'importe quel prix !

Lorsque le train partit avec la petite Ingrid qu'on avait confiée à la garde d'autres émigrants juifs, Selma Hähnlein s'effondra sur le quai. Elle avait amené sa fille au seuil d'une nouvelle vie, maintenant, elle était à bout de forces. Des infirmiers l'emportèrent sans connaissance, sur un brancard.

La guerre allait-elle éclater dans quelques jours ou dans quelques heures ? se demandèrent les habitants lorsqu'ils lurent, dans les journaux, des manchettes comme celles-ci : « Varsovie menace de bombarder Danzig. » « Des fermes allemandes incendiées dans le corridor. » « Des familles allemandes fuient devant les barbares polonais. » A la radio allemande, un prêtre catholique déclara, dans le dialecte de sa province : « Les Polonais m'ont frappé aux organes sexuels. »

Le matin du 1er septembre, le directeur Holler convoqua les élèves et les professeurs dans la salle de gymnastique du lycée. Hitler allait parler à dix heures au Reichstag. Toutes les stations de radio retransmettraient son discours.

L'intendant Rasch tourna le bouton du poste auquel était relié un grand haut-parleur. Il y eut quelques grincements brefs mais pénibles, puis Berlin s'annonça.

On aurait entendu voler une mouche dans la salle. Pas une toux. Pas un bruit de chaise.

Puis, la voix du Führer. D'abord étouffée puis grandissant lentement. Finalement, martelant les mots.

« Je me suis en conséquence décidé, maintenant, à parler avec les Polonais dans la même langue que celle que la Pologne utilise depuis des mois vis-à-vis de nous... »

Là, un bruit comme celui d'un poing qui s'abat. « Mon amour de la paix, mon infinie patience ne doivent pas être confondus avec de la faiblesse... Depuis ce matin, cinq heures quarante-cinq, nous rendons coup pour coup. Désormais, on rendra bombe pour bombe. »

— C'est une plaisanterie, souffla Mlle Sedelmann, de prétendre que les Polonais nous auraient attaqués.

— Comme toujours, dit sombrement le docteur Vogelsang; cette fois, ça y est!

Silence profond dans la salle. Pas de jubilation. Pas de Heil criés à pleine gorge. Ce que l'on venait d'entendre semblait avoir, pour un instant, paralysé tout le monde.

La guerre!

Le directeur Holler boitilla jusqu'au pupitre des orateurs. Il assura le lointain Führer, à Berlin, que le lycée municipal ferait son devoir jusqu'au bout.

L'enthousiasme ne régnait que chez les élèves des petites classes.

— Dommage que je n'aie que quatorze ans, dit un blanc-bec, je me serais engagé comme volontaire dans l'aviation.

— Et moi, dans la marine! dit un autre.

— Et moi, dans la cavalerie, fit un troisième.

Ce vendredi-là, on libéra les élèves pour les heures qui restaient. Philipp Wendehals gagna la rue. Il parcourut lentement le chemin qui menait à la maison. Il traversa la « rue de la Paix ». D'habitude, il passait, sans la remarquer, devant la plaque d'émail bleu. Cette fois-ci elle attira, presque par magie, son regard. La paix — hier encore, le présent, et aujourd'hui, déjà le passé.

Pour combien de temps?

Dans Adolf-Hitler-strasse, les gens étaient réunis par petits groupes. Le tableau habituel : les femmes avec des bigoudis sur la tête, les colombophiles, les boutiquiers devant leurs étalages de fruits et de légumes, les clients. Tous discutaient avec excitation. Leurs visages exprimaient le souci et l'inquiétude. Beaucoup d'entre eux semblaient ne pas vraiment croire à la guerre.

Quelqu'un tira le professeur par la manche.

— Que pensez-vous de la guerre, monsieur le professeur?

C'était Mme Struve, la secrétaire de l'Union des colombophiles.

— Va-t-elle durer longtemps?

— Ça dépendra de la réaction de l'Angleterre, dit-il prudemment, elle a promis de soutenir militairement la Pologne.

— La guerre aussi avec l'Angleterre? Ce serait terrible! Ne peut-on pas l'empêcher?

— Peut-être, mais je ne vois guère comment.

A travers la devanture de son magasin, il aperçut le boucher

Bockmeier en grande discussion avec ses clients et ses employés. Le gros rouquin était dans son élément.

Philipp Wendehals ouvrit la porte de l'immeuble du 14 et pénétra dans la cage d'escalier. Il fronça le nez en reconnaissant l'odeur pénétrante qui lui emplit les narines.

Vendredi. Jour de l'encaustique.

Else Wendehals, le visage tout rouge, était agenouillée dans l'escalier de bois. Elle en frottait les marches avec de la cire qu'elle prenait dans une boîte ronde. Des gouttes de sueur sur le front, elle était un peu essoufflée.

Wendehals secoua la tête.

C'était la guerre et sa femme cirait l'escalier.

La vie continuait.

Quatrième partie

L'ENFER ET LE MIRACLE

1

La guerre transforma le visage de la rue. Les jours, les soirs, les nuits.

Les jours commencèrent de façon tout à fait insolite par le chant des coqs. Les Nickel, au numéro 8, s'étaient procuré des volailles pour assurer leur approvisionnement personnel en œufs.

— Nous ne sommes tout de même pas en Valachie ! grogna grand-père Breil, à propos du poulailler dans l'arrière-cour.

Mais, contre les œufs, il n'y avait aucun argument.

Jour après jour, la guerre devenait plus présente. Des soldats passaient avec la salade d'acier ou le calot sur la tête, et les vendeuses de l'épicerie fine Schwertfeger venaient au travail avec la musette de la défense passive en bandoulière.

Les premiers soirs, avec les fenêtres obstruées dès la tombée de la nuit, on se hâtait de faire les derniers achats. Quiconque n'avait pas complètement bouché ses fenêtres s'entendait apostropher.

— Lumière ! Vous voulez donc que les Anglais nous tombent dessus !

L'Angleterre et la France avaient déclaré la guerre à l'Allemagne. Seule la lune brillait sans obstacles et donnait des contours clairs aux chiens-assis, aux corniches et aux cheminées des toits des maisons.

A côté des étoiles apparurent soudain d'autres lumières dans le ciel : les faisceaux blancs des projecteurs de la DCA. Ils allaient très haut, cherchant, tâtonnant. Une fois même, comme réglés par une invisible régie, ils se groupèrent en un énorme dôme de lumière au-dessus de la ville.

Philipp et Else Wendehals le contemplèrent de la fenêtre de leur salon.

— Superbe jeu de lumière, Else. Mais que les avions viennent... !

Les avions arrivèrent bientôt.

Irmgard Kompowski était allée dans le centre ville avec sa sœur. Elles voulaient voir de quoi la ville avait l'air sans éclairage et sans réclames lumineuses. Elle n'était guère reconnaissable. Les magasins n'étaient plus que des cubes de pierre sombres. On aurait cru que tout était plongé dans un grand sac noir.

Sur le chemin du retour, soudain, le hurlement des sirènes. Alerte aérienne.

Les deux sœurs rentrèrent au pas de course à la maison. Une lampe de poche s'alluma devant la porte de l'immeuble. C'était Kalla Kompowski, leur père.

— Vite à la cave ! cria-t-il.

Il avait revêtu le nouvel uniforme gris des gardes de la Défense passive. Sa voix semblait avoir également changé de ton. Elle était plus énergique qu'autrefois. On sentait qu'il avait des responsabilités.

Tous descendaient en courant des étages, en pyjama, en chemise de nuit, en robe rapidement enfilée ou en costume. Parmi eux, il y avait Alfons Lieblich, le nouveau sous-locataire des Kompowski. Il habitait l'ancienne chambre de Dodo. C'était un ingénieur de l'usine métallurgique où travaillait Kalla. Il était assez jeune, blond. Kompowski le renvoya en haut, Lieblich n'avait pas pris son masque à gaz.

Le professeur Wendehals dut également remonter chez lui. Il avait oublié d'ouvrir ses fenêtres en grand, ce qui n'avait pas échappé à Kompowski lorsqu'il avait jeté un coup d'œil de contrôle à la façade de l'immeuble. Il connaissait les instructions par cœur.

— Les robinets de gaz ont-ils été fermés dans tous les appartements ? demanda-t-il à son retour dans la cave.

Acquiescement général. Kompowski rappela que, dans l'abri, il était interdit de fumer et d'allumer des lumières à flamme libre. Il était interdit aux habitants juifs de quitter la cave pendant l'alerte sous peine de graves sanctions.

Moses Winschermann en demanda la raison. Adolf Hähnlein répondit à la place du garde de la Défense passive :

— Les juifs pourraient envoyer des signaux lumineux à l'ennemi.

— Pour que les bombes tombent sur notre propre maison ? dit Winschermann.

Hähnlein haussa les épaules. Il croyait les juifs capables de tout.

Par les soupiraux ouverts, tous entendirent soudain un bruit qu'ils ne connaissaient pas encore, un curieux ronronnement irrégulier, haut dans les airs. Cela approchait et devenait plus fort.

Puis un autre bruit : l'explosion d'obus. Les détonations se suivaient. On croyait entendre comme des aboiements furieux. Mais beaucoup plus inquiétants.

Kalla Kompowski se rua sur les soupiraux et les ferma.

— Des avions ennemis ! cria-t-il. Mettez les masques à gaz !

Ils obéirent, tous en même temps. Ils baissèrent la tête entre leurs genoux écartés. Seule la peur les faisait agir.

Le ronronnement se situait maintenant juste au-dessus de l'immeuble. Il résonnait comme un essaim de frelons. La DCA tirait toujours.

On attendit la bombe.

Si elle tombait, tous le savaient, ce serait la fin. Les soutènements de bois de la cave et les sacs de sable contre les murs extérieurs ne serviraient à rien. Une bombe explosive passerait à travers plafonds et murs comme à travers du beurre.

Mais la catastrophe n'eut pas lieu.

Le ronronnement des avions, les aboiements de la DCA décrurent dans le lointain.

Eva Hähnlein toussait sous son masque à gaz. Finalement, elle l'enleva.

— Je n'y tiens plus, gémit-elle, mon cœur !

Les autres se débarrassèrent également de leur masque. Hilde Kompowski avait suivi un cours de secourisme aux BDM. Elle s'occupa de Mme Hähnlein et lui mit un flacon de sels sous le nez.

Adolf Hähnlein déclara qu'on s'était bien trop pressés de mettre les masques à gaz. Finalement, aucune bombe n'était tombée et, sans bombe, il ne pouvait y avoir de dégagement de gaz, mais il ne voulait faire aucune critique au garde de la Défense passive. La guerre, c'était nouveau pour tout le monde. Il fallait d'abord s'y habituer.

Enfin, le hurlement tant attendu de la fin d'alerte retentit.

Soulagés, car il ne s'était rien passé, les habitants de l'immeuble regagnèrent leurs appartements. Karin et Moses Winscherman, Sara, Jiddchen et Selma Hähnlein furent les derniers à quitter la cave. Selma habitait de nouveau dans l'immeuble. Depuis qu'elle avait envoyé sa fille en Angleterre, elle était rarement dans son appartement ; la plupart du temps, elle vivait près de sa mère. Tout comme ses parents, elle ne portait pas de valise. Ils n'avaient plus grand-chose, en tout cas, rien qui valût d'être mis en sûreté.

Adolf Hähnlein jeta un coup d'œil devant la porte d'entrée de l'immeuble. Derrière lui, Kalla Kompowski et Alfons Lieblich s'avancèrent dans la rue. Soudain Kompowski saisit le bras de Hähnlein.

— Voyez donc, ortsgruppenleiter, là... sur la chaussée...

Dans la pâle lumière de la lune, on distinguait des douzaines et des douzaines de feuillets blancs qui n'étaient pas là auparavant.

— Des tracts ! dit Lieblich.

Les avions avaient lancé des tracts au lieu de bombes.

Des gens étaient également sortis des maisons voisines. Ils se baissaient pour les ramasser. Lieblich lut une des feuilles blanches à la lueur de la lampe torche de Kompowski.

« Votre Führer ment ! Il ne tient pas ses promesses ! Pas avec l'Autriche ! Pas avec la Tchécoslovaquie ! Pas avec la Pologne ! »

— Chamberlain a dit la même chose à la radio, dit Lieblich.

— A la radio ? dit Hähnlein.

— Oui, à la BBC de Londres.

— C'est un émetteur ennemi. Vous n'avez pas le droit de l'écouter. Ne le saviez-vous pas ?

— Non, je n'en avais aucune idée.

— C'est sévèrement puni, monsieur Lieblich ! C'est dans tous les journaux. Conformez-vous à ça, sinon je serai obligé de vous signaler.

Hähnlein le regardait d'un œil désapprobateur.

— De tels mensonges peuvent être pires que des bombes, conclut-il, ils détruisent la volonté de se défendre.

2

Puis vinrent les nouvelles spéciales. Annoncées par une fanfare, les victoires se succédaient :

Fanfare : « Tschenstochau et Radomsk prises ! »

Fanfare : « Avance en direction de Lodz ! »

Fanfare : « Thorn aux mains des Allemands ! »

Fanfare : « Avance en direction de Varsovie ! »

Victoires allemandes au petit déjeuner. Victoires allemandes au déjeuner ! Victoires allemandes au dîner. Quiconque n'écoutait pas la radio ou laissait passer les nouvelles, était bien vite en retard de deux ou trois batailles gagnées.

Philipp Wendehals suivait les opérations sur une grande carte de la Pologne, dans son salon. Il l'avait découpée dans un numéro de l'*Allgemeine Anzeiger.* Elle portait le titre suivant : « Opérations en Pologne. Situation au 9-IX au matin. » Trois flèches noires étaient dirigées vers la capitale polonaise. A l'aide de petits drapeaux de couleur, le professeur, après chaque communiqué spécial, portait la nouvelle situation sur la carte. Il lui fallait piquer ses petits drapeaux toujours plus à l'est.

— Ça va plus vite que je ne le pensais, Else, dit-il à sa femme. Nos troupes ont conquis en une semaine des territoires qui nous avaient coûté toute une année lors de la Grande Guerre. C'est un exploit presque incroyable. Encore une ou deux semaines et nous aurons la Pologne dans la poche.

Quelques jours plus tard, le professeur Wendehals alla chercher ses nouveaux tickets d'alimentation. C'était le tour des bénéficiaires dont les noms allaient de L à Z.

Il rencontra deux hommes dans l'escalier. Ils portaient un poste de radio. Il les salua et leur demanda :

— En panne ?

— Non, dit un des hommes, c'est à des juifs. Ils n'ont plus le droit d'avoir de radio.

— Réquisitionné, dit le deuxième, on l'emporte à la police.

La porte de l'appartement des Hähnlein était ouverte. On entendait la fanfare. Un nouveau communiqué spécial. Les habitants juifs de l'immeuble en étaient désormais privés. Mais ce n'étaient pas leurs victoires que l'on annonçait là, songea le professeur. D'un autre côté, la radio était une porte ouverte sur le monde. On n'avait le droit d'en priver personne. Sans radio, les juifs étaient enfermés dans un ghetto. Un ghetto sans murailles. Il haussa les épaules. Il ne pouvait rien y changer.

Philipp Wendehals alla jusqu'à « La Carafe ». Dans le café du coin, on avait installé le service des cartes d'alimentation. Il s'inséra dans la queue de ceux qui attendaient devant la table portant son initiale. Devant lui, une jeune fille fut renvoyée. Les cartes n'étaient remises qu'à des personnes de plus de dix-huit ans, lui dit l'employé à lunettes.

Lorsque ce fut le tour de Wendehals, l'employé poussa deux paquets devant lui.

— A partir de maintenant, il y a des cartes individuelles pour tous les ayants droit, dit-il. Les adultes reçoivent cinq cartes d'alimentation. Vérifiez tout de suite si vous les avez toutes. Les réclamations ne sont pas admises.

Puis il lui en remit encore deux autres.

— Voilà une carte de savon pour vous et une pour votre femme. La vôtre comporte un coupon pour le savon à barbe.

Wendehals alla un peu à l'écart et compta les cartes. Il vit que pour le « consommateur normal » il y avait, par personne et par semaine, deux mille quatre cents grammes de pain, cinq cents grammes de viande ou de charcuterie, quatre-vingts grammes de beurre, cent vingt-cinq grammes de margarine (ou de matières grasses végétales) et cent grammes de confiture.

Une grosse femme qui avait compté ses petits paquets à côté de Wendehals retourna à la table de distribution.

— Il n'y a pas de carte de lait ?

— Uniquement pour les enfants et les malades. Et aussi pour les femmes enceintes ou allaitant, contre ordonnance médicale.

— Et alors, comment pourrai-je faire un pudding ?

L'homme soupira.

— Prenez du lait écrémé, il y en a sans tickets.

— Avec du lait écrémé, le pudding n'est pas bon !

— Assez de laïus, cria quelqu'un dans la file, entends-tu, la vieille. C'est la guerre !

En revenant chez lui, Wendehals rencontra la femme du conducteur de locomotive, Nickel. Il la salua, mais elle sembla ne pas le voir. Son visage était gris et ses yeux rouges. Elle paraissait avoir pleuré.

— Son fils cadet, Willi, a été tué, lui dit Anton Bockmeier, près de Laczna, en Pologne. Jamais entendu parler de ce trou et vous, monsieur le professeur ?

— Moi non plus.

Il tendit sa carte de viande à Emmy Bockmeier qui découpa les tickets aux ciseaux et il se fit peser deux côtes de porc et de la charcuterie.

— Un gars courageux, le Willi, dit le gros boucher tout en lançant avec entrain la viande sur la balance. Il a eu la Croix de fer de 1re classe.

Il enveloppa en soupirant les côtelettes dans un papier.

— Il aurait pu devenir quelqu'un de bien, et voilà qu'arrive un de ces Polacks de merde qui le déquille !

Pensif, Wendehals regagna lentement son appartement.

La grande carte de Pologne du salon ne montrait pas toute la vérité. On n'y lisait que les victoires, mais pas les tragédies humaines.

Un des fils Nickel... Le premier mort de la guerre pour la rue.

3

Karl Hähnlein fut mobilisé au début d'octobre. Jusqu'au dernier moment, sa mère avait espéré qu'il serait dispensé de service militaire. Sa femme était affolée. Son enfant allait naître dans cinq mois. Erika Hähnlein avait une grossesse difficile. Elle se laissait aller. Son visage était profondément marqué par la souffrance.

— Et que va devenir la fabrique ? demanda-t-elle à son mari avant son départ.

Des deux contremaîtres qu'elle avait employés, l'un était mobilisé et trois des neuf compagnons l'avaient été également. Maintenant, c'était le patron qui partait pour le front. Au cours des derniers mois, la production avait baissé de moitié à cause de Karl : il manquait d'enthousiasme pour se consacrer entièrement à la direction de l'entreprise. Avec les anciens fours chauffés au charbon, on ne pouvait affronter la concurrence qui disposait d'installations modernes fonctionnant à l'électricité. Mais Hähnlein avait refusé d'investir et de moderniser.

La boulangerie industrielle n'existait plus que grâce à l'ancienneté de son nom et aux fonds que versait Erika, en puisant dans l'héritage de son père.

— Tu ferais aussi bien de fermer, dit Hähnlein en haussant les épaules. Ça t'évitera la faillite.

— Est-ce tout ce que tu as à dire sur une fin aussi lamentable, toi qui t'es tellement démené pour diriger l'affaire ? Toi qui pouvais à peine attendre que mon père soit enterré pour t'emparer du sceptre ?

— Je me suis surestimé. Je n'étais pas l'homme de la situation. Mes talents sont ailleurs.

Après le dîner, il se rendit seul à une réception d'adieu que le chef du territoire donnait en son honneur. Il était un des derniers hommes mobilisables à échanger l'uniforme brun contre le feldgrau. Son supérieur offrait le mousseux et le schnaps. Un phono portatif jouait *Rosamunde* et *Coquelicot rouge,* chantés par Rosita Serrano. Tandis que l'aiguille déjà fort usée grinçait sur le disque, Hähnlein dansait avec sa nouvelle maîtresse, une excitante cheftaine blonde de la BDM. Elle se collait étroitement à lui et il sentait ses genoux, ses cuisses et ses seins contre son corps.

— Je veux faire l'amour avec toi, dit-elle, c'est peut-être la dernière fois.

— Impossible. Ma femme m'attend, il faut que je rentre à la maison.

— Tu rentreras chez toi plus tard.

Ils allèrent danser dans le bureau de la fille pensant que, dans le tumulte de la fête, leur absence ne serait pas remarquée. Elisabeth, c'était le nom de la blonde, ferma la porte de l'intérieur. Elle lui retira ses vêtements, puis enleva les siens. Ils s'étendirent nus sur le sol. D'un mouvement preste, elle l'attira sur elle.

— Avant de devenir le héros de la nation, souffla-t-elle, sois encore une fois le mien.

Il aimait sentir son corps doux et chaud, ses jeunes seins fermes, ses bras qui l'enlaçaient. Il la pénétra avec une impétuosité passionnée.

Peu après, on frappa à la porte.

— Karl ! cria la voix du chef de section, range ta matraque et sors de là, qu'on boive un dernier verre à ta santé.

— Va au diable ! cria Hähnlein.

Ils ne se dérangèrent pas, même lorsque d'autres camarades vinrent tambouriner à la porte, ce qui sembla augmenter l'excitation d'Elisabeth. Ils jouirent simultanément et elle poussa des cris comme s'ils avaient été seuls. A côté, Rosita Serrano chantait pour la vingtième fois en roulant les r... « Rouge coquelicot, pourquoi te fanes-tu déjà ? »

— Je te serai fidèle, Karl, dit Elisabeth en remettant son slip.

— Je l'espère bien, dit-il en souriant.

— Et toi aussi, tu me seras fidèle?

— Bien sûr. Si la guerre ne dure pas plus de quatre semaines.

Elle l'embrassa avant de lui demander :

— Et quand tu reviendras du front, divorceras-tu ? Tu me l'as promis.

Il enlaça sa taille fine.

— Viens, fit-il.

Lorsqu'il rentra enfin chez lui, il eut une dernière scène de ménage. Sa femme était assise, le visage ruisselant de larmes, dans le salon de la villa. Il était presque deux heures du matin. Elle lui dit que sa mère n'était partie que depuis une demi-heure et qu'elle l'avait attendu. Mais, même pour la dernière nuit, il avait fallu qu'il aille courir avec ses poules de la BDM.

Il répliqua qu'il n'était pas allé « courir ». Le chef du

territoire et ses camarades l'avaient invité. Elle le savait bien. Elle n'allait tout de même pas croire qu'il aurait fait l'amour avec une « poule de la BDM » à la direction du territoire — pourquoi pas sur le plancher ! D'ailleurs, elle aurait pu l'accompagner...

— Pas avec mon ventre, dit-elle.

Il déclara qu'elle devait museler sa jalousie, maintenant qu'il partait pour le front. Ils devaient avoir confiance l'un en l'autre. Ils allaient connaître une époque difficile, une période d'épreuve. Ça n'irait pas sans confiance et c'est elle qui en manquait.

— Je te connais ! Tu courras derrière le premier jupon polonais venu !

Quand il aurait terminé son instruction militaire, dit-il, la Pologne serait oubliée depuis longtemps. Il avait, Dieu le savait, bien d'autres choses en tête que de courir la gueuse. Il voulait devenir un bon aviateur. Un jour, elle serait fière de lui.

Ils s'endormirent sans s'être touchés. Elle avait des douleurs et il était vidé par son aventure avec Elisabeth. Il pensa à ses enlacements passionnés, avant de s'endormir. Et il essaya de s'imaginer au lit avec une Polonaise. Il avait entendu dire que les Polonaises étaient belles et plutôt chaudes.

Le lendemain matin, il y avait beaucoup de monde sur le quai de la gare pour lui dire au revoir. Le chef du territoire et Elisabeth, des jeunes hitlériens de sa troupe, Else Wendehals et Anton Bockmeier, son père, sa mère et sa femme.

Un sifflement. La locomotive commença de tirer, le train démarra lentement. A la fenêtre de son compartiment, Karl agita la main.

— Ecris-nous bientôt, cria sa femme.

— Sois prudent, dit sa mère d'une voix étranglée en courant le long du quai.

— Il ne m'arrivera rien, cria-t-il avec une drôle de sensation dans la gorge.

Anton Bockmeier chantait : « Tape-leur ! Tape-leur ! Tape-leur sur le nez ! »

Karl Hähnlein aperçut encore pendant un moment les bras qui lui faisaient signe, les mouchoirs, les taches claires des visages qui rapetissaient avec la distance. Puis le train s'engagea dans une courbe. Dans le brouillard matinal, surgirent à droite les pignons et les toits qui lui étaient si familiers : les maisons de sa rue.

C'était différent des autres fois où il était parti. Plus émouvant. Plus définitif.

Pour la première fois de sa vie, en cet instant, il sut qu'il aimait sa rue.

4

En septembre, il n'y eut que deux alertes aériennes. On ne courait plus, on allait avec calme et discipline à la cave. Les premières craintes du danger venu du ciel étaient surmontées.

— Si Berlin est bombardé, je veux bien m'appeler Meier. Voilà ce qu'a dit Hermann Goering, déclara Bockmeier à une cliente après la deuxième alerte qui s'était déroulée tranquillement. Nous pouvons compter sur lui. Il chassera tous les ennemis du ciel.

— Espérons-le, dit la cliente. Et s'ils viennent quand même à Berlin, est-ce que la rue Hermann-Goering s'appellera à l'avenir la rue Hermann-Meier ?

— On n'en arrivera pas là, j'en suis certain, dit Bockmeier en riant.

Le black-out n'en était pas moins strictement observé. Les tramways roulaient tous feux éteints et on les voyait à peine. Il fallait se fier à son oreille pour les reconnaître. Des passants étaient constamment renversés par les voitures. Les piétons ne parvenaient pas à s'éviter dans la noirceur des rues le soir. Cela ne changea que lorsque l'on mit en service des plaquettes phosphorescentes pour les vêtements. Vera Ahrens fut la première de la rue Adolf-Hitler à s'en procurer une. Revenant chez elle, la nuit, après la fermeture du bar, elle s'était heurtée douloureusement plusieurs fois à des passants. Désormais, les gens se déplaçaient comme des vers luisants avec leurs plaquettes phosphorescentes dans l'obscurité. Leur capacité lumineuse ne durait que quelques heures. Il fallait ensuite les recharger au soleil ou devant une lampe.

Le 27 septembre, grand-père Breil cria du haut de sa fenêtre :

— La Pologne a capitulé !

Fritz Schwertfeger qui se tenait devant sa boutique, lui répondit :

— Nos gars de la Wehrmacht sont formidables ! A peine quatre semaines et couic, tout un peuple rayé de la carte !

Philipp Wendehals était étonné du nombre de choses que sa femme avait achetées depuis le début de la guerre et qu'elle continuait à rapporter à la maison : des parapluies, des réveils, des parfums, des pneus de bicyclette, des assiettes, des tasses et même deux luges. Des objets dont, pour la plupart, ils n'avaient aucunement besoin. Pour cela, elle avait vidé son compte à la Caisse d'épargne. Elle avait également mis en réserve des centaines de kilos de charbon et de pommes de terre.

— Ce ne sont pas des achats stupides, disait-elle quand il lui faisait des reproches. Mais, tu verras, Philipp, l'argent va bientôt perdre de sa valeur. Nous l'aurons au moins bien placé. La guerre est loin d'être finie !

Dans les journaux, les gens qui, comme elle, se montraient anxieux, furent stigmatisés comme « ennemis du peuple ». Le préfet de police menaça de sanctions sévères les accapareurs. Adolf Hähnlein ordonna à ses chefs de cellule et chefs de bloc de surveiller les gens qui achetaient n'importe quoi et se plaçaient ainsi « hors de la communauté du peuple allemand ».

Pour calmer sa mauvaise conscience et collectionner les bons points auprès d'Hähnlein, Else Wendehals remit au bureau de l'ortsgruppenleiter un paquet de gâteries pour les soldats du front. Il contenait des lainages, des biscuits, des cigarettes et un livre de chansons de marche.

A Noël, elle reçut une lettre en franchise militaire du soldat bénéficiaire du colis. Le caporal-chef Kurt Helmer qui écrivait du front de l'Ouest.

« C'est la première fois que je ne peux pas fêter Noël à la maison, mais je sais qu'il faut qu'il en soit ainsi. Nous sommes certains que le Führer avec son armée (j'ai eu la chance d'être en Pologne) aplanira pour tout notre peuple allemand le chemin de la victoire. Nous allons vers l'aube de la paix. Mais nous devons d'abord battre la France et l'Angleterre. »

Le premier Noël de guerre fut une fête silencieuse au 14, Adolf-Hitler-strasse.

Les Hähnlein reçurent une carte de Karl qui, ayant terminé son instruction de base, était en train de faire une école de pilotage. Ils n'eurent aucune nouvelle personnelle de Wolfgang à Buchenwald. Selon une information du chef de cercle, il était toujours au cachot.

Le ménage Wendehals fut informé que la tante de Mme Wendehals qui souffrait d'une maladie nerveuse incurable était morte d'une crise cardiaque à Hadamar, un établissement de soins près de Limburg. Else Wendehals s'étonna :

— Tante Lina n'a jamais rien eu au cœur !

Elle n'apprit que bien plus tard que l'on pratiquait l'euthanasie sur les malades incurables dans ce genre d'établissements.

Les familles Katz et Winschermann restaient discrètes, comme toujours. Moses Winschermann, que l'on avait arrêté pour l'astreindre à l'enlèvement des ordures ménagères, souffrait d'une pneumonie. Il était au lit avec une forte fièvre.

Kalla Kompowski s'occupa intensément de ses pigeons pendant les fêtes de Noël. Il préparait l'accouplement de ses oiseaux pour le printemps. Il séparait les mâles des femelles et s'occupait des jeunes oiseaux qu'il venait de mettre au pigeonnier. Pendant des heures, il restait assis au milieu d'eux sur une chaise pour qu'ils s'habituent à lui. Il s'efforçait patiemment de défendre les nouveaux venus contre les anciens qui voulaient les chasser. Irmgard aidait le pasteur Baum à entretenir les juifs nécessiteux et Hilde tricotait près du sapin de Noël des pullovers et des chaussettes pour les soldats.

Adolf Lieblich, le nouveau sous-locataire des Kompowski, était le seul à faire du bruit dans l'immeuble. Il ne cessait de jouer sur son phono la nouvelle marche de Herms Niel *Denn wir fahren gegen England.* Le soir, cependant, il baissait le son de sa radio. Personne ne devait savoir qu'il écoutait la BBC sur ondes courtes.

Il n'y eut pas de véritable ambiance de fête dans les étages. Ce fut un Noël sans « O douce nuit, sainte nuit... »

5

Au début de mars 1940, Rosa Löwenstein emménagea au deuxième étage du 14 Adolf-Hitler-strasse. Elle apporta avec elle un divan de velours rouge, un fauteuil, une lampe à pied et un lit en bois sculpté.

La veuve du docteur Aron Löwenstein qui avait perdu la vie dans la carrière de Buchenwald était une dame silencieuse de soixante-cinq ans, qui se souciait peu du monde extérieur en raison de son malheur et de sa mauvaise santé. Elle occupa l'ancienne chambre de Selma qui dormait désormais dans celle de sa mère lorsqu'elle était chez ses parents, ce qui lui arrivait de plus en plus souvent.

La vieille dame avait été congédiée par son propriétaire aryen du jour au lendemain, car rien ne protégeait les juifs contre une expulsion. Sa fille, qui habitait dans une des « maisons juives » surpeuplées de la vieille ville dans lesquelles

les gens s'entassaient dans des locaux plus qu'insuffisants, n'avait pu la prendre chez elle. Selma, informée de son sort par la communauté juive, l'amena donc chez ses parents. Sara Katz l'accueillit volontiers. Elle voulait venir en aide à la vieille dame et elle avait bien besoin de l'argent de son loyer. La direction de la Mine, propriétaire de l'immeuble du numéro 14, ne fit aucune difficulté. Sara Katz s'était abstenue d'indiquer que sa sous-locataire était juive. Mais c'était facile de le reconnaître, car son nom au complet était Rosa Sara Löwenstein. Peut-être y avait-il à la direction de la Mine une âme compatissante qui ferma les yeux.

Avant de quitter son appartement, la veuve avait dû se séparer de nombreux meubles et souvenirs qu'elle ne pouvait emporter dans la petite chambre de la famille Katz. Des douzaines d'acheteurs se présentèrent à la suite de l'annonce qu'elle fit paraître dans le journal.

— Ils se sont jetés sur mes affaires comme des vautours, raconta-t-elle à ses nouveaux logeurs. Ils m'ont littéralement arraché des mains mes porcelaines de Meissen. Même des gens apparemment civilisés se comportaient de façon épouvantable pour obtenir les meilleures pièces. Aucun ne pensait à la peine que cela me faisait de devoir abandonner des choses qui nous avaient coûté tant de sacrifices autrefois.

Pendant longtemps, personne dans l'immeuble ne s'aperçut de la présence d'une nouvelle locataire. Rosa Löwenstein restait la plupart du temps assise dans sa chambre, à lire des ouvrages classiques et philosophiques qu'elle avait apportés, ou bien elle regardait les enfants qui jouaient dans l'arrière-cour. Sara Katz et Karin Winschermann achetaient pour elle les rares denrées inscrites sur les cartes de rationnement marquées d'un J.

Les autres habitants de l'immeuble virent Rosa Löwenstein pour la première fois lorsque, au milieu de mai, il lui fallut descendre à la cave-abri. Erika Hähnlein s'y trouvait, elle aussi, avec son bébé âgé de trois mois. L'alerte aérienne l'avait surprise chez ses beaux-parents.

— Etes-vous en visite ici? demanda Adolf Hähnlein à Mme Löwenstein.

— Non, j'habite l'immeuble, en sous-location chez Mme Katz.

Hähnlein fronça les sourcils.

— Comment se fait-il que je n'en sache rien?

— Faut-il donc que vous le sachiez?

La lumière s'éteignit avant qu'il ait pu répliquer. On

entendit, tout près, quelque chose frapper le sol en profondeur. La terre trembla. L'immeuble sembla vaciller. Les murs se fissurèrent. L'enduit ruissela comme de la farine. La porte s'ouvrit sous le souffle de l'explosion. Un nuage de poussière pénétra à l'intérieur de la cave.

Hähnlein qui, l'instant auparavant, prenait des airs supérieurs, se jeta à plat ventre sur le sol. Les autres courbèrent le dos avec angoisse, s'accrochèrent les uns aux autres ou rentrèrent la tête dans les épaules.

— Mon Dieu, mon Dieu, pria Else Wendehals, épargne-nous...

Alors seulement, on entendit le bourdonnement des avions, l'aboiement sauvage de la DCA et, de nouveau, mais plus loin, le bruit profond de durs impacts.

Cela dura encore quelques minutes. Puis, soudain, tout s'arrêta. La lumière revint. Les occupants de la cave respirèrent. Ils se regardèrent les uns les autres avec des visages blêmes. Aucun ne le dit, mais tous le savaient : la mort les avait frôlés...

— C'était tout près ! dit Philipp Wendehals.

Adolf Hähnlein qui s'était péniblement relevé en tapotant la poussière de son uniforme hocha la tête. Son saut de carpe sur le sol lui avait coûté un peu de son autorité. Un ortsgruppenleiter devait être un exemple dans le danger.

Un seul avait surmonté l'attaque sans la moindre manifestation de peur : le fils d'Erika Hähnlein, Peter. Etendu dans son moïse, il regardait le plafond en souriant, satisfait du monde et de lui-même.

Lorsqu'ils regagnèrent leurs appartements, les habitants de l'immeuble reçurent un choc : toutes les fenêtres qui n'avaient pas été ouvertes pendant l'attaque étaient arrachées. Le sol était jonché d'éclats de verre, les tableaux, tombés des murs.

Un peu plus tard, ils apprirent à quel point ils étaient passés près de la mort : une bombe était tombée à cent mètres à peine, juste au coin de la rue, au numéro 28 de la Steingasse.

Quelques-uns coururent dehors et découvrirent un spectacle apocalyptique. Des projecteurs étaient braqués sur l'endroit où, peu de temps auparavant, s'était dressé un immeuble. Un bâtiment étroit, avec des bow-windows et le magasin d'électricité d'Otto Feller qui avait appartenu autrefois à David Blum. Maintenant, un énorme trou bâillait là. Seuls, les murs du rez-de-chaussée tenaient encore debout. Des planchers de bois arrachés pendaient encore à leurs ancrages dans les murs. Le mobilier s'était effondré et brisé en morceaux. Des tuiles, une baignoire, des casseroles, des livres, une lampe gisaient sur la chaussée. Tout un monde intérieur chassé à l'extérieur par la bombe. Un détachement de déblayeurs fouillait dans les ruines et essayait de dégager la cave.

— Circulez ! criait l'officier de la Défense passive aux curieux qui encombraient la chaussée.

Irmgard Kompowski qui s'était jointe aux spectateurs, le reconnut. C'était le gros homme qui, lors du premier exercice de défense passive dans la rue, avait expliqué à la presse et aux huiles le sens de l'entreprise.

— Nous supposons qu'une bombe est tombée ici, disait-il alors devant le trou qu'on avait creusé dans la chaussée. Espérons qu'on n'en viendra pas là en réalité.

La réalité avait dépassé la fiction. Il n'y avait pas eu de trou dans la chaussée, mais au milieu du bloc de maisons. Et, à la place des fausses victimes, on en avait de vraies. On les cherchait dans les décombres avec des haches, des pelles, des pioches et une grue de bâtiment pour soulever les débris les plus lourds.

Cinq des habitants de l'immeuble purent être dégagés indemnes, sept autres étaient plus ou moins gravement blessés. Trois étaient morts. Parmi eux, l'électricien Feller et sa jeune épouse. Ils étaient dans la partie de l'abri qui s'était effondrée sous le poids des ruines.

Lorsque le matin suivant on dégagea les morts, la Steingasse était si bien barrée que les curieux ne purent voir l'opération que d'assez loin. La foule ne s'aperçut donc pas que l'une des victimes, un vieil artisan peintre, habitué de « La Carafe », avait été décapité par une poutre en fer. Les infirmiers sortirent d'abord son corps, puis sa tête. Ils recouvrirent en toute hâte le cadavre effroyablement mutilé.

Peu de temps après que l'on eut découvert la dernière victime, les morceaux du plancher qui pendaient s'effondrèrent. Sur l'un d'eux, il y avait encore un châssis de lit en fer. Le craquement fut comme un dernier sursaut. La maison était morte.

Le soir, Alfons Lieblich entendit à la radio de Londres : « Les forces aériennes de la Royal Air Force ont, pour la première fois, bombardé des installations ferroviaires et des réservoirs de pétrole dans le territoire de la Ruhr. »

La rue était devenue zone de combat — le front intérieur.

6

— Hé, Winschermann, tu es juif, dit le chauffeur de la benne à ordures, connais-tu la dernière blague juive ?...

Winschermann vidait en silence les boîtes à ordures dans la benne.

— Eh bien, deux juifs discutent ensemble. Le premier dit : « Est-ce qu'on t'a dit que Grünbaum était mort ? » Et l'autre répond : « Pourquoi pas, s'il pouvait améliorer sa situation... »

Le chauffeur, un brun maigre avec des cicatrices sur le visage, donna une bourrade à Winschermann.

— Rigole donc, youpin ! Elle est bien bonne, non ?

— Au lieu de raconter des blagues, dit Winschermann, vous feriez mieux de me donner un coup de main.

Le sourire s'effaça sur le visage du chauffeur. Sa bouche se pinça jusqu'à n'être plus qu'un mince trait. Il répondit méchamment :

— Si tu fais l'insolent, juif, je te signale au chef. Tu sais où atterrissent les juifs insolents. C'est moi qui décide de ce que j'ai à faire ou à ne pas faire.

Ce jour-là, le deuxième éboueur était absent pour maladie. Le chauffeur aurait dû vider avec Winschermann les poubelles posées au bord des trottoirs. Mais il n'en avait aucune envie et laissa Winschermann faire le travail tout seul. Après tout, il était chauffeur et, de plus, aryen.

— Connais-tu celle-là ? demanda-t-il. Deux juifs discutent. Le premier dit : « Dieu merci, c'est fini avec la loi sur la souillure raciale. On ne dira plus que nous sommes des vicieux. » L'autre répond : « Comment cela ? Les lois de Nuremberg n'ont pas été supprimées. » Alors, le premier conclut : « Vois-tu, les juifs riches ont quitté l'Allemagne. Il ne reste plus que les pauvres et, comme tu le sais : pauvreté n'est pas vice ! »

Winschermann serra les dents. Il lui fallait toute sa force pour vider d'un coup les prochaines poubelles dans la benne. La scène dans la cave de la police, six ans auparavant, lui revint à l'esprit. A cette époque-là, il s'était rué avec ses seuls poings sur l'homme au nerf de bœuf. Mais, en ce temps-là, il était encore quelqu'un. Aujourd'hui, il était au plus bas de l'échelle sociale. Il n'avait pas le droit de se défendre, ça aurait été sa mort.

Le docteur Moses Winschermann devenu éboueur. L'ancien

rédacteur de l'*Allegemeine Anzeiger* était tombé au niveau le plus bas.

Peu après l'ouverture des hostilités, on l'avait contraint au travail forcé. Pour un salaire horaire de soixante pfennigs, il dut travailler successivement dans une usine, puis à la construction des routes. Ces travaux étaient trop durs pour lui et il en résulta deux graves baisses de tension artérielle. Le service juif, en liaison avec l'Office du travail, l'avait finalement casé à l'enlèvement des ordures.

— Le travail est salissant, certes, avait dit l'homme de la liaison, mais vous serez au moins au bon air et ça a aussi un rapport avec votre ancien métier.

— Comment, s'il vous plaît ?

— Vous étiez au journal, non ?

— Oui, dit Winschermann.

— Le journal d'hier, c'est l'ordure d'aujourd'hui. Vous ne croyez pas ?

L'homme avait raison. Tout ce qu'un rédacteur pouvait consacrer d'intelligence, d'intuition, de zèle et d'exactitude pour donner une image précise des nouvelles et des informations d'une journée, n'était plus, vingt-quatre heures plus tard, que déchet, papier sans valeur. Un fait dont Winschermann n'avait jamais été vraiment conscient auparavant. Les vieux journaux étaient de l'ordure — et il était de l'ordure. Voilà où il en était.

Ces derniers temps, il avait souvent pensé à la mort. Il était fatigué, brisé, après toutes ces années où il avait longtemps, beaucoup trop longtemps, conservé son optimisme. Il n'avait relu que récemment dans l'*Apologie de Socrate*, le passage où il est dit : « Les hommes parlent de la mort comme s'ils savaient qu'elle est le plus grand des maux, mais je ne suis pas sûr qu'elle ne soit pas le plus grand des biens. » Il avait souvent médité sur cette phrase. Elle était à la fois dangereuse et séduisante pour des hommes comme lui qui ne pouvaient plus espérer grand-chose de la vie. S'il n'y avait pas eu sa femme et sa sœur avec ses enfants qui avaient encore besoin de lui, c'est bien volontiers qu'il aurait couru la chance de la mort telle que Socrate l'avait décrite. Mais il avait des devoirs envers les siens. Pour eux, il supportait tout, il se laissait brimer et humilier. Pour eux, il acceptait d'enlever les ordures ménagères des autres.

Le chauffeur de la benne lui dit de se presser.

— Plus vite, juif : à cinq heures on ferme !

Encore trois rues. Toujours au même rythme, sauter en bas

de la benne, soulever les poubelles, les vider, remonter sur la benne. Les ordures puaient. Et il avait l'impression que son corps et même son esprit s'imprégnaient de cette puanteur. Pour l'esthète qu'il était, c'était presque pire que ce sale travail de brute.

Mais pour lui, le compte s'établissait ainsi : crasse et puanteur contre soixante pfennigs de l'heure. Soixante pfennigs pour survivre.

L'incident se produisit dans la dernière rue. Une fois de plus, il sauta à terre, saisit la première poubelle, la lança sur le bord de la benne, puis une autre, puis les suivantes. Il s'aperçut que son alliance avait glissé de son doigt amaigri lorsque le camion redémarra.

Le camion s'arrêta de nouveau. Il sauta en bas, courut en avant jusqu'au chauffeur.

— J'ai perdu mon alliance, cria-t-il. Elle est dans les ordures. Il faut que je la cherche.

— Pas maintenant, dit le balafré, on termine d'abord.

— Mais alors, il va y avoir encore plus de déchets par-dessus et je ne la retrouverai peut-être pas !

— Après cinq heures, tu pourras chercher tant que tu voudras. En avant, juif ! Ou faut-il que je te botte le cul ?

La benne s'arrêta encore vingt fois et, vingt fois de suite, Moses dut sauter à terre, balancer les poubelles et, avec chaque poubelle vidée, son alliance s'enfonçait un peu plus profondément dans les ordures et les chances de la retrouver diminuaient.

A quatre heures et demie, la benne se dirigea vers la décharge, loin à l'extérieur de la ville. Elle était située dans le voisinage d'une cité. Des maisons ouvrières aux toits rouillés derrière lesquelles se dressaient les quatre puissantes cheminées d'une usine à gaz. Des enfants aux pieds nus jouaient dans la gigantesque colline de déchets vers laquelle la benne se dirigeait.

Winschermann descendit. Il lui fallait guider la marche arrière de la benne jusqu'à l'endroit où la décharge était la plus profonde. C'était habituellement le travail de l'homme qui était absent ce jour-là.

— Encore plus loin ? demanda l'homme au volant.

Un hochement de tête aurait suffi pour faire tomber benne et chauffeur jusqu'en bas de la pente abrupte. Mais Winschermann résista à l'envie de bouger la tête.

L'alliance. Son alliance.

— Non, halte ! cria-t-il.

Le chauffeur mit le mécanisme de la benne en marche. Les ordures glissèrent bruyamment et dévalèrent la pente. Puis la benne se rabaissa en grinçant sur le châssis. Winschermann y monta avec un balai pour nettoyer les derniers restes de saleté.

— Tu rentres avec moi ? demanda le chauffeur lorsque Winschermann eut fini. Ou bien tu cherches ta bague de merde ? Ça ne pourrait pas m'arriver, juif, je ne porte pas d'alliance. A cause des autres bonnes femmes. Il faut surtout pas qu'elles flairent qu'on est marié. Tu comprends ?

— Je comprends.

— Alors, tu viens ?

— Non.

— Donne-moi le tablier.

Moses se débarrassa du tablier de caoutchouc noir qu'il portait par-dessus son bleu de travail et le tendit au chauffeur. Il attendit que la benne eût disparu au loin, puis il se pencha et commença ses recherches en fouillant dans les ordures avec ses mains nues.

Un jeune garçon se détacha de la troupe des enfants qui jouaient à proximité et vint à lui. Il avait environ huit ans, il était blond avec un nez retroussé et des yeux bleus.

— Qu'est-ce que tu fais là ? demanda-t-il.

— Je cherche quelque chose.

— Quoi donc ?

— Une bague.

— Tu veux que je t'aide ?

Il ne put s'empêcher de sourire. Quand, au cours des dernières années, lui avait-on posé une telle question ? Quelqu'un voulait l'aider. Cela lui fit du bien. Encore que ce ne fût qu'un enfant.

— Oui, dit-il, si tu en as envie. Comment t'appelles-tu ?

— Heinzchen.

— Eh bien, Heinzchen, je cherche une alliance en or. Tu sais à quoi ressemble une alliance ?

— Oui, je le sais.

Il fronça les sourcils et réfléchit un moment.

— Avec les mains, on se salit terriblement, dit-il. Attends, je vais chercher une pelle.

Le jeune garçon s'éloigna en courant, pieds nus. Il revint peu après avec une pelle d'enfant peinte en rouge. Il expliqua d'un air grave :

— Comme ça, ça va mieux. Je vais pelleter et toi, tu chercheras. Le mieux ce serait que tu prennes un petit bâton.

Winschermann admira le zèle que Heinzchen apportait à la

tâche. Il plongeait la pelle dans les ordures, en soulevait un tas, le posait de côté et attendait que Winschermann eût fini de l'explorer avec son petit bâton.

— Rien, dit Winschermann.

Les pelletées se succédaient. Heinzchen était infatigable. Visiblement, il s'amusait et un peu de sa joie enfantine se reporta sur Winschermann.

Il songea fugitivement qu'il aurait pu avoir un enfant de l'âge du garçonnet. Mais à la suite de son licenciement du journal, sous le choc, sa femme avait fait une fausse couche. Cet enfant n'aurait sûrement pas été blond et, en cette époque de folie raciste, il n'aurait connu que souffrance.

Vers sept heures, une voix de femme dans le lointain appela :

— Heinzchen ! Heinzchen !

Le garçon s'arrêta un instant de pelleter.

— C'est ma mère, dit-il, il faut que je rentre à la maison, mais je vais rester encore un peu.

— Il vaudrait mieux que tu t'en ailles, dit Winschermann.

Les autres enfants qui jouaient dans la décharge avaient disparu depuis longtemps.

— Seulement un tout petit peu, dit Heinzchen en continuant à pelleter.

Une femme arriva. Elle avait la trentaine. Elle était vêtue simplement et ses cheveux blonds étaient relevés.

— C'est là que tu te caches, Heinzchen ! dit-elle avec colère. Pourquoi ne réponds-tu pas quand je t'appelle ? Tu n'entends donc pas ?

— J'aide le monsieur, maman.

La femme se planta devant Winschermann et le regarda d'un œil soupçonneux. Sale et suant comme il était, il ne faisait pas précisément bonne impression. Son regard passa de son nez à ses yeux tristes derrière ses lunettes.

Elle prit vivement son fils par le poignet et l'entraîna.

— Viens ! dit-elle. Tu vois bien que c'est un juif !

La phrase écrasa comme un coup de massue l'idylle des deux heures précédentes. En dépit de la carapace d'indifférence qu'il s'était forgée, le profond mépris dans la voix de la mère de Heinzchen le blessa cruellement. Il se rappela une des histoires juives avec lesquelles le chauffeur de la benne à ordures ne cessait de le persécuter. Le juge demande à l'accusé : « Etes-vous juif ou déjà condamné d'une autre manière ? »

Il se pencha et continua sa pénible recherche, presque sans espoir. Soudain, quelqu'un le tira par la manche. C'était Heinzchen revenu chercher sa pelle.

— Je te remercie beaucoup, Heinzchen, dit Winschermann, tu m'as beaucoup aidé.

— Je l'ai fait bien volontiers.

Le petit bonhomme blond le regardait de ses deux grands yeux bleus confiants.

— Tu es un gentil juif, monsieur, dit-il.

Il tourna les talons et partit en courant. Ses paroles résonnèrent encore un moment dans l'esprit de Winschermann... « Tu es un gentil juif, monsieur,... un gentil juif... »

Il trouva l'alliance alors qu'il avait presque abandonné tout espoir. Avec son petit bâton, il la tira entre des bouts de saucisson et des restes de fromage puants. Il l'essuya et la serra contre sa poitrine avant de la glisser à son doigt maigre.

A cet instant, il éprouva un sentiment depuis longtemps oublié : celui du bonheur. Son mariage était la seule richesse qui lui restait. Avec la bague il en aurait perdu le symbole. Cela n'aurait rien changé en profondeur, mais la bague était la confirmation qu'il avait encore une raison de s'accrocher à la vie. Il était heureux de la sentir de nouveau à son doigt.

Il courut jusqu'à la plus proche station d'autobus. Il lui fallait se presser pour arriver chez lui avant neuf heures du soir. En été, les juifs avaient l'interdiction de sortir après neuf heures du soir. Si l'un d'eux était pris dans la rue après cette heure-là, il risquait le camp de travail.

Moses Winschermann était hors d'haleine lorsqu'il atteignit l'autobus. Il regarda la pendule. Il arriverait à temps.

7

Un soir de juillet, on sonna chez les Kompowski. Le chef de bloc, Fritz Schwertfeger, était devant la porte dans l'uniforme brun du Parti.

Irmgard sursauta lorsqu'il la regarda à travers les verres étincelants de ses lunettes. Il était bien le dernier dont elle aurait attendu la visite. Elle s'attendait à voir sa sœur Hilde qui était chez des voisins et qui n'avait pas emporté sa clé.

— Heil Hitler ! dit Schwertfeger.

De son large torse bombé, il la repoussa lentement à l'intérieur.

— Je voudrais parler à votre père, et à vous aussi.

L'épicier avait le droit de sonner à tout moment aux portes des quelque cinquante familles qui faisaient partie de son bloc pour leur dispenser des leçons de politique. Dès qu'il avait retiré sa blouse blanche et quitté son magasin, il se promenait chez ses voisins. C'était un esprit sadique que la plupart des gens de la rue préféraient voir de dos que de face, mais ils étaient bien obligés de lui faire bonne figure. L'homme était influent. Il pouvait être utile ou dangereux selon la façon dont on le traitait.

— Mon père est dans le grenier, près de ses pigeons. Montez donc le voir, dit Irmgard visiblement gênée.

Schwertfeger secoua sa tête frisée.

— Non, allez lui dire de descendre. Je veux vous parler, à vous aussi.

Il l'avait poussée assez loin dans l'antichambre et pouvait maintenant, à travers la porte de la cuisine, voir à l'intérieur de la pièce.

Une femme aux cheveux gris, avec un chignon bas sur la nuque, était assise sur une chaise. Elle se tourna à demi comme si elle voulait ne pas être reconnue. Derrière elle, sur la table et le sofa, s'entassaient des quantités de victuailles. Saucissons, paquets de sucre, beurre, œufs, légumes, fruits. Sur le sol, il y avait des douzaines de chaussures. De plus, tout autour, des manteaux, des robes, des chemises, des pantalons et des pull-overs étaient étalés partout.

— C'est un vrai magasin, ici, dit le chef de bloc, surpris, et il s'approcha de plus près.

Il reconnut alors la femme assise sur la chaise. Mathilde Baum, l'épouse du pasteur.

— Heil Hitler! madame Baum, dit-il.

Mathilde Baum inclina légèrement la tête. Elle ne laissa pas voir combien cette apparition inattendue l'inquiétait.

Ce que le chef de bloc voyait devant lui était le résultat de la dernière quête dans la communauté évangéliste de la vieille ville. Durant des jours, Mathilde Baum et Irmgard Kompowski avaient visité tous les membres de la communauté pour leur demander des vivres et des vêtements pour leurs concitoyens juifs dans la misère. Sur l'ordre des autorités, les juifs devaient se nourrir sans œufs, ni fruits, ni légumes. Ils ne recevaient pas de cartes de vêtements et n'avaient pas le droit de faire ressemeler leurs chaussures. Comme ils n'avaient la possibilité de faire leurs achats que l'après-midi, entre quatre et cinq heures, la plupart des produits aux étals des boutiques le matin avaient déjà disparu. Beaucoup d'entre eux souffraient de la faim. Pour les aider, les deux femmes avaient collecté les vivres et les vêtements répandus dans la cuisine. Lorsque Schwertfeger avait sonné, elles étaient en train de classer et de mettre en ordre ce qu'elles avaient récolté.

Le chef de bloc paradait avec ses bottes entre les chaussures et les pull-overs qui jonchaient le sol.

— On dirait bien que vous faites du stockage, dit-il avec méfiance. D'où vient tout cela? Le beurre, par exemple, et la saucisse. On ne peut en avoir qu'avec des tickets!

Irmgard soutint son regard rusé.

— J'ai ramassé tout ça avec Hilde et ses camarades BDM. Ce sont des cadeaux. Nous allons en faire des colis. Pour nos soldats du front.

— Tiens, tiens, dit-il, toujours méfiant. Il toucha de la pointe de sa botte une paire de chaussures d'enfant et ajouta : — Depuis quand les enfants sont-ils au front?

Irmgard sourit.

— Nous avons bien entendu emporté tout ce qu'on nous a donné, monsieur Schwertfeger. Il y a même des robes de filles et des sous-vêtements de femmes. Tout ce qui n'ira pas au front ira au Secours populaire national-socialiste. Il y a bien assez de nos concitoyens qui ont un urgent besoin de ces affaires.

Cela sonnait clair et convainquit le chef de bloc.

— Bien, dit-il, c'est très bien.

Puis il eut une inspiration soudaine.

— Des initiatives privées de ce genre doivent être mises en valeur. Que diriez-vous si nous portions ensemble les paquets à la poste? Vous, votre sœur et ses camarades, et moi-même, votre chef de bloc? Nous ferions une petite fête et nous inviterions la presse. Titre dans le journal : « Les jeunes filles de l'Adolf-Hitler-strasse et les soldats du front. Le résultat d'une généreuse initiative privée. » Hein! ça serait quelque chose? Schwertfeger s'enthousiasmait pour son idée. Ses yeux brillaient derrière ses lunettes. Sa question contenait déjà la réponse qu'il attendait.

— Oui, ce serait quelque chose, dit Irmgard tout en réfléchissant désespérément à une échappatoire possible. Toutefois...

— Toutefois quoi?

— Pour parler franchement, nous ne voudrions pas de tam-tam. Tout ça doit rester parfaitement privé. Comme on dit si bien : « La patrie tend la main au front. » Nous ne voulons rien de plus, monsieur Schwertfeger : tendre en silence la main au front avec nos cadeaux. Comprenez-vous?

— Hem... Ah bon... eh bien, oui...

Le chef de bloc ne pouvait cacher sa déception. Ambitieux

comme il l'était, il aurait volontiers signalé la chose « en haut », comme un succès. « En haut », pour lui, c'était son ortsgruppenleiter, en l'occurrence Adolf Hähnlein qui habitait en bas, dans l'immeuble.

Une clé tourna dans la porte de l'appartement. Kalla Kompowski. Lorsqu'il entra dans la cuisine, Mathilde Baum se leva et prit rapidement congé, heureuse d'échapper à la difficulté de la situation. Dans le vestibule, elle serra la main de sa jeune amie.

— Vous nous avez sauvés, souffla-t-elle.

Lorsque Irmgard revint dans la cuisine, elle sut ce que le chef de bloc voulait à son père : il n'était pas encore inscrit au Parti, il était grand temps qu'il demande à y entrer. S'il voulait devenir contremaître dans son usine, il fallait qu'il soit membre de la NSDAP.

Kompowski se versa une bière en inclinant la canette pour que puisse se former un « faux col » de mousse.

— Qu'est-ce que ça va me coûter ? demanda-t-il sans enthousiasme.

— Vingt marks de droit d'inscription et environ un mark par mois de cotisation.

— Je paye déjà pour le Front allemand du travail. Ça ne suffit donc pas ?

— Tous les travailleurs y sont. Non. Il faut que vous entriez au Parti.

Il tendit un formulaire d'inscription à Kompowski. Mais lorsqu'il essaya, en plus, de l'abonner au *Völkische Beobachter*, Kompowski refusa. Il n'avait pas le temps de lire. Il avait trop à faire avec ses pigeons et ce qu'il devait savoir, il l'apprenait aussi bien par la radio.

Schwertfeger se tourna alors vers Irmgard qui était en train de ranger les vivres et les vêtements.

— Et maintenant, à vous, dit-il, votre sœur est aux BDM mais vous, vous n'adhérez à aucune organisation de notre Parti. Pourquoi ?

Elle était sur ses gardes et ne voulait pas se faire piéger ou faire quoi que ce soit de contraire à ses convictions.

— Je n'y ai pas encore réfléchi, dit-elle, mais j'ai toujours fait ce que je pouvais.

Elle montra les vêtements qu'elle ramassait sur le sol.

— Je n'aurais pas pu faire beaucoup plus si j'étais au Secours populaire national-socialiste.

— Eh bien, ce serait déjà quelque chose, dit vivement

Schwertfeger. Vous allez vous faire inscrire au Secours populaire. D'accord ?

Ça ne lui plaisait pas, mais elle y vit une chance supplémentaire : membre du Secours populaire, elle pourrait quêter en se faisant moins remarquer.

— Est-ce qu'on me donnera un insigne ? demanda-t-elle.

— Bien sûr, dit Schwertfeger.

Elle se fit donner un formulaire d'inscription. Tout en le remplissant, elle souriait en songeant à l'insigne qu'elle allait bientôt recevoir. Il y aurait peut-être même une croix gammée dessus. Aurait-elle pu imaginer un meilleur camouflage de ses activités ?

8

Lors de l'une des quatre attaques aériennes de décembre 1940, le lycée municipal fut atteint par deux bombes. Le lendemain matin, une grande partie des classes, la salle des professeurs et la salle de gymnastique étaient détruites.

Rudi Holste, de la classe du professeur Bubendey, se percha sur un tas de décombres et se mit à déclamer les *Métamorphoses* d'Ovide : « Avant qu'il n'y ait la mer, la terre et le ciel qui renferment tout, la nature entière alentour n'avait qu'un seul aspect. On l'appelait le chaos... »

A la grande déception des élèves, le dernier devoir d'allemand n'était pas enfoui dans le « chaos » des ruines. Le professeur Wendehals avait emporté chez lui les « Réflexions sur la mort », c'était le sujet de la dernière dissertation. Il avait les copies sous le bras lorsqu'il pénétra dans ce qui restait de l'école. Des gens du service technique de secours ainsi que des prisonniers de guerre français et polonais déblayaient les décombres sous la surveillance de vieux réservistes allemands, l'arme en bandoulière. Quelques prisonniers transportaient vers l'extérieur des tableaux noirs, des présentoirs à cartes, des pupitres et des bancs, d'autres retiraient les gravats à la pelle.

— Avez-vous une cigarette ?

La question posée en français fit sursauter Wendehals qui se retourna. Il y avait derrière lui un jeune homme brun vêtu d'un uniforme loqueteux. Avec ses grands yeux verts dans un visage étroit, amaigri, il était presque joli garçon. Avant que le professeur ait pu réagir, le jeune homme fut rappelé par le coup de sifflet d'un gardien.

— Hé! le Français! Pas parler..., travailler! Vite! Vite!

Le beau brun haussa les épaules et regagna la colonne des travailleurs. La France avait perdu la guerre. Ses soldats pelletaient les décombres laissés par ses alliés, les Anglais. Le jeune homme inspira une certaine pitié à Wendehals, probablement un étudiant qu'une amie ou une mère attendait dans sa patrie. Le professeur n'aurait pas pu lui donner une cigarette car il n'en fumait pas.

Pendant les jours qui suivirent, il n'y eut pas de cours. Trois classes purent être réaménagées dans le lycée. D'autres, parmi lesquelles celle de Wendehals, furent installées dans une grande baraque en bois, non loin du château d'eau. Les élèves y allaient par tranches successives pour suivre les cours.

Un soir, à la mi-novembre, Wendehals se dirigeait vers la baraque-école. Sur l'invitation de l'Union des professeurs nationaux-socialistes, il avait assisté à la projection du film *Le Juif Süss.* Sur le chemin du retour, il se rappela que son stylo fuyait, aussi retourna-t-il à la baraque-école pour en prendre un autre dans le tiroir de sa chaire. Il devait corriger, pour le lendemain matin, un devoir de ses élèves.

Quelque chose avait dû se passer dans le camp des prisonniers de guerre installé sur un ancien chantier de construction, peu éloigné de la baraque-école. De loin, il entendit des coups de feu, des cris et des jurons. Des motos et des voitures démarraient, des chiens aboyaient. Les projecteurs, habituellement orientés vers l'intérieur du camp, fouillaient les environs. Les spots de lumière dansaient çà et là comme des feux follets.

Lorsqu'il arriva plus près, il entendit un homme qui criait dans la rue :

— Evasion en masse! Ils ont creusé un tunnel!

Un autre renchérit :

— Au moins vingt hommes!

Une escouade de recherche passa en courant avec des chiens de berger auprès de Wendehals. Les chiens aboyaient et tiraient sauvagement sur leurs laisses. Des voix criaient. Le professeur entendit des commandements.

— Halte! Arrêtez-vous! Halte!

Quelqu'un cria :

— Nous en tenons deux!

Une autre voix :

— Il y en a encore un ici!

Un coup de feu claqua.

Lorsque Wendehals arriva à la baraque, il vit deux soldats

allemands, debout devant la porte. L'un d'eux secouait la clenche.

— C'est bouclé! dit-il. Il n'y a personne, là-dedans. Allons plus loin!

Haletants, le mousqueton à la main, ils partirent en courant.

Wendehals ouvrit la porte du vestibule puis celle de la salle de classe avec sa clé. Il fit de la lumière, alla à la chaire, prit son stylo dans le tiroir qu'il referma.

A travers les fenêtres fermées, il vit le reflet dansant des projecteurs. Les bruits ne lui parvenaient qu'amortis.

Il s'éloigna lentement. Il était déjà passé devant l'armoire du coin lorsqu'il jeta un dernier coup d'œil en arrière. Un liquide sombre tombait goutte à goutte de l'armoire sur le sol. Une petite flaque s'était déjà formée. De l'encre, pensa-t-il d'abord. Mais depuis quand y avait-il une bouteille d'encre dans l'armoire?

Il s'approcha du meuble, l'ouvrit et fit un bond en arrière. Un homme accroupi, recroquevillé sur lui-même, se cachait à l'intérieur. Deux grands yeux verts apeurés le regardaient. Wendehals reconnut immédiatement le prisonnier français qui lui avait mendié une cigarette dans la cour du lycée.

— Je vous en prie, monsieur, dit-il d'une voix suppliante, ne me dénoncez pas! Je vous en prie!

Wendehals en resta muet. Il regardait le jeune homme brun comme il l'eût fait d'une créature venue d'une autre planète. Il lui fallut un moment pour se ressaisir.

— Sortez de là!

— S'il vous plaît, éteignez la lumière, j'ai peur!

Wendehals alla jusqu'à l'interrupteur et coupa le courant. Il faisait maintenant noir comme dans un four dans la salle de classe. Dans la lumière clignotante de sa lampe de poche à dynamo, il vit d'où venait la flaque sombre du sol : c'était du sang. L'homme avait une blessure à la jambe droite.

— Une balle, dit le jeune homme avec son accent français.

— A-t-elle pénétré dans l'os?

— Non, c'est une balle en séton.

Wendehals hésita un instant.

— Attendez-moi un moment, dit-il, je reviens tout de suite.

Quelle formule stupide! songea-t-il en se dirigeant vers le vestibule. Que pouvait faire cet homme sinon l'attendre? Il prit un désinfectant dans l'armoire à pharmacie, du coton, une bande à pansement et apporta le tout au Français.

— Merci, monsieur.

Du pouce, Wendehals actionnait la dynamo de sa lampe de

poche. Le jeune homme retira le brodequin noir de sa jambe gauche et le posa près de lui. Puis il remonta son pantalon d'uniforme jusqu'au genou et épongea le sang de sa blessure. Il poussa un léger gémissement en appliquant le désinfectant, puis il banda sa jambe. Le sang suintait à travers le pansement.

— Vous m'avez bien rendu service, monsieur. Vous êtes très aimable avec moi.

— Où avez-vous appris un si bon allemand ? demanda Wendehals.

— Au lycée et à l'université. Je fais une licence d'allemand. Je suis en deuxième année. A la Sorbonne.

— Vous étiez là-bas, dans le camp ?

— Oui, monsieur.

— Pourquoi vous êtes-vous évadé ?

— On ne nous traite pas bien et je voudrais rentrer chez moi, près de ma femme. Nous ne sommes mariés que depuis cinq mois et elle attend un enfant.

— Et c'est pour cela que vous risquez votre peau ?

— N'en feriez-vous pas autant ?

La question dépassait Wendehals. Aurait-il eu l'audace de creuser un tunnel et de s'évader si, au cours de la dernière guerre, il avait été enfermé dans un camp de prisonniers ? Il n'était pas du genre à risquer quoi que ce soit et à tout jouer sur une seule carte.

C'est alors seulement qu'il eut l'idée de demander à l'homme comment il était entré dans la salle de classe. Le professeur avait trouvé la porte de la baraque fermée à clé ainsi que la porte de la classe. La solution était d'une stupéfiante simplicité. L'évadé était entré par une fenêtre ouverte. Il l'avait refermée et verrouillée derrière lui.

— Aidez-moi à sortir d'ici, monsieur. Si les soldats m'attrapent, je ne reviendrai peut-être jamais chez moi.

Wendehals sursauta.

— Non, je ne peux pas. Je me rendrais coupable.

— Seulement un costume, monsieur, quelque chose à manger, une carte et un peu d'argent ! En uniforme, ils me reprendront tout de suite.

— Non. En aucun cas. Je ne vous dénoncerai pas, mais vous devrez vous tirer d'affaire tout seul !

A reculons, tenant sa lampe devant lui comme une arme, le professeur gagna la porte. Il avait peur, soudain, que l'évadé ne l'attaque, ne le maîtrise, ne lui prenne son manteau et son costume. Cette seule pensée le faisait transpirer.

Mais le prisonnier ne bougea pas. Il semblait deviner ce que Wendehals pensait.

— Je ne vous ferai rien, monsieur, dit-il. Mais je vous supplie de m'aider. Apportez-moi un costume. Demain c'est dimanche. Vous avez toute la journée. Je vous en prie, monsieur, je vous en prie ! Et, s'il vous plaît, fermez la porte à clé derrière vous.

Toujours à reculons, Wendehals trébucha en franchissant la porte. Les mains tremblantes, il referma la porte de la classe et celle de la baraque.

Dehors, les projecteurs s'étaient arrêtés de bouger. Des voitures et des motos revenaient. L'aboiement des chiens s'était tu. Devant l'entrée du camp, une foule dense de curieux s'était agglutinée.

— Culottés, ces types, dit quelqu'un, filer par un tunnel !

— Mais ils ont abattu une sentinelle, dit un autre. Malheur à ceux qui seront repris.

Wendehals arriva chez lui vers onze heures et demie. Il accrocha d'un geste distrait son pardessus au portemanteau du vestibule. Sa femme était déjà couchée, elle l'appela.

— Comment était le film, Philipp ? demanda-t-elle.

Il s'approcha d'elle et s'assit sur le bord du lit.

— Qu'est-ce que tu as ? dit-elle d'une voix inquiète. Tu es blanc comme un linge. C'est ton estomac ? Veux-tu que je te fasse une tisane ?

Il secoua la tête.

— J'ai déjà un pied en prison, Else !

9

Ce soir-là, c'était fête chez les Hähnlein. Karl était arrivé en permission spéciale. Récompense pour la Croix de fer qu'il avait reçue pour héroïsme devant l'ennemi. Il la portait orgueilleusement sur son uniforme d'aviateur. Ses parents et le ménage Bockmeier trinquaient à sa santé avec du mousseux.

Karl Hähnlein pensait surprendre sa femme en arrivant à l'improviste, mais il ne l'avait pas trouvée à la villa. Aussi s'était-il rendu chez ses parents pour prendre la clé, et ces derniers l'avaient retenu. Il fallait que leur « héros » leur raconte ses exploits de pilote. Anton Bockmeier et sa femme, Emmy, invités par hasard, constituaient un public idéal.

— En une seule journée, j'ai descendu deux Spitfire, raconta

Karl. J'avais le soleil dans le dos et ils ne m'ont pas vu arriver. Le premier pilote était si effrayé qu'il a oublié de tirer. Je voyais son visage tout près de moi. Une salve et il est tombé en vrille. Le deuxième a essayé de plonger en dessous de moi, mais je me suis accroché derrière lui comme un chien après un cerf. Une nouvelle rafale et il a glissé sur son aile gauche dans une spirale de fumée.

— Tu as toujours été casse-cou, dit Bockmeier. Pilote de chasse, ça m'aurait bien plu, mais je ne rentre dans aucun appareil avec mon ventre.

— Tout au plus dans un bombardier, dit Adolf Hähnlein en souriant.

— Karl, toi qui es basé en France, dit Bockmeier qui faisait un sort au mousseux, comment sont les femmes ? Les Françaises sont-elles vraiment aussi bonnes au lit qu'on le raconte ? Est-ce que tu leur fonces dedans comme dans les Spitfire ?

— Voyons, Anton, dit sa femme avec reproche, on ne parle pas de ces choses-là. Si Erika t'entendait !

— Ce qu'on ne sait pas, ne fait pas de mal, dit Bockmeier. Elle n'est pas là. Alors, raconte un peu mon garçon !

Eva Hähnlein passa dans la pièce voisine pour téléphoner à sa belle-fille. Elle avait déjà essayé plusieurs fois en vain, mais cette fois Erika répondit. Elle lui demanda de venir. Une surprise l'attendait.

— Est-ce que Karl serait arrivé ? demanda Erika.

— Oui, tu as deviné juste.

— Il y a des bordels à Paris, racontait Karl lorsque sa mère revint. Là, tu t'en payes. Avec du velours rouge, de la peluche et de sacrées poupées.

Il singea la voix de la sous-maîtresse.

— « Alors, je vais appeler ces dames. » Et les voilà qui s'amènent. Des minces, des grasses, des douces et des dures, toutes de la classe. Deux douzaines et plus, tu as le choix. Tu fais un signe et il y en a une sur tes genoux.

La sonnette retentit. Eva Hähnlein ouvrit et, peu après, sa belle-fille entra dans la pièce.

— Tu peux me féliciter, dit Karl en guise de salut à sa femme, en montrant sa croix.

Puis il lui tendit un carton multicolore.

— Ouvre ! C'est pour toi.

Elle ouvrit le carton et les deux femmes poussèrent un cri de ravissement. Erika tenait à la main une chemise de nuit garnie de dentelles, légère comme un souffle. La soie scintillait et brillait dans la lumière des lampes.

— La soie la plus chère, dit son mari, ça vient d'un château.

Un peu gênée, elle fit glisser l'étoffe légère entre ses doigts.

— D'un château ?

— Oui. Un vieux comte habitait dedans. Nous l'avons expédié dans la brousse. Et ce négligé était dans la chambre de Madame.

— Donc, ça a été volé ?

— Je l'ai chapardé. Pour toi, mon trésor.

— Mets-le, cria le gros boucher déjà saoul. Vas-y, Erika, qu'on voie de quoi tu as l'air en comtesse de la nuit. Ha ! Ha !

Erika Hähnlein n'aimait pas les grasses plaisanteries de Bockmeier. Trouvant la situation insupportable, elle pressa son mari de prendre congé.

— Tu veux sûrement voir ton fils ? demanda-t-elle, acide.

— Mais il doit dormir, en ce moment.

— Bon. Je m'en vais toute seule.

Karl se leva de mauvais gré et la suivit. Ils traversèrent la cour de la fabrique. Autrefois, à cette heure-là, on allumait les fours à pain. Maintenant, il n'y avait plus aucune vie dans les bâtiments et les locaux des fours. Erika Hähnlein avait suivi le « conseil » de son mari et fermé l'entreprise qu'il avait menée à sa perte. Ses bottes résonnèrent sur les pavés.

— C'est silencieux comme dans un cimetière, ici, dit-il.

— Ton ouvrage, répliqua-t-elle laconiquement.

Dans la chambre d'enfant, il se pencha sur le berceau. Peter, son fils de neuf mois, dormait à poings fermés. Erika le souleva prudemment. La tête du bébé oscilla de droite et de gauche, sans troubler son sommeil. Karl constata qu'il était bien nourri et vigoureux.

— J'ai fait un garçon de bonne qualité, dit-il en souriant.

Ils burent encore une bouteille de vin et il lui raconta comment il avait eu, le premier de son escadrille, la Croix de fer.

A sa grande surprise, elle sortit un peu plus tard de la salle de bains, revêtue de la chemise de nuit de soie. Elle lui allait bien. Dans ce négligé transparent, elle était séduisante. Le décolleté s'ouvrait largement sur sa poitrine.

— Viens ! dit-elle à son mari en le tirant vers la chambre à coucher.

Dans le lit, elle se colla contre lui. Il lui avait manqué, son corps était avide de ses caresses et de sa virilité. Mais, après un bref câlin, il lui tourna le dos.

— Qu'est-ce que tu as ? demanda-t-elle. Fatigué ?

— Je ne peux pas.

— C'est nouveau chez toi.
— Ce n'est pas ce que tu penses, dit-il avec gêne.
— Comment ça ?
— J'ai une chaude-pisse.
Elle se redressa et le gifla à toute volée.

10

— Tu vas dénoncer ce Français !
— Et s'ils le fusillent ?
— Ils ne le fusilleront pas.
— Mais tu as pourtant entendu les nouvelles : lors de l'évasion, une sentinelle a été tuée.

Pendant toute la journée du dimanche, les époux Wendehals, très nerveux, poursuivirent la discussion. Que devait faire le professeur ? Que devait-il ne pas faire ?

Jusqu'à présent, la guerre les avait relativement épargnés. Ils n'avaient personne au front hormis un cousin éloigné de Wendehals. Une parente d'Else qui exploitait une grande ferme près de Warendorf, dans le Münsterland, leur envoyait régulièrement des colis de beurre, de saucisses et de jambon. Ils avaient dressé deux lits étroits dans la cave-abri où ils passaient confortablement les alertes aériennes. Ils n'avaient aucun problème sur le plan politique. Depuis que le professeur avait adhéré à la Ligue des professeurs nationaux-socialistes, qu'il payait régulièrement ses cotisations et assistait ponctuellement aux réunions mensuelles, le directeur Holler le laissait tranquille. Il était en paix avec l'ortsgruppenleiter Hähnlein, depuis qu'il arborait en toute occasion le drapeau à croix gammée à sa fenêtre et, qu'en plus de l'*Allgemeine Anzeiger,* il lisait le *Völkische Beobachter.* Se taire, ne pas se faire remarquer, être une « petite souris », telle était sa devise.

Et voilà qu'à cause d'un malheureux stylo, il s'était soudain fourré dans une situation qui le forçait à prendre position.

Comme être humain, humaniste et chrétien, il lui semblait normal de venir en aide au jeune Français qui se cachait dans la baraque. S'il lui apportait un costume, cela pouvait, pour le fugitif, signifier la liberté et le retour auprès de sa femme en France.

Mais, comme citoyen de l'Etat national-socialiste, il se sentait obligé de le dénoncer. Le Reich allemand était en guerre et l'homme était un ennemi. Un citoyen d'une nation qui avait déjà mis une fois l'Allemagne à genoux. En outre, lors de l'évasion, un soldat allemand avait été tué. Cela exigeait des représailles.

Pris entre ses réflexions et ses sentiments, tiraillé entre la peur et l'honneur, la lâcheté et la dignité, Wendehals était en proie à une difficile crise de conscience.

— Tu as raison, Else, je vais chez Hähnlein et je dénonce le Français, dit-il le matin.

Mais, vers midi, il se ravisa et ce fut plus ou moins une échappatoire :

— Hähnlein va me poser des questions désagréables. Pourquoi je viens seulement maintenant. Pourquoi j'ai hésité si longtemps. Entre-temps, l'homme aurait pu fuir de la baraque.

Le soir, il dit :

— Peut-être doit-on quand même aider ce garçon. Un costume, une cravate, un peu d'argent, pourquoi ne les lui apporterais-je pas ? Il est blessé, d'ailleurs. Il va être temps qu'il sorte de la baraque. Ensuite, il faudra qu'il se débrouille tout seul.

Else Wendehals était dans la même indécision. Elle était partagée entre sa peur et ses sentiments maternels. Par moments, elle disait :

— C'est bon, apporte-lui un costume et de l'argent.

Et, un peu plus tard :

— Non ! Ne le fais surtout pas !

Et, finalement :

— Le mieux, c'est que tu ne fasses rien du tout. Tu ne l'aides pas. Tu ne le dénonces pas. Il doit s'en tirer tout seul.

A la tombée de la nuit, le professeur éprouva le besoin de sortir. Il se promena autour du pâté de maisons, aspira de l'air frais, lutta contre ses pensées contradictoires. Il imaginait les soldats allemands se saisissant du prisonnier aux yeux verts, le collant, dos au mur, et le fusillant. Avant de mourir, il fixait sur lui un regard déchirant et chuchotait : « Oh, monsieur !... »

Non, non, songea-t-il, je ne peux pas accepter cette responsabilité ! Il revint chez lui en courant.

— Vite ! Else ! dit-il à sa femme. Emballe un vieux costume ! Et un peu d'argent !

Il extirpa d'un tiroir une carte routière d'Allemagne et mit le tout dans un grand sac en papier.

— Au nom du ciel, Philipp, gémissait sa femme, réfléchis bien. Si tu te faisais prendre !

Il avait pris sa décision. Pour une fois dans sa vie, il ne serait pas lâche. Pour une fois, il écouterait son cœur, son « meilleur moi ». Pour une fois, il sortirait du hallier où il s'était retiré depuis que les nationaux-socialistes étaient au pouvoir. Il voulait protester, ne fût-ce que secrètement.

Son grand sac à la main, il s'engagea dans l'escalier et descendit les marches. Il rencontra Hähnlein dans le vestibule de l'immeuble.

— Heil Hitler ! monsieur le professeur.

— Heil Hitler ! monsieur l'ortsgruppenleiter.

Wendehals eut l'impression de s'être fait pincer. Une chance que Hähnlein ne pût lire dans ses pensées et qu'il n'eût aucune idée de ce qu'il transportait dans son sac, ni de ce qu'il projetait. En cet instant, il devenait un traître, certes, mais aussi un être humain.

— Un temps pour attaque aérienne, dit Hähnlein. Je le flaire. Drôle de sensation. Vous allez loin ?

Gêné, Wendehals se racla la gorge.

— Non, non..., seulement dans le voisinage.

— Il y aura sûrement bientôt une alerte. Je le parierais.

— Oui, il fait plutôt clair dehors.

— Par temps clair, on en abattra plus. La DCA vise mieux.

Wendehals hocha la tête. Il fut soulagé lorsque Hähnlein mit fin à l'entretien et disparut dans l'appartement du rez-de-chaussée.

C'était une belle soirée de novembre. La lune croissante luttait pour se libérer d'une couche de nuages. Dans les parties claires, les étoiles scintillaient à des hauteurs infinies. Un projecteur s'alluma et son faisceau resta accroché à un nuage bas. C'était vraiment un temps idéal pour les escadres de la Royal Air Force.

Philipp Wendehals ne resta qu'un moment debout devant le portail de l'immeuble pour s'imprégner du tableau nocturne, puis il prit le chemin de la baraque-école.

Il avait couvert la plus grande partie du trajet lorsque les sirènes commencèrent à hurler. Des gens avec des plaquettes phosphorescentes passèrent près de lui en hâte. Il s'arrêta et réfléchit. Il n'était qu'à cinq minutes de la baraque. Dans le voisinage, près du château d'eau, il y avait un abri public qu'il pourrait gagner lorsqu'il aurait remis le costume. Rentrer à la maison prendrait deux fois plus de temps.

Il courut jusqu'à la baraque. Hors d'haleine, il y parvint enfin. Aplatie comme un animal replié sur lui-même, elle se dressa devant lui dans le clair-obscur. Les deux fenêtres de sa classe étaient deux trous noirs qui lui rappelèrent des yeux. Ils semblaient le fixer et lui firent peur.

Son courage fondait. Encore quelques mètres. Derrière les fenêtres, l'homme qui l'attendait. Et lui, dehors, avec le costume, la carte et l'argent dans son sac en papier.

Peut-être trente, quarante pas. Ouvrir deux portes et ensuite...

Philipp Wendehals ne fit pas les derniers pas. Il hésita devant le seuil, entre la peur et le courage, entre la lâcheté et l'humanité. Ce ne fut pas son cœur, mais son cerveau qui décida lorsqu'il fit soudain demi-tour et courut jusqu'à l'abri public. Sa conscience, son « meilleur moi », avait perdu. Les rues étaient vides. Vide aussi le camp de prisonniers qui avait été évacué après l'évasion. Personne n'aurait pu le voir entrer dans la baraque. Mais il avait craqué.

Il entra dans le grand abri avec son sac de papier à la main. L'abri n'était pas très plein : des hommes et des femmes qui avaient été surpris par l'alerte, des infirmiers d'une antenne de la Croix-Rouge proche. Ils étaient assis, silencieux, lorsqu'ils entendirent le bourdonnement menaçant et les tirs de la DCA.

Un vieil homme entra en courant.

— Ils lancent des bombes incendiaires, cria-t-il, le camp de prisonniers flambe !

Puis ce fut la fin d'alerte. Wendehals sortit lentement. Des voitures de pompiers passèrent en trombe. De hautes flammes s'élevaient des baraques abandonnées du camp de prisonniers.

La baraque-école brûlait aussi. Les pompiers, avec leurs tuyaux rouges, essayaient d'empêcher l'incendie de se propager dans les maisons situées à côté de la baraque.

Wendehals restait planté, comme paralysé, devant les flammes crépitantes qui dévoraient le bois de la baraque. Le mur de sa salle de classe était déjà consumé. Il aperçut l'armoire à côté de la chaire. L'armoire dans laquelle s'était caché le prisonnier aux yeux verts. Elle brûlait clair, comme une torche.

Wendehals se détourna. Il ne pouvait supporter ce spectacle. Qu'était-il advenu du jeune Français ? Se trouvait-il encore dans la baraque au moment de l'attaque ? Avait-il pu se sauver ? Par une fenêtre ? Et, si c'était le cas, où se cachait-il avec son uniforme français en loques et sa jambe blessée ?

Son sac à la main, le professeur courut jusque chez lui. Il courait, comme aux abois. Etaient-ce des cris ? Des cris d'angoisse désespérés ? N'y avait-il pas là deux grands yeux apeurés qui le fixaient dans l'obscurité ? Une voix suppliante ne lui mendiait-elle pas : « Juste un costume, monsieur » ?

Devant la porte de l'immeuble qu'il atteignit enfin, trempé

de sueur, se tenaient Adolf Hähnlein, Kalla Kompowski et deux étrangers.

— Eh bien, qu'est-ce que j'avais prédit, monsieur le professeur ? demanda Hähnlein d'une voix triomphante en reconnaissant Wendehals. Un vrai temps à bombardement ! Je me trompe rarement !

— Notre baraque-école brûle, dit Wendehals.

— Je viens de l'apprendre, dit Hähnlein. J'étais en route pour constater les dégâts.

Peu après, il partit dans la direction que lui indiquait la lueur rouge de l'incendie.

Rentré dans son appartement, Wendehals posa le sac sur la table d'un geste las et sans force. Il s'effondra sur une chaise.

— Je ne lui ai pas donné le paquet, je n'ai pas eu le cran nécessaire.

— Le principal, Philipp, c'est qu'il ne te soit rien arrivé. J'ai eu tellement peur pour toi quand l'alerte a sonné.

Un peu plus tard, elle lui dit :

— Sais-tu ce qu'il est devenu ? Etait-il encore dans la baraque quand les bombes sont tombées ?

— Je ne sais pas, Else, je ne sais pas...

Lors du déblaiement des restes de la baraque incendiée, le midi suivant, on trouva un brodequin noir un peu ratatiné. Un brodequin comme en portaient les prisonniers de guerre français. Personne ne put s'expliquer comment il était arrivé là.

11

Selma Hähnlein n'avait reçu que trois fois du courrier de son mari interné en camp de concentration, mais elle lui écrivait chaque semaine une longue lettre dans l'espoir qu'il la recevrait et qu'elle lui apporterait un peu de lumière dans ses jours sombres.

Elle lui avait écrit que leur fille grandissait, qu'elle réclamait souvent son père et qu'elle lui ressemblait de façon stupéfiante. Ingrid avait son sourire, et les yeux bleus, comme lui. Grâce à l'enfant, il était toujours près d'elle.

Lorsque, le cœur gros, elle envoya sa fille en Angleterre pour la protéger de tout danger, elle écrivit qu'Ingrid était allée se reposer dans un « véritable vieux château anglais ». Elle y serait éduquée comme une petite dame et il pourrait être fier de sa « princesse » quand il reviendrait.

Jamais elle n'évoquait la misère dans laquelle elle vivait. Ni comment on spoliait, torturait et humiliait, jusqu'aux limites du supportable, ses parents et elle-même. Pas un mot sur « l'étoile juive » que tous dans la famille devaient porter bien visible sur leurs vêtements, du côté gauche, à hauteur du cœur. Elle seule en était dispensée selon les ordonnances, parce qu'elle était mariée avec un aryen. Pas un mot sur l'interdiction faite aux juifs de pénétrer dans une forêt ou dans un jardin. Dans le parc municipal se dressait récemment un panneau comme celui qu'elle avait vu autrefois à la piscine municipale : « Interdit aux chiens et aux juifs. »

Que de temps s'était écoulé, songeait-elle en cette soirée d'octobre 1941 en écrivant une nouvelle lettre à son mari, depuis le jour où elle avait flâné avec lui dans le parc de la ville et lui avait dit, assise sur un banc : « La vigne doit s'enlacer avec la vigne. Deux êtres qui s'aiment doivent se marier... » Plus jamais elle n'aurait le droit de s'asseoir sur ce banc, plus jamais elle n'aurait le droit de pouvoir écouter le chant des oiseaux et le murmure du feuillage.

Interdit aux chiens et aux juifs...

Non. Elle n'écrivait rien de tout cela. Elle n'écrivait que sur le profond sentiment de son amour pour lui, sur ses pensées et ses espoirs qui étaient, à chaque heure, à chaque minute, près de lui. Et elle lui disait qu'elle priait chaque jour pour lui.

A la lumière de la bougie posée près d'elle dans le salon pour économiser l'électricité, elle lui écrivit pour conclure : « Récemment, j'ai lu une maxime valable pour nous deux, Wolfgang : " Ne jamais se lasser, mais tendre doucement la main au miracle comme à un oiseau. " Peut-être ce miracle se produira-t-il, qui nous réunira de nouveau ? Je ne me lasserai jamais de l'attendre. »

Elle écrivit l'adresse : «camp Weimar-Buchenwald », et porta sa lettre à la poste principale. Par la même occasion, elle jeta également dans la boîte une lettre que Rosa Löwenstein, la sous-locataire, lui avait remise. Elle était adressée au bureau de la Gestapo. Selma en connaissait le contenu : une liste qu'elle avait remise à Mme Löwenstein de la part de la communauté juive. Cette liste, qui exigeait des indications précises sur la fortune et les biens personnels des familles juives, devait être remplie et envoyée à la Gestapo dans un délai de deux semaines. On y demandait même le nombre de serviettes de toilette. Selma ignorait à quoi cette liste était destinée.

Elle rentra à la maison peu avant neuf heures. Une demi-heure plus tard, on sonna à la porte. Sara Katz ouvrit. Arnold Schmitz et deux hommes étaient devant la porte.

— Contrôle, dit Schmitz. Tout le monde est là ?

Il entra dans l'appartement avec ses deux acolytes. Sans ménagements, ils parcoururent toutes les pièces, demandèrent leur nom à tous les présents et les cochèrent sur une feuille de contrôle. Cette vérification s'appliquait aux juifs qui, en été, devaient être chez eux à partir de neuf heures et, en hiver, à partir de huit heures, en raison de l'interdiction de circuler qui les frappait. Personne ne manquait et les visiteurs tardifs se préparèrent à quitter l'appartement.

C'est alors que Schmitz découvrit quelque chose qui l'étonna. Il s'arrêta devant Selma :

— Pourquoi portez-vous une étoile juive ? Vous êtes mariée en mariage mixte. Vous n'avez pas besoin de ça !

— Je ne ressens pas ça comme une honte. Nous sommes fiers de notre étoile, répliqua-t-elle, l'œil étincelant.

Arnold Schmitz haussa les épaules. Il sortit de l'appartement avec ses compagnons. Il y revint peu après, seul. Il avait oublié son chapeau au portemanteau de l'entrée, intentionnellement, comme cela devait se vérifier plus tard.

— Mme Löwenstein va être déportée, ces jours-ci, murmura-t-il à Sara qui lui ouvrit la porte. Vous deviez partir avec elle. J'ai pu l'empêcher de justesse. Le mieux pour vous, ce serait de filer !

— Déportée ? Qu'est-ce que ça veut dire ?

La peur se lisait dans les yeux de Sara.

— Mme Löwenstein va être déportée. En Pologne.

— Mon Dieu ! Mais pourquoi donc ?

Schmitz haussa les épaules. Il était visible qu'il mentait.

— Je n'en sais rien.

— C'est ce qui m'attend, moi aussi ? Quand ? Et que fera-t-on de nous en Pologne ?

Il en avait déjà trop dit et ne répondit pas. Son chapeau à la main, il rejoignit rapidement les autres.

12

Dans les premiers temps, Alfons Lieblich était resté couché dans son lit pendant les alertes. Il se bouchait les oreilles avec du coton, se mettait sur le côté et se fiait à son ange gardien. Lorsque son logeur Kompowski, garde de la Défense passive de l'immeuble frappait à sa porte, il ne répondait pas. Après tout, il pouvait aussi être sorti. Mais, depuis les grandes attaques aériennes contre le territoire de la Ruhr, il était parmi les premiers à courir à la cave.

Adolf Hähnlein avait renforcé l'abri avec des poutres et des piliers de fer et il avait fait construire un mur supplémentaire de béton. Lorsque ça chauffait au-dessus de la ville entre les bombardiers et la DCA, Anton Bockmeier et sa femme accouraient en tremblant dans la cave du 14 Adolf-Hitler-strasse, qui passait pour particulièrement sûre.

Cette nuit-là, à la fin d'octobre 1941, Adolf Hähnlein amena avec lui le chef de bloc, Fritz Schwertfeger. L'alerte les avait dérangés au cours d'un entretien.

Au bout d'une vingtaine de minutes environ, on entendit approcher la calamité venue du ciel. Les moteurs d'avions ronflaient, les obus de la DCA explosaient. Le bruit, d'abord à une distance rassurante, se rapprochait de plus en plus.

— Ils attaquent là où ils veulent, dit d'une voix étouffée Alfons Lieblich en tirant sa couverture sur sa tête. Où sont donc nos chasseurs de nuit? Et pourquoi la DCA n'abat-elle plus de tommies?

Adolf Hähnlein voulut d'abord lui répondre brutalement, mais il s'en abstint. Qu'aurait-il pu dire? Les choses n'allaient pas fort pour la « supériorité aérienne allemande ». Par Karl, il savait que, certes, les chasseurs allemands ne chômaient pas, mais qu'il était difficile de lutter contre la supériorité en matériel de l'ennemi.

On entendit tomber des bombes. Les impacts se firent de plus en plus bruyants. Les occupants de la cave se recroquevillèrent. Ils le savaient : leur vie était désormais entre les mains d'un pilote de bombardier. Tout dépendait du moment où il ouvrirait la soute avec son chargement mortel. Une parcelle de seconde pouvait décider si leur rue ou même leur immeuble seraient touchés par les bombes.

Le bruit des impacts cessa pendant un moment. Silence. Else Wendehals fut la première à relever la tête.

Puis, un bruissement comme le bruit des ailes d'un grand oiseau.

Soudain, la cave sembla se soulever. Les gens furent arrachés de leurs chaises, de leurs bancs, de leurs lits. Ils tombèrent pêle-mêle, les femmes et les hommes, les jeunes et les vieux, les juifs et les fonctionnaires du Parti. Puis suivit un bruit à faire exploser les tympans. Ce fut comme le roulement de tonnerre d'un train franchissant un pont, un bruit effrayant qui paraissait se multiplier. On l'entendit à courts intervalles, cinq ou six fois à la suite.

La lumière s'éteignit. On sentit le goût de la poussière de chaux dans la bouche. Quelqu'un priait à haute voix, un autre pleurait. Puis, en une seconde, tout fut terminé. Lumière. Soupirs de soulagement.

Les gens sortirent lentement de leur état de choc. On était vivants. On se levait. On se secouait. On avait le sentiment d'avoir été morts et de ressusciter.

Au cours de cette nuit-là, la DCA qu'Alfons Lieblich avait fustigée avait néanmoins bien visé. Elle avait abattu trois bombardiers. L'un d'eux s'était écrasé sur l'immeuble du 2 Adolf-Hitler-strasse et il avait explosé avec tout son chargement de bombes.

Le bâtiment avait été rasé à la hauteur des murs de fondation. Seul un pilier tenait encore debout. Le dernier menu de « La Carafe » y était resté fixé. Il n'y avait plus trace du café. Au milieu des ruines, se dressait le poste de pilotage de l'avion abattu avec ses cocardes britanniques. Le cockpit du pilote était tombé dans les arbres de l'arrière-cour. C'était un tableau effrayant : une main calcinée se crispait encore sur le manche à balai.

Jusqu'à la boulangerie industrielle, la rue n'était plus qu'un champ de ruines fumantes. Il fallut des heures à l'équipe de déblayage pour parvenir jusqu'à l'abri de l'immeuble détruit. Ils n'y trouvèrent que des morts. Parmi eux, il y avait Emil, le propriétaire de « La Carafe », et sa femme Christa, une jolie petite brune un peu molle. Quelques-unes des victimes n'étaient pas de l'immeuble. C'étaient les clients de « La Carafe » que le bombardement avait surpris dans le café.

La maison voisine, au numéro 4, avait subi de graves dommages. Les deux étages supérieurs durent être évacués car ils menaçaient de s'effondrer.

— Une chance que l'appareil soit tombé sur la maison d'angle et non au milieu du pâté de maisons, déclara le chef de l'équipe de déblaiement.

Il fallut plusieurs jours pour dégager la rue et balayer les gravats. Les poutres, les meubles brisés et de bizarres blocs de pierre s'entassaient en couches successives et bien rangées, dans les ruines. L'ordre, même dans le chaos.

Avec le temps, on s'habitua à ce spectacle. La vie continua.

Mais ce n'était plus la même rue. On lui avait infligé une profonde blessure. Si elle avait eu une voix, elle aurait crié. Si elle avait eu des yeux, peut-être aurait-elle pleuré. Mais les rues souffrent en silence.

Ce n'était que le commencement.

13

— Est-ce ici qu'habite une Rosa Löwenstein ?

Devant la porte, il y avait deux hommes de haute taille en manteau de cuir noir.

— Oui, dit Karin Winschermann.

Il était un peu plus de huit heures du soir. Et, comme chaque soir depuis la visite d'Arnold Schmitz, les habitants du deuxième étage avaient attendu, l'angoisse au cœur, le coup de sonnette brutal, impératif, qui venait de résonner. Tous étaient effondrés. Karin Winschermann avait ouvert et montré silencieusement une porte.

Les deux hommes traversèrent le vestibule et entrèrent sans frapper dans la chambre de Mme Löwenstein. Ils refermèrent brutalement la porte derrière eux. On entendit des voix, des pas qui allaient et venaient. Un peu plus tard, la porte s'ouvrit et Rosa Löwenstein sortit.

Elle alla dans le salon où les autres étaient assis autour de la table. On l'emmenait, dit-elle calmement, avec son air absent. Où, elle ne le savait pas. Elle voulait les remercier pour leur hospitalité. Elle avait fait ses bagages et devait partir. Elle n'avait malheureusement pas le droit d'emporter des livres. Elle aurait pourtant bien aimé relire *Hamlet.* Mais peut-être y avait-il des livres là où elle allait ? Dès son arrivée, elle écrirait avec tous les détails.

Moses Winschermann se leva et alla à elle. Il la serra dans ses bras sans mot dire. Les autres se levèrent et lui serrèrent la main.

Sans colère, un léger sourire aux lèvres, Rosa Löwenstein resta un instant dans l'embrasure de la porte. L'un des deux hommes apparut à côté d'elle :

— Nous avons mis les scellés sur la chambre de Mme Löwenstein, dit-il. Il est interdit de briser les scellés et de prendre quoi que ce soit dans la pièce. Venez, madame Löwenstein.

L'autre homme portait la valise lorsqu'ils partirent. On entendit la porte se refermer sur eux.

— Que se passe-t-il ? demanda Sara Katz. Pourquoi emmène-t-on cette vieille femme dans un camp ? Que signifient les déportations dont Schmitz a parlé ? Et à quand notre tour ?

Les autres s'assirent un moment en silence. Ils grelottaient. Ils voulaient conserver le peu de charbon qu'ils avaient pour des jours plus froids.

— Je crois, dit enfin Winschermann, qu'il ne faut prendre aucune disposition à long terme. Pourquoi économiser le charbon et geler ? Va, Nathan, rapporte deux seaux de charbon de la cave. Nous allons chauffer convenablement.

Rosa Löwenstein ne fut d'abord pas emmenée bien loin — de l'autre côté de la rue, dans la fabrique de pain Gottwald, désormais hors d'activité. Le matin suivant, le bruit courut que, dans les anciennes installations, deux cents juifs, étroitement entassés, attendaient leur départ. Des sentinelles avaient été placées devant le portail.

Vers midi, une jeune femme s'approcha d'un garde. C'était Jenny, la fille de Rosa Löwenstein. Jiddchen l'avait avertie que l'on avait arrêté sa mère. Jenny montra ses papiers. Elle voulait simplement remettre divers objets à sa mère pour le voyage. Une couverture et quelque chose à manger. La sentinelle lui dit que ce n'était pas possible.

— Il fera sûrement froid pendant le voyage, dit-elle, ma mère est vieille et rhumatisante.

— Ils auront tous des couvertures. Ils n'auront pas froid.

— Mais il lui faut son régime. Elle souffre de l'estomac.

La sentinelle secoua la tête.

— Allez-vous-en, dit-elle, personne ne passe.

Un officier de SS traversait la cour. Il s'approcha d'un pas rapide en voyant que la jeune femme aux cheveux noirs ne voulait pas s'éloigner. Il avait une balafre sur la joue gauche.

— Donnez-moi ça, dit-il à Jenny lorsqu'il apprit ce qu'elle voulait. Et maintenant, disparaissez ! Nous ne voulons pas d'attroupement ici !

Il prit le gros sac bleu que Jenny lui tendait.

— Ma mère s'appelle Rosa Löwenstein, dit-elle.

Sara Katz observait la scène de sa fenêtre. Elle vit la jeune femme faire demi-tour. A peine s'était-elle éloignée, que l'officier alla jusqu'à une poubelle, souleva le couvercle et y jeta le sac bleu.

Jenny arriva un instant plus tard à l'appartement des Katz. On lui dit qu'elle n'avait pas le droit de pénétrer dans la chambre de sa mère. Elle resta un moment devant la porte, silencieuse, les yeux fermés.

— D'abord, c'est mon père qui a été enfermé dans un camp, maintenant c'est ma mère. J'espère qu'elle y survivra. Dieu merci, j'ai encore pu lui donner quelque chose pour le voyage.

Sara hocha la tête. Elle se garda de lui dire ce qu'elle avait vu dans la cour de la fabrique. Pourquoi briser le cœur de la jeune femme ?

Elle eut elle-même le cœur bien lourd lorsque, le lendemain, elle vit comment les juifs étaient conduits à la gare. On les forçait à courir, même les infirmes qui ne pouvaient se déplacer qu'avec des béquilles. Ils étreignaient anxieusement leurs derniers biens. On entendit dire plus tard, qu'à la gare, tous leurs bagages leur avaient été enlevés. Ils durent monter dans des wagons de marchandises et dans des wagons à bestiaux. Chaque wagon ne disposait que d'un seau pour les besoins naturels.

Lorsque Moses Winschermann apprit tout cela, il déclara avec amertume :

— Maintenant, nous autres les juifs, nous sommes définitivement au même niveau que le bétail. On nous traite comme du bétail. On nous transporte comme du bétail. Peut-être va-t-on aussi nous tuer comme du bétail !

A partir de ce jour-là, les habitants du deuxième étage du 14 Adolf-Hitler-strasse vécurent dans l'angoisse du malheur qui s'approchait. Enfermés entre leurs quatre murs, ils n'étaient plus sûrs de vivre bien longtemps. Chaque repas pouvait être le dernier. Chaque coup de sonnette pouvait signifier la fin, le chemin de l'inconnu et peut-être de la mort.

Sara pensait souvent aux dernières paroles de son mari, peu avant son suicide : Dieu nous a abandonnés. Elle l'avait contredit. Elle le comprenait désormais. Souvent elle luttait contre l'envie de ne plus prier et de ne plus jeûner jusqu'à ce que tout cela finisse.

Mais toujours, elle suivait l'exemple de son frère, Moses. Il continuait imperturbablement à dire ses prières quotidiennes. Et, chaque vendredi soir, au commencement du sabbat, il se rendait avec Nathan et d'autres hommes dans l'appartement d'un membre de la communauté qui remplaçait la synagogue incendiée pour y lire la Thora.

— Nous n'avons pas le droit de nous laisser prendre notre foi en Dieu, disait-il. Car, en dehors de Dieu, à qui pourrions-nous nous confier ?

14

En février 1942, les Hähnlein reçurent une nouvelle, à la fois bonne et mauvaise.

Wolfgang Hähnlein avait été libéré du camp de concentration de Buchenwald. C'était la bonne partie de la nouvelle. La mauvaise : on l'avait « gracié » en l'incorporant au bataillon disciplinaire numéro 999, dans cette poignée d'enfants perdus que l'on engageait en première ligne comme « commandos suicide ».

Adolf Hähnlein en fut cependant satisfait.

— Enfin, maman, tout va bien de nouveau ! dit-il à sa femme lorsqu'il apporta la nouvelle.

Apparemment, le chef de cercle, Montag, avait déjà obtenu que le fils de l'ortsgruppenleiter fût affecté à un service supportable, à la comptabilité du camp.

— Maintenant, il a enfin retrouvé l'honneur, dit Hähnlein, il peut se faire une réputation au service du peuple et du Führer !

Eva Hähnlein qui, du fait de sa maladie de cœur, avait perdu beaucoup de sa vitalité, sembla visiblement revivre. Elle fondit en larmes et embrassa affectueusement son mari.

— Mon Dieu, j'aurai tout de même encore assez vécu pour voir ça, dit-elle en sanglotant.

Dieu fut souvent évoqué dans la rue au cours de ces journées. Les gens qui vivaient là étaient bouleversés, terrifiés et pleins d'angoisse. Beaucoup, qui avaient renié Dieu, Lui revenaient. Les offices du pasteur Baum, qui avait de nouveau le droit de prêcher, étaient bondés. On avait besoin de l'aide de Dieu car la guerre devenait de plus en plus dure. Elle attaquait de plus en plus impitoyablement.

Jamais il n'y avait eu autant de faire-part de décès dans l'*Allgemeine Anzeiger*. Dans les éditions de la fin de semaine, il y en avait souvent trois ou quatre pages. La plupart portaient la Croix de fer, ce symbole des héros morts.

« Avec une indicible douleur », les époux Kickbuch du numéro 15 annonçaient la mort héroïque de leur fils Herbert « tombé pour son Führer et la Grande Allemagne », et on ajoutait fièrement que « selon les mots de son général, il était un de ces jeunes lieutenants dont la division avait besoin, plein d'entrain et de joie de vivre ».

L'annonce de la mort de Rolf Fehrenbach provoqua chez les Kompowski des réactions mitigées. Il était tombé en Russie comme capitaine de SS dans une division de grenadiers blindés. « Avec une foi inébranlable en la victoire allemande », écrivait sa mère, la veuve du juge Fehrenbach du 1 Adolf-Hitler-strasse. « Il était mon unique et mon tout. Fidèle à son serment, il a donné sa jeune vie en fleur qui autorisait les plus fiers espoirs, pour son Führer bien-aimé et pour l'avenir de la Grande

Allemagne. Je n'oublierai jamais sa nature rayonnante comme le soleil ! »

— Et moi, je n'oublierai jamais comme il a arrêté le pauvre Dodo, dit Irmgard.

Elle songea aux yeux tristes de Dodo et à la fleur en tissu qu'il lui avait donnée avant de partir — un départ sans retour.

— Rolf ne te fait pas de peine ? lui demanda sa sœur. Tu l'as pourtant aimé, autrefois.

— Bien sûr qu'il me fait de la peine. Mais il avait pris le mauvais chemin. D'autres souffrent à cause de lui.

Les grands yeux bruns d'Irmgard se firent très graves lorsqu'elle ajouta :

— Peut-être sa mort nous aidera-t-elle à croire que notre monde pourra s'améliorer.

— Je ne te comprends pas, dit Hilde.

— J'ai souvent eu l'impression que, dans ce monde, seuls les faibles et les innocents devaient être sacrifiés. Mais maintenant, les forts, les coupables sont aussi touchés. Ce que des gens comme Rolf imposaient sans pitié aux autres, les atteint désormais eux-mêmes : la mort. Je n'ai pas souhaité qu'il meure. Mais maintenant que c'est arrivé, cela peut signifier la vie pour d'autres hommes. Je crois que cela a un sens.

Hilde, la cheftaine de BDM, répliqua :

— Je vois ça autrement. Rolf était un espoir. Un de ceux qui nous guidaient sur une voie nouvelle.

— Oui..., sur la voie des larmes...

Ce fut pendant ces jours de février, alors que Irmgard se rendait à son travail dans la Hellwig-strasse, une rue parallèle à l'Adolf-Hitler-strasse, qu'elle assista à une scène qui l'émut profondément.

Sous ses yeux, une jolie femme mince fut tirée par deux hommes hors d'une maison. Malgré la vivacité de sa résistance, ils la traînèrent jusqu'à une petite place où attendaient un troisième homme et une vieille femme à l'air résolu.

— Au secours ! au secours ! se mit à crier la jeune femme lorsque la vieille commença à lui couper ses épais cheveux blond cendré.

Un attroupement se forma rapidement autour du groupe. Les badauds regardaient avec curiosité les boucles blondes tomber les unes après les autres sous les rapides coups de ciseaux. Bientôt, il n'y eut plus sur la petite tête que de vilaines touffes.

— Pleurniche, espèce de putain ! dit un des hommes qui la

tenaient. Nous te faisons belle pour ton bouc polonais. Il va être épaté en voyant que sa chèvre allemande n'a plus de cheveux.

La vieille ne s'arrêta que lorsqu'elle eut rasé la tête de la jeune femme avec une tondeuse. Un des hommes lui accrocha alors au cou une pancarte avec cette inscription : « J'ai souillé l'honneur des femmes allemandes ! »

— Bon sang, mais c'est la belle Lucie ! dit un jeune homme en s'approchant, la femme du peintre Köbes Beil.

— Elle devrait avoir honte, celle-là ! dit une femme à cheveux gris. Köbes est au front à risquer sa peau et elle le fait cocu avec un Polack !

— Avec un Polack ?

— Oui, avec un ouvrier étranger. Imaginez-vous ça ?

— C'est des femmes qui ont le cul chaud ! dit un gros homme en cotte bleue. Il leur faut un type au lit. Une jument en chaleur ne peut pas attendre que son bonhomme ait une permission.

— Mais coucher avec un ouvrier étranger, c'est la fin de tout ! grogna la femme à cheveux gris. Et avec un Polonais ! Non seulement on devrait la raser, mais des salopes comme ça, on devrait les fouetter !

La jeune femme fut promenée avec sa pancarte dans les rues du quartier, suivie d'une foule de plus en plus nombreuse qui sifflait et braillait.

Le soir, Erika Hähnlein entendit parler de l'incident chez ses beaux-parents. Elle apprit à cette occasion que c'était Adolf Hähnlein qui avait provoqué cette « action spontanée » contre Lucie Beil. La femme infidèle du peintre avait enfreint l' « Ordonnance pour la protection de la puissance défensive allemande », déclara-t-il. Conformément à ces dispositions, les relations sexuelles entre femmes allemandes et étrangers étaient sévèrement punies. Pour « l'homme étranger », le tribunal pouvait même condamner à mort et, pour la femme allemande, il pouvait ordonner l'internement en camp de concentration. Pour intimider le public, il était d'usage de raser auparavant les femmes comme Lucie Beil.

Erika écouta en silence.

— Il ne manque plus que les brodequins et les chambres de torture et nous serons revenus au fin fond du Moyen Age, dit-elle enfin.

Adolf Hähnlein tirailla nerveusement sa petite moustache à la Hitler avant de lui demander :

— Tu considères donc comme injuste que des femmes de ce genre, qui trompent leur mari au front et tombent sur le dos sans vergogne, soient stigmatisées ? Tu voudrais peut-être les protéger ?

Erika secoua la tête :

— Non, mais ne suffirait-il pas que leur mari obtienne le divorce ? Le camp de concentration ou la peine de mort pour un adultère, c'est inhumain !

L'ortsgruppenleiter regarda sa belle-fille avec reproche :

— Qu'est-ce qu'il te prend, Erika ? Si Karl t'entendait !

— Il ne vaut pas mieux que Lucie Beil.

— Comment cela ?

— Si on traitait de la même façon les Allemands qui trompent leur femme en France avec des Françaises, dit lentement la jeune femme, ton fils aurait la boule à zéro, père !

Adolf Hähnlein plissa le front.

— Karl avec des Françaises ? Comment peux-tu dire ça ? Ce garçon n'a pas le temps pour ça. Il est jour et nuit en opération.

— La question est seulement de savoir « où » il est toujours en opération. Ce n'est sûrement pas quand il vole à l'ennemi qu'il attrape la chaude-pisse !

— Qu'est-ce que tu racontes là ? demanda Hähnlein, un peu gêné.

— Exactement ce que tu as entendu, père ! Lors de sa dernière permission, mon mari n'a pas pu coucher avec moi parce qu'il avait attrapé une maladie vénérienne. Il a toutefois eu la correction de ne pas me contaminer.

Entre-temps, Eva Hähnlein avait mis la table dans la cuisine pour le dîner. Elle ouvrit la porte du salon :

— Venez, vous deux ! Il y a quelque chose de bon. J'ai enfin pu avoir des pommes de terre.

Erika attendit d'avoir fini de manger avec ses beaux-parents les pommes de terre et le hareng avec une sauce à la farine.

— Pour que vous soyez au courant, dit-elle, j'en ai assez d'être constamment trompée par Karl. Je demande le divorce.

15

Après que la sirène d'alerte se fut tue, il régna un étrange silence.

Else Wendehals, qui était en train de repasser les chemises de son mari, retira la prise de son fer électrique. Elle plia les chemises repassées et les empila soigneusement, puis elle jeta un coup d'œil par la fenêtre de la cuisine et crut mourir de peur.

Au-dessus des maisons de la Hellwig-strasse, de l'autre côté des cours d'immeubles, se dressaient des « arbres de Noël ». Des boules de lumière éblouissantes qui répandaient une clarté aveuglante dans le ciel nocturne.

Else Wendehals savait ce que cela signifiait : un avion avait lancé ces fusées pour délimiter l'objectif des bombardiers qui le suivaient. Avec un tel éclairage, ils pouvaient atteindre leur cible avec autant de précision qu'en plein jour. L'attaque était donc imminente. Else Wendehals crut déjà entendre le ronflement des moteurs.

— Philipp, Philipp ! cria-t-elle d'une voix étranglée.

Avec son mari qui sortait de son bain, elle descendit les jambes à son cou jusqu'à la cave. Ils oublièrent leurs sacs de défense passive et leur bagage de détresse, et trébuchèrent dans l'escalier de la cave. Wendehals était nu sous son peignoir de bain. Il serrait nerveusement sa ceinture autour de sa taille maigre.

— Il était temps, dit Kompowski en fronçant les sourcils.

A peine avaient-ils rejoint leur place que les premières bombes tombèrent. Ce fut d'abord un léger martèlement dans le lointain, qui se rapprocha et devint un puissant piétinement. Cela semblait se diriger tout droit vers la maison. Un tapis de bombes ! Il secouait et ébranlait la terre, la bouleversait.

Aucun des occupants de la cave ne se jeta sur le sol. Ils savaient qu'ils ne pourraient pas arrêter la mort de cette façon. Si la bombe tombait sur l'immeuble, ils n'avaient pas une chance d'en réchapper. Après deux cent cinquante alertes et quatre-vingts bombardements, ils n'avaient plus d'illusions.

Le piétinement géant passa le long de l'immeuble. Pendant un moment la maison sembla se soulever hors de ses fondations et vaciller.

Maintenant, songèrent-ils tous..., maintenant... ou bien maintenant...

L'angoisse et la terreur traçaient des ombres dures sur leurs visages qui, dans la faible lumière de secours, avaient l'air bleutés. On voyait des lèvres tressaillir et des mains trembler.

Philipp Wendehals tentait en vain de maîtriser le tremblement nerveux de ses genoux. Eva Hähnlein était assise, repliée sur elle-même, les yeux fermés et les mains jointes. Alfons Lieblich était tendu. Il semblait prêt à bondir à tout instant.

Sara Katz et Moses Winschermann, au contraire, montraient un calme stoïque. Leurs visages reflétaient l'horreur, mais aucune angoisse. Ils attendaient chaque jour leur fin. Pourquoi auraient-ils craint la mort dans la cave ?

Les impacts des bombes s'éloignèrent. Vingt minutes plus tard, le cauchemar était terminé. On ne put croire, d'abord, au silence qui s'ensuivit.

— Encore une fois, c'était sacrément près, dit, soulagé, Adolf Hähnlein.

Kalla Kompowski redressa son casque de défense passive et remonta l'escalier. Un instant après, il revint, blanc comme un linge.

— Ça brûle, cria-t-il, partout! Chez nous aussi! Tous les hommes à l'extinction!

— La fin d'alerte n'a pas sonné, dit Wendehals, apeuré.

— Oui, mais allez-vous attendre que tout ait flambé? demanda Lieblich en courant vers la sortie.

— Il nous faut du sable, cria Kompowski qui perdait un peu la tête. Du sable et de l'eau. Ce qu'il y a dans le grenier ne suffit pas.

— Les sacs de sable, dehors, devant la cave! dit Jiddchen, prenons-les!

— Oui, les sacs de sable! cria Hähnlein. Vite!

Tandis qu'ils montaient au grenier, ils aperçurent, par les fenêtres de la cage d'escalier, la lueur des flammes qui provenait des maisons du voisinage. On entendit le crépitement et le bruit des poutres qui s'effondraient. La Steingasse semblait la plus atteinte. Du toit de l'immeuble du 14 s'échappait de la fumée blanche.

Jiddchen et Hähnlein, Wendehals dans son peignoir de bain, Moses Winschermann et Alfons Lieblich haletaient dans l'étroit escalier du grenier, chacun portant un sac de sable sur l'épaule. Kalla Kompowski les accueillit en haut et les dirigea vers le foyer d'incendie. Une partie du plancher et deux grosses poutres étaient en flammes. Une bombe incendiaire était tombée dans un panier de lessive et l'humidité du linge avait probablement empêché le feu de s'étendre. Les hommes vidèrent les sacs sur le foyer d'incendie et parvinrent à l'étouffer.

— Les pigeons! cria soudain Jiddchen.

On entendait les pigeons, affolés, qui s'agitaient dans les deux pigeonniers. Jiddchen en ressentit un grand serrement de cœur. Depuis peu, il avait été obligé de remettre ses oiseaux à Kalla Kompowski car les juifs n'avaient plus le droit de posséder des animaux familiers. Son cœur avait saigné quand il avait dû se séparer de ses pigeons, mais il se consolait en songeant qu'ils étaient en bonnes mains chez le voisin. Il avait appris à renoncer.

— Les pigeons n'ont rien, dit Kompowski, on a eu de la veine.

Une terreur rétrospective leur glaça le sang lorsque Moses Winschermann découvrit, en deux endroits du grenier, deux corps métalliques, allongés et brillants.

— Des bombes non éclatées, constata Kompowski.

Par prudence, il jeta du sable dessus.

La fin d'alerte n'avait toujours pas sonné lorsque les hommes quittèrent le grenier et regagnèrent la cave. Dans le vestibule de l'immeuble, un homme en uniforme de major se précipita à leur rencontre. Un de ses bras était soutenu par un triangle de tissu noir.

— Aidez-moi ! cria-t-il. A quelques maisons d'ici, il y a quelqu'un qui pousse des cris terribles. Il a l'air d'être coincé. Avez-vous une hache et des pelles ? Qui vient avec moi ? J'ai malheureusement un bras cassé.

Au même instant, on entendit à nouveau le bruit des moteurs et l'aboiement de la DCA. Les deux se rapprochaient rapidement. C'était une nouvelle vague de bombardiers.

Les hommes hésitèrent. Jiddchen rassembla alors tout son courage. Il saisit une pioche dans le couloir de la cave et courut vers l'extérieur avec le major.

Plusieurs maisons de la rue brûlaient. Là où se dressait l'immeuble du 8, s'ouvrait un grand trou noir. A l'emplacement de l'épicerie Fritz Schwertfeger, anciennement Jakob Katz, s'entassaient des ruines. Jiddchen entendit les gémissements d'un homme. Dans le reflet des flammes des maisons voisines, il aperçut une silhouette. Un bras blanc qui ramait désespérément.

Jiddchen avança à tâtons en tirant sa pioche derrière lui. Il évita de justesse une poutre enflammée qui s'abattit de la maison voisine. Des pierres tombèrent ensuite. L'homme dans les ruines sembla avoir été touché. Il poussa un cri.

Il aperçut enfin son sauveur qui, indifférent au bourdonnement des avions et aux explosions de la DCA, se traînait vers lui.

— Par ici ! gémit-il. Plus à droite ! Encore plus !

L'homme était chauve. Son torse nu. Il s'arc-boutait désespérément contre un mur abattu qui risquait de l'écraser. Son pied droit était coincé sous une poutre de bois. Seul, il ne pouvait se libérer. Au-dessus de lui, des morceaux de muraille pendaient de la maison voisine à moitié effondrée et menaçaient de l'ensevelir d'un moment à l'autre.

— D'abord le pied ! dit l'homme lorsque Jiddchen voulut repousser sur le côté le pan de mur qui pesait sur lui. Après, je pourrai m'en tirer tout seul.

Le major qui, avec son bras blessé, ne pouvait intervenir, était resté sur la chaussée, il vit Jiddchen déplacer la poutre à l'aide de la pioche. Nathan dut tendre son corps émacié d'affamé jusqu'à l'extrême limite de ses forces. La sueur ruisselait de son front lorsqu'il eut enfin réussi. Il avait déchiré sa veste avec l'étoile juive.

Aidé par l'homme, il put repousser la charge de pierres qui l'écrasait. Ensuite, le blessé perdit connaissance. Jiddchen le tira des décombres et le traîna jusqu'à la rue. Un instant plus tard, le reste de la façade s'effondra. De lourdes pierres tombèrent à l'endroit où l'homme s'était trouvé coincé un moment auparavant.

— Vous lui avez sauvé la vie, dit le major, comment vous appelez-vous ?

— Ça n'a pas d'importance, dit Jiddchen.

— Dites-moi votre nom... je vous en prie...

— Nathan Katz.

— Où habitez-vous ?

— 14 Adolf-Hitler-strasse.

— Merci, dit le major en lui serrant la main. Vous avez été très courageux, vous entendrez parler de moi.

Avec la fin de l'alerte, d'autres gens arrivèrent dans la rue. Adolf Hähnlein était parmi eux. Il retint Jiddchen par la manche au moment où ce dernier allait rentrer dans l'immeuble.

— Tu sais pourtant que les juifs n'ont pas le droit de quitter l'abri avant la fin de l'alerte ? dit-il.

— Oui. Mais l'homme, il serait mort !

Un peu gêné, Hähnlein déclara que, dans ce cas particulier, il fermerait les yeux. Mais que les règlements étaient les règlements. Lui, l'ortsgruppenleiter, n'avait pas le droit de tolérer qu'on y contrevienne. Surtout pas lui.

L'homme que Jiddchen avait libéré des décombres était le seul survivant de l'immeuble du numéro 8. La cave-abri était devenue le tombeau de tous les autres. Les sauveteurs essayèrent désespérément de parvenir jusqu'à eux avec des pelles et des pioches. Les morts ne purent être dégagés que plusieurs jours après le bombardement. Parmi eux, se trouvaient le chef de bloc Fritz Schwertfeger, le chauffeur de locomotive Nickel avec sa femme handicapée, deux de leurs enfants et l'ancien communiste Kimmeskamp.

L'immeuble du numéro 6 avait également beaucoup souffert. Une bombe explosive avait arraché la toiture et une partie de l'étage le plus élevé. Dans la chambre de la barmaid Vera Ahrens, le plafond s'était effondré et il pleuvait dans la cuisine. Les appartements voisins menaçaient de s'abattre, ils durent être évacués.

Dans le voisinage, les dommages causés par le feu étaient considérables par endroits. Aucune fenêtre des environs n'était restée intacte et les maisons jouxtant les ruines du numéro 8 étaient lézardées. Le bâtiment frigorifique de Bockmeier, dans la cour, avait été détruit. Chez les Wendehals, le souffle de l'explosion avait arraché le bow-window du salon. Le fauteuil dans lequel Philipp Wendehals s'asseyait le soir pour lire avait été projeté dans la rue et enterré sous les gravats. Ses restes furent chargés sur un camion par les équipes de déblayage.

Deux semaines après l'attaque, Jiddchen fut convoqué au commandement territorial. Un jeune lieutenant mince le reçut. Il soupira en voyant l'étoile juive de son visiteur.

— Nous l'avions bien pensé quand on nous a dit le nom, dit-il, Nathan Katz. Qui oserait s'appeler Nathan de nos jours... Voilà une histoire sacrément pénible.

— Qu'est-ce qui est si pénible ?

— Sur proposition du major Runge, de l'état-major du commandant de la place, on vous a donné la croix de première classe du Mérite militaire. Parce que vous avez sauvé un homme au péril de votre vie.

— Merci.

— En tout cas, ça a l'air d'une blague : l'étoile juive et la croix du Mérite militaire...

Jiddchen jeta à son interlocuteur un regard interrogateur.

— Que dois-je penser de ça ?

— Je n'en sais rien, moi non plus, dit le lieutenant.

Il se leva et tendit à son modeste visiteur, en lui serrant la main, la décoration et le brevet.

— Personnellement, je n'ai rien contre les juifs, dit-il, mais vous connaissez l'ambiance générale. Aussi, voilà mon conseil. Mettez cette décoration dans un tiroir. Ne la portez pas, cela ne vous amènerait que des ennuis. Comprenez-vous ?

Jiddchen réfléchit un instant, puis posa décoration et brevet sur le bureau de l'officier.

— Si je ne dois pas porter cette croix, autant qu'elle reste ici. Je ne suis pas sorti pour une décoration. Je voulais sauver un homme, rien de plus.

Il salua et sortit, laissant le lieutenant stupéfait.

Nathan Katz dut faire à pied les cinq kilomètres qui séparaient le commandement territorial de chez lui. Depuis quelque temps, les juifs ne pouvaient utiliser les transports publics qu'avec une autorisation écrite. Nathan Katz n'en avait pas.

16

En septembre 1942, le directeur du lycée Hans Holler fut tué au cours d'une attaque aérienne. Philipp Wendehals l'apprit le lendemain matin lorsqu'il arriva à la baraque-école, reconstruite près du château d'eau.

Comme très souvent, il avait traversé des rues encore pleines de l'odeur des incendies, passant devant des ruines fumantes à travers un chaos d'éclats de verre, d'ustensiles de cuisine et de meubles brisés. Mlle Krutoff, la maigre et sèche secrétaire de Holler, l'accueillit au secrétariat avec des yeux remplis de larmes.

— La cave de sa maison ne s'est même pas effondrée, dit-elle. C'est le souffle de la bombe. Il a fait éclater les poumons de M. Holler et de tous ceux qui étaient dans l'abri avec lui. N'est-ce pas effrayant, monsieur le professeur ?

— Le pauvre Holler ! murmura Wendehals.

— Qui va présider aujourd'hui la cérémonie des couleurs, puisque M. Holler n'est plus là ? demanda Mlle Krutoff en sanglotant.

C'était lundi et, au début de chaque semaine, Holler faisait venir toutes les classes dans la cour du lycée pour commencer la journée sur l'envoi des couleurs et une allocution martiale.

— M. Mauritius, dit Wendehals, c'est lui qui est son représentant.

— Mais vous avez donc oublié, demanda Mlle Krutoff, que M. Mauritius est mobilisé ? Vendredi, c'était son dernier jour de classe.

Wendehals n'y avait pas pensé. Après le professeur de gymnastique Gürzgen et deux jeunes suppléants, le professeur de mathématiques était le quatrième de ses collègues appelé sous les drapeaux au cours des six derniers mois. Hitler avait besoin de ravitailler le front. Deux enseignants seulement avaient été remplacés par des retraités qui parvenaient difficilement à établir leur autorité sur la nouvelle génération d'élèves. Des collégiens qui, à l'âge de quinze ans, avec les projecteurs et les canons de DCA, n'apprenaient en fait qu'une seule chose : vivre avec des dangers mortels.

— Alors, je vais me charger de l'appel, dit Wendehals. Envoyez-moi le porte-parole de l'école.

Dix minutes plus tard, les classes étaient rassemblées en rangs par trois dans la cour de l'école. Deux élèves se tenaient avec le drapeau à croix gammée près du mât de pavillon. Wendehals fit un signe et ils commencèrent à hisser le pavillon qui pendait paresseusement. Le porte-parole de l'école, un grand garçon avec un toupet brun, déclama : « Je suis né pour me sentir allemand / Je suis complètement voué à l'existence allemande / D'abord mon peuple et ensuite les autres / D'abord ma patrie, et ensuite le monde. »

Puis Wendehals annonça la mort du directeur Holler tombé en héros sur le front intérieur. C'était donc un devoir pour tous, élèves et professeurs, d'accomplir leur travail selon l'exemple donné par celui qui était mort pour son peuple et son Führer. Les mots de Holler, cent fois entendus, sortaient maintenant tout naturellement de la bouche de Wendehals. Le professeur s'était définitivement adapté.

Dix jours après la mort de Holler, un représentant de l'administration de l'Education nationale se présenta au lycée. Il demanda à parler au professeur Wendehals. Son administration, dit-il, avait l'intention de proposer Wendehals comme nouveau directeur. A condition, bien entendu, qu'il se fasse inscrire au Parti et qu'il renforce son engagement politique. Sa présence aux réunions obligatoires de la Ligue des professeurs nationaux-socialistes ne suffisait pas. Le Parti considérait l'école comme une cellule politique. Le directeur devait donc avoir les qualités d'un chef politique. Se sentait-il capable de diriger l'établissement, non seulement sur le plan pédagogique, mais aussi politique ?

— Dois-je prendre une décision immédiatement ? demanda Wendehals.

— Le plus tôt sera le mieux. J'attends votre réponse au plus tard dans trois jours.

Le soir, il en discuta avec sa femme. Elle ne réfléchit pas longtemps :

— Naturellement, tu acceptes, dit-elle. C'est le couronnement de ta carrière : directeur de lycée ! C'est pour cela que tu as toujours travaillé, et le poste te convient. En fin de compte, tu es le plus compétent et, après Vogelsang, le professeur le plus ancien.

— D'accord, mais il ne s'agit pas de ça. Si j'accepte, il faut que j'entre au Parti et que j'adopte sa langue et son idéologie. Jusqu'à présent, je l'ai toujours évité.

— Mais tu n'es plus contre Hitler ?

— Non. Sauf qu'il n'aurait pas dû entraîner le monde entier dans la guerre. Ça ne peut pas bien se terminer.

— Jusqu'à présent, tout marche bien, Philipp. Même, si pour une fois, nous perdons une bataille, tu ne vas tout de même pas renoncer à ce poste à cause de ça ?

Elle vit que son mari se torturait avec ses hésitations. D'une part, il désirait le poste de directeur, d'autre part il en avait peur. Comme tous les hommes peu sûrs d'eux, il redoutait de commettre une erreur.

— Et si nous ne perdons pas seulement des batailles..., si nous perdons la guerre ?

— Nous n'avons pas le droit d'y penser, dit-elle.

Puis elle eut soudain une idée qui pouvait le pousser à se décider.

— D'ailleurs, tu n'as pas le choix, Philipp, tu *dois* accepter le poste.

— Pourquoi ?

Il fronça les sourcils au point que son pince-nez faillit lui tomber du nez.

— Si tu refuses, ça voudra dire que tu as des objections politiques, que tu es contre le Parti. Alors, non seulement tu ne seras pas directeur, mais tu auras des difficultés comme professeur. On te liquidera...

Soudain, il vit clair. Si les choses tournaient mal pour Hitler et la guerre, chacun devrait admettre qu'il n'avait pas eu le choix, qu'il avait été obligé d'accepter.

— Tu as raison, Else, dit-il, je vais donner mon accord.

Elle posa son tricot, lui donna un baiser et dit fièrement :

— Je ne peux pas te dire à quel point je me réjouis pour toi, monsieur le directeur !

— On dit simplement « directeur », dit-il en souriant, sans monsieur.

Deux jours plus tard, Adolf Hähnlein sonna à leur porte. Il venait leur demander un service, à la fois comme voisin et ortsgruppenleiter. C'était un problème de plus en plus grave que de loger les victimes de bombardements. Aussi avait-il pensé à eux. Ils étaient seuls dans leur grand appartement. Ce serait bien s'ils pouvaient prendre chez eux des gens bombardés. Ce serait un signe de patriotisme. Dans des temps comme ceux-ci, il fallait se tenir les coudes.

Else Wendehals dit qu'elle comprenait — elle était tout sauf enthousiasmée par l'idée de Hähnlein — mais pourquoi s'adressait-il justement à eux ? Lui aussi habitait seul avec sa femme un grand appartement. N'avait-il pas dit aussi qu'il allait « nettoyer l'immeuble de ses juifs » ? Dans l'appartement au-dessus de chez eux on pouvait installer deux ou trois familles de sinistrés. Dans les autres maisons du quartier, les juifs étaient partis depuis longtemps, tout au moins ceux qui n'avaient pas été arrêtés.

Hähnlein répliqua qu'il avait mis les locaux de son service à la disposition des sans-logis et transféré son bureau dans son appartement. Il n'était donc plus seul avec sa femme. Quant aux juifs du deuxième étage, il ne pouvait pas les mettre à la rue parce que Winschermann était marié à une aryenne et Selma Hähnlein avec son propre fils. Tôt ou tard, on ne prendrait certainement plus de ménagements avec eux, mais il ne pouvait attendre aussi longtemps. Il fallait loger d'urgence les gens qui n'avaient plus de toit sur la tête.

Hähnlein s'adressa à Philipp Wendehals.

— Ce serait sûrement un gros bon point pour vous dans le Parti, dit-il, si en tant que futur directeur d'école, vous donniez le bon exemple. Une chambre suffirait. Une petite famille pourrait y habiter.

Les deux époux échangèrent un rapide coup d'œil. Hähnlein les avait piégés. Ils ne pouvaient plus se dérober.

— Bon, dit Else Wendehals, nous n'allons pas fermer notre porte devant la misère. Nous allons libérer la chambre où il y avait le train électrique. Mais c'est sûrement trop petit pour deux ou trois personnes.

— Ça ira, dit Hähnlein. Le principal, c'est qu'ils ne soient plus à la rue.

Le lendemain matin, Wendehals accepta le poste de directeur. L'après-midi, le ménage Gerda et Heinz Sievert prit possession de la chambre libérée. Sievert était un ingénieur en affectation spéciale qui travaillait dans une usine d'armement. Sa femme était mobilisée dans la même usine comme tourneuse sur métaux. C'étaient des gens discrets qui partaient tôt le matin et ne rentraient que le soir.

Ils n'étaient gênants que sur un point : Heinz Sievert ronflait terriblement. Lorsqu'il commençait, le soir, Else Wendehals dont la chambre était mitoyenne ne pouvait s'endormir. Elle s'agitait dans son lit, se bourrait les oreilles de coton et pestait contre la guerre et le destin qui lui avaient imposé un ronfleur.

Elle ne se sentait plus bien dans son appartement.

17

Quelques semaines après la déportation de Rosa Löwenstein, sa fille Jenny vint voir Sara Katz. Elle avait reçu un signe de vie de sa mère. Une carte préimprimée sur laquelle on lisait : « Je vais bien. Je suis à Litzmannstadt. Envoie-moi des petits paquets. » A côté du nom de Rosa Löwenstein, il y avait un numéro.

Sara Katz emballa quelques affaires qu'elle avait reçues de l'organisation privée du pasteur Baum. Principalement des lainages et du saucisson en boîte. Comme Selma, elle avait dû livrer ses propres lainages, son manteau de fourrure ainsi que le vélo de Selma, la machine à écrire et tous les appareils électriques. Sans la moindre indemnité. Pour les autorités, les juifs étaient morts depuis longtemps. Les morts n'ont pas besoin de se chauffer. Les morts ne peuvent plus rouler à bicyclette. Les morts n'ont pas besoin d'appareils électriques.

L'homme du guichet de la poste secoua la tête lorsque Jiddchen voulut lui remettre le paquet adressé à Rosa Löwenstein.

— Nous ne prenons aucun paquet, gros ou petit, pour Litzmannstadt. On ne peut envoyer que de l'argent : dix marks par mois.

La fille de Rosa Löwenstein envoya deux fois de l'argent à Litzmannstadt, anciennement Lodz en Pologne. Sa mère accusa réception sur une carte imprimée. La troisième fois, l'argent fut retourné. Sur le mandat on avait inscrit : partie sans adresse.

Puis un samedi à la fin de septembre, Sara Katz reçut pour elle et son fils, la « liste » tant redoutée, le formulaire où elle devait inscrire tous les biens personnels qui lui restaient. En plus, ils reçurent une notice pour les « participants aux transports d'émigration » avec leur « numéro de transport » ainsi qu'une lettre de la communauté juive. On y lisait : « Votre expatriation a été fixée par les autorités à vendredi prochain. Mercredi, vous pourrez déposer vos bagages de neuf à treize heures au local de rassemblement : 3 à 7 Adolf-Hitler-strasse (ancienne boulangerie industrielle Gottwald). Vendredi matin à six heures, votre habitation ou appartement seront placés sous scellés par un fonctionnaire. Vous devrez vous tenir prêts à cette heure. Les clés de l'appartement et des chambres devront être remises au fonctionnaire. »

Sara Katz tremblait de tout son corps après avoir lu la lettre. Le bruit avait filtré depuis longtemps que, dans les camps de concentration et les ghettos de l'Est, avaient lieu des exécutions en masse, que les juifs, au terminus des transports, étaient abattus par des commandos allemands. Toute déportation signifiait donc un voyage vers la mort.

Sara Katz s'assit à la table du salon. Son visage exprimait l'impuissance et le désespoir. Elle pencha sa tête en arrière. Ses longs cheveux noirs qu'autrefois tant de gens de la rue avaient admirés pendaient en longues mèches. Elle s'était soignée et maquillée aussi longtemps que possible. Cela lui donnait la force de surmonter l'effrayante époque dans laquelle il lui fallait vivre. Pour finir, elle avait épuisé tous les produits de beauté et, comme il n'y avait plus de savon pour les juifs, elle avait dû se contenter, comme les autres membres de la famille, de se laver avec des restes de savon. Cela suffisait rarement pour se laver les cheveux.

Elle se redressa lentement et dit avec une étrange maîtrise de soi :

— Il faut donc que nous partions, Nathan et moi. Rien ne m'attache plus à cette maison. Je n'ai nulle part été aussi heureuse. Nulle part ailleurs, je n'ai été aussi malheureuse. Ce qui reste, c'est le souvenir de ce que l'on nous a fait ici : je n'ai pas peur. Ce qui me fait mal, c'est de devoir vous laisser : toi Selma, toi Moses et toi Karin.

Un silence suivit ses paroles. Le moment qu'ils avaient tous imaginé et attendu dans l'angoisse, était venu. Du moins pour deux d'entre eux.

Nathan ne voulait pas se soumettre.

— Peut-être serai-je réclamé par la fabrique, dit-il. Le mois dernier, deux d'entre nous ont été dispensés de la déportation. Je vais poser la question au patron.

Un léger espoir animait ses paroles.

En juillet, toutes les écoles juives du Reich avaient été fermées. Depuis lors, il travaillait dans une fabrique de batteries pour appareils de radio. Une usine importante pour les besoins de la guerre, où l'on appréciait son zèle.

— Tu peux toujours essayer, peut-être as-tu une chance ? lui dit Selma qui, entre-temps, avait quitté son appartement dans la vieille ville et s'était installée chez sa mère.

— Mais je ne resterai que s'ils laissent maman ici.

— C'est stupide, Nathan, dit Sara Katz en secouant la tête. Chacun de nous doit essayer de s'en tirer. Peut-être serai-je bientôt auprès de Jakob. Pendant la nuit, je parle souvent avec lui en pensée et je crois qu'il m'attend. Toi, Nathan, mon fils, tu dois encore vivre ta vie. Tu dois tout tenter pour ne pas partir. Ce serait pour moi la plus grande joie.

Elle se leva, s'approcha de Jiddchen et caressa tendrement ses cheveux crépus.

— Je t'en prie, essaie, pour l'amour de moi.

Une grande dignité émanait d'elle ainsi qu'un courage dont les autres ne l'auraient pas crue capable.

Nathan avala sa salive. Il prit la main de sa mère et la tint serrée comme si, à travers elle, il eût pu acquérir un peu de sa force.

— Bien, maman.

Selma aida sa mère à faire ses bagages et à enlever les étoiles juives des vêtements qu'elle n'emporterait pas. Elles les cousirent, quand ce n'était pas déjà fait, sur les quelques robes que Sara avait le droit d'emporter. Elle prit une dernière fois chaque robe avec un geste de tristesse. Ces vêtements étaient vieux car, depuis le début de la guerre, les juifs n'avaient pas pu en acheter de neufs. Mais chacun d'eux représentait un peu de sa vie passée. Elle empaqueta cinq robes. Comme Rosa Löwenstein, les Katz n'avaient le droit d'emporter que cinquante kilos de bagages répartis entre valise, sac à dos et bagage à main.

La fin de semaine se passa en prières silencieuses. Le lundi soir, Jiddchen revint déprimé de la fabrique. Il raconta que son chef avait tout essayé. Il avait téléphoné à la Gestapo pour obtenir sa libération parce qu'il avait grand besoin de lui.

— Il ne pouvait en faire plus. Mais ils ont refusé et ils lui ont promis d'envoyer un Russe à ma place.

Nathan devait donc préparer ses bagages. Il le fit mécaniquement avec un air absent. Quelque chose semblait le préoccuper.

Le mercredi matin, aidé de Selma, il porta les valises qui devaient être expédiées d'avance, au lieu de rassemblement de la fabrique de pain. La sentinelle leur indiqua le chemin de la salle des fours dans laquelle les bagages devaient être réceptionnés.

— A droite, en montant la rampe, cria-t-elle.

Jiddchen n'avait pas besoin qu'on lui montre le chemin. Il connaissait les lieux. Avec Erika Gottwald, Fritzchen Stippel et Kurti Freimut, ils avaient souvent joué dans la fabrique après le départ des boulangers, lorsqu'ils étaient enfants. Souvent, en jouant à cache-cache, il avait rampé à l'intérieur de l'un des grands fours. Il se cachait, silencieux, dans l'étroit espace tandis que les autres passaient devant en courant. Ils ne l'auraient jamais découvert s'il ne s'était pas un jour trahi en éternuant.

C'est à cela qu'il pensait et, de là, lui vint l'idée d'essayer de disparaître et d'échapper aux griffes de la Gestapo.

Si un juif disparaissait de chez lui et ne pouvait plus être joint à son domicile *avant* la déportation, des représailles menaçaient tous ses parents. En général, on prenait tout simplement l'un d'entre eux à sa place. Mais s'il s'enfuyait *pendant* le trajet, les membres de sa famille n'en étaient pas tenus pour responsables. C'est là-dessus qu'il élabora son plan.

Le vendredi matin, peu après six heures, tout était joué. La sonnette résonna à la porte de l'appartement du deuxième étage 14 Adolf-Hitler-strasse.

Depuis cinq heures du matin, Sara et Nathan étaient assis à côté de leurs paquets. Ils avaient une dernière fois prié avec Selma, Moses et Karin, la chrétienne. Depuis lors, ils attendaient le coup de sonnette, l'air absorbé, déjà séparés des autres d'une manière irréelle. Lorsque le moment fut venu, tous se levèrent effrayés.

Moses alla à la porte et demanda qui était là. Une voix glacée lui répondit :

— Au nom de la loi, ouvrez ! Police secrète d'Etat !

Ils étaient deux. L'un se fit montrer les cartes d'identité, l'autre vérifia la chambre à coucher où Sara avait rassemblé ce qu'elle possédait, selon la liste. Les deux hommes placèrent les scellés sur la porte de la chambre ainsi que sur celle de la mansarde de Jiddchen.

Sara et Nathan essayèrent de se dominer, mais ne purent retenir leurs larmes lorsqu'ils prirent congé des autres.

Selma enlaça sa mère comme si elle ne voulait plus jamais se séparer d'elle et un des hommes de la Gestapo dut les arracher l'une à l'autre.

— Nous nous reverrons, maman ! dit Selma en sanglotant.

Dans son visage étroit, ses yeux sombres étaient gonflés d'avoir trop pleuré. Depuis que les « listes » étaient arrivées, elle avait à peine dormi.

Moses Winschermann serra une dernière fois sa sœur et son neveu dans ses bras, silencieusement. Il baissait la tête pour cacher sa douleur. Sa femme les serra tous les deux contre elle dans un geste d'impuissance.

— Que Dieu vous protège, dit Sara en quittant l'appartement avec un rucksack sur le dos et un sac de cuir râpé à la main.

Jiddchen et les deux hommes la suivirent. Les marches de

bois de l'escalier grincèrent sous leurs pas tandis qu'ils descendaient. C'était vendredi, jour de l'encaustique. Dans quelques heures, le pénétrant parfum de la cire allait monter des marches jusqu'au grenier. Sara Katz n'y songea que fugitivement. Comme si elle voulait en finir au plus vite, elle quitta à la hâte la maison où elle avait vécu plus d'un quart de siècle, où elle avait mis deux enfants au monde et où son mari s'était suicidé. Mais la séparation ne lui faisait pas mal. Il y avait longtemps que la maison lui était devenue étrangère et ne lui offrait plus ni protection ni refuge.

Else Wendehals ouvrit la porte de son appartement. Elle allait s'engager dans l'escalier avec un seau de cendres lorsque le groupe descendit du palier supérieur. Elle resta un moment debout, indécise, en reconnaissant Sara et Jiddchen qui avait si souvent joué chez elle, enfant, et que l'on arrêtait maintenant. Elle ne savait trop comment réagir. Gênée, elle rentra précipitamment chez elle.

Sara ne regarda pas une seule fois autour d'elle lorsqu'elle fut dans la rue. Elle n'eut pas un regard pour la maison dans laquelle elle avait emménagé, jeune femme, pleine d'espoir et qu'elle devait quitter maintenant, veuve, avec un numéro de déportation et sans espoir de retour.

C'est ainsi qu'elle ne vit pas qu'Adolf Hähnlein, debout derrière la fenêtre d'une des deux pièces qui lui servaient de bureau, les suivait des yeux pendant un moment. Elle ne vit pas non plus que, dans le salon du ménage Wendehals, les rideaux étaient légèrement écartés.

Elle alla de l'avant avec son fils, courageuse, la tête droite.

Sur le chemin, son regard passa fugitivement sur les ruines du numéro 8 où son mari avait tenu son commerce d'épicerie fine. Il semblait qu'il y avait bien longtemps de cela. Etaient-ce dix ans ? Etaient-ce cent ans ? Des fleurs poussaient parmi les mauvaises herbes sur les décombres.

— Plus vite ! dit un des hommes. Ne dites pas que vous êtes fatigués !

Elle hâta le pas.

18

A l'arrivée de Sara et de Nathan, environ deux cents juifs étaient rassemblés dans la cour de la boulangerie. Il arrivait constamment de nouveaux hommes, femmes et enfants. La plupart étaient amenés dans des camions ouverts, accompagnés de policiers, d'hommes de la Gestapo ou de policiers de la communauté juive qui étaient contraints de servir d'auxiliaires à la Gestapo. Les nouveaux arrivants étaient, pour la plupart, des silhouettes misérables et émaciées sur lesquelles on voyait l'effet des privations des dernières années.

Des scènes atroces se déroulèrent. Une femme à cheveux blancs luttait des pieds et des mains en poussant des cris effrayants pour ne pas descendre d'un camion.

— Vous allez nous tuer, misérables assassins ! criait-elle avec désespoir. Je ne me laisserai pas tuer par vous !

Elle reçut une volée de coups de poing puis elle fut jetée sur le pavé où elle resta couchée, saignant de partout.

Erika Hähnlein qui sortait de sa villa traversait la cour au même moment. Ce qui se passait sur son terrain ne lui plaisait pas, mais elle n'y pouvait rien. Le Parti avait réquisitionné la fabrique « pour les besoins de la guerre ». Pendant quelque temps, on y avait enfermé des prisonniers de guerre mais comme le complexe de bâtiments offrait trop de possibilités d'évasion, les prisonniers furent évacués. La Gestapo y avait installé le lieu de rassemblement pour les transports de juifs. De là, on pouvait gagner en quelques minutes les trains de marchandises prévus pour la déportation, garés non loin.

Erika Hähnlein se précipita pour aider la vieille femme à se relever.

— Circulez ! Laissez la vieille par terre ! cria une voix derrière elle.

Une main brutale la força à se redresser. Furieuse, elle se retourna et se trouva face à face avec un officier de SS.

— Qu'est-ce que vous cherchez ici ? Etes-vous juive ?

— Non, la fabrique m'appartient. Je pensais que c'était un lieu de rassemblement, mais c'est bel et bien un lieu de torture.

La balafre sur la joue de l'officier rougit.

— Ce que nous faisons ici est notre affaire. Disparaissez et en vitesse ! Ou bien voulez-vous aller à Minsk avec eux ? Nous avons de la place pour les amis des juifs !

Elle voulut répliquer, mais elle y renonça. Les yeux bleus de l'homme avaient la froideur d'un glacier et l'effrayèrent. Elle reprit rapidement son chemin. Au portail, elle dut montrer ses papiers avant de pouvoir quitter la cour.

Devant la rampe qui menait aux fours, les futurs déportés devaient se présenter pour être fouillés par trois hommes en civil et deux femmes au regard indifférent.

Sur Abraham Goldfaden, un ancien professeur, on trouva

trois pièces d'or dans la doublure de sa veste. Ils lui coupèrent en riant sa veste en deux. On lui peignit l'étoile de David sur le front et on lui confisqua ses bagages. Abraham Goldfaden dut faire le voyage en chemise, sans couverture et sans nourriture.

Après cet incident, l'officier de SS se planta au milieu de la cour.

— Juifs ! Ecoutez ! dit-il. L'un de vous a tenté d'emporter de l'or en fraude. Vous savez que c'est interdit. Ceux d'entre vous qui ont sur eux des bijoux, des objets de valeur, des livrets d'épargne et des cartes d'alimentation, peuvent encore les remettre. Je vous donne trois minutes. Si nous en prenons encore un, son compte est bon. Il sera fusillé à l'arrivée à destination.

Cinq hommes et trois femmes se présentèrent. Ils avaient caché un peu d'argent ou des bijoux dans l'espoir de se tirer d'affaire plus tard. On leur prit également tout ce qu'ils avaient emmené. Pour les autres, on procéda par sondages. Une femme qui se trouvait devant Sara dut ouvrir sa robe et enlever son soutien-gorge. Les hommes de la Gestapo regardèrent en ricanant la juive qui attendait, les seins nus, que la femme chargée de la fouiller ait vérifié le soutien-gorge.

Ensuite, il leur fallut monter la rampe et entrer dans le bâtiment des fours. Tous les juifs furent enregistrés dans l'ancien bureau d'Oswald Gottwald. Des hommes en uniforme comparaient les cartes d'identité avec leur liste et cochaient les noms. Ceux qui avaient terminé devaient attendre dans les anciennes salles de cuisson numéro 1 et numéro 2 leur départ. Ils s'asseyaient ou se couchaient à même le sol sur leurs couvertures.

Jiddchen alla avec sa mère dans la salle des fours numéro 2. Tandis que Sara s'entretenait avec des gens de connaissance, il se glissa dans la pièce aux fenêtres hautes et étroites jusqu'à la porte qui conduisait à la salle des fours numéro 3. Il constata qu'elle était fermée et que la clé n'était pas dans la serrure.

Au temps de son enfance, ils avaient ouvert les serrures avec des clous recourbés. Il s'en souvenait maintenant et aussi de l'endroit où ils les cachaient pour que les ouvriers boulangers ne les trouvent pas : sur le chambranle de la porte.

Mais où trouverait-il un clou ? Il parcourut la pièce, marcha sur des valises, des couvertures, des corps et examina tout soigneusement. Mais il ne trouva rien qu'il pût utiliser comme passe-partout.

Sans le moindre espoir, il se résolut finalement à tâter de la main la moulure de bois du chambranle au-dessus de la porte fermée. Il dut se mettre sur la pointe des pieds car, malgré ses dix-neuf ans, il n'était pas particulièrement grand.

Il retint sa respiration pendant un moment lorsque sa main rencontra un objet : c'était un des clous recourbés d'autrefois ! Il était couvert d'une épaisse couche de poussière. Personne, semblait-il, n'avait nettoyé cet endroit. Il saisit hâtivement le clou.

Son cœur battait avec force. Il sentait la liberté un peu plus proche. Un regard vers la sentinelle de l'entrée le convainquit qu'elle ne l'avait pas vu agir. Dehors, on entendait le bruit des voitures qui arrivaient et repartaient, des commandements et un brouhaha de voix. Dans la pièce où il se trouvait régnait également une certaine agitation.

Il attendit quelques minutes avant d'essayer d'ouvrir la salle des fours numéro 3. Pour ce faire, il se plaça le dos à la porte afin de pouvoir garder un œil sur la sentinelle. Puis, d'une main repliée dans son dos, il introduisit le clou dans la serrure et le fit tourner plusieurs fois dans un sens puis dans l'autre. Il semblait que c'était toujours l'ancienne serrure. Après quelques essais, le pène céda.

La porte était ouverte.

Il se demanda un instant s'il devait mettre sa mère au courant de son plan d'évasion. S'il le lui révélait, elle se ferait sûrement du souci et elle ne serait pas assez détendue si l'on s'apercevait de sa disparition et si on la questionnait. D'autre part, il savait combien elle tenait à ce qu'il se sauve. Il était donc bon pour elle de savoir qu'il avait une chance.

Sara parlait toujours avec ses amis. Il l'entraîna un moment à l'écart. S'il disparaissait soudain, lui souffla-t-il, elle ne devrait pas s'inquiéter. Il avait de bonnes chances de se mettre en sûreté.

Elle l'écouta sans le croire. Que pouvait-il faire contre des gardes armés ?

— Ne fais surtout rien qui mette ta vie en danger.

— N'aie pas peur, maman, je serai prudent.

Il attendit un instant tandis qu'un nouveau contingent d'hommes, de femmes et d'enfants était poussé à l'intérieur de la salle 2. Puis, prudemment, épiant de tous côtés, il ouvrit la porte donnant sur la salle 3, s'y glissa et la referma derrière lui. Il s'y appuya du dos et resta immobile quelques secondes. Quelqu'un avait-il remarqué sa disparition ? Y avait-il des appels ? Y avait-il de l'agitation ? Rien ne se produisit. Le bruit de la pièce voisine ne changea pas.

Il tenta de refermer à clé à l'aide du clou, mais n'y parvint pas. Finalement il y renonça, craignant d'attirer l'attention de quelqu'un.

La pièce dans laquelle il se trouvait était aussi haute mais encore plus sale que celle d'où il sortait. On voyait qu'elle n'avait pas été utilisée depuis longtemps. Les vitres des fenêtres étaient devenues opaques au cours des années. Elles laissaient filtrer une lumière diffuse qui répandait un clair-obscur verdâtre.

Jiddchen savait que les fours à pain, les plus anciens de la fabrique, se trouvaient à main droite. Il s'y dirigea lentement. Soudain, un bruit de ferraille le fit sursauter. Il avait buté sur une tôle de cuisson.

Il s'arrêta, terrorisé. Son cœur battait à tout rompre et il sentait son front se couvrir de sueur. Le bruit de ferraille ne cessait de résonner dans ses oreilles. Quelqu'un l'avait-il entendu ? Etait-ce déjà la fin de son évasion ?

Il eut de la chance. A côté, on hurlait des ordres qui avaient dû couvrir le bruit. Les déportés étaient appelés dans la cour. Le brouhaha de voix se tut. On n'entendit plus que des pas traînants.

Jiddchen parcourut prudemment les derniers mètres qui le séparaient du four au milieu de la pièce. Il leva le panneau de fonte de la bouche du four par laquelle on introduisait autrefois les moules à pain remplis de pâte fraîchement levée. Quelque chose qui ressemblait à une balle lancée par un ressort sauta sur lui. Un rat !

Il faillit crier en chassant la bête avec dégoût. Maintenant que ses yeux s'étaient habitués à la demi-obscurité, il vit toute une bande de rats qui couraient sur le sol et grimpaient aux murs. Horrifié, il se hâta de se glisser à l'intérieur du four. Le trou dans lequel il rampait était très étroit et il avait toutes les peines du monde à se tourner sur le côté.

Comme autrefois, lorsqu'il était enfant, il posa sa tête sur ses mains croisées et ferma les yeux. Il se rappelait le passé. Enfant, aussi, il avait eu peur d'être découvert par les autres, mais cette peur n'avait rien de comparable avec celle qu'il éprouvait maintenant.

Maintenant, il s'agissait de sa vie.

19

La rue semblait avoir été balayée de tous ses passants lorsque le cortège d'environ trois cents juifs quitta la cour de la fabrique. Il semblait que tous les voisins se fussent enfermés pour ne pas être contraints de voir ce qui se passait tout près d'eux.

Des hommes armés conduisaient le cortège et en formaient l'arrière-garde. L'officier de SS à la balafre marchait sur le côté avec quelques civils. Ils empruntèrent la rue en pente raide « Am Bahndamm » pour aboutir à une voie secondaire de la gare des marchandises d'où partaient depuis peu les trains de déportés. Les premiers transports avaient eu lieu depuis la gare centrale. Mais des voyageurs, en voyant le traitement indigne infligé aux juifs par les SS, avaient fait des remarques. Sur les quais de la gare de marchandises, il n'y avait pas de spectateurs.

Une locomotive et neuf wagons à bestiaux étaient prêts à partir. Un homme en uniforme appela les déportés. Après, ils devaient grimper dans les wagons et leurs noms étaient rayés sur la liste. Il fallut longtemps pour que les trois cents femmes, enfants et hommes montent ou soient hissés par les autres dans les wagons. Sara Katz était parmi les derniers. Elle avait cherché des yeux son fils, en vain. Il était introuvable.

— Bon Dieu ! Il reste un nom ! dit le militaire qui pointait la liste des déportés.

— Quel nom ? dit l'officier SS.

— Nathan Katz.

— C'est impossible. A la fabrique, ils étaient encore tous là. Aucun n'a pu s'enfuir en chemin. Vous avez oublié de barrer son nom.

— Non, obersturmführer, je ne le crois pas.

— Qu'est-ce que vous croyez alors ?

— Nous allons le savoir tout de suite, dit l'officier de SS. Quel est le prénom de ce type ?

— Nathan.

— Juifs, écoutez, cria le SS. Dans quel wagon se cache Nathan Katz ? Il doit se présenter ! Que tous ceux qui sont près des portes passent le mot : Nous cherchons Nathan Katz ! Pressons ! Le train va partir.

On entendit des appels et des murmures dans les wagons. Mais partout, des mouvements de tête négatifs. Nathan Katz ne se présenta pas.

L'officier convoyeur du transport pressa le départ. Les portes coulissantes des wagons furent poussées et verrouillées. Les deux tours de la maison Welser furent la dernière image que Sara Katz emporta de sa ville natale.

Il faisait sombre dans le wagon. Parmi les quarante personnes qui se pressaient dans l'étroit espace, quelques-unes pleuraient. Les roues se mirent à tourner. Direction Est.

Dehors, l'officier de SS hurlait.

— Saloperie ! aboyait-il à l'adresse de ses subordonnés. Vous dormiez ! Le juif est encore dans la fabrique. Il a dû s'y cacher ! Sortez-le de là ! Même si vous devez foutre toute la baraque cul par-dessus tête ! Je ne veux pas me faire taper sur les doigts ! Compris !

— Oui, obersturmführer !

Les hommes revinrent au pas de course Adolf-Hitler-strasse. Ils fouillèrent les deux salles des fours dans lesquelles les déportés avaient séjourné. Vides. L'un d'entre eux appuya sur le bec-de-cane de la porte située à l'extrémité de la salle numéro 2. La porte s'ouvrit.

— Il y a encore une salle ici ! cria-t-il.

Les autres le suivirent. Dans la faible lumière verdâtre, ils virent la saleté, les rats, des tables de bois poussiéreuses, quelques chariots chargés de tôles de cuisson. Mais là non plus, pas de Nathan Katz.

Ils passèrent au peigne fin les garages, les anciens vestiaires, les caves à charbon d'où l'on prenait autrefois le combustible des anciens fours.

Nathan Katz était introuvable.

— Il ne peut tout de même pas s'être évanoui dans les airs ! criait l'officier SS qui pouvait à peine maîtriser sa fureur.

Un SS au visage grêlé vint traîner dans la cour. Il avait parlé avec la sentinelle, dit-il, et appris que l'on cherchait un juif en fuite. Il se présenta comme le sergent-chef Stippel. Peut-être pouvait-il donner un coup de main. Il avait travaillé, autrefois, dans la fabrique et était actuellement en permission.

Il conduisit les autres à la réserve de farine qu'ils n'avaient pas encore découverte. La porte de la réserve était dans le couloir, près de l'ancien comptoir.

Devant cette porte, il y avait une armoire. Stippel la poussa de côté et enfonça la porte fermée à clé à coups de pied. A travers les éclats de bois, il se rua dans la réserve. Il y avait quelques sacs moisis dans un coin. D'épaisses toiles d'araignées couraient d'un mur à l'autre.

Fritzchen Stippel exprima son désappointement.

— Je ne sais vraiment pas où il peut se cacher.

— Au diable ce sacré Katz, dit un des hommes de la Gestapo.

— Katz ? demanda Stippel.

— Oui, Nathan Katz.

Un large sourire se dessina sur le visage grêlé du sergent-chef.

— Jiddchen ! dit-il. Je le connais, bien sûr, le fils de Jakob Katz ! Il m'a créé des difficultés à Buchenwald, le vieux. Ainsi, son fils s'est échappé.

Il réfléchissait, plissant son front bas. Soudain, il sut :

— Venez ! cria-t-il, et il partit en courant.

Il gravit la rampe et entra dans la salle des fours numéro 1.

— Les fours ! Sa voix s'étrangla. Ouvrez les fours !

Il courut à la première trappe et la leva. Les autres le dépassèrent et allèrent dans les autres salles. On entendit grincer les abattants dans leurs charnières rouillées, puis se refermer avec un claquement sec.

Puis une voix :

— Le voilà ! Sors de là, cochon !

Dans la salle 3, Fritzchen Stippel était là, devant un jeune homme qui tremblait comme une feuille.

— Alors, Jiddchen ! tu jouais à cache-cache ? Fritzchen Stippel t'a trouvé. Tu es fait, pas vrai ?

Il donna un coup de pied dans le ventre de Nathan. Puis les autres lui tombèrent dessus.

Un peu plus tard, une ambulance emmena un paquet humain sanguinolent à l'hôpital juif.

20

« Tu ne saurais imaginer à quel point il fait froid ici, écrivit de Russie, à la fin de 1942, Wolfgang Hähnlein à sa mère. Mes chaussettes sont gelées dans mes bottes. Tout n'est plus qu'un bloc de glace. On a l'impression de ne plus avoir de pieds. De plus, la tempête n'arrête pas. Les positions sont battues par le vent. Les armes gèlent. Nous devons les réchauffer. Quand je me mords les lèvres, je ne sens rien. Elles sont comme mortes. On s'étonne de pouvoir lever les bras quand le Russe attaque. »

Ces lettres plongeaient Eva Hähnlein dans la tristesse. Pour un peu, elle serait partie pour le front et aurait apporté à son fils cadet un thé brûlant et des lainages. Elle se consolait en se disant qu'il valait mieux pour lui de geler sur le front que de souffrir dans un camp de concentration, même si son unité, le bataillon disciplinaire 999 se trouvait au sud-ouest de Stalingrad, au plus fort du massacre.

Karl, le pilote de chasse, n'envoyait la plupart du temps que des cartes laconiques du front de l'Ouest. Il montait de plus en plus en grade. Ce qui lui manquait de savoir et de culture, il le compensait par son courage et son audace. Après sa septième victoire, il avait été promu adjudant-chef. Il ne disait jamais rien du divorce que sa femme avait demandé. Une seule fois, il écrivit à ce sujet : « Après la victoire, tout sera différent. L'Allemagne aura besoin de beaucoup d'enfants pour remplacer les morts et administrer les territoires conquis. Il faudra que plusieurs femmes se partagent un homme. Erika a encore beaucoup à apprendre. »

Eva Hähnlein souffrait chaque fois que le facteur montait au deuxième étage une lettre qui portait l'écriture droite, très reconnaissable, de Wolfgang. Cela lui rappelait qu'elle devait partager l'amour de son fils avec une autre, sa femme Selma, plus proche qu'elle de son cœur. Elle en était jalouse. Elle n'était certes pas de ces belles-mères qui se rendent malades quand une belle-fille entre en scène. Mais elle avait tant souffert à cause de Selma et de la façon dont sa clique juive avait embobiné Wolfgang, qu'elle espérait secrètement que Selma serait, elle aussi, déportée le plus loin possible, dans l'Est. Qu'elle acceptât, de ce fait, la mort éventuelle de la jeune femme, elle refusait de l'admettre. La seule chose qui lui importait c'était, après le retour de Wolfgang, de l'avoir à elle seule. C'en serait alors fini de ses errements.

De façon détournée, elle parla à son mari de son intention de chasser les derniers juifs hors de l'immeuble.

— Ils iront tous dans la maison des juifs en février 1943. Dans quatre semaines, ils seront partis, dit-il.

Cela ne correspondait pas tout à fait à ce qu'elle avait imaginé, car Selma serait toujours dans le voisinage, mais cela, elle le garda pour elle. Elle ne voulait pas importuner son mari, il avait assez de soucis comme ça.

Après la capitulation de la 6e armée à Stalingrad et les premières grandes défaites en Afrique du Nord, le moral était de plus en plus bas dans le groupe local d'Adolf Hähnlein. Un graffiti sur le tableau noir du Parti au mur de la boulangerie Gottwald en était un bon exemple. On avait peint sur ce tableau, le mot d'ordre de propagande :

« L'homme allemand est au Front.

La femme allemande travaille dans l'armement.
Et toi, que fais-tu ? »
Un inconnu avait écrit en dessous : « Je tremble ! »
Hähnlein devait adresser des rapports sur la situation morale à la direction du cercle. Ses chefs de cellule et ses chefs de bloc en rassemblaient la matière. Ils entretenaient des espions qui leur rapportaient tout ce qu'ils entendaient et observaient.
« Le simple citoyen peste contre la situation du ravitaillement, écrivait Hähnlein. Il ne se laisse plus enthousiasmer pour la guerre. Ses doutes quant à la victoire augmentent. Le Parti peut à peine lui remonter le moral. Phénomènes accessoires caractéristiques : de moins en moins de citoyens portent l'insigne du Parti ou saluent avec Heil Hitler. Beaucoup de gens ne voient plus d'inconvénient à raconter ou à écouter des plaisanteries contre l'Etat. »
Il établit une liste de ces plaisanteries, par exemple : « Les villes allemandes doivent désormais être considérées comme des œuvres d'art. — Comment cela ? Ce sont des gravures de Churchill d'après une idée de Hitler ! »
Ou bien : « Etes-vous au courant ? Goebbels est en prison. — Le ministre de la Propagande ? — Pour recel : il a la victoire dans la poche et il ne la sort pas ! »
Anton Bockmeier, lui aussi, pouvait constater, à ses dépens, que les gens perdaient patience. S'il se trompait à son profit en pesant la viande (ce dont il ne se privait pas), il se disputait avec ses clients. Vera Ahrens le traita un jour de « profiteur de guerre », sans se gêner. Elle le soupçonnait de vendre de la viande au marché noir.
La colère de la population était compréhensible. De cinq cents grammes de viande par tête et par semaine pour le « consommateur normal » au début de la guerre, les rations étaient tombées à trois cents grammes. Il en était de même pour le pain et les matières grasses. Quiconque ne pouvait se procurer de nourriture au marché noir était condamné à crever de faim. A cela s'ajoutaient les grandes attaques aériennes. La nuit, c'étaient les bombardiers anglais, le jour les américains. Les quartiers de la ville s'effondraient les uns après les autres et n'étaient plus que ruines et que cendres.
La faim et la peur. Personne n'aurait imaginé que la « guerre totale » de la propagande de Goebbels, serait aussi totale.
Des ouvriers étrangers et des prisonniers de guerre furent employés à construire en hâte un abri en béton à la gare centrale. Il était surtout prévu pour les femmes et les enfants. Au cours des alertes, les hommes devaient rester dans les caves

peu sûres des immeubles pour éteindre d'urgence les incendies. Ils disaient avec une ironie amère à leurs femmes devant la porte de l'abri en béton :

— Sauve ta peau et soigne ma tombe.

Comme beaucoup de retraités, grand-père Breil avait repris du service volontaire dans l'économie de guerre allemande. Il travaillait comme portier dans son ancienne mine. On ne le voyait plus qu'en fin de semaine à son poste d'observation à la fenêtre ouverte. Il n'y avait pas grand-chose d'intéressant à voir. Les gens, surmenés, se hâtaient et ne trouvaient plus le temps de bavarder tranquillement. Rares étaient ceux qui le saluaient. A côté, dans les ruines du numéro 8, des enfants jouaient.

Dans le quartier, on voyait de plus en plus de femmes en manteau et robe noirs. C'étaient les mères et les épouses des morts au champ d'honneur.

Un samedi matin, grand-père Breil vit de sa fenêtre une ambulance s'arrêter devant le numéro 14. Peu de temps auparavant, il avait vu le facteur en sortir. Quelqu'un fut transporté sur un brancard jusqu'à l'ambulance. Il ne put reconnaître le malade.

Dans le courant de l'après-midi, sa femme apprit chez le boucher Bockmeier que l'on avait transporté Eva Hähnlein à l'hôpital. Par suite d'un retard de la poste aux armées, elle avait reçu deux lettres à la fois. La première lui disait qu'après sa quinzième victoire, son fils Karl avait reçu la croix de chevalier de la Croix de fer. La deuxième, qu'il n'était pas rentré d'une mission au-dessus de la Manche.

Les deux lettres à la main, elle s'était effondrée. Son cœur déjà faible n'avait pu supporter l'explosion d'orgueil et le choc cruel qui l'avait immédiatement suivie. On l'avait trouvée sans connaissance sur le sol de sa cuisine.

Le lendemain, grand-père Breil vit Erika Hähnlein et son fils Peter sortir de la boulangerie. Le visage de la jeune femme était caché par un voile noir. Ce n'était pas le tribunal, mais la mort qui l'avait séparée de son mari.

Une veuve et une mère en pleurs de plus dans la rue.

21

On ne pouvait rien faire de dix-sept cachets de véronal, mais leur possession tranquillisait Moses Winschermann. Il voulait se procurer le reste des cachets qui manquaient à la dose mortelle. Il ne serait alors plus livré à l'arbitraire. Il pourrait décider seul de son sort.

Bien entendu, il ne voulait pas laisser derrière lui Karin, sa femme, mais il pourrait se trouver dans une situation qui ne lui laisserait pas d'autre choix. Par exemple, si on le séparait de sa femme, si on le déportait dans l'Est, dans un de ces camps d'extermination où les juifs étaient mis à mort d'une manière épouvantable. Il en avait entendu parler et il ne doutait plus que sa sœur Sara était morte. De même que Jiddchen que l'on avait transporté après sa tentative d'évasion à l'hôpital juif où lui, Moses, travaillait comme infirmier. On l'y avait soigné, guéri et ensuite il avait été expédié par le prochain train de déportés.

Comme tous les malades destinés à la déportation, Jiddchen avait été soigné dans un département spécial de l'hôpital, cerné de grilles et de portes verrouillées. Il fallut plusieurs semaines pour le guérir des fractures et des plaies que les hommes de la Gestapo lui avaient infligées. Aussitôt qu'il fut transportable, on l'enleva de l'hôpital. Il ne put même pas dire adieu à son oncle. Ils se rencontrèrent dans un couloir et Jiddchen ne put que lui faire un signe à la dérobée tandis qu'on le poussait en avant.

Moses Winschermann sentait sa haine des monstres parmi lesquels il devait vivre devenir plus violente chaque fois qu'il pensait à cette scène et à la dernière image qu'il gardait de son neveu. S'il n'était pas venu au monde dans la peau d'un juif, le garçon aurait pu devenir quelqu'un, Winschermann en était convaincu. Mais il s'était appelé Nathan à une époque où une « mauvaise naissance » signifiait le mépris et souvent la torture et la mort.

Un soir, peu avant la fin de son service, Winschermann fut appelé par un des malades : Aron Feuerstein. Il se trouvait dans le département « prison ». Alors qu'on l'arrêtait pour le déporter, il s'était jeté par la fenêtre et s'était fait une double fracture du bassin. Il savait qu'il partirait avec un autre transport dès qu'il serait rétabli. Il offrit mille marks à Winschermann pour des cachets mortels.

— Je ne veux pas attendre qu'ils me tuent, dit-il, je préfère les devancer. Ces mille marks, c'est tout ce qu'il me reste. Je n'en ai plus besoin.

Mille marks pour la mort ! Quel devait être le désespoir de cet homme ! Les valeurs morales avaient changé du tout au tout. On ne remerciait plus pour la vie. On était reconnaissant pour la mort !

— Désolé, dit Winschermann, je n'ai pas accès aux médicaments. Les médecins les gardent sous clé.

Il eut du mal à se procurer, pour lui-même, les trente cachets de véronal dont il avait besoin. Le véronal était un article très demandé. Un médecin de l'hôpital juif s'était suicidé avec ce médicament qui, depuis lors, était sévèrement contrôlé. Lorsque, afin d'en obtenir d'autres, Winschermann se plaignait de migraines, les médecins lui conseillaient de prendre des bains de pieds, alternativement chauds et froids. Ils ne lui donnaient que rarement du véronal.

Vers vingt heures, sa femme vint le chercher à la sortie de l'hôpital. Karin était déprimée. Le matin même, elle avait reçu, par l'intermédiaire de l'Office du logement juif, l'ordre de quitter son appartement. On en avait besoin pour loger des sinistrés. Même les couples mixtes devaient désormais loger à la maison des juifs. Là, on leur attribuerait une chambre pour deux personnes. Délai d'évacuation pour l'appartement : une semaine.

— Nous pouvons dire que nous avons eu de la chance jusqu'à présent, dit Moses tandis qu'ils marchaient lentement dans l'obscurité. Hähnlein y travaille depuis longtemps. Jusqu'ici, on a tenu compte de ta famille.

— Tu veux dire parce que l'oncle Fritz connaît le gauleiter ?

L'oncle Fritz était président d'une fabrique d'armement dans la Ruhr et il avait versé de l'argent à la caisse du Parti à l'époque de ses combats. Mais la fabrique avait été récemment détruite par un bombardement de sorte que, selon Winschermann, l'oncle avait perdu toute influence auprès du gauleiter et ne pouvait plus rien faire pour eux.

Ils marchèrent un moment en silence. La lune montante éclairait la nuit. Moses Winschermann regarda sa montre et accéléra le pas.

— Il faut que nous soyons à la maison avant l'heure du couvre-feu, dit-il.

— A la maison ? dit-elle amèrement, nous n'en avons plus. Ils nous la prennent.

— Si seulement tu ne m'avais pas épousé, dit-il, tu aurais un mari aryen. Tu pourrais rester dans l'appartement et tu ne serais pas obligée de te conformer à l'heure d'interdiction.

Elle s'arrêta devant lui et le regarda.

— Ne dis pas des choses comme ça, Moses ! Ce qu'il nous faut endurer est terrible, mais nous sommes deux. Même si on ne peut pas partager la douleur, on peut la supporter ensemble. Pour rien au monde, je ne voudrais un autre mari. Elle sourit faiblement : et il y a deux raisons à cela.

— Juste deux ?

— Oui, la première ! tu me rends heureuse.

— Hum..., et la deuxième ?

— Je t'aime.

Elle leva le bras et, du bout des doigts, caressa son visage mal rasé. Il prit sa main et l'embrassa. Puis il la serra contre lui, si étroitement, qu'il entendit battre son cœur.

— Je t'aime, moi aussi, Karin.

Ils étaient debout, là, et s'embrassaient. Deux êtres sans logis, peut-être aussi sans avenir. Deux êtres contre lesquels s'acharnait le monde et qui luttaient bravement contre ce monde. Ce fut un instant sans durée ni espace. Pendant ce moment de bonheur qui reléguait tous leurs soucis, ils n'appartinrent qu'à eux-mêmes. Ils restèrent longtemps enlacés. Même le hurlement des sirènes ne les troubla pas.

Soudain, quelqu'un cria :

— Vous êtes cinglés ! La radio annonce d'importantes unités de bombardiers qui s'approchent de notre ville ! Descendez à la cave !

Moses prit la main de Karin et ils se mirent à courir. Il tirait sa femme derrière lui et ils atteignirent ainsi l'abri public de la gare principale. Les gens se bousculaient devant le sas d'entrée et les gardes de l'abri avaient du mal à empêcher la panique.

— D'abord les mères et les enfants ! criaient-ils. Ensuite les malades.

Personne ne s'en souciait, tous poussaient en avant dans leur peur aveugle. Déjà, on entendait les bombardiers. Des projecteurs balayaient le ciel. Le grondement des avions et le tonnerre de la DCA grandissaient.

— Plus vite ! En avant ! cria un homme. Nous aussi on veut entrer.

Winschermann poussa sa femme dans l'étroit accès du sas et il voulut la suivre. Un garde vit l'étoile jaune sur son manteau.

— Vous êtes juif, vous devez rester dehors, dit-il. Les abris bétonnés sont interdits aux juifs. Nous n'avons déjà pas assez de place pour nos citoyens.

— Mais c'est mon mari ! cria Karin.

Elle tentait vainement de s'opposer aux gens qui poussaient derrière elle.

— Ça ne m'intéresse pas. Les juifs n'entrent pas.

Le garde, un homme solide et vigoureux, saisit Moses par le

bras et le tira de côté. Prise sans espoir dans le flot des autres qui, dans leur peur panique, se ruaient à l'intérieur de l'abri, Karin fut poussée en avant.

— Moses ! cria-t-elle avant de disparaître dans l'abri. Laissez entrer mon mari ! Au nom du ciel !

Le dernier mot fut coupé. Derrière la dernière ruée des fuyards, la porte s'était refermée.

Moses était seul dans l'obscurité. La silhouette du bloc de béton dans lequel les autres avaient trouvé refuge se dressait, sombre, dans le clair de lune. Derrière, les projecteurs dansaient nerveusement.

Le grondement des avions lui sembla être juste au-dessus de sa tête lorsqu'il se mit à courir. Il se sentait comme un lièvre poursuivi par une chasse à courre.

Mais il ne fit pas de crochets. Il prit instinctivement la direction que prend tout être en danger, celle de sa maison. Le 14 Adolf-Hitler-strasse était encore son « chez-lui », ne fût-ce que pour une semaine. Il avait confiance dans la protection de ses murs, du plafond de la cave soutenu par des poteaux de fer. Une seule pensée l'habitait tandis qu'il courait pour sauver sa vie : il fallait atteindre la maison.

La première vague des bombardiers attaqua le nord de la ville. Le bruit des explosions couvrit les détonations de la DCA. Un feu d'artifice éclaira la nuit. Les « arbres de Noël » rappelèrent à Moses les fusées éclairantes du champ de bataille de Verdun. C'étaient des instants d'horreur qu'il n'oubliait pas. Il avait survécu parce qu'il pouvait se défendre. Cette fois-ci, il ne pouvait pas se défendre. Il ne pouvait que courir, courir.

Il tourna dans la rue « Am Bahndamm ». Dans le reflet de l'incendie qui éclairait la ville, il aperçut l'Adolf-Hitler-strasse et l'endroit où se trouvait autrefois « La Carafe ». Encore à peu près cent mètres. Chaque foulée le rapprochait du 14.

Les avions étaient maintenant au-dessus de lui. Il songea encore : « L'obus qui te tue, tu ne l'entends pas... » Moses Winschermann n'entendit pas la bombe qui descendait sur lui. Il entendit seulement qu'il criait. Il sentit quelque chose de brûlant pénétrer dans sa chair. Puis soulevé, loin de toute pensée et de toute sensation dans un monde de silence irréel, il tourna sur lui-même et s'abattit violemment sur le sol.

La douleur fut sa dernière sensation de vie.

Il était étendu les bras en croix, la tête en arrière, dans les décombres qui recouvraient la rue « Am Bahndamm » lorsque les premières personnes qui sortirent de l'abri après la fin de l'alerte le découvrirent.

Quelqu'un l'éclaira avec une lampe de poche occultée de bleu.

— Un juif mort, dit-il en jetant un coup d'œil sur l'étoile jaune du manteau de Winschermann.

Karin l'entendit. Elle courut à lui et se jeta en sanglotant sur son corps amaigri.

— C'est vous qui l'avez tué, cria-t-elle. Vous ! Vous tous !

22

Dans le courant de 1944, Selma Hähnlein écrivit à son mari au bataillon disciplinaire 999 la lettre suivante :

« Mon bien-aimé,

« Je ne sais si tu recevras ces lignes et pourtant je t'écris pour te dire combien je me languis de l'instant où tu me reviendras pour toujours.

« Nous ne nous sommes presque plus vus depuis près de six ans. Mais je te vois constamment devant moi. Tu es dans mon cœur et je suis fière de toi. Non seulement parce que tu t'es sacrifié si courageusement pour mon père, mais parce que tu es mon mari, toute ma vie et tout mon espoir.

« Ce que tu as fait nous a séparés, mais nous a encore plus attachés l'un à l'autre. L'amour signifie la proximité, dit-on. Mais j'ai appris que l'amour peut aussi fleurir et grandir dans le lointain et que le temps des épreuves ne peut pas le détruire. Plus tu es loin de moi, plus je me sens proche de toi et plus je ressens profondément l'amour qui nous unit pour l'éternité.

« Je vais te raconter comment je vis. Comme j'ai fait un “ mariage privilégié ”, j'ai la chance de pouvoir mener presque l'existence d'une non-juive. Certes j'ai une carte d'identité marquée “ J ” que je dois constamment porter sur moi, mais je reçois les mêmes tickets d'alimentation que les non-juifs ainsi que la carte de vêtements. Je peux me déplacer librement et quitter la ville aussi souvent que je veux et aller n'importe où. La déportation, comme celle de maman et de Nathan, me sera probablement épargnée. Je n'ai reçu d'eux que deux cartes, puis l'avertissement “ Parti sans laisser d'adresse ”. Je crains le pire. J'ai enlevé l'étoile juive que je portais jusqu'à présent sans y être obligée. Elle a fait le malheur de maman et de Nathan et je ne voudrais pas braver le destin. Je voudrais être là pour toi, quand tu reviendras.

« Mon oncle Moses a été tué lors d'un des bombardements de la ville. Tante Karin a bien du mal à surmonter son chagrin. Je vis maintenant avec elle dans leur ancien deux pièces. Dans les autres, habitent un capitaine du commandement territorial et sa femme, qui ont été cantonnés chez nous. Ils partagent la cuisine avec nous. Ce n'est pas agréable, mais le principal est d'avoir encore un toit sur la tête.

« Pour conclure, il faut que tu saches que nous avons une fille merveilleuse. Elle est devenue une très jolie petite fille et est l'une des meilleures de sa classe. Le cousin anglais en est si fier qu'il t'envie d'être le père d'Ingrid. Il écrit qu'elle parle très souvent de toi et que ton portrait est accroché au-dessus de son lit. Elle prie chaque soir en demandant à nous revoir bientôt.

« Quand cela sera-t-il, mon bien-aimé ?

« Souvent, je perds courage. Mais ta pensée me soutient et m'aide à oublier mes soucis. Je te caresse en pensée et j'embrasse ton front, tes yeux et ta bouche.

« Si terrible que soit ce monde, il est quand même beau puisqu'il y a toi. Je suis heureuse d'être ta femme.

« Bonne nuit ! Ta Selma. »

Quelques jours après qu'elle eut écrit cette lettre, le chef de la communauté juive lui fit savoir qu'elle était en danger. Lors d'une rafle dans les usines, les juifs qui, jusqu'alors, avaient été indispensables à l'armement en raison de leurs connaissances techniques, avaient été arrêtés. D'autres juifs avaient été capturés comme des chiens errants dans la rue, entassés dans des camions et conduits à la gare. Les premiers juifs mariés à des aryens avaient également été arrêtés et Selma ne devait donc plus se croire en sécurité.

Ce soir-là, elle rentra chez elle plus tôt que d'habitude. Elle n'avait pas encore baissé les stores roulants, aussi ne fit-elle pas de lumière. Elle alla à la fenêtre. Un coup d'œil dans la rue lui fit battre le cœur. Une limousine noire s'arrêtait devant l'immeuble. Des hommes sautèrent à terre avec des lampes de poche. Ils parlèrent avec un homme en qui elle crut reconnaître Adolf Hähnlein. Tout de suite après, elle entendit des pas résonner dans l'escalier.

On sonna à la porte de l'appartement. Puis on frappa. Aucun doute : cela la concernait.

Peut-être son beau-père l'avait-il signalée à la Gestapo ? Il la haïssait et avait le pouvoir de le faire. En ce temps-là, un juif de plus ou de moins ne comptait guère. Ainsi Hähnlein pouvait-il sans coup férir se débarrasser d'une bru détestée.

De nouveau, on sonna et on frappa à la porte.

Elle ne bougea pas. Elle était terrorisée. Wolfgang, songea-t-elle, s'ils entrent, tu ne me reverras jamais, Wolfgang... ni Ingrid...

A chaque instant, le capitaine von Lippert pouvait rentrer de son service, sa femme aussi pouvait arriver à tout moment, ainsi que tante Karin.

Nouveaux coups à la porte.

— Ouvrez ! Selma Hähnlein, cria une voix.

Elle se glissa sur la pointe des pieds jusqu'à la cuisine. Elle retira doucement la clé de la serrure du garde-manger, pénétra dans le réduit vide et le referma à clé de l'intérieur. Le cœur battant, elle resta debout dans l'obscurité.

Presque au même instant, la porte de l'appartement s'ouvrit. Elle entendit la voix du capitaine von Lippert et celle de plusieurs hommes.

— Elle n'a pas l'air d'être là, dit le capitaine von Lippert. Attendez, il faut d'abord que je baisse les volets.

Il alla dans sa chambre et fit descendre les volets roulants, puis la lumière s'alluma.

— Quand rentre-t-elle habituellement ? demanda une voix.

— Pas avant huit ou neuf heures, dit le capitaine, souvent même à dix heures. Est-ce que vous voulez l'arrêter ?

— Oui, demain, il y a un transport qui emmène les derniers juifs.

Elle entendit des pas aller et venir. Les autres pièces ne furent pas éclairées. Les hommes semblaient inspecter les chambres avec leurs lampes de poche. L'un d'eux secoua la porte du garde-manger.

— Qu'y a-t-il derrière cette porte ? demanda le capitaine.

— Le garde-manger, répondit von Lippert du couloir.

— Avez-vous la clé ?

— Non, c'est Mme Hähnlein qui l'a, ou bien sa tante.

Selma respira lorsque les pas s'éloignèrent. Un des hommes dit qu'ils allaient attendre en bas, dans le vestibule, et attraper Mme Hähnlein aussitôt qu'elle arriverait. Le capitaine ne devait rien dire à Mme Winschermann.

La porte de l'appartement se referma. On entendit des pas descendre rapidement l'escalier.

Dans son garde-manger, Selma se sentait comme dans une prison. Elle ne savait que faire. Si elle sortait, le capitaine la dénoncerait sûrement aux gens de la Gestapo. Si elle y restait, elle courait le danger qu'un mot irréfléchi de sa tante, qui allait rentrer d'un moment à l'autre, ne conduise à sa cachette. Signaler simplement que le garde-manger était constamment ouvert pouvait suffire.

Que devait-elle faire ?

Elle eut l'impression d'être libérée lorsqu'un peu plus tard, elle entendit le capitaine ouvrir la porte de l'appartement pour se rendre aux W.-C., dans l'escalier.

Elle agit en toute hâte, ouvrit la porte du garde-manger et, courant dans le vestibule, tendit l'oreille vers l'escalier. Le capitaine tirait la chasse d'eau tandis que, ses souliers à la main, elle montait en courant jusqu'à l'appartement mansardé.

Hors d'haleine, elle frappa chez les Kompowski. Irmgard lui ouvrit.

— Au nom du ciel, tu en fais une tête ! dit-elle à la vue de Selma qui, pâle comme une morte, mit un doigt sur sa bouche.

— Ils me cherchent, souffla-t-elle en tremblant. Peux-tu m'aider ?

— Entre, dit Irmgard.

23

Vers minuit, Alfons Lieblich prit son poste de radio et s'enfouit avec lui sous les couvertures. Il y avait une alerte, mais aucune approche de bombardiers n'était signalée. Il attendait les quatre coups de timbale de la radio, trois hauts, un bas, plus long. « Ici Radio Londres. Emission en langue allemande », disait le speaker.

Alfons Lieblich était un habitué du service allemand de la BBC. Il risquait une condamnation à mort, mais dans son lit, il n'y avait pas de témoins. Il en apprenait ainsi beaucoup plus sur la guerre que par le communiqué quotidien du haut commandement de la Wehrmacht. Il était ainsi au courant de faits que la propagande de Goebbels taisait, par exemple, c'est en écoutant la radio qu'il sut que les juifs étaient gazés dans des camps de concentration ou fusillés en rase campagne. Quelqu'un raconta un jour comment les Russes avaient dû creuser à Minsk des fosses pour la réception d'un convoi de juifs venant d'Allemagne. Quelques jours plus tard, trois mille juifs avaient été jetés dans la fosse. C'était à l'époque où Sara avait été déportée à Minsk. Alfons Lieblich savait maintenant quelle mort atroce elle avait subie — enfouie comme une bête dans une fosse commune.

Au début, quand il n'était pas encore aussi prudent, il avait été surpris par Irmgard Kompowski. Il écoutait une émission du « caporal Adolf Hirnschal » qui lisait une de ses célèbres lettres « à sa femme ». Il n'avait pas entendu frapper et, soudain, elle était apparue dans sa chambre. Il n'avait pas eu le temps de fermer son poste assez vite et elle avait ainsi pu écouter ce que Londres disait sur l'effondrement des fronts allemands et sur le destin des juifs allemands.

— Le crime contre les juifs est inexpiable, dit-elle, on devrait se coucher devant les trains de déportés. On devrait crier. On devrait secouer le monde.

— Si vous criez, dit Lieblich, on vous fermera la bouche. Et vous partirez aussitôt pour la chambre à gaz. Le monde est au courant depuis longtemps. Comment la radio anglaise le saurait-elle, autrement ?

— Mais si nous ne faisons rien, ne nous faisons-nous pas les complices de ces criminels ?

— Nous pouvons faire quelque chose, dit Lieblich, nous pouvons aider ceux qui fuient la déportation, qui veulent se cacher. Ils ont besoin de cachettes sûres, de papiers, de linge, de vêtements. Sans aide, ils sont perdus.

— Il y a quelqu'un qui organise cette aide, dit Irmgard. Il met justement sur pied un groupe, un réseau d'hommes qui prendront en charge les juifs fugitifs. Il a encore besoin de gens pour l'aider. J'en fais partie. Voulez-vous vous joindre à nous, monsieur Lieblich.

— Qui est cet homme ? demanda Lieblich.

Irmgard hésita à répondre, puis elle fit confiance à son locataire qui, auditeur de la radio ennemie, avait déjà un pied dans la cellule des condamnés à mort.

— C'est le pasteur Baum, dit-elle.

Jusqu'alors, Baum avait fait en sorte que les juifs nécessiteux reçoivent des vivres et des vêtements. Désormais, il fallait faire mieux : sauver des vies. Le prix était élevé car quiconque cachait des juifs risquait la pendaison. Cependant, le mot d'ordre du pasteur Baum était : « L'amour ignore les compromis. L'amour ne connaît pas de frontières. »

A la suite de cet entretien confidentiel, Alfons Lieblich s'était engagé dans le cercle du pasteur. Il s'occupait de loger à la campagne les juifs passés dans la clandestinité, les « sous-marins », comme on les appelait. Au début, Baum avait caché les fugitifs dans sa maison. Mais, à la longue, c'était devenu trop dangereux. La Gestapo continuait à le surveiller.

Lorsque Selma frappa à sa porte, Irmgard avait déjà acquis une certaine expérience des « sous-marins ». Elle agit froidement et méthodiquement.

— Provisoirement, tu restes chez moi, dit-elle, jusqu'à ce que les types de la Gestapo s'en aillent et cessent de contrôler l'immeuble. Ça peut durer plusieurs jours. Ils pensent que tu auras un besoin urgent de tes affaires et que tu reviendras. Ils vont donc faire le guet pendant quelque temps.

— Et ton père? demanda Selma avec anxiété, et Hilde? Sont-ils d'accord? Nous les mettons tous en danger.

— Ne te fais pas de souci. Hilde n'est jamais là. Elle est auxiliaire téléphoniste de l'armée de l'air à Munster. Père ne doit naturellement pas savoir que tu es là. Il manque de sang-froid. Avant qu'il ne rentre à la maison, généralement vers sept heures, tu dois disparaître dans ma chambre. Je te donnerai un matelas pneumatique sur lequel tu pourras dormir. Ne va en aucun cas à la fenêtre et sois silencieuse comme une tombe.

— Je ferai attention, dit Selma.

— Et n'ouvre pas si on sonne, dit Irmgard. Le mieux c'est que tu ailles dans la chambre de Lieblich, le sous-locataire. Il est des nôtres. Tu te couches dans son lit abattant et tu le refermes sur toi, en cas de besoin.

Trois jours plus tard, Irmgard considéra que la voie était libre. Elle avait contrôlé l'immeuble et la rue. Aucun des hommes qui traînaient, soupçonneux, dans le coin, n'était plus dans le quartier. Elle fit mettre à Selma les vêtements de sa sœur, lui noua un foulard sur la tête et lui épingla l'insigne du Secours populaire sur son manteau. Elle-même enfila l'uniforme de BDM de Hilde. A la tombée de la nuit, les deux jeunes femmes descendirent rapidement dans la rue. Alfons Lieblich les attendait au bout de la Steingasse avec deux bicyclettes. Irmgard amarra deux lourds cabas sur les porte-bagages.

— Tu n'as plus qu'à me suivre, dit-elle à Selma avant d'enfourcher son vélo.

Il était difficile de trouver son chemin dans l'obscurité avec les phares occultés. Elles furent arrêtées sur la route par une patrouille de Jeunesses hitlériennes. Le faisceau d'une torche électrique les examina. Mais l'uniforme de la BDM et l'insigne du Secours populaire les firent paraître insoupçonnables et elles purent continuer leur chemin sans être découvertes. Après un long trajet, les silhouettes d'une cité minière apparurent. On entendait grogner des cochons. Elles arrivèrent aux jardins ouvriers « Hermenia » par une route étroite qui serpentait entre des prairies et mirent pied à terre.

Les petites maisonnettes étaient là, comme abandonnées. Les cendres crissèrent sous leurs pieds tandis qu'elles gagnaient la cabane des Kompowski. Irmgard ouvrit, alluma une lampe et fit entrer Selma.

— Voilà ton chez-toi provisoire, Selma, dit-elle. Pas particulièrement confortable, mais sûr.

Elle lui donna les instructions nécessaires. Pendant la journée, elle ne devait en aucun cas quitter la cabane. Il venait souvent des gens dans les bicoques voisines. Particulièrement des hommes qui avaient planté du tabac. Ils ne devaient à aucun prix la voir. Il y avait un seau de toilette sous le lit. Elle pourrait le vider pendant la nuit dans le cabinet bâti au fond du jardin. Le soir, elle devait autant que possible éviter de faire de la lumière. Malgré l'épaisseur des rideaux de défense passive, on la verrait par les fissures.

Irmgard sortit des vivres des deux cabas et les posa sur la table.

— C'est pour les premiers jours, dit-elle. Je viendrai tous les deux ou trois jours pour m'occuper de toi.

La jeune juive était debout, silencieuse. Des larmes brillaient dans ses yeux.

— Je te remercie pour tout, Irmgard, dit-elle, comment pourrai-je te le rendre ?

— C'est tout naturel, tu en ferais autant pour moi.

Sur le chemin du retour, Irmgard emmena le deuxième vélo. Selma attendit que les deux feux arrière aient disparu dans l'obscurité.

Elle revint lentement dans la cabane. Elle ferma la porte à clé, se déshabilla et se coucha dans le lit fraîchement fait qui vacillait un peu sur ses quatre pieds. Mais cela ne la gêna pas. Elle s'étira sous la couverture et ferma les yeux.

Quelque part, songeait-elle, un train de marchandises roulait dans la nuit. En direction de l'est. Là où le soleil se levait chaque matin. Pour les autres. Pas pour les juifs. Pour les juifs, le soleil se couchait à l'est, dans le sang. Une place n'était pas occupée dans ce train de marchandises qui conduisait à la mort : la place qui lui avait été destinée.

Elle s'endormit avec un profond sentiment de gratitude.

24

La voix féminine de la radio était calme et douce.

— De grandes unités de bombardiers se dirigent vers notre ville.

Dans la cave du 14 Adolf-Hitler-strasse, il n'y avait que sept personnes : le capitaine von Lippert et sa femme, cantonnés au deuxième étage, et les époux Sievert, logés chez les Wendehals, Karin Winschermann, Alfons Lieblich et Kalla Kompowski. Eva Hähnlein, Philipp et Else Wendehals s'étaient enfuis vers l'abri public dès le premier coup de sirène. Else Wendehals faisait partie des « coureurs à l'abri » qui se ruaient dans le bunker à chaque instant, souvent même lorsque le temps rendait une attaque aérienne improbable. Ils se procuraient ainsi des places assises et se croyaient en sûreté. Adolf Hähnlein assistait à une conférence chez le chef de cercle Montag, laquelle avait lieu dans l'abri construit dans le jardin de l'ancien hôtel particulier Blumenfeld.

Où se cachait Irmgard, son père n'en savait rien. Depuis quelque temps elle était constamment en route. Elle gardait pour elle ce qu'elle faisait et ne répondait qu'évasivement à ses questions. De temps à autre, il la voyait disparaître dans la maison du pasteur Baum. Souvent, elle en sortait avec la femme du pasteur. Elles partaient avec des cabas vides qui étaient pleins à leur retour. Souvent c'était le contraire. Irmgard avait dit un jour à son père qu'elle quêtait pour le Secours populaire. Il n'y avait rien à redire à cela. On ramassait quantité de choses : depuis la ferraille jusqu'aux vieux papiers. Kalla Kompowski se faisait du souci parce qu'elle n'était pas à la maison ce jour-là. Il ne savait pas pourquoi, mais il avait le sentiment qu'il aurait aimé l'avoir à ses côtés, justement ce soir-là.

Les unités de bombardiers annoncées par la radio attaquaient par vagues successives. D'après une statistique établie plus tard, elles lancèrent environ quatre mille bombes explosives, deux cent mille bombes incendiaires, cent cinquante mines aériennes et vingt mille bidons de phosphore. Bientôt, une tempête de feu rugit dans les rues. Elle se transforma en ouragan.

Lorsque les premiers impacts résonnèrent sur le toit, Kompowski sortit de la cave et courut en haut pour éteindre l'incendie. Il avait déjà sauvé une fois l'immeuble par son intervention rapide. L'odeur du phosphore le prit à la gorge. Toute la charpente était en feu.

Le capitaine von Lippert surgit derrière lui. Il vit Kompowski courir aux pigeonniers avec deux seaux de sable et lui cria :

— Allez-vous-en d'ici ! Vite ! Ça ne sert à rien !

Mais Kalla Kompowski n'écouta même pas l'avertissement. Il voulait sauver ses pigeons. Une lourde pièce du toit vola dans la tempête brûlante comme un débris de papier et l'atteignit à la tête. Il trébucha, laissa tomber les seaux et bascula en avant. Il se releva péniblement et voulut continuer. Une aspiration le saisit brusquement comme dans un poing fermé, l'attira irrésistiblement en avant. Dans les flammes.

— Au secours ! cria-t-il d'une voix perçante lorsque les langues des flammes montèrent vers lui et le brûlèrent. Mais on ne pouvait plus le sauver.

La fumée âcre aveugla le capitaine. Il se frotta les yeux, toussa. Il atteignit en vacillant l'étroit escalier qui descendait au troisième étage. Tout ce qu'il y avait en dessous de lui avait été incendié par les bidons de phosphore qui avaient traversé la toiture. L'appartement des Kompowski était en flammes ainsi qu'une partie de la cage d'escalier. L'échelle de meunier par laquelle il voulait descendre flambait également.

Le capitaine ne pouvait plus ni remonter ni descendre. Le poison qu'il aspirait lui fit presque perdre connaissance. Lorsqu'il sentit le feu à ses pieds, il sauta. Dans la mort.

Alors Lieblich n'y tint plus. Les deux hommes ne revenaient pas et la fumée pénétrait dans la cave par toutes les ouvertures.

— Sortons d'ici ! cria-t-il aux autres.

Mais, tremblant de peur, la femme du capitaine et le ménage de l'ingénieur restèrent accroupis sur leurs sièges. Seule Karin Winschermann le suivit.

Lieblich vit que la maison brûlait. Il se précipita dans la rue, tenant Karin par la main. La tempête de feu les saisit, les fit tournoyer en l'air. Ils tombèrent entre des corps humains, vivants et morts. Ils se relevèrent et avancèrent en trébuchant sur des décombres. Lieblich courait et priait. Une surface brillante surgit devant lui — un bassin pour éteindre les incendies. Il courut en vacillant jusqu'à l'eau et s'y laissa tomber. Karin le suivait dans la chaleur brûlante qui l'attaquait de droite et de gauche. A bout de forces, elle sauta dans l'eau salvatrice.

On entendit à peine la fin d'alerte. Des voitures de pompiers fonçaient à travers la ville. Les pompiers, les hommes et les femmes de la Défense passive luttaient désespérément contre les incendies destructeurs. Dans beaucoup de quartiers, les conduites d'eau avaient été rompues par des bombes explosives. Là, il n'y avait aucune chance de sauver les maisons en flammes.

Dans l'Adolf-Hitler-strasse, l'arrivée d'eau était encore intacte. Deux autopompes entreprirent la lutte contre les flammes au numéro 14. On parvint finalement à maîtriser l'incendie, mais les occupants de la cave ne purent être sauvés. On les trouva, gisant à côté de leurs chaises, empoisonnés par l'oxyde de carbone.

Lorsque Philipp et Else Wendehals sortirent avec Eva Hähnlein du bunker de la gare principale, ils constatèrent que l'immeuble n'avait plus que le rez-de-chaussée et un étage. La charpente, le troisième et le deuxième étage n'existaient plus. L'appartement du premier était presque entièrement détruit. De la rue, à travers les ouvertures des fenêtres du salon, on voyait le ciel. Une fumée âcre s'échappait des autres fenêtres.

L'immeuble voisin, celui du 12, ne put être sauvé. Les habitants, parmi lesquels le boucher Anton Bockmeier et sa femme Emmy, moururent dans l'incendie. Une bombe explosive avait obstrué la sortie et l'issue de secours de l'abri. Asphyxiés par l'oxyde de carbone, ils n'avaient pu atteindre le trou dans le mur qui menait à la maison d'à côté.

Irmgard allait voir Selma dans les jardins ouvriers lorsqu'elle avait été surprise par le bombardement. Un éclat d'obus de DCA lui avait ouvert la jambe. Elle avait déjà perdu beaucoup de sang lorsqu'on la découvrit. On la transporta à l'hôpital.

— Nous allons peut-être être obligés de vous amputer, dit le médecin qui l'examina. Avez-vous un parent que nous pourrions prévenir ?

— Oui, mon père.

— Nom et adresse ?

— Karl Kompowski, 14 Adolf-Hitler-strasse.

Comment aurait-elle pu savoir que son père était mort et que l'immeuble n'était plus que ruine ?

25

Selma Hähnlein avait assisté de loin à l'anéantissement de la ville. Elle était sortie de la cabane pour prendre l'air lorsqu'elle entendit les tirs de DCA, le ronflement des moteurs et le vacarme des explosions.

Les bombes qui, pour les autres, signifiaient angoisse, horreur et mort, la remplissaient d'espoir. Les « arbres de Noël » avec leur étincelante lumière aveuglante étaient pour elle le signal de l'avènement d'un monde meilleur où les gens comme elle auraient le droit de vivre libres. Chaque bombe rapprochait l'instant où elle pourrait se débarrasser de son fardeau et commencer une vie nouvelle avec son mari et sa fille. A partir de là, elle considérerait chaque jour comme un cadeau.

Mais la folie régnait encore. Elle devait encore craindre pour sa vie. A tout moment, on pouvait la découvrir dans sa cachette — et ce serait la mort certaine.

Elle se conformait strictement aux instructions d'Irmgard. Toute la journée, elle s'enfermait dans la cabane, lisait les livres que lui avait apportés sa protectrice ou écrivait des lettres à son mari et à sa fille. Le reste du temps, elle s'étendait sur le lit et attendait. Les heures et les jours s'écoulaient avec une lenteur infinie.

Après le bombardement, Irmgard ne revint pas. Selma fut rongée d'inquiétude. Sans l'aide de la jeune femme, elle était perdue. Qu'était-il arrivé ?

Bien des jours plus tard — elle ne savait pas exactement combien de temps s'était écoulé —, Selma entendit, à la tombée de la nuit, des pas qui s'approchaient sur le chemin. Le silence et la solitude avaient aiguisé son ouïe. Elle reconnut immédiatement que ce n'étaient pas les pas d'Irmgard. Ils étaient plus lourds, plus masculins. C'étaient les pas d'un étranger.

L'angoisse la saisit. Son cœur battait à se rompre lorsqu'on frappa à la porte. Elle se terra sous ses couvertures, comme si elle avait ainsi pu détourner le danger.

On frappa de nouveau.

— C'est moi, dit une voix d'homme étouffée... le pasteur Baum.

Selma bondit à la porte et l'ouvrit. La grande carrure puissante du pasteur se dressa devant elle. Il portait un cabas et deux grands sacs qu'il posa sur la table. Il en sortit le contenu : du pain, du beurre, de la saucisse et du lait. Elle le regarda avec reconnaissance. Depuis près d'une semaine elle n'avait presque rien mangé.

Baum lui raconta les suites du bombardement et ce qui était arrivé à Irmgard. Elle était à l'hôpital et on l'avait amputée d'une jambe. Lorsqu'il lui avait rendu visite, son plus grand souci était qu'il s'occupât de Selma.

Elle avait écouté avec consternation le récit du pasteur.

— C'est à cause de moi qu'elle est maintenant infirme, dit-elle. Si elle n'était pas sortie pour venir me voir, elle n'aurait pas été gravement blessée.

Martin Baum secoua la tête.

— Notre destin est dans la main de Dieu. Nous devons accepter ses épreuves. C'était peut-être sa volonté qu'elle ait été en chemin pour aller vous voir lorsque les avions sont arrivés. Sinon, elle aurait peut-être trouvé la mort avec les autres qui étaient dans la cave, dit-il.

Puis il ajouta gravement :

Même avec une seule jambe, la vie vaut d'être vécue, madame Hähnlein.

Ces paroles la soulagèrent et l'aidèrent à se libérer de son sentiment de culpabilité.

Il lui parla des habitants de la maison, de ceux qui étaient morts, de ceux qui avaient survécu. Les morts avaient été enterrés avec des centaines d'autres victimes dans une fosse commune. Pour les survivants, la lutte pour l'existence quotidienne était de plus en plus dure. Le ménage Wendehals habitait maintenant dans l'unique pièce restée intacte au premier étage. On avait logé Alfons Lieblich et Karin Winschermann chez les Hähnlein. Cela ne faisait pas précisément la joie de l'ortsgruppenleiter qui ne voyait pas volontiers la veuve d'un juif, fût-elle aryenne, dans son voisinage. Mais il avait dû s'incliner devant les nécessités de l'heure, une expression qu'il employait bien souvent.

L'état de l'immeuble était déplorable. Il n'y avait plus ni eau, ni gaz, ni électricité. Les habitants devaient aller chercher leurs repas dans une cuisine communautaire du Secours populaire. Ils vivaient dans la constante terreur de nouveaux bombardements et pouvaient de moins en moins comprendre le sens des sacrifices que l'on exigeait d'eux. Il avait lui-même de grands chagrins. Sa maison, comme d'innombrables autres, avait été gravement endommagée, mais la mort de son fils aîné tombé au front comme aumônier militaire, l'avait atteint bien plus profondément. Et hier matin, il avait reçu une autre terrible nouvelle : sa fille Gretel, infirmière de la Croix-Rouge, avait été blessée dans l'attaque d'un train-hôpital par des avions de chasse.

— Combien de temps va donc encore durer cette effroyable guerre ? demanda Selma après un moment de silence.

Par Alfons Lieblich qui écoutait Radio Londres, dit Baum, il avait appris que les troupes allemandes battaient en retraite sur tous les fronts. Les alliés occupaient déjà Aix-la-Chapelle. On pouvait s'attendre à tout instant à une attaque dans le territoire de la Ruhr.

Il la fixa de ses yeux gris au clair regard.

— Ils en auront bientôt fini, madame Hähnlein, dit-il. Vous n'aurez plus à vous cacher ni à craindre pour votre vie. Avec les Anglais et les Américains, c'est l'humanité qui s'avance. Jamais le mot de la Bible : « Aimez vos ennemis » n'a eu un sens aussi profond.

26

Une pitoyable poignée d'hommes entra, en février 1945, dans la cour de la boulangerie.

Alors que la plupart des maisons de l'Adolf-Hitler-strasse étaient réduites en cendres et en gravats, la fabrique avait été épargnée par la guerre, sauf un impact de bombe dans la salle de cuisson numéro 3. La cour servait maintenant de terrain d'exercice pour les dernières troupes levées par Adolf Hitler : une compagnie du Volksturm.

Des hommes branlants, dans la soixantaine, y côtoyaient des gamins d'à peine seize ans. Ils avaient l'air de tout sauf de soldats, dans leurs costumes civils avachis, avec leurs brassards marqués Volksturm et leur ramassis de chapeaux, de képis et de casquettes militaires à visière.

Philipp Wendehals commandait une section. Bien qu'ancien officier de la Grande Guerre, il avait refusé le commandement de toute la compagnie. Il avait prétexté son arthrose de la hanche et ses obligations de directeur du lycée. Il s'était bien gardé de dire que le lycée était déjà fermé, faute de charbon. Il ne cherchait pas les responsabilités. Il ne l'avait encore jamais fait. Il se serait volontiers soustrait au rôle de chef de section, mais il n'avait pas pu le refuser.

Il fit aligner ses hommes, les fit marcher, se déployer en ligne de tirailleurs ou en échelons. Ces exercices étaient visiblement pénibles pour les hommes les plus âgés, en particulier les cardiaques et les retraités. Le vieux professeur de chimie, Vogelsang, boitillait à la traîne.

— Soldat Vogelsang, cria Wendehals avec impatience, bougez un peu plus vite ! Vous vous endormez !

Vogelsang fit l'exercice en gémissant jusqu'à la fin. Hors d'haleine, il s'adressa ensuite à Wendehals :

— Est-ce bien le moment, mon cher collègue, de nous faire faire de la manœuvre à pied ? Ne devrions-nous pas nous entraîner avec des armes ? Je n'ai encore jamais tiré un coup de fusil.

Le commandant de compagnie Fegelein, un tailleur de la Steingasse, l'entendit. Il s'avança dans la cour. C'était un petit homme au teint jaune.

— Premièrement, on ne dit pas « cher collègue » mais « chef de section », aboya-t-il au professeur. Deuxièmement, la manœuvre à pied est importante pour la discipline. De plus, la connaissance des mouvements adaptés au combat est une arme. Grâce à elle on peut mieux se comporter en présence de l'ennemi. Est-ce clair ?

— Maintenant, oui, dit Vogelsang en baissant la tête.

Le jour suivant, un jeune lieutenant d'infanterie, élancé, sportif, décoré de la médaille des blessés, expliqua l'usage du Panzerfaust. Il le soupesait respectueusement de la main.

— Ça n'a l'air de rien contre une forteresse roulante en acier, dit-il, mais il peut faire craquer la forteresse. Le char d'assaut a ses faiblesses. Il n'a que d'étroites fentes de visée en guise d'yeux. Il est entouré d'une zone morte où ses armes sont sans effet, ce qui lui enlève beaucoup de son efficacité et donne une réelle chance à l'homme armé d'un Panzerfaust. Il suffit qu'il sache bien s'en servir.

Chacun fut autorisé à prendre en main le Panzerfaust et à viser une cible, sensation hautement excitante. Même le docteur Vogelsang éprouva une certaine euphorie lorsqu'il plaça le canon sur son épaule. L'arme conférait de la force.

— Le viseur, dit le lieutenant, peut être réglé sur différentes distances. La meilleure est celle de quarante mètres. Il faut laisser le char arriver jusque-là et tirer ensuite.

— Comment est-ce que je saurai qu'il y a quarante mètres ? demanda un gamin.

— On se cherche des points de repère sur le terrain et on les marque à l'avance, si la situation le permet.

Le lieutenant s'adressa à Wendehals.

— Conduisez votre section dans la rue, dit-il, je vais expliquer tout ça là-bas.

La chaussée de l'Adolf-Hitler-strasse avait été déblayée après le dernier bombardement, mais en raison des entonnoirs sommairement rebouchés, elle était difficilement franchissable. Les décombres entassés à droite et à gauche ne laissaient qu'un étroit passage pour le trafic. La section de Wendehals prit position devant le mur de la boulangerie.

Le lieutenant marcha en comptant ses pas jusqu'au réverbère proche. Il fit une croix à la craie blanche sur le pylône.

— Jusqu'ici, il y a environ quarante mètres et quatre-vingts jusqu'au réverbère suivant. Ce sont de bons points de repère. Vous pouvez, grâce à eux, régler la distance du viseur. Dès que le char arrive au premier réverbère, donc à la marque des quarante mètres, vous visez et... Bang !

— Quand est-ce qu'on pourra tirer pour de bon ? demanda le gamin. Je voudrais savoir s'il y a un fort recul.

— Eh bien, toi au moins, tu t'y connais, dit le lieutenant. Nous ferons le prochain exercice dans la forêt municipale. Là, nous tirerons un obus. Nous devons économiser le reste des munitions pour le jour où les chars viendront.

Ce jour n'allait pas tarder à venir, prophétisa le tailleur Fegelein devant la compagnie rassemblée après la fin de l'exercice. Il fallait s'attendre qu'incessamment l'ennemi lançât des parachutistes et des troupes aéroportées. Ce serait alors aux hommes du Volksturm de se montrer à la hauteur de la situation.

— Nous devrons empêcher l'ennemi de prendre à revers nos positions avancées. Nous combattrons jusqu'à la dernière cartouche, jusqu'au dernier coup de crosse !

— Oui, commandant ! cria le gamin enthousiasmé.

Les hommes âgés se turent.

— Pour cette occasion, l'alerte aux troupes aéroportées entrera en service, continua Fegelein. Elle consiste en une série de coups de sirène d'une durée de cinq minutes. Si le courant manque, il y aura un coup de canon de DCA à la place et des voitures de la police équipées de sirènes. Dès que retentira un de ces signaux, se rassembler immédiatement dans la cour pour prendre livraison des armes. Est-ce compris ?

Les chefs de section et les chefs de groupe acquiescèrent de la tête.

— Rompez les rangs ! commanda le tailleur.

Déprimé, Wendehals gagna la rue. Son regard erra sur le portail de sa maison qui lui rappela les ruines d'Athènes. Les deux colonnes avec leur chapiteau ionien semblaient soutenir les pitoyables restes de la façade. Image symbolique d'une époque proche de sa fin.

Adolf Hähnlein s'avança devant la porte. L'ortsgruppenleiter inspecta d'un œil critique le costume de Wendehals sous son manteau ouvert.

— Je constate une chose, professeur, dit-il, et pas seulement depuis aujourd'hui...

— Tiens ? Quoi donc ?
— Vous ne portez plus votre insigne du Parti.
Le professeur, gêné, se mit à rougir.
— Je ne m'en étais pas aperçu, ortsgruppenleiter. On est toujours tellement pressés...
— Je ne saurais l'autoriser. Il y a trop de lâches qui ne veulent plus faire profession de foi au Führer. J'espère que vous n'êtes pas du nombre ?
— Ah, je vous en prie, monsieur Hähnlein.
— Si je vous rencontre encore une fois sans insigne, vous en subirez les conséquences. Nous notons ces gens-là ! Heil Hitler !
— Heil Hitler !
Hähnlein s'éloigna, l'air mécontent et Wendehals monta dans la cage d'escalier à travers laquelle on voyait le ciel. La pluie et la neige y pénétraient. Le bois des marches était gonflé en de nombreux endroits. La seule pièce encore habitable de l'appartement du professeur, l'ancien salon, montrait des taches d'humidité et de moisissure au plafond de stuc et sur le plancher. Des casseroles et des boîtes réparties un peu partout ne parvenaient qu'en partie à recueillir l'eau qui filtrait. Des lambeaux de rideaux, des tableaux crevés, des livres déchiquetés, le piano au couvercle crasseux, tout cela n'était que le passé vu dans un miroir déformant.
— Dieu merci, il y a de nouveau du courant, dit Else Wendehals à son mari qui accrochait son manteau. On a le droit de repasser et de cuisiner, mais seulement entre deux et cinq heures de l'après-midi. Les chauffe-eau électriques ne peuvent fonctionner que le jeudi dans les maisons dont le numéro se termine par un quatre. Le jeudi, au moins, nous pourrons enfin prendre un bain, Philipp.
Wendehals se laissa tomber avec lassitude dans un fauteuil capitonné qu'on avait placé dans un coin de la pièce où il ne pleuvait pas.
— Je crois que toute la ville va bientôt prendre un bain, dit-il sombrement en montrant les titres de l'*Allgemeine Anzeiger.* Les alliés combattent déjà dans Düren, bientôt ils vont entrer dans Cologne. Il n'y a plus qu'un saut de puce pour arriver jusqu'à nous.
Il soupira en secouant la tête.
— La guerre est perdue, Else. Il n'y a rien à faire. Espérons que nous en sortirons sains et saufs.
— Et les armes miracles que le Führer nous a promises ? demanda-t-elle.

— Pour les miracles, dit Philipp Wendehals, il est maintenant trop tard.

27

Le dernier mardi de mars, de bon matin, on entendit soudain dans la ville un curieux roulement. Eva Hähnlein qui était réveillée depuis des heures se dressa dans son lit et alerta son mari.

— Entends-tu ça, Adolf ? Qu'est-ce que c'est ? Des bombes ?

Il s'assit et tendit l'oreille au grondement lointain, menaçant. Il le connaissait depuis la dernière guerre.

— Ce ne sont pas des bombes. C'est l'artillerie, le front !

Sa femme resta allongée un moment, comme paralysée. Le front, si près de la ville. Etait-ce la fin ? Leur fils Karl avait-il été tué pour rien ? Toutes les angoisses qu'elle avait surmontées pendant les effrayantes nuits de bombardement, toutes les privations et les souffrances avaient-elles été vaines ? Son mari, dignitaire du Parti, devait-il s'attendre à être pendu par l'ennemi qui approchait ? On entendait les rumeurs les plus affolantes au sujet des villes occupées comme Coblence et Cologne. Où était le « tournant » que Goebbels avait promis tout récemment ?

— Que faut-il que nous fassions ? demanda-t-elle, découragée. Nous n'allons tout de même pas attendre que les Américains et les Anglais arrivent. Ils fusillent tout le monde, sans distinction.

Adolf Hähnlein sauta à bas du lit.

— Pas de panique, Eva, dit-il en enfilant son uniforme. Ils ne sont pas encore dans la ville. Lors de leurs percées dans le Bas-Rhin, ils ont subi de lourdes pertes, la situation va se retourner.

— Tu le crois vraiment ? demanda-t-elle sans espoir.

— J'ai toujours cru au Führer. Il sait ce qu'il a en réserve pour amener le « tournant ». Nous *devons* lui faire confiance, Eva ! C'est en ce moment qu'il a besoin de nous.

Après avoir déjeuné de pain et de marmelade, Hähnlein se mit en route vers la direction du cercle. Il voulait des instructions.

Le chef de cercle, Montag, était dans un état de grande excitation. Dans l'ancien hôtel particulier où il résidait, il avait rassemblé environ deux douzaines de gradés. Nerveusement, il désigna une place à Hähnlein. Il était en train de parler au téléphone avec le gauleiter et, bien qu'assis, il avait l'air de vouloir claquer des talons.

Il reposa le combiné. Puis il explosa.

— J'apprends à l'instant que le gauleiter, en accord avec le groupe d'armées compétent, vient d'ordonner l'évacuation totale de la ville. Toutes les femmes et les enfants ainsi que tous les hommes qui ne sont utilisés ni dans le Volksturm ni dans les services d'urgence, doivent immédiatement quitter leurs logements. Seuls les bagages les plus indispensables peuvent être emportés. Pour assurer une évacuation en bon ordre, des convois seront formés. Vous, les ortsgruppenleiter, vous déciderez qui doit partir et vous nommerez également les accompagnateurs de convoi.

Les hommes acquiescèrent de la tête. Ils avaient tous l'air abattu. Adolf Hähnlein aussi, qui comptait faire le plein d'espoir chez le chef de cercle. Il se tassa sur lui-même.

— Que fait-on pour les hôpitaux ? demanda quelqu'un.

— Les malades qui ne peuvent pas marcher seront autant que possible transportés en auto. Le médecin administrateur en décidera. Les malades qui sont couchés chez eux devront être signalés aux postes de secours de la Défense passive.

— Et où iront les convois ?

La grosse tête de Montag sursauta. Il répliqua avec aigreur :

— Dans les districts de l'intérieur. Vers l'est...

La plupart des hommes présents dans la salle pensèrent la même chose au même instant, mais aucun n'osa l'exprimer : les convois de l'Ouest, en fuyant, allaient se diriger à la rencontre des convois de l'Est qui fuyaient aussi. Le chaos était inévitable. Mais la guerre n'était pas encore perdue. Le mécanisme des ordres et de l'obéissance fonctionnait toujours. Les ortsgruppenleiter se levèrent, saluèrent réglementairement et se mirent en route pour évacuer la ville.

Une fois de plus, Hähnlein était dans son élément. Il battit le rappel de ses chefs de cellule et de ses chefs de bloc, donna des ordres, organisa, calma et stimula. Dès l'après-midi, les premiers convois de son groupe local devaient être en route. Le grondement roulant du front s'approchait de plus en plus. Chaque heure, chaque minute comptait.

— Et toi, que vas-tu devenir ? demanda Eva Hähnlein à son mari en bouclant ses valises.

— Je reste ici jusqu'à ce que le dernier convoi ait quitté la ville.

— Sans toi, je ne pars pas, Adolf.

— Tu dois partir, dit Hähnlein, et je dois rester. C'est un ordre !

— Vas-tu sacrifier ta vie pour un ordre ?

Adolf Hähnlein se redressa. Sa chemise brune se tendit sur sa poitrine.

— Je ferai mon devoir, Eva. J'ai toujours fait mon devoir et j'en suis fier.

Elle s'approcha de lui et l'enlaça.

— Fais attention à toi, dit-elle doucement. J'ai besoin de toi ! C'est plus important que d'être fier...

Il hocha la tête. Lui aussi avait le cœur gros, mais il ne voulait pas le montrer.

Le premier convoi se rassembla dans la cour de la boulangerie. Paul Schmiering, le marchand de charbon de la Steingasse, conduisait le cortège avec sa voiture à cheval. Pour une fois, il n'était pas saoul. Le plateau sale avait été recouvert de sacs. On chargea les bagages, les malades et les infirmes qui avaient été autorisés à grimper sur la voiture. Parmi eux il y avait Eva Hähnlein. Des voix mécontentes s'élevèrent.

— Les meilleures places, c'est toujours pour les huiles ! Quand est-ce que ça finira ? dit Grete Kirschfink, la laitière obligée de marcher à pied avec sa vieille mère.

Alfons Lieblich, nommé chef de convoi par Hähnlein, la calma.

— Mme Hähnlein est cardiaque, elle a subi une grave opération.

Les autres se contentèrent de murmurer.

Peu avant le crépuscule, ils partirent avec des vélos, des charrettes à bras, des voitures d'enfant et des chariots paysans. Les véhicules étaient bourrés de leurs dernières possessions. Karin Winschermann avait un sac à dos, un cabas et une couverture roulée en sautoir. Else Wendehals s'essoufflait sous le poids d'une valise. Outre ses vêtements, elle y avait emballé son argenterie.

Le cortège franchit le portail de la boulangerie. A ce moment-là, Else Wendehals songea à un autre cortège qui, quelques mois auparavant, était sorti de la cour : des gens avec des étoiles juives. Au milieu d'eux, il y avait Sara Katz. Else Wendehals était debout derrière ses rideaux. Elle n'aurait jamais imaginé qu'il lui faudrait quitter la rue, à pied, dans un convoi avec ses derniers biens.

Elle jeta un dernier et douloureux regard sur les restes de la maison où elle avait habité si longtemps. C'était un triste spectacle. La partie de la façade encore debout portait les cicatrices des éclats de bombes. Else Wendehals se demanda pendant un instant si elle devait considérer comme un dernier adieu ce regard vers la muraille. Mais elle ne partait pas avec l'intention de quitter pour toujours la rue et la maison. Elle partait, comme les autres, pour revenir, espérait-elle, dans des temps meilleurs.

Le bruit des sabots du cheval qui précédait le cortège fut couvert par le grondement du front qui se faisait de plus en plus menaçant. Paul Schmiering poussait sa vieille jument. Il claquait de la langue et du fouet. L'animal n'en avait cure et n'accélérait pas son allure le moins du monde.

Au bout de la Steingasse, un groupe d'hommes du Volksturm construisait un barrage antichar. L'un d'eux rejoignit le convoi en courant. C'était Wendehals.

Il prit la valise de sa femme et l'accompagna un bout de chemin, puis il s'adressa à Alfons Lieblich :

— Ma femme n'est pas habituée à de longues marches à pied. S'il vous plaît, faites-la monter dans la voiture.

— Je ferai en sorte qu'elle y monte, monsieur le professeur, dit Lieblich.

Une dernière étreinte, un baiser. Philipp Wendehals resta en arrière. Le convoi fut avalé par la nuit tombante. On ne se déplaçait que de nuit pour échapper aux attaques des avions de chasse en rase-mottes. Wendehals, pour un peu, eût couru derrière eux.

Il avait peur.

28

Talonnée par le tailleur Fegelein, la compagnie du Volksturm travailla pendant les jours suivants à l'achèvement du barrage antichar, constamment interrompu par les attaques des chasseurs bombardiers Lightning à double fuselage qui tiraient avec leurs armes de bord sur tout ce qui bougeait à terre.

Lorsque le barrage fut enfin terminé, les hommes s'exercèrent avec leurs Panzerfaust et leurs longs fusils tchèques qui dataient de la Première Guerre mondiale. Pour ne pas gaspiller les munitions, les exercices étaient seulement simulés.

— Bang ! disait le professeur Vogelsang en pressant l'index sur la détente de son arme.

Il avait été affecté comme fusilier-voltigeur auprès de son collègue Wendehals qui devait faire éclater des blindés. La mission de Vogelsang était de tirer sur les fantassins qui suivaient les chars ennemis.

— Bang ! dit-il une fois de plus pour se donner du courage, et encore bang !

Le vieux professeur avait un aspect étrange dans son accoutrement. Comme la compagnie manquait de casques, il s'était coiffé d'une casserole qu'il avait garnie d'une courroie de cuir. Un seul des gamins avait ricané. Les autres avaient haussé les épaules. Mieux valait un trou dans la casserole que dans la tête.

Le quartier de l'Adolf-Hitler-strasse était évacué. La plupart des hommes, des femmes et des enfants s'étaient joints aux convois. Peu d'entre eux étaient restés.

Adolf Hähnlein apparut une fois devant les hommes du Volksturm pour leur apporter le salut et les exhortations du chef de cercle.

— Défendez notre belle ville ! Battez-vous pour chaque maison, chaque arbre ! Montrez ce que vous valez à tout le peuple allemand !

— Le chef de cercle peut compter sur nous, dit Fegelein, l'œil étincelant.

Ses mâles paroles furent couvertes par le bruit des moteurs des bombardiers Halifax et Lancaster qui fondaient sur eux. Comme pétrifiés, les hommes du Volksturm virent les appareils briller dans le soleil et, sans être gênés par la DCA, foncer en piqué.

Wendehals, cloué sur place par la peur, vit les cocardes bleu, blanc, rouge sur les fuselages. Dans les cockpits de verre, les équipages étaient nettement visibles et aussi autre chose : des points brillants comme de l'argent qui se détachaient des appareils : des bombes !

Le professeur laissa tomber son Panzerfaust et courut pour sauver sa peau. Les autres galopaient aussi. Fegelein cria : « Planquez-vous ! » Ils se jetèrent sur le sol, s'enfouirent dans la terre, tandis que tout près d'eux, un tapis de bombes s'abattait. Coup au but sur la gare principale. Graves dommages dans l'Adolf-Hitler-strasse : la maison du pasteur Baum, la boulangerie industrielle et les dernières maisons du côté des numéros pairs furent touchées. Elles se démantelèrent dans un fracas formidable. Seuls les restes du numéro 14 tenaient encore debout.

Puis, soudain, tir de canons. Depuis les faubourgs, les coups de l'artillerie ennemie se rapprochaient de plus en plus du centre.

Fegelein fit fermer le barrage antichar. Grelottant de peur, ses vieillards et ses enfants occupèrent les trous individuels qu'ils avaient creusés à côté.

— Quand l'artillerie ne tirera plus, les blindés attaqueront, cria le tailleur. Vous le savez bien : nous pouvons les démolir ! Suffit de rester calmes quand ils approchent. Régler le viseur, bien ajuster, les laisser venir assez près et tirer !

Adolf Hähnlein était devant le barrage. Il escalada les décombres laissés par le dernier bombardement aérien, jusqu'au numéro 14. L'entrée était obstruée. Il grimpa jusque dans son appartement par une fenêtre. L'hôtel particulier de la direction du cercle venait tout juste d'être incendié sur l'ordre du chef de cercle. Aucun document secret ne devait tomber entre les mains de l'ennemi. Hähnlein voulait lui aussi détruire d'importantes archives de son groupe local. Il les découvrit entre des blocs de pierre, les jeta dans le fourneau de la cuisine et y mit le feu. Puis il alla dans la chambre à coucher où se trouvait l'armoire à linge.

Dehors, des soldats allemands en retraite couraient à travers les ruines. Le tir d'artillerie se renforça, puis ce fut soudain le silence.

Les hommes du Volksturm, près du barrage de la Steingasse, se tassèrent dans leurs trous. Le cœur battant, ils attendaient le cliquetis des chenilles de char qu'ils ne connaissaient que par les actualités cinématographiques. L'énervement avait fait qu'un vieux pharmacien tenait son Panzerfaust tourné dans le mauvais sens, la grenade vers l'arrière.

— Espèce de crétin ! Comme ça, vous allez tuer vos copains ! cria Fegelein.

Les blindés ne vinrent pas. Ni ce soir-là ni pendant la nuit. Un unique avion vint tourner dans le ciel noir. Le matin, il y avait partout des tracts dans les rues et dans les ruines.

Le docteur Vogelsang en ramassa un et lut :

« Citoyens de cette ville ! Aidez-vous vous-mêmes ! Agissez avec nous pour mettre fin à la terreur nazie par les voies les plus rapides ! Vous devez agir maintenant ! Le simple citoyen n'a rien à redouter des troupes alliées. »

Fegelein surgit derrière le professeur et lut par-dessus son épaule. Il secoua la tête.

— Ils veulent nous casser le moral, mais ils se trompent, nous remplirons notre mission !

Vogelsang acquiesça, mais il tremblait.

Il régnait toujours un calme irréel. On entendait seulement, dans les faubourgs, de temps à autre, des bruits de combat. Des

« kettenhunde », les chiens à chaîne, les redoutables gendarmes militaires, approchèrent du barrage. Ils ratissaient le quartier à la recherche de soldats allemands déserteurs.

— Si vous en attrapez un, arrêtez-le, dit à Fegelein le chef des « kettenhunde », un capitaine avec sa plaque argentée sur la poitrine. Amenez-le dans la cour de la fabrique. Les cochons qui foutent le camp seront abattus sur place.

— Bien mon capitaine ! dit le tailleur en faisant l'important.

Un groupe de fantassins passa en courant devant les hommes du Volksturm avec une mitrailleuse. Ils la mirent en batterie au croisement de l'Adolf-Hitler-strasse et de la Steingasse, et se mirent à plat ventre derrière.

Vers huit heures de ce matin d'avril, on entendit le bruit que tous attendaient. Un roulement puissant, un bourdonnement mêlé de grincements. Des chars anglais et américains se glissaient vers la vieille ville. Cliquetant et grinçant, ils se frayaient un chemin par-dessus les ruines et les entonnoirs. Une mitrailleuse hoqueta. Des obus de DCA allemande frappèrent les assaillants. Un violent tir de blindés répondit. La résistance était faible. Le grondement et les grincements se rapprochaient de plus en plus.

Wendehals et Vogelsang se redressèrent dans leurs trous individuels. Wendehals épaula le Panzerfaust, Vogelsang à côté de lui arma son fusil tchèque.

— C'est de la folie, mon cher collègue, souffla-t-il, nous ne pouvons pas arrêter les chars ! Surtout pas *nous !*

Wendehals ne répondit pas. Il était d'accord sur l'insanité de leur mission : un tailleur, quelques retraités et des gamins devaient s'opposer à un ennemi de loin supérieur en nombre et en armement. Devaient-ils, avec leurs vieilles carabines et leur poignée de Panzerfaust, réussir là où une armée éprouvée et bien équipée avait échoué ?

Au bout de la rue, surgit une puissante caisse de ferraille. L'heure de vérité avait sonné.

La mitrailleuse du carrefour aboya. Elle prenait sous son tir les fantassins qui suivaient le char en sautant d'un tas de décombres à l'autre. Le long canon de la tourelle du char s'inclina et fit feu. Le mur du premier étage du 14 Adolf-Hitler-strasse s'effondra dans un nuage blanc. A présent, les fantassins ennemis tiraient, eux aussi. On entendait le sifflement des balles qui rebondissaient sur les murs. La mitrailleuse allemande se tut.

Le colosse d'acier s'approcha en grinçant. Quatre-vingts mètres..., soixante mètres..., quarante mètres...

Philipp Wendehals aurait dû, à cet instant, se servir de son Panzerfaust. Mais son doigt sur la détente ne bougea pas. Il posa l'arme sur le sol et se tassa dans son trou individuel comme le docteur Vogelsang. Tremblant et priant, il attendit. La fin, la mort.

L'effroyable bruit du char diminua. Le monstre semblait faire demi-tour devant le barrage.

Lorsque Wendehals leva les yeux, il vit au-dessus de lui la tête d'un homme coiffée d'un casque plat : un tommy !

— Come on, you fucking German ! Schnell !

Les mains en l'air, le professeur sortit de son trou. Le docteur Vogelsang le suivit en claquant des dents, sa casserole sur la tête. A sa vue, les Anglais qui arrivaient ne purent retenir un sourire. Fegelein et les autres hommes du Volksturm furent également tirés de leurs trous. Aucun d'entre eux n'avait tiré un coup de feu.

Les Anglais les poussèrent devant eux en descendant la partie inférieure de l'Adolf-Hitler-strasse. Wendehals n'en crut pas ses yeux lorsqu'à la dernière fenêtre du numéro 14, il vit pendre un drap blanc.

— Ne tirez pas, please, ne tirez pas ! criait dans l'embrasure sombre une voix apeurée.

Un tommy y courut, baïonnette en avant. Il fit sortir un homme.

C'était Adolf Hähnlein.

Au lieu de son uniforme brun, il portait maintenant un costume civil gris. Il avait rasé sa moustache à la Adolf Hitler. Sa mèche sombre ne pendait plus sur son front. Ses cheveux étaient strictement coiffés en arrière. Il avait une écorchure sanglante au visage. Il était presque méconnaissable, au premier abord, tant il avait l'air changé. Les mains en l'air, il alla se ranger parmi les autres. Sous le regard du professeur, il haussa les épaules avec gêne.

Philipp Wendehals constata que sa maison était maintenant complètement détruite. Le premier étage n'existait plus. Les décombres étaient tombés dans l'appartement du rez-de-chaussée. Seule une colonne du portail était sortie indemne du tir du char. Elle se dressait vers le ciel comme un index prophétique.

La maison et la rue étaient mortes.

29

Vers le milieu de mai, un homme maigre, vêtu d'un uniforme râpé, descendit d'un train de marchandises à la gare principale. Il avait un visage étroit et les traits tirés. Il s'appuyait sur une canne. L'éclatante lumière du soleil qui traversait la carcasse ouverte, tordue, de la verrière, l'aveugla. Il tira la visière de son vieux calot de l'armée un peu plus bas sur son front lorsqu'il quitta le quai.

Sur la place de la gare, un trafiquant de marché noir qui brandissait une cartouche de cigarettes l'interpella.

— J'offre des Lucky Strike et des bas nylon contre du beurre. As-tu du beurre, mon pote ?

L'homme secoua la tête. Il continua sa route en s'appuyant légèrement sur sa canne. Il prit la direction de la rue « Am Bahndamm ». Le cimetière, à sa droite, était labouré par des entonnoirs de bombes. Les bombes incendiaires avaient également transformé les arbres en squelettes. Dans la première rue qu'il traversa, la Hellwig-strasse, des enfants traînaient des pierres et des hommes âgés dégageaient la chaussée à la pelle. Sur une façade en ruines, une ancienne affiche de propagande : « Ramassez des os. Pour cinq kilos d'os, un morceau de savon. » A côté, une feuille de papier : « Nous habitons dans la cave. Famille Kirschfink. »

L'homme s'arrêta un instant, contemplant l'effrayant tableau des ruines. Puis il reprit sa marche, accompagné du bruit monotone de sa canne.

Son cœur se serra lorsqu'il tourna dans l'ancienne Welserstrasse. La plupart des maisons avaient complètement disparu, seuls quelques restes de façades se dressaient encore et le soleil éclairait de l'intérieur les ouvertures des fenêtres.

Ici, c'était autrefois « La Carafe », songea-t-il. Et là, le salon de coiffure Adler. Ici, grand-père Breil passait ses journées à sa fenêtre. Là, c'était l'épicerie fine « Katz & Cie » et, à côté, la boucherie d'Anton Bockmeier. Des ouvriers travaillaient sur ce qui restait de la maison du pasteur Baum.

Il s'arrêta enfin devant la colonne qui était le seul vestige de l'immeuble du 14. Il resta silencieux et son cœur saigna.

Une femme au visage ravagé par le chagrin, portant un cabas, passa près de lui. Elle vit l'homme, s'arrêta pour l'examiner attentivement. Pendant un moment elle fut incertaine, puis :

— Est-ce possible — Wolfgang Hähnlein ? dit-elle.

L'homme maigre acquiesça.

Il connaissait cette femme, mais il ne savait plus son nom. Elle était pressée et s'éloigna en secouant la tête. Elle avait l'air aussi étonnée que si elle avait vu un fantôme.

Wolfgang Hähnlein fouilla du bout de sa canne les décombres de sa maison. Il tomba sur une toile déchirée dans un cadre doré brisé. De son pied valide, il écarta quelques morceaux de pierre. Il vit alors la moustache, la mèche sur le front. C'était le portrait d'Hitler de leur salon. Il le regarda longtemps en méditant.

Tout avait commencé avec Hitler, songea-t-il amèrement. Sans Hitler, sa rue existerait encore ainsi que sa maison et le foyer de son enfance.

Son passé comme sa maison n'étaient plus que ruines. Y aurait-il pour lui un avenir ? Ses parents étaient-ils encore vivants ? Comment sa fille, en Angleterre, et sa femme, en Allemagne, avaient-elles résisté à la guerre ? Dieu l'avait-il entendu lorsque, dans les tranchées du front et, finalement à l'hôpital, il avait prié pour qu'il épargne à Selma le sort de tant de juifs ? Lorsqu'il l'avait supplié en pleurant de leur éviter le pire et de les laisser vivre ?

Y avait-il seulement un Dieu ? Pouvait-il espérer un miracle ?

Une phrase d'une lettre de Selma lui vint à l'esprit : « Ne pas être impatient — tendre doucement la main au miracle comme à un oiseau. » Oui, il serait patient. Il pourrait attendre.

Il se retourna lentement. Sur l'étroit sentier qui serpentait entre les décombres de la rue, une mince silhouette approchait. Il sut qui elle était avant même de distinguer son visage. On sent, quand soudain l'être que l'on aime est présent.

Oui, il y avait un Dieu. Il y avait un miracle.

Elle courut à lui.

Postface

La Welser-strasse-Adolf-Hitler-strasse ne fut pas reconstruite après la guerre. Un pont de l'autoroute de la Ruhr passe aujourd'hui à l'endroit où elle se trouvait. Un pilier de béton du pont se dresse au milieu de ce qui fut la cour de l'immeuble du numéro 14.

Table

La composition de ce livre
a été effectuée par Bussière à Saint-Amand,
l'impression et le brochage ont été effectués
sur presse CAMERON
dans les ateliers de la S.E.P.C. à Saint-Amand-Montrond (Cher)
pour les Éditions Albin Michel

AM

Achevé d'imprimer en septembre 1985
N° d'édition 8840 N° d'impression 977-673
Dépôt légal octobre 1985

Imprimé en France